D1920385

Nach dem Tod ihrer Schwester Tanya kümmert Letty sich um ihre Nichte Maya. Die beiden wollen sich ein neues Leben aufbauen. Vorübergehend kommen sie in einem Strand-Motel in Florida unter, zu dem Tanya anscheinend eine Verbindung hatte. Maya blüht dort regelrecht auf, und es gelingt der Kleinen sogar, die ablehnenden Stammgäste um den Finger zu wickeln. Joe, der örtliche Detective und Sohn der Motelbesitzerin, muss sich hingegen anstrengen, um einen Blick hinter Lettys Fassade werfen zu können. Die schöne Unbekannte, die nichts von sich preisgibt, fasziniert ihn. Doch als Mayas Vater auftaucht, müssen Letty und Joe alles daransetzen, Maya vor ihm zu beschützen. Erst danach können sie sich ihren Gefühlen füreinander widmen …

Mary Kay Andrews wuchs in Florida, USA, auf und lebt mit ihrer Familie in Atlanta. Im Sommer zieht es sie zu ihrem liebevoll restaurierten Ferienhaus auf Tybee Island, einer wunderschönen Insel vor der Küste Georgias. Seit ihrem Bestseller ›Die Sommerfrauen‹ gilt sie als Garantin für die perfekte Urlaubslektüre.

Andrea Fischer hat Literaturübersetzen studiert und überträgt seit über fünfundzwanzig Jahren Bücher aus dem britischen und amerikanischen Englisch ins Deutsche, unter anderem die von Lori Nelson Spielman, Michael Chabon und Mary Kay Andrews. Sie lebt und arbeitet im Sauerland.

Weitere Informationen finden Sie auf www.fischerverlage.de

Mary Kay Andrews

Das Glück wartet am Strand

Roman

Aus dem amerikanischen Englisch
von Andrea Fischer

FISCHER Taschenbuch

MIX
Papier | Fördert gute Waldnutzung
FSC
www.fsc.org
FSC® C083411

Deutsche Erstausgabe
Erschienen bei FISCHER Taschenbuch
Frankfurt am Main, April 2024

Die Originalausgabe erschien 2021
unter dem Titel »The Newcomer«
bei St. Martin's Press, New York.
© 2021 by Mary Kay Andrews
Published by arrangement with St. Martin's Publishing Group.
All rights reserved.

Für die deutschsprachige Ausgabe:
© 2024 S. Fischer Verlag GmbH,
Hedderichstr. 114, D-60596 Frankfurt am Main
Dieses Werk wurde im Auftrag von St. Martin's Publishing Group
durch die Literarische Agentur Thomas Schlück GmbH,
30161 Hannover, vermittelt.
Die Nutzung unserer Werke für Text- und Data-Mining
im Sinne von § 44b UrhG behalten wir uns explizit vor.

Satz: Dörlemann Satz, Lemförde
Druck und Bindung: CPI books GmbH, Leck
ISBN 978-3-596-70639-6

Für meine Schreibgefährtinnen in der Pandemie,
gleichzeitig die Mitbegründerinnen von *Friends & Fiction*.
Widrige Umstände führten uns zusammen,
Liebe und Glück sorgten dafür, dass wir am Ball blieben.

Voller Dankbarkeit und Liebe für Kristin Harmel,
Kristy Woodson Harvey, Patti Callahan Henry,
Mary Alice Monroe und Meg Walker.

1

Es war noch dunkel, als Letty auf den Parkplatz fuhr. Langsam rumpelte der Wagen über den Muschelsplitt, und sie drehte sich zu Maya um, dankbar, dass das Kind endlich schlief. Der Kopf der Kleinen war seitlich gegen die Lehne des Kindersitzes gesackt, ihre Locken waren verschwitzt, die rosa Lippen zum Schmollmund vorgeschoben. Sie schnarchte leise und hatte Ellie, den Stoffelefanten, der nie fehlen durfte, fest an sich gedrückt.

Neben der Einfahrt zum Motel hing ein großes handgemaltes Schild: PARKEN NUR FÜR GÄSTE AUF ZUGEWIESENEN PLÄTZEN! WIDERRECHTLICH GEPARKTE PKW WERDEN ABGESCHLEPPT! OHNE AUSNAHME!

Letty gähnte. Ihre Augen brannten, die Muskeln in ihren Schultern und Armen waren verspannt. Sie ignorierte das Schild und manövrierte den silbernen Kia rückwärts in eine Lücke am hintersten Ende, damit sie es mitbekam, falls sich jemand ihrem Wagen näherte. Der Platz war so gut wie voll besetzt mit rund zwei Dutzend Autos, die in Parkbuchten mit nummerierten Holzschildern standen. Über Letty bogen sich die vergilbten Wedel einer großen Palme, direkt neben ihr war ein Müllcontainer. Es würde sich doch wohl niemand an einem kleinen alten Kia stören, der in der letzten Ecke stand, wo sonst niemand hinwollte, oder?

Letty stellte den Motor aus, versperrte die Türen und schob den Sitz so weit wie möglich nach hinten. Sie seufzte erschöpft, ihr fielen die Augen zu. Derweil blinkte die Neonreklame des Motels: pinkfarbene Buchstaben vor stahlblauen Wellen und grünen Palmen. An, aus, an, aus. MURMURING SURF. FREIES WLAN. SWIMMINGPOOL. FARB-TV. Bevor sie in die Parklücke gefahren war, hatte sie kurz gestutzt, als sie das gelbe Schild mit der Aufschrift VOLL BELEGT entdeckte, doch dann dachte sie, vielleicht sei ja noch ein Zimmer frei. Möglicherweise würde am frühen Morgen jemand auschecken.

Letty griff zu dem akkurat gefalteten Zeitungsausschnitt, den sie auf den Beifahrersitz gelegt hatte. Die verblasste Seite war aus einer alten Ausgabe der Zeitschrift *Southern Living* gerissen und trug den Titel: »Floridas versteckte Schätze: vier Familienmotels zum Neu-Entdecken.« Unten auf dem Blatt war ein Foto des Murmuring Surf, das mit einem schwarzen Permanentmarker eingekreist war. Verglichen mit dem Gebäude vor Letty musste das Foto vor langer Zeit aufgenommen worden sein.

Wahrscheinlich würde die Sonne in einer halben Stunde aufgehen, am dunkelblauen Himmel sah man bereits das zarte Versprechen rosafarbener Steifen, und Letty konnte gerade so eine Reihe kleiner Wohneinheiten erkennen, symmetrisch in Hufeisenform angeordnet. In der Mitte befand sich ein leuchtend blaues nierenförmiges Schwimmbecken, überschattet von hohen Palmen und umringt von Liegestühlen und Tischen. Nirgends brannte Licht, nur in der Mitte des Hufeisens, im Fenster eines zweistöckigen Gebäudes, das doppelt so groß wie die anderen war, hing ein kleines Neonschild mit der Aufschrift »REZEPTION / BÜRO«. Neben der Tür stand ein beleuchteter Cola-Automat.

Letty ließ die Fensterscheibe ein paar Zentimeter hinunter. Sie sog die frische, salzhaltige Luft ein und lauschte dem sanften Rauschen von Wellen. Was würde sie darum geben, im Mondschein am Strand spazieren zu gehen, mit den Füßen im Sand zu versinken und das warme Wasser an ihren Knöcheln zu fühlen, das die traumatischen Schrecken der vergangenen sechsunddreißig Stunden abwusch.

Maya bewegte sich, murmelte etwas im Schlaf. Letty wurde in die Wirklichkeit zurückgeholt.

Liebevoll betrachtete sie das Mädchen, dessen Gesicht so ruhig und sorglos wirkte. Was hatte die Kleine miterleben müssen? Woran würde sie sich erinnern? »Armes Spätzchen«, flüsterte Letty. Unbewusst benutzte sie den Kosenamen, den ihre Großmutter Mimi immer für sie und ihre jüngere Schwester verwendet hatte.

Auf der langen Fahrt von New York hierher hatte Maya stundenlang geweint, zuerst laut schluchzend, später war es zu Wimmern und Schniefen abgeebbt. Sie hatte sich geweigert, etwas zu essen, hatte in einem Fastfoodladen am Highway in West Virginia einen Wutanfall bekommen, ihre geliebten (und normalerweise verbotenen) Chicken Nuggets auf den Boden geworfen und aus Leibeskräften geschrien: »Ich will zu MOMMY!«, so dass Letty Panik bekam und das Kind schnell nach draußen brachte. Ihr eigenes Essen vergaß sie im Laden. Stunden später hatte sie sich in die Schlange am Drive-in einer anderen Fastfoodkette gestellt und Maya mit einem Schoko-Milchshake bestochen, den die Kleine gierig mit dem Strohhalm trank – nur um eine halbe Stunde später alles wieder zu erbrechen, weshalb Letty an der nächsten Tankstelle erneut haltmachen musste.

Sie griff zu ihrem Handy. Sechs Textnachrichten, die sie alle löschte. Die letzten beiden waren von Zoey.

WO BIST DU?

OMG! RUF MICH AN! ALLES OKAY?

Sie zögerte. Zoey war ihre erste richtige Freundin in New York gewesen. Irgendwem musste Letty vertrauen, oder nicht? Nein, beschloss sie und schüttelte den Kopf. Sie konnte niemandem vertrauen. Nicht nach dem, was passiert war. Je weniger Zoey wusste, desto besser für alle.

Wieder fielen Letty die Augenlider zu, und sie sank in einen tiefen, traumlosen Schlaf.

Ein metallisches Klopfen an der Fensterscheibe weckte sie. »Ma'am? Hey, Ma'am? Aufwachen!«

»Hm?« Die Sonne schien durch die Windschutzscheibe.

Maya begann zu wimmern. »Letty? Ich hab Hunger.«

»Sie können hier nicht schlafen, Ma'am«, sagte ein Mann, der durch das Fenster auf der Fahrerseite hereinspähte. Er trug eine Pilotenbrille und ein dunkelblaues Hemd mit einem Abzeichen an der Brusttasche.

Trotz der Hitze im Wagen fuhr Letty ein Schauer über den Rücken. Ein Polizist!

Sie schüttelte den Kopf, um klar zu denken. »Hä? Ich habe nicht geschlafen.«

»Was denn dann? Sind Sie etwa betrunken? Mit einem Kind im Auto?« Die Sonnenbrille verdeckte die Augen des Mannes, aber er wirkte nicht sehr alt. Ende dreißig, stark gebräunt, äußerst misstrauisch.

»Letty?«, quengelte Maya von hinten. »Ich muss mal Pipi.«

Letty reagierte nicht auf den Polizisten, sondern drehte sich zu ihrer Nichte um. »Gut, Mäuschen. Wir gehen jetzt ins Motel und fragen nach einer Toilette. Kannst du noch eine Minute aushalten?«

Dann wandte sie sich wieder an den Mann und versuchte dabei, sich ihre Angst und Verärgerung nicht anmerken zu lassen. »Hören Sie, ich bin absolut nüchtern, nur sehr müde. Ich bin die ganze Nacht durchgefahren und habe mich vor ungefähr einer Stunde auf diesen Parkplatz gestellt. Ich habe nur darauf gewartet, dass das Motel öffnet, damit ich mir ein Zimmer nehmen kann. Würden Sie mich jetzt bitte in Ruhe lassen, damit ich mit der Kleinen zur Toilette gehen kann?«

»Haben Sie das Schild nicht gesehen? ›Voll belegt‹?« Er wies in Richtung Straße.

»Ich dachte, heute Morgen checkt bestimmt jemand aus.«

Letty öffnete die Wagentür und schwang ihre Beine heraus. Der Cop versperrte ihr den Weg. »Hier ist kein Zimmer frei«, sagte er. »Das Motel ist ausgebucht.«

»Wenn es Sie nicht stört, gehe ich kurz rein und frage selbst nach«, sagte Letty. »Außerdem brauche ich dringend eine Toilette für das Kind, ja?«

»Die Straße runter ist ein Citgo.« Er wies mit dem Finger in die betreffende Richtung.

»Würden Sie mit Ihrem Kind dort auf die Toilette gehen? Der Parkplatz ist total ungepflegt.«

Maya hampelte auf dem Rücksitz herum und versuchte, ihren Sitzgurt zu öffnen. »Ich muuuuss!«, jammerte sie.

Letty stieß die Tür weit auf, stieg aus und drückte sich an dem Polizisten vorbei. Sie öffnete die hintere Tür, hob Maya aus dem Kindersitz auf ihre Hüfte und packte sich Handtasche und Handy.

»Entschuldigung«, sagte sie, ohne sich noch einmal umzudrehen. Im Stechschritt eilte sie auf die Rezeption beziehungsweise das Büro des Motels zu. Mittlerweile musste nicht nur Maya dringend zur Toilette.

An der Tür schaute sich Letty noch einmal um. Der Cop verharrte neben ihrem Kia, die Hände in die Hüften gestützt, und sah ihr nach.

Sie riss die Glastür auf, und eine Klingel ertönte. Hinter dem Tresen stand eine blonde Frau von ungefähr Mitte fünfzig und telefonierte. Sie hob den Blick und runzelte die Stirn.

»Gehört Ihnen der Kia da draußen?«, fragte sie. »Ich will gerade einen Abschleppwagen rufen.«

»Wo ist die Toilette?«, fragte Letty mit Nachdruck. »Bitte! Meine Kleine …«

»Pipi!«, jammerte Maya wie aufs Stichwort. Die Kleine hatte ein astreines Timing. Wie ihre Mutter, dachte Letty resigniert.

Die Frau hinter der Theke stutzte, dann zuckte sie mit den Schultern und wies auf einen schmalen Gang. »Da vorn. Aber die ist eigentlich nur für Motelgäste.«

»Gut«, sagte Letty und hastete zur Toilettentür.

Sie ließ sich Zeit, wusch Mayas tränenüberströmtes Gesicht und ihre Hände, fuhr mit den Fingern durch die feuchten Locken des Kindes und tat ihr Bestes, um selbst einigermaßen »vorzeigbar« auszusehen, wie ihre Mimi sich ausgedrückt hätte.

Letty setzte Maya auf die hinuntergeklappte Klobrille. Sie wusch sich selbst die Hände, spritzte sich Wasser ins Gesicht und an den Hals, band ihre langen braunen Haare zu einem Pferdeschwanz zusammen. Schließlich holte sie einen Lippenstift aus der Handtasche, die prall mit all den Gegenständen gefüllt war, die Letty schnell hineingestopft hatte, als sie aus New York geflohen war.

Sie schloss die Augen und versuchte, das erstickende Gefühl von Panik hinunterzuschlucken, das sie beim Anblick des Polizisten auf dem Parkplatz ergriffen hatte. Der gesunde

Menschenverstand sagte ihr, dass sie sich in den Kia setzen und weiterfahren sollte.

Aber …

Der Zeitschriftenartikel. Irgendwas an diesem Motel hatte Tanya etwas bedeutet. Lettys Schwester war nicht besonders sentimental gewesen. Normalerweise hob sie keine Beiträge aus Magazinen auf. Trotzdem hatte sie den Artikel über dieses besondere Motel aufbewahrt. Warum?

Immer weiter atmen, sagte sich Letty. *Ein und aus.*

Als sie die Augen wieder öffnete, war das Gesicht, das ihr aus dem Spiegel entgegensah, blass und hager. Ihre grünbraunen Augen waren blutunterlaufen, darunter waren dunkle Ringe. Letty betrachtete das blau-weiß gestreifte Shirt, das sie aus Tanyas Kleiderschrank genommen hatte, als sie den Blutfleck an der Manschette ihrer weißen Bluse entdeckt hatte.

»Du siehst so richtig abgewrackt aus«, brummte sie im West-Virginia-Dialekt ihrer Großmutter. Sie bemerkte das Preisschild, das unter dem Ärmel baumelte, und riss es heraus. Letty kannte die Designermarke nicht, aber der Preis verschlug ihr den Atem. Tanya hatte 325 Dollar für diesen schlichten blau-weiß gestreiften Pulli mit U-Boot-Kragen bezahlt, den sie noch nicht mal angezogen hatte, an den sie sich wahrscheinlich gar nicht mehr erinnern konnte. Der begehbare Kleiderschrank im Townhouse ihrer Schwester war vollgestopft mit derartig teuren Klamotten, und viele davon hatte Tanya nie getragen.

Mit brennenden Tränen in den Augen riss Letty das Preisschild durch und stopfte es in ihre Tasche.

»Letty?« Mayas strahlend blaue Augen fixierten sie. »Weinst du?«

»Nein, Mauschen.« Letty beugte sich vor und gab dem Mädchen einen Kuss auf die Stirn. »Alles gut. Wir schaffen das schon. Jetzt reden wir mal mit der netten Frau über ein Zimmer, ja?«

Die nette Frau stand direkt vor der Toilettentür im Gang, die Arme vor der Brust verschränkt. Der Polizist vom Parkplatz leistete ihr Gesellschaft.

»Hi«, sagte Letty und zwang sich zu einem müden Lächeln. »Vielen Dank, dass wir Ihre Toilette benutzen durften. War ein kleiner Notfall.«

»Gern geschehen«, sagte die Frau. Sie trug ein rosafarbenes Poloshirt und eine Mom-Jeans mit hohem Bund. Ein Namensschild an ihrem Kragen wies sie aus als »AVA DECURTIS, MOTELLEITUNG MURMURING SURF«. Ihre aschblonden Haare waren zu einer kurzen, missratenen Dauerwelle gelegt. Ava wies auf den Polizisten. »Joe sagt, Sie suchen ein Zimmer.«

»Ja, Ma'am.« Letty setzte den breiten Südstaatenakzent auf, den sie sich lange mühsam abtrainiert hatte. »Wir brauchen nichts Besonderes, nur ein sauberes Zimmer zum Schlafen.«

»Tut mir leid, aber wie das Schild draußen schon sagt, sind wir voll belegt.«

»Hab ich ihr auch gesagt«, bemerkte der Polizist, der die Sonnenbrille abgezogen hatte. Wenn er nicht so mies wäre, hätte man ihn tatsächlich als halbwegs ansehnlich bezeichnen können, dachte Letty.

»Ja«, bestätigte sie. »Das hat er mir gesagt. Ich hatte bloß gehofft, dass heute Morgen vielleicht jemand abreist. Wir sind die ganze Nacht durchgefahren, ich habe seit Ewigkeiten nicht geschlafen. Haben Sie wirklich überhaupt nichts frei? Also gar nichts?«

»Tut mir wirklich leid, meine Liebe, aber wenn Sie vorher angerufen hätten, hätte ich Ihnen sagen können, dass wir ausgebucht sind. Ist ja immer noch Hochsaison.«

»Hm.« Letty ließ die Schultern hängen. Es fühlte sich an, als hätte sie einen Tritt in die Magengrube bekommen.

»An der Straße zurück zur Interstate gibt es wahrscheinlich noch Zimmer«, schlug Ava DeCurtis vor. »Ich könnte auch Mark drüben von der Econo Lodge anrufen.«

Letty schüttelte den Kopf. »Ich habe mein Herz wirklich an dieses Motel gehängt. Ich habe schon so viel darüber gehört und Maya versprochen, dass wir am Strand wohnen.«

»Ach, dieser verfluchte Artikel in der *Southern Living*«, schimpfte die Motelbesitzerin. »Vergessene Motels neu entdecken – von wegen! Das ist schon fünf Jahre her, und bis heute muss ich die Leute abwimmeln.«

Joe, der Cop, sah Letty eindringlich an. »Zu dieser Jahreszeit finden Sie mit Sicherheit nichts direkt am Strand«, sagte er. »Wir haben März, und wir sind in Florida.«

»Das ist mir durchaus klar«, gab Letty zurück und kämpfte gegen den Drang, ihm zwischen die Beine zu treten. Sie seufzte schwer. »Ich hab nur … ach, in meiner Familie gibt es ganz besondere Erinnerungen an dieses Motel.«

Unbewusst hatte sie eine andere Rolle eingenommen. War es die gescheiterte Schauspielerin, die gerade aus ihr sprach?

»Ach, ja?«, fragte Ava DeCurtis. »Ich habe das Murmuring Surf in den Achtzigern übernommen. Vielleicht kenne ich Ihre Familie ja?«

»Meine Großeltern haben hier ihre Flitterwochen verbracht, aber das muss schon in den sechziger Jahren gewesen sein.« Die Lüge ging Letty glatt über die Lippen. »Mimi hat uns immer erzählt, wie sie im Meer geschwommen ist und wie sie Garnelen in dem Restaurant die Straße runter gegessen hat …«

»Das ist kein Meer, das ist der Golf von Mexiko«, unterbrach der Polizist sie. »Und wir haben immer noch kein Zimmer frei.«

»Joe!«, sagte Ava streng. »Sei nicht so unhöflich!« Sie kniete sich vor Maya. »Die kleine Maus hier möchte an den Strand, stimmt das, Schätzchen?«

Maya klimperte mit ihren unglaublich langen dunklen Wimpern. Sie hatte wirklich das Beste aus zwei Genpools auf sich vereint, dachte Letty. »Ja! Ich will schwimmen!«

»Wie heißt du denn, Schätzchen?«

»Maya Abigail. Und ich bin vier Jahre alt. Und ich komme bald auf die Schule für große Mädchen.«

Die Inhaberin des Motels war auf der Stelle in das Kind vernarrt. Diese Wirkung hatte Maya auf viele Menschen. Genau wie Mayas Mutter.

»Das Econo Lodge hat auch einen Pool«, bemerkte Joe.

Ava stand auf und sah sich seufzend in der Lobby des Motels um. »Vielleicht der alte Lagerraum?«

»Mom!«

Letty blickte von einem zum anderen. »Das ist Ihre Mutter?«

»Schuldig im Sinne der Anklage.« Ava sah ihren Sohn warnend an. »Na ja, da hat seit Jahren keiner mehr drin geschlafen, denn es ist das einzige Ein-Zimmer-Apartment, das wir hier haben. Es ist winzig. Aber es ist nichts Wichtiges dort gelagert. Nur ein Berg kaputter alter Liegestühle, ausrangierte Bettwäsche und Sperrmüll, den ich schon längst wegbringen wollte …«

»Solange es ein Bett und ein Badezimmer gibt, stört mich das nicht. Ich bin an wenig Platz gewöhnt.« Letty dachte an all die kakerlakenverseuchten Zimmer, in denen sie in New York gewohnt hatte. Sie klang verzweifelt, denn sie war ehrlich verzweifelt.

»Und wer entsorgt den ganzen Müll?«, wollte Joe wissen.

»Ich«, sagte Letty.

»Mit dem mickrigen Kia?«

Letty hätte ihm am liebsten in den Allerwertesten getreten, mit Anlauf. »Auf dem Parkplatz steht doch ein Container.«

»Stimmt«, sagte Ava. Sie warf ihrem Sohn einen kurzen Blick zu, dann schaute sie Maya an, die ihren schmuddeligen Stoffelefanten an sich drückte.

»Ich mache Ihnen einen Vorschlag: Wenn Sie das Studio leer räumen und den ganzen Sperrmüll zum Container bringen, können Sie das Zimmer haben. Da steht auf jeden Fall irgendwo ein Bett, nur für den Zustand der Matratze kann ich nicht garantieren. Das Bad ist alt, aber soweit ich weiß, funktioniert noch alles. Es ist auch eine kleine Küchenzeile drin. Wahrscheinlich reicht Ihnen das.«

»Doch«, sagte Letty. »Das ist genug für uns.«

»Ich kann allerdings keine Putzfrau erübrigen, die Ihnen helfen könnte«, warnte Ava.

Letty nickte und dachte an das Bündel Bargeld, das sie unter den Vordersitz des Kia gestopft hatte. Sie spürte schon jetzt, wie es schrumpfte. »Wenn ich das Zimmer leer räume und sauber mache, was kostet es dann pro Woche?«

»Ohne Putzfrau?«, fragte Ava.

»Ja, ohne, Ma'am«, erwiderte Letty wieder mit Südstaatenakzent. »Die Kleine und ich brauchen nur eine Unterkunft am Strand. Ich bin es gewöhnt, schwer zu arbeiten und hinter mir sauber zu machen.«

»Wie lange?«, fragte Joe.

»Weiß ich noch nicht«, sagte Letty. »Kann ich das entscheiden, wenn es so weit ist?«

Ava sah ihren Sohn nachdrücklich an, bis er mit den Schultern zuckte und den Blick abwandte.

»Von mir aus«, sagte Ava. »Wie wäre es mit dreihundert die Woche?«

»Wenn ich statt mit Kreditkarte bar zahle, könnten Sie dann noch etwas runtergehen?«

Ava zuckte mit den Schultern. »Zehn Dollar weniger sind noch drin. Aber Sie dürfen keinem Gast erzählen, was Sie zahlen. Ich kann keinen Aufstand gebrauchen.«

»Dann sind wir uns einig.« Letty hielt Ava die Hand hin. »Ich bin übrigens Letty. Und ich verspreche Ihnen, dass Sie Ihren Entschluss nicht bereuen werden.«

Ava nahm Lettys Hand in ihre beiden Hände und schüttelte sie. »Ich hole den Schlüssel. Sie können die Schubkarre nehmen, die hinter dem Pumpenhäuschen vom Pool steht.«

»Ich möchte kurz zu Protokoll geben, dass ich dagegen bin.« Joe schüttelte entnervt den Kopf.

»Okay, notiert«, entgegnete Ava. Sie streckte Maya die Arme entgegen, die bei Fremden normalerweise nicht schnell auftaute, sich aber anstandslos von Ava auf den Arm nehmen ließ. »Süßes Mäuschen«, säuselte die Motelchefin und fuhr mit den Fingern durch Mayas Locken. »Ich weiß gar nicht mehr, wann wir zuletzt ein Kind hier hatten.«

»Warte ab, bis die Feldmans spitzkriegen, dass ein Kind im Motel ist«, sagte Joe. »Die steigen auf die Barrikaden.«

Ava sah ihren Sohn böse an. »Musst du nicht zum Dienst?«

2

Das als Lager genutzte Studio befand sich am nördlichen Ende der pastellfarben gestrichenen Häuschen aus Betonblockstein. Es war wirklich klein und zu Mayas Freude kaugummirosa gestrichen. »Das ist Barbies Haus«, kicherte sie.

Die Lamellenfenster waren mit einer dicken Schicht aus Salz und Schmutz überzogen. Der Lack an der Tür, ein unansehnliches Erbsengrün, blätterte ab.

»Da wären wir«, erklärte Ava und schloss die Tür auf. »Wie gesagt, es ist nichts Besonderes.«

»Oje«, sagte Letty beim Blick auf ihr neues Zuhause. Es roch nach Schimmel und alten Socken.

Wie angekündigt, war das Studio winzig. Und es war bis zur Decke zugestellt mit Sachen, die in den letzten Jahrzehnten kaputtgegangen oder überflüssig geworden waren. Letty entdeckte einen Stapel Clubsessel aus Aluminium mit zerfranstem Plastikgewebe, sieben unterschiedlich alte Fernsehgeräte, Plastikkörbe mit ausgeblichenen Tagesdecken und vergilbten Handtüchern sowie Berge von Bildern, hässliche Massenware. Drei verrostete Klimaanlagen wankten wie zu einem Marterpfahl aufeinandergestellt in einer Ecke. Vor den Fenstern lehnten durchgelegene Matratzen, dazwischen waren eine Waschmaschine und drei Kloschüsseln geschoben.

Seufzend stieß Ava mit dem Fuß gegen eine resopalbeschichtete Kommode, die schon bessere Tage gesehen hatte. »Ich hab verdrängt, was sich hier angesammelt hat.« Sie schaute finster drein. »Das ist die gerechte Strafe dafür, dass ich diesen angeblichen Handwerker nicht früher in die Wüste geschickt habe. Bis mir klar wurde, dass er zwei linke Hände hat und stinkfaul ist, dass er bloß trinken und im Casino in Tampa Geld verlieren kann, hatte er mein Auto geschrottet und den ganzen Kram, den er reparieren sollte, in diesen Raum gestopft.«

Letty lächelte verständnisvoll.

»Eins sage ich Ihnen, Letty: Mit seinen Freunden soll man trinken und lachen, aber keine Geschäfte machen!«

»Das hat meine Großmutter Mimi auch immer gesagt«, gab Letty zurück.

»Waren Sie mal verheiratet?«

»Nein.«

»Auch nicht mit Mayas Vater?«, fragte Ava. »Ich meine, das geht mich natürlich nichts an. Wenn ich ehrlich bin: Ich habe zwei Kinder, für die ich dem lieben Gott jeden Tag dankbar bin, aber heute wäre es mir lieber, ich hätte keinen von den beiden Vätern geheiratet.«

Letty warf einen kurzen Blick auf Maya, die neugierig in einem Plastikkorb mit Bettzeug herumwühlte.

»Also, Maya ist meine Nichte«, sagte Letty leise, ein kleines Zugeständnis an die Wahrheit.

»Guck mal, Letty!« Maya hielt eine violett und gelb geblümte Tagesdecke aus Kunstfaser hoch: »Für Ellies Bett.«

»Ellie? Haben Sie etwa noch ein Kind?«, fragte Ava verwirrt.

»Nein. Ellie ist der Stoffelefant. Mayas bester Freund.«

»Ach so.« Ava lächelte Maya zu und fragte Letty flüsternd: »Wo sind denn die Eltern?«

»Verstorben«, antwortete Letty traurig. Komplett gelogen war das nicht. Schließlich war Tanya wirklich tot, und Evan war für Letty auch gestorben.

»Das tut mir leid«, sagte Ava. Sie wollte noch etwas hinzufügen, da summte es in ihrer Jeans. Sie zog ihr Handy aus der Gesäßtasche.

»O Gott. Entschuldigung. Der Elektriker schreibt, er wäre unterwegs. Ich überlasse Sie jetzt sich selbst. Werfen Sie den Kram einfach in den Container, neben dem Sie geparkt haben. Wenn Sie Sachen zum Putzen brauchen, kommen Sie ins Büro, dann gebe ich Ihnen so ein Wägelchen mit Putzzubehör, ja?«

»Danke«, sagte Letty.

Als Ava fort war, sah sie sich im Zimmer um und seufzte. »Wo soll ich nur anfangen?«

Da hörte sie klar und deutlich Mimis Stimme: »Nicht lange überlegen, einfach loslegen.«

Während ihrer anstrengenden Jugend hatten Letty und Tanya zwei Sommer bei den Eltern ihrer Mutter, die sie liebevoll »Mimi« und »BopBop« nannten, auf deren Farm in Indiana gelebt. Derweil genoss ihre Mutter Terri die Flitterwochenphase ihres Lebens mit ihrem dritten Mann Bobby Ray Braithwaite.

Schließlich implodierte die Ehe, ohne dass es irgendwen gewundert hätte, und nach BopBops Schlaganfall und seinem darauffolgenden Tod war Schluss mit den Sommerferien auf der Farm. Die kleine Familie war wieder auf den ungepflegten Campingplatz in Tennessee gezogen, wo Terri Bobby Rays Trailer in Beschlag nahm. Mimi hatte sie in BopBops Chevy Impala nach Knoxville gefahren und ihnen beim Umzug in den Trailer geholfen. Sie hatte den Kühlschrank und die Schränke mit Lebensmitteln gefüllt und war zwei Tage später widerstrebend auf ihre Farm zurückgekehrt.

»Ihr passt aufeinander auf, Mädels, hört ihr?«, hatte Mimi zum Abschied gesagt und jeder Schwester einen Arm um die Schultern gelegt. »Eure Mama, die Arme, ist nur in der Lage, auf sich selbst aufzupassen, deshalb ist es deine Aufgabe, Letty, dich um Tanya zu kümmern, und du, Tanya, hörst auf das, was Letty sagt. Versprecht ihr mir das, ja?«

Die Mädchen hatten pflichtschuldig genickt und Mimi nachgewinkt, die noch einmal auf die Hupe des Impala drückte und dann aus dem Blickfeld verschwand. Es sollte das letzte Mal sein, dass sie ihre Großmutter sahen.

Nun lud Letty einen Berg Bettwäsche auf die Schubkarre, setzte Maya obenauf und schob alles nach draußen zum Container. Nachdem sie die alten Sachen hineingeworfen hatte, schloss sie ihren Wagen auf und holte so viele Sachen von Maya heraus, wie sie tragen konnte: Das zerfledderte Exemplar von *Kekse für die Maus im Haus*, eine kleine rosa Plastikdose mit Mayas Buntstiften und ein Malbuch sowie den Koffer des Mädchens, auf dem ihre Lieblingsdisneyfigur prangte: Elsa aus *Die Eiskönigin*. Letty sah sich um, überzeugte sich, dass niemand sie beobachtete, und griff zu dem Stoffbeutel, den sie aus Tanyas Schrank genommen hatte. Ihr war unwohl, wenn sie den Beutel nicht im Blick hatte, selbst wenn er im Auto eingeschlossen war.

»Fährst du mich zurück, Letty?« Maya kletterte wieder in die Schubkarre.

»Ja, gut, aber wenn wir in dem Zimmer sind, muss ich putzen. Du kannst ja spielen, okay? Ich habe dein Malbuch und deine Stifte mitgenommen. Bist du ein liebes Mädchen, während ich unser Zimmer sauber mache?«

Maya nickte eifrig, ihre Locken tanzten. »Ich bin ein liebes großes Mädchen.«

Letty drückte ihr einen Kuss auf den Scheitel. »Du bist das größte, beste Mädchen der Welt.«

Bis zum Mittag war es Letty gelungen, die Hälfte des Sperrmülls rauszubringen. Zigmal war sie mit der Schubkarre zum Container gefahren, während sich Maya aus den am wenigsten benutzten Laken und Kissen, die Letty aus dem Berg ausrangierter Bettwäsche gerettet hatte, ein Zelt baute.

Tanya würde durchdrehen, dachte Letty, wenn sie ihre Tochter hier sähe. Nach Mayas Geburt wurde ihre Schwester extrem penibel, verlangte von allen Gästen, dass sie ihre Schuhe an der Tür auszogen, stellte in jedes Zimmer eine Flasche mit Desinfektionsmittel und kaufte für ihre Tochter nur noch Dinge zum Essen oder Spielen, die ein Biosiegel trugen.

Aber Tanya war nicht mehr da, dachte Letty. Und Bakterien waren ihr geringstes Problem. Ihr war warm, sie war dreckig, ihre Arme und Beine taten weh, und ihr Magen knurrte.

»Komm, Mausezahn«, sagte Letty und klappte eins der Laken zurück, unter denen ihre Nichte hockte. »Wir gehen was essen.«

»Jippie!«, rief Maya und rappelte sich auf. »Chicken Nuggets!«

»Nee«, widersprach Letty. »Salat. Und Obst. Und Milch.«

»Und Kekse?«

»Mal sehen.«

Als sie den Kia aufschloss, kam Ava aus dem Büro und winkte ihnen zu. »Wollt ihr was essen?«

»Ja!«, rief Maya.

»Wir wollten gerade einkaufen fahren«, erklärte Letty und ging zu Ava hinüber. »Ich wollte fragen. Wo ist der nächste Supermarkt?«

»Ein paar Meilen weiter ist ein Publix, aber erst mal könnt ihr doch was bei mir essen, hm? Nichts Besonderes, nur Sandwiches mit Schinken und Salat, Möhrensticks und Weintrauben.«

»Und Kekse?« Maya gab die Hoffnung nicht auf.

Ava nahm die Hand des Kindes in ihre. »Hm, mal sehen. Ich denke, ich kann ein paar auftreiben.«

Letty folgte Ava ins Büro, durch eine Tür und eine schmale Treppe hinauf.

»Da wären wir. *Home sweet home.*« Ava öffnete die Tür am Ende der Treppe.

Sie gelangten in einen großen, sonnigen Raum mit glänzendem Kiefernholzboden, blassblauen Wänden und einer Fensterreihe, die auf das funkelnde Wasser des Ozeans ging. Das Zimmer machte einen gemütlichen Eindruck: Im Wohnbereich stand ein bequemes Sofa mit einem Schonbezug aus Jeansstoff vor einem Flatscreen-Fernseher, im Essbereich umgaben bunte Rattanstühle einen Bauerntisch aus Kiefernholz.

»Sieht das nett aus!« Letty bemühte sich, nicht neidisch zu klingen. Ihr ehemaliges Apartment in New York hätte in den Raum gepasst, den die Essgruppe einnahm. Bei dem Gedanken an ihre alte Wohnung musste sie unvermutet die Tränen zurückdrängen. In ihrer Eile, die Stadt zu verlassen, hatte sie nur wenige Habseligkeiten einstecken können: ihren Laptop, die Kultursachen und die Kleidung, die in ihren kleinsten Koffer passte. Alles andere hatte sie zurückgelassen. Sie war überzeugt, dass Evan inzwischen in ihrer Wohnung herumwühlte, in ihren Klamotten, ihren Büchern, in den wenigen Familienfotos, die sie aufbewahrt hatte, auf der verzweifelten Suche nach einem Anhaltspunkt, wo Letty sein mochte. Bei der Vorstellung, dass Evans Hände – dieselben Hände, die für Tanyas Tod verantwortlich waren – ihr Eigentum anfassten, bekam Letty eine Gänsehaut.

»Wohnt Ihr Sohn auch hier?«, fragte sie mit Blick durch das Zimmer, dessen Einrichtung eine deutlich weibliche Handschrift verriet.

»Joe? Ganz bestimmt nicht. Nein, der hat was Eigenes ein Stück weiter unten am Strand. Hier wohnen nur ich und meine Jüngste, Isabelle. Es ist nichts Besonderes, aber es gehört mir, und es ist so gut wie abbezahlt. Kommt mit in die Küche! Ihr müsst doch einen Riesenhunger haben.«

Die Küche war kleiner und älter als die beiden vorderen Zimmer. Die Küchenzeile bestand aus Metallschränken, einem Herd mit vier Platten und einem Kühlschrank. Vor einem großen Fenster, von dem man durch die Wedel hoher Palmen auf den sandigen Parkplatz des Motels blickte, stand eine Essecke aus Chromgestell und Resopal.

Ava deckte den Tisch mit drei Tellern und legte eine Kindersitzerhöhung auf einen der vier gelben mit Vinyl gepolsterten Stühle.

»Ich wusste, dass es einen guten Grund gibt, das hier nicht zu spenden«, bemerkte sie.

Ava stellte eine Platte mit Sandwiches in die Mitte des Tisches, dazu kam ein Teller mit Möhrensticks und Apfelspalten. »Was möchte unser Mäuschen denn trinken?«

»Ein Saftpäckchen!« Maya schlug mit der Faust auf den Tisch.

»Milch wäre gut«, sagte Letty. Kaum hatte sie ein Sandwich auf Mayas Teller gelegt, griff die Kleine danach und stopfte es in sich hinein. Letty musste sich zwingen, langsam zu kauen und jeden Bissen zu genießen.

»Hmmm«, machte Maya und kaute auf einem Stück Möhre herum.

Ava strahlte und legte eine zweite Sandwichhälfte auf Mayas Teller. »Die Kleine hat Hunger. Stürzt sich ja regelrecht auf das Essen. Die futtert wie ein Scheunendrescher!«

Letty unterdrückte ein Lachen. »Tut mir leid. Wir hatten gestern eine lange Fahrt. Wir haben zwar eine Essenspause eingelegt, aber dann wurde Maya schlecht, und ich hatte Angst, ihr danach noch viel zu essen zu geben. Sobald wir uns in unserem Zimmer eingerichtet haben, müssen wir uns wieder an geregelte Mahlzeiten gewöhnen.«

»Woher kommen Sie eigentlich? Ihr Auto hat ein Kennzeichen aus South Carolina.«

»Aus New Jersey.« Letty blieb absichtlich vage. »Ich habe den Wagen aus zweiter Hand gekauft und hatte noch keine Zeit, ein neues Kennzeichen zu besorgen.«

»Ich hatte mal eine Schwägerin aus New Jersey, aus der Gegend von Newark«, sagte Ava und trank einen Schluck Eistee. »Aber die wurde von einem Müllwagen überfahren. Das war für mich immer ausgleichende Gerechtigkeit. Von wo sind Sie genau?«

»Aus Hoboken«, antwortete Letty. Das stimmte halbwegs. Sie hatte mal kurz in Hoboken gewohnt, als sie nach New York gezogen war.

»Wie lange haben Sie schon das Murmuring Surf?«, fragte sie, um das Thema zu wechseln.

»Mal überlegen. Joe war noch klein. Er war so klein, und wir waren so arm, dass er in einer Kommodenschublade geschlafen hat, bis wir uns ein gebrauchtes Kinderbett leisten konnten. Im Juli wird er achtunddreißig, so lange sind wir schon hier.«

Letty schaute aus dem Fenster auf den Parkplatz. Eine silberne Limousine parkte neben ihrem Kia. Letty wurde unruhig. Eine ältere Frau stieg aus und begann, einen Rollstuhl aus dem Kofferraum zu laden. Letty entspannte sich ein wenig.

»Arbeitet Ihr Sohn auch hier? Ich meine, wenn er nicht als Officer unterwegs ist?«

»Er ist sogar Police Detective, und er würde behaupten, dass er hier einen Vollzeitjob hat, Polizeidienst hin oder her.« Ava verdrehte die Augen. »Beide Kinder helfen im Betrieb aus. Joe ist für die Instandhaltung und die Security zuständig, falls wir mal Probleme haben, und Isabelle geht noch zur Highschool. Wenn sie nicht lernt, sitzt sie an der Rezeption oder hilft woanders aus. Ich habe sie so großgezogen, wie ich erzogen wurde: früh im Leben Verantwortung zu übernehmen. Und was ist mit Ihnen, Letty? Was machen Sie beruflich?«

Letty dachte an den Ratschlag, den sie von Siobhan bekommen hatte, der Schauspiellehrerin, bei der sie in ihren ersten Monaten in New York kurz studiert hatte: »Suche in jeder Geschichte nach *deiner* Wahrheit, selbst in denen, die total bescheuert sind. Wenn du gut bist, glaubt das Publikum dir, auch wenn alles gelogen ist.«

Letty lächelte ihr aus einer Person bestehendes Publikum reumütig an. »Ich habe immer gedacht, ich würde mal eine berühmte Schauspielerin. Tatsächlich habe ich ein bisschen geschauspielert, aber letztlich habe ich alles gemacht, was sich anbot, um die Miete zu bezahlen. Mal habe ich gekellnert, mal Vertretung im Büro gemacht, ich habe auch in einem Bagel-Shop und in einer Immobilienfirma gearbeitet. So was halt.«

»Ich hab mir früher eingebildet, ich würde mal eine richtig dreckige Rock 'n' Roll-Röhre wie Linda Ronstadt«, gestand Ava. »Es gab Zeiten, da konnte ich ›You're No Good‹ richtig schön grölen.« Sie zuckte mit den Schultern. »Wenn ich es recht bedenke, könnte das das Motto meiner beiden Ehen sein. Aber wenn ich seit der Highschool irgendwo gesungen habe, dann nur zum Spaß.«

Letty warf einen Blick auf die Küchenuhr. »Das war wirklich lecker, Ava, aber ich glaube, ich muss mich langsam in Bewegung setzen, wenn ich unser Zimmer noch so weit ausgeräumt haben will, dass wir da heute Abend schlafen können.« Sie schob den Stuhl nach hinten und hob Maya von ihrem Platz.

»So, Schnucki. Die Mittagspause ist vorbei. Wir müssen weitermachen. Sagst du Miss Ava Dankeschön?«

»Sie hat gesagt, es gibt Kekse.« Mayas Gesicht wurde rot und verzog sich. Letty sah, dass ein Wutausbruch im Anzug war.

Ava sprang auf und ging zum Küchenschrank. Sie holte eine Dose mit Vanillewaffeln heraus. »Süßes Mäuschen … Ich habe ihr Kekse versprochen. Halt mal deine Hand auf, Schätzchen.«

Maya streckte zwei schmutzige Hände aus, Ava schüttete ihr Waffeln aus der Dose hinein.

»Die könnten ein bisschen älter sein«, flüsterte sie Letty zu, während sich das Kind eine Waffel in den Mund schob. »Isabelle schimpft mit mir, wenn ich Süßigkeiten kaufe.«

Grinsend steuerte Letty Maya in Richtung Tür. »Die Kleine soll eh nicht so viel Zucker essen, aber ich muss erst mal den Dreh mit diesem Erziehungskram herausbekommen.«

Ava ging hinter ihr durch das Wohnzimmer und die Treppe hinunter. »Sagen Sie Bescheid, wenn Sie es geschafft haben!«

3

Im Traum kam Tanya zu ihr. Nachdem Letty drei Stunden am Stück Sperrmüll zum Container gebracht hatte, war sie so müde und schmutzig, dass sie keinen Schritt mehr tun konnte. Sie warf eine Matratze auf den Boden, breitete eine Decke darüber und zog Maya an sich.

»Schlafenszeit«, verkündete Letty, und ausnahmsweise wehrte sich Maya nicht, sondern kuschelte sich mit dem Stoffelefant im Arm an ihre Tante. Kurz darauf hörte Letty, wie die Atemzüge ihrer Nichte langsamer wurden. Sie spürte, wie sich Mayas warmer Körper neben ihr entspannte, und streichelte die vollen rosigen Wangen der Kleinen. Dann schloss Letty selbst die Augen, um fast sofort in einen tranceähnlichen Schlaf zu fallen.

Schon bald tauchte Tanya auf. Ihr hübsches Gesicht war blass und erregt, ihre Pupillen vergrößert. »Versprich es mir!«, rief sie und tippte Letty mit dem Finger auf die Brust. »Wenn mir etwas zustößt, dann versprich mir, dass du Maya nimmst und abhaust.«

Dieses Gespräch hatten sie im wahren Leben unzählige Male geführt, jetzt kam es im Traum zu Letty zurück. Tanya schwor ihr, nüchtern zu sein, zu den Gruppentreffen zu gehen und alle Medikamente weggeworfen zu haben. Letty wollte ihr so gern glauben.

»Dir passiert doch nichts«, hatte sie immer geantwortet. Tanya übertrieb gern, sie wurde schnell hysterisch. War immer schon eine Drama-Queen gewesen.

»Das kannst du nicht wissen. Du kennst Evan nicht. Ich meine, den echten Evan. Er wird alles tun, um mir Maya wegzunehmen. Er gibt keine Ruhe, bis er seinen Willen bekommt.«

»Okay, egal«, hatte Letty gesagt, damit sich ihre Schwester nicht noch mehr aufregte.

»Das ist mein Ernst, Letty! Wenn mir irgendwas zustößt, wird er dahinterstecken. Er hat Detektive auf mich angesetzt. Ich glaube, dass er mein Handy überwacht. Ich bin super vorsichtig, aber er ist schweinereich, das weißt du, oder? Und er kennt wichtige Leute. Er bekommt immer seinen Willen. Immer.«

»Diesmal nicht«, hatte Letty gesagt, um Tanya zu beruhigen. »Du machst alles richtig. Du warst bei der Therapie, du gehst zu den Treffen. Das hat dir diese Schiedsfrau selbst gesagt. Du bist eine gute Mutter. Das kann Evan nicht widerlegen.«

Und da machte Tanya es. Sie beugte sich vor und flüsterte: »Ich weiß, dass du glaubst, ich sei paranoid, aber das bin ich nicht. Wenn mir was zustößt, musst du dir Maya schnappen und sehen, dass du wegkommst. Erzähl niemandem, wohin du gehst und warum. Hau einfach ab. Versprich mir, dass du meine Kleine vor ihm beschützt.«

»Klar«, sagte Letty, eingeschüchtert von der Eindringlichkeit ihrer Schwester. »Ich verspreche es dir, Tanya. Es passiert nichts, aber wenn doch, bringe ich Maya in Sicherheit.«

Der Tag lag – wie lange? – sechs, sieben Wochen zurück?

»Ich zeig dir was«, hatte Tanya gesagt und nach Lettys Hand gegriffen, um ihre Schwester ins Schlafzimmer zu führen.

Letty hatte diesen Raum nie gemocht. Evans Innenarchitektin – eine Ex-Freundin von ihm, behauptete Tanya – hatte dort alle Register gezogen. An den Wänden war eine auf alt gemachte silberne Spiegeltapete, die laut Tanya viertausend Dollar pro Rolle gekostet hatte. Die Decke war ebenfalls verspiegelt, auf dem Boden lag ein flauschig-dicker weißer Teppich, der Letty an einen zotteligen Hund erinnerte, aber nicht in positivem Sinn. Über dem mit schweren Stoffen behängten Himmelbett funkelte ein Kristallleuchter; die Farben der Tagesdecke und der Kissenberge beschränkten sich auf Grau, Silber und Weiß. Für Lettys Geschmack war die Einrichtung zu neu, zu glänzend, einfach übertrieben, aber Tanya fand alles schick und elegant.

»Hier drin.« Letty folgte ihrer Schwester zum begehbaren Kleiderschrank, der so groß wie Lettys Einzimmerwohnung war. Dort hing ebenfalls ein Kristallleuchter, an der Wand stand ein antiker dreiteiliger Klappspiegel mit versilbertem Rahmen. Das kleine mit Seide bezogene Sofa davor bezeichnete die Innenarchitektin als »Canapé«. Eine Vitrine in der Mitte des Raums stellte Tanyas Schmuck aus. Drei Wände wurden von Regalen voller Designerklamotten und Accessoires eingenommen. Tanya hatte alles nach Größe sortiert, von ihrer sogenannten »Prä-Maya-Zeit«, als sie Größe 32 trug, bis zu ihrem »dicken Post-Baby-Körper«, der immerhin noch in Größe 36 passte.

Eine komplette Wand des Raums wurde von Regalen beherrscht, in denen nur Handtaschen und Schuhe standen. Tanyas Stiefel, Dutzende von Paaren, waren unten im Schuhschrank aufgereiht. Tanya tastete herum und nahm einen hohen schwarzen Wildlederstiefel mit einem acht Zentimeter langen spitzen Absatz heraus.

»*These boots are made for walking*«, flüsterte sie verschwörerisch. Sie schob die Hand in den Stiefel und zog einen Leinenbeutel hervor, eine Art Säckchen, wie sie edle Lebensmittelläden an Kunden ausgaben, die glaubten, den Planeten retten zu können, indem sie wild gefangenen Lachs für dreißig Dollar das Pfund kauften.

»Was ist das?«

»Meine Notfalltasche«, flüsterte Tanya. »Mama hatte doch auch so eine.«

Terri hatte ihren Töchtern eingebläut, dass sie jederzeit bereit sein müssten zu gehen, wenn, wie ihre Mutter sich ausdrückte, »die Hütte brennt«.

»Mädchen«, sagte sie manchmal zu ihnen. »Ein Mann ist schnell mit Schwüren dabei, er würde einen lieben. Vielleicht glaubt er das auch wirklich. Aber irgendwann wacht er auf und findet dich zu alt, zu dick, zu laut, oder er hat einfach genug von dir. Man muss immer auf alles vorbereitet sein. Wie ihr es bei den Pfadfindern gelernt habt.

Legt immer ein bisschen beiseite, wenn ihr Geld bekommt, ganz egal, wie viel es ist. Ich meine Bargeld, das ihr so mitnehmen könnt, Tag wie Nacht. Versteckt es gut. Und macht euch einen Plan, damit ihr die Tasche schnell packen und abhauen könnt, wenn es so weit ist.«

An jenem Tag im begehbaren Kleiderschrank ließ Tanya ihre Schwester in den Beutel spähen. Letty erhaschte einen Blick auf ein samtbezogenes Schmuckkästchen, in dem sich der Diamantring befand, den Tanya zur Geburt von Maya geschenkt bekommen hatte, dazu ein mit Gummibändern zusammengehaltenes dickes Geldbündel. Dann entzog Tanya ihrer Schwester den Beutel und stopfte ihn in sein Versteck zurück.

»Versprich es mir!«, sagte die Traum-Tanya jetzt und zerrte an Lettys Arm. »Versprich mir, dass du Maya holst und zusiehst, dass du wegkommst.«

»Mache ich«, brummte Letty. »Ich verspreche es dir.«

»Letty, Letty!« Das Zerren am Arm hörte nicht auf. Langsam öffnete Letty die Augen und merkte, dass ihre sehr reale Nichte an ihrer Hand zog. »Letty, ich muss Kacka.«

»Ist gut, Schätzchen.« Letty stand auf und ging ins Badezimmer mit den rosa Fliesen. Auch die Keramik war rosafarben. Auf dem Waschbecken stapelte sich noch mehr ausrangierte Bettwäsche, und in der rosa gefliesten Duschkabine lagen Berge verstaubter Pappkartons. Es roch säuerlich, doch davon konnte sich Letty im Moment nicht abschrecken lassen.

Sie zog Maya die Hose aus und hielt das Kind wenige Zentimeter über die Toilettenbrille aus rosa Plastik. »So, dann mach mal«, sagte sie.

Maya kicherte und tat, wie ihr geheißen.

»Ich muss den Putzwagen holen, aber schnell«, sagte Letty zu sich selbst. Sie schob die Bettwäsche beiseite, fand ein kleines Stück Seife und wusch ihrer Nichte und sich selbst die Hände.

Um sechs Uhr abends stand sie in dem so gut wie ausgeräumten Motelzimmer, stützte die Hände in die Hüften und betrachtete die Gegenstände, die sie nicht allein hatte rausschaffen können. »Wie soll ich diesen Mist wegbekommen?«

Sekunden später klopfte es an der Tür, kurz darauf rief eine ungeduldige Männerstimme: »Hey! Jemand da?«

Aufgeschreckt lief Letty zum Fenster und spähte durch die schmutzige Scheibe. Dann öffnete sie schulterzuckend die Tür. Der Polizist hatte keine Dienstmarke und Waffe mehr dabei, er trug eine Jeans, T-Shirt und Flipflops. Vielleicht wollte er Letty doch nicht direkt verhaften oder erschießen.

»Ja?«, fragte sie betont kühl und sah ihm in die Augen. Ein weiterer Trick, den sie im Schauspielunterricht gelernt hatte.

Ungefragt trat er ein und sah sich um. Die Kloschüsseln, die Waschmaschine und eine Matratze hatte Letty noch nicht entsorgt. Nach ihrem unterbrochenen Nickerchen hatte sie noch einen Bettrahmen zutage gefördert und ihn mit der am ehesten brauchbaren Matratze aufgestellt. Unter einem Berg Gardinen mit verblasstem Blumenmuster hatte sie eine stabile, wenn auch hässliche Kommode entdeckt, in der sie ihre wenigen Habseligkeiten verstauen konnte. Im Badezimmer hatte sie zudem einen abgenutzten Besen gefunden und damit den gröbsten Schmutz und die Spinnenweben entfernt.

»Nicht schlecht«, sagte Joe. »Das haben Sie alles allein gemacht?«

»Ich und die Schubkarre«, entgegnete Letty.

Er wies auf die Waschmaschine. »Wollen Sie die behalten?«

Letty verdrehte die Augen. »Klar, da wollte ich eine Palme reinpflanzen.«

»Gut, dann brauchen Sie mich ja nicht.«

»Ehrlich gesagt, habe ich gerade überlegt, was ich damit tun soll«, gestand sie.

»Dieses Arschloch von Chuck«, brummte Joe. Er ging nach draußen und kam mit einer Sackkarre zurück. »Ich hab ihr von Anfang an gesagt, dass er ein Nichtsnutz ist, aber sie hatte schon immer eine Schwäche für Rumtreiber und Streuner.«

»Wer? Ihre Mutter?«

»Wer sonst?« Joe rollte die Sackkarre zur Waschmaschine. »Okay. Ich klemme jetzt eine Kante unter die Maschine, und Sie schieben sie drauf, aber vorsichtig, bis die Karre nach hinten kippt. Wie ein Hebel. Verstanden?«

»Denke schon.«

Interessiert sah Maya den beiden Erwachsenen zu, den Daumen im Mund. Letty streckte sich nach ihrer Nichte und zog ihr vorsichtig den Daumen heraus. »Bleibst du bitte auf dem Bett sitzen und kommst uns nicht in die Quere? Schaffst du das, Mausezahn?«

Maya nickte und steckte den Daumen wieder in den Mund.

Joe schlang einen Gurt um die Maschine und befestigte ihn an den Griffen der Sackkarre.

»Los!«, sagte er.

Letty drückte mit beiden Händen gegen das Gerät, schloss die Augen und lehnte sich dagegen. Plötzlich gab es einen Knall.

»Auuuuuuuu!«, jaulte Joe.

Letty öffnete die Augen. Das Gurtband war gerissen, die Waschmaschine offenbar auf Joes Fuß gelandet.

Irgendwie hatte er sie zur Seite gerückt und sich auf den Boden gesetzt, wo er sich jetzt vor- und zurückwiegte und mit beiden Händen seinen nackten rechten Fuß umklammerte, das Gesicht vor Schmerz oder Wut verzerrt.

»Verdammt nochmal!«, rief er und funkelte Letty böse an. »Ich glaub, ich hab mir den Zeh gebrochen.«

»Entschuldigung«, sagte sie. »Soll ich mal gucken?«

Er rutschte rückwärts, weg von ihr. »Ganz bestimmt nicht.«

»Ich tue Ihnen nicht weh«, entgegnete sie. »Ich gucke nur kurz drauf. Welcher Zeh ist es?«

»Geht Sie gar nichts an!«, blaffte Joe. Er nahm einen seiner abgetretenen Flipflops in die Hand und schob ihn vorsichtig unter den verletzten Fuß, dann stand er auf und lehnte sich gegen die Waschmaschine. »Mensch, tut das weh.«

»Ich habe mich entschuldigt. Aber hätten Sie nicht besser richtige Schuhe angezogen? Ich meine, wer macht solche Arbeiten denn in Flipflops?«

»Ein Mann, der gerade eine Achtstundenschicht hinter sich

hat«, entgegnete Joe. »Ein Mann, der sich um seinen eigenen Kram kümmert und sich ein kaltes Bier gönnt, bis seine Mutter ihm solche Schuldgefühle einredet, dass er ihrem neuesten Gast hilft.«

Letty spürte, wie ihre Wangen in einer Mischung aus Wut und eigenen Schuldgefühlen brannten. »Ich habe mich bei Ihnen entschuldigt. Wenn Sie mir erlauben, einen Blick drauf zu werfen, hole ich etwas Kaltes und helfe Ihnen, den Fuß zu kühlen.«

»Vergessen Sie's!«, brummte Joe. »Ich werd's überleben.« Er drehte sich zur Waschmaschine um und untersuchte die Sackkarre genauer. »Dieses Arschloch von Chuck. Ich hätte wissen müssen, dass er das Teil vergammeln lässt. Die Reifen sind auch so gut wie platt.«

»Und jetzt?«, fragte Letty.

»Jetzt werfe ich dieses Schrottstück in den Container, fahre nach Hause und hole eine vernünftige Stechkarre. Und meine Stiefel.« Er nahm sich die Karre und verließ den Raum. Im Gehen schlug er die Tür zu.

Mit einem Seufzer setzte sich Letty neben Maya aufs Bett, die das ganze Debakel verfolgt hatte. »Er hat ganz schlimm Aua«, flüsterte das Kind.

»So schlimm auch wieder nicht«, erwiderte Letty. »Der ist einfach eine große Heulsuse, mehr nicht.«

Als Joe zwanzig Minuten später zurückkam, trug er staubige Arbeitsstiefel und rollte eine Sackkarre ins Studio. »Auf ein Neues! Aber vorsichtig, ja?«

Der zweite Versuch lief deutlich glatter als der erste. Joe befestigte das Gurtband rutschfest an der Waschmaschine. Letty schob sie auf die Karre, Joe kippte sie nach hinten und konnte sie relativ problemlos nach draußen rollen. Genauso gingen sie mit den Kloschüsseln und der restlichen Matratze vor. Als Joe vom Container zurückkam, hatte er eine zerknüllte braune Papiertüte dabei, die er Letty entgegenhielt.

»Was ist das?«

»Ein Friedensangebot«, sagte er schroff. »Sie hatten recht. Es war ein Unfall, ich hätte Ihnen nicht die Schuld geben dürfen. Und schon gar nicht hätte ich vor dem Kind fluchen dürfen.«

»Das war nichts Neues für sie«, bemerkte Letty schuldbewusst. Sie öffnete die Papiertüte und zog eine Flasche kalten Weißwein und zwei Plastikbecher heraus.

»Der hat einen Schraubverschluss, weil ich dachte, Sie haben vielleicht keinen Korkenzieher, aber das ist trotzdem keine billige Plörre.« Er schob die Hände in die Gesäßtaschen seiner Jeans und sah Letty unsicher an. »Sie trinken doch Alkohol, oder?«

Ohne es zu wollen, musste sie grinsen. »Man sagt es mir nach.«

Joe hielt ihr noch eine Tüte hin. »Das ist für die Kleine.«

Es war ein Liter Schokomilch.

»Sie heißt Maya«, bemerkte Letty.

»Das weiß ich«, erwiderte er gereizt.

»Nett von Ihnen«, sagte sie, hob die Flasche hoch und zeigte sie ihrer Nichte. »Maya?«

»Schokomilch!« Maya riss Letty die Flasche aus der Hand.

»Was sagt man da?«, fragte Letty.

Maya war damit beschäftigt, die Plastikversiegelung vom Flaschenhals zu entfernen. »Danke.«

»Ja, vielen Dank«, bekräftigte Letty, die sich wieder an ihren Anstand erinnerte. »Was macht Ihr Zeh?«

»Tut tierisch weh.«

»Hm.« Ihr war unbehaglich zumute. »Ich mache mich wohl besser wieder an die Arbeit.«

»Was ist mit Essen?«, fragte Joe.

»Ava hatte ein spätes Mittagessen für uns«, erklärte Letty. »Ich fahre gleich zum Supermarkt.«

»Mom wollte, dass ich kurz nachschaue, ob der Kühlschrank funktioniert.« Joe wies auf die Küchenzeile neben der Tür zum Badezimmer. Sie bestand aus einer Edelstahlspüle mit einem Becken, neben dem sich mehrere Sechzigerjahre-Kaffeemaschinen sammelten, sowie dem erwähnten kleinen Kühlschrank. Auf der abgeplatzten Resopal-Arbeitsplatte stand eine elektrische Kochplatte mit zwei Heizringen.

»Ich war so sehr damit beschäftigt, alles rauszuwerfen, dass ich mir die Küche noch gar nicht genauer angesehen habe«, gab Letty zu.

Joe hockte sich hin und zog den Kühlschrank auf. Er hielt die Hand hinein und zuckte mit den Schultern.

»Müsste mal sauber gemacht werden, aber ist kalt.« Er richtete sich auf und rieb sich die Hände an der Hose ab.

»Sieht aus, als wäre alles so weit fertig«, bemerkte er.

Letty folgte ihm nach draußen. Zwei Türen weiter saßen zwei ältere Frauen auf leicht rostigen Metallstühlen. Beide trugen geblümte Blusen in Pastelltönen und weiße Stoffhosen. Ihre Augen schützten sie mit pastellfarbenen Sonnenblenden. Die eine Dame war groß und dünn, hatte lange, knochige Arme und kurze graue Haare. Die andere war kleiner, rundlicher und molliger. Sie trug die blassblonden schulterlangen Haare in einem strengen Pagenschnitt.

»Hallo, Joseph!«, sagte die Große und schielte hinter ihrer dicken getönten Brille zu Letty hinüber.

»Hallo, Miss Ruth!« Joe nickte den Damen zu. »Miss Billie …«

»Wen haben Sie denn da?«, fragte die Rundliche. Sie hatte eine Katzenaugenbrille an einer Kette um den Hals, die sie nun aufsetzte, um Letty zu mustern, ohne eine Miene zu verziehen.

»Ähm, also, das ist Letty.«

»Hallo!«, grüßte diese.

»Ziehen Sie da ein?« Die dünne Frau spitzte die Lippen und schüttelte den Kopf. »In den Lagerraum?«

»Ja, Ma'am.« Wieder verfiel Letty in die Sprechweise der Südstaaten, die sie von ihrer Großmutter gelernt hatte. »Ich habe heute den ganzen Tag sauber gemacht. Joe hat gerade die letzte Ladung zum Container gebracht.«

»Haben wir gemerkt«, sagte Ruth. »Wir haben uns schon gefragt, was da los ist.« Sie wies in die grobe Richtung von Lettys Studio. »Ava hat uns nicht darüber informiert, dass sie den Lagerraum vermietet.«

»Das war eine ganz spontane Entscheidung«, erklärte Joe. »So, die Damen. Falls Sie noch Fragen haben, beantwortet meine Mutter die sicher gern.«

Ruth, die Größere, wies anklagend auf Maya an Lettys Hand. »Zu wem gehört das Kind?«

Maya versteckte sich hinter ihrer Tante.

»Zu mir.« Sofort fühlte sich Letty in der Defensive.

»Joseph?« Ruth hob die Stimme. »Ist Ava bekannt, dass diese Person ein Kind hat?«

»Yep«, erwiderte Joe. »Wie gesagt, jedwede Fragen, Sorgen et cetera bitte an meine Mutter richten.« Ohne die beiden Frauen eines weiteren Blickes zu würdigen, eilte er in Richtung Parkplatz davon.

»Tja …« Letty legte die Hand auf den Türknauf. »Freut mich, Sie kennenzulernen.«

»Meine Liebe«, sagte Billie, »da Sie hier neu sind, darf ich Sie vielleicht darauf hinweisen, dass die meisten von uns schon seit Jahren im Murmuring Surf Urlaub machen.»«

»Seit vielen, vielen Jahren«, ergänzte Ruth.

»Wir sind an gewisse Dinge gewöhnt«, sagte Billie.

»Normalerweise vermietet Ava in der Saison nicht an Leute mit Kindern«, sagte Ruth streng. »Ich dachte, da wären wir uns einig.«

»Haben Sie vielleicht etwas gegen Kinder?« Lettys Stimme wurde hart.

»Nur wenn sie in direkter Nähe zu unserem Zimmer wohnen«, sagte Ruth. Sie fixierte Maya über ihren Brillenrand hinweg, als sei das kleine Mädchen eine tote Kakerlake. »Wir schätzen die Ruhe in diesem Motel. Keine stinkenden Windeln im Mülleimer, keine schreienden Gören, die im Pool herumspritzen und ihr Spielzeug überall herumliegen lassen, so dass andere darüber stolpern.«

»Werde ich mir merken.« Letty wandte sich zum Gehen.

Was für Nachbarinnen! Terri hätte über die »alten Schachteln« gelästert oder noch schlimmere Bezeichnungen gebraucht. Letty kannte diesen Menschenschlag aus ihrer Kindheit. Sie erinnerte sich noch lebhaft an die alten Damen in der Kirche, die Tanya und sie schmallippig musterten, wenn Terri ihre Töchter an der nächsten Sonntagsschule absetzte.

»Geht eure Mutter nicht in die Kirche? Wo wohnt ihr beiden denn? Holt euer Vater euch nach dem Gottesdienst ab?«

Gedemütigt hatte Letty mit den Schultern gezuckt und den Blick gesenkt, doch Tanya, ihre resolute kleine Schwester, ließ sich nichts gefallen. »Geht euch gar nichts an!«, rief sie.

»Wo ist denn der Vater des Kindes?«, fragte Ruth, eine Augenbraue erwartungsvoll gehoben.

Maya schlang die Arme fest um Lettys Beine, schniefte und zog den Kopf ein.

»Kann ich wirklich nicht sagen«, erwiderte Letty. Sie nickte den beiden Frauen kurz zu, nahm das Kind auf den Arm und zog sich in ihr Apartment zurück.

4

Als Letty nach dem Einkauf im Supermarkt in der zunehmenden Dunkelheit auf den Parkplatz des Murmuring Surf fuhr, entdeckte Maya den Swimmingpool des Motels. Das leicht gekräuselte türkisblaue Wasser verzauberte sie.

»Oh, ich will in den Pool! Letty, ich will schwimmen gehen!«, rief die Kleine und trat mit ihren Sandalen von hinten gegen den Fahrersitz.

Letty war erschöpft von dem langen Tag, vom Putzen und Schleppen, dazu noch der anstrengende Einkauf im Supermarkt, wo die Vierjährige mit großem Gezeter um jeden bunten Gegenstand gekämpft hatte, der ihr ins Auge fiel.

»Ach, Mausezahn«, sagte sie und drehte sich zu ihrer Nichte um. »Bist du nicht müde? Wir können doch morgen früh schön schwimmen gehen …«

»Nein!«, schrie Maya und verzog das Gesicht, ein sicheres Zeichen, dass sie jeden Moment in Tränen ausbrechen würde. »Ich will in den Pool! Ich will jetzt schwimmen.«

»Na gut«, sagte Letty schnell. »Aber zuerst müssen wir unsere Einkäufe wegräumen. Und wir können nicht lange im Wasser bleiben. Heute gehen wir beide früh ins Bett.«

Bestimmt war es nicht ratsam, den Forderungen des Kindes so schnell nachzugeben. Letty hatte bereits Schuldgefühle, weil sie der Kleinen schon wieder Fastfood gestattet hatte, aber sie hatte jetzt am Abend einfach keine Kraft mehr für Diskussionen und Gebrüll.

Dreimal mussten sie laufen, bis das Auto leer war. Zum Glück hatte Letty außer Saft, Milch, Müsli, Obst, Kaffee und anderen Lebensmitteln auch Badesachen für Maya und sich selbst gekauft, außerdem einen aufblasbaren Schwimmreifen.

Kaum waren sie im Zimmer, streifte Maya ihre Kleidung ab. Dann stellte sie sich in ihren weißen Sandalen in die Tür zum Bad und sang: »Schwimmi-schwimm, schwimmi-schwimm.«

»Na gut.« Letty musste lachen. Sie holte die Schwimmsachen aus einer Tüte, riss die Preisschilder von dem rosa-weiß gestreiften Bikini, den sie für ihre Nichte gekauft hatte, und hielt ihn der Kleinen hin.

»Schwimmi-schwimm, schwimmi-schwimm«, summte Maya vor sich hin und stieg in das Bikinihöschen.

»Schwimmi-schwimm, schwimmi-schwimm«, sang Letty mit und zog dem Kind das Oberteil über den Kopf.

»Jetzt du«, sagte Maya und gab ihrer Tante den unauffälligen dunkelblauen Badeanzug, den Letty für sich mitgenommen hatte.

Als sie umgezogen waren, traten sie mit dem aufgeblasenen Schwimmreifen und frisch gekauften Strandlaken nach draußen. Entschlossen lief Maya in Richtung Schwimmbecken, das hinter einem Zaun lag, um den herum in Form geschnittene Hibiskusbusche bluhten.

Am Eingang hing ein großes Schild: KEINE BADEAUFSICHT. GLÄSER IM POOLBEREICH VERBOTEN. SCHWIMMEN AB 22 UHR VERBOTEN.

Als die beiden durch das Törchen gingen, sahen sie, dass zwei Frauen im Becken ihre Runden drehten.

»Ich kann auch schwimmen!« Maya zeigte zu ihnen hinüber. Das stimmte. Kaum hatte die Kleine laufen können, hatte Tanya ihre Tochter zu einem eindrucksvollen Strauß von Mutter-Kind-Kursen angemeldet. Musikalische Früherziehung, Töpfern, Ballett und sogar ein Schwimmkurs, den Maya in dem Sommer, als sie drei wurde, in einem Privatclub in den Hamptons absolvieren konnte, weil ihr Vater das für sie organisiert hatte.

Evan, hatte Tanya berichtet, zahlte für alles, was nach Optimierung roch. Wie sich herausstellte, hatte Maya keinerlei musikalisches Gehör und interessierte sich weder fürs Töpfern noch fürs Tanzen, aber im Wasser war sie ein Naturtalent.

»Evan meint, das hätte sie von ihm geerbt«, sagte Tanya. »Er hat auf der Privatschule in der Wasserballmannschaft gespielt.«

Der Swimmingpool des Murmuring Surf war mit dem in den noblen Hamptons nicht zu vergleichen. Ringsherum standen Alutische und -stühle, jede Sitzgruppe wurde von einem Sonnenschirm mit ausgeblichenem gelb-weiß gestreiften Muster überschattet. Letty setzte sich hin und nahm die sich windende Maya auf den Schoß. Sie öffnete die Schnallen ihrer Sandalen und schob ihr den Schwimmreifen über Kopf und Oberkörper.

»Jetzt können wir ins Wasser gehen«, verkündete sie, stand auf und streckte die Hand nach dem Mädchen aus.

Doch bevor Letty die Kleine an die Hand nehmen konnte, lief Maya zum Beckenrand und sprang einfach hinein. Sie landete direkt vor einer der beiden Schwimmerinnen, die gerade das flache Ende erreicht hatte.

Die Frau richtete sich zu ihrer vollen Größe auf, schob die Schwimmbrille auf die Badekappe und stieß das Kind von sich, das in seinem orangefarbenen Schwimmreifen glücklich im Wasser trieb.

»He!«, rief die Frau und sah böse zu Letty hoch, die hilflos am Beckenrand stand.

Es war Ruth, eine der beiden Damen, die Letty am Nachmittag kennengelernt hatte.

»Das tut mir furchtbar leid.« Letty sprang ebenfalls ins Wasser. Maya schlang ihr die Arme um die Schultern und drückte den Kopf in die Halsbeuge ihrer Tante. Letty klopfte ihr auf den Rücken, hörte aber bereits das Schniefen und spürte, wie warme Tränen an ihrem Hals hinabliefen.

Die andere Schwimmerin hatte ebenfalls das flache Ende des Beckens erreicht. Es war Billie, die zweite Nachbarin.

»Was ist passiert?«, fragte sie. Ihr Blick sprang zwischen Ruth und Letty hin und her.

»Manche Menschen haben einfach kein Benehmen«, empörte sich Ruth. »Sie hat das Kind einfach auf mich drauf springen lassen.«

»Jetzt ist Erwachsenenzeit!«, rief Billie. »Da sind keine Kinder im Becken erlaubt.«

»Tut mir leid«, wiederholte Letty. »Das wusste ich nicht. Ich habe kein Schild oder so gesehen.«

»Das fällt unter allgemeine Rücksichtnahme«, entgegnete Ruth. »Jeder hier weiß, dass wir abends von acht bis neun unsere Bahnen ziehen. Haben Sie uns nicht gesehen? Lassen Sie Ihr Kind immer einfach herumlaufen wie ein wildes Tier? Sie hat mit Sicherheit nicht mal eine Schwimmwindel an.«

»Sie ist kein wildes Tier. Das ist ein vierjähriges Mädchen!«, rief Letty. Sie spürte, wie die Wut in ihr hochkam. »Sie hockt jetzt seit drei Tagen im Auto oder im Motelzimmer und wollte einfach mal ins Wasser und ein bisschen schwimmen. Ist das vielleicht verboten? Ich habe mich dafür entschuldigt, dass sie einfach so in den Pool gesprungen ist. Das wird nicht noch mal vorkommen, deshalb brauchen Sie nicht so garstig zu werden.«

»Darüber werde ich mit Ava sprechen«, drohte Ruth, dann wandte sie sich an die andere Frau: »Komm, Billie, wir gehen.«

Billie nickte. »Neulinge!«, murmelte sie verächtlich und paddelte an Letty und der inzwischen heulenden Maya vorbei.

Langsam stiegen die beiden Frau die Betonstufen hinauf. Wasser strömte aus ihren schlabbrig sitzenden geblümten Badeanzügen.

Maya hob den Kopf. »Entschuldigung, Letty«, flüsterte sie.

5

Als Letty endlich eingeschlafen war, wurde sie von ihrem Handy geweckt, das leise unter dem Kopfkissen plingte. Besorgt schaute sie auf Maya, die sich wie ein Igel zusammengerollt und an sie geschmiegt hatte. Oder vielleicht eher wie eine Entenmuschel. *Schlaf schön weiter*, dachte Letty und griff nach dem Handy. *Bitte schlaf weiter!*

Sie hatte eine neue Nachricht von Zoey:

OMG! Evan war heute im Laden, hat herumgeschrien und mich unter Druck gesetzt, damit ich ihm sage, wo du bist. Er hat fast dafür gesorgt, dass ich gefeuert wurde. Dann kam ein Bulle rein und stellte auch jede Menge Fragen. Ich habe gesagt, ich wüsste gar nichts, und das stimmt ja auch. Die glauben, du hättest deine Schwester umgebracht. Total irre. Sei bitte vorsichtig!

Letty starrte auf den Text und löschte ihn dann, ohne zu antworten. Das GPS auf ihrem Handy hatte sie bereits deaktiviert. Lange hatte sie überlegt, ob sie das Gerät loswerden und sich stattdessen ein billiges Prepaid-Handy zulegen sollte, wie man es überall kaufen konnte, doch sie war noch nicht bereit, auf den Rettungsanker zu verzichten, den das Telefon für sie darstellte. Noch nicht. Letty schaltete es aus und zwang sich, wieder einzuschlafen.

Wir sind hier in Sicherheit, dachte sie. In diesem abgelegenen Ort würde niemand nach ihnen suchen. Sie hatte darauf geachtet, keine Spuren zu hinterlassen. Nichts würde Evan zu einem Motel wie dem Murmuring Surf führen. Die Tür zum Apartment war verschlossen, der Riegel vorgelegt. Tanyas Notfallbeutel mit dem Geld und dem Ring war gut versteckt. Die Kleine war in Sicherheit. Letty strich über die Locken des Mädchens und lauschte dem beruhigenden Geräusch des zufrieden am Daumen nuckelnden Kindes.

Okay, hier war ein Bulle, der herumschnüffelte und beharrlich Fragen stellte. Doch Letty hatte selbst Fragen, deshalb würde sie bleiben, wo sie war, und wachsam sein.

Sie wusste noch nicht, inwiefern ihre Nichte verstanden hatte, was mit ihrer Mutter geschehen war und was genau Maya miterlebt hatte. Letty konnte nur hoffen, dass das Kind während des brutalen Mords an Tanya geschlafen hatte, einen anderen Gedanken konnte sie schlicht nicht ertragen. Irgendwann würde sie therapeutische Hilfe für Maya suchen müssen.

Am nächsten Tag, schwor sich Letty, würde sie sich einen Plan machen. Sie würde überlegen, wie sie an einen Job und eine bessere Wohnung kommen konnte. Ein schäbiges Motelzimmer war nicht der richtige Ort, um ein Kind großzuziehen. War das jetzt ihre Aufgabe? Ein Kind großzuziehen? Der Gedanke verunsicherte sie zutiefst. Letty hatte immer so eine Vorstellung gehabt, dass sie eines Tages ein ganz normales Leben führen würde, mit einem Beruf, einer krisenfesten Ehe, mit Hypothek, Hund und, ja, mit einem eigenen Kind. Vorzugsweise in genau dieser Reihenfolge.

Aber ein Leben auf der Flucht hatte nicht auf ihrer Liste gestanden.

Sie hatte in einem Diner in Tribeca gekellnert und sich ein schmuddeliges Apartment in Queens mit drei anderen Mädchen geteilt, die sie über eine Anzeige im Internet kennengelernt hatte. Evan war Stammgast im Diner gewesen. Er sah so gut aus, dass man sich auf der Straße nach ihm umgedreht hätte. Zwar war er nicht besonders groß, vielleicht einen Meter fünfundsiebzig, aber er hatte faszinierende bernsteinfarbene Augen, ein markantes Kinn und leicht silbern melierte Haare.

Regelmäßig kam er ins Diner und setzte sich stets allein an Tisch 2, ans Fenster, locker gekleidet in einer modischen Designerjeans, einem gestärkten Oberhemd und Slippern von Gucci, ohne Socken; als Schmuck trug er nur eine teure Armbanduhr und an der rechten Hand einen schweren goldenen Siegelring.

Auch wenn er regelmäßig Geschäftstermine mit Kunden hatte, die sich manchmal über einen Zeitraum von mehreren Stunden zogen, war den Kellnerinnen nicht entgangen, dass Tisch 2, wie der Gast von ihnen genannt wurde, nur selten in Begleitung einer Frau war.

Irgendwann erfuhr Letty von einer Kollegin, dass dem Mann ein halbes Dutzend Apartments in der Umgebung gehörte und er das Diner quasi als Büro benutzte. Zoey meinte, er hätte eine Übereinkunft mit dem Geschäftsführer Arthur getroffen, weshalb Tisch 2 in Ruhe gelassen, regelmäßig mit Kaffee versorgt wurde und das serviert bekam, was er immer bestellte: ein pochiertes Ei auf ungebuttertem Roggentoast, knusprigen, aber nicht angebrannten Bacon und ein kleines Glas ungesüßten Grapefruitsaft. Der Typ gab großzügig Trinkgeld und war höflich, wenn auch ein bisschen arrogant.

An jenem brütend heißen Morgen im August war Letty zu spät zur Arbeit gekommen, hatte einen Anschiss von Arthur kassiert, der gedroht hatte, sie rauszuschmeißen, und hatte Zoey anvertraut, dass ihre Mitbewohnerinnen sie vor die Tür setzen wollten. Sie hatte keine Ahnung, wie sie bis zum Ende des Monats eine Wohnung finden sollte, die sie sich leisten konnte.

»Entschuldigung«, sagte der Gast an Tisch 2, als sie hinging, um ihm Kaffee nachzuschenken. »Ähm, ich habe mitbekommen, dass Sie eine Wohnung brauchen.«

Letty beäugte ihn argwöhnisch. Sie war es gewohnt, von Gästen angebaggert zu werden, aber Tisch 2 hatte noch nie gesteigertes Interesse an ihr gezeigt.

»Ja«, sagte sie achselzuckend. »Das ist ätzend. Ich meine, die Wohnung ist zwar die letzte Bruchbude, aber mehr kann ich mir nicht leisten. Ich habe mir das Zimmer mit einem Mädchen geteilt, aber jetzt zieht ihr Freund ein, also haben sie mich rausgewählt.«

»Eventuell wüsste ich eine Möglichkeit«, sagte der Mann vorsichtig. »Falls Sie Interesse haben. Die Wohnung ist hier ganz in der Nähe.«

»Hier?« Letty lachte. »In dieser Gegend kann ich mir niemals irgendwas leisten.«

»Lassen Sie sich überraschen!«, sagte Tisch 2. Er zog eine Visitenkarte aus einem dünnen Lederetui, schrieb etwas auf die Rückseite und reichte sie Letty. Er hatte die Adresse eines Gebäudes notiert, das zwei Querstraßen vom Diner entfernt war.

»Der Mieter ist gerade ausgezogen, und ich hab's nicht gern, wenn meine Objekte leerstehen. Ist nicht gut fürs Geschäft. Sagen Sie Bescheid, wenn Sie's sich ansehen wollen.«

Letty schüttelte den Kopf. »Das ist wirklich nett, aber ehrlich: Egal, wie viel Sie nehmen, ich kann's mir nicht leisten.«

»Wo wohnen Sie jetzt, und was zahlen Sie da?«

»Lachen Sie nicht: Ich zahle neunhundert Dollar, und die bekomme ich kaum zusammen. Meine Kreditkarte ist komplett ausgereizt.«

»Wohnen Sie allein? Kein Freund in Aussicht?«

»Nein«, erwiderte Letty und bereute bereits, welch seltsame Wendung das Gespräch nahm.

»Also, ich denke, wir würden schon eine Lösung finden«, sagte Tisch 2. »Wann haben Sie heute Feierabend?«

»Nach dem Mittagessen.«

»Überlegen Sie's sich! Sie haben meine Nummer. Wenn Sie sich die Wohnung ansehen wollen, können wir uns dort treffen, am besten zwischen zwei und drei.«

Damals lebte Letty seit fast zwei Jahren in New York. Bei ihrer ersten Fahrt mit der U-Bahn hatte sie erlebt, wie ein Mann mit einem Priesterkragen sich entblößte und sich selbst streichelte, während er ihr in die Augen sah. In einem H&M war ihr das Portemonnaie gestohlen worden, und mehr Gäste, als sie zählen konnte, hatten versucht, sie unauffällig zu begrabschen. Mit einem kiloschweren Eisblock hatte sie sich gegen einen allzu aufdringlichen Koch wehren müssen.

»Also, ich hätte Interesse an einem Apartment«, sagte sie kühl, »aber mehr auch nicht. Ich werde nicht mit Ihnen schlafen, und ich habe nichts übrig für perverse Spielchen. Wenn Sie auf so was aus sind – nicht mit mir.«

Der Mann legte den Kopf schräg und schien Letty in einem neuen Licht zu betrachten. »Wie heißen Sie?«

Sie zögerte kurz. »Letty.«

Tisch 2 wies auf ihr Namensschild an der Uniform. »Hier steht, ihr Name ist Cynthia.«

»Ja. Ja. Lange Geschichte. Genau genommen ist das der Name einer Figur, die ich in einer Folge von *Law & Order* gespielt habe. Ich war die Prostituierte, die ganz am Anfang die Leiche eines Politikers in einer Motelbadewanne findet. Also, bevor die Musik einsetzt, ›WUMM!‹. Mir gefiel der Name, deshalb habe ich ihn mir ausgeliehen.«

»Sind Sie Schauspielerin?«

»Manchmal. Aber nicht oft genug, um hier aufhören zu können.«

Das Handy, das der Gast neben seinen Teller gelegt hatte, summte. Er schaute auf das Display, dann sah er Letty an. »Gut, Letty, da muss ich drangehen. Ich freue mich, von Ihnen zu hören.«

»Mal sehen.«

Er griff zum Handy. »Nicht, dass Sie gefragt hätten, aber ich heiße Evan.«

6

Am Freitagmorgen stand Joe am Tresen in der Rezeption, nippte an seinem Kaffee und beobachtete, wie der neueste Gast des Motels über den Hof ging, einen Wäschekorb unter dem Arm, das Kind im Schlepptau.

Letty trug eine kurze Hose und ein Tanktop, die Kleine hatte denselben rosa-weißen Bikini an, in dem sie die ganze Woche herumgelaufen war.

»Irgendwas stimmt nicht mit der Frau«, sagte Joe zu seiner Mutter.

Ava schaute vom Computermonitor hoch, senkte die Lesebrille und folgte dem Blick ihres Sohnes. »Warum sagst du das? Ich finde sie vollkommen in Ordnung. Denk dran, wie hart sie gearbeitet hat, um das Zimmer sauber zu machen, damit sie dort unterkommen kann. Sie ist ruhig und kümmert sich um ihren eigenen Kram. Und die kleine Maya ist so süß. Ich hätte gern ein halbes Dutzend Gäste wie Letty.«

»Erzähl das mal den Feldmans!«

»Ach, die beiden! Die sind nur zufrieden, wenn sie über irgendwas meckern können«, sagte Ava. »Am Mittwoch tauchten sie hier schwer beleidigt auf und wollten, dass ich ein Schild am Swimmingpool aufstelle, auf dem steht, dass der Pool von acht bis neun Uhr abends für Gäste reserviert ist, die Bahnen schwimmen. Ich habe ihnen gesagt, das könnten sie mal ganz gepflegt vergessen.«

Joe lachte leise. »Das ist bei Ruth bestimmt super angekommen.«

»Die glauben, ihnen würde der Laden gehören, nur weil sie schon so lange herkommen.«

Joe trank seinen Kaffee aus und warf den Pappbecher in den Müll. »Muss zur Arbeit.«

»Du hast mir nicht gesagt, warum du glaubst, mit Letty würde etwas nicht stimmen.«

»Hast du nicht erzählt, sie hätte bar bezahlt?«

»Ja. Und? Da ist sie nicht der einzige Gast, der das macht. Was mich betrifft, ist das die perfekte Regelung. Das Geld wandert direkt in meine Tasche, und Onkel Sam sieht nichts davon.«

»So was darfst du mir gar nicht erzählen!«, fuhr Joe seine Mutter an. »Ich bin bei der Polizei, schon vergessen? Steuerhinterziehung ist ein Bundesverbrechen. Außerdem geht es nicht nur ums Bargeld, sondern um die ganze Situation. Sie ist keine pensionierte Lehrerin aus Buffalo. Sie ist nur halb so alt wie unsere übrigen Gäste. Sie gibt zu, dass das Kind nicht ihres ist. Sie hat keine Arbeit. Taucht hier aus heiterem Himmel auf, ohne sich anzumelden. Was will sie hier? Und warum?«

»Warum kommt man nach Florida?« Ava wies auf das große Panoramafenster. Draußen wanden sich die fuchsienroten Blüten einer Bougainvillea an der Betonsteinfassade des Gebäudes empor, die Palmen rauschten sanft im Wind. »Die Lebenshaltungskosten sind niedrig. Man zahlt keine Einkommenssteuer. Das Wetter ist super, das Wasser warm. Im Internet habe ich gelesen, dass es gestern in Chicago Schneestürme gab. Aus genau diesen Gründen sind dein Vater und ich vor vielen Jahren hergekommen. Und geblieben.«

»Aber warum gerade dieses Motel? Warum ausgerechnet das Murmuring Surf? Erinnerst du dich, wie sie reagiert hat, als ich ihr vorschlug, ein anderes Motel zu suchen? Als wollte sie unbedingt hier wohnen, nirgendwo anders. Das gefällt mir nicht.«

»Geh zur Arbeit!« Ava tat, als wollte sie ihren Sohn verscheuchen. »Sperr ein paar Steuerhinterzieher ein oder so. Ich habe ein Motel zu führen.«

Joe holte sein Handy aus der Brusttasche seiner Jacke. »Ich gebe mal ihr Kennzeichen in den Computer. Nur um auf Nummer sicher zu gehen, dass alles in Ordnung ist.«

»Dein Problem ist, dass du niemandem vertraust. Nur weil du bei der Polizei bist, hältst du jeden für einen Verbrecher. Was hat dir das gebracht, Joseph? Achtunddreißig Jahre und immer noch Single.«

»Und was ist mit dir, alte Dame? Dein Problem ist, dass du jedem vertraust. Du bist siebenundfünfzig und warst zweimal verheiratet. Und mit diesem Loser Chuck will ich gar nicht erst anfangen. Trotzdem treibst du dich noch auf Match.com herum und suchst die große Liebe.«

»Das heißt Silver Singles, du Schlauberger. Und ja, ich habe noch Hoffnung, dass ich jemanden kennenlerne. Ich weiß, dass irgendwo jemand auf mich wartet.«

»Ja, wahrscheinlich beim Arbeitseinsatz im offenen Vollzug«, ätzte Joe. »Bis später!«

Letty stopfte Bettlaken und Handtücher in die Waschmaschine, gab das Waschmittel und einen Messbecher Bleichmittel hinzu, schob Vierteldollarstücke im Wert von zwei Dollar in den Schlitz und drückte auf die Starttaste.

In der kleinen Waschküche war es durch die beiden Industriewaschmaschinen und zwei Trockner glühend heiß.

»Komm, wir setzen uns nach draußen«, sagte Letty zu Maya und führte ihre Nichte zu einer Gruppe von Metallstühlen, die direkt vor der Tür zur Waschküche standen. Am liebsten wäre sie zurück in ihr Zimmer gegangen, aber als sie ihre Wäsche am Vortag unbeaufsichtigt gelassen hatte, waren ihre nassen Sachen auf den Boden geworfen worden, anstatt sie in den Trockner zu stecken oder auch nur in den Plastikkorb zu legen, den sie oben auf der Maschine hatte stehen lassen. Jetzt musste sie alles noch mal waschen.

Letty nahm an, dass eine der Feldmans dahintersteckte, aber beweisen konnte sie es nicht. Sie hatte keine Ahnung, warum die beiden ihr von Anfang an feindlich gesinnt gewesen waren. Am Morgen nach dem Swimmingpool-Vorfall hatte Letty sich sogar bei Ava nach den Frauen erkundigt.

»Stören Sie sich nicht an denen!«, hatte Ava gesagt. »Die kommen schon seit zwanzig Jahren her, deshalb glauben Sie, das Motel gehört ihnen.«

»Sind das Schwestern?«, fragte Letty. »Sie haben null Ähnlichkeit miteinander.«

»Schwestern?« Ava lachte. »Nein, meine Liebe, das ist ja niedlich.« Sie senkte die Stimme. »Die beiden sind lesbisch! Sobald es erlaubt war, haben sie hier am Strand geheiratet. Ruth hat natürlich verlangt, dass Billie ihren Namen annimmt.«

»Trinkpäckchen!«, quengelte Maya und zog an Lettys Arm.

»Bitte ein Trinkpäckchen«, verbesserte ihre Tante sie.

»Bitte!« Maya klimperte mit den Wimpern. Sie war durch und durch Tanyas Tochter. Erst vier Jahre alt und hatte schon den Dreh heraus, wie sie am besten ihren Willen durchsetzen konnte: niedlich sein und ihren Charme spielen lassen.

Unvermittelt wurde Letty vor Kummer schwer ums Herz. Sie bekam das Bild ihrer Schwester nicht aus dem Kopf, wie sie auf dem schwarz-weißen Marmorboden gelegen hatte, die blonden Haare um den Kopf gebreitet. Die Blutlache. Der einzelne Schuh, das Wodkaglas.

Heute war Freitag.

Vor weniger als einer Woche hatte Tanya noch gelebt und Pläne geschmiedet. Sie wollte nach L. A. ziehen und sich dort neu erfinden. In Holmby Hills hatte sie bereits einen Bungalow zur Miete gefunden – »Da wohnt auch Ellen DeGeneres!«, hatte sie gesagt und Letty die Fotos aus der Makleranzeige im Internet gezeigt. »Ist zwar etwas klein, ich glaube, das ist nur das Gästehaus einer riesigen Villa, aber du hättest dein eigenes Zimmer und Bad. Und für Maya gäb's einen Pool. Sie könnte jeden Tag schwimmen.«

Tanya weigerte sich zu akzeptieren, dass Letty nicht nach Los Angeles ziehen wollte. »Überleg doch mal, welche Möglichkeiten du da beruflich hättest!«, sagte sie. »Da ist alles Show Business.«

»Ich bin aber nicht mehr im Show Business«, erinnerte Letty ihre Schwester. »Und für mich ist das in Ordnung.« Sie mahnte Tanya nicht erneut, dass Evan angekündigt hatte, sich mit Händen und Füßen zu wehren, sollte Tanya vorhaben, die gemeinsame Tochter mit auf die andere Seite des Landes zu nehmen. Letty wiederholte auch nicht ihre Vermutung, dass Tanya sie nur deshalb mit nach Kalifornien nehmen wollte, um einen Babysitter im Haus zu haben.

Während Maya zufrieden an ihrem Saftpäckchen nuckelte, nahm Letty ihr Handy und zwang sich, die Schlagzeilen der Klatschblätter aus New York zu lesen.

»BLONDE SCHÖNHEIT ERMORDET, KIND ENTFÜHRT, POLIZEI SUCHT SCHWESTER« lautete die Überschrift in der *Post*. Ein großes Farbfoto von Tanya und Maya in aufeinander abgestimmter Kleidung bei einer Wohltätigkeitsveranstaltung für Kinder prangte fett auf der Titelseite, darunter ein kleineres Bild von Letty in Handschellen und orangefarbener Häftlingskleidung. Es war ein Szenenfoto von ihrem zweiten Kurzauftritt in einer anderen Folge von *Law & Order* vor drei Jahren, wirkte aber so, als sei Letty eine hartgesottene Verbrecherin.

Die *Daily News* war noch schlimmer. »WO IST MAYA?« lautete der Aufmacher. Darunter war eine stark vergrößerte Aufnahme von Maya, auf der sie das Kinn auf ihre gefalteten Hände stützte. Ihr Schmollmündchen lächelte verträumt. Letty kannte das Bild; es war an der exklusiven Vorschule aufgenommen worden, die Maya besuchte. Als Letty die darauffolgende Zeile und den Text darunter las, hätte sie sich am liebsten übergeben.

Verzweifelter Vater bietet Belohnung bei Rückkehr des Kindes

Der Immobilienbesitzer und Philanthrop Evan Wingfield hat sich nach dem brutalen Mord an seiner ehemaligen Lebensgefährtin Tanya Carnahan letzte Woche und der offensichtlichen Entführung seiner vierjährigen Tochter Maya immer noch nicht gefangen.

Über einen Sprecher ließ Wingfield verkünden, dass er eine Belohnung in Höhe von 10 000 Dollar für Hinweise aussetze, die zum Auffinden seiner Tochter führten.

»Auch wenn die beiden kein Liebespaar mehr waren, bewunderte und respektierte Evan Tanya und ist vollkommen erschüttert über ihren tragischen Tod. Fürs Erste richtet er all seine Ener-

gie und Kraft darauf, seine Tochter wiederzufinden«, sagte Evans Sprecher, Charles »Skipper« Hallowell. »Er arbeitet sehr eng mit der Polizei zusammen und wird erst Ruhe geben, wenn Maya in Sicherheit ist.«

Tanya Carnahan, ein aufstrebendes Model und vielversprechende Schauspielerin, wurde am vergangenen Sonntagmorgen in ihrem weitläufigen Brownstone-Haus auf der Upper West Side auf dem Boden liegend vorgefunden, nachdem eine anonyme Anruferin, vermutlich ihre ältere Schwester Scarlett Carnahan, 33, die Polizei vom Todesfall unterrichtet hatte. Die Daily News erfuhr von einer mit den Ermittlungen befassten Quelle, dass Tanya Carnahan einen Schlag auf den Kopf bekommen habe. Obwohl die Schauspielerin dem Vernehmen nach wegen nicht näher beschriebener Probleme in einer Entzugsklinik gewesen war, hätten die vorläufigen Laborergebnisse beträchtliche Mengen von Antidepressiva und Alkohol in ihrem Blut nachgewiesen.

Als die Gesetzesvertreter das Townhouse betraten, das wie viele in der Gegend Wingfield gehört, entdeckten sie die Leiche von Tanya Carnahan. Von dem Kind hingegen war keine Spur zu finden.

Evan Wingfield gestand der Polizei, dass er seine ehemalige Freundin noch am Vormittag gesehen und sich lautstark mit ihr gestritten habe. Er hatte ihr vorgeworfen, entgegen den Bestimmungen der gemeinsamen Sorgerechtsvereinbarung wieder zu trinken. Wingfield beharrte jedoch darauf, dass Tanya Carnahan noch gelebt habe, als er das Haus um kurz nach zwölf Uhr am Sonntag verließ.

Wingfield und Tanya Carnahan standen sich in einem öffentlich ausgetragenen und äußerst erbittert geführten Rechtsstreit über ihre Tochter vor Gericht gegenüber. Carnahan behauptete, ihr ehemaliger Verlobter sei ein gewohnheitsmäßiger Betrüger, der sich nicht für die Bedürfnisse der gemeinsamen Tochter interessiere, während Wingfield Tanya Carnahan, die nur wenig Erfolg als Model und Schauspielerin vorweisen konnte, als unfähige Mutter bezeichnete.

Freunde des Paares berichteten, die beiden hätten sich über Scarlett Carnahan kennengelernt, die vormals für Evan Wingfield gearbeitet hatte und eine Beziehung mit ihm eingegangen war. Dann verliebte sich Wingfield jedoch in Carnahans labile jüngere Schwester, die kurz zuvor von Atlanta nach New York gezogen war.

»Labil?«, rief Letty. »Sie war völlig normal, bis sie sich mit diesem Drecksack einließ!«

Maya zuckte zusammen, sah zu ihrer Tante auf und schob das Kinn vor.

»Schon gut, Mausezahn«, redete Letty ihr zu. »Ist alles in Ordnung.«

Die Kleine lächelte unsicher, dann spielte sie mit den Muscheln weiter, die die beiden bei ihrem Strandspaziergang am Morgen des Vortags gesammelt hatten.

Einer Bekannten zufolge begann der 42-jährige Immobilienunternehmer eine Beziehung mit Scarlett Carnahan, als sie als Kellnerin im Diner Lazy Daizy in Tribeca arbeitete.

Zu der Zeit hatte Carnahan Probleme, Engagements als Schauspielerin zu finden, und war auf der Suche nach einer neuen Bleibe, nachdem ihre Mitbewohnerinnen sie aus der Wohnung in Queens geworfen hatten.

»Evan freundete sich mit Carnahan an und ließ sie in einem Apartment in der Nähe wohnen. Er verschaffte ihr sogar einen Job bei der Verwaltung seiner Immobilien«, berichtete die Be-

kannte. »Er half ihr auch, einen neuen Agenten zu finden, der ihr ein paar Auftritte vermittelte. Schließlich trafen sich die beiden auch privat, auf eher freundschaftlicher Basis. Dann lud Letty ihre jüngere Schwester, die damals in Atlanta lebte und arbeitete, nach New York ein.«

Kaum traf Tanya Carnahan ein, änderte sich nach Aussage der Bekannten alles.

»Evan verliebte sich Hals über Kopf in dieses Mädchen. Letty war natürlich wütend. Das führte zu einer starken Entfremdung zwischen den beiden Schwestern. Jahrelang sprachen sie kein Wort miteinander.«

Maya klopfte auf Lettys Knie und hielt ihr das Saftpäckchen hin. »Alle alle.«

»Gut.« Letty nahm die leere Verpackung an sich. »Möchtest du ein paar Fischlis?«

»Jaaa!«, rief Maya und hielt Letty ihre leicht verschmierte Hand hin, die holte die Tüte mit dem Salzgebäck aus dem Rucksack und schüttete dem Kind etwas in die Hand.

»Was sagt man?«

Maya stopfte sich alle Fischlis in den Mund und kaute zufrieden. »Danke«, stieß sie mit vollem Mund aus. Es krümelte nur so auf ihren Bikini.

Aufgebracht las Letty weiter in dem Artikel aus der *Daily News*. Sie wusste genau, wer die sogenannte »Bekannte« war, mit der der Journalist gesprochen hatte.

Sie hieß Sascha Hallowell und war die Frau von Skipper, Evans ehemaligem Kommilitonen von Princeton. Sascha hatte so getan, als mochte sie Letty, doch wie Tanya ihrer Schwester später anvertraute, hielt Sascha die beiden in Wirklichkeit für »zwei dumme Trampel vom Land. Sascha weiß allerdings nicht, dass der gute alte Skipper letztes Mal, als wir bei denen zum Essen waren, mir die Hand unter den Rock schieben wollte«, hatte Tanya hinzugefügt.

Letty konnte sich gut Saschas abfälliges Grinsen vorstellen, wenn sie Tanya »dieses Mädchen« nannte.

Während sie den Rest des Artikels überflog, schaute sie hoch und sah, wie Avas Sohn Joe aus dem Büro zum Parkplatz schlenderte. Langsam ging er an den Autos vorbei und blieb hinter Lettys Kia stehen. Er holte sein Handy heraus und machte ein paar Fotos vom Kennzeichen, dann ging er um den Wagen herum, stieg in seinen Pick-up und fuhr los.

Letty erstarrte. Sie hatte sich für so gerissen gehalten, als sie das Auto kaufte. Nachdem sie sich am vergangenen Sonntag abends am Flughafen Newark einen Mietwagen geholt hatte, war sie bis nach Raleigh in North Carolina gefahren, wo sie in einer billigen Absteige übernachtete.

Irgendwann hatte Maya aufgehört zu weinen, und die beiden waren eingeschlafen, kaum dass sie im Bett lagen. Sie waren erst wieder aufgewacht, als die Sonne hell durch die dünnen Vorhänge schien. Entsetzt hatte Letty festgestellt, dass es schon nach zwölf Uhr war. Sie hatte Maya aus dem Bett gescheucht, sich mit ihr unter die Dusche gestellt und sich dann weiter auf den Weg gen Süden gemacht.

Natürlich jubelte die Kleine vor Freude, als sie im Gewerbegebiet nahe der Auffahrt zur Interstate neben Supermärkten und Fastfoodläden die zwei goldenen Bögen von McDonald's erblickte. Sie verschlangen gerade ihre Chicken Nuggets und Pommes, als Letty einige Meter entfernt ein in Fahrtrichtung abgestelltes Auto ins Auge fiel. Es war ein silberner Kia mit einem auffälligen »Zu verkaufen«-Schild auf dem Armaturenbrett, die Lösung für ein Problem, über das sie sich Sorgen machte, seit sie das Gelände von Hertz am Flughafen Newark verlassen hatte.

Mit Tanyas Kreditkarte hatte sie dort einen Acura gemietet. Obwohl Letty über sieben Zentimeter kleiner war als Tanya und deutlich dunklere Haare hatte, ging sie auf dem Führerscheinfoto problemlos als ihre jüngere Schwester durch.

Inzwischen war die Polizei wahrscheinlich längst auf der Suche nach ihr. Vielleicht hatte man bereits Tanyas Mercedes in Newark gefunden, vielleicht auch nicht. Möglicherweise hatte die Polizei auch die Kreditkarte geprüft und gesehen, dass sie bei der Mietwagenfirma eingesetzt worden war. Eventuell war Letty bereits das Ziel einer großangelegten landesweiten Fahndung. Sie musste den Mietwagen loswerden, und zwar schnell.

Von der Sitzecke im McDonald's rief Letty die Telefonnummer auf dem Schild im Kia an und verabredete sich mit dem Verkäufer nach einer kurzen Diskussion über Kilometerstand und Preis zu einem Treffen bei den Parkplätzen von Hertz am Flughafen Raleigh-Durham. Zur vereinbarten Zeit hielt der Mann neben ihr, stieg aus dem Kia und schien sich zu wundern, jemanden wie Letty vor sich zu haben, die neben zwei kleinen Koffern und einem Kindersitz stand und ein kleines Mädchen an der Hand hielt.

»Hier sind die Schlüssel«, sagte er. »Und der Fahrzeugbrief. Sie müssen hier unterschreiben.«

Sie notierte ihren Namen absichtlich unleserlich auf dem Fahrzeugbrief und gab dem Mann das Geld. Er zählte die Scheine und nickte. »Vollgetankt, wie Sie wollten.«

»Danke«, sagte Letty.

Jetzt wusste sie nicht, was sie mit dem Kia und dem Polizisten Joe machen sollte. Abhauen? Aber wo sollte sie hin? Das Murmuring Surf schien ihr so gut geeignet wie jedes andere

Motel, um sich unauffällig zu überlegen, wie es weitergehen sollte. Es musste einen Grund gegeben haben, warum Tanya den Zeitschriftenartikel aufbewahrt hatte. Früher oder später brauchte Letty Arbeit. Sie wollte nicht mehr Geld von Tanyas Notfallreserve verbrauchen, als unbedingt nötig war. In Lettys Augen gehörte es Maya.

Im Moment jedoch war ihre einzige Sorge, so weit entfernt wie möglich von Mayas Vater zu sein.

»Letty?« Maya zupfte am T-Shirt ihrer Tante. »Können wir jetzt an den Strand gehen?« Sie strampelte mit ihren Sandaletten. »Schwimmi-schwimm, schwimmi-schwimm.«

»Na gut«, gab Letty zurück. »Sobald die Wäsche fertig ist.«

7

Gewissenhaft tippte Joe das Kennzeichen in die Datenbank der Kraftfahrzeugbehörde von South Carolina. Binnen kurzem erhielt er die Antwort zu einer Frage auf seiner Liste, die er über den neuesten Gast des Murmuring Surf zusammengestellt hatte.

Der Kia war angemeldet auf einen Myles Nordan in Pickens, South Carolina, eine Stadt, von der Joe noch nie gehört hatte. Er notierte sich den Namen und suchte dann in der Datenbank erneut nach ihm.

Offenbar besaß Nordan viele Pkw. Genauer gesagt, acht. War er vielleicht ein kleiner Gebrauchtwagenhändler?

Joe ließ seine Finger auf der Tastatur ruhen. Er hätte Lettys Namen gern in die zentrale Datenbank des Crime Information Center eingegeben, kannte aber ihren Nachnamen nicht. Wie er schon am Morgen zu seiner allzu vertrauensseligen Mutter gesagt hatte, gab es nur sehr wenig, was sie über den Neuankömmling wussten.

Sein Sergeant schob den Kopf in Joes Büro. »Hey, Kollege! Wir haben eine Lage beim Sharky's. Ein Betrunkener hat davor geparkt und ist an den Strand gegangen. Der Sicherheitsmann vom Sharky's hat den Abschleppwagen gerufen, und der kam gleichzeitig mit dem Betrunkenen beim Auto an. Der Typ hat dem Wachmann eine geknallt.«

Das Polizeirevier von Treasure Island war übersichtlich: es gab acht Beamte in Uniform und zwei Detectives, einer davon war Joe DeCurtis. Bei so einer kleinen Dienststelle war es üblich, dass die Grenzen zwischen den Dienstgraden verschwammen. So wie heute.

»Alles klar«, sagte Joe.

***

Erst zwei Stunden später konnte er sich wieder an den Computer setzen. Jetzt hatte er allerdings einen Nachnamen, mit dem er weitermachen konnte. Die Frau hieß Carnahan. Als er ihren kompletten Namen in die Suchmaschine eingab, leuchtete der Monitor auf.

Kopfschüttelnd erkannte er, wie sich die einzelnen Puzzleteile zusammenfügten. Verdammt. Letty Carnahan war auf der Flucht. Sie wurde wegen Mordes gesucht und hatte, wenn man den Nachrichten der Klatschpresse glauben konnte, das kleine Mädchen entführt, das bereits Avas Herz erobert hatte. Diese Frau wohnte im Murmuring Surf. Joe musste nur ein Telefongespräch führen. Ein einziges.

Wenn er sich an die Vorschriften hielt, würde er anrufen. Aber sein Gespür, das ihn noch nie getrogen hatte, sagte ihm, dass viel mehr hinter dieser Geschichte steckte. Er würde erst zum Hörer greifen, wenn er alle Teile des Letty-Carnahan-Puzzles beisammen hatte.

Maya saß bis zum Bauch im Wasser. Sanft plätschernd brachen sich die Wellen an ihrem Oberkörper. Sie lehnte sich gegen Letty. »Fische«, sagte sie und wies auf die schattenhaften kleinen grünen Umrisse, die unter der Wasseroberfläche herumflitzten.

»Kleine Babyfische«, sagte Letty und drückte das Mädchen an sich. »So wie du.«

»Ich bin kein Baby. Ich bin Mommys großes Mädchen.« Maya sah ihre Tante an. »Wo ist Mommy?«

Jetzt ist es so weit, dachte Letty. Zeit für die Wahrheit. Seit fünf Tagen wich sie den Fragen des Kindes nach seiner Mutter aus.

Sie hob Maya auf ihren Schoß und lächelte traurig. »Deine Mommy ist im Himmel, Mausezahn.«

Maya runzelte die Stirn. »Dann bring mich zu ihr in den Himmel, Letty.«

»Das kann ich nicht.« Letty küsste ihre Nichte auf die Stirn, die schon jetzt gebräunt war, trotz der dicken Schicht Sunblocker, die Letty bei sich und Maya aufgetragen hatte. Anders als ihre Tante, deren helle Haut schon nach einer Viertelstunde am Strand brannte und rot wurde, bräunte das Mädchen sehr schnell, genau wie ihre Mutter.

»Ich will aber.« Mayas Unterlippe bebte. »Ich will Mommy im Himmel sehen.«

»Irgendwann«, sagte Letty. Sie hatte mit ihrer Schwester nur deshalb die Kirche und die Sonntagsschule besuchen müssen, weil es ihrer Mutter Terri gut in den Kram passte. Lettys Verständnis vom Christentum war bestenfalls oberflächlich, weshalb sie sich absolut ungeeignet fühlte, irgendetwas aus dem Bereich Tod, Sterben und Jenseits zu erklären. Wie sollte sie einer Vierjährigen das Leben nach dem Tod erklären, wenn sie nicht mal sicher war, es selbst zu verstehen?

Deshalb fiel sie auf den einzigen Bewältigungsmechanismus zurück, den sie von ihrer Mutter kannte: verdrängen und ablenken.

»Komm!«, sagte sie und stand auf. »Ich hab Hunger. Wir holen uns was zu essen.«

Letty hatte sich angewöhnt, morgens die Fenster zu öffnen, um den Raum zu lüften.

Nach dem Mittagessen setzte sie sich auf einen Stuhl neben der Tür und sah zu, wie Maya einschlief. Letty hätte gern einen Fernseher oder ein Buch gehabt, irgendwas, das sie von der überwältigenden Angst ablenkte, die ihre ständige Begleiterin war.

Stattdessen griff sie zu ihrem Handy und scrollte durch die Stellenanzeigen auf Craigslist, eine weitere deprimierende Zeitverschwendung, die ihr Angst machte.

Dabei gab es ein großes Angebot. Sie war in Florida, hier war quasi immer Saison. Restaurants suchten Angestellte für den Service und erfahrene Köche oder Köchinnen. Hotels brauchten Reinigungskräfte. In den Läden musste jemand kassieren. Sie fand ein paar Stellenangebote in der Immobilienverwaltung, aber das schienen alles Vollzeitjobs zu sein. Und Lettys Vollzeitjob schnarchte momentan leise in einem Kissenberg.

Von draußen zog Rauch ins Zimmer. Letty riss die Tür auf und ging hinaus.

Ein älterer Mann räkelte sich direkt vor ihrem Fenster in einem Liegestuhl. Seine Glatze leuchtete in der Sonne. Er hatte einen bloßen Oberkörper und reckte ihr seine schmale, runzlige sonnengebräunte Brust und den behaarten dicken Bauch entgegen. Aus den weiten Shorts, die ihm bis zu den Knien reichten, ragten dürre Beinchen. Er hatte die Augen halb geschlossen und eine Zigarette schlaff zwischen den blassen Lippen hängen.

»Mr. Jensen!«, sagte sie scharf.

»Was ist?« Er machte sich nicht mal die Mühe, die Augen zu öffnen und Letty anzusehen.

Sie wedelte mit der Hand, um die Rauchwolke zu vertreiben. »Ich habe Sie schon mehrmals gebeten: Könnten Sie das bitte lassen? Der Qualm zieht in mein Zimmer. Ich möchte nicht, dass meine Nichte oder ich das einatmen müssen.«

Der Gast zog an der Zigarette und stieß eine dünne Rauchwolke durch die Nase aus. »Ja, und? Machen Sie doch das Fenster zu. Dafür hat Gott die Klimaanlage erfunden.«

»Da drüben steht, dass Rauchen hier verboten ist.« Letty wies auf eine Betonsäule mit dem betreffenden Schild.

Der Mann zuckte mit den Schultern. »Da rauche ich ja nicht. Ich rauche hier. Zum Glück leben wir in einem freien Land.«

»Könnten Sie nicht da rüber gehen?« Letty wies auf eine Gruppe von Plastikstühlen, die im Halbkreis unter einer Palme standen. Das war die »Raucherecke« für die Stammgäste.

Jeden Abend gegen sechs Uhr, nach dem frühen Abendessen, begaben sich mehrere Gäste des Murmuring Surf zu der Palme und nahmen ihre Plätze in einer offenbar streng vorgeschriebenen Sitzordnung ein. Zwei bestimmte Männer saßen immer nebeneinander: ein Zigarren qualmender Latino und ein kleiner, untersetzter Typ, den Letty immer nur in einem kurzen Frottee-Bademantel gesehen hatte. Drei ältere Frauen, die an Vögel erinnerten, teilten sich eine Flasche Wein und aschten gemeinsam in eine große Muschel. Anhand der Gespräche, die Letty mitbekommen hatte, nahm sie an, dass alle Gäste in Rente waren und schon lange herkamen. Einmal hatte Letty gesehen, wie Billie, die Kleinere, Nettere von den Feldmans, sich zur Palme geschlichen hatte. Sie hatte von einer der Vogelfrauen eine Zigarette geschnorrt, sich gegen den Stamm gelehnt und genau diese eine Zigarette geraucht, ohne den Blick von der Tür ihres Motelzimmers abzuwenden. Wahrscheinlich hatte sie Angst, dass Ruth sie beim Rauchen erwischte.

»Da ist es zu heiß«, sagte der alte Mann träge. »Ich sitz lieber hier im Schatten.«

»Oscar!«

Beide schauten hoch. Ava kam mit einem Plastikwagen voller Putzmittel auf Letty und den Mann zugesteuert.

»Wie oft muss ich das noch sagen? Machen Sie das Ding aus und schwingen Sie Ihren Hintern hier weg!«

Avas normalerweise gelassenes Gesicht war feuerrot.

»Ist ja gut«, sagte Oscar Jensen. Er nahm das Ende der Zigarette zwischen Zeigefinger und Daumen und schnippte sie auf den Betonboden.

»He, nichts da!« Ava wies mit dem Kehrblech auf den Gast. »Ich bin nicht Ihre Mutter, ich räume nicht hinter Ihnen her! Heben Sie das auf und werfen Sie es in den Müll! Wenn ich noch einmal eine von Ihren ekligen Kippen hier herumfliegen sehe, behalte ich Ihre Kaution ein.«

»Ich bin nicht der Einzige, der hier raucht!«, protestierte Jensen.

»Aber Sie sind der Einzige, der außerhalb der Raucherecke qualmt, und Sie sind der Einzige, der noch nie von einem Aschenbecher gehört zu haben scheint«, schimpfte Ava.

»Schon gut, schon gut«, murmelte Jensen. Als er aufstand, ächzte der Liegestuhl unter ihm. Langsam schlurfte er zu seinem Zimmer.

Seufzend schüttelte Ava den Kopf und sah zu Letty hinüber. »Tut mir leid mit Oscar. Seit seine Frau tot ist, wird er jedes Jahr fauler und grantiger. Sue hat ihn immer an ziemlich kurzer Leine gehalten, bei ihr durfte er überhaupt nicht rauchen oder trinken. Und Sie sehen ja, was aus ihm geworden ist. Er zahlt immer bar, kurz bevor er zurück nach Rochester fährt. Kommt im Januar, fährt im Mai. Ich könnte wahrscheinlich deutlich mehr für sein Zimmer verlangen, aber ich habe einfach nicht das Herz, ihn rauszuwerfen.«

»Er stört mich nicht besonders«, sagte Letty. »Ich kann auch einfach die Fenster zulassen.«

»Ist sonst alles in Ordnung?«, fragte Ava.

»Ja, doch, danke. Wieso putzen Sie jetzt selbst?«

»Gestern hat mich wieder eine Angestellte versetzt. Ist nicht zur Arbeit erschienen, hat nicht angerufen, nichts. So ist das immer zu dieser Jahreszeit. Die Leute können sich die Arbeit aussuchen. Wenn einer fünfzig Cent die Stunde mehr bietet, sind sie weg. Der Rest ist ihnen egal.« Ava überlegte. »Sie suchen nicht zufällig eine Stelle, oder?«

»Doch, ich muss arbeiten«, gab Letty zu. »Aber was soll ich mit Maya machen?«

»Haben Sie keine Verwandten in der Nähe?«

»Nein.«

»Was ist mit Tagesbetreuung?«, schlug Ava vor. »Die Methodistenkirche weiter oben an der Straße bietet das an. Da hatten einige Reinigungskräfte von uns ihre Kinder.«

»Eher nicht«, sagte Letty. »Maya hat eine Menge durchgemacht. Ich kann mir nicht vorstellen, sie bei Fremden zu lassen.«

»Ich hätte da eine Idee«, sagte Ava langsam. »Meine Isabelle nimmt auf der Highschool an einem Baccalaureate Program teil, das sie zum Hochschulstudium berechtigt, außerdem ist sie im letzten Jahr, deshalb hat sie nur noch den halben Tag Unterricht. Mittags ist sie immer wieder zu Hause.«

Letty hatte Avas hübsche Tochter schon in dem flotten roten Jeep gesehen, der stets vor dem Büro parkte. Das Mädchen hatte immer freundlich gewinkt und gelächelt, wenn sie Maya entdeckte.

»Was müsste ich denn tun?«, fragte Letty vorsichtig.

»Dies und das«, sagte Ava. »Ich kann mir vorstellen, dass Sie wahrscheinlich lieber im Büro arbeiten. Können Sie mit Computern umgehen? Joe liegt mir schon lange in den Ohren, dass ich mehr Werbung im Netz machen soll und dass unser Buchungssystem online gehen muss. Er hat mir sogar schon die Software besorgt, aber ich habe nicht genug Zeit, um mich da richtig reinzuarbeiten – vielleicht bin ich auch einfach nur zu alt, um noch was Neues zu lernen. Vielleicht könnten Sie damit anfangen?«

»Ich würde nicht behaupten, dass ich ein absoluter Computercrack bin, aber ich habe schon mal in der Immobilienverwaltung gearbeitet«, sagte Letty.

»Ich mag kaum fragen, aber meinen Sie, Sie könnten auch ein bisschen bei der Raumpflege mithelfen? Nur bis ich jemanden gefunden habe? Zum Glück habe ich noch Anita, aber vierzehn Zimmer sind zu viel für sie allein. Sie muss immer um drei Uhr nach Hause, weil ihr Vater gerade bei ihr eingezogen ist, und der ist ziemlich anstrengend.«

Letty hatte ein paar Fragen. »Hat Isabelle schon mal auf Kinder aufgepasst?«

»Sie hat im Sommer immer die beiden Teufelsbraten meiner Nichte gehütet«, erwiderte Ava. »Ehrlich gesagt, war es eher eine Bändigung von Wildtieren als Babysitten.«

»Stört es Isabelle denn nicht, dass Sie mir ihre Dienste anbieten, ohne sie vorher zu fragen?«

»Ich schwöre Ihnen, sie passt lieber auf Kinder auf, als Bettwäsche zu wechseln oder Toiletten zu putzen«, erklärte Ava. »Was meinen Sie? Sie könnten so viele Stunden für mich machen, wie Sie schaffen, und ich drücke bei dem Studio ein Auge zu.«

Im Kopf rechnete Letty alles zusammen. »Was mache ich denn morgens mit Maya, wenn Isabelle in der Schule ist?«

»Dasselbe, was ich getan habe, als meine Kinder in dem Alter waren.« Ava grinste breit. »Ich habe Malbücher, Puzzle und Buntstifte mit ins Büro geschleppt. Ja, an manchen Tagen haben sie mehr Fernsehen geguckt, als gut für sie war, aber ich glaube nicht, dass sie einen bleibenden Schaden davongetragen haben. Joe war Jahrgangsbester in seiner Klasse, und Isabelle hat schon eine Zusage von Emory, mit Vollstipendium.«

Bei der Erwähnung von Joe, dem neugierigen Cop, versteifte sich Letty unbewusst.

»Ich glaube, Ihr Sohn mag mich nicht besonders«, sagte sie. »Was würde der denn davon halten, wenn ich für Sie arbeite?«

»Das hält er wahrscheinlich für keine gute Idee«, sagte Ava fröhlich. »Erst mal. Aber er wird sich dran gewöhnen, er wird sich auch an Sie gewöhnen. Jedenfalls hab ich hier zu sagen, nicht er. Was meinen Sie? Kommen wir ins Geschäft?«

»Letty?«

Maya stand in der Tür zum Studio, von der Taille abwärts nackt, den Stoffelefant unterm Arm. »Ich glaube, Ellie hat Pipi ins Bett gemacht.«

Schmunzelnd reichte Ava Letty einen Stapel frisch gebügelter Wäsche. »Hört sich an, als könnten Sie die gebrauchen. Wie wär's, wenn Sie morgen anfangen? Ist acht Uhr zu früh?«

»Ich komme«, sagte Letty. »Danke, Ava.«

8

NEW YORK

Zoe erkannte Tisch 2, kaum dass er das Diner betreten hatte. War der Typ abgezockt! Er setzte sich unverblümt an seinen alten Tisch, schlug die Zeitung auf und klopfte beim Lesen mit den Fingern auf die Tischplatte.

Als Hailey mit der Kaffeekanne zu ihm gehen wollte, nahm Zoey ihr die Kanne aus der Hand. »Warte. Das ist der Typ, von dem ich dir erzählt habe. Der früher ständig hier war. Der sich an meine Freundin Letty rangemacht hat.«

Hailey bekam große Augen. »Die Frau, die ihre Schwester umgebracht und das Kind entführt hat?«

»Pst! Das ist doch kompletter Schwachsinn«, sagte Zoey. »So was würde Letty nie tun. Komm, ich übernehme deinen Tisch und du meinen. Ich gebe dir die Hälfte vom Trinkgeld ab, okay?«

»Ja, in Ordnung.« Hailey war zwar neu, aber nicht dumm.

Zoey näherte sich dem Tisch vorsichtig. Evan hielt ihr seinen Kaffeebecher hin, sie schenkte voll. Er sah auf, und sie merkte, dass er sie erkannte. Mehr oder weniger. Männer schenkten Zoey nicht dieselbe Beachtung wie anderen Mädchen, die wie Letty aussahen.

»Lange nicht gesehen«, bemerkte sie.

»Hm, ja.«

»Das Übliche?«

»Genau. Roggentoast, ohne Butter. Pochierte Eier. Kross gebratener Speck. Kleiner Grapefruitsaft. Ach, und es kommt gleich noch jemand.«

»Soll ich Ihre Bestellung schon aufgeben?«

Er warf einen Blick auf seine Uhr und runzelte die Stirn. »Ja. Sie hat Verspätung.«

Ironie des Schicksals, dachte Evan. Vikki Hill war nie zu spät gekommen, wenn es um Schmiergeld ging. Vor zwei Monaten war sie unangekündigt bei seinem Haus in Tribeca aufgetaucht und hatte verlangt, das Apartment im zweiten Stock zu sehen, seine neueste Errungenschaft.

Natürlich hatte ihn das beunruhigt. Er hatte gefragt, wo Norman sei, der Bauamtsinspektor, mit dem er in den letzten Jahren immer zu tun gehabt hatte.

Die neue Inspektorin hatte mit den Schultern gezuckt. »Weg. Mehr weiß ich nicht.«

Das war offensichtlich gelogen. Vikki Hill schien ziemlich viel zu wissen. Beiläufig machte sie ihm klar, dass sie »überredet« werden könnte, seine illegalen Kurzvermietungen zu übersehen. Und sie schien ganz genau zu wissen, wie viel sie als Belohnung dafür erwarten konnte, dass sie ein Auge zudrückte.

In dem Moment ging die Tür des Diners auf, und die neue Inspektorin kam herein. Sie entdeckte Evan am Tisch und eilte zu ihm herüber.

Schon interessant, dachte Zoey. Die Frau war definitiv nicht der Typ, den Tisch 2 normalerweise bevorzugte. Sie war mager, hatte kaum Oberweite und war ungefähr in seinem Alter. Sie trug Jeans und Chucks, dazu einen schwarzen Rollkragenpullover unter einem kastenförmigen dunkelblauen Blazer. Eine hellhäutige Schwarze mit geglättetem Haar.

Zoey griff zu einer Speisekarte und der Kaffeekanne.

»Morgen!«, sagte sie und legte die Speisekarte auf den Tisch. »Darf ich Ihnen schon mal einen Kaffee einschenken?«

»Nein, danke. Bitte nur Eiswasser.« Die Frau warf einen kurzen Blick auf die Speisekarte. »Ich nehme einen Bagel mit Ei, und bringen Sie mir bitte zwei Senfpäckchen mit.«

Als die Kellnerin weg war, scrollte Evan durch die Fotos auf seinem Handy, fand das Gesuchte und reichte seiner Begleitung das Gerät über den Tisch.

Sie musterte das Bild ausgiebig, zog es mit den Fingerspitzen größer. »Sie sieht deutlich besser aus als auf dem Foto in der *Daily News*. Ist das das Neueste, das Sie haben?«

»Ja.«

»Okay. Schicken Sie mir das. Auch die anderen Bilder, die Sie von ihr haben. Und die vom Kind natürlich.«

»Maya.«

»Genau.«

Zoey kam mit der Kaffeekanne zurück, doch Evan schickte sie wieder weg.

Vikki Hill nippte an ihrem Eiswasser. »Ich habe mit dem Detective gesprochen, der die Ermittlungen leitet. Vor ein paar Jahren war ich mit ihm zusammen bei einer Hausbegehung, aus der später ein Fall von Kindeswohlgefährdung wurde. Er ist ganz in Ordnung.«

»Konnten Sie was von ihm erfahren?«

»Nur dass der Mercedes gestern in Philly gefunden wurde. Ausgeräumt zurückgelassen.«

»Klar.«

»Sie hat die Kreditkarte Ihrer Frau …«

»Freundin«, verbesserte Evan. »Ex-Freundin.«

Vikki sprach einfach weiter. »Eine Frau, auf die die Beschreibung von Scarlett Carnahan passt, hat die Kreditkarte Ihrer Ex-Freundin benutzt, um am Schalter von Hertz am Flughafen Newark ein Auto zu mieten. Am RDU hat sie es abgegeben.«

»Ist das der Flughafen von Raleigh?«

»Ja. Ist Ihnen bekannt, ob die Frau da unten irgendwelche Verbindungen hat?«

»Nicht, dass ich wüsste. Tanya und sie haben in ihrer Kindheit mit der Mutter hier und da gewohnt. Eine Zeitlang waren sie in West Virginia, dann, glaube ich, bei einer Verwandten in Indiana. Ehrlich gesagt, waren mir solche Sachen immer ziemlich egal. Aber von Raleigh war nie die Rede.«

»Haben Sie Kontakt zur Mutter der Schwestern aufgenommen?«

»Nein«, erwiderte Evan knapp. »Sie standen sich nicht nahe. Ich weiß, dass sie Terri heißt, aber Tanya und Letty sprachen nicht viel über sie.«

»Gut. Sie sagen, die Schwester hätte hier gearbeitet, als sie nach New York kam?«

»Ja.«

»In Ordnung, ich unterhalte mich mal mit der Geschäftsführung. Vielleicht hat Letty bei der Bewerbung ja die Adresse ihrer Mutter als Kontakt angegeben.«

»Bezweifele ich«, meinte Evan. »Aber fragen kostet nichts.«

»Erzählen Sie mir noch mehr über Letty!«, forderte Vikki Hill ihn auf. »Wie ist sie so? Mit wem war sie befreundet? Wo hielt sie sich meistens auf, so was.«

Evan überlegte länger. »Sie war nicht dumm, wissen Sie. Nicht, dass sie auf dem College war, aber sie las viel und hatte so eine Schläue. Letty konnte man nicht so einfach übers Ohr hauen, das steht fest. Sie hat es als Schauspielerin probiert, aber war nicht weit gekommen. Sie sah ganz gut aus, aber nicht annähernd so toll wie ihre Schwester. Tanya hatte eine besondere Ausstrahlung, wissen Sie? Die war echt umwerfend schön.«

Er verzog die Lippen. »Leider stellte sich erst später heraus, dass Tanya im Gegensatz zu Letty absolut durchgeknallt war.«

»Was ist mit Freundinnen?«

Evan deutete mit dem Kopf Richtung Theke, wo Zoey bemüht so tat, als würde sie die beiden nicht beobachten.

»Die Kellnerin war mit Letty befreundet. Es gab noch eine, die ungefähr zur gleichen Zeit wie Letty gekündigt hat. Corinne Tapley. Die arbeitet jetzt in einer Boutique in East Village. Ich habe sie schon besucht, aber sie behauptet, sie hätte nichts von Letty gehört und wüsste nicht, wo sie sein könnte.«

»Und Sie glauben ihr?«

»Eher nicht.«

»Schicken Sie mir den Namen der Frau und den Namen der Boutique. Ich rede mit ihr. Kann ich Sie was fragen? Welches Motiv sollte Letty für den Mord an ihrer Schwester haben?«

Evan hob die Augenbraue. »Wer weiß? Eifersucht? Letty ging es gut. Und dann kommt die kleine Schwester her, und – puff! – verändert sich alles.«

Wenn Letty morgens in dem Apartment erwachte, das für sie immer noch das von Monica aus *Friends* war, hatte sie das Gefühl, sie lebe in einem Traum. Sie stand früh auf, trank einen Kaffee auf dem Balkon und plante ihren Tag.

Die Verwaltung der Airbnb-Gäste war viel aufwendiger, als ihr neuer Auftraggeber sie hatte glauben machen. Einer der Mieter im ersten Stock hatte sich schon über das Kommen und Gehen in Evans Apartment beschwert, weshalb Letty dazu übergegangen war, die Gäste in der Lobby in Empfang zu nehmen und ihre Koffer auf dem Weg nach oben selbst zu ziehen, als gehörten sie ihr.

»Der Portier guckt mich immer so komisch an«, berichtete sie ihrem Chef. »Glaubst du, er hält mich für eine Prostituierte oder so?«

»Sidney wird sehr gut dafür bezahlt, dass er keine Fragen stellt oder dich komisch anguckt.« Evan war verärgert. »Ich rede mit ihm.«

Jeder Gast, der in eine von Evans Wohnungen in Tribeca eincheckte – sie befanden sich in einem Radius von sechs Häuserblocks –, bekam Lettys Handynummer. Die Leute meldeten sich zu jeder Uhrzeit mit Anrufen oder SMS, Tag wie Nacht, beschwerten sich über die Klimaanlage oder die Heizung. Oder über die WLAN-Geschwindigkeit. Oder sie klagten, dass ein Korkenzieher, ein Toilettensauger oder ein Eislöffel fehle.

Sie verloren ihren Schlüssel. Sie wollten früh kommen und spät gehen. Und wie Evan Letty vorgewarnt hatte, schaffte es niemand, die Fernbedienung richtig zu bedienen.

Schnell wuchsen ihre Verantwortlichkeiten. Letty gab im Diner Bescheid, dass sie nicht mehr dort arbeiten könne. Sie wunderte sich, wie sehr ihr die Kameradschaft und Freundschaft der Kolleginnen im Lazy Daizy fehlte, wenn sie allein in ihrem Apartment saß.

»Du brauchst einen besseren Agenten«, sagte Evan ihr eines Tages auf den Kopf zu, als sie sich in einem nahe gelegenen Bistro trafen, um über die Buchungen der kommenden Woche zu sprechen.

»Nein.« Letty schüttelte den Kopf. »Leslie ist super.«

»Wann hat sie dir den letzten richtigen Job besorgt?«

»Ich war schon zweimal im Recall für die Küchenrollenwerbung.«

»Ich spreche nicht von Recalls. Ich spreche von bezahlten Rollen.«

Letty zuckte mit den Schultern.

»Mensch, Letty, wenn du Schauspielerin werden willst, musst du Erfahrung sammeln. Ich habe dich schon gesehen, du bist einmalig! Als Geschworene in dem Film von Denzel Washington hast du wirklich herausgestochen, und da hattest du nur ein paar Sätze zu sagen, aber die Folge von *Law & Order*, in der du mitgespielt hast, die war klasse.«

»Du hast das gesehen? Wo?«

Er grinste. »Im Internet. IMDB.« Dann schob er ihr über den Tisch eine Karte zu. »Ruf den mal an. Ronnie ist der Beste. Kennt jeden, vertritt ganz viele Nachwuchsschauspielerinnen. Und, noch wichtiger, er ist mir was schuldig.«

Rückblickend war es erschreckend, wie schnell Letty bereit gewesen war, das zu tun, was Evan ihr sagte. An dem Tag, als sie Leslie mitteilte, dass sie sich eine andere Vertretung suchen würde, weinte sie, doch innerhalb einer Woche hatte Ronnie Silver es geschafft, ihr eine Statistenrolle in einem Pilotfilm von CBS sowie eine Sprechrolle in dem Low-Budget-Horrorfilm einer unabhängigen Produktionsfirma zu besorgen. Und sie sprach für die Rolle der eifersüchtigen Ex-Freundin in einem Weihnachtsfilm von Hallmark vor. Die Gage war mies, aber dafür verbrachte sie im August eine Woche in Kanada.

Ihr gestiegenes Einkommen ermöglichte es ihr, Seminare bei angesehenen Schauspiellehrern und -lehrerinnen zu buchen.

Als Evan vorsichtig erwähnte, vielleicht verhindere ihr leichter Unterbiss, dass sie größere Rollen bekäme – und er direkt einen Kieferorthopäden an der Hand hatte –, ließ Letty sich pflichtbewusst eine unsichtbare Zahnklammer anfertigen, die ihr in die Unterlippe schnitt und Kieferschmerzen verursachte.

Und als Evan meinte, vielleicht bekäme sie bessere Rollen, wenn sie sich die Haare wachsen und heller färben ließe, tat sie auch das.

Evan Wingfield war ein geduldiger Mensch. Erst nach einem Monat lud er Letty beiläufig zum Abendessen ein. Sie war wirklich verwundert, weil er keinerlei Anstalten machte, sie anzubaggern, sondern ihr zum Abschied vor ihrem Apartment nur einen züchtigen Kuss auf die Wange gab.

Sie gingen mehrmals zusammen aus: zu einer Wohltätigkeitsveranstaltung, zur inoffiziellen Eröffnung eines französischen Restaurants, das einem von Evans Freunden gehörte. Die Küsse wurden etwas drängender und leidenschaftlicher. Letty genoss die Aufmerksamkeit und begann allmählich ihren Vorsatz zu hinterfragen, nicht mit ihrem Vermieter und Arbeitgeber zu schlafen.

Schon länger hatte sie nichts von Tanya gehört. Zuletzt lebte ihre kleine Schwester irgendwo im Süden, modelte ein bisschen herum und hatte einen Freund, mit dem immer mal wieder Schluss war. Tanya war kein Mensch, der sich regelmäßig über Telefon oder E-Mails meldete, deshalb war Letty überrascht, als sie früh an einem Samstagmorgen einen Anruf von Tanya bekam.

»Lettyyyy!«, schluchzte ihre Schwester.

»Was ist?«

»Rooney ist weg.«

Letty wusste nicht genau, ob Rooney der Freund oder der Kater war.

»Weg? O Gott, ist er gestorben?«

»Schön wär's! Nein, der Wichser ist ausgezogen! Als ich gestern Abend nach Hause kam, hing ein Verkaufsschild im Fenster. Die Tür ist mit einem Mehrfachschloss versperrt, ich kann nicht rein, aber ich hab durchs Fenster geguckt, und drinnen ist alles leer. Meine ganzen Sachen sind weg, meine Klamotten, meine Schuhe, alles. Zum Glück hatte ich meine Louis Vuitton dabei, sonst wäre die jetzt auch verschwunden.«

»Hast du versucht, ihn anzurufen?«

»Ja, ungefähr zwei Millionen Mal. Nichts. Er ist weg, und meine Sachen sind auch weg. Außerdem schuldet er mir noch ein paar tausend Dollar. Ich bin offiziell pleite.«

»Und das war gestern Abend? Wo hast du übernachtet?«

»Im Auto. Es war zu spät, um noch irgendwas zu machen.«

»Ach, Tanya.« Letty stieß einen langen Seufzer aus.

Ihre Schwester konnte eine lange Reihe katastrophaler Beziehungen zu Männern vorweisen, doch selbst für Tanya war das die Krönung.

»Was hast du jetzt vor?«, fragte Letty.

»Weiß ich nicht genau. Nächste Woche habe ich eigentlich ein Katalog-Shooting unten in Florida, aber wo bleibe ich bis dahin? Ich hab nicht mal was zum Umziehen da. Ich besitze buchstäblich nur noch das, was ich am Leib habe. Und mein Auto, aber das muss ich ständig umstellen, weil die Bank es als Pfand haben will.«

»Und die Louis Vuitton«, ergänzte Letty. »Wie viel ist die wert?«

»Vergiss es! Die Louis verhökere ich auf keinen Fall!«

Letty wartete auf die nächste Hiobsbotschaft.

»Ich habe mich gefragt«, fing Tanya vorsichtig an, »was du wohl davon hältst, wenn ich zu dir komme?«

»Zu mir? Du willst nach New York ziehen?«

»Warum nicht? Da würde ich mit Sicherheit mehr Jobs für Zeitschriften bekommen. Und für Modenschauen. Vielleicht könnte ich auch Schauspielunterricht nehmen. So wie du. Hey, das wollte ich dir noch sagen: Ich fand dich super in *Weihnachten in Charleston*. Du warst die Einzige, die einen richtigen Südstaatenakzent hatte. Vielleicht könntest du mich ja bei deinem neuen Agenten unterbringen?«

Kurz verspürte Letty den irrationalen – und selbstsüchtigen – Drang, »Nein!« zu schreien. Doch das würde sie niemals tun. Tanya war ihre kleine Schwester. Okay, eigentlich nur Halbschwester. Seit ihrem sechzehnten beziehungsweise siebzehnten Lebensjahr waren die beiden auf sich allein gestellt. Scarlett und Tanya gegen den Rest der Welt.

»Ja, vielleicht«, erwiderte sie. »Aber wo willst du wohnen?«

»Ich dachte, eine Weile könnte ich doch deine Couch oder so nehmen. Nur so lange, bis ich Fuß fasse und Arbeit finde, hm?«

Die Kellnerin brachte die Bestellung an den Tisch, verschwand jedoch nicht sofort wieder. Sie rückte die Teller zurecht, schenkte Kaffee und Wasser nach. »Sonst noch was?«

»Das ist alles«, sagte Evan.

»Moment«, sagte Vikki. »Ich habe gehört, Sie sind mit Scarlett Carnahan befreundet?«

Zoey zuckte mit den Schultern. »Sie hat hier mal gearbeitet, von daher: Ja, ich kenne sie. Aber sie hat gekündigt, ich hab sie schon seit Ewigkeiten nicht mehr gesehen.«

»Aber Sie wissen, dass Ihre Freundin großen Ärger hat, nicht?«

»Ich hab's in der *Post* gelesen. Na ja, Papier ist geduldig. Der größte Teil ist erstunken und erlogen. Ich bin mir jedenfalls sicher, dass Letty niemanden verletzen würde. Schon gar nicht ihre Schwester.«

»Aha«, sagte Vikki. Sie riss die Senfpäckchen auf und drückte den Inhalt auf das Ei. Dann nahm sie den Bagel in die Hand und biss hinein.

»Sie lügt«, sagte Evan, als Zoey weg war.

»Ich weiß. Ich rede später noch mal mit ihr, wenn Sie weg sind.«

Sie biss wieder in den Bagel und kaute langsam. »Reden wir mal kurz über Sie. Der Klatschpresse kann ich entnehmen, dass es alles andere als gut lief zwischen Ihrer Ex-Freundin und Ihnen. Sie hatten sich schon anderweitig umgetan, stimmt's? Neue Freundin und so? Sie sehen mir nicht gerade wie der trauernde Witwer aus.«

Evan spannte den Kiefer an. »Tanya war die Mutter meines Kindes. Und jetzt ist das Kind verschwunden. Wer weiß, wo Letty mit meiner Tochter ist? Maya ist erst vier Jahre. Sie ist sehr sensibel und feinfühlig. Schon vor der ganzen Geschichte hatte sie eine Therapeutin.«

»Warum warten Sie nicht einfach, bis die Polizei Letty und Maya gefunden hat?«, fragte Vikki. »Verstehen Sie mich nicht falsch: Ich lasse mich gerne von Ihnen bezahlen, aber seien Sie ehrlich: Hier geht es nicht nur darum, denjenigen zu finden, der Tanya umgebracht hat. Und es geht nicht nur ums Kind, stimmt's?«

Evan trank einen Schluck Kaffee und überlegte sich seine Antwort genau.

»Wie ich schon am Telefon erwähnt habe, hat Letty für mich gearbeitet, bis ich Tanya kennenlernte. Letty war in einige … ähm … vertrauliche Angelegenheiten eingeweiht, und als Tanya und ich zusammenzogen, war sie natürlich auch oft dabei, wenn ich meinen Geschäften nachging, mit Mitarbeitern sprach et cetera. Sie hat viele Fragen gestellt. Tanya war zwar durchgeknallt, aber sie war nicht blöd.«

»Aaah.« Vikki nickte. »Letty und Tanya kannten also die schmutzigen Geheimnisse über die Airbnbs, und Sie hatten Angst, dass die Schwestern Sie bei der Stadt anschwärzen, richtig?«

»Kurz gesagt, ja«, bestätigte Evan. »Tanya war fest entschlossen, nach L. A. zu gehen. Sie dachte, da bekäme sie mehr Rollen als Schauspielerin. Ich hab sie nur zu gerne ziehen lassen …«

»Damit waren Sie sie los und mussten Sie nicht mehr bezahlen«, unterbrach Vikki ihn. »Aber sie wollte das Kind mitnehmen. Und das konnten Sie nicht zulassen.«

»Tanya war gerade aus dem Entzug zurück. Alkohol- und Medikamentenmissbrauch. Sie war … labil. Und selbst Mayas Therapeutin – die war übrigens Tanyas Idee – war der Meinung, ein Umzug nach L. A. wäre nicht gut für Maya. Ein Kind in dem Alter braucht Struktur und Routine.«

»Und die hätten Sie geben können?«

Evan funkelte Vikki Hill böse an. »Was hat das mit der Suche nach Letty und Maya zu tun?«

»Ich hätte gern alle Hintergrundinformationen.«

»Das sind die Informationen. Tanya ist tot. Meine Tochter ist verschwunden, und ich will sie zurückhaben.«

»Sagen wir, ich finde sie. Wie geht es dann weiter?«

»Dann sagen Sie mir, wo die beiden sind. Um den Rest kümmere ich mich.«

Vikki biss wieder vom Bagel ab. Sie kaute, schluckte, betupfte die Lippen mit einer Serviette und runzelte die Stirn. »Was bedeutet das? Kümmern? Das klingt nicht gut in meinen Ohren.«

»Das bedeutet, dass ich noch vor der Polizei mit Letty sprechen will. Ich muss ihr begreiflich machen, dass alles, was sie über meine Firma zu wissen glaubt, vertraulich ist und es auch bleiben muss.«

»Das hört sich auch nicht viel besser an. Aber zurück zu Letty. Wo hat sie gewohnt, als sie bei Ihnen kündigte?«

»In Brooklyn. Aber ich war in ihrer Wohnung, da ist nichts.«

»Sie waren in ihrem Apartment und haben es durchsucht?«

»Genau.«

»Möchte ich wissen, wie Sie da reingekommen sind?«

Evan trank einen Schluck Kaffee und schwieg.

»Trotzdem muss ich mir die Wohnung ansehen. Sie sagten, Letty hätte bei Ihnen gekündigt?«

»Ja.«

»Sie hat mit Ihnen Schluss gemacht? Und gekündigt? Weil Sie ihre kleine Schwester aufgerissen haben?«

Er nickte.

»Muss ziemlich unangenehm für die beiden Frauen gewesen sein, oder?«

»Ja. Könnte man sagen. Letty war so sauer, dass sie nicht mal ins Krankenhaus kam, als Maya geboren wurde. Sie hat ihre eigene Schwester geghostet. Das war der Hammer.«

»Wie lange ging das so?«, fragte Vikki. »Dieser Streit, meine ich?«

»Mal überlegen. Ich weiß noch, dass Letty zu Mayas drittem Geburtstag kam. Gezwungenermaßen. Da war zwischen Tanya und mir schon ziemlich die Luft raus. Ich war zwar noch nicht ausgezogen, aber alles lief darauf hinaus. Angeblich hatte sie aufgehört zu trinken, aber während der Feier kam ich irgendwann in die Küche und sah, wie sie sich Wodka in ihre Limonade kippte. Ich bin explodiert. Ich meine, jetzt mal wirklich: Sich auf der Geburtstagsfeier der eigenen Tochter betrinken? Letty hörte unseren Streit und hielt natürlich zu Tanya. Da reichte es mir. Ich bin gegangen.«

Evan hatte das Handy auf den Tisch gelegt. Das Display

leuchtete auf, er tippte darauf und lehnte den Anruf ab. »Gut, ich muss los. Sie haben alles, was Sie brauchen, ja?«

»Fürs Erste«, sagte Vikki.

Er griff nach seiner Brieftasche.

Zoey stand mit Hailey hinter der Theke und sah, wie sich Tisch 2 zum Gehen fertig machte. Sie stieß ihre Kollegin an.

»Zeit für eine Zigarettenpause.«

»Schon wieder? Ich war doch gerade erst.«

Zoey sah sie nachdrücklich an. »Geh nach draußen und stell dich vor das Fenster, wo die beiden sitzen. Hol dein Handy raus. Wenn die Frau aufsteht, mach ein Foto von ihr. Aber unauffällig, ja?«

»Wofür?«, fragte Hailey und steckte ihr Handy in die Schürzentasche.

»Für unsere Letty«, sagte Zoey. »Los, beeil dich. Hopp, hopp!«

9

Mit der Rückseite ihres Löffels zerquetschte Maya die Bananenstückchen in ihren Cheerios, dann stopfte sie sich die Cornflakes mit beiden Händen in den Mund.

»Gut, Schnuckilein, isst du auf?« Letty wischte mit einem Blatt Küchenrolle die Milch vom Tisch. »Wir müssen uns fertig machen.«

»Wo wollen wir hin, Letty?«

Letty hob ihre Nichte vom Stuhl. »Heute Morgen kommst du mit mir ins Büro. Wir helfen Miss Ava.«

Maya ging zur Kommode, holte ihre Tasche heraus und schlang sie sich über die Schulter. »Okay. Können wir jetzt gehen?«

»Noch nicht ganz.« Letty musste lachen. »Ich muss mich erst anziehen.«

Sie betrachtete sich in dem wolkigen Kommodenspiegel und seufzte. Die letzten vierundzwanzig Stunden waren hart gewesen, man sah ihrem Gesicht den Stress an.

Fast den gesamten Vortag hatten Letty und Maya am Strand verbracht. Es war Sonntag, unzählige Leute bevölkerten den weitläufigen weißen Sand. Maya war in ihrem Element gewesen, war geschwommen und hatte Muscheln gesammelt. Ava hatte ihnen einen Plastikeimer und ein kleines Küchensieb mitgegeben, und das Kind hatte stundenlang versucht, die kleinen Fische zu fangen, die immer wieder davonflitzten. Letty und Maya hatten eine aufwendige Sandburg für Elsa gebaut, wie das Mädchen verkündete, auch wenn Letty sich ziemlich sicher war, dass Eisprinzessinnen in der Sonne von Florida nicht lange überleben. Später am Tag hatten sie leicht sandige Sandwiches mit Erdnussbutter und Gelee sowie Kartoffelchips gegessen und den Rest an die Möwen verfüttert, die zu ihnen herabschossen und die Touristen rundherum ärgerten und ihnen Angst machten.

Es war ein herrlicher, sorgenfreier Nachmittag gewesen. Sie waren gerade dabei, ihren Sonnenschirm und das Spielzeug einzupacken, als Maya in der Ferne eine langbeinige blonde Frau in einem roten Bikini entdeckte, die am Ufer entlangging.

»Mommy!«, rief sie und ließ ihr Eimerchen fallen. »Da ist meine Mommy!« Sie rannte auf die Frau zu, Letty dicht hinter ihr. »Nein, Maya, komm zurück!«

Die überraschte Frau drehte sich um und sah das Kind auf sich zulaufen. Verzweifelt klammerte sich Maya an die Beine der Fremden und rief immer wieder: »Mommy, Mommy!«

»Das tut mir total leid«, sagte Letty atemlos und trennte Maya vorsichtig von der Frau.

»Neiiiiin!«, kreischte das Mädchen und schlug und trat nach Letty, die sie wegtrug. »Neiiiin!«

In einer Mischung aus Belustigung und Mitleid sahen die Leute der Szene zu.

»Sie ist furchtbar übermüdet«, murmelte Letty, als eine junge Mutter fragte, ob sie Hilfe bräuchte.

Maya schrie auf dem gesamten Rückweg, der am Pool des Murmuring Surf entlangführte, wo die Stammgäste in ihren

Liegestühlen buchstäblich die Luft anhielten. Aus den Augenwinkeln nahm Letty die Blicke der silberhaarigen Frauen und glatzköpfigen Männer wahr.

Als sie endlich in ihrem Zimmer ankam, musste sie die Tür verschließen, weil sich Maya mehrmals dagegenwarf und immer noch laut nach ihrer Mutter rief.

Am Sonntagmorgen hatte Joe mit einem kleinen Flatscreenfernseher vor der Tür gestanden, den Ava angeblich im Bürolager gefunden hatte. Letty stellte ihn für Maya an und versuchte, sie mit *PAW Patrol* abzulenken, doch vergeblich.

Schließlich ließ Letty in ihrer Verzweiflung ein warmes Bad einlaufen, zog erst ihre eigenen sandigen Badesachen und dann Mayas aus und stieg mit dem Kind in die Wanne. Sie hielt die schluchzende Vierjährige fest an sich gedrückt, strich ihr über den Rücken und wiegte sie so lange, bis die Tränen allmählich versiegten. Immer und immer wieder summte und sang sie »Lass es los« aus der *Eiskönigin*, bis sie heiser war und das Wasser kalt wurde.

Als Mayas Atem langsamer wurde und die Kleine einzuschlafen schien, stieg Letty schließlich heraus. Sie kleidete schnell sich und das Kind an, dann brachte sie Maya ins Bett, die sich nur noch kurz rührte und dann im Schlaf versank. Letty beglückwünschte sich dazu, wie gut sie die Situation gelöst hatte, die sehr gefährlich hätte enden können. Was, wenn jemand sie am Strand angehalten und zur Rede gestellt hätte? Was, wenn jemand wissen wollte, wer Letty eigentlich war? Und wo Mayas Mutter war? Zum Glück hatten sich die Strandgäste um ihren eigenen Kram gekümmert.

Stundenlang spielte Letty alle möglichen schwerwiegenden Folgen von Mayas Anfall durch und fiel erst um kurz nach zwei Uhr nachts in einen unruhigen Schlaf.

Als ihr Handy leise plingte, um eine eingehende Nachricht anzukündigen, erstarrte sie am ganzen Körper.

Die SMS kam von Corinne:

Hey! Kleine Warnung: Zoey hat heute angerufen. E war gestern im Daizy, mit einer Detektivin. Die Frau hat zig Fragen über dich, Tanya und Maya gestellt, aber Zoey hat auf dumm gemacht. Sie hat gehört, wie die Frau meinte, sie hätten den Mercedes in Philly gefunden. Sie wissen auch, dass du ein Auto gemietet und in Raleigh stehen gelassen hast. Und die Frau hat ein Bild von dir. Sei vorsichtig, ja?

Lettys Finger huschten über die Tastatur: *Danke. Melde mich. Sei du auch vorsichtig.*

Drei kleine Pünktchen verkündeten, dass Corinne eine Antwort schrieb. Auf Lettys Display erschien das Foto einer Frau, die an Evans Lieblingstisch im Lazy Daizy stand. Sie war lässig gekleidet: Jeans, Sneaker, Blazer.

Zoey hat ein Bild von der Detektivin gemacht.

Sag ihr, ich bin ihr was schuldig. XOXO L.

Es überraschte Letty nicht, dass Evan eine Detektivin engagiert hatte. Tanya hatte ihre Schwester noch eine Woche vor ihrem Tod gewarnt, dass die Beziehung zu ihrem Ex sich in eine unheilvolle Richtung entwickelte.

Die beiden hatten sich Sushi bestellt. »Er hält sich für so gerissen«, sagte Tanya. »Dabei kenne ich all seine schmutzigen kleinen Geheimnisse. Und wenn er mir weiter so blöd kommt und versucht, mir Maya wegzunehmen, dann mache ich sie öffentlich, das habe ich ihm schon gesagt. Dann wandert er in den Knast.«

Letty hatte ihre Schwester angefleht, Evan nicht zu drohen, aber Tanya war mit Vernunft nicht mehr zu erreichen gewesen.

»Hab ich dir von seiner neuen Tussi erzählt? Sie heißt – halt dich fest! –, sie heißt Juliette! Als Maya von ihrem Wochenende bei Evan zurückkam, hieß es nur noch ›Juju hier‹ und ›Juju da‹.«

»Ja, und? Du weißt doch, dass er immer direkt die Nächste am Start hat. Du bist über ihn hinweg, also was kümmert es dich?«

»Weil diese Tussi anders ist. Sie ist sofort bei ihm eingezogen. Das ist das erste Mal, dass Evan das gemacht hat, seit ich weg bin.« Tanya schaute düster drein. »Maya ist vollkommen verrückt nach dieser Juju. Sie besticht das Kind mit ausgefallenen Spielsachen und Klamotten. Wer schenkt einer Vierjährigen schon ein verdammtes iPad?«

»Tanya, nimm dir zu Herzen, was die Mediatorin sagt«, mahnte Letty. »Hör auf, dich mit Evan anzulegen. Wenn du ihm nicht drohst, wird er sich mit dir einigen. Dann kannst du nach vorn schauen und den ganzen Scheiß hinter dir lassen.«

»Ich lass das auf jeden Fall hinter mir, ich gehe nach Kalifornien«, erwiderte Tanya. »Und Maya nehme ich mit. Da kann sich ein Evan Wingfield auf den Kopf stellen. Der hält mich nicht auf. Nicht, wenn er ein freier Mann bleiben will.«

Lettys Angst wurde immer größer. Tanyas Voraussage war erschütternd zutreffend gewesen. Evan Wingfield hatte ihre Schwester umgebracht, davon war Letty überzeugt. Und jetzt war er hinter ihr selbst her. Instinktiv wäre sie am liebsten geflohen, hätte sich das Kind geschnappt, das neben ihr im Bett schlief, und wäre in der Dunkelheit verschwunden.

Maya seufzte leise, schmiegte sich an Lettys Körper und schlang einen Arm um sie. Letty atmete den süßlichen Geruch von Kindershampoo ein und strich der Kleinen eine feuchte Strähne aus der Stirn.

Jetzt war nicht der richtige Zeitpunkt, um zu fliehen, beschloss Letty. Maya musste ein Gefühl von Sicherheit bekommen. Sie brauchte Zeit, um das Trauma zu verarbeiten, was auch immer sie miterlebt hatte. Und Letty brauchte ebenfalls Zeit. Um nachzudenken und zu planen. Um sich zu überlegen, wie ihre gemeinsame Zukunft wohl aussehen könnte, und ja, um herauszufinden, was Tanya wohl mit dem Murmuring Surf zu tun gehabt hatte.

Am Montagmorgen war Maya putzmunter und fröhlich, als wäre Sonntag am Strand nichts passiert. Letty hingegen sah aus »wie aus dem Container gezogen«, hätte ihre Großmutter Mimi gesagt.

Sie schlüpfte in das rosafarbene Poloshirt mit dem aufgestickten Logo des Murmuring Surf, tupfte Abdeckstift auf die dunklen Ringe unter ihren Augen und band die Haare zu einem Pferdeschwanz hoch. »Gut, gehen wir arbeiten«, sagte sie zu ihrer Nichte.

»Ihr seid früh dran!«, rief Ava, als Letty und Maya ins Büro des Motels kamen.

»Muss am ersten Tag doch einen guten Eindruck machen«, sagte Letty.

»Und wie geht es Ihnen heute Morgen, Miss Maya?« Ava kniete sich vor das Mädchen, um mit ihm auf einer Höhe zu sein.

»Ich hab meine Sachen mitgebracht«, erklärte das Kind stolz und präsentierte ihre *Eiskönigin*-Tasche.

Pflichtschuldig schaute Ava hinein und zählte jeden einzelnen Gegenstand darin auf. »Aah: Lippenstift, Kamm, Müsliriegel, Schmuckkästchen …«

»Was?« Mit klopfendem Herzen schnappte Letty nach dem Kästchen aus schwarzem Samt. »Maya, das sollst du doch nicht nehmen.«

Die Oberlippe ihrer Nichte begann zu beben. »Mommy hat gesagt, das ist für mich. Ich will das haben.«

Letty wagte nicht, das Kästchen in Gegenwart von Ava zu öffnen. Als sie es in ihre Tasche steckte, spürte sie jedoch, dass etwas darin klimperte. Maya hatte immer gerne mit dem Inhalt von Tanyas Schmuckkästchen gespielt, hatte sich Perlenketten, kunterbunte Glasperlen und Goldketten um Hals und Handgelenke gelegt. Bevor sich Tanya von Evan trennte, hatte sie ihrer Tochter manchmal erlaubt, den Diamantring, den sie zur Geburt bekommen hatte, auf ihren Daumen zu schieben und zu bewundern.

»Natürlich ist das für dich, Süße, aber erst, wenn du etwas größer bist«, sagte Letty liebevoll und hoffte, damit den nächsten Wutanfall umgehen zu können. Sie hatte keine Ahnung, wie oder wann es Maya gelungen war, Tanyas Notfallbeutel zu finden, da sich Letty solche Mühe gegeben hatte, ihn in ihrem Zimmer zu verstecken. Bei erstbester Gelegenheit würde sie nachsehen, ob das Kind sich nicht noch mehr unter den Nagel gerissen hatte – zum Beispiel Geld. Und sie musste ein neues Versteck für den Notfallbeutel finden.

»Hier«, sagte Ava spontan und löste die mit rosa Steinchen besetzte Brosche in Form eines Flamingos von ihrer Bluse. »Die könntest du heute tragen, das ist schließlich dein erster Arbeitstag im Motel.«

»O nein«, widersprach Letty. »Das ist doch nicht nötig.«

»Ich möchte gern, dass Maya sie ansteckt«, sagte Ava. »Das ist nur Modeschmuck. Vor ein paar Jahren hatte ich eine Flamingophase, und jetzt habe ich mehr Kaffeebecher, Serviettenhalter, Anstecknadeln und Ohrringe mit Flamingos, als ich gebrauchen kann. Ich habe wahrscheinlich noch drei oder vier solcher Broschen. Haben mir die Kinder zum Muttertag oder Geburtstag geschenkt.«

Maya bestaunte die rosa Glitzersteine des Flamingos und grinste. »Meins.«

»Jetzt, da wir das geklärt hätten, kommt mal nach hinten rum, ihr zwei.« Ava zeigte auf den Empfangstresen.

Ein roter Kindertisch aus Plastik mit passendem Stuhl stand hinter der Theke, darauf lagen eine kleine Schachtel mit Buntstiften und ein Papierstoß. »Da hat meine Isabelle in deinem Alter auch immer gesessen«, sagte Ava zu Maya, die sich prompt an den Tisch setzte und die Buntstifte zu sortieren begann. »Gut, dass ich die Sachen für die Enkelkinder aufgehoben habe, die ich immer noch nicht habe.«

»Hat Joe keine Kinder?«, fragte Letty.

»Keine Frau, keine Kinder. Ich glaube, seine letzte Freundin hat ihn böse reingelegt. Schade, ich dachte wirklich, die könnte es sein.« Ava schüttelte den Kopf. »Egal. Jetzt zeige ich euch meine Kommandozentrale.«

Sie fuhr den Computer hoch und klickte auf ein Icon. Der Bildschirm wurde hell. »Hier sieht man all unsere Buchungen. Jeden Tag, jede Woche oder den ganzen Monat. Wenn man hier rechts auf den Pfeil klickt, erscheinen die Buchungen für den nächsten Monat. Wir sind momentan mit Stammgästen ausgebucht. Das ist zu dieser Jahreszeit fast immer so.«

Letty nickte.

»Die Polaceks sind gestern zurück nach Pittsburgh gefahren«, erklärte Ava und wies auf ein Quadrat auf dem Monitor. »Früher als sonst, weil ihre Tochter ein Kind bekommt und Dorothy deshalb da sein will. Wenn du Lust hast, kannst du heute Nachmittag Anita helfen, Nr. 12 fertig zu machen. Das ist das blaue Haus mit der pinkfarbenen Tür.«

Ava und Letty waren bei ihrem letzten Gespräch dazu übergegangen, sich zu duzen.

»Ich bin zu allen Schandtaten bereit«, sagte Letty.

»Gut. Weil nämlich Bill und Alice Sheehan heute Abend aus

Boston kommen. Normalerweise haben sie Nr. 9, aber als ich ihnen erzählt habe, dass die Polaceks früher zurückfahren, hat Alice sofort die Gelegenheit ergriffen und deren Zimmer übernommen, denn das hat eine schöne windgeschützte Veranda nach hinten raus.«

»Sind nicht alle Zimmer gleich?«, fragte Letty.

»Oh, nein! Als das Murmuring Surf kurz nach dem Krieg gebaut wurde, hatte es nur zehn Zimmer«, erklärte Ava. »Die Doughertys, von denen wir das Motel gekauft haben, hatten im Laufe der Jahre immer wieder angebaut. Die ältesten Zimmer im Nordtrakt sind ziemlich schlicht: ein Schlafzimmer, Küchenecke, Sitzecke und Badezimmer.« Ava machte eine ausholende Armbewegung. »Kaum zu glauben, aber hier haben die Doughertys früher gewohnt. Der vordere Raum war ihr Büro, und hinten, wo jetzt das Lager ist, war das Wohnzimmer. In der kleinen Butze haben sie zwei Töchter großgezogen! Aber als die älteste größer wurde, konnte Elsie Dick schließlich überreden, den ersten Stock obendrauf zu setzen, in dem wir jetzt wohnen.«

»Und die übrigen Zimmer?«, fragte Letty.

»Die haben Dick und sein Bruder schon in den Sechzigern gebaut«, erklärte Ava. »Ich glaube, auf der Südseite des Grundstücks stand früher ein altes Holzhaus, das irgendwann ziemlich heftig von einem Hurrikan getroffen wurde. Die Besitzer verkauften es für 8000 Dollar an die Doughertys, die es abrissen und dafür sechs neue Wohneinheiten bauten.«

»8000 für ein Grundstück direkt am Golf?«, fragte Letty.

Ava zuckte mit den Achseln. »Das war damals eine Menge Geld. Auf jeden Fall haben alle Wohneinheiten auf der Südseite der Anlage entweder eine kleine windgeschützte Veranda oder eine Terrasse nach hinten raus. Alle haben einen richtigen Essbereich, und das Wohnzimmer ist groß genug für eine Ausziehcouch. Das finden unsere Stammgäste besonders gut, wenn ihre Kinder oder Enkelkinder für ein paar Tage zu Besuch kommen und bei ihnen übernachten wollen. Dann müssen sie sich selbst kein Zimmer nehmen.«

»Die Apartments sind bestimmt sehr beliebt«, sagte Letty.

»Also, eigentlich wollen alle in die Apartments im Westtrakt, die mit Blick auf den Golf. Wenn ich zehn mehr von den größeren Zimmern hätte, könnte ich die das ganze Jahr über belegen. Momentan habe ich eine Warteliste.«

»Also checkt bis heute Abend niemand ein?«, vergewisserte sich Letty.

»Genau. Und es checkt auch niemand aus. Müsste ein ziemlich langweiliger Vormittag werden. Du brauchst nur ans Telefon zu gehen, Nachrichten entgegenzunehmen und für die Gäste da zu sein. Ich habe um neun Uhr einen Zahnarzttermin, danach bin ich mit einer alten Freundin zum Kaffee verabredet. Bis zum Mittagessen müsste ich zurück sein.«

»Alles klar«, sagte Letty.

Ava wies auf einen Stapel bunter Hochglanzflyer. »Unsere neuen Broschüren und Preislisten. Habe ich eben abgeholt. Adressaufkleber sind auch dabei. Wenn du magst, kannst du die Preislisten in die Flyer stecken, sie zutackern und vorn die Adressaufkleber drauf machen.«

Ava streckte die Hand aus. »Gib mir mal dein Handy! Ich speichere dir meine Nummer ein. Wenn du Fragen hast oder es irgendwelchen Ärger gibt, ruf mich einfach an.«

»Okay«, sagte Letty und holte tief Luft. »Dann haben Maya und ich jetzt wohl Dienst.«

»DHM«, sagte Ava.

»Hm?«

»Ihr seid jetzt diensthabende Manager. Viel Glück!«

10

Es klingelte an der Tür zum Büro. Herein kam ein stark gebräunter älterer Mann, der betrübt dreinschaute. Er trug eine auffällig gemusterte Strandjacke aus Frottee mit passender kurzer Hose.

»Sie sind nicht Ava«, stellte er fest und schaute sich suchend um.

»Nein«, pflichtete Letty ihm bei. »Ava hat einen Termin. Kann ich Ihnen irgendwie helfen?«

»Wer sind Sie denn?« Er entdeckte Maya, die gerade die Blätter zusammentackerte, die sie bemalt hatte.

»Ich bin Letty.«

»Ah, ja. Die Neue. Mit dem Kind. Hab von Ihnen gehört.«

»Na, hoffentlich nur Gutes.« Letty lächelte ihn, wie sie hoffte, entwaffnend an. »Und Sie sind?«

»Merwin Maples. Nr. 4.«

Die Tür öffnete sich erneut, und eine Frau mit einem Rollator schob sich herein.

»Was hat sie gesagt?«, fragte sie. »Können wir in das Apartment von den Sheehans oder nicht?«

Der Mann ging zur Tür und zog sie weiter auf. »Ava ist nicht da.« Er wies mit dem Daumen in Lettys Richtung. »Das ist die Frau, von der Ruth uns erzählt hat.«

Merwin wandte sich wieder an Letty. »Das ist meine Frau Trudi.«

»Freut mich. Ich bin Letty.«

Trudi Maples hatte eine zarte, fast faltenlose Haut und blassblaue Augen. Sie trug einen Strohhut mit breiter Krempe und einen knielangen Hausmantel mit Druckknöpfen, dazu Schnürschuhe mit dicken Sohlen. Aber das Seltsamste an ihr waren die weißen Baumwollhandschuhe an beiden Händen.

»Kenne ich Sie nicht?«, fragte sie und musterte Letty aufmerksam.

»Ich glaube nicht. Wir sind diese Woche erst in das rosa Studio gezogen. Ich helfe hier ein bisschen im Büro aus.«

»Woher kommen Sie?«, wollte Trudi wissen und rückte näher an den Tresen heran. »Ich könnte schwören, dass ich Sie schon mal irgendwo gesehen habe.«

Letty lief ein Schauer über den Rücken. »Ich habe fast überall gelebt. Zuletzt in New Jersey.«

»Wir sind aus Jefferson City. Waren Sie schon mal in Missouri?«

»Eigentlich nicht«, erwiderte Letty. Sie musste dringend das Thema wechseln. »Sie sagten eben, dass Sie in das Apartment der Sheehans wechseln wollen?«

Merwin ergriff das Wort. »Ja. Es hat sich herumgesprochen, dass Bill und Alice das Apartment der Polaceks übernehmen. Deshalb würden wir gerne deren Zimmer haben.«

»Was stört Sie denn an dem Zimmer, in dem Sie jetzt wohnen?«, fragte Letty.

»Es hat keine Aussicht«, sagte Merwin. »Von den Sheehans aus kann man aufs Wasser gucken.«

»Von unserem Fenster guckt man nur auf die Eismaschine«, klagte Trudi.

»Aha«, machte Letty. »Ava müsste gegen Mittag zurück sein. Ich sage ihr, dass Sie hier waren und gefragt haben.«

»Schreiben Sie es auf!«, verlangte Trudi. »Ich weiß zufällig, dass die Weidenauers auch umziehen wollen. Aber wir kommen schon viel länger her als die, deshalb sollten wir gerechterweise als Erste gefragt werden.«

»Gut«, sagte Letty und notierte alles pflichtschuldigst. »Ich sage Ava Bescheid.«

Trudi schaute an Letty vorbei auf Maya, die das Papier von einem violetten Wachsmalstift schälte.

»Hübsches Mädchen«, bemerkte sie. »Zu wem gehört sie denn?«

»Zu mir.« Letty machte sich nicht die Mühe, das weiter auszuführen. »Kann ich Ihnen sonst noch irgendwie helfen?«

»Ich vergesse keine Gesichter«, sagte Trudi Maples. »Und ich weiß, dass ich Sie schon mal irgendwo gesehen habe.«

»Das höre ich immer wieder«, sagte Letty. »Dass ich wie eine Klassenkameradin von der Highschool oder wie eine Cousine zweiten Grades aussehe.«

»Nein, so was nicht«, beharrte Mrs. Maples.

Merwin verdrehte die Augen. »Das ist ihre besondere Fähigkeit. Früher oder später weiß Trudi wieder, woher sie Sie kennt. Wahrscheinlich um vier Uhr morgens, und dann weckt sie mich, um es mir zu erzählen.« Er legte seiner Frau eine Hand auf die Schulter. »Komm, Trudi. Packen wir unsere Sachen, damit wir in das Zimmer der Sheehans umziehen können, sobald Ava uns ihr Okay gibt.«

Die nächste Besucherin war eine der Frauen, die Letty insgeheim als »Vogeldamen« bezeichnete: die drei dünnen Raucherinnen, die sich fast jeden Abend in der Raucherecke des Murmuring Surf trafen, wo sie sich eine Flasche Wein teilten und ihren Spaß hatten.

Es war auf jeden Fall die Frau, die am jüngsten von den dreien wirkte – ihre Haare waren blauschwarz gefärbt, und sie hatte noch eine gute Figur, die sie mit eng anliegenden Caprihosen und T-Shirts betonte. Sie schob die Tür auf und schaute an Letty vorbei.

»Wo ist Ava?«, fragte sie hektisch.

»Unterwegs. Kann ich Ihnen irgendwie helfen?«

»O Gott, ja, hoffentlich! Meine Badewanne ist verstopft, und das Wasser läuft ins Zimmer. Ist Joe vielleicht da? Der repariert so was normalerweise.«

»Den habe ich heute Morgen noch nicht gesehen«, sagte Letty. »Gibt es einen Klempner, der sonst in solchen Fällen kommt?«

»Woher soll ich das wissen? Rufen Sie Ava an! Sie soll sich sofort darum kümmern.«

Letty griff zu ihrem Handy, um die Motelchefin anzurufen, wurde jedoch auf die Mailbox weitergeleitet.

»Wahrscheinlich sitzt Ava noch beim Zahnarzt«, sagte Letty. »Warten Sie!« Sie ging ins Lager und kehrte mit einem Toilettensauger und einer Rohrreinigungsspirale zurück, die ihr zuvor ins Auge gefallen waren, als sie eine Rolle Tesafilm gesucht hatte.

»Du lieber Himmel!«, rief die Frau, als sie das lange Instrument für die Abflussreinigung sah. »Wissen Sie denn, wie man damit umgeht?«

»Ich hoffe es«, gab Letty zurück und hielt Maya die Hand hin. »Komm, Spätzchen, wir müssen mal rübergehen!«

»Wie heißen Sie eigentlich?«, erkundigte sich die Frau, als die drei zu einer der größeren Wohneinheiten auf der Südseite des Geländes gingen.

»Ich bin Letty.«

»Und ich bin Arlene Finocchia. Tut mir leid, dass ich so einen Wind mache, aber der Teppich in meinem Zimmer ist neu, und ich will nicht meine Kaution verlieren, weil ich ihn ruiniert habe. Wie heißt denn Ihre Kleine?«

»Maya.«

»So eine Süße!«, bemerkte Arlene. »Hier wären wir. Nr. 13.«

Sie deutete auf eine mintgrüne Betonsteinfassade mit einer dunkelblauen Tür. Ein kleines Rinnsal tröpfelte auf die Betonschwelle.

»Du Scheiße«, fluchte Arlene. »Oh, Entschuldigung«, sagte sie schnell mit Blick auf Maya. »So drückt man sich nicht aus.«

»Das hat sie leider schon öfter gehört«, bemerkte Letty. Arlene öffnete die Tür, und sie folgten der Spur des Wassers bis ins Bad mit seinen hellblauen Bodenfliesen und der dazu passenden hellblauen Keramik.

»Ich bin so dumm. Als ich in die Waschküche gelaufen bin, um die Maschinen abzustellen, habe ich das Wasser nicht abgedreht … Und als ich zurückkam, sah es so aus.«

Auf dem Boden lag ein Berg feuchter Handtücher. Das Wasser stand schon über zwei Zentimeter hoch.

»O-oh«, machte Maya und wies auf die Badewanne, wo das Wasser über den Rand lief.

Letty setzte sich auf den Badewannenrand und ignorierte, wie sich das Wasser auf die Fliesen ergoss.

»Maya wartet besser so lange nebenan, oder?«, sagte Arlene und hielt dem Mädchen die Hand hin. »Ist das okay, wenn ich ihr was zu essen gebe? Ich habe Mandarinen direkt von der Farm da.«

»Die nimmt sie gern«, sagte Letty.

Zehn Minuten später kam sie mit einem triumphierenden Lächeln aus dem Badezimmer. Von den Knien abwärts war sie klatschnass. In der Hand hielt sie einen Pappbecher mit einem dicken Klumpen verfilzter pechschwarzer Haare, der geschätzt zehn Zentimeter Durchmesser hatte und offenbar mit Haarspülung verklebt war.

»Fertig«, verkündete sie und hielt Arlene den Pappbecher zur Begutachtung unter die Nase. »Hier ist der Missetäter.«

Arlene Finocchias Gesicht wurde rot vor Scham. »Du meine Güte!« Sie betastete ihren Kopf. »Ich habe schon gemerkt, dass meine Haare dünner werden, aber doch nicht so! Das ist ja ekelhaft.«

»Die alten Rohre sind von innen wahrscheinlich ziemlich verrostet«, sagte Letty. »Ich habe mal in einem Haus gewohnt, wo das ständig passierte. Besorgen Sie sich mal ein paar Liter klaren Essig und gießen Sie ihn jeden Tag in den Abfluss, dann sammelt sich so eine Schmiere gar nicht erst an.«

»Mache ich«, sagte Arlene.

»Haben Sie vielleicht einen Wischmopp und einen Eimer da?«, fragte Letty. »Wäre besser, wenn wir das Wasser aufwischen, bevor es richtig einzieht.«

»Sie sind super«, sagte Arlene, als Letty sich zum Gehen wandte. »Ehrlich, Sie haben mich gerettet! Warten Sie, ich habe etwas für Sie.« Kurz verschwand sie, und als sie zurückkam, drückte sie Letty Geld in die Hand.

Es waren zwei Zehn-Dollar-Scheine. »Nein, nein!«, protestierte Letty. Es war ihr peinlich. »Das ist nicht in Ordnung, wirklich nicht.«

»O doch.« Arlene wedelte Lettys Einwände fort. »Ich habe hier 500 Dollar Kaution hinterlegt. Und ich bin mir ziemlich sicher, dass Ava Sie nicht als Klempnerin eingestellt hat.«

»Ich bin für alle anfallenden Arbeiten zuständig.« Letty versuchte, Arlene das Geld zurückzugeben. »Bitte! Das kann ich nicht nehmen.«

»Maya!« Die Frau wandte sich an das Kind. »Zeig mir mal deine Hand!«

»Okay.« Arlene schloss die knubbeligen Finger um die Scheine. Das Kind grinste. »Jetzt schnell zurück ins Büro. Und ganz vielen Dank!«

Letty hatte sich ein System für die Abwicklung des Flyerversands ausgedacht. Sie faltete die Flugblätter zweifach, legte die Preisliste hinein, pappte einen Adressaufkleber vorne drauf und reichte die Sendung Maya, die dafür verantwortlich war, alles zusammenzutackern. Die Kleine gluckste jedes Mal fröhlich vor sich hin, wenn sie das Hochglanzpapier mit dem Tacker durchbohrte.

Letty war so in ihre Arbeit versunken, dass sie die Zeit aus den Augen verlor, bis es irgendwann wieder an der Tür klingelte und Joe mit einem großen Pappkarton hereinkam. Er sah sich um. »Wo ist meine Mutter?«

»Sie hatte eine Zahnarzttermin und war auf einen Kaffee verabredet. Sie hat gesagt, sie wäre bis zum Mittagessen zurück«, gab Letty Auskunft.

Joe kam um den Tresen herum und setzte den Karton auf einem Beistelltisch ab, um ihn mit einem Teppichmesser aufzuschlitzen. Dann hob er einen klotzigen Gegenstand in einer Schaumstoffverpackung heraus.

»Ich hab ihren neuen Drucker abgeholt«, erklärte er und begann, den Schaumstoff zu entfernen. »Ich richte ihn schon mal ein, sonst müsste ich heute Abend nach der Schicht noch reinkommen.«

»Sind Sie im Dienst?«, fragte Letty. »Ist das nicht verboten oder so?«

»Wir sind eine kleine Dienststelle. Mein Sergeant weiß, wo ich bin und wie er mich finden kann«, erwiderte Joe und nahm einen Stapel Aktenordner vom Tischchen, um den Drucker dort hinzustellen. Er machte sich daran, die Kabel hinten in das Gerät zu stecken und es mit der Wandsteckdose zu verbinden.

Er drückte verschiedene Knöpfe auf dem Bedienfeld des Druckers und nickte zufrieden, als es aufleuchtete. »Nebenan im Lager liegt Papier im Regal«, sagte er zu Letty. »Könnten Sie einen Stoß holen? Dann gucken wir mal, ob er funktioniert.«

Sie fand das Papier und legte es in die betreffende Schublade. Joe setzte sich an den Computer und tippte etwas ein. Kurz darauf erwachte der Drucker surrend zum Leben.

»Gut«, sagte er und nickte. Er schaute zu Maya hinüber, die den Tacker an die Schaumstoffblöcke der Verpackung hielt. »Hey, der Tisch und der Stuhl kommen mir bekannt vor.«

»Ava meinte, da hätte früher Ihre Schwester dran gesessen.«

»Und davor ich«, beharrte Joe. »Wenn meine Mutter arbeiten musste, hat sie mich da immer geparkt. An dem Tisch habe ich eine Menge Fernsehen geguckt. Und eine Menge Fleischwurstsandwiches gegessen.«

»Wie schön.« Letty nahm sich einen Stapel Flyer und machte sich wieder daran, sie zu falten. Hoffentlich verstand er die Anspielung, dass sie viel zu tun hatte.

»Wo sind Sie eigentlich aufgewachsen?«, fragte Joe. »Als Sie gerade ›wie schön‹ sagten, hätte ich schwören können, dass Sie einen Südstaatenakzent haben.«

»Wir sind viel herumgezogen, als ich klein war. Tennessee,

West Virginia und so.« Letty blieb absichtlich vage. »Könnten Sie mir kurz die Preislisten da geben?«

Wenn er doch gehen würde!

»Stammen Ihre Eltern aus den Südstaaten?«

»Meine Mutter ja, mein Vater nicht. Sie haben sich schon sehr früh getrennt.«

»Mein Vater ist abgehauen, als ich sieben war«, erklärte Joe.

Eigentlich interessierte sich Letty durchaus für den Hintergrund dieses Cops. Wenn sie ihm ein paar Fragen stellte, könnte sie ihn vielleicht so weit ablenken, dass er vergaß, sie auszuquetschen.

»Ihre Mutter hat mir erzählt, dass Ihre Eltern das Motel gekauft haben, als Sie noch klein waren. Wie war das so? Ich meine, in einem Motel groß zu werden?«

»Bis ich zur Highschool kam, dachte ich, alle würden so wohnen.« Joe machte eine ausholende Handbewegung. »Hier war immer viel zu tun, besonders nachdem mein Vater weg war. Ich habe damit angefangen, Mülltonnen zu leeren, den Pool sauber zu machen und die Gänge zu fegen. Als ich etwas größer war, wollte Ava, dass ich den Rasen mähe, Wände streiche und Fenster putze.«

»War Ihre Familie schon immer in der Hotellerie?«

»Nein. Mein Vater war Autoverkäufer. Meine Eltern waren aus Michigan und haben hier mal im Januar Urlaub gemacht. Mom sagt immer, sie dachten, sie hätten das Paradies gefunden. Das Wasser war blau, die Sonne schien. Mein Vater sagte zu ihr, solange er lebte, wolle er keinen Schneeschieber mehr sehen. Angeblich hatte er immer mal wieder verrückte Ideen. Sie wohnten in einem kleinen Motel die Straße runter, und eines Tages entdeckte er, dass das Murmuring Surf zum Verkauf stand. Ohne mit meiner Mutter zu sprechen, lieh er sich Geld von seinen und ihren Eltern und verhandelte schnell mit den vorherigen Besitzern, den Doughertys, und ehe Mom sich versah, hatte er das Murmuring Surf gekauft.«

»Und nach der Trennung blieb sie hier und führte den Laden allein?«, fragte Letty.

»Sie hatte keine große Wahl. Mein Alter lernte eine Kellnerin drüben auf der Derby Lane kennen, wo die Hunderennbahn ist, und in Nullkommanichts stand Mom allein da und musste ein Motel führen und ein Kind großziehen, obwohl sie bis zu ihrem Umzug nach Florida immer nur Hausfrau gewesen war.«

»Muss hart gewesen sein«, bemerkte Letty.

»Sie kann eine Menge wegstecken«, sagte Joe. »Aber sie hat eine Schwäche für rührselige Geschichten. Weshalb ich manchmal ein bisschen auf sie aufpassen muss. Weil so was gern ausgenutzt wird.« Er sah Letty nachdrücklich an.

Sie erwiderte den Blick. »Ich habe keine rührselige Geschichte. Ich versuche nur, mein Leben zu leben und für meine Nichte zu sorgen. Ist das vielleicht verboten?«

»Sagen Sie es mir!«

Die Tür klingelte. Ava stürzte mit den Armen voller Einkaufstüten herein. »Bin wieder da!«

Sie schaute von Letty zu ihrem Sohn. »Alles okay hier?«

»Ich habe Mr. und Mrs. Maples kennengelernt«, sagte Letty. »Sie sind extra hergekommen, um ihren Anspruch auf das Apartment der Sheehans anzumelden.«

»Und es geht wieder los«, bemerkte Joe. »Die Reise nach Jerusalem durch Motelzimmer.«

»Außerdem habe ich Arlene kennengelernt, die Frau aus dem mintgrünen Haus. Ihre Badewanne war verstopft, aber darum habe ich mich gekümmert.«

Joe sah skeptisch drein. »Was haben Sie denn gemacht?«

»Bin mit einem Sauger und einer Rohrreinigungsspirale rübergegangen und habe einen riesigen Haarklumpen aus dem Abfluss geholt.«

»Gute Arbeit!« Ava strahlte ihre neue Mitarbeiterin an.

»Apropos Arbeit, ich muss zum Dienst«, sagte Joe. »Hab deinen neuen Drucker angeschlossen.«

»Hast du Letty auch die neue Software gezeigt, damit sie mir beibringen kann, wie man die benutzt?«

»Keine Zeit heute«, gab er zurück.

11

Hi, Mom!« Isabelle DeCurtis legte ihren Rucksack auf den Tresen der Rezeption. Als sie die kleine Gestalt entdeckte, die an dem roten Tischlein saß und eifrig Bilder ausmalte, tat sie überrascht.

»Wer ist das denn?«

Maya schaute hoch und lächelte schüchtern. »Ich bin Maya. Ich bin vier Jahre alt.«

»Hey!«, sagte die junge Frau und kniete sich neben das Kind. »Ich bin Isabelle und fast achtzehn.« Sie deutete auf das oberste Blatt eines Heftchens, das Maya zusammengetackert hatte.

Das Bild zeigte ein kleines Strichmännchen mit einem Kopf voll wilder gelber Kringel, das mit einer größeren Figur Händchen hielt, die gelbe lange Haare, lange schwarze Wimpern hatte und übertrieben hohe Absätze trug.

»Hast du das gemalt?«, fragte Isabelle mit vor Bewunderung aufgerissenen Augen.

Maya nickte.

»Kann nicht sein!« Isabelle tippte auf die kleinere Figur. »Bist du das?«

»Mommy und ich«, sagte Maya. »Da gehen wir zu einer Geburtstagsfeier.«

Isabelle sah zu Letty und dann zu ihrer Mutter hinüber.

»Gibt es auch Kuchen auf der Geburtstagsfeier?«, fragte sie.

»Mhm. Rosa Kuchen. Und rosa Kerzen. Und rosa Ballons.«

»Wer hat denn Geburtstag?«

Mit ihrem violetten Wachsmalstift zeigte Maya auf Letty. »Letty Spaghetti hat Geburtstag!«

»Wirklich?« Isabelle sah Letty fragend an.

»Das war im November.« Letty blinzelte ihre Tränen zurück. »Sie … ähm … sie ist ein großer Fan von Geburtstagsfeiern.«

»Okay.« Isabelle hielt Maya die Hand hin. »Was meinst du? Hast du Lust, heute was Schönes mit mir zu unternehmen?«

Maya lächelte. In ihren Wangen bildeten sich Grübchen. »Ja.«

Isabelle trug eine ausgebleichte, zerrissene Jeans und ein dunkelblaues T-Shirt mit der Aufschrift EMORY in großen Buchstaben auf der Brust. Sie war schlank und hatte dunkle Haare, die zu einem Zopf geflochten waren.

Sie hob Maya vom Stuhl und setzte sie auf ihre Hüfte. »Kannst du schwimmen, Maya?«

»Ich bin schon groß«, verkündete das Mädchen. »Ich tu das Gesicht unter Wasser und strampele mit den Beinen.«

»Ich auch!« Isabelle wandte sich an Letty. »Ist es in Ordnung, wenn ich mit ihr ein bisschen an den Strand gehe?«

Letty zögerte.

»Isabelle hat die letzten beiden Sommer als Rettungsschwimmerin im Freibad von Treasure Island gearbeitet«, erklärte Ava.

»Wir passen total auf«, sagte ihre Tochter und kitzelte Maya am Bauch. »Stimmt's, Maya Papaya?«

»Dann ist es wohl in Ordnung«, sagte Letty. »Aber sie hat noch nichts gegessen.«

»Das ist okay. Ich auch nicht. Wir könnten den Strand runtergehen zu Lazy Larry's und uns da was holen. Die haben auch Kindergerichte«, sagte Isabelle.

»Dann brauchst du Geld.« Letty zögerte.

»Ich hab Geld!«, rief Maya ganz aufgeregt. Sie griff in die Tasche ihrer Shorts, holte die Zehn-Dollar-Scheine heraus, die Arlene ihr gegeben hatte, und wedelte damit herum.

»Wow!« Isabelle lachte. »Wir sind reich!«

»Mrs. Finocchia wollte mir unbedingt Trinkgeld geben, weil ich die Verstopfung repariert hatte«, erklärte Letty Ava. »Ich wollte das Geld nicht nehmen, da hat sie es Maya geschenkt.«

»Völlig in Ordnung.« Ava tätschelte die Hand ihrer Angestellten. »Arlene ist immer sehr großzügig. Aber wahrscheinlich die Einzige von unseren Stammgästen, die so was jemals tut.«

»Ja«, stimmte Isabelle zu. »Das letzte Mal, dass ich Trinkgeld bekommen habe, waren es fünfzig Cent von Mr. Maples, weil ich ihm geholfen hatte, ungefähr tausend Einkaufstüten von Publix reinzutragen, und da waren es draußen fast achtunddreißig Grad.«

Ava verdrehte die Augen. »Typisch Merwin. Bei dem saß das Geld noch nie locker. Er hatte früher eine eigene Firma, die diese bunten Anzeigenbeilagen gedruckt hat, die man mit der Post bekommt. Dann hat er die Firma verkauft und einen dicken Reibach gemacht. Aber ich schwöre euch, seit er im Ruhestand ist, hat er nicht einen Cent von dem Geld ausgegeben. Für ihn ist das eine Art Spiel. Jeden Winter donnert er in seinem fünfzehn Jahre alten ramponierten Honda-Minivan von Poughkeepsie hier runter, und wenn er da ist, langweilt er alle mit den Geschichten, wie sparsam sein Auto im Verbrauch ist. Wenn er mit seiner Frau ausgeht, muss die arme Trudi um halb vier zu Abend essen, weil dann Happy Hour ist und die Restaurants günstige Gerichte anbieten.«

»Seine Frau, was ist eigentlich mit der?«, fragte Letty. »Weil sie Handschuhe trägt, meine ich.«

»Trudi hat ein Problem mit dem Kreislauf. In ihren Händen und Füßen kommt nicht genug Blut an, deshalb ist ihr immer kalt. Das ist auch ein Grund, warum sie den Winter hier unten verbringen.«

»Das nennt sich Raynaud-Syndrom oder auch Weißfingerkrankheit, Mom«, sagte Isabelle. »Trudi hat mir das genau erklärt. Sie ist wirklich nett, Letty. Mit ihrem Rollator und so kommt sie nicht oft vor die Tür, deshalb guckt sie viel fern. Sie hat zum Beispiel alle Folgen von *Buffy* gesehen, alle! Montagsabends gucken wir meistens zusammen den *Bachelor* und bestellen uns was beim Chinesen.«

»Weil Marvin da natürlich Rabatt bekommt«, warf Ava ein.

Wieder spürte Letty das inzwischen vertraute Kribbeln der Angst. Könnte Trudi sie in den letzten Jahren in einer ihrer seltenen Filmrollen gesehen haben? Schon früh in ihrer Karriere hatte sich Letty einen Künstlernamen gesucht, weil sie nicht mit dem großen Star Scarlett Johansson verwechselt werden wollte, doch eine ans Haus gefesselte Frau mit einem frappierenden Gedächtnis für Gesichter müsste nicht lange nachforschen, um herauszufinden, dass Cynthia Chase in Wahrheit Scarlett Carnahan war, die in New York gesucht wurde, weil sie in Verbindung mit dem Mord an ihrer Schwester und der Entführung eines kleinen süßen Mädchens namens Maya vernommen werden sollte.

»Isabelle, können wir jetzt an den Strand gehen?«, rief Maya und zupfte ihrer Babysitterin am Zopf. »Schwimmi-schwimm, schwimmi-schwimm!«

Ava sah dem kleinen und dem großen Mädchen nach, die Hand in Hand zu Lettys Apartment gingen, wo Maya sich umziehen sollte.

»Die Kleine hat mir fast das Herz gebrochen mit dem Bild von ihrer Mama. Meinst du, sie hat verstanden, was mit deiner Schwester passiert ist?«

Letty konzentrierte sich darauf, die fertigen Flyer aufeinanderzulegen. Sie hätte sich so gerne jemandem anvertraut, und Ava schien ein Mensch mit einem guten Herzen zu sein, aber Letty war bewusst, dass sie nicht verraten konnte, was sie bedrückte, schon gar nicht einer Frau, deren Sohn ein äußerst argwöhnischer Polizist war.

»Nein«, sagte sie schließlich. »Ich habe Maya die Wahrheit erzählt, beziehungsweise so viel davon, wie sie meiner Meinung nach verkraften kann. Ich habe ihr gesagt, dass ihre Mama im Himmel ist und nicht mehr wiederkommt, aber das versteht sie nicht richtig. Immer wieder glaubt sie, ihre Mutter irgendwo zu sehen, am Strand oder im Fernsehen. Mir geht's genauso.«

»Darf ich was fragen?«, tastete Ava sich vorsichtig vor. »Wie lange ist es her, dass deine Schwester gestorben ist? Und wie ist es passiert?«

Letty schüttelte den Kopf. »Das kann ich nicht … Entschuldigung. Ich schaffe es nicht, darüber zu reden. Es ist zu früh. Ich habe es selbst noch nicht richtig verarbeitet.«

»Das verstehe ich.« Ava tätschelte ihre Hand.

»Das würde ich auch gern behaupten«, flüsterte Letty.

Evan hatte sich mit Vikki Hall in einem Apartment in SoHo verabredet, das er gerade erworben hatte. »Nettes Teil«, sagte sie und fuhr mit der Hand über die Marmorflächen in der Küche. Die beiden saßen auf Barhockern aus Chrom und Acryl. »Wie viel Miete kann man für so eine Wohnung verlangen?«

»Habe ich noch nicht entschieden«, antwortete Evan mit

wachsender Verärgerung. Er schaute aus dem bodentiefen Fenster. »Es ist jetzt schon neun Tage her.«

»Ja.«

»Und trotzdem können Sie sie nicht finden?« Er starrte Vikki kühl ins Gesicht, aber sie war keine Frau, die sich einschüchtern ließ.

»Ich habe Sie von Anfang an gewarnt, dass so was Zeit braucht«, sagte sie.

»Die Polizei lässt mir keine Ruhe, stellt alle möglichen Fragen«, fuhr Evan sie an. »Das ist reine Schikane, und es ist schlecht fürs Geschäft. Die Sache muss geregelt werden.«

»Warum so eilig?«, fragte Vikki. »Sie sind doch kein Verdächtiger, oder?«

»Die Polizei sagt mir so gut wie nichts. Das große Problem ist, dass mehrere meiner wertvollsten Immobilien auf Tanyas Namen laufen. Aus Steuergründen natürlich.«

»Ah.« Vikki ließ die Aussage zwischen ihnen schweben.

Evan zupfte an seinem Ohr. Das machte er immer, wenn er angespannt war, war Vikki aufgefallen.

»Tanya hat ein Testament gemacht«, fuhr er fort. »Ihre Anwältin hatte es aufgesetzt, was ich bis vor kurzem gar nicht wusste. Alles, was sie besitzt, geht natürlich an unsere Tochter Maya. Aber Letty ist als Vormund eingetragen.«

»Nicht Sie? Als ihr Lebensgefährte? Tanya hat sich für ihre Schwester entschieden, die zwei Jahre lang nicht mal mit ihr gesprochen hat?«

»Ja.«

Vikki verkniff sich die sarkastische Bemerkung, die ihr auf der Zunge lag. »Über wie viele Immobilien genau reden wir?«

»Über eine Menge. Im Wert von mehreren Millionen Dollar. Der wertvollste Teil meines Portfolios.«

»Aber in den Augen des Gesetzes gehört Ihnen das gar nicht, stimmt's? Sondern Ihrer Tochter. Und automatisch der Tante, weil das Kind noch minderjährig ist. Aber wenn die Tante wegen Mordes angeklagt wird, darf sie davon nicht profitieren.«

»Genau«, sagte Evan.

»Glauben Sie, dass die Schwester von dem Testament weiß? Was für ein Erbe sie und das Kind antreten können?«

Wieder zupfte er an seinem Ohrläppchen. »Ich weiß es nicht.«

12

Letty konnte nur sich selbst die Schuld geben. Nach New York zu kommen, war zwar Tanyas Idee gewesen, aber Letty hatte ihre Schwester auch nicht gerade davon abgehalten, sondern ihr das Ausziehsofa in dem Apartment in Tribeca angeboten, ihr Geld und Klamotten geliehen und Tanya gezeigt, wie man sich eine MetroCard kaufte.

Und gleich am ersten Abend hatte sie ihrer kleinen Schwester Evan vorgestellt.

»Wow!«, hatte Tanya später am Abend gesagt, als sie sich ihr Bett baute. »Du hast mir nicht erzählt, dass dein Freund so … so super heiß ist. Ehrlich, Letty, er ist der Hammer! Und diese Wohnung ist so cool! Ich habe das Gefühl, in einer Folge von *Friends* zu leben. Erzähl noch mal: Was genau machst du, um dir so eine Wohnung leisten zu können?«

Letty hatte Schwierigkeiten, ihre Aufgaben in Worte zu fassen. »Ich kümmere mich um alles vor Ort. Als ich angefangen habe, hatten wir sechs Apartments in diesem Gebäude, jetzt hat Evan noch mal zwei dazugekauft. In der näheren Umgebung besitzt er zehn weitere Wohnungen.«

»Hast du zufällig Weißwein da?«, fragte Tanya und schaute in den Kühlschrank. »Das Essen heute Abend beim Italiener war ziemlich salzig. Ich bin total ausgetrocknet.«

»In der Tür steht eine Flasche Sancerre«, sagte Letty.

Tanya fand sie und füllte ein Weinglas fast bis zum Rand mit dem sechzig Dollar teuren Wein, den sich Letty in der vergangenen Woche geleistet hatte. Sie hob die Flasche hoch. »Ein halbes Glas ist noch übrig. Willst du?«

Letty schüttelte den Kopf.

Tanya setzte sich aufs Sofa, ihre hübsche Nase missbilligend kraus gezogen. »Das heißt, du bist so was wie die Empfangsdame? Ich dachte, du bist nach New York gegangen, um Schauspielerin zu werden.«

»Bin ich auch. Aber es ist nicht so leicht, einen Fuß in die Tür zu bekommen. Erst mal habe ich angefangen zu kellnern, wie die meisten Schauspieler, die hierherkommen. Dann habe ich Evan kennengelernt. Man könnte sagen, ich mache Gästebetreuung. Alle Apartments von Evan werden über Airbnb vermietet. Nirgendwo ist ein normaler Mieter drin. Aber das muss ganz unauffällig über die Bühne gehen, weil die Eigentümergemeinschaft von diesem Gebäude – eigentlich in allen Häusern – kurzfristige Mietverhältnisse verbietet. Ich sorge dafür, dass alles glatt läuft. Nicht genau das, was ich mit meinem Leben vorhatte, aber ich verdiene Geld. Und ich kann hier wohnen.«

»Okay. Und Evan gehören die ganzen Apartments? Ist er reich?«

»Schätze schon«, sagte Letty.

»Super reich? So wie Mr. Big?«

»Keine Ahnung«, antwortete Letty. »Das ist seine Sache. Geht mich nichts an.«

»Sobald ich richtig Geld verdiene, besorge ich mir eine Wohnung wie diese hier!«, rief Tanya und fuhr mit der Hand über das kühle Leder des Sofas. »Wie viel kostet so ein Apartment in dieser Gegend?«

Als Letty ihr den Mietpreis nannte, ließ sich Tanya nach hinten fallen und tat, als würde sie ohnmächtig. »So viel? Ernsthaft? Von der Miete hätte man bei uns früher ein Haus anzahlen können.«

»Damit hätte man früher bei uns ein ganzes Haus *kaufen* können«, korrigierte Letty ihre Schwester. »Zumindest einen breiten Trailer. Dabei fällt mir ein: Hast du in letzter Zeit mal mit Mama gesprochen? Weiß sie überhaupt, dass du hierhergezogen bist?«

»Nein.« Tanya stieg aus ihrer Jeans und ließ sie zu Boden fallen. Sie fischte ihren BH unter ihrem T-Shirt hervor und warf ihn zu den anderen Sachen. Dann fasste sie ihre langen blonden Haare zu einem provisorischen Knoten zusammen, befestigte ihn mit einem Gummiband und ging, nur mit T-Shirt und Slip bekleidet, ins Badezimmer. Sie hatte lange, schlanke braune Beine, und Letty sah, dass ihre Schwester eine neue Tätowierung an der rechten Hüfte hatte. Ein kleines Kleeblatt.

Kurz darauf steckte Tanya den Kopf aus dem Bad. »Hey, Letty Spaghetti! Hast du zufällig eine anständige Hautcreme? Mein Gesicht ist total rau. Echt, ich merke jetzt schon, wie die Pickel kommen.«

»Im obersten Regal im Wäscheschrank«, sagte Letty. »Aber du hast meine Frage nicht beantwortet. Wann hast du das letzte Mal mit Mama gesprochen?«

»Schon länger her«, gab Tanya zu. »Und du?«

»Habe ich vergessen. Zuletzt habe ich gehört, dass sie an den Lake Tahoe gezogen ist, wegen eines neuen ›Jobs‹.« Sie malte mit den Zeigefingern Anführungsstriche in die Luft.

»Tja. Neuer Job heißt in Moms Fall neuer Freund«, sagte Tanya. Sie seufzte schwer und drückte die Tür zu. »Ist okay, wenn ich mir ein Bad einlaufe lasse, ja?«

Einen Monat später lag Letty im Bett, als sie hörte, wie die Tür zum Apartment aufging und leise zugedrückt wurde. Sie drehte sich um und schaute auf ihr Handy. Zehn vor drei.

»Tanya?«, rief sie.

Die Tür zu ihrem Schlafzimmer wurde geöffnet, Tanya erschien darin. »'tschuldigung«, flüsterte sie. »Wollte dich nicht wecken. Schlaf weiter!«

»Wo warst du?« Letty setzte sich auf.

Evan war mit den Schwestern in einem neuen Restaurant auf der Upper East Side gewesen. Sie hatten gerade Calamari gegessen, als Lettys Handy eine neue Nachricht ankündigte. Schulterzuckend sah sie Evan an. »Das ist der Mieter von 3F in der Houston Street. Er schreibt, der Portier lässt ihn nicht rein.«

»Das kann nicht sein.« Evan runzelte die Stirn. »Moment mal. Hast du nicht gesagt, Dontae hätte diese Woche Urlaub? Hast du mit seiner Vertretung gesprochen?«

»Nein«, entgegnete Letty. »Ich dachte, du würdest dich um ihn kümmern. Ich hab doch gar nicht so viel Bargeld dabei.«

»Verdammt!« Evan presste die Lippen aufeinander und zog sein Handy aus der Innentasche seines Leinenblazers. »Ich schreib Dontae und sage ihm, dass er mit seinem Vertreter sprechen soll. Damit der Bescheid weiß. Aber geh du besser mal rüber. Ich will nicht, dass der Wichtigtuer im zweiten Stock uns noch mehr Ärger macht.«

Er zog ein Bündel Geldscheine aus der Tasche und zählte fünf Hunderter ab. »Hier. Sag ihm, das ist ein Vorschuss.«

Es war schon nach neun Uhr, als Letty endlich das Gebäude erreicht, alles mit dem Ersatzportier Enrique geklärt und die Gäste ins Haus geholt und hoch zum Apartment geleitet hatte. Sie schrieb Evan, dass sie direkt nach Hause gehen würde, und holte sich in der Bodega auf der Ecke Ramen. Um elf lag sie im Bett.

»Die Bedienung bei dem Italiener war total lahm«, sagte Tanya und setzte sich auf Lettys Bettkante. Sie strich über den Satinrand der Bettdecke. »Als wir gerade gehen wollten, kam noch ein alter Freund von Evan an den Tisch. Evan erzählte ihm, dass ich ein Model und neu in New York wäre, da hat uns der Typ in einen neuen Club eingeladen, wo er Investor ist. Der ließ gar nicht mehr locker. Er meinte, da würde ich viele wichtige Leute kennenlernen. Evan findet netzwerken total wichtig.«

»Und? Hast du? Viele wichtige Leute kennengelernt?«

Tanya kicherte. »Keine Ahnung. Ich hab zu viel Champagner getrunken. Also echt literweise! Ich kann mich an keinen Namen erinnern. Aber es war echt lustig. Und das alles wegen dir, weil du mich nach New York eingeladen hast!« Tanya beugte sich vor und hauchte ihrer Schwester einen Kuss auf die Wange. Letty registrierte den Duft eines vertrauten Rasierwassers. »Hab dich lieb, Letty Spaghetti!«

Es war ein komisches Gefühl für Letty, ins Lazy Daizy zu gehen, seitdem sie nicht mehr dort arbeitete. Ihre ehemaligen Kolleginnen wichen ihrem Blick aus. Zoey erzählte Letty, die anderen hielten sie für eingebildet, da sie keine Gäste mehr bedienen musste. Letty ging dazu über, Evan freitags zum Frühstück im Tip Top zu treffen, einem Diner auf der Straßenseite gegenüber ihrer neuen Wohnung.

Dort saß er in ihrer Stammecke, trank seinen Kaffee und verputzte seinen Toast, als sie zu ihm auf die Bank rutschte.

»Bin ich zu spät, oder bist du früh dran?«, fragte Letty und nickte der Kellnerin zu, die ihren Eistee brachte.

»Weder noch.« Evan stützte die Ellenbogen auf den Tisch. »Hat Tanya mit dir gesprochen?«

Letty legte den Kopf schräg. »Ich habe sie gar nicht gesehen. Sie kam erst weit nach zwölf Uhr nach Hause und musste heute früh raus für einen Pilotfilm, der drüben in Jersey gedreht wird. Ronnie konnte ihr offenbar jede Menge Aufträge verschaffen, seit sie hier ist.«

»Sie hat eben einen bestimmten Look, der gerade gefragt ist, mehr nicht«, sagte Evan. »Aber du bist gut beschäftigt, oder? Ich meine, mit den zwei neuen Wohnungen kann ich mir gar nicht vorstellen, dass du noch Zeit hast, irgendwo vorzusprechen.«

Letty setzte sich auf. »Worum geht's, Evan? Worüber sollte Tanya mit mir reden?«

Er schüttelte den Kopf. »Verdammt, das ist unangenehm.«

Letty dachte an die vergangenen Wochen. Seit Tanya da war, hatte sie das dumpfe Gefühl, dass etwas nicht stimmte. Und da sie jetzt Evan vor sich hatte, der ein Stückchen Speck von seinem Teller mit dem Finger aufpickte, wusste sie auch genau, was es war.

»Ah«, sagte sie langsam. »Was denn? Hast du dich rumgetrieben, mit meiner Schwester geschlafen? Willst du meine Erlaubnis oder was?«

»Nein. Darum geht es nicht.«

Letty nestelte an einem Päckchen Süßstoff herum, das die Kellnerin unter das Glas geschoben hatte. Das Mädel hätte damit rechnen müssen, dass es nass würde und der Süßstoff nicht mehr zu gebrauchen sein würde. Es stimmte, was die Leute sagten: Man bekam wirklich keine guten Mitarbeiter mehr.

»Was soll das heißen? Du treibst dich nicht herum? Oder du schlafst nicht mit ihr? Oder dass du keine Erlaubnis von mir brauchst? Worum geht es?«

Evan stieß einen langen Seufzer aus. »Gib's zu, Letty: Du magst mich, aber zwischen uns hat es nie so richtig gefunkt. Deshalb würdest du wahrscheinlich auch nicht mit mir schlafen, was, rückblickend betrachtet, eigentlich gut ist. Wir haben ein Arbeitsverhältnis, und leider habe ich zugelassen, dass unsere Beziehung … persönlicher wurde. Aber ich habe Tanya gesagt, dass ich ehrlich zu dir sein will. Bei ihr und mir, da hat es einfach Klick gemacht. Also, sofort.«

Letty spürte, dass sie rot anlief. »Klick? Ist das eine höfliche Umschreibung für Fick?«

Evan knüllte seine Serviette zusammen und warf sie auf seinen Teller. »Siehst du? Deshalb wollte Tanya es dir nicht selbst sagen. Sie wusste, dass du überreagieren würdest.«

»Überreagieren?« Letty beugte sich über den Tisch. »Ich habe meiner Schwester das Flugticket hierher bezahlt. Habe ihr Geld geliehen, damit sie neue Fotos von sich machen lassen konnte, habe sie an meinen Agenten vermittelt. Jetzt gerade trägt sie meinen Lieblings-BH und wohnt in meinem Apartment. Du entschuldigst also bitte, falls ich auf die Nachricht ›überreagiere‹, dass sie jetzt auch mit dem Typen schläft, den ich gedatet habe.«

»Ich kann diesen Scheiß nicht gebrauchen«, brummte Evan und schob einen Zwanziger unter seinen Teller. »Es ist, wie es ist, ja? Du und ich, wir haben eine rein geschäftliche Beziehung. Wenn ich mich nicht irre, hat das bisher ziemlich gut funktioniert. Für uns beide. Das willst du nicht wegwerfen, Letty. Denk drüber nach, ja? Tanya zieht erst mal bei mir ein. Ich schicke jemanden rüber, der ihre Sachen abholt.«

Evan rutschte aus der Sitzecke, wischte die Toastkrümel von seinem makellos gebügelten weißen Oberhemd und sah auf die Uhr.

»Vergiss nicht, um drei Uhr hast du heute eine Besichtigung der neuen Wohnung in SoHo. Und um zwölf kommen die Leute mit den Möbeln.«

»Ich bin da«, sagte Letty ebenso distanziert und geschäftsmäßig wie er. »Richte meiner Schwester bitte aus, dass ich meine ausgeliehene Kleidung bis zum Wochenende gereinigt zurückerwarte.«

Letty fand eine winzige fensterlose Einzimmerwohnung in Brooklyn. Ronnie Silver kündigte ihr nie offiziell als Klientin, doch als sie sich langsam von Evan und Tanya zurückzog, blieben die Aufträge aus.

Sie redete sich ein, letztlich sei es doch ein Segen für sie, und stürzte sich stattdessen auf ihre neue Tätigkeit als Mietwohnungsvermittlerin in einer großen Immobilienfirma in Midtown.

An dem Tag, als Letty aus dem Apartment in Tribeca auszog, tauchte Tanya dort auf, in einer Hand eine Tragetasche von der Reinigung, in der anderen eine teure Flasche Champagner.

»Wie bist du hochgekommen?«, fragte Letty kühl und machte sich nicht die Mühe, ihre Schwester hereinzubitten.

»Sidney hat mich reingelassen«, erwiderte Tanya.

»Ah, stimmt. Ich vergaß. Mein Portier ist ja auch in dich verknallt.«

Ihre kleine Schwester besaß genug Anstand, um zu erröten. »Komm, Letty, bitte sei nicht sauer auf mich! Ich hatte nicht vor, etwas mit Evan anzufangen. Es ist einfach passiert. Keiner von uns versteht, warum du unbedingt kündigen und ausziehen musst. Wenn du doch nicht so verdammt stur wärst!«

»Ich habe einen Fehler gemacht«, sagte Letty. »Gut, es waren mehrere, aber der größte Fehler war, Evan Wingfield zu vertrauen. Ich weiß, dass du nicht auf mich hörst, aber glaub mir, Tanya, du hast keine Ahnung, auf wen du dich da einlässt. Der Typ ist mit absoluter Vorsicht zu genießen.«

»Nein.« Tanya schüttelte den Kopf. »Du kennst den wahren Evan gar nicht. Er macht einen auf harten Hund, aber das ist alles nur Show. Wenn du ihn so kennen würdest wie ich, wüsstest du, dass er ein unglaublich zärtlicher, verletzlicher Mann ist.« Sie hielt Letty die Champagnerflasche hin. »Willst du mich gar nicht reinbitten?«

Letty zog die Tür weiter auf und wies auf die gestapelten Kisten im Wohnzimmer. »Für so was habe ich echt keine Zeit. In einer Stunde kommen die Möbelpacker.«

Tanyas schöne blaue Augen füllten sich mit Tränen. »Bitte! Bitte, Letty Spaghetti. Sei nicht böse auf mich.« Sie senkte die Stimme zu einem Flüstern. »Letty, ich bin schwanger!«

»Das ging allerdings schnell.« Letty reichte Tanya eine Wasserflasche. »Wann ist es so weit?«

»Ungefähr im November.«

Sie hatten so viele Kartons zur Seite geschoben, dass sie sich auf das weiße Ledersofa setzen konnten.

»Das war nicht geplant«, erklärte Tanya. »Ich habe dir ja erzählt, dass Rooney mich komplett abgezockt hat. Ich hatte nichts mehr, nicht mal mehr meine Pille. Ich habe bei meinem Arzt in Atlanta angerufen, damit er mir ein neues Rezept schickt, aber der hat sich total angestellt. Seine Sprechstundenhilfe meinte, dafür müsste ich erst zu einer Untersuchung vorbeikommen, aber wie sollte ich das bitte schön machen, wo ich in New York war?«

»Wie hat Evan darauf reagiert, dass er Vater wird?«

Tanyas Gesicht leuchtete auf. »Ich hatte Angst, es ihm zu sagen, aber er freut sich total. Letty, das ist unglaublich niedlich: Er hat schon angefangen, Möbel fürs Kinderzimmer zu bestellen! Ich habe ihm gesagt, es würde Pech bringen, wenn man so was im ersten Schwangerschaftsdrittel macht, aber du kennst ja Evan. Wenn er sich was in den Kopf gesetzt hat …«

Tanya verstummte und griff nach der Hand ihrer Schwester.

»Und wie fühlt es sich für dich an, Mutter zu werden?«, fragte Letty. »Ich dachte, du wärst wild entschlossen, eine ernstzunehmende Schauspielerin zu werden?«

»Bin ich auch«, sagte Tanya. Sie klopfte auf ihren flachen Bauch. »Mein Frauenarzt meint, ich wäre kerngesund, es gäbe keinen Grund, nicht so lange zu arbeiten, wie ich mich gut fühle. Und das tue ich. Ich fühle mich super! Evan sagt, ich wäre noch nie so sexy gewesen. Er kann die Finger nicht von mir lassen.«

»Das will ich gar nicht wissen«, sagte Letty.

»Oh, Entschuldigung.«

Die Tür zum Apartment war nur angelehnt, jetzt hörten sie, wie die Fahrstuhltüren aufgingen. Männerstimmen drangen aus dem Flur herein.

»Das sind die Möbelpacker«, sagte Letty und stand abrupt auf. »Tut mir leid, aber die werden nach Stunden bezahlt.«

»Ja, klar.« Tanya erhob sich und schlang die Arme um ihre Schwester. »Ach, Letty! Du bist die Einzige, die ich habe! Mimi ist tot, und Mom ist irgendwo in Nevada, und du weißt ja, wie sie ist. Freu dich bitte für mich, ja? Bitte!«

Im Flur rief ein Mann: »Ma'am? Sind Sie fertig? Können wir reinkommen?«

»Ja, sofort!«, rief Letty zurück und klopfte Tanya auf die Schulter. »Ich freue mich für dich. Wir sprechen.«

»Ruf mich an, sobald du dich eingelebt hast«, sagte Tanya. »Versprochen?«

Letty machte einen letzten Rundgang durch das Apartment und vergewisserte sich, dass nichts mehr in den Schränken und Schubladen lag.

»Gut«, sagte sie schließlich zu dem hoch aufgeschossenen Mann, der mit einer Stechkarre in der Tür stand. »Das ist alles. Sie können den Rest nach unten bringen. Wir treffen uns in der neuen Wohnung. Sie haben doch die Adresse, oder?«

Er las sie ihr von seinem Klemmbrett vor, und Letty ging mit dem Schlüssel in der Hand zur Tür.

»Moment, Ma'am!«

Sie blieb stehen. Der Möbelpacker wies auf die Küchenzeile. »Sie haben den Champagner vergessen.«

»Der bleibt hier«, sagte Letty.

13

Als sich Letty am Freitagmorgen für die Arbeit anzog, genoss sie das Gefühl, wieder einen geregelten Tagesablauf zu haben. So geregelt er denn sein konnte, wenn man auf der Flucht vor der Polizei und einem mordlustigen Ex-Freund war und eine verängstigte Vierjährige im Schlepptau hatte.

Maya wachte meistens um sieben Uhr auf, also stieg Letty dann auch aus dem Bett. Zum Frühstück aß die Kleine Müsli mit Erdbeeren und sah sich »Coco, der neugierige Affe« auf PBS an, während sich Letty Joghurt mit Erdbeeren zubereitete und ihre E-Mails checkte.

Am Anfang der Woche hatte sie sich widerstrebend ein iPhone mit einer neuen Nummer gekauft und sich einen Gmail-Account eingerichtet. Beides hatte sie Zoey geschickt.

WIE GEHT'S DIR? WIE GEHT'S M?, schrieb ihre Freundin zurück.

Letty schaute zu Maya hinüber, die in ihrem bevorzugten Tagesoutfit auf dem Bett saß – Bikinioberteil und rosa Prinzessinnenrock aus Tüll –, während sie fröhlich den Inhalt ihrer Plastiktasche sortierte und dabei leise die Erkennungsmelodie von Peppa Wutz summte.

Gewöhne mich ein. Arbeite. M geht's gut. Nicht mehr so viele Albträume. Diese Nacht war das Bett trocken.

Letty hielt inne und überlegte. Sie wollte fragen, hatte aber Angst vor der Antwort.

E noch mal gesehen?

Nein, aber die Detektivin war noch mal da und hat den Chef nach deiner Bewerbung gefragt.

Lettys Gedanken überschlugen sich. Verzweifelt versuchte sie sich zu erinnern, welche Angaben sie in dem routinemäßigen Fragebogen damals hatte machen müssen. Name, Alter, Telefonnummer, Adresse, vorherige Stellen. Alles normal. Dann fiel es ihr ein: ihre Sozialversicherungsnummer. Die muss auf dem Bewerbungsbogen gestanden haben.

Während sie über die Folgen nachdachte und leise Panik in ihr aufstieg, schrieb Zoey noch mal:

Keine Sorge. Art hat gelacht und ihr gesagt, das wäre fast sechs Jahre her, so lange würde er seine Unterlagen nicht aufbewahren.

»Gott sei Dank!«, stieß Letty aus. Ava hatte ihr auch so einen Fragebogen gegeben, den sie versprochen hatte auszufüllen und zurückzugeben. Das hatte Letty noch nicht getan und hatte es auch nicht vor, solange ihre neue Arbeitgeberin kein Thema daraus machen würde.

Bis jetzt war die Abmachung mit Ava äußerst locker. Wahrscheinlich weil ihre neue Chefin eine gleichgültige Einstellung zu Sachen wie Arbeitslosenversicherung und Sozialabgaben hatte. Für Letty war das ideal.

Sich keine Gedanken über die Kleidung machen zu müssen war auch eine Erleichterung. Letty hatte drei rosa Polo-Shirts mit Murmuring-Surf-Logo im Kleiderschrank, eine Jeans und zwei Shorts, die sie im Supermarkt im nächsten Einkaufszentrum mitgenommen hatte, zusammen mit einem Paar weißer Keds. Heute war ein Tag für Shorts.

Letty packte zwei Lunchpakete mit Putensandwiches, Weintrauben und Möhrensticks, dann räumte sie noch schnell auf. Der Raum war so winzig und trostlos, dass sie es nur ertrug, abends dorthin zurückzukehren, wenn sie wusste, dass er sauber und ordentlich war.

Als sie ins Büro kam, wartete Ava schon auf sie. Die Chefin hatte einen Einkaufszettel in der Hand und eine Tasche über die Schulter geschlungen.

»Guten Morgen, die Damen«, flötete sie. »Letty, der Kaffee ist fertig. Ich muss Besorgungen machen. Heute Nachmittag kommen die Carlisles für Nr. 2, aber dieses komische Pärchen aus Orlando lässt sich so richtig Zeit mit dem Packen und Ausziehen. Ich wusste, dass es ein Fehler war, ihnen das Zimmer zu geben.«

Ava hatte eine Abneigung gegen sogenannte »Kurzparker« – Gäste, die nur ein paar Tage im Motel wohnten, anders als die Langzeitgäste, die ihr Zimmer für Wochen oder Monate am Stück mieteten. Doch da Avas Motto »Nur ein volles Motel ist ein gutes Motel« lautete, schaltete sie widerstrebend das »Zimmer frei«-Schild an der Straße an, wenn unter der Woche mal etwas frei war.

»Kann ich irgendwas tun, damit es schneller geht?« Letty setzte Maya an den Tisch und packte Ellie und die Malsachen aus.

»Ich hab ihnen gesagt, dass um Punkt zehn Uhr Check-out ist.« Ava drehte sich um und spähte aus dem Vorderfenster des Büros zu Nr. 2 hinüber, eins der kleineren Häuschen aus der Nachkriegszeit. Es war in einem blassen Korallrot gestrichen, Tür und Fensterläden waren türkis. »Da tut sich gar nichts.«

»Wundert mich nicht«, bemerkte Letty. »Die haben bis spät in die Nacht Party gemacht.«

»Davon kann ich ein Liedchen singen«, sagte Ava. »Ruth Feldman hat mich um Mitternacht mit einem Anruf geweckt. Sie hat sich beschwert, weil die beiden immer noch laut Musik anhatten und im Pool herumplanschten. Ich musste aufstehen, mich anziehen, da rübergehen und denen sagen, dass sie aufhören sollen. Du glaubst nicht, was da los war, Letty.«

Ava warf einen Blick auf Maya, die konzentriert Blumen malte, und senkte die Stimme.

»Die waren splitternackt und trieben es wie die Karnickel! Im flachen Ende vom Pool! In aller Öffentlichkeit!« Ava errötete in einer Mischung aus Empörung und Schamgefühl.

Letty musste kichern.

»Die machten da rum, als wäre das völlig normal«, fuhr Ava fort. »Ich bin nur froh, dass Isabelle sie nicht gesehen hat.«

»Wie hast du reagiert?«, fragte Letty.

»Ich hab sie angeschrien, sie sollten sich anziehen und auf ihr Zimmer verziehen«, erklärte Ava. »Dann stieg der Mann aus dem Becken – ich wette, die sind nicht mal verheiratet –, er kam raus und stellte sich vor mich hin – splitternackt mit seinem schlenkernden Tüddelü – und meinte, ich solle mich beruhigen und mich um meinen eigenen Kram kümmern!«

Interessiert schaute Maya hoch. »Miss Ava, was ist ein Tüddelü?«

Letty hielt sich die Hand vor den Mund, um nicht laut loszulachen.

»Das ist … ähm … ein …«

»Das ist sozusagen ein Spielzeug für Erwachsene«, sprang Letty ein. »So ähnlich wie ein Schwimmreifen. Schätzchen, geh doch mal ins Lager und hol den Tacker und noch mal Tesafilm, dann kannst du dir ein Buch basteln.«

»Tut mir leid«, sagte Ava, als Maya die Sachen suchen ging. »Hab vergessen, dass kleine Leute immer große Ohren haben.«

»Schon gut«, entgegnete Letty. »Was hast du darauf erwidert?«

Ava rümpfte die Nase. »Es lag auf der Hand, dass die beiden alles andere als nüchtern waren, deshalb habe ich ihnen gedroht, die Polizei zu rufen und sie wegen unsittlichen Verhaltens anzuzeigen. Dann habe ich ihnen geraten, das Motel am besten ganz früh morgens zu verlassen.«

»Oje«, sagte Letty.

»Ich belaste dich nur ungern damit, meine Liebe, aber da die Carlisles angemeldet sind, müssen wir das Zimmer heute schnell auf Vordermann bringen. Wenn diese Chaoten nicht um Punkt zehn Uhr raus sind, rufst du Joe auf dem Handy an.«

»Ist das wirklich nötig?«, fragte Letty. »Ich habe kein Problem damit, bei ihnen anzuklopfen und ihnen höflich zu sagen, dass sie raus müssen.«

»Auf gar keinen Fall«, sagte Ava streng. »Man kann nicht wissen, wie die beiden auf dich reagieren. Ruf einfach Joe an. Ich sage ihm Bescheid. Aber jetzt muss ich los.«

Die nächste Stunde zog sich hin. Letty wimmelte Anrufe von Telefonverkäufern und potenziellen Gästen ab, die sich nach freien Zimmern erkundigten, brachte den Mitchells zusätzliche Handtücher und nahm von UPS einen gefühlten Berg von Päckchen für Arlene Finocchia entgegen. Jede Viertelstunde stand sie auf und schaute über den Hof zu Nr. 2 hinüber, wo sich jedoch nichts tat.

Um zehn nach zehn kamen Oscar Jensen und Merwin Maples ins Büro marschiert. »Ava!«, brüllte Oscar und ignorierte Letty. »Wo sind Sie?«

»Nicht da.« Letty beugte sich über den Tresen. »Was ist denn?«

»Ich muss mit Ava sprechen«, brummte er. »Wann ist sie zurück?«

»Ich weiß es nicht genau, aber ich kann ihr sagen, dass Sie mit ihr sprechen wollen.«

»Das reicht nicht«, wandte Merwin ein. »Es gibt eine aktuelle Krise. Je schneller die Sache geregelt wird, desto besser für uns alle.«

»Eine Krise?«

»Am Shuffleboard-Spielfeld«, erklärte Oscar und zeigte aus dem Fenster. Sein Finger bebte vor kaum unterdrücktem Zorn. »Diese Weiber!«

Letty kam um den Tresen herum und stellte sich zu ihm ans Fenster. Das Shuffleboard-Spielfeld befand sich auf der südlichen Seite des Pools. Von der Rezeption aus konnte sie an gegenüberliegenden Seiten des Spielfelds zwei Gestalten ausmachen, eine mit einer rosa Sonnenblende, die andere mit einem weißen Sonnenhut.

»Ist das ein Problem? Sind das Gäste aus dem Murmuring Surf?«

»Natürlich sind die von hier! Das sind diese Feldmans!«, fuhr Merwin sie an. »Alle hier wissen, dass Oscar und ich jeden Vormittag um zehn Uhr Shuffleboard spielen. Das weiß *jeder*. Aber vorgestern und gestern standen die zwei auf dem Platz, als wir dahin kamen. Wir haben versucht, freundlich mit ihnen zu reden, aber die pfeifen auf unsere jahrelange fixe Spielzeit.«

»Aha.« Lettys Blick wanderte zur Tür von Nr. 2. Der verstaubte rehbraune Impala mit dem Nummernschild aus Orlando stand unverändert davor. Die Vorhänge waren zugezogen. Es war weit nach zehn Uhr.

Oscar schnippte mit den Fingern vor ihrem Gesicht. »Hey, hey! Hören Sie zu!«

Letty machte einen Schritt zurück und schob seine Hand fort. »Lassen Sie das! Ich kann Sie durchaus hören. Gibt es einen Zettel oder etwas Ähnliches, womit man das Spielfeld reservieren kann?«

»Nein«, sagte Merwin. »Das ist einfach bekannt. Das war schon immer so. Bis zu dieser Woche.«

»In anderen Worten: Das Shuffleboard-Feld wird nach dem Prinzip vergeben: Wer zuerst kommt, mahlt zuerst. Vielleicht könnten Sie einfach ein bisschen früher hingehen? Damit Sie auch wirklich als Erste da sind?«

»Sie begreifen es nicht.« Oscar schüttelte den Kopf. »Wir spielen um zehn, bevor es zu heiß ist. Merwin und ich haben davor noch andere Verpflichtungen. Diese zwei Damen sind keine ernstzunehmenden Spielerinnen.«

»Sie kennen nicht mal die Regeln«, bestätigte Merwin. »Das ist unmöglich, wirklich. Ava muss zu ihnen gehen und ihnen erklären, wie es hier läuft. Oder Sie. Sie können es ihnen auch sagen.«

Letty lächelte die Männer verständnisvoll an. »Tut mir leid, aber ich kann das Büro nicht unbesetzt lassen, solange Ava weg ist. Außerdem habe ich gar nicht die Befugnis. Warum versuchen Sie nicht, sich mit den Damen auf Spielzeiten zu einigen? Zum Beispiel abwechselnd um zehn Uhr zu spielen?«

»Schon gut«, sagte Oscar. »Ich hätte wissen müssen, dass Sie sich auf die Seite der Feldmans schlagen. Hat was mit Frauenrechten zu tun, oder? Kampflesben und so …«

Lettys Lächeln verschwand. »Es ist besser, wenn Sie jetzt gehen, Oscar. Bevor ich mich entschließe, Ava mitzuteilen, dass Sie gestern Abend wieder vor meinem Zimmer geraucht haben.« Sie holte ihr neues Handy hervor und zeigte ihm das Foto, das sie durchs Fenster gemacht hatte: Ein Mann, dessen Profil genau wie das von Oscar Jensen aussah, lehnte an einer Säule und stieß eine große Rauchwolke aus.

Er betrachtete das Bild. »Sie können nicht beweisen, dass ich das bin.«

Letty ließ sich nicht verunsichern. »Wer denn sonst?« Wieder schaute sie zur Tür von Nr. 2 hinüber. Es war inzwischen halb elf, ohne dass sich dort etwas tat.

Ava hatte Joe DeCurtis' Nummer in Lettys Handy gespeichert. Seufzend scrollte sie durch ihre kurze Kontaktliste.

»Was machen Sie da?«, wollte Merwin wissen. »Wen rufen Sie an?«

»Ich rufe Avas Sohn Joe an.«

»Den Bullen? Sie müssen's ja nicht gleich übertreiben!« Oscar schlurfte zur Tür. »Wir besprechen das später mit Ava.«

Als die Shuffleboard-Spieler gegangen waren, griff Letty zum hausinternen Telefon und wählte den Anschluss von Nr. 2. Es klingelte fünfmal, ohne dass sich jemand meldete. Sie legte auf, wartete fünf Minuten und rief erneut an. Abermals ließ sie es fünfmal klingeln.

Sie hatte wirklich keine Lust auf eine Begegnung mit der Polizei, schon gar nicht mit Detective Joe DeCurtis.

Beim dritten Versuch ging jemand in Nr. 2 dran. »Wer ist da?«, fragte ein Mann mit schwerer Zunge.

»Hier ist Letty, von der Rezeption. Sie sollten das Zimmer vor einer halben Stunde geräumt haben. Ich muss Sie bitten …«

»Leck mich!« Der Mann legte auf.

»Ich hab's versucht.« Letty zuckte mit den Schultern. Dann rief sie Joe DeCurtis an.

»Hi«, sagte sie. »Hier ist Letty, aus dem Motel. Ihre Mutter hat gesagt, ich soll mich melden …«

»Schon unterwegs.«

Fünf Minuten später rollte der weiße Pick-up neben den rehbraunen Impala. Der Sohn der Motelbesitzerin stieg aus. Er trug ein dunkelblaues Poloshirt mit der Aufschrift »POLICE«

auf dem Rücken. Joe schaute sich über die Schulter zum Büro um, sah Letty am Fenster stehen und hielt ihr den emporgereckten Daumen hin.

Sie verfolgte, wie er den Impala umkreiste, durch die Scheiben hineinspähte, nach hinten ging, sich hinkniete, sein Handy herausholte und das Nummernschild fotografierte.

Dann schritt er zur Tür von Nr. 2 und klopfte laut vernehmlich.

Als niemand reagierte, wartete er eine Weile, hakte eine dicke Taschenlampe aus seinem Gürtel und schlug damit gegen die Tür. Letty hörte es quer über den Hof.

»Sir? Hier ist Detective DeCurtis von der Polizei Treasure Island. Die Hotelverwaltung fordert Sie auf, Ihr Zimmer sofort zu verlassen.«

Letty sah, dass die Tür sich einen Spaltbreit öffnete. Die Kette war vorgelegt. Ein behaarter Arm erschien, zeigte den Stinkefinger und verschwand. Die Tür wurde zugeknallt.

»O-oh«, machte Letty und schielte zu ihrer Nichte hinüber, die ihren Stoffelefanten mit Stücken von kaputten Wachsmalstiften fütterte.

»Maya, geh doch mal mit Ellie ins Lager«, sagte sie und steuerte das Kind an den Schultern hinüber. »Da stehen leere Kartons herum, aus denen man ein schönes Häuschen für Ellie bauen kann.«

Sie zog ein paar Pappkartons hervor. Als Maya sah, dass sie mit Verpackungschips gefüllt waren, kletterte sie selig mit ihrem Stofftier hinein.

Letty ging zurück ins Büro, um mit einer Mischung aus Furcht und Aufregung dem sich entfaltenden Drama zuzusehen.

Joe DeCurtis schlug wieder gegen die Tür von Nr. 2, die Vorhänge wurden kurz auseinandergeschoben. Ein Mann mit Bart und bloßem Oberkörper guckte heraus, dann schwangen die Vorhänge wieder zu.

Joe ging zu seinem Pick-up und lehnte sich dagegen. Er zog das Funkgerät aus der Schulterhalterung und sprach hinein, dann kam er auf das Büro zumarschiert und drückte die Glastür auf.

»Was ist los?«, fragte Letty nervös.

»Nur wieder so ein zwielichtiger Spinner«, erwiderte er und ging an ihr vorbei ins Hinterzimmer. »Hallo, Maya!«, hörte sie ihn rufen. »Spielst du Verstecken?«

»Ich spiele Mutter-Vater-Kind mit Ellie«, verkündete die Kleine.

»Super! Ihr bleibt hier drin, ja?«

Er kam mit einem gefährlich wirkenden Bolzenschneider zurück und guckte hinter den Tresen, um einen Schlüssel an sich zu nehmen, in dem Letty den Generalschlüssel für alle Zimmer im Motel erkannte.

»Und jetzt?«

»Will nur sehen, wie der Typ heißt, den ich gleich festnehme«, sagte Joe. Er blätterte durch das Reservierungsbuch und fuhr mit dem Finger über eine Liste händisch eingetragener Namen. Dann verdrehte er die Augen. »Mr. Chris Mess«, brummte er. »Echt lustig. Verdammt, Ava! Die haben mit Sicherheit bar bezahlt, und sie hat sich keinen Ausweis zeigen lassen.«

»Muss ich mir Sorgen machen?«, fragte Letty.

»Nein«, sagte Joe. »Aber Mr. Mess. Der Impala wurde vor einer Woche von einem Autohof in Ocala gestohlen. Ich habe gerade einen Abschleppwagen und Verstärkung bestellt. Mr. und Mrs. Mess werden gleich aus dem Murmuring Surf auschecken und statt dessen hinter schwedische Gardinen ziehen.«

14

Mit der Taschenlampe klopfte Joe wieder an die Tür von Nr. 2. Er wartete kurz und rief dann erneut: »Sir? Hier ist die Polizei von Treasure Island. Dies ist die zweite Aufforderung. Sie haben das Zimmer umgehend zu verlassen, sonst werden Sie wegen widerrechtlichen Betretens verhaftet!«

Letty stand vor der Tür zum Büro, magisch angezogen von dem, was sich im Hof abspielte.

Die Tür öffnete sich wieder einen Spaltbreit mit vorgelegter Kette. »Verpiss dich!«, schrie der Mann. »Ich hab für das Zimmer bezahlt!«

Joe schob den Stiefel in die Tür, hob den Bolzenschneider an, durchtrennte die Kette, warf das Werkzeug zur Seite und stieß die Tür weit auf.

»O Gott!«, stöhnte Letty. Sie sah sich zum Lager um und vergewisserte sich, dass Maya noch sicher in ihrem Pappkartonhaus hockte.

Joe verschwand in dem Zimmer, die Tür war angelehnt. Letty hörte Kampfgeräusche, Flüche und splitterndes Holz, dann kreischte eine Frau: »Lass ihn in Ruhe!«

Letty umklammerte das Telefon in ihrer Hand. Sollte sie den Notruf wählen? Wo waren die Verstärkung und der Abschleppwagen, die Joe angefordert hatte?

Kurz darauf ging die Tür auf, und Joe schubste den Bewohner von Nr. 2 in die grelle Mittagssonne. Der Mann war groß, barfuß und nackt bis auf einen hautengen roten Satinslip. Das strähnige dunkle Haar fiel auf seine blassen knochigen Schultern. Er wehrte sich, jedoch erfolglos, denn Joe hatte ihm die Arme auf den Rücken gedreht.

Joe drückte den sich windenden Verdächtigen mit dem Gesicht nach unten auf die Motorhaube des Impala, zog seine Handschellen aus dem Gürtel und wollte sie gerade anlegen, als die Frau in der Tür von Nr. 2 erschien.

Sie war pummelig, hatte engstehende zornige Augen und einen blonden Dutt. Ein schmuddeliges übergroßes weißes T-Shirt endete kurz über ihren fleischigen Pobacken.

Entsetzt beobachtete Letty, wie die Frau mit einem Baseballschläger aus dem Haus stürzte und auf die beiden Männer zulief.

Sie blieb stehen, die Füße hüftbreit auseinander, und hob den Knüppel, so dass er nur ein paar Zentimeter über dem Schädel des Polizisten schwebte.

»Joe!«, schrie Letty. »Pass auf!«

Er fuhr zusammen und drehte sich um. Die Frau holte aus und verfehlte Joes Kopf nur um Millimeter. Mit einem lauten Aufprall landete das Holz auf der Motorhaube des Impala.

Wütend wollte die Frau nachsetzen, doch Joe packte ihre Arme und drückte den Schläger nach unten. »Du Wichser!«, kreischte die Frau und trat nach ihm. Letty zögerte, dann lief sie hinüber und sprang die Frau von hinten an. Die versuchte, Letty abzuschütteln, versetzte ihr einen Boxhieb und traf Letty dabei am Ohr. Ihr wurde schwindelig, doch sie umklammerte die Frau weiterhin fest von hinten. Im Adrenalinrausch vergaß sie ihre Angst. Sie riss der Frau ein Büschel Haare aus, die schrie vor Schmerzen und versuchte, die Person auf ihrem Rücken in die Finger zu bekommen. Sie erwischte Lettys Gesicht und Arme. Ihre rasiermesserscharfen Nägel zerkratzten Lettys Haut.

Daraufhin öffnete Letty den Mund und schlug die Zähne in den fleischigen Arm der Frau. Sie presste die Kiefer fest zusammen. Ihr Opfer schrie auf und drosch mit der linken Hand auf Lettys Beine, die sie um die Taille der Frau geschlungen hatte.

Ohne Vorwarnung sackte die Frau plötzlich in sich zusammen und fiel nach vorn. Nach Luft ringend rutschte Letty zu Boden.

Joe DeCurtis legte der Frau Kabelbinder um die Handgelenke und zog sie zu, dann kniete er sich neben Letty in den Muschelsplitt.

»Alles in Ordnung?«, fragte er.

»Ich … keine Ahnung«, sagte sie. Wo die Frau sie am Gesicht getroffen hatte, pochte es, warmes Blut lief ihr über Arme und Beine. Joe half ihr auf die Füße. Lettys Beine zitterten so sehr, dass sie sich an Joe festhalten musste, um nicht umzufallen.

Die blonde Frau lag ebenfalls am Boden, leistete immer noch stöhnend Widerstand. »Was ist passiert?«, fragte Letty.

»Ich habe sie getasert«, erklärte Joe mit grimmigem Blick. Er sah sich um. »Wo ist ihr Freund?«

»Keine Ahnung«, gestand Letty. »Hab nur auf sie geachtet.«

In dem Moment hörten sie eine Sirene. Ein Streifenwagen der Polizei raste mit Blaulicht auf den Parkplatz. Eine uniformierte Beamtin, eine kräftig gebaute Schwarze, sprang heraus und kam näher, die Hand locker auf dem Griff ihrer Dienstwaffe im Holster.

»DeCurtis?« Sie registrierte die Blondine auf dem Boden. »Alles okay hier?«

»Ja, aber du kommst zu spät«, sagte Joe kleinlaut. »Die

hier« – er wies auf die dickliche Frau – »ist verhaftet wegen widerrechtlichen Betretens des Grundstücks, Widerstands gegen die Staatsgewalt, Gewaltanwendung und Körperverletzung eines Gesetzeshüters. Und das ist nur der Anfang.«

»Ich meine, die Leitstelle hätte von zwei Verdächtigen gesprochen, unter anderem von einem Mann. Wo ist der?«

»Der muss getürmt sein, während wir mit seiner Freundin beschäftigt waren«, antwortete Joe verdrossen. »Aber der kommt nicht weit, immerhin ist er barfuß, so gut wie nackt und in Handschellen.« Er wies auf den Impala. »Das ist der Pkw der beiden.«

Die Beamtin wies auf Letty. »Wer ist das?«

»Officer Shauna Arthur, darf ich Ihnen Letty vorstellen, die neueste Mitarbeiterin des Murmuring Surf, die mich gerade vor einem lebensbedrohlichen Schlag mit einem Baseballschläger auf den Schädel gerettet hat?«

Shauna Arthur gab Letty die Hand. »Gute Arbeit, auch wenn man bei so einem Dickschädel wie dem von DeCurtis wahrscheinlich nicht viel Schaden anrichten kann.«

»Freut mich«, sagte Letty und versuchte, das Beben in ihrer Stimme zu unterdrücken.

»Hey Joe! Joe! Hier drüben!«, zischte ein Mann mit deutlich vernehmbarem Flüstern.

Mit großen Augen stand Oscar Jensen im schattigen Durchgang vor seinem Zimmer, eine unangezündete Zigarette zwischen den Lippen. Er machte hektische Kopfbewegungen, dann deutete er mit dem Zeigefinger auf zwei ein Meter fünfzig hohe Pflanzgefäße aus Beton, die links und rechts vom Zugang zum Parkplatz standen. *Da drin*, artikulierte er lautlos. *Er ist da drin.*

Joe nickte, er hatte verstanden. Zusammen mit seiner Kollegin näherte er sich den Gefäßen. Ansatzlos sprang Officer Arthur auf den Sockel und spähte hinein. »Kommen Sie da raus!«, rief sie und wartete kurz. Dann holte sie ihren Gummiknüppel heraus und schlug damit von der Seite gegen das Pflanzgefäß. »Hey, Junge!«, sagte sie im Plauderton. »Du sitzt in der Falle. Es ist vorbei, Mann.«

Langsam kamen der Kopf des Mannes, dann seine Schultern und sein Oberkörper heraus. Sein Gesicht und seine Brust waren zerkratzt und blutig, er wirkte kleinlaut. »Nicht schießen, ja?«

»Okay«, sagte Shauna Arthur. »Sie sind festgenommen. Jetzt schaffen Sie Ihren Arsch da raus.« Sie schaute zu Joe DeCurtis hinüber. »Was hast du noch mal gesagt, wie heißt er?«

»Chris«, erwiderte Joe. »Mr. Chris Mess.«

Letty kehrte eiligen Schrittes ins Büro zurück. Das Telefon klingelte, doch sie achtete nicht darauf. »Maya?«, rief sie und steckte den Kopf ins Lager. Als sie nichts sah, schlich sie auf Zehenspitzen zu dem großen Versandkarton und spähte hinein. Die Kleine lag darin, den Kopf im Nacken, und schnarchte leise.

Letty ging zurück zur Rezeption und ließ sich auf den Stuhl sinken. Ihr Herz klopfte immer noch heftig. Was hatte sie sich dabei gedacht, sich in diese verrückte Auseinandersetzung einzumischen? Die blonde Frau war mindestens fünfundzwanzig Kilo schwerer als sie. Letty hätte sich ohne Weiteres verletzen und sterben können. Und was wäre dann aus Maya geworden?

Letty barg den dröhnenden Kopf zwischen den Händen. Sie musste vorsichtiger sein.

Da ertönte die Klingel an der Tür. Joe ging an ihr vorbei ins Lager. Sie hörte, wie er die Tür zur Toilette hinter sich schloss, dann lief Wasser. Als er zurückkam, trocknete er seine feuchten Hände und sein Gesicht ab.

»Hey«, sagte er und blieb neben Letty stehen. »Jetzt noch mal im Ernst: vielen Dank für das, was Sie draußen getan haben. Ich meine, das hätten Sie nicht tun dürfen, aber dann wäre die Geschichte wahrscheinlich anders ausgegangen.«

Vorsichtig berührte er ihre Wange. »Das wird ein dicker blauer Fleck. Sie sind auch ziemlich zerkratzt. Im Medizinschrank im Badezimmer ist Desinfektionsspray. Besser, Sie versorgen die Wunden, bevor Sie noch Katzenkratzfieber oder so was bekommen.«

Auf einmal konnte Letty kaum noch sprechen. »Unfassbar, dass ich mich auf diese Frau geworfen habe.« Sie lachte nervös. »So was habe ich noch nie in meinem Leben getan.«

»Bei der Durchsuchung des Zimmers haben wir die Ausweise von Bonnie und Clyde gefunden«, erklärte Joe. »Beide verheißen nichts Gutes. Mehrmalige Festnahme wegen Drogenbesitzes und Herstellung von Meth, wegen Einbruchs, Autodiebstahls und so weiter. Die Frau wurde erst letzte Woche auf freien Fuß gesetzt, war in einem Gefängnis in Georgia, er wurde in Alabama und South Carolina polizeilich gesucht.«

»Und was hatten sie hier zu suchen?«, fragte Letty.

»Er behauptet, sie wollten zur Mutter der Frau in Clearwater, um ihre Kinder zu besuchen. Nach der letzten Verhaftung hätte das Gericht der Frau die Kinder weggenommen. Und jetzt kommt der Hammer: Sie ist seine ehemalige Stiefmutter!«

»Moment mal. Der Typ, mit dem sie gestern Nacht draußen im Pool Sex hatte, ist ihr Stiefsohn? *Iiiiiih!*«

»Ehemaliger Stiefsohn. Moment mal, was? Sex im Pool? Wer hat das denn erzählt?«

»Ähm, Ihre Mutter. Die beiden haben draußen ziemlich laut Party gemacht und die anderen Gäste gestört. Selbst ich habe sie gehört. Ava hat mir heute Morgen erzählt, dass sie zu den beiden gegangen ist und gesagt hat, sie sollten aufhören. Da waren die beiden nackt und … äh … gerade mitten dabei. Ava hat ihnen gesagt, sie müssten direkt am nächsten Morgen raus aus dem Zimmer.«

»Herrgott nochmal!«, rief Joe. »Davon hat sie mir nichts erzählt, als sie angerufen hat. Sie meinte nur, eigentlich müssten die beiden bis zehn Uhr raus sein, und wenn es Ärger geben sollte, würden Sie sich bei mir melden.«

»Vielleicht wollte sie nicht, dass Sie sich Sorgen machen«, wandte Letty ein.

»Vielleicht sollte sie mal aufhören, Zimmer an zwielichtige Typen und polizeilich gesuchte Personen zu vermieten«, gab er zurück. Er zeigte aus dem Fenster, wo gerade ein Abschleppwagen den Impala mitnahm. »Shauna hat eine geladene .38er unter dem Fahrersitz gefunden. Ich möchte mir nicht vorstellen, was hätte passieren können, wenn …«

Die Türklingel ertönte, und Ava kam hereinmarschiert. »Hey, was ist hier los? Ich habe schon zig Mal angerufen, aber es geht keiner dran …« Als sie die Kratzer und Verletzungen von Letty und Joe sah, wurde sie blass.

»Du lieber Himmel!«, rief sie und griff nach Lettys Arm. »Ist alles in Ordnung? Wo ist Maya?«

»Letty!« Ein leises Jammern drang aus dem Lagerraum.

»Maya geht es gut«, sagte Letty. »Sie hat die ganze Zeit da hinten geschlafen.«

Sie schaute ins Lager.

Die Kleine stand auf und rieb sich die Augen. Styroporkugeln hafteten an ihrem Oberteil. »Ich hab Hunger, Letty!« Sie hielt den Stoffelefanten hoch. »Ellie hat auch Hunger.«

Als Letty ihre Nichte aus dem Karton hob, betastete Maya ihre Wange. »Du hast Aua«, sagte sie. »Warte, ich gebe dir ein Küsschen, dann ist es wieder gut.«

Im vorderen Raum waren Ava und Joe in ein unangenehmes Gespräch vertieft. »Du musst einfach vorsichtiger sein, Mensch«, sagte Joe. »Die beiden waren gefährlich, sie hatten nichts zu verlieren. Die haben ihren Lebensunterhalt mit einem Meth-Labor verdient, Mom! Sie hatten eine geladene Waffe im Auto! Du kannst von Glück sagen, dass sie kein neues Labor in dem Zimmer eingerichtet haben, das du ihnen vermietet hast.«

»Ja, ich weiß es ja.« Ava raufte sich die Haare. »Das war dumm von mir. Kommt nicht wieder vor. Ich nehme keinen mehr auf, der einfach so reinkommt. Nie wieder. Versprochen, Joe.«

»Gut.« Er ließ die Schultern sinken. »Ich glaube dir. Ich muss jetzt los, die beiden hinter Gitter bringen.« Er wies auf Letty. »Für das Festnahmeprotokoll brauchen wir eine Zeugenaussage von Ihnen. Ich komme später noch mal vorbei. Machen Sie desinfizierende Salbe auf die Kratzer.«

Als er weg war, schlang Ava die Arme um ihre Mitarbeiterin und drückte sie fest an sich. »O Letty, es tut mir so leid, dass ich dich in Gefahr gebracht habe! Joe hat recht. Ich hätte es besser wissen müssen. Wenn dir oder Maya etwas geschehen wäre, hätte ich mir das nie verziehen!«

Zögernd strich Letty ihrer Chefin über den Rücken.

»Das ist doch nicht deine Schuld. Du konntest nicht wissen, was passieren würde. Ich hätte nicht so lange damit warten sollen, Joe zu benachrichtigen. Ist meine eigene Schuld.«

»Nein«, beharrte Ava. »Das geht auf meine Kappe.« Sie hielt Maya die Hand hin. »Komm mal her, Mäuschen! Lauf schon mal nach oben, dann bestelle ich uns Pizza zum Mittagessen. Was meinst du?«

Maya klatschte in die Hände. »Ja! Pizza!« Sie rannte zur Treppe.

»Hör mal, Letty.« Ava wurde ernst. »Ich muss dir etwas Wichtiges zeigen.«

Sie ging hinter den Tresen, Letty folgte ihr. Ava nahm einen Schlüssel von dem Ring, den sie an einem Schlüsselband um den Hals trug, schloss die Geldschublade auf und zog sie heraus. In dem schwarzen Plastikeinsatz lagen säuberlich geordnet mehrere Geldscheinstapel, in einem Fach an der Seite waren Münzen.

»Das hast du mir schon am ersten Tag gezeigt, als ich hier angefangen habe«, bemerkte Letty verwirrt.

Ava trat einen Schritt zur Seite. »Greif mal tief in die Schublade«, befahl sie. »Bis ganz nach hinten.«

Letty schob die Hand über den Geldeinsatz und reckte die Fingerspitzen, bis sie kalten Stahl berührten. Fragend sah sie Ava an.

»Hol sie heraus!«, befahl ihre Chefin.

Die schwarze Pistole lag gut in Lettys Hand. Sie betrachtete sie voller Abscheu.

»Hast du schon mal geschossen?«, fragte Ava.

»Ja«, flüsterte Letty.

»Gut.« Ava nickte. »Die meisten Frauen haben Angst vor Waffen. Ich gehöre leider selbst dazu. Aber noch mehr Angst habe ich davor, was passieren könnte, wenn es hier Ärger gibt. Weißt du, was ich meine?«

»Ja«, sagte Letty. »Aber, Ava, ich glaube nicht, dass …«

»Du brauchst gar nichts zu glauben. Du musst nur wissen, dass sie da liegt und wie man sie benutzt.«

»Letty, ich hab Hunger!«, drang Mayas nörgelnde Stimme vom Treppenabsatz herunter. Letty legte die Waffe in die Schublade zurück. Ava verschloss sie.

»Ich komme, Spätzchen!«, rief Letty.

15

Letty saß am Strand und sah zu, wie Maya mit einem anderen Mädchen spielte. Plötzlich fiel ein Schatten auf Letty. Sie schaute hoch. Es war Joe. Nicht der nüchterne, geschniegelte Detective Joe DeCurtis, sondern ein Joe mit bloßem Oberkörper und Sixpack, barfuß, in einer bunten Surfhose mit Hawaiimuster, in der Hand eine kleine Kühltasche.

»Hey«, sagte er. »Ava meinte, ihr wärt hier unten. Darf ich mich dazusetzen?«

Letty zuckte mit den Schultern. »Ist ein öffentlicher Strand.«

»Oh. Aha. Schon gut.« Er machte kehrt und ging zurück Richtung Motel.

Letty bereute ihre Antwort, kaum dass sie sie ausgesprochen hatte. Schnell schaute sie zum Ufer hinüber, wo Maya und das andere Mädchen sich gegenseitig nassen Sand auf die Beine träufelten und vor Vergnügen quietschten.

»Joe!«, rief sie ihm nach.

Er ging weiter.

Letty sprang auf und lief ihm hinterher. »Hey, warte mal!«

Doch er blieb nicht stehen und wurde auch nicht langsamer. Letty musste sich beeilen. Sie hielt ihn am Arm fest.

»Was ist?«

»Es tut mir leid«, sagte sie. »Das war gemein von mir. Komm

zurück, ja?« Unbewusst war sie dazu übergegangen, ihn zu duzen.

»Alles gut«, entgegnete er ausdruckslos. »Will mich nicht aufdrängen.«

»Du drängst dich nicht auf.« Sie biss sich auf die Lippe. »Hör zu, ich bin ein bisschen eingerostet, was neue Freundschaften angeht. Gib mir noch 'ne Chance, ja?«

»Sicher?«

»Ja.« Letty wies auf ihr Lager, ein Strandlaken mit Blumenmuster, in Wirklichkeit eine alte Tagesdecke aus dem Hotel. »Da ist jede Menge Platz.«

Joe folgte ihr zurück und sah sich um.

»Wo ist Maya?«

»Unten am Wasser. Sie hat einen Riesenspaß.«

Er setzte sich auf das Laken und öffnete die Kühltasche. »Bier oder Cider?«

»Wenn es dich nicht stört, hätte ich gern einen Cider«, sagte Letty, und Joe gab ihr eine Dose, an der ein wenig Crushed Ice klebte. Letty schaute auf das Etikett. »Three Daughters? Noch nie gehört.«

»Das ist eine regionale Craft-Brauerei. Hat ein ehemaliger Kumpel aus der Highschool gegründet. Sie haben einen Verkostungsraum im Zentrum von St Pete. Wenn sie da eine größere Veranstaltung machen, arbeite ich manchmal als Security. Schmeckt echt ganz gut.«

Letty riss die Dose auf und probierte einen Schluck. »Lecker, leicht. Sehr erfrischend. Danke.«

Joe stützte sich auf die Ellenbogen und schaute zum Horizont. Der Strand war gut gefüllt mit Sonnenanbetern, überall standen bunte Schirme und Strandliegen herum. Musik wehte aus Radios, Möwen pickten an Dingen, die sie im Sand fanden.

Eine Gruppe älterer Frauen in dezent gemusterten Badeanzügen hatte es sich in der Nähe unter einem Pavillon gemütlich gemacht und spielte dort Karten.

»Nicht übel für März, was?« Joe schielte zu Letty hinüber. »Sieht aus, als würde noch eine richtige Floridianerin aus dir. Darf ich sagen, dass mir der Bikini gefällt, oder ist das übergriffig?«

Letty hatte sich in einem Surfshop einige Häuserblöcke weiter einen günstigen Bikini geleistet. Er war schwarz mit einer pinkfarbenen Paspelierung, was ihre tiefer werdende Bräune betonte. Plötzlich war sie unter Joes anerkennendem Blick befangen.

»Nein, ist es nicht«, sagte sie schließlich. »Danke.«

Joe wies auf Maya, die mit ihrem Eimerchen Wasser in den Graben rund um die Strandburg füllte, die Letty am frühen Nachmittag mit ihr gebaut hatte. »Wer ist Mayas neue Freundin?«

»Ein kleines Mädchen, das mit seinen Eltern zu Besuch bei der Oma ist.« Letty zeigte auf die Frauen, die sich im Zelt versammelt hatten. »Ich meine, sie heißt Esme. Ich bin so froh, dass sie draußen an der frischen Luft spielen können. Das ist schon hart, weißt du? Die ganze Woche über ist Maya entweder mit mir bei der Arbeit, bei Isabelle oder eingesperrt in unserem Zimmer. Ich habe ein schlechtes Gewissen, weil sie so viel vor dem Fernseher sitzt oder sich mit den kleinen Spielchen beschäftigt, die ich auf dem Handy habe.«

»Scheint ihr nicht zu schaden«, sagte Joe. »Du hingegen siehst aus, als könntest du mal einen freien Abend gebrauchen. Ich habe gesehen, wie du im Motel herumläufst. Du bist wie das Duracell-Häschen. Du hörst nie auf.«

»Ich bin froh, einen Job zu haben, und bin deiner Mutter dankbar, dass ich Maya mit zur Arbeit bringen kann«, erwiderte Letty. »Abends nach dem Essen stecke ich die Kleine ins Bett und bin dann so müde, dass ich nach ungefähr einer halben Stunde vor dem Fernseher selbst einnicke.«

»Aber heute gönnst du dir einen Strandtag«, bemerkte Joe.

»Ich fühle mich fast wie eine Verbrecherin, weil ich am Strand bin«, sagte Letty. »Das Wetter ist wirklich wunderbar. Schwer zu glauben, dass im Rest des Landes Winter ist.«

»Zum Beispiel in New York?«, fragte Joe beiläufig, doch Letty hörte die Absicht dahinter. Es war wohl am besten, ihm nicht auszuweichen.

»Ja.«

»Wie lange hast du da gewohnt?«, wollte er wissen.

»Fünf, sechs Jahre.« Sie musste diese Befragungsrichtung sofort unterbinden. »Hey, wie geht es eigentlich mit Chris Mess und seiner Stiefmutter weiter? Sind die noch im Gefängnis?«

»Ja, beide noch, und es sieht nicht so aus, als käme auch nur einer in nächster Zeit raus«, antwortete Joe. »Die Geschichte mit den Kindern war ausgedacht. Als wir das Kofferraumschloss des Impala geknackt haben, fanden wir ein elektronisches Gerät zum Skimmen von Kreditkarten und Kartons mit Kreditkartenrohlingen. Das waren zwei echt üble Gestalten.«

»Hast du Ava erzählt, was ihr gefunden habt?«

»Na, klar!« Joe trank einen Schluck Bier. »Sie sagt, sie hätte ihre Lektion jetzt gelernt, aber das sagt sie immer. Das Problem ist, dass sie sich für eine knallharte, abgebrühte Geschäftsfrau hält. Sie kann es nicht ertragen, wenn ein Zimmer auch nur eine Nacht lang nicht belegt ist.«

Letty dachte an die Pistole, die Ava in der Büroschublade versteckt hatte, und fragte sich, ob Joe wusste, dass seine Mutter bewaffnet war. Und was genau wusste er über Lettys komplizierte Lage?

»Aber in Wirklichkeit ist meine Mutter ein gutgläubiger Mensch. Weshalb sich alle chancenlosen Pechvögel so von ihr angezogen fühlen wie Fliegen vom Honig.«

»Meinst du Leute wie mich?«, fragte Letty.

Joe wurde rot. »Nein, das meinte ich nicht. Du bist hier nicht aufgetaucht, weil du Almosen wolltest oder um sie abzuzocken. Ich meinte ihren miesen Ex-Freund.«

»Der Handwerker mit den zwei linken Händen«, bemerkte Letty.

»Der seine Betrugsmasche von einem unserer Zimmer aus durchzog, direkt im Murmuring Surf, vor meiner Nase.« Joe blickte düster drein. »Chuck und Rooney, die durchtriebenen Ganoven.«

Letty verschluckte sich fast an ihrem Cider. »Rooney? Hast du gerade gesagt, der andere hieß Rooney?«

So hieß auch Tanyas Ex-Freund. Ob es sich um denselben Mann handelte?

»Ja. Chuck war nur ein Säufer und Loser, bis er Rooney kennenlernte, der, wie sich herausstellte, ein hartgesottener Verbrecher war.«

»Was für ein ›Geschäftsmodell‹ hatten die beiden denn?«

»An- und Verkauf von Edelmetall. Eine typische Betrugsmasche in Florida, weil es hier viele gutgläubige Rentner und jüngere Leute gibt, die dringend Geld brauchen. Die Ganoven nahmen sich Zimmer in Motels hier in der Gegend, auch im Murmuring Surf, und schalteten Anzeigen, in denen stand, dass sie beste Preise für Erbstücke und Goldmünzen zahlten. Manche alten Frauen gaben den Ehering ihrer Mutter, eine Goldmünzensammlung oder das Teeservice aus Sterlingsilber in Zahlung, das sie nie benutzt hatten. Die zwei Betrüger machten ein großes Brimborium ums Wiegen, aber die Waage war natürlich gezinkt. Dann sagten sie ihren Opfern, der Diamant sei wertlos, unrein, sie würden nur den Preis für das Goldgewicht zahlen. So bekamen sie die Sachen quasi umsonst.«

»Woher kannte Chuck denn diesen Rooney?«

»Woher wohl? Aus einer Bar. Ich kam erst dahinter, was sie abzogen, als mich ein Gast ansprach, eine Frau, die mir gestand, dass sie hinters Licht geführt worden war. Sie habe eine geerbte Uhr an das Duo verkauft. Die Frau flehte mich an, ihrem Mann nichts zu sagen, weil sie sich so schämte. Nachdem ich mir das Ganze angeguckt hatte, stellten wir den Tätern eine Falle. Wir sorgten dafür, dass eine verdeckte Ermittlerin den beiden einen Ring verkaufte, den wir von einem beeidigten Gemmologen auf 14000 Dollar hatten schätzen lassen. Sie boten ihr 280 Dollar dafür. An den Ermittlungen waren die Strafverfolgungsbehörde von Florida, die Dienststelle des Sheriffs, die Polizei von St. Pete und einige andere Dienststellen beteiligt, weil das Pärchen von ihnen diese Betrugsmasche überall im Staat durchgezogen hatte.«

»Also nicht nur hier? Und sie waren zu dritt? Ich dachte, du hättest gesagt, es waren nur Chuck und Rooney«, warf Letty ein.

»Es war noch eine Frau dabei. Eine Rothaarige, ein echter Hingucker. Die wurde als Lockvogel eingesetzt, um das Vertrauen der alten Frauen zu gewinnen. Denn so ein hübsches, liebes Mädchen würde doch niemanden übers Ohr hauen! Rooney und die Frau wohnten bei uns in Nr. 6«, fuhr Joe fort. »Die verdeckte Ermittlerin sagte, als sie in dem Zimmer war, um ihren Ring zu verkaufen, hätte sie Abertausende von Dollar in bar gesehen, außerdem kistenweise Gold- und Silbermünzen. Aber bei der Razzia war nichts mehr zu finden. Rooney und Chuck waren über alle Berge. Mit ihnen das Geld, der Schmuck und die Münzen. Die Einzige, die festgenommen wurde, war die Komplizin.«

Letty wurde schlecht. »Die wurde verhaftet? Weißt du noch, wie sie hieß?«

Joe zog eine Grimasse und dachte nach. »Irgendwas mit T. Teresa? Oder vielleicht Tammy?«

»Was wurde ihr zur Last gelegt?«

»Betrug. Ihr Anwalt machte irgendeinen Deal mit der Staatsanwaltschaft. Weiß nicht mal, ob sie überhaupt einsitzen musste.«

»Und die beiden Männer?«

Joe zuckte mit den Achseln. »Wie vom Erdboden verschluckt. Mom war mittlerweile dahintergekommen, dass Chuck ein Loser war, ihr war nur nicht klar, dass er auch das Gesetz brach. Sie hatte ihn schon vorher rausgeworfen, ihn aber noch in dem Raum wohnen lassen, in dem du jetzt bist, kaum zu glauben, was? Was aus Rooney geworden ist, weiß ich nicht.«

»Irgendwie lustiger Name – Rooney.«

»Ich meine, eigentlich hieß er mit Vornamen Declan, aber alle nannten ihn Rooney. Sogar seine Frau.«

»Seine Frau?«, fragte Letty. »War er mit seiner Komplizin verheiratet?«

»Angeblich ja.«

Letty trank noch einen Schluck Cider, aber er war warm geworden, außerdem wurde ihr davon schlecht. Sie kippte den Rest der Flüssigkeit in den Sand.

»Wie lange ist das alles her?«, fragte sie.

»Mal überlegen.« Joe öffnete die Kühltasche und bot Letty noch eine Dose an, doch sie schüttelte den Kopf. »Nein, danke.«

»Vielleicht fünf Jahre?«, sagte er schließlich. »Aber von dem Geld, dem Schmuck und den Münzen ist nie wieder was aufgetaucht.«

Maya kam auf sie zugelaufen, vor Freude strahlend. Der kleine rosa Sonnenhut saß ihr schief auf dem Kopf, Arme, Beine und Bauch waren mit feinem weißen Sand bedeckt. In der Hand hielt sie den Plastikeimer, den Ava ihr mitgegeben hatte. Das Wasser schwappte über den Rand.

»Letty! Letty!«, rief sie, als sie die Decke erreicht hatte. Triumphierend hielt sie den Eimer hoch. »Wir haben ein Fischchen gefangen!«

»Das ist eine wunderschöne Elritze«, bewunderte Joe Mayas Trophäe. »Eine Grünrückenelritze. Siehst du den grünen Rücken? Aber wenn sie schwimmt, blitzt der Bauch silbern.«

Maya schaute in den Eimer und nickte. »Sie heißt Minnie. Ich behalte sie, Letty, ja?«

»Oh, das weiß ich nicht«, gab Letty zurück. »Ich glaube, bei Miss Ava sind keine Haustiere erlaubt, stimmt's, Joe?«

»Leider nicht«, sagte er. »Aber selbst wenn, ist eine Elritze ein Fisch, und Fische können nicht in so einem kleinen Eimer leben. Sie müssen im Meer schwimmen und brauchen frisches Wasser in den Kiemen, denn daraus nehmen sie den Sauerstoff zum Atmen.«

»Wirklich?« Letty schielte zu ihm hinüber. »Das wusste ich nicht. Muss was typisch Floridamäßiges sein.«

Joe lachte. »Nichts Floridamäßiges. Eher Biologieunterricht an der Highschool.«

»Ah, ja, Highschool. Meine war im letzten Kaff in West Virginia, und wahrscheinlich sind anschließend nur fünf Prozent der Abschlussklasse aufs College gegangen«, sagte Letty. »Unser Biolehrer war total pervers.« Bei der Erinnerung an Mr. Parker, der sie nach dem Unterricht unter dem Vorwand in eine Ecke gedrängt hatte, ihr beim Bestehen der nächsten Prüfungen zu »helfen«, machte sie ein düsteres Gesicht.

»Ich glaube, wir müssen Minnie wieder ins Wasser tun, Maya«, sagte Joe vorsichtig.

»Neiiiiin!«, heulte Maya. »Das ist meine Elritze. Ich hab sie gefangen!«

Letty griff nach der Hand ihrer Nichte. »Joe hat recht, Schätzchen. Setzen wir sie wieder ins Wasser. Es sieht bestimmt lustig aus, wenn sie mit ihren Freunden davonschwimmt.«

Mayas Unterlippe begann zu beben. »Ich *will* aber nicht.« Sie drückte den Eimer an ihre Brust.

Joe stand auf. »Maya«, sagte er mit drohendem Unterton. »Wenn wir die Elritze nicht zurück ins Wasser tun, bekommt sie keine Luft. Dann stirbt sie. Das willst du doch nicht, oder?«

Sein strenger Tonfall ließ Letty zusammenzucken. Er wusste ja nichts von Tanya. Er konnte nicht wissen, ob Maya den Mord an ihrer Mutter miterlebt hatte oder nicht. Das wusste Letty ja selbst nicht mal.

Die Reaktion der Kleinen folgte auf den Fuß. Sie verzog das Gesicht und fing an zu weinen. »Meine Mommy ist gestorben«, flüsterte sie. »Sie ist im Himmel und kann nicht mehr zurückkommen.«

»Das tut mir furchtbar leid.« Joe sah zu Letty hinüber und kniete sich neben das schluchzende Kind. »Komm, Maya! Ich helfe dir, den Fisch zurück ins Meer zu bringen. Und dann bauen wir eine Burg, ja?«

»Ich helfe mit.« Letty rappelte sich auf. Mit einem Handtuch tupfte sie den Sand und Rotz vom Gesicht ihrer Nichte.

»Okay«, sagte Maya widerwillig. Sie legte das Kinn auf den Eimerrand und sah hinein. »Tschüss, Minnie.«

»Kommst du heute Abend zur Grillparty?«, fragte Joe ein paar Stunden später, als sie vom Strand zurück zum Motel gingen.

Er hatte sich die Kühltasche und die Decke unter den Arm geklemmt, Maya schlief auf seiner Schulter.

»Gibt es eine Grillparty?«, fragte Letty, die Mühe hatte, mit ihm Schritt zu halten.

»O ja! Das ist Tradition bei uns. In der Saison haben die Doughertys immer sonntagsabends für ihre Gäste gegrillt, und Mom hat das übernommen. Wir sorgen für den Hauptgang. Heute gibt es Grillhähnchen. Jeder Gast bringt eine Beilage mit. Und seine eigenen Getränke. Anschließend treffen sich alle zum Bingo im Aufenthaltsraum. Ich sag dir, da ist richtig was los!«

»Würde ja gerne kommen«, sagte Letty. »Aber ich muss Maya abduschen und ins Bett bringen. Du hast ja gesehen, wie sie sich heute Nachmittag verausgabt hat.«

»Bin mir ziemlich sicher, dass Isabelle bei ihr bleiben würde. Inzwischen findet sie es nicht mehr cool, den ganzen Abend mit alten Leuten abzuhängen.«

»Danke für das Angebot, aber ich glaube nein. Ich bin ja eigentlich gar kein Gast, oder?«

»Du wärst mein Gast«, sagte Joe. »Aber gut, ich will dich nicht drängen.«

Sie erreichten ein rostiges Eisentor, das den öffentlichen Strand vom Gelände des Murmuring Surf trennte. Joe drehte einen Wasserhahn auf, und sie spülten sich den Sand von den Füßen; dann begleitete er Letty zu ihrem Studio.

»Komm«, sagte sie und streckte die Arme nach dem schläfrigen kleinen Mädchen aus. »Ich kann sie jetzt nehmen. Danke für deine Hilfe heute.«

»Kein Problem.« Joe senkte die Stimme. »Und tut mir leid, dass ich das mit der toten Elritze gesagt habe. Also, ich weiß das zwar mit ihrer Mutter, aber ich habe einfach nicht nachgedacht …«

»Schon gut«, versicherte Letty ihm und holte den Zimmerschlüssel aus ihrer Strandtasche. »Sie ist vier Jahre alt. Du hast ja selbst gesehen, wie es ihr fünf Minuten später ging. Da hat sie wieder im Wasser geplanscht und hatte es völlig vergessen.«

»Und du? Ihre Mutter war deine Schwester, oder?«, fragte Joe.

»Halbschwester«, berichtigte Letty. »Aber wir haben uns als Schwestern bezeichnet, das waren wir auch. Du hast recht, ich bin nicht drüber hinweg.« Sie seufzte. »Weiß nicht, ob es jemals so weit sein wird.«

Sie duschte Maya, steckte sie in ihren Schlafanzug und machte ihr zum Abendessen ein gegrilltes Käsesandwich. Um sechs Uhr ließ sich das Mädchen willig ins Bett bringen, Ellie fest in den Armen.

Als das Kind endlich schlief, schenkte sich Letty ein Glas Wein ein und setzte sich auf den Gartenstuhl im Durchgang vor ihrem Apartment. Die Tür ließ sie offen, falls Maya aufwachen sollte.

Eine leichte Brise raschelte im blassrosa Hibiskus im nächsten Blumenbeet und trug den Geruch von brennender Holzkohle und das Lachen aus dem Aufenthaltsraum neben dem Swimmingpool heran. Letty drehte den Stuhl zur Seite, damit sie sehen konnte, wie der Himmel ein kräftiges Orange annahm.

Die Abenddämmerung war hier schnell ihre bevorzugte Tageszeit geworden, ein Moment, um innezuhalten und in sich zu horchen, doch heute Abend war da nichts mit Stille. Letty schaute wieder auf die herausgerissene Zeitschriftenseite, die sie am Abend, nachdem ihre Schwester ermordet worden war, in Tanyas Notfallbeutel gefunden hatte. Mit den Fingern fuhr sie über das bunte Foto des Murmuring Surf und zerbrach sich den Kopf, was es zu bedeuten hatte.

Rooney … So hieß Tanyas »Freund«, der sie angeblich sitzengelassen hatte, sie vor fünf Jahren mir nichts dir nichts in Atlanta zurückließ, so dass sie nur noch das Auto und die Kleidung hatte, die sie am Leib trug. Rooney hieß auch der Betrüger, der die alten Damen um ihr Geld geprellt hatte. Direkt hier im Murmuring Surf. Dieser Typ hatte eine Komplizin gehabt, eine charmante Rothaarige, die er im Stich gelassen hatte, als die Polizei anrückte. Joe konnte sich nicht an den Namen der Frau erinnern, es war schließlich schon fünf Jahre her. Ihr Name mochte mit T angefangen haben.

Das konnte kein Zufall sein. Wenn es um Tanya ging, gab es keine Zufälle. Lettys wunderschöne, liebenswerte, reizende Halbschwester war die geborene Lügnerin. Sie war ein Chamäleon, das im Handumdrehen von rothaarig zu blond, vom Opfer zum Täter werden konnte. Und jetzt hatten diese Lügen Letty hierhergeführt, an den Tatort.

Die Frage war: warum?

»Hey.«

Die Stimme ließ Letty zusammenfahren. Sie drehte sich um. Joe DeCurtis hatte einen prall gefüllten Pappteller in der Hand, der mit Alufolie abgedeckt war.

»Selber hey.« Schnell stopfte Letty den Zeitschriftenausschnitt in ihre Hosentasche.

»Störe ich?«

»Nein. Ich genieße gerade das bisschen, was ich vom Sonnenuntergang sehen kann.«

Er hielt ihr den Pappteller hin. »Ava wollte unbedingt, dass ich dir das bringe. Du musst was essen, stimmt's?«

»Hm, weiß nicht«, sagte Letty. »Drinnen steht eine große Tüte Mikrowellenpopcorn und ruft nach mir.«

»Popcorn zum Abendessen?«

»Mit Wein.« Sie hielt ihm ihr Glas hin.

»Da habe ich eine bessere Idee.«

Joe zog einen kleinen Tisch heran und stellte den Pappteller darauf, um die Alufolie mit einer schwungvollen Bewegung abzuziehen.

»Hühnchen à la DeCurtis«, sagte er und deutete auf die leicht angebrannte Hühnerbrust unter einer rötlich-orangefarben glänzenden Soße. »Arlenes weiße Bohnen. Alice Sheehans Makkaroni mit Käse. Trudi Maples' Krautsalat. Und die Krönung: Brötchen vom Vortag, exklusiv erworben von Oscar Jensen.«

Lettys Magen knurrte laut vernehmlich.

»O Gott!«, sagte sie. »Tu bitte so, als hättest du das nicht gehört.«

»Was denn?« Joe legte eine Hand hinters Ohr. »Hab nichts mitgekriegt.«

Verlegen trat er von einem Fuß auf den anderen. Letty spürte, dass er auf etwas wartete. Vielleicht auf eine Einladung, sich zu ihr zu setzen. Ein Teil von ihr sehnte sich danach, endlich das Visier fallen zu lassen, ihm anzubieten, mit ihr ein Glas Wein zu trinken. Aber wozu sollte das gut sein? Besser, sie ermunterte ihn nicht.

»Danke«, sagte sie und zeigte auf den Teller. »Du bist ein Lebensretter. Ich stelle das erst mal rein, eigentlich esse ich immer erst etwas später.«

Das Letzte, was sie sah, bevor sie die Tür schloss, war sein verdutztes, verletztes Gesicht.

16

Letty genoss das Essen von dem Pappteller. Die gegrillte Hähnchenbrust kam in einer süßsauren Soße, und die lauwarmen Makkaroni mit Käse erinnerten sie an die von Mimi, buttrig mit einer dicken überbackenen Krümelschicht. Der essiglastige Krautsalat stellte einen angenehmen Gegensatz zum Hähnchen dar. Mit dem Fingernagel tippte Letty auf das Brötchen. Steinhart.

Kurz schaute sie zu Maya hinüber, die in der Mitte des Doppelbetts auf dem Bauch lag und fest schlief, Arme und Beine weit von sich gestreckt, den Popo im Pyjama in die Luft gereckt. Lettys Blick wanderte zum Fenster hinüber in der Hoffnung, noch den letzten Rest des Sonnenuntergangs zu sehen. Doch der Himmel war schon blauviolett. Der Moment war vorbei. Sie schob den halb leer gegessenen Teller von sich und griff zu ihrem Handy.

Es war überraschend einfach, die Website der Strafverfolgungsbehörde von Florida zu finden, auf der es eine hilfreiche Übersichtsseite zur Suche im Vorstrafenregister gab. Sie musste nichts weiter tun, als den Namen, das Alter, den Geburtstag, das Geschlecht und die ethnische Zugehörigkeit ihrer Schwester einzugeben. Die Felder für die Sozialversicherungsnummer und für Decknamen ließ sie frei.

Diese Effizienz hatte ihren Preis – eine Bearbeitungsgebühr

in Höhe von 25 Dollar, nur per Kreditkarte zahlbar. Auf der Unterlippe kauend überlegte Letty, was sie tun sollte. Sie hatte zwar Tanyas American-Express-Karte, traute sich aber nicht, sie zu benutzen. Schließlich holte sie ihr Portemonnaie aus der Tasche und zog die Visa-Karte heraus, die sie in einem Supermarkt in der Nähe bekommen hatte. Sie tippte die Kreditkarteninformation in das entsprechende Kästchen und gab die Adresse von einer der Wohnungen an, die sie für Evan verwaltet hatte. Dann drückte sie auf »Senden«.

Die Schnelligkeit, mit der die Suchergebnisse kamen, war atemberaubend. In Nullkommanichts erschienen alle Angaben auf dem Display.

Letty wandte den Blick ab, stand auf, beugte sich über das Bett und lauschte Mayas gleichmäßigem Atem. Sie küsste die feuchten Löckchen im Nacken der Kleinen und zog ihr die Decke über die Schultern.

Dann setzte sie sich wieder und schaute auf den offiziellen Auszug aus dem Vorstrafenregister des Staates Florida. Sie wollte es nicht wissen. Aber es musste sein, wenn schon nicht für sich selbst, dann für Maya.

Tanya Michelle Carnahan, 25 Jahre, auch bekannt unter den Decknamen Tanya Cole, Michelle Carnahan und Tanya Rooney, war im Februar 2015 in Pinellas County, Florida, wegen Betrugs, Diebstahls und Tätigkeit ohne Gewerbeschein verhaftet worden. Auf dem Dokument prangte ein offiziell wirkender Stempel. ANKLAGE ABGEWIESEN.

Letty scrollte durch den Eintrag, bis sie zum Polizeifoto kam. Darauf war ihre Schwester kaum wiederzuerkennen. Die abgebildete Frau hatte eine wilde rote Mähne, die ihr bis über die Schultern reichte, und blickte mit leeren Augen düster in die Kamera. Mit zitterndem Finger berührte Letty das Display, das

Bild einer Fremden, die ihre Schwester war, aber irgendwie auch nicht, ein Chamäleon mit der Gabe, sich so zu verwandeln, wie es die Situation verlangte.

Das war es. Keine weiteren Angaben. Für 25 Dollar, fand Letty unzufrieden, hatte sie nicht sehr viel bekommen, nur die unerwünschte Bestätigung, dass Tanya diesmal wohl wirklich richtig mit drinsteckte.

Dennoch war es ihr ein weiteres Mal gelungen, relativ unbeschadet aus der Nummer herauszukommen. ANKLAGE ABGEWIESEN. Joe hatte ja gesagt, dass Declan Rooney und Avas Ex-Freund geflohen waren und die Komplizin einen Deal mit der Staatsanwaltschaft ausgehandelt hatte, um der Strafverfolgung zu entgehen.

Nachdem Letty damals den Notruf ihrer Schwester erhalten hatte, hatte sie versucht, aus Tanya Näheres über die Beziehung zu diesem Rooney herauszubekommen, doch ihre Schwester war verschlossen, was den Mann betraf.

An den ersten Abenden in New York waren sie zu Hause geblieben und hatten *True Blood* geguckt. Tanya war völlig verrückt nach Vampiren.

Sie trug eine Jeans und einen neuen Pulli, den Letty ihr gekauft hatte – ein »verfrühtes Geburtstagsgeschenk«, da Tanya selbst nur noch wenige Sachen hatte und natürlich nichts besaß, das warm genug für den New Yorker Februar war, da sie ja weiter südlich in Atlanta gelebt hatte. Letty hatte ihrer Schwester auch Geld geliehen, um sich in einem teuren Friseursalon die Haare schneiden zu lassen und ihre natürliche blonde Haarfarbe zurückzubekommen.

»Erzähl noch mal, was mit diesem Rooney passiert ist!«, hatte Letty Tanya aufgefordert.

»Der ist einfach … abgehauen. Hat mich abgezockt. Alles, was ich hatte, war in der Wohnung. Ich war einkaufen, und als ich eine Stunde später zurückkam, war er weg.«

»Hast du ihn bei der Polizei angezeigt?«, fragte Letty.

»Rooney die Cops auf den Hals hetzen?« Tanya lachte verächtlich. »Was hätten die denn tun sollen? Ihn zwingen, zu mir zurückzukommen, mir meine Klamotten und so zu geben und das Geld, das ich ihm geliehen hatte?«

»Ich begreife nicht, warum du dich immer wieder auf solche fiesen Typen einlässt.«

»Als wir uns kennenlernten, war er nicht fies«, sagte Tanya. »Er hatte wunderschöne Augen, unglaublich dunkelblau, wie ein Bergsee, in den man sofort hineintauchen will, und ganz lange schwarze Wimpern. Er hat mich stark an den jungen Pierce Brosnan erinnert. Und er war so lustig! Er hat mit seinem irischen Akzent immer total witzige Geschichten erzählt, und man wusste nie, ob sie stimmen oder nicht, aber es war auch egal, weil, Rooney konnte das echt gut.«

»Wo hast du ihn kennengelernt?«

»Weiß ich nicht mehr genau«, sagte Tanya leichthin. »Irgendwann war er da. Und dann fragte er mich, ob er mir einen Drink ausgeben könnte. Ich hab ja gesagt, und ehe ich mich versah, waren wir ein Paar.«

»Hatte er keinen Job? Freunde? Hattet ihr gemeinsame Bekannte?«, hakte Letty nach.

»Ja, er hatte einen Job.« Tanya war allmählich genervt. »Mein Gott! Müssen wir unbedingt über ihn reden? Ich bin hergekommen, um Rooney zu vergessen, da ist es nicht gerade hilfreich, wenn du mich ausfragst, als säße ich im Zeugenstand oder so.«

Im Rückblick wurde Letty klar, dass Tanya tatsächlich von jemandem befragt worden war – von der Polizei, vielleicht sogar von Joe DeCurtis – und es ihr wieder mal gelungen war, sich herauszureden.

Denn solange Letty sich erinnern konnte, hatte ihre Schwester »Jugendsünden« begangen, wie ihre Mutter das verständnisvoll nannte – Diebstahl von Wimperntusche in der Drogerie, Rauswurf aus der Schule wegen des Verkaufs von Diätpillen, die sie der Mutter einer Freundin geklaut hatte, einmal hatte Tanya sich den Buick eines älteren Nachbarn »ausgeliehen«, um ein Wochenende lang betrunken mit ihrem Freund durch die Gegend zu fahren und den Wagen zum Schluss vor einen Telefonmast zu setzen. Doch nie war Tanya wegen dieser jugendlichen Vergehen zur Rechenschaft gezogen worden; sie hatte immer mit den Wimpern geklimpert und die Schuld auf fremde Schultern geschoben.

Was, fragte sich Letty, war wirklich zwischen Tanya und Declan Rooney gelaufen? Laut Datum auf ihrem Festnahmeprotokoll musste sie hier gewesen sein, im Murmuring Surf, wo sie alte Damen hinters Licht führte, während sie Letty gegenüber behauptet hatte, in Atlanta zu leben und als Model zu arbeiten. Offensichtlich hatte sie gelogen. War Tanya wirklich verheiratet gewesen?

Wieder einmal war Letty dankbar für Floridas »*Sunshine Law*«, das öffentliche Behördendatenbanken so leicht zugänglich machte. Das Gesuchte musste auf der Website des Personenstandsamt von Florida zu finden sein. Sie gab erst Tanyas und dann Declans Namen ein und wartete mit angehaltenem Atem.

Als die rote Schrift auf dem Display erschien, atmete sie aus: KEINE ERGEBNISSE.

Letty dachte darüber nach. Das bedeutete nicht unbedingt, dass die beiden nicht verheiratet gewesen waren. Zur Zeit ihrer Verhaftung hatte Tanya einen Decknamen benutzt, hatte Declan Rooney vielleicht auch einen?

Sie dachte an die Lügen. So viele Lügen. Warum? Letty trank ihr Weinglas aus. Jetzt war ihr peinlich, wie leichtgläubig sie gewesen war, wie naiv sie Tanya ihre Leidensgeschichte abgenommen hatte.

»Nein, nein, nein!« Maya schlug mit den Armen um sich, obwohl sie die Augen geschlossen hatte. »Neiiiiin!«

Letty warf die Decke hoch und legte sich zu ihrer Nichte ins Bett, drückte sie eng an sich und atmete den süßen Duft des Babyshampoos ein.

»Alles gut«, flüsterte sie. »Ich bin da. Schlaf weiter, Schätzchen.« Letty streichelte Maya über den Rücken und strich ihr das Haar aus der feuchten Stirn.

»Letty?« Das Kind setzte sich auf und rieb sich die Augen. »Ich habe schlecht geträumt.«

Nicht schon wieder, dachte Letty. Die letzten drei Nächte waren gut gewesen, ohne diese Anfälle.

»Kannst du mir erzählen, was passiert ist?«, fragte sie.

»Der böse Mann war da«, erwiderte Maya unter Tränen. »Er wollte mich holen.«

»Das war nur ein Traum, Süße. Hier ist kein böser Mann. Ich passe auf, dass kein böser Mann hereinkommt, ja? Das verspreche ich dir. Das werde ich niemals zulassen.«

Maya schniefte und vergrub die Nase in Lettys T-Shirt. »Okay.« Sie schaute ihre Tante an. »Singst du mir das Lied von Häschen Fufu vor?«

Letty verdrehte die Augen, aber sang trotzdem. Sie ließ die Fingerspitzen über Mayas Rücken wandern. »*Kleines Häschen Fufu, hoppelt durch den Wald, fängt die kleinen Mäuschen und haut ihnen auf den Kopf …*«

Kichernd drohte Maya ihrer Tante mit dem Finger und fiel bei ihren Lieblingszeilen ein: »*Dann kam die gute Fee und sagte: Kleines Häschen Fufu, ich möchte nicht, dass du Mäuschen fängst und ihnen auf den Kopf haust.*«

Letty zählte nicht mit, wie oft sie den Refrain wiederholen musste, bis Maya endlich einschlief. Als sie sicher war, dass das Kind nichts mehr merkte, schlich sie ins Badezimmer, putzte sich die Zähne, zog sich aus und kroch zurück ins Bett.

Zuvor hatte sie die Fenster geöffnet, jetzt klang Gelächter und Musik aus der Richtung des Pools herüber.

»B-10«, hörte sie eine Männerstimme rufen. »G-59.« Es war Joes Stimme. »O-74.« Schon lustig, dachte sie. Es war acht Uhr an einem Sonntagabend, und sie als jüngster Gast des Murmuring Surf lag bereits im Bett, während die älteren Herrschaften das Grillbuffet und das spannende Bingospiel genossen.

Maya seufzte tief und legte einen Arm auf Lettys Oberkörper. Im Schlaf war das Kind geradezu ein Derwisch, drehte und wälzte sich hin und her, genau wie seine Mutter früher. In Kindertagen hatten Letty und Tanya sich oft ein Bett geteilt, wenn Terri wieder einen Trailer oder ein günstiges Apartment gefunden hatte. Tanya schlug im Schlaf um sich, streckte Arme und Beine weit von sich, »wie ein Seestern«, hatte Mimi immer gesagt, so dass Letty oft aus dem Bett vertrieben wurde und freiwillig auf dem Sofa schlief, manchmal sogar auf einer Palette auf dem Boden.

Vorsichtig hob sie den Arm der Kleinen von ihrer Brust und rollte sich auf die Seite, Richtung Fenster. Sie war fast eingeschlafen, als ein Gedanke sie mit solcher Wucht traf, dass sie sich senkrecht im Bett aufsetzte. Sie trippelte zum Tisch hinüber, nahm ihr Handy und las noch mal das fünf Jahre alte Protokoll über die Festnahme ihrer Schwester. Diesmal sah sie sich das Datum genau an. Tanya war am 2. Februar 2015 in einem Zimmer hier im Murmuring Surf verhaftet worden. Laut Joe DeCurtis war ihr Komplize-Schrägstrich-Freund-Schrägstrich-Ehemann Declan Rooney da bereits über alle Berge.

Nur wenige Tage später hatte Letty Tanyas Notruf erhalten, kurz darauf war ihre Schwester nach New York gekommen. Das war noch vor dem Valentinstag gewesen. Letty wusste nämlich noch, dass Tanya mit ihrem gebrochenen Herzen ihr leidgetan hatte und sie ihrer Schwester deshalb zum Trost eine kleine Pralinenpackung in Herzform gekauft hatte. Wie lange danach hatte Tanya etwas mit Evan angefangen? Und wie lange hatte es noch gedauert, bis Tanya ihre »überraschende Schwangerschaft« verkündete?

Maya wurde sieben Monate später geboren, ein winziges, aber überraschend gesundes Frühchen mit den blonden Löckchen ihrer Mutter und blauen Augen, aber nicht blassblau wie die von Tanya und Terri, sondern von einer Farbe, von der Tanya sagte, sie sei so »tiefblau wie ein Bergsee, in den man hineintauchen möchte«.

Letty scrollte zurück auf die Website der Strafverfolgungsbehörde von Florida, gab ihre Zahlungsinformationen und den Namen Declan Rooney ein.

Auf dem Display erschien eine lange Liste von Einträgen. Es gab Haftbefehle für Declan Rooney in Palm Beach, in den Counties Broward und Dade wegen Betrugs, Diebstahls, Telekommunikationsbetrugs und so weiter. Das einzige Foto von Rooney, das Letty finden konnte, war das in Jacksonville aufgenommene Polizeifoto. Es zeigte einen Mann mit schulterlangen, gewellten dunklen Haaren, einem markanten Kinn und einer auffälligen Nase. Er hatte tatsächlich volle, dunkle Wimpern, aber niemand, dachte Letty, niemand würde ihn für einen jungen Pierce Brosnan halten. Niemand außer Tanya.

Sie machte einen Screenshot von dem Bild und legte ihr Handy auf den Nachttisch. Maya kuschelte sich an sie und seufzte leise im Schlaf.

17

Und?« Evan schob den Teller mit dem nur halb gegessenen Frühstück von sich.

»Und was?«, fragte Vikki Hill. Sie hatte ihren Eier-Bagel sofort verputzt, als er serviert worden war. Jetzt trank sie Kaffee.

»Was haben Sie herausgefunden? Ständig steht dieser Detective von der Polizei bei mir vor der Tür und stellt Fragen zu dem Tag, an dem Tanya umgebracht wurde, und zu meiner früheren Beziehung zu Letty. Das ist doch irre – schließlich ist Letty diejenige, die Tanya getötet und mein Kind entführt hat. Was dauert da denn so verdammt lange?«

»Es sagt aber keiner, dass Sie des Mordes an Ihrer Ex beschuldigt werden, oder?«, fragte Vikki.

»Nicht ausdrücklich, aber unterschwellig schon, und das finde ich wirklich unmöglich«, schimpfte Evan. »Ich verstehe nicht, warum die Polizei sich nicht darauf konzentriert, Letty zu finden. Und Maya.«

»Anscheinend ist Letty Carnahan von der Bildfläche verschwunden«, bemerkte Vikki. »Bei der Suche nach dem Kind in den Medien gab es keinen einzigen Hinweis. Null. Ich muss Sie etwas fragen, Evan: Wie viel weiß Letty über die ganze Airbnb-Geschichte?«

Er winkte ab. »Sie hat für mich gearbeitet, über ein Jahr lang, aber das ist schon Ewigkeiten her. Mit der finanziellen Seite hatte Letty nichts zu tun. Sie war eher die Verbindungsperson zu den Mietern. Warum? Was hat das mit dem Rest zu tun?«

Vikki hob die Augenbraue. »Ein Motiv? Danach suchen die Bullen.«

»Ich sag den Detectives immer wieder, und ich sage es Ihnen auch, das Letty eifersüchtig auf Tanya war. Und sie war total besessen von Maya. Da haben Sie Ihr Motiv: Maya.«

»Vielleicht.« Vikki wirkte nicht überzeugt. »Wie viel wusste Tanya über Ihre Geschäfte?«

»Mehr als sie hätte wissen sollen«, brummte Evan und starrte Vikki an. »Sie wusste von Ihnen. Und von unserer ... Abmachung.«

»Was?« Vikki stellte ihren Becher ab, der Kaffee schwappte über. »Das haben Sie mir noch nicht erzählt. Woher wusste sie das?«

»Das verstehe ich bis heute nicht. War aber so. An dem Tag, als sie starb, war ich bei ihr, und sie drohte mir. Sie wisse, dass ich eine Inspektorin von der Stadt bestechen würde, damit die ein Auge zudrückt. Das ging um ... ähm ... die Astoria-Sache. Und die anderen Gebäude. Tanya wusste von den Tickets für *Hamilton* und von der Reise nach Vegas ... Sie wusste Ihren Namen. Deutete an, wir hätten eine Affäre.«

»Verdammt!« Vikki Hill sah sich im Diner um, dann sprach sie leise weiter: »Sie glauben doch nicht, dass Tanya jemand anderem von unserer Abmachung erzählt hat, oder? Ich meine, hier steht mein Arsch auf dem Spiel, Wingfield.«

»Immer mit der Ruhe, ja? Sie hat gedroht, mich beim Finanzamt anzuzeigen. Sie wollte von den verschiedenen Geschäftssegmenten erzählen, aber das hätte sie nie im Leben getan. Ich war der Ast, auf dem sie saß, und sosehr sie mir auch drohte, klar war, dass sie den nicht absägen würde. Sie war einfach unzufrieden, weil sie wusste, dass ich die Oberhand hatte.«

»Warum?«

»Sagen wir einfach, ich hatte Informationen über sie, und belassen wir es dabei. Können wir jetzt weiter nach Letty und meinem Kind suchen?«

»Ich bin dran«, sagte Vikki. »Sie haben wirklich keine Ahnung, wo sie hingefahren sein könnte? Zu Freunden oder Verwandten, die sie vielleicht verstecken?«

»Nein.«

»Womit verdient sie denn ihr Geld? Ich habe ihren ehemaligen Chef angerufen, aber der war keine Hilfe. Meinte, sie wäre immer zuverlässig gewesen, bla bla bla. Meine Quelle bei der Polizei sagt, es gab keine Bewegungen auf ihrem Konto, und es ist eh nicht viel drauf. Da habe ich mehr Geld unterm Sofakissen liegen als die Frau auf ihrem Girokonto. Könnte Tanya ihrer Schwester Geld gegeben haben?«

Evan faltete immer wieder eine Papierserviette zusammen und auseinander, doch als die Rede auf Geld kam, sah er hoch. »Kann sein. Oder Letty hat Tanya was gestohlen und ist dann mit Maya abgehauen.«

»Hatte Tanya denn schnellen Zugang zu Bargeld?«

»Sie bekam Unterhalt von mir und hatte eventuell was von ihrer Schauspielerei auf die Seite gelegt, aber normalerweise rann ihr das Geld nur so durch die Hände. In der Hinsicht war sie wie ein Kind.«

»Fehlte etwas in Lettys Wohnung?«

Evan runzelte die Stirn. »Die Bullen lassen mich nicht rein. Obwohl mir das Teil gehört! Angeblich weil es ein Tatort ist. Ich soll irgendwann eine Inventarliste des Apartments bekommen, aber da kann ich wohl lange drauf warten.«

»Glauben Sie, Tanya hat Letty von unserer Abmachung erzählt?«

Evan betupfte den Mund mit dem Rest der Papierserviette. »Wer weiß? Spüren Sie Letty auf! Und dann finden wir heraus, wie viel genau sie weiß oder nicht.«

18

Isabelle schob den Wäschewagen durch die Schwingtüren. Letty stand am Tisch in der Mitte des Zimmers und faltete Berge von Handtüchern und Bettwäsche zusammen.

»Letty, hast du Maya gesehen?«, fragte Isabelle.

»Nein, ich habe sie nicht gesehen«, antwortete Letty mit lauter, hoher Stimme. »Wo kann sie nur sein?«

»Vielleicht ist sie auf einem Delfin davongeschwommen«, sagte Isabelle. Ein leises Kichern drang aus der Wäsche im Wagen. »Oder sie hat sich in eine Meerjungfrau verwandelt.«

»Oder sie ist auf eine Kokospalme geklettert und futtert mit den Äffchen Kokosnüsse«, sagte Letty. »Das wäre gut, denn wenn sie Kokosnüsse isst, braucht sie keine Schokoladenkekse, oder? Dann können wir zwei die ganzen Kekse allein essen.«

Die Wäsche rutschte vom Wagen, und Maya schob ihren Kopf heraus. »Hier bin ich!«, rief sie. »Ich habe mich versteckt.«

»*Was?*« Letty tat entsetzt. »Das hätte ich niemals gedacht.« Sie nahm ihre Nichte auf den Arm und stellte sie auf dem Boden der Waschküche ab.

Maya sah sich um. »Ich will Kekse, Letty. Wo sind die Kekse?«

»Miss Ava hat gerade welche gebacken, und sie hat gesagt, sie legt ein paar für dich zur Seite«, erklärte Letty. »Schaffst du es, ganz allein zu ihr rüberzugehen?«

»Ich nehme sie mit«, erbot sich Isabelle. »Dann komme ich zurück und helfe weiter mit.«

»Ich kann alleine gehen«, sagte Maya. »Ich bin schon ein großes Mädchen.«

Letty und Isabelle standen in der Tür der Waschküche und sahen zu, wie Maya zum Büro hinüberging und von Ava in Empfang genommen wurde.

»Was macht die Schule?«, fragte Letty, während Isabelle ihr half, ein störrisches Spannbettlaken zu falten.

»Ehrlich gesagt, ist es ziemlich langweilig«, sagte Isabelle und strich mit den Händen über den Stoff. »In zwei Monaten mache ich den Abschluss, aber ich bin mit dem Großteil des Stoffs schon durch, den ich lernen muss. Momentan ist in der Schule nichts los. Ich freue mich auf den Sommer und dann aufs College.«

»Die Luft ist raus«, sagte Letty. »War bei uns auch so. Kann ich mich noch gut dran erinnern. Aber du hast noch so viel Aufregendes vor dir. Glaub einer alten Frau wie mir, sei froh darüber, was du hast.«

»So alt bist du doch nicht.« Isabelle legte den Kopf schräg. »Du bist vielleicht, keine Ahnung, fünfundzwanzig?«

»Schön wär's«, sagte Letty. »Ich bin dreiunddreißig, und manchmal fühle ich mich doppelt so alt. Insbesondere nachts, wenn Maya nicht schläft oder einen Wutanfall hat.«

»Sie ist total schlau, weißt du«, sagte Isabelle. »Wenn ich ihr vorlese, kann sie schon ganz viele Wörter buchstabieren. Und sie kann die Speisekarte vom McDonald's-Drive-in lesen.«

»Die kann sie leider auswendig«, sagte Letty. »Aber ich stimme dir zu, sie ist ganz schön pfiffig.« Sie seufzte. »Schätze, ich muss mir im Herbst Gedanken über die Vorschule machen.«

»Hier?«, fragte Isabelle. »Ich meine, glaubst du, dass ihr dann noch im Murmuring Surf wohnt?«

»Das weiß ich nicht«, sagte Letty. »Deine Mutter ist unglaublich gut zu mir, aber es ist nicht gerade ideal, ein Kind in einem Motelzimmer aufzuziehen. Maya braucht stabile Strukturen. Ein eigenes Zimmer. Vielleicht einen kleinen Garten.«

»Das verstehe ich«, sagte Isabelle. »Früher habe ich mir immer gewünscht, dass wir ein richtiges Haus hätten. Meine Freundinnen finden es alle total cool, in einem Motel zu wohnen, mit einem Pool vor der Tür, dem Strand und so. Denen ist nicht klar, dass es ungefähr so ist, als wohnte man direkt über einem Supermarkt. Also, meine Mutter ist rund um die Uhr im Dienst. Wenn zum Beispiel irgendwo die Klimaanlage nicht funktioniert, bekommt sie um zwei Uhr nachts einen Anruf und wird zusammengestaucht. Und die ganzen Stammgäste glauben, sie hätten mir was zu sagen. Joe sowieso.«

»Das glauben sie bei mir auch, wenn dich das irgendwie tröstet«, sagte Letty.

Isabelle nickte. »Wo willst du denn hin, wenn du hier ausziehst?«

»Keine Ahnung. Im Moment lebe ich von einem Tag zum nächsten. Ich muss mir was überlegen, aber zurzeit habe ich das Gefühl, als wäre ich aus Eis.«

»Wie Elsa.« Isabelle lachte über ihren eigenen Witz. »Also, ich hoffe, du ziehst nicht so schnell aus, auch wenn das egoistisch ist. Meine Mutter hat dich wirklich sehr gern, und sie ist ganz vernarrt in Maya. Ich finde es super, dass sie jetzt jeden Tag ein paar Stunden rauskommt und was unternimmt, denn sie weiß, dass du da bist und alles im Griff hast. Ich hatte mir schon Sorgen gemacht, weißt du? Was aus ihr wird, wenn ich im Herbst aufs College gehe. Ich meine, Joe ist zwar da, aber er ist ja nicht die ganze

Zeit vor Ort wie ich. Ich liebe meinen Bruder, doch wenn es um Familienangelegenheiten geht, ist er ziemlich ahnungslos.«

»Ich beneide dich um die Beziehung zu deiner Mutter«, sagte Letty wehmütig. »Das hatten wir in unserer Kindheit nicht.«

»Du und deine Schwester? Mayas Mutter?«

»Ja.«

»Ist deine Mutter denn in der Nähe?«, fragte Isabelle. »Ich meine, sie ist nicht tot, oder?«

»Nein, sie gehört nur nicht zu meinem Leben. Schon lange nicht mehr«, gestand Letty. »Sie war nicht gerade eine traditionelle Mom. Als wir anstrengend wurden und sie sich gerade von ihrem Mann trennte, hat sie uns bei unseren Großeltern abgegeben. Wir haben die Highschool in West Virginia abgeschlossen, danach haben Tanya und ich mehr oder weniger unser eigenes Ding gemacht.«

»Tanya?«, fragte Isabelle verdutzt. »So hieß deine Schwester? Die gestorben ist?«

Angesichts von Isabelles Reaktion war Letty sofort klar, dass sie den Namen nicht hätte erwähnen dürfen. Doch nun war es zu spät.

»Ja«, sagte sie.

»Du meine Güte«, sagte Isabelle leise. »Deshalb denke ich die ganze Zeit, Maya kommt mir so bekannt vor. Warum du irgendwie vertraut aussiehst.« Sie musterte Lettys Gesicht. »Sie war größer und hatte rote Haare. Du hast dunklere Haare und braune Augen. Auch einen anderen Mund.«

»Wir sind Halbschwestern«, erklärte Letty. »Irische Zwillinge, sagte meine Mutter gern. Sie trennte sich kurz nach meiner Geburt von meinem Vater, fand jemand anderen und wurde sofort wieder schwanger. Tanyas Vater tröstete sie über die Enttäuschung hinweg. Sie hat ihn nicht geheiratet, was auch egal war, deshalb bekam Tanya den Nachnamen von meinem Vater. War einfacher so. Für sie jedenfalls.«

»Du meine Güte«, wiederholte Isabelle. »Tanya war deine Schwester. Mayas Mutter. Kaum zu fassen. Weiß meine Mutter das? Und Joe?«

»Nein!« Letty sah Isabelle flehend an. »Erzählst du ihnen das?«

»Nein. Aber erklärst du mir, was das alles soll? Warum du hier bist?«

Letty faltete ein Laken zusammen und wieder auseinander. Sie versuchte, eine Entscheidung zu treffen. So sehr sehnte sie sich danach, sich jemandem anzuvertrauen. Vielleicht war es kein Versehen gewesen, Tanyas Namen auszusprechen. Vielleicht war es ein Trick des Universums, um ihr Mut zu machen, endlich jemanden ins Vertrauen zu ziehen.

»Du musst mir aber versprechen, es niemandem zu sagen«, sagte sie streng. »Du darfst es keinem erzählen. Weder deiner Mutter noch Joe oder deinen Freundinnen. Das ist mein Ernst. Davon hängt mein Leben ab, Isabelle. Das von Maya auch.«

Das Mädchen machte große Augen. Sie legte die Hand aufs Herz. »Großer Gott! Nein, tue ich nicht. Das schwöre ich dir, Letty. Ich erzähle es keiner Menschenseele. Ich kann es gar nicht glauben. Ist Tanya wirklich tot? Und seid ihr wirklich in Schwierigkeiten? Weshalb?«

»Ja«, sagte Letty. »Das ist eine lange Geschichte, aber sie ist wahr. Tanyas Ex-Freund hat sie umgebracht. Er war mit ihr vor Gericht, wollte das Sorgerecht für Maya, was sie ihm auf keinen Fall überlassen wollte. Ungefähr einen Monat, bevor … also, da hat Tanya mir erzählt, wenn ihr irgendwas zustoßen würde, dann würde Evan dahinterstecken. Sie flehte mich an, und ich musste ihr versprechen, dass ich mir Maya schnappen und so weit wie möglich von Evan wegbringen würde, falls ihr etwas zustoßen sollte. Genau das habe ich getan.«

Sie erzählte Isabelle eine gekürzte Version der Geschichte: dass sie selbst für Evan gearbeitet hatte, wie Tanya sich mit ihm einließ, wie es zu dem erbitterten Zerwürfnis kam.

Letty schilderte den Tag, als Tanya ihr den Leinenbeutel zeigte, den sie in einem Stiefel in ihrem Wandschrank versteckt hatte, ihren »Notgroschen«, das Geld, und den riesigen Diamantring sowie den Zeitschriftenartikel über das Murmuring Surf.

Nur eine Kleinigkeit ließ sie aus – die Höhe des Bargelds in Tanyas Notfallbeutel.

Seit Letty von Tanyas Beteiligung an Rooneys Juwelier-Betrugsmasche wusste, hatte sie länger über das Geld nachgedacht. 19 000 Dollar. Es war naiv von Letty gewesen, Tanyas Behauptung zu glauben, sie hätte das Geld gespart.

»Und deshalb bist du hierhergekommen? Wegen eines Zeitschriftenausschnitts?«, fragte Isabelle. »Sie hat dir nie erzählt, dass sie hier gewohnt hat und was hier passiert ist?«

»Ach, Isabelle.« Letty stieß einen langen Seufzer aus. »Ich weiß nicht, ob ich dir meine Schwester erklären kann, denn mir wird selbst erst allmählich klar, wie wenig ich wirklich über sie wusste. Tanya war … kompliziert. Ihr Leben lang hatte sie Geheimnisse. Große und kleine. Und ich weiß, dass das furchtbar klingt, so über meine tote Schwester zu reden, aber sie war nicht immer ehrlich. Zum Beispiel rief sie mich vor fünf Jahren wie aus dem Nichts an und sagte, sie wohne in Atlanta, und ihr Freund – Rooney – hätte all ihre Klamotten und ihr Geld mitgenommen und sie sitzenlassen. Sie weinte, war völlig aufgelöst. Sie fragte, ob sie zu mir nach New York kommen könne, für einen Neuanfang.«

»Aber das war gelogen«, sagte Isabelle. »Sie war nicht in Atlanta, sie war hier. Auf Treasure Island. Im Murmuring Surf.«

»Sieht so aus.«

»Und die beiden waren gar nicht verheiratet?«

»Ich habe jedenfalls keinen Eintrag über eine Hochzeit in Florida gefunden«, sagte Letty. »Aber vielleicht haben sie sich woanders trauen lassen.« Sie überlegte. »Es gibt noch mehr. Kaum war Tanya nach New York gezogen, fing sie was mit Evan an. Da wohnte sie noch bei mir. Zu der Zeit war er mein Chef. Und wir haben uns … na ja, mehr oder weniger gedatet.«

»Sie hat dir deinen Freund ausgespannt?«, fragte Isabelle empört. »Wow! Ganz schön heftig.«

Letty gestattete sich ein trauriges Lächeln. »Ehe ich mich versah, wohnte sie bei ihm. Dann wurde Tanya schwanger. Sieben Monate später kam Maya zur Welt.«

»Moment mal!« Isabelle rechnete nach. »Du liebe Güte! Mayas Augen! Die sehen genau aus wie die von Rooney. Dieses dunkle Blau. Und ihre Wimpern! Du meine Güte!« Sie schlug mit der flachen Hand auf den Klapptisch. »Rooney ist Mayas Vater. Wieso bin ich nicht darauf gekommen?«

»Ich habe es selbst erst gecheckt, als dein Bruder mir am Sonntag von den Betrügern erzählte, die hier im Motel gewohnt haben. Er erwähnte den Namen Rooney, und mir fiel wieder ein, dass Tanyas Ex-Freund so hieß. Der sie sitzengelassen hat. Sie hat mir gegenüber sonst nur einmal von ihm gesprochen, nämlich als ich sie fragte, warum sie immer nur an solche Versager geraten würde. Da sagte sie, er hätte dunkelblaue Augen – wie ein Bergsee, in den man hineintauchen will.«

Isabelle ließ die Sätze auf sich wirken. »Aber Tanya hat Evan gesagt, er sei Mayas Vater.«

»Ich bin mir sicher, dass das in Tanyas Kopf einen Sinn ergab.

Sie war schwanger, Rooney war weg. Evan war verfügbar, mehr oder weniger, und er war reich. Warum sollte er nicht glauben, der Vater des Kindes zu sein?«

»Und selbst nach der Trennung hat sie ihm nicht verraten, dass Maya nicht von ihm war?«, fragte Isabelle. »Und als er versuchte, das Sorgerecht für das Kind zu bekommen, das gar nicht seins war, hat sie das Geheimnis weiter für sich behalten? Warum?«

»Zum einen des Geldes wegen«, sagte Letty. »Solange Evan Maya für seine Tochter hielt, würde er zahlen, auch wenn er nicht mit Tanya verheiratet war. Selbst als es wirklich hässlich zwischen ihnen wurde, hat sie nicht einmal mir gegenüber angedeutet, dass er nicht Mayas Vater sei. Typisch Tanya.«

»Ich kann echt nicht glauben, dass sie tot ist«, wiederholte Isabelle und blinzelte ihre Tränen zurück. »Das tut mir echt leid, Letty. Ich habe sie gemocht. Alle hier mochten sie, sogar die Feldmans, und die mögen sonst niemanden.«

»Tja …« Letty nickte. »Klingt ganz nach meiner Schwester. Unsere Mutter sagte früher immer, Tanya könnte die Bären vom Honig weglocken.«

»Ich war da ja noch ein ahnungsloses junges Mädchen, aber sie war immer super nett zu mir. Rooney auch, aber das war er wahrscheinlich nur, damit er die Leute abzocken konnte.«

»Was kannst du mir noch über ihn erzählen, Isabelle?«

Das Mädchen zuckte mit den Schultern. »Er hatte einen sexy irischen Akzent, weißt du? Aber ich glaube, Mom hat irgendwie gemerkt, dass er nichts Gutes im Schilde führte. Damals hatte ich die Aufgabe, jede Woche saubere Bettwäsche und Handtücher auf die Zimmer zu bringen, aber bei Rooney und Tanya übernahm Mom das immer selbst. Wenn ich es recht bedenke, hat sie sich auch in Tanyas Gegenwart seltsam verhalten. Aber vielleicht, weil sie Angst hatte, ihr Loser-Freund könnte sich an Tanya ranmachen.«

»Meinst du Chuck?«, fragte Letty.

Isabelle schüttelte sich. »Der alte Knacker war echt grenzwertig. Als Mom ihn endlich rauswarf, war das der beste Tag meines Lebens.«

»Joe hat mir ein bisschen über die Betrugsmasche der drei erzählt. Er hat gesagt, dass Chuck und Rooney weg waren, als die Polizei sie verhaften wollte, und von dem Geld, den Goldmünzen und dem Schmuck war auch nichts mehr da«, erklärte Letty. »Warst du dabei, als das passierte?«

Isabelle schüttelte den Kopf. »Nein. Ich weiß nicht mehr, wo ich vorher war, aber als ich nach Hause kam, standen die ganzen Streifenwagen auf dem Parkplatz und die Stammgäste drumherum. Alle wollten wissen, was los ist. Mom schickte mich nach oben in die Wohnung, aber ich habe aus dem Fenster geguckt und gesehen, wie sie Tanya in Handschellen abführten. Ich war total fertig, weißt du? Rooney und Chuck machten sich aus dem Staub, und deine Schwester landete im Knast.«

»War ja nicht lange«, sinnierte Letty. »Irgendwie hat sie sich da rausgequatscht. Die Polizei hat alle Anklagepunkte fallenlassen.«

»Das wusste ich nicht«, sagte Isabelle. »Mom redet mit mir nie über Chuck. Ich glaube, sie schämt sich, dass sie ihm den Schwachsinn abgekauft hat.«

»Und keiner hat eine Ahnung, wo die beiden sind?«

»Darüber würde Mom niemals mit mir sprechen.« Isabelle zuckte mit den Achseln. »Und Joe hält mich immer noch für ein kleines Kind. Der erzählt mir nie irgendwas.«

»Die beiden wollen dich beschützen«, sagte Letty und zog an Isabelles Pferdeschwanz. »Sei froh, dass du einen großen Bruder und eine Mutter hast, die sich um dich kümmern. Tanya und ich hatten das nie. Wir hatten nur einander. Und jetzt ist sie nicht mehr da.«

»Aber du hast Maya«, bemerkte Isabelle. »Hey, Letty, könntest du nicht einfach die Cops in New York anrufen und ihnen sagen, was passiert ist? Dass Evan sie umgebracht hat, nicht du?«

Letty riss einen Plastiksack von einer großen Rolle auf dem Tisch. Sie stapelte zwei Laken, vier Badetücher, zwei Handtücher und zwei Waschlappen aufeinander, schob sie in den Sack und knotete ihn zu.

»Wenn es so einfach wäre! Ich kann nicht beweisen, dass ich es nicht getan habe. Ich kann nicht beweisen, dass ich meine Schwester nicht getötet habe. Und was würde in der Zwischenzeit mit Maya geschehen? Wenn ich zurückginge, würden Evans Anwälte entweder einen Richter überreden, ihm das Sorgerecht zuzusprechen, oder sie käme in eine Pflegefamilie. Das kann ich nicht zulassen.«

Isabelle tütete ebenfalls Wäsche ein. Sie nahm ihren Sack und legte ihn auf einen zweiten Wäschewagen. Darauf kam der von Letty. »Was willst du denn dann machen?«

»Ich denke, ich muss beweisen, dass Evan Wingfield Tanya umgebracht hat, auch wenn ich nicht weiß, wie«, sagte Letty. Sie legte den letzten Wäschepacken in den Wagen. »Aber zuerst muss ich die Wäsche hier ausliefern.«

»Ich helfe dir«, sagte Isabelle. »Bei beidem. Ich bin gut im Herausfinden von Sachen.«

»Auf gar keinen Fall!«, sagte Letty. »Ich hätte dir überhaupt nichts erzählen dürfen. Denk nicht mal im Traum daran, die Detektivin zu spielen, Isabelle! Du kennst Evan nicht. Du weißt nicht, wozu er fähig ist.«

19

Uah!«, machte Ava und schob sich vom Computerbildschirm zurück. Den ganzen Vormittag hatte sie sich in die neue Buchungssoftware eingearbeitet und dabei leise vor sich hingeflucht. »Das reicht für heute.«

Letty kam aus dem Lager, wo sie die Regale aufgeräumt und alles neu sortiert hatte. Sie schaute über die Schulter ihrer Chefin auf die Tabellen. »Das sieht super aus, Ava. Du hast ja schon alle kommenden Reservierungen hochgeladen. Klasse!«

»Es war deutlich einfacher, als ich nur einen normalen Kalender und eine Kladde für die Buchungen hatte«, murrte Ava. »Warum muss Fortschritt immer so viel Nerven kosten?«

»Das schaffst du schon«, sagte Letty. »Also, ich habe ein paar Regale im Lager ausgeräumt und alles beschriftet, das ist auch ein Fortschritt, würde ich sagen. Hoffentlich ist es in Ordnung, dass ich alle veralteten Preislisten, Werbeflyer und das alte Briefpapier weggeworfen habe. Da lagen stapelweise Broschüren, die so alt waren, dass nicht mal die Postleitzahl stimmte.«

»Gut gemacht«, sagte Ava.

»Guck mal, Letty, was ich gemacht habe!«, sagte Maya stolz. »Habe ich auch gut gemacht.«

Sie hatte ein großes Holzpuzzle zusammengesetzt, eine Landkarte der USA.

»Das ist ja super, Mausezahn«, sagte Letty. »Woher hast du das Puzzle denn?«

»Das habe ich ihr gegeben«, warf Ava ein. »Früher gehörte es Joe. Und dann Isabelle. Ich weiß, ich habe versprochen, alle Schränke auszumisten, ich habe auch die meisten alten Bücher und Spielzeuge von den beiden weggeworfen, aber von ein paar Sachen kann ich mich einfach nicht trennen.«

Maya hielt die Hände schützend über das Puzzle. »Meins.«

»Was steht sonst noch auf meiner Liste für heute?«, fragte Letty und wischte ihre verstaubten Hände an einem Papiertuch ab.

»Könntest du den Aufenthaltsraum für das Ping-Pong-Turnier heute Abend vorbereiten und dann die Sachen aus dem Supermarkt holen?«, fragte Ava. »Maya kann hier bei mir bleiben.«

»Wir machen ein Ping-Pong-Turnier?« Letty musste lachen. »Wirklich?«

»O ja! Das nehmen hier alle total ernst! Heute Abend kommen Gäste aus dem Islander, dem SeaBreeze und dem Michigander herüber.«

»Sind das auch Motels?«

»Ja. Ruth und Al Zofchak, mögen sie in Frieden ruhen, haben dieses Turnier damals ins Leben gerufen. Ich glaube, das war vor ungefähr fünfzehn Jahren. Sie waren Rentner aus der Gegend von Pittsburgh. Früher machten bei dem Turnier Gäste aus sieben oder acht Motels hier am Strand mit, aber viele von den Häusern gibt es mittlerweile nicht mehr, sie wurden abgerissen, um Eigentumswohnungen zu bauen, und natürlich sind auch viele Stammgäste von damals nicht mehr da. Das Turnier findet reihum in den vier verbliebenen Motels statt, und dieses Jahr sind wir an der Reihe.«

»Aha. Was soll ich denn tun?«

»Die Theke und die Tische fürs Buffet aufstellen und nachsehen, ob die Toiletten hinten sauber sind. Anita soll da eigentlich jeden Tag durchgehen, aber manchmal lässt sie das aus, wenn sie denkt, ich passe nicht auf. Wahrscheinlich sind die Mädels da und gucken Fernsehen, arbeite einfach um sie herum. Im Wandschrank sind zwei Klapptische, und im obersten Regal liegen Plastiktischdecken. Wenn Joe heute Nachmittag von der Arbeit kommt, bringt er noch mal zusätzliche Klappstühle mit.«

Der Aufenthaltsraum des Murmuring Surf war früher mal das Café des Motels gewesen, hatte Ava erzählt. Er war in einem niedrigen Gebäude aus Betonblockstein untergebracht, das ein Zickzackdach aus Zementpfannen aus den Fünfzigern und großen Fensterflächen hatte, die auf den Parkplatz gingen.

Letty fand die Gruppe, die Ava als »die Mädels« betitelt hatte, im Loungebereich, wo sie eine Folge von *Glücksrad* schauten. Die Fernsehecke bestand aus zwei in die Jahre gekommenen türkisen Vinylsofas, einem Couchtisch mit Mosaikplatte und einem Flatscreenfernseher.

»Hallo, die Damen!«, rief Letty, als sie sich durch die schwere Glastür hineinschob.

Wilona Wilson, eine pensionierte afroamerikanische Lehrerin aus Cleveland, war de facto die Sprecherin der »Mädels«, also der Stammgäste, die sich fast jeden Vormittag einfanden, um gemeinsam Fernsehen zu schauen, bevor sie auf ihre angestammten Liegestühle am Pool umzogen.

Billie Feldman gehörte zu dieser Gruppe, obwohl ihre Frau Ruth nur selten dabei war. Alice Sheehan, deren silberweißer Bob sich stark von ihrer gebräunten Haut abhob, war die Dritte im Bunde, und Arlene Finocchia vervollständigte das

Kleeblatt. Heute war auch Trudi Maples da. Letty fiel auf, dass Louise Schmidt fehlte – noch eine pensionierte Lehrerin, die aus Akron in Ohio stammte.

Wilona hüpfte auf der Couch herum und klatschte in die Hände. »Ich wusste es! Natürlich war das ›Sugar und die Spice Girls‹.«

Billie Feldman schnaubte verächtlich. »Du bist die Einzige hier, die die Spice Girls kennt.«

»Ich habe auch schon von denen gehört«, sagte Alice Sheehan. »Meine Tochter hatte früher eine CD von denen, glaube ich.«

»Meine Damen, ich versuche, Sie nicht zu stören«, verkündete Letty, »aber ich muss den Raum für das Ping-Pong-Turnier heute Abend vorbereiten.«

Sie fing an, die Kaffeestation herzurichten, beseitigte Reste von Kaffeepulver, machte die Behälter mit Zucker und Milchpulver sauber und füllte die Pappbecher auf. Sie leerte den Müll und wischte den Terrazzoboden.

Während Letty arbeitete, unterhielten sich die Frauen beim Raten miteinander und neckten sich gegenseitig, wenn sie Anhaltspunkte übersahen.

In einer Werbepause stellte Letty den Tisch fürs Buffet auf. Da sagte Trudi zu Arlene: »Erinnert Letty dich nicht an irgendjemanden?«

Sie überhörte die Bemerkung, breitete stattdessen das rot-weiß karierte Tischtuch aus und strich die Falten glatt. Dann ging sie zum Schrank, um den zweiten Tisch zu holen. Arlene saß vorgebeugt auf der Couch und betrachtete Letty.

»Jetzt, wo du's sagst«, mischte sich Billie ein. »Sie hat wirklich ein bekanntes Gesicht.«

»Das macht mich ganz verrückt«, sagte Trudi. »Letty, warst du mal Schauspielerin?«

Jetzt geht es los, dachte Letty und versuchte, die Ruhe zu bewahren. »Ja, ich hab's mal probiert. War aber nicht sehr erfolgreich. Jedes junge Mädchen, das nach New York zieht, hält sich für die nächste Jennifer Lawrence. Aber am Ende arbeitet sie in einem Diner. So wie ich.«

»Warst du denn mal im Fernsehen?«, fragte Arlene.

»Das meinte ich doch«, pflichtete Trudi ihr bei. »Sie erinnert mich an irgendwen, den ich im Fernsehen gesehen habe.«

Wilona stand auf und schenkte sich Kaffee nach. Sie blieb bei Letty stehen, um sie aus der Nähe zu betrachten. »Trudi hat recht. Du bist auf jeden Fall hübsch genug, um im Showgeschäft zu arbeiten.«

»Ich hatte ein paar kleinere Rollen«, gestand Letty, »aber das ist schon so lange her, daran kann ich mich kaum noch erinnern.«

»Wir wollen ja nicht aufdringlich sein«, sagte Wilona, »aber du bist noch jung, nicht wie wir, die hier schon seit Jahren herkommen. Also, liebe Letty, wie bist du im Murmuring Surf gelandet?«

O-oh, dachte Letty. *Jetzt geht's los.* Sie musste dem Thema ein Ende machen.

»Ich habe mich von meinem Freund getrennt, das war eine schlimme Geschichte, ich wollte nur noch weg, deshalb habe ich mich ins Auto gesetzt und bin losgefahren.« Das war nicht gelogen, höchstens etwas großzügig interpretiert, was Letty in Ordnung fand.

»Isabelle hat erzählt, dass die Kleine deine Nichte ist«, sagte Alice. »Ich finde es ganz wundervoll, dass du sie aufziehst. Ich habe auch eine Großnichte oben in Traverse City, die mir sehr nahesteht. Sie kommt im April hierher und fährt dann zum Saisonende mit mir hoch.«

»Deine Nichte hat richtig Spaß am Schwimmen«, bemerkte Billie. »Aber müsste sie nicht langsam in die Vorschule?«

»Dafür ist das Kind noch nicht alt genug, Billie«, sagte Wilona. »Sie ist noch keine fünf, oder?«

»Genau«, sagte Letty. »Maya ist erst vier.«

Sie fand eine altmodische Alu-Kühlbox von Coleman im Schrank und stellte sie auf den Tisch für die Bar, dann ging sie mit einer Rolle Haushaltstücher und einem WC-Spray zur Toilette hinüber.

Als sie zurückkam, unterhielten sich die Frauen eifrig über die Kleidung von Vanna White, heute ein eng anliegendes, kurzes rotes rückenfreies Kleid mit Nackenband. »Ich fand es schöner, als sie noch die hübschen langen Abendkleider trug«, sagte Trudi. »Aber diese jungen Dinger heute wollen ja nur noch in diesen hässlichen Yogahosen und Kapuzenpullovern rumlaufen.«

»Vanna ist nicht gerade jung«, bemerkte Billie. »Sie ist bestimmt schon mindestens fünfzig.«

»Das kann nicht sein«, widersprach Arlene. »Ich habe in der *People* gelesen, dass sie erwachsene Kinder hat.«

»Okay, Ladys.« Letty blieb in der Tür stehen. »Einen schönen Tag noch!«

Ihr war schwindelig vor Hochgefühl, gleichzeitig hatte sie Schuldgefühle, einen Einkaufswagen voller Lebensmittel ohne Maya durch den Supermarkt zu schieben, sich einen Latte von Starbucks zu leisten und an dem Gang mit Cornflakes vorbeifahren zu können, ohne dass das Kind um Froot Loops bettelte.

Mutter zu sein, dachte Letty, war das Anstrengendste, was sie je getan hatte. Sie liebte ihre Nichte, doch die alleinige Verantwortung für das Wohlergehen eines anderen Menschen zu tragen, war ein große Aufgabe. Die auch Angst machte.

Zum ersten Mal, dachte Letty trocken, hatte sie eine Aussage von Tanya gefunden, bei der ihre Schwester nicht übertrieben hatte.

»Du hast keine Ahnung, wie müde ich bin. Ich kann mich nicht daran erinnern, wann ich zum letzten Mal nachts nicht geweckt wurde und durchschlafen konnte«, klagte Tanya sonntagsmorgens, wenn Letty zu ihrer regelmäßigen Verabredung mit Maya kam. »Du nimmst sie drei Stunden, aber den Rest der Zeit bin ich ganz allein.«

»Du hast doch Hilfe«, bemerkte Letty. »Das Kindermädchen, die Haushälterin, die einmal die Woche kommt, dann der Kindergarten.«

»Probier's mal aus!«, hatte Tanya zurückgegiftet. »Jetzt weiß ich, warum Mama uns nur zu gern zu Mimi gebracht hat, sobald sie die Möglichkeit hatte. Ich wäre froh, wenn ich nie wieder eine laufende Nase putzen oder Windeln wechseln müsste.«

Der Gedanke an ihre Schwester trieb Letty plötzlich Tränen in die Augen, doch sie blinzelte sie weg. Weinen würde Tanya nicht zurückbringen und ihr selbst nicht helfen, Evan zur Rechenschaft zu ziehen. Schon lange genug war sie ängstlich und machtlos. Es war an der Zeit, sich zu wehren, beschloss Letty. Sie musste nur noch herausfinden, wie.

Eine Stunde später lud sie die Lebensmittel aus. Da ging die Tür von Nr. 11 auf, und Sheila Bronson kam heraus. »Hilfe!«, rief sie, als sie Letty erblickte. »Schnell! Ich glaube, Harry hat einen Herzinfarkt.«

Letty stellte die Tüte mit den Einkäufen ab, die sie auf dem Arm hatte, und lief zu dem Apartment hinüber. Die Tür zum Schlafzimmer stand offen. Letty sah Harry Bronson ausgestreckt auf dem Bett liegen. Er hielt sich die Brust und stöhnte.

»Alles gut!«, verkündete er und drehte sich auf die Seite. »Mir geht's gut.« Das sah für Letty anders aus. Harry war blass und schwitzte. Dabei war er ein bulliger Kerl mit einem Körper wie die Bier-Lkw, die er vor dem Ruhestand gefahren hatte.

»Haben Sie die 911 angerufen?«, fragte Letty.

»Das will er nicht.« Sheila rang die Hände.

»Nein«, knurrte Harry. »Mir geht's gut …« Sein Gesicht verzog sich vor Schmerzen. »Scheiße, tut das weh.«

Letty griff nach ihrem Handy. »Dann rufe ich da an.«

»Verdammt nochmal, ich habe gesagt, mir geht's gut!« Harry versuchte, sich aufzusetzen, sackte aber direkt wieder zurück. »Lasst mich einfach in Ruhe!«

»Harry! Du brauchst hier nicht herumzuschreien. Sie will doch nur helfen.« Sheila fing an zu weinen.

Letty verließ das Apartment, gefolgt von Sheila. »Er ist so stur, aber er hat schon seit dem Mittagessen Schmerzen in der Brust. Er behauptet, es wäre nur Sodbrennen, weil er Krakauer gegessen hat, denn davon bekommt er immer Sodbrennen …«

Ava kam aus dem Büro und ging zu den beiden Frauen im Durchgang hinüber. »Sheila? Ist alles in Ordnung?«

»Also, eigentlich nicht.« Sheilas Stimme bebte.

Letty erklärte: »Harry hat vielleicht einen Herzinfarkt. Seit über einer Stunde hat er Schmerzen in der Brust, er ist blass und schwitzt, aber er erlaubt Sheila nicht, den Krankenwagen zu rufen.«

»Er vertraut den Ärzten hier unten nicht.« Sheila sah sich über die Schulter zu ihrem Apartment um, wo ihr Mann leise stohnte.

»Ich gehe ins Büro und rufe Joe an«, sagte Ava. »Letty, bleib bitte bei Sheila.«

Widerwillig kehrte Letty ins verdunkelte Schlafzimmer zurück. Auf dem Nachttisch neben Harry lagen zahlreiche Tablettenpackungen und der Rest eines zerdrückten Sandwiches.

»Aspirin!«, fiel Letty ein. Sie hatte mal einen Artikel über erste Hilfe bei Infarktpatienten gelesen. »Sheila, haben Sie vielleicht Aspirin da?«

»J…j…ja«, stotterte die ältere Frau. Sie wühlte auf dem Nachttisch herum, schüttelte eine Tablette aus einem Fläschchen und gab sie ihrem Mann.

»Ich meine, die soll man kauen, nicht einfach schlucken, damit sie schneller wirkt«, sagte Letty.

»Lassen Sie mich in Ruhe!«, murrte Harry, doch nach einer Weile nahm er die Tablette und kaute sie.

»Hat er öfter Schmerzen in der Brust?«, fragte Letty.

»Ich sag doch, das ist nur Sodbrennen«, beharrte Harry. »Könnt ihr mich nicht einfach in Ruhe lassen?«

Joe DeCurtis betrachtete den angeschlagenen Mann im Bett. Ava, Sheila und Letty standen hinter ihm. »Ich hab den Rettungswagen gerufen«, verkündete Joe. Er setzte sich neben den Patienten. »Ich will Ihnen nicht an die Wäsche«, sagte er. »Ich mache Ihnen nur den Gürtel auf und lockere das Hemd.«

Joe strich über die Wange des Kranken. »Los, Harry!«, sagte er und griff nach dem Arm. »Setzen wir Sie mal hoch. Dann können Sie besser atmen.« Er half dem älteren Herrn in eine Sitzposition und schob ihm ein Kissen unter die Knie. »Und jetzt beugen Sie sich vor, falls das geht«, sagte er mit ruhiger Stimme. »Das pumpt das Blut ins Herz.«

Er sah zu Sheila hinüber. »Nimmt er Nitroglyzerin? Irgendein Herzmittel?«

Die Frau schüttelte den Kopf. »Letzten Sommer gab es so einen ähnlichen Zwischenfall, da waren wir an einem See in

Wisconsin. Der Arzt hat ihm ein Medikament verschrieben, aber als Harry keine Symptome mehr hatte, hat er sich kein neues Rezept mehr besorgt.«

»Wir haben ihm eben eine Aspirin gegeben, die er kauen sollte«, erklärte Letty.

»Gut gemacht«, sagte Joe. Noch immer lag seine Hand auf dem Rücken des Kranken. »Nicht mehr lange, Harry! Die Leitstelle sagte, der Rettungswagen ist in fünf Minuten hier.«

Wie auf ein Stichwort erklang die hohe Sirene eines näher kommenden Krankenwagens. Letty ging nach draußen auf den Parkplatz und lotste die Sanitäter an ihr Ziel.

Zehn Minuten später rollten sie den Patienten auf einer Trage aus dem Apartment, eine Sauerstoffmaske auf dem Gesicht. »Sie haben ihm Nitro gegeben, weil es aussieht, als ob es tatsächlich ein Herzinfarkt ist.« Joe strich Sheila über den Arm. »Sie bringen ihn in die Notaufnahme.«

»Ich fahre mit.« Sheila wollte los, doch Joe hielt sie zurück. »Sie können nicht im Rettungswagen mitfahren. Ich nehme Sie mit.« Er warf einen Blick ins Zimmer. »Packen Sie doch alle Medikamente von Harry ein. Die Ärzte wollen mit Sicherheit wissen, was genau er nimmt. Und vergessen Sie nicht seinen und Ihren Ausweis sowie die Versicherungskarten.«

»Gut«, sagte Sheila. »Mache ich.«

»Wir schließen hier ab«, erklärte Ava. »Fahren Sie einfach mit Joe. Und sagen Sie uns Bescheid, wenn Sie Genaueres wissen.«

Der Rettungswagen verschwand mit Blaulicht und heulender Sirene. Kurz vergrub Sheila das Gesicht an Avas Schulter. »Danke«, sagte sie.

20

Ein kleiner Pulk Motelgäste hatte sich auf dem Parkplatz versammelt, angelockt von der Sirene und dem Rettungswagen.

»Wer war das?«, fragte Ruth Feldman Ava. »Was ist passiert?«

Ava und Letty tauschten einen besorgten Blick. »Harry Bronson hatte eventuell einen Herzinfarkt«, sagte Ava zögernd.

»Wer?« Merwin Maples kam herbei, ein Strandlaken um die Taille gewickelt. »Ist er tot?«

»Nein!«, sagte Ava empört. »Das war Harry. Nach dem Mittagessen hatte er Schmerzen in der Brust. Aber er meinte, es sei nur Sodbrennen, weshalb Sheila nicht die 911 rufen durfte.«

»Sturer alter Bock«, brummte Wilona Wilson kopfschüttelnd. »Bei meinem Barrett war das genauso. Ich sollte keinen Arzt rufen, er wollte nicht, dass so viel Aufhebens um ihn gemacht wird. Als ich ihn endlich im Krankenhaus hatte, war es zu spät.«

Oscar Jensen kam herbeigeschlendert, eine brennende Zigarette in der Hand. »Ich hab gehört, Harry Bronson ist gestorben?«

»Oscar, machen Sie die Zigarette aus!«, fuhr Ava ihn an. »Nein, es ist niemand gestorben.«

Inzwischen hatte sich über ein Dutzend Stammgäste versammelt, die besorgt miteinander tuschelten.

»Alle mal herhören!«, rief Ava. »Damit ihr Bescheid wisst, was passiert ist: Harry Bronson hatte Schmerzen in der Brust. Er wollte nicht, dass Sheila den Krankenwagen ruft, deshalb habe ich Joe benachrichtigt, und der hat die 911 gewählt. In der Zwischenzeit hat Letty ihm eine Aspirin gegeben, das Beste, was man tun kann. Die Sanitäter haben gesagt, Harry könnte einen Herzinfarkt gehabt haben. Sie haben ihm Nitroglyzerin gegeben und ihn ins Krankenhaus gebracht. Joe hat Sheila im Pick-up mitgenommen. Er meldet sich, sobald er Näheres weiß, und ich sage euch Bescheid.«

Oscar Jensen drückte seine Zigarette auf dem Asphalt aus. Als Ava ihn böse anfunkelte, hob er den Stummel auf.

»Das war's. Wir sind geliefert«, sagte er zu Merwin. »Wenn Harry nicht dabei ist, können wir das Turnier auch absagen. Er ist unser absolutes Ass.«

»So ein Scheiß«, sagte Merwin. »Ich dachte, dieses Jahr hätten wir vielleicht eine Chance. Der Typ aus dem Michigander, der diese üble unterschnittene Vorhand spielt, soll angeblich Prostatakrebs haben. Ist dieses Jahr gar nicht hier gewesen.«

»Wir sagen das Turnier nicht ab«, widersprach Ava. »Dafür ist es zu spät. Joe hält uns über Harrys Zustand auf dem Laufenden, aber hier sind ja noch mehr Spieler. Außerdem habe ich schon das ganze Essen, Bier und Wein gekauft. Wir sehen uns um sechs im Aufenthaltsraum«, sagte sie so laut, dass es alle hören konnten.

Ein Stammgast nach dem anderen ging in sein Zimmer zurück. Es war drei Uhr.

Die Tür zu Lettys Apartment war angelehnt. Isabelle saß an dem kleinen Küchentisch und las einen Krimi aus der Leihbibliothek im Aufenthaltsraum. »Sie schläft«, flüsterte sie und wies auf Maya, die im Bett in eine Decke eingemummelt war. »Wir waren eine Zeitlang im Pool, dann habe ich ihr Mittagessen gemacht.«

»Danke«, sagte Letty und ließ sich aufs Bett sinken. »Was für ein Vormittag!«

»Ich habe gehört, was Mom über Mr. Bronson gesagt hast. Wird es wieder mit ihm?«

»Ich hoffe es. Die arme Sheila! Wie er sie angeschrien hat – und mich auch –, das war furchtbar! Sie tat mir so leid. Sie wollte ihm doch bloß helfen.«

Isabelle machte ein Eselsohr ins Buch und stand auf. »Er kann schon ziemlich griesgrämig sein, aber meine Mutter meint, eigentlich wäre er ein netter Mann. Harry kennt sich sehr gut mit Pflanzen aus und bringt jedes Jahr Ableger und Samen aus seinem Garten im Norden mit. Er hat die ganzen Blumen rund um den Swimmingpool und unten am Weg zum Strand gepflanzt. Und er fährt Miss Wilona jeden Sonntag zur Kirche, damit sie nicht den Bus nehmen muss.«

»Sheila hatte solche Angst«, bemerkte Letty. »Ich habe mich ganz hilflos gefühlt, und sie auch, glaube ich.«

»Ich gehe jetzt nach Hause und mache ein bisschen Hausaufgaben«, sagte Isabelle. »Bleibt es dabei, dass ich heute Abend auf Maya aufpassen soll?«

»Wenn sich nichts ändert, ja«, bestätigte Letty. »Ich habe deiner Mutter versprochen, beim Essen und an der Theke auszuhelfen.«

Ava wuselte im Aufenthaltsraum um die Tische mit dem Buffet herum, brachte Rechauds mit Würstchen im Schlafrock, warmem Kartoffelsalat und Chickenwings. Daneben standen große Schüsseln mit Pommes, Brezeln sowie eine Obst- und

Käseplatte aus dem Supermarkt. Die Krönung war eine riesige Schale mit Keksen in der Mitte.

»Wow, so viel Essen!«, bemerkte Letty. »Wie viele Leute kommen denn?«

»Normalerweise zwischen fünfzig und sechzig Personen«, erwiderte Ava. Sie wies in Richtung Küche. »Könntest du die Packungen mit Eiswürfeln holen und sie in die Kühler tun? Ich habe Weißwein und Bier da. Und auf der Theke steht ein Krug mit Eistee, den kannst du auch rausbringen.«

Während Letty damit beschäftigt war, den Weinkrug und das Bier zu kühlen, klopfte es an der Tür. Sie schaute hoch: Drei ältere Frauen standen erwartungsvoll auf der Schwelle.

»Da sind schon die Ersten. Ist noch nicht mal fünf Uhr.« Ava verdrehte die Augen. Sie wandte sich zur Tür um. »Tut mir leid, die Damen«, sagte sie laut. »Wir sind noch nicht so weit.«

Letty folgte ihr in die Küche, um Pappteller und -becher herauszuholen. »Ganz schön viel Aufhebens für so ein Ping-Pong-Turnier.«

»Denen geht es nicht um den Sport, sondern um das Buffet für fünf Dollar pro Person und Wein und Bier für einen Dollar«, erklärte Ava. »Außerdem hat es, wie gesagt, schon lange Tradition. Viele von unseren Leuten kennen die Stammgäste der anderen Motels. Sie treffen sich in der Kirche oder beim Wasseraerobic im Gemeindezentrum, manche spielen zusammen Golf oder Shuffleboard. Das ist hier eine richtige Gemeinschaft, weißt du?«

»Was ich schon längst fragen wollte: Was passiert eigentlich, wenn die Wintergäste im Frühling zurück in den Norden fahren? Hast du dann einen geschäftlichen Einbruch?«

»Eigentlich nicht. In den Frühlingsferien und über Ostern kommen Familien her. Bis zu den Sommerferien ist dann ein kleines bisschen Flaute, aber von da an ist bis in den September jede Menge zu tun. Dann folgt eine ruhigere Zeit, eine ›Zwischensaison‹, bis es kurz vor Thanksgiving wieder mehr wird.«

»Interessant«, sagte Letty. »Was soll ich jetzt tun?«

Ava wies auf einen zusammengeklappten Tisch. »Den kannst du draußen vor die Tür stellen. Da verkaufst du heute Abend die Eintrittskarten.« Sie schaute zur Uhr hinüber. »Joe müsste jeden Moment mit den Klappstühlen kommen, die kannst du mit aufstellen, bevor du auf deinen Posten musst. Wir öffnen um halb sechs.«

»Hast du jemanden gefunden, der für Harry einspringt?«

»Ich musste Joe überreden, aber schließlich hat er sich einverstanden erklärt«, antwortete Ava. Wieder klopfte es an der Tür. »Gut, da ist er ja!«

»Wie geht es Harry?«, fragte Letty. Sie stellte die Klappstühle rund um die Tischtennisplatte auf.

»Besser, als er verdient hat«, sagte Joe. »Die Ärzte meinten, das Aspirin, das du ihm gegeben hast, hätte ihm wahrscheinlich das Leben gerettet. Sheila hat mich gebeten, dir zu sagen, wie dankbar sie dir ist.«

Joe deutete auf die Tischtennisplatte und reichte Letty einen Schläger. »Wie wär's, wenn du mir hilfst, mich ein bisschen warmzuspielen? Ava hat mir so lange ein schlechtes Gewissen gemacht, bis ich mich bereit erklärt habe, für Harry einzuspringen. Ich habe seit Jahren nicht gespielt.«

»Und ich? Ich glaube, ich habe kein Tischtennis mehr gespielt, seit ich zwölf Jahre alt war.«

»Das vergisst man nicht. Wir spielen nur ein bisschen hin und her. Wenn wir die Alten nicht gleich reinlassen, rennen die uns noch die Türen ein, um an die Würstchen zu kommen.«

Joe nahm Ball und Schläger in die Hände und machte einen Aufschlag. Der Ball traf einmal auf Joes Seite des Tisches auf, hüpfte übers Netz und sprang Letty auf ihrer Seite entgegen. Sie holte aus und schlug daneben.

Das Ping-Pong-Geräusch des Balls auf dem Tisch versetzte sie unmittelbar zurück ins WeLoJe-Lager, das Ferienlager, in dem sie mit zwölf Jahren zwei Wochen im Sommer verbracht hatte. Irgendwie war es Terri gelungen, für Letty und Tanya finanzielle Unterstützung für dieses Lager zu organisieren, so dass sie sich die Teilnahme leisten konnten. Das Lager war eine Ansammlung klappriger Hütten rund um einen muffig riechenden See in den Bergen von North Carolina. WeLoJe war die Abkürzung von »We Love Jesus«; das Lager wurde von einer ultrakonservativen christlichen Kirche geführt, in der Fernsehen, Make-up und Kaugummi verpönt waren – die heilige Dreifaltigkeit der zwölfjährigen Letty, ausgerechnet.

Tanya hatte am Tag der Abreise geschickterweise so getan, als hätte sie eine Magengrippe, und musste zu Terris großem Verdruss zu Hause bleiben.

Alle Lagerbewohner mussten jeden Morgen und jeden Nachmittag in der Bibel lesen, außerdem gab es Liederabende am Lagerfeuer, Bogenschießen, Handwerken und das Einzige, was Letty wenigstens ansatzweise Spaß machte: eine Tischtennisplatte. Von Anfang an war sie eine Außenseiterin, weil alle anderen Mädchen in ihrer Hütte gemeinsam zur Kirche gingen. Als der Bus sie am Ende der zwei furchtbarsten Wochen ihrer Kindheit zu Hause absetzte, konnte Letty nach ihren Ferien nicht mehr vorweisen als einen Ledergürtel mit der Inschrift »WeLoJe« und ihren Initialen sowie schwere Verbrennungen von Giftefeu. Aber sie konnte Tischtennis spielen.

Letty holte den Ball zurück und spielte ihn übers Netz. Joe

brachte ihn zurück, Letty spielte ihn wieder auf die andere Seite, parierte auch die nächsten beiden Anspiele und konnte dann zu ihrer eigenen Verwunderung nach vier oder fünf Wechseln einen Schmetterball anbringen.

Es klopfte an der Tür. »Aufmachen! Wir müssen auch üben.« Merwin Maples und Oscar Jensen drückten sich die Nasen am Glas platt.

»Okay«, sagte Ava. »Das Essen ist so weit. Letty, setz du dich draußen hin und verkauf die Eintrittskarten. Los geht's.«

***

Die Gäste strömten in den Aufenthaltsraum. Ein Van fuhr vor, acht ältere Bewohner des Motels SeaBreeze stiegen aus, alle mit Sonnenblenden und identischen wasserblauen T-Shirts mit SeaBreeze-Aufdruck. Letty kassierte den Eintritt, gab Wechselgeld heraus und weigerte sich höflich, aber standhaft (auf Avas Anweisung hin), Schecks oder kanadische Währung entgegenzunehmen.

Am Lärm, der von innen herausdrang, konnte sie ableiten, dass das Turnier begonnen hatte, doch Letty war zu beschäftigt, um aufzustehen und zuzusehen. Irgendwann brachte Ava ihr einen Teller mit Chickenwings und ein Glas vom schlimmsten Weißwein, den sie je getrunken hatte. Aus dem Aufenthaltsraum drangen Jubel und Buhrufe. Um halb neun kam Joe nach draußen, einen Klappstuhl unterm Arm. Seine Haare waren verschwitzt, das T-Shirt mit dem Aufdruck MURMURING SURF SEERÄUBER klebte an seiner Brust.

Überrascht stellte Letty fand, dass sie ihn anziehend fand. Sogar heiß.

»Ich dachte, du spielst mit.«

»Wurde rausgeworfen.« Joe machte ein verdrießliches Gesicht. »Von einem achtzigjährigen Sportlehrer im Ruhestand aus Milwaukee.« Mit gespielter Entrüstung schüttelte er die Faust. »Schande über die Profi-Ping-Ponger aus dem Michigander!«

Letty legte den Kopf schräg. »Wirst du diese Enttäuschung je verwinden?«

»Nein. Am schlimmsten ist, dass die Männer vom SeaBreeze gar nicht wollten, dass ich mitspiele. Sie meinten, ich wäre ein Betrüger, weil ich nicht hier wohne.«

»Warum hast du dann doch mitgemacht?«

Joe lachte. »Wenn deine Mutter das Turnier ausrichtet, hat sie auch das Sagen.«

»Und, wer hat gewonnen?« Letty reckte den Hals, um in den Aufenthaltsraum zu sehen.

»Wir nicht. Merwin spielt gerade. Wir sind dem Untergang geweiht. Sieht so aus, als würde der begehrte goldene Schläger wieder mal an unsere Erzfeinde gehen.«

Er wies mit dem Kopf in Richtung Strand. »Komm, wir gehen. Hier ist nichts mehr los.«

»Das geht nicht«, sagte Letty. »Ich muss die Stellung halten.«

»Dann melde dich doch ab«, gab Joe zurück. »Merwin versiebt es gerade. In fünf Minuten ziehen die Leute in Scharen ab.« Er nahm Lettys Hand und zog daran. »Ach, komm! Ich soll dir von Ava ausrichten, es wäre in Ordnung. Du hast den ganzen Tag gearbeitet, hattest kaum eine Pause. Die Feldmans helfen ihr gleich aufräumen.«

»Das ist nicht okay«, sagte Letty widerstrebend. »Wenn Maya aufwacht, und ich bin nicht da …«

»Isabelle ist doch da.« Joe half Letty hoch. »Los, komm! Es ist noch keine neun Uhr. Du bist schon drei Wochen hier und warst noch kein einziges Mal feiern.«

»Wo wollen wir denn hin?« Sie gingen am Strand entlang nach Süden. Die silberne Mondsichel warf ihr Licht aufs Meer, die Sterne standen wie Stecknadelköpfe am dunklen Himmel. Letty blieb eine Weile im knöchelhohen Wasser stehen und genoss die sanften Wellen an ihren Füßen. »Das Wasser ist ganz schön kalt«, sagte sie überrascht.

»Wenn die Sonne untergeht, kühlt es rasch ab.« Joe blieb im Ufersand stehen. »Aber warte bis Juli oder August. Dann ist es so warm wie in der Badewanne. Hurrikanzeit.«

»Die schenke ich mir lieber, falls es dich nicht stört«, sagte Letty.

»Was? Willst du weg?«

Sie trat nah an ihn heran. »Weiß ich noch nicht. Ich meine, ich kann nicht ewig mit einem fast fünfjährigen Kind in einem Motelzimmer leben. Im Herbst muss ich mir Gedanken über eine Vorschule für Maya machen.«

»Es gibt Vorschulen direkt hier im Ort«, erklärte Joe. »Und die sind echt gut. Ich meine, schau dir Isabelle an! Sie ist hier auf eine öffentliche Schule gegangen, und jetzt bekommt sie ein Vollstipendium für Emory.«

»Mal sehen«, sagte Letty. »Du hast mir noch nicht verraten, wo wir hingehen.«

»Und du hast mir noch nicht verraten, wohin du gehst«, gab Joe zurück.

Er zeigte nach Norden, den Strand hinauf, wo bunte Lichterketten den Umriss einer weitläufigen Strandbar mit großer Terrasse und Liegestuhlreihen mit Blick aufs Wasser nachzeichneten. Man hörte die Klänge eines Jimmy-Buffett-Lieds durch die Dünen wehen. »Wollen wir was im Sharky's trinken?«

Letty überlegte. »Lieber nicht. Zu voll. Zu laut. Ich hatte den ganzen Tag Leute um mich. Können wir nicht einfach weiterlaufen?«

Joe zuckte mit den Schultern. »Klar.«

Letty entdeckte ein niedriges, in die Dünen gedrücktes Motel aus Betonblocksteinen in einem verblichenen Wasserblau. »Ist das das SeaBreeze? Wirkt vom Strand aus ganz anders.«

»Ja, richtig.« Joe seufzte. »Noch.«

»Was meinst du damit?«

»Eleanor Triplett hat Mom heute Abend erzählt, dass dies wahrscheinlich ihre letzte Saison ist. Seit Jahren sitzt ihr ein Investor im Nacken, der ihr das Motel unbedingt abkaufen will. Ihr Mann Doug ist vor drei Jahren gestorben, und die Kinder haben keine Lust, ein einfaches Motel zu führen. Es würde mich wundern, wenn es nicht bis Weihnachten plattgewalzt ist.«

»Das ist traurig«, sagte Letty.

»Passiert hier oft.«

»Ich habe mich gefragt, wie es mit Harry Bronson weitergeht«, sagte Letty. »Wird er wieder gesund?«

»Vielleicht. Die Ärzte wollen ihn operieren, aber er hat sich darauf versteift, dass das die Ärzte bei ihm zu Hause machen sollen. Die Tochter kommt dieses Wochenende mit dem Auto runter, um dann zusammen mit Sheila und Harry in den Norden zu fahren.«

»Ich kann echt nicht glauben, was für ein mieser Chauvinist er heute war«, bemerkte Letty. »Er wollte nichts davon hören, dass seine eigene Frau – oder ich – den Rettungswagen ruft, aber kaum warst du da und hast ein Machtwort gesprochen, war er lammfromm.«

»Er ist ein sturer alter Hund, so viel steht fest«, sagte Joe schmunzelnd. »Das darfst du nicht persönlich nehmen. Ist eine Generationensache. Männer wie er sind es nicht gewohnt, auf eine Frau zu hören oder einer zu gehorchen. Es war auch nicht gerade hilfreich, dass im Krankenhaus eine Kardiologin Notdienst hatte. Vielleicht lag's auch nur an meiner Uniform. Männer in Harrys Alter sind es gewohnt, Respekt vor einer Uniform zu haben.«

»Wolltest du immer schon zur Polizei?«

»Himmel, nein! Wenn ich als kleiner Junge hier im Surf Müll rausgebracht, Seealgen weggeharkt und den Pool sauber gemacht habe, war ich überzeugt, dass es das Coolste wäre, irgendwann mit Anzug und Krawatte herumzulaufen und eine Aktentasche zu tragen. An der Highschool hatte ich einen Kumpel, dessen Vater in Versicherungen und Anlagenberatung machte. Die Familie hatte ein schönes Haus am Strand und einen Pool. So sieht es aus, wenn man erfolgreich ist, dachte ich. Ava hatte nicht genug Geld, um mich aufs Internat zu schicken, also bin ich zu Hause geblieben, habe mich durch die Universität von South Florida gebüffelt und einen Abschluss in BWL gemacht. Direkt danach habe ich eine Stelle beim Vater meines Freundes bekommen.

Da habe ich den ganzen Tag in einem Kabuff gesessen und Kaltakquise gemacht, habe Leute angerufen und versucht, ihnen Lebensversicherungen oder Rentenanleihen anzudrehen. Ich hab's gehasst. Wie sich rausstellte, ist Verkaufen nicht mein Ding.«

»Und aus der Versicherungsbranche bist du zur Polizei gewechselt?«

»Nicht ganz. Einer unserer Stammgäste, Bob Wilhite, war ehemaliger FBI-Agent aus Charlotte. Er ist mit seiner Frau Shirley ungefähr zwanzig Jahre lang zu uns gekommen. Im Laufe der Zeit wurde er zu einer Art Ersatzvater für mich. Wir sind zusammen auf die Driving Range gegangen und haben Golfspielen geübt, oder wir waren mit einem Charterboot angeln. Im Veteranenheim hier unten am Strand hat er mir mein erstes Bier ausgegeben. Damals hatte ich verschiedene Jobs. Assistenz der Geschäftsführung in einer Bank, Disponent in einem Transportunternehmen …«

Joe blieb stehen und sah zu Letty hinüber. »Warum langweile ich dich mit diesem Kram?«

»Weil ich dich gefragt habe«, sagte sie. »Erzähl weiter!«

»Langer Rede kurzer Sinn: Bob ließ nicht locker, machte mir immer wieder Mut, ich solle mich bei der Polizei bewerben. Wenn er im Sommer mit Shirley zurück nach Charlotte ging, schickte er mir sogar Stellenausschreibungen. Vor sieben Jahren rief Shirley mich an und sagte, Bob sei gestorben. Er hatte achtzehn Loch auf dem Golfplatz gespielt, war nach Hause gekommen, hatte sich in seinen Sessel gesetzt und war nicht mehr aufgewacht.«

»Oh«, machte Letty und berührte Joe an der Schulter. »Das tut mir leid.«

»Mir auch. Ein paar Wochen später bekam ich ein Paket von Shirley. Es war Bobs Entlassungsurkunde vom FBI und seine Dienstmarke. Die beiden hatten keine Kinder, und in dem Brief stand, Bob wollte, dass ich die Sachen bekam. Es war typisch für ihn, mich noch aus dem Grab heraus zu beeinflussen. Lustigerweise hatte ich gerade gekündigt. Ich wusste nichts mit mir anzufangen, deshalb dachte ich, was soll's? Versuch ich's mal mit der Polizeiakademie.«

»Hast du auch mal überlegt, von hier wegzuziehen? Vielleicht in eine größere Stadt?«, fragte Letty.

»Eigentlich nicht. Es gefällt mir hier. Das Meer ist um die Ecke, und ja, ich bin da, falls Ava oder Isabelle mich brauchen. So, jetzt bist du dran.«

»Womit?«, fragte Letty.

»Ich habe dir gerade meine komplette Lebensgeschichte erzählt. Aber du hast mir noch kein Sterbenswörtchen über dich verraten. Ich weiß nur, dass du wie aus dem Nichts im Murmuring Surf aufgetaucht bist, und obwohl ich dir gesagt habe, dass wir nichts frei hätten, wolltest du das nicht akzeptieren.«

»Ich war stundenlang gefahren und total kaputt. Und Maya musste dringend aufs Klo.«

»Da haben wir es wieder: Du weichst meiner Frage aus«, sagte Joe. Er beugte sich zu Letty hinüber, sie spürte seinen Atem an ihrem Ohr. »Wer bist du wirklich, Letty?«

Ein Schauer lief ihr über den Rücken. »Ich bin niemand.«

Er legte ihr den Arm um die Taille. »Verheiratet bist du aber nicht, oder?« Seine Lippen streiften die Haut über ihrem Schlüsselbein, dann ihren Hals und ihr Ohrläppchen. Letty spürte, wie ihr warm wurde, wo er sie berührte. Kurz bevor sein Mund auf ihren traf, wiederholte er seine Frage. »Verheiratet?«

Sie schlang die Arme um seinen Hals und gab ihm die Antwort mit einem verbindlichen Kuss. »Nein«, murmelte sie, als er vorsichtig die Hände unter ihr T-Shirt schob und mit den Daumen ihre Nippel streifte.

»Nein?« Er hielt inne und sah sie fragend an. »Nein, du willst das nicht?«

»Nein, ich bin nicht verheiratet«, korrigierte sie ihn und küsste ihn erneut. »Und hör bitte nicht auf!«

21

Vikki Hill starrte auf den Bildschirm ihres Laptops. Sie blinzelte. Sie hatte die Suche spontan durchgeführt, ohne jede Erwartung. Aber wenn das jetzt kein Volltreffer war, dann wusste sie es auch nicht.

Tanya Michelle Rooney, richtiger Name: Tanya Michelle Carnahan, war vor genau fünf Jahren wegen Betrugs und Verabredung zum Betrug in Florida festgenommen worden.

Gespannt las Vikki das Festnahmeprotokoll. Offenbar hatte die Frau zusammen mit zwei Männern eine Betrugsmasche aufgezogen. Die drei hatten in einem Motelzimmer ihr Lager aufgeschlagen und ihre arglosen Opfer dazu gebracht, ihnen Erbschmuck sowie Gold- und Silbermünzen weit unter dem tatsächlichen Wert zu verkaufen. In einem Bericht, den Vikki las, wurde die Summe der ergaunerten Beträge auf über 150 000 Dollar geschätzt. Kein schlechter Gewinn für knapp zwei Wochen Arbeit.

Als sich jedoch ein älteres Opfer bei einem ortsansässigen Polizisten beschwerte, wurden die Behörden tätig. Mit Hilfe einer verdeckten Ermittlerin wurde dem Trio eine Falle gestellt, doch als die Cops endlich eingriffen, waren die beiden Männer über alle Berge, nur Tanya blieb zurück. Allerdings ohne das Diebesgut, ohne Gold und Silber. Das war verschwunden.

»So macht man das«, sinnierte Vikki laut.

Die Frau war verhaftet und eingesperrt, letztlich aber wieder freigelassen worden. Vikki fragte sich, warum, bis sie das Polizeifoto von Tanya Carnahan aufrief.

»Aah!«, machte sie. Sie hatte andere, schmeichelhaftere Bilder von Tanya in New Yorker Klatschzeitungen gesehen, auch die Fotos der Polizei, die am Tatort gemacht worden waren. Doch selbst schmuddelig und ungepflegt auf dem Bild für die Verbrecherkartei sah die Frau umwerfend aus. Vikki verstand, was Evan Wingfield in Tanya gesehen hatte. Und sie begriff, warum selbst ein abgebrühter Ganove wie Wingfield auf die Frau hereingefallen war. Der Mann war umgarnt worden, und bis jetzt hatte er keine Ahnung, in welchem Ausmaß er getäuscht worden war.

Wieder las Vikki das Festnahmeprotokoll und musste über ein Detail lachen, das sie bisher übersehen hatte. Tanya Carnahan war in einem kleinen Ort am Meer festgenommen worden, der Treasure Island hieß. *Wenn man sich das ausdenken würde, würde es keiner glauben*, dachte sie.

An der verdeckten Ermittlung waren Behörden aus mehreren Zuständigkeitsbereichen beteiligt, darunter die Strafverfolgungsbehörde von Florida, das FBI, das Sheriff's Office von Pinellas County und natürlich die Polizei vor Ort.

Die Beamten von der Bundespolizei und aus Florida waren wahrscheinlich nicht so intensiv damit befasst gewesen, schließlich waren die Männer ihnen ja entwischt, aber für eine kleine Polizeiwache musste der Fall eine große Sache gewesen sein. Vikki nahm an, dass der festnehmende Beamte, ein Mann namens Joe DeCurtis, wohl am meisten über den Vorfall wusste. Sie schaute zur Uhr hinüber. Es war schon nach sechs, dennoch rief sie ihn an. Wie erwartet, ging der Anruf direkt auf seine Mailbox, wo Vikki eine Nachricht hinterließ.

Sie widmete sich wieder dem Protokoll und entdeckte die Namen der anderen beiden Verdächtigen, die hatten türmen können, bevor sich die Schlinge zuzog. Der eine, Declan M. Rooney, zum Zeitpunkt des Verbrechens zweiundvierzig Jahre alt, schien der Gründer und kreative Kopf des Trios. Offenbar war er mit Tanya Carnahan verheiratet. Behauptete er wenigstens.

Eine Kopie des Fotos aus Rooneys Führerschein war dem Protokoll beigelegt. Vikki hatte mal die Theorie aufgestellt, dass man keinem Mann trauen sollte, der ein schönes Foto in seinem Führerschein hat, und das Bild von Declan Rooney bekräftigte sie in ihrer Überzeugung.

Er hatte durchdringende blaue Augen und dunkle, gewellte, schulterlange Haare, die aus der hohen Stirn gekämmt waren. Vikki fand, dass er wie ein waschechter Pirat aussah.

»Nicht schlecht«, sagte sie laut. Sie führte eine kurze Suche durch und fand heraus, dass Declan Rooney ein beachtliches Vorstrafenregister mit Verhaftungen in verschiedenen Städten in Florida wie Fort Lauderdale, Palm Beach und Sarasota hatte. Er war ein kleiner Fisch mit Ambitionen auf das große Ding.

Vikki weitete ihre Suche auf die Datenbank des National Crime Information Center aus und fand ein ausführlicheres Vorstrafenregister, das bis zu Rooneys Jugend in Boston zurückreichte. Seine Jugendstrafen waren nicht einsehbar, aber nach seinem siebzehnten Geburtstag war er wegen Ladendiebstahls, Einbruchdiebstahls, Drogenbesitzes, Autodiebstahls und schwerer Körperverletzung festgesetzt worden. Der letzte Eintrag weckte ihr Interesse, weil es sich bei den anderen hauptsächlich um gewaltfreie Eigentumsdelikte handelte.

Nach etwas längerem Suchen fand Vikki Hill ein Protokoll zum Vorwurf der schweren Körperverletzung. Nach einigen kurzen Gefängnisaufenthalten im Norden hatte Rooney wie viele andere ehrgeizige Kriminelle beschlossen, mit seinem Talent für krumme Dinger in den Süden zu gehen, genauer gesagt nach Florida.

Declan Rooney hatte eine gefälschte Oyster Perpetual von Rolex auf Craigslist in Boca Raton angeboten, die normalerweise 10 000 Dollar kostete, doch als der Käufer eine Lupe hervorholte, um die Uhr zu prüfen, hatte Rooney eine Pistole gezogen und den Mann so heftig geschlagen, dass sein Kiefer und das Jochbein gebrochen waren. Zu Rooneys Pech hatte das Opfer vorsichtshalber ein Foto vom Kennzeichen seines Autos gemacht, als Rooney auf den Parkplatz des Einkaufszentrums gefahren war, wo das Geschäft abgewickelt werden sollte. Wegen der Körperverletzung hatte Rooney sechs Monate in einem kleinen Knast abgesessen.

Vikki scrollte zurück zu Tanyas Foto. Sie machte einen Screenshot davon und wechselte hinüber zu dem Bild von Letty Carnahan, das Evan Wingfield ihr gegeben hatte, um die beiden Frauen zu vergleichen.

Sie hatten auf jeden Fall eine familiäre Ähnlichkeit. Die ältere Schwester hatte dieselbe Nase und denselben Mund wie Tanya, doch ihr Gesicht war voller, die Züge weicher. Die Wangenknochen stachen nicht so stark hervor wie bei ihrer jüngeren Schwester. Lettys Haare waren fast kastanienbraun, sie trug sie in der Mitte gescheitelt, was ihren Haaransatz betonte.

Wann und wie, fragte sich Vikki, war Rooney mit Tanya zusammengekommen? Von der Frau war kein weiteres Festnahmeprotokoll zu finden. Laut Evan Wingfield hatte seine Ex in Atlanta ein bisschen gemodelt und geschauspielert, bevor sie nach New York gezogen war, wo sie bei ihrer Schwester unterkam. War das auch gelogen gewesen?

Nach Aussage Evans hatten sich die beiden durch seine Trennung von Letty voneinander entfremdeten Frauen erst wieder versöhnt, als es mit ihm und Tanya vorbei war. »Von da an hielten sie zusammen wie Pech und Schwefel«, behauptete er.

Doch wenn das stimmte, was sollte Letty dann bewogen haben, ihre Schwester umzubringen, versehentlich oder absichtlich?

Vikki musste Letty finden, um diese Frage beantworten zu können. Und zwar bevor Evan Wingfield die Frau aufstöberte.

22

Joe sah Letty fragend an. »Was soll das heißen?« Er küsste sie liebevoll. »Du hast doch gerade gesagt, ich soll weitermachen.«

Sie erwiderte seinen Kuss. »Ja, aber dies ist ein öffentlicher Strand. Vielleicht lassen wir es etwas langsamer angehen. Holen uns irgendwo was zu trinken und chillen ein bisschen?«

»Ich weiß, wo. Ist nicht weit von hier.«

»Wie heißt der Laden?«

»Der heißt ›Bei Joe‹. Ist nur einen Block entfernt. Von der Einrichtung her nicht der Hammer, aber die Getränke sind umsonst, und der Barkeeper ist *sehr* nett.« Er sah Letty voller Verlangen an.

Sie hob die Augenbraue.

»Komm! Das heißt doch nichts.«

»Das bezweifele ich aber sehr«, sagte sie.

»Trotzdem bist du mit mir im Mondschein am Strand spazieren gegangen, und du musst zugeben, dass ich dich nicht geschnappt und dir die Klamotten vom Leib gerissen habe.«

»Noch nicht«, sagte Letty. »Tut mir leid, Joe, aber ich halte es für keine gute Idee, zu dir zu gehen.«

»Weil du Sorge hast, dass du *mich* schnappst und *mir* die Kleider vom Leib reißt?«

Sie wandte den Blick ab. »Ja, das auch.«

Er machte einen kleinen Schritt nach hinten. »Wovor hast du so große Angst? Ich glaube, ich habe dich noch nie entspannt erlebt. Ich mag dich, Letty. Und ich weiß, dass du mich auch magst. Kannst du nicht mal eine Stunde lang den Kopf und deine Selbstbeherrschung ausknipsen und dich entspannen?«

»Du verstehst das nicht«, sagte sie leise. »Ich wäre gerne wie du und würde gerne machen, worauf auch immer ich gerade Lust habe, aber das geht nicht. Mein Leben ist im Moment zu kompliziert.«

»Inwiefern? Im Grunde genommen bist du jetzt eine alleinerziehende Mutter. Das verstehe ich. Vergiss nicht, ich bin mit einer alleinerziehenden Mutter aufgewachsen. Aber Ava hat sich nie so abgeschottet wie du.«

»Ich kann es nicht erklären.« Letty ging zum Wasser und schaute in den Himmel. Ein gezackter Blitz leuchtete am Horizont auf, der Wind wurde frischer. Das Wasser bekam weiße Schaukronen.

»Ich muss zurück zum Motel«, sagte Letty. »Maya hat Angst vor Gewitter.«

»Und wovor hast du Angst?« Joe marschierte los.

Zuerst kam der Wind. Scheinbar wie aus dem Nichts fegte er über das Wasser und warf Letty mit seiner Kraft fast um. Die Lufttemperatur sackte ab, und auf halbem Weg zurück zum Murmuring Surf fing es an zu regnen. Es prasselte ihr ins Gesicht und auf den Körper. Mit gesenktem Kopf fing sie an zu laufen, stolperte durch den weichen Sand und wurde erst langsamer, als sie die Lichter des Motels erblickte. Während sie sich durch die Dünen kämpfte, durchnässt und vor Kälte zitternd, knisterten Blitze über dem Golf.

Sie fand Isabelle auf dem rostigen Stuhl im Durchgang vor ihrem Studio, Maya in eine Decke gewickelt zusammengerollt auf dem Schoß. Das Kind schlief, den Elefant Ellie in einer Hand.

»Was macht ihr denn hier draußen?«, fragte Letty nach Luft ringend. »Maya hat Angst vor Gewitter.«

»Als es anfing, war sie ganz durcheinander und hat geweint«, sagte Isabelle und strich dem schlafenden Kind über die Haare. »Dann habe ich ihr erzählt, was Mom mir immer gesagt hat, als ich klein war, nämlich dass die Blitze das Lachen von Engeln sind. Deshalb haben wir uns rausgesetzt, um sie uns anzusehen. Sie hat mir gesagt, dass ihre Mutter ein Engel ist, und sie sehen will, wie sie lacht. Sie ist gerade erst eingeschlafen.«

»Das ist ja toll.« Letty streckte die Arme aus. »Komm, ich nehme sie.«

»Ich kann das machen«, sagte Isabelle und betrachtete Letty von oben bis unten. »Habe dich so schnell nicht zurück erwartet. Was ist mit Joe passiert?«

»Woher wusstest du, dass wir …«

»Er hat mir eine SMS geschrieben, dass ihr was trinken gehen wollt, und ob ich wohl noch ein bisschen bei Maya bleiben könnte. Das muss aber ein kleines Glas gewesen sein.«

»Ich war nicht richtig in Stimmung«, sagte Letty. »Und dann fing es an zu regnen. Ich gehe jetzt rein und zieh mir was Trockenes an. Kannst du sie ins Bett legen?«

Als Letty im trockenen Pyjama aus dem Badezimmer kam, saß Isabelle auf dem einzigen Stuhl im Raum und las ihr Taschenbuch. Maya schnarchte leise auf ihrer Seite des Bettes.

Letty wollte dem Mädchen ein paar Scheine in die Hand drücken, doch Isabelle winkte ab.

»Auf gar keinen Fall. Maya und ich hatten Spaß.«

»Aber du hast deinen Freitagabend geopfert, um auf sie aufzupassen«, protestierte Letty.

»Ich hatte eh nichts vor. Alles gut.« Isabelle ging zum Bett und gab der Kleinen einen Kuss auf den Scheitel. »Schlaf gut, Maya Papaya.« Sie nahm ihr Buch und ging.

Der Regen trommelte auf das Metalldach des Durchgangs, der Wind ratterte in den Jalousien der Fenster. Zum ersten Mal seit ihrer Ankunft in Florida war Letty kalt. Sie wühlte sich in die Decken und versuchte, nicht an ihren verhängnisvollen Spaziergang mit Joe DeCurtis zu denken.

Doch der Geist war aus der Flasche. Wie lange war es her, dass sie so geküsst worden war? Wenn sie die Augen schloss, fühlte sie noch immer die wunderbare, beunruhigende Berührung seiner Lippen und Hände.

Und sie spürte noch immer den Stich seiner Anschuldigungen. Er konnte nicht wissen, wie nah sie davor gewesen war, alle Zurückhaltung über Bord zu werfen.

***

»Letty, Letty!« Maya kam ganz nah ans Gesicht ihrer Tante heran und zog mit dem Daumen ein Augenlid hoch. Letty öffnete auch das andere. Der Raum war in trübes graues Licht getaucht, es regnete noch. Laut Radiowecker auf dem Nachttisch war es erst sieben Uhr.

»Schlaf noch ein bisschen, Süße«, sagte sie gähnend und drehte sich auf die Seite. »Es ist Samstag. Ich muss heute nicht arbeiten.«

»Wo ist Ellie?«, fragte Maya. »Ellie ist weg!«

O nein, dachte Letty, setzte sich auf und sah sich im Bett um.

Keine Spur von Mayas heiß geliebtem Stofftier. Letty schaute unter die Bettdecke.

»Guck mal unters Bett!«, sagte sie zu Maya. »Vielleicht versteckt sich Ellie da unten.«

Das Mädchen kicherte und krabbelte unter das Bett. »Hier ist sie nicht.«

»Dann guck im Badezimmer nach. Vielleicht musste Ellie Pipi machen.«

Maya verschwand. »Ellie!«, rief sie. »Wo bist du, Ellie?«

Kurz darauf stand Maya heulend neben dem Bett. »Da ist Ellie auch nicht! Ich will meine Ellie haben!«

»Wir finden sie schon«, sagte Letty.

Sie musste das Stofftier auftreiben, sie hatte keine andere Option. Letty konnte sich noch gut an andere Begebenheiten erinnern, als der Stoffelefant verschwunden war. Einmal hatte Tanyas neue Haushälterin den Fehler begangen, das Tier in die Spielekiste zu legen und anderes Spielzeug obendrauf zu werfen, was zu einem legendären Ausraster von Maya geführt hatte. Der verständnislosen Haushälterin war umgehend gekündigt worden. Einmal hatte Tanya kurz nach der Trennung von Evan »vergessen«, Ellie in die Reisetasche ihrer Tochter zu packen, als die Kleine bei ihrem Vater übernachten sollte.

Mayas daraufhin einsetzender Schreianfall hatte eine Reihe hektischer spätabendlicher Anrufe bei Tanya zur Folge gehabt, die, wie Letty immer vermutet hatte, den Anblick des erschöpften, unrasierten Evan ziemlich genossen haben musste, als er seine Pläne fürs Wochenende hatte begraben und aus den Hamptons zurückfahren müssen, um Maya um sechs Uhr am nächsten Morgen vor Tanyas Haustür abzusetzen.

Natürlich hatte er Tanya vorgeworfen, das Stofftier absichtlich nicht eingepackt zu haben, um seine Zeit mit Maya zu sabotieren. Anschließend gelang es Evan, genau denselben Elefanten aufzutreiben, den er dann bei sich deponierte, doch Maya wollte nichts mit dem Ellie-Klon zu tun haben.

In der folgenden Viertelstunde durchsuchten Letty und Maya jeden Winkel des kleinen Apartments, doch ergebnislos.

»Ich will Ellie haben!«, schluchzte Maya.

Letty versuchte, sich zu erinnern, wann sie das kaputtgeliebte Stofftier zuletzt gesehen hatte. Dann fiel es ihr ein: am Vorabend, als Maya auf Isabelles Schoß draußen gesessen hatte. Vielleicht hatte sie das Tier dort fallen lassen?

Sie öffnete die Tür. Eine Windböe entriss ihr den Knauf und schlug die Tür weit auf. »Bleib hier!«, mahnte Letty ihre Nichte und machte die Tür hinter sich zu. Draußen rauschte Regenwasser aus einer verstopften Dachrinne über ihre Terrasse, schwemmte Blätter und Zweige, Zigarettenstummel und einzelne korallenrote Hibiskusblüten mit. Doch von dem Elefanten war nichts zu sehen.

Letty verzog das Gesicht und watete durch das Regenwasser auf der Terrasse. Wo der asphaltierte Boden aufhörte, entdeckte sie einen vertrauten grauen Gegenstand mit einem goldbesetzten roten Kunstlederhalsband, der unter einem großen Plastikmülleimer eingeklemmt war.

Als Letty das Stofftier hochhob, rann Wasser heraus.

Maya stand direkt hinter der Tür und lutschte am Daumen.

»Guck mal, was ich gefunden habe!«, rief Letty.

»Gib her!« Maya streckte die Arme nach ihrem Stofftier aus.

Letty schüttelte den Kopf. »Ellie war die ganze Nacht draußen im Regen. Sie ist klatschnass. Wir müssen sie erst trocknen lassen.«

»Böse Ellie!«, schimpfte Maya und drohte dem Elefanten mit dem Finger. »Du bist einfach weggelaufen!«

Letty holte ein Handtuch und den Föhn aus dem Badezimmer. Sie hielt das Stofftier über die kleine Küchenspüle und tat ihr Bestes, um das Wasser herauszuwringen. Dann legte sie es auf das Handtuch und versuchte, es zu föhnen. Als sie den Föhn anstellte und ihn auf das Tier richtete, stellte sich Maya neben sie und streichelte den Stoffelefanten mit einer Hand, wie um sich zu versichern, dass er nicht wieder verlorenging.

Er trocknete nur langsam. Als Letty den Föhn über dem Kopf des Tiers bewegte, spürte sie plötzlich etwas Festes, Hartes unter dem weichen Plüschfell. Letty stellte das Gerät aus und untersuchte Ellie genauer. An dem Kunstlederhalsband war eine Art Kopfschmuck befestigt, wie ihn Zirkuselefanten manchmal tragen. Der Großteil der Messingnieten, die den Kopfschmuck zierten, war im Laufe der Jahre verlorengegangen, doch unter dem Loch einer herausgefallenen Niete war etwas Hartes, direkt zwischen den Augen des Elefanten.

Letty holte ihre Pinzette aus dem Badezimmer und stocherte damit in dem Loch herum. Da war etwas. War es aus Metall oder vielleicht aus Plastik?

»Was machst du da, Letty?«, fragte Maya.

»Ähm, ich repariere Ellie. Sie hat Aua am Kopf«, erwiderte Letty.

Es regnete den ganzen Tag. Sie musste ihren Plan verschieben, mit Maya erst einkaufen und dann an den Strand zu gehen. Stattdessen setzten sie sich im Motelzimmer auf den Boden und taten so, als machten sie ein Picknick mit Erdnuss-Gelee-Sandwiches. Dann schauten sie sich gefühlt hundert Sendungen im Kinderfernsehen an.

Um vier Uhr gähnte Maya und legte sich zu einem Nickerchen hin.

Kaum glaubte Letty, ihre Nichte würde schlafen, schnappte

sie sich den immer noch nassen Elefanten. Wieder betastete sie den Gegenstand unter dem Plüsch und holte schließlich ihre Nagelschere aus dem Bad. Langsam und vorsichtig entfernte sie das Kunstledergeschirr, dann schnitt sie einen Schlitz in den Stoff, der gerade groß genug war, um einen Finger hineinzustecken und den Gegenstand herauszuholen.

Er war klein, vielleicht einen Quadratzentimeter groß, und bestand aus schwarzem Plastik. In der Mitte schien eine winzige Linse zu sitzen.

»Du meine Güte!«, stieß Letty aus und drehte das Stofftier auf ihrem Handteller um. Offenbar hatte Ellie ein Geheimnis. Noch ein Geheimnis von Tanya, unsichtbar und doch vor aller Augen.

Letty sah kurz zum Bett hinüber.

Seit dem Tag, als Maya Ellie zum Geburtstag bekommen hatte, war das Tier ihr ständiger Begleiter gewesen. Wo Maya war, war auch der Elefant. Immer.

O Tanya, dachte Letty und legte die Kamera beiseite. *Was hast du jetzt wieder getan?* Nach längerer Überlegung schrieb sie Isabelle.

Störe ich?

Isabelle antwortete sofort. *Nein! Langweile mich zu Tode. Was ist denn?*

Ich könnte Hilfe bei was Elektronischem gebrauchen. Außerdem Nadel und Faden.

Isabelle schickte eine Reihe Fragezeichen und Zwinker-Emojis zurück.

Mit Elektronik kenne ich mich nicht aus, aber ich sag meiner Freundin Sierra Bescheid. Totaler Computer-Nerd.

Danke, antwortete Letty, legte das Handy beiseite und wartete. Zehn Minuten vergingen.

Sierra kommt rüber. Viertelstunde.

23

Isabelles Freundin kam auf einer limettengrünen Vespa herangebraust. Sie schüttelte den Regen vom Helm und legte ihn auf den Stuhl im überdachten Durchgang.

»Hey, Letty, das ist Sierra«, sagte Isabelle, als sie das Mädchen ins Apartment schob.

Ihre Freundin war eine schlanke junge Afroamerikanerin mit riesengroßen dunklen Augen hinter einer altmodischen Brille mit Edelstahlfassung und rosa Gläsern. Ihre Haare waren kurz geschoren und in einem Fuchsienton gefärbt. Sierra trug eine übergroße grüne Army-Jacke und hatte einen glänzenden vinylbeschichteten Rucksack über die Schulter geschlungen.

Das Mädchen sah nicht alt genug aus, um einen Roller oder ein Auto fahren zu dürfen, doch bald sollte sich Lettys Einschätzung der Jugendlichen ändern.

Sierra nahm den kleinen Plastikgegenstand in die Hand und sah Letty an.

»Das ist eine Nanny Cam«, sagte sie. »Wo haben Sie die her?«

Letty wies auf Maya, die ausgestreckt auf dem Bett lag und mit Isabelle *PAW Patrol* im Fernsehen guckte, die noch feuchte und inzwischen wieder geflickte Ellie fest im Arm.

»Die war in Mayas Stoffelefanten«, flüsterte Letty. »Und du kannst mich ruhig duzen.«

»Genial!«, rief Sierra. »Wer hat sie da reingetan?«

»Mayas Mutter. Meine verstorbene Schwester.«

»O Mann. Tut mir leid. Isabelle hat mir schon gesagt, dass die Mutter von der Kleinen tot ist. Also hat sie jemanden ausspioniert? Also zum Beispiel die Nanny selbst?«

»Nein«, sagte Letty und vergewisserte sich, dass Maya nicht lauschte, doch das Kind war völlig versunken in seine Lieblingssendung. »Wahrscheinlich hat Tanya eher ihren Ex ausspioniert. Sie haben sich um das Sorgerecht für Maya gestritten, und es wurde immer hässlicher. Sie hat mit Sicherheit versucht, ihm irgendwas anzuhängen.«

»Also hat sie dir nicht gesagt, dass sie eine Nanny Cam eingebaut hatte?«

»Nein! Ich hatte keine Ahnung. Meine Schwester … die hatte so ihre Geheimnisse. Weißt du vielleicht, wie das funktioniert?«

Sierra hielt sich die Kamera dicht vor die Nase. »Aha, die ist von der Firma TriCommCo. Muss ich im Internet suchen, wie das bei dieser Kamera genau ist, aber die meisten von diesen Modellen senden normalerweise über Bewegungs- und Geräuschmelder. Laufen mit Batterie. Manche haben auch eine winzige Speicherkarte, aber das hier sieht aus, als könnte es WLAN-fähig sein.«

»Kann es sein, dass die Kamera kaputt ist, weil Ellie in der Nacht draußen im Regen lag?«

»Gibt nur eine Möglichkeit, das herauszufinden«, sagte Sierra.

»Um … wo geht denn der Film oder wie man das nennt am Ende hin?«

Sierra sah Letty mit einem Blick an, den alle Teenager technisch herausgeforderten Menschen von über zwanzig Jahren gegenüber draufhaben. »Der wird hochgeladen. Also, auf die Cloud, oder auf ein Handy oder einen Laptop.«

»Und wie komme ich da dran?«

»Du müsstest den Account hacken. Und du bräuchtest das Handy oder den Laptop deiner Schwester. Und ihren Benutzernamen und das Passwort.«

»Sierra kann alles hacken«, verkündete Isabelle stolz. »Sie hat sich in die Datenbank unserer Schule gehackt, um nachzusehen, wer die besten Noten hat.«

»Ich habe nichts Illegales getan! Ich wollte es nur wissen. Hätte ja sein können, dass unsere beschissene Schulleitung lieber so einem Musterschüler die Abschiedsrede überlässt«, sagte Sierra. »Ich bin es leider nicht geworden. Habe nur ein B im Leistungskurs Englisch.«

»Und sie hat das Handy von ihrem Freund gehackt ...«

»Ex«, korrigierte Sierra.

»... und hat herausgefunden, dass er als Troll auf Tinder unterwegs war und ältere Frauen gesucht hat«, erklärte Isabelle.

Sierra gestattete sich ein schwaches Grinsen. »Erwischt!« Sie sah Letty an, deren Gesichtsausdruck schon die nächste Frage beantwortete: »Du hast ihr Handy also nicht?«

»Nein.« Letty ließ die Schultern hängen.

»Hm.«

Sierra setzte sich an den Mini-Tisch, zog den Reißverschluss ihres Rucksacks auf und holte einen dünnen silbernen Laptop heraus. »Ihr habt hier WLAN, oder?«

Letty nickte und nannte ihr den Namen des Netzwerks – »MURMURING SURF, alles groß« – sowie das Passwort.

Sierras schlanke Finger huschten mit Lichtgeschwindigkeit über die Tastatur. »Viele Leute machen sich nicht die Mühe, sich für ihre Apps und Geräte einen außergewöhnlichen Usernamen zu überlegen. Großer Fehler, kommt aber oft vor. Schlimmer noch, viele übernehmen einfach das werkseitig vorgegebene Passwort auf ihrem Gerät. Dann ist das 123. Wie blöd kann man sein?«

So blöd wie ich, dachte Letty und nahm sich insgeheim vor, die Passwörter von all ihren Anwendungen und Geräten zu ändern.

»Okay«, sagte Sierra. »Jetzt bin ich auf der Website von TriCommCo.« Sie hielt die kleine Kamera neben den Laptop. »Sieht aus, als wäre das hier das teuerste Modell von denen, was keine besonders gute Nachricht ist, weil die billigsten Kameras normalerweise die größten Sicherheitslücken haben. Wir müssen uns in das Konto deiner Schwester auf der Website einloggen, dann wollen die eine Bestätigung über E-Mail. Wie lautet die E-Mail-Adresse deiner Schwester?«

»Das war Teufelchentanya, in einem Wort, at gmail.com«, sagte Letty.

Sierra tippte kichernd. »Gut. Probieren wir es erst mal mit den üblichen Passwörtern. Wie schreibt sich die Kleine? Und wann hat sie Geburtstag?«

Letty buchstabierte: »M-A-Y-A. Und ihr Geburtstag ist der 23. 9. 2014.«

»Nee«, sagte Sierra kurz darauf. »Zu einfach. Sag mir alles, was dir zu deiner Schwester einfällt. Ihr Geburtstag, ihre Telefonnummer, ihre Anschrift, ihr Spitzname …«

»Unsere Großmutter hat immer Teufelchen zu ihr gesagt, daher ihre E-Mail-Adresse«, sagte Letty. Sie schlug drei Kombinationen der angeforderten Informationen vor, doch nichts funktionierte.

»Mist«, sagte Sierra. »Jetzt können wir nicht mehr weiterprobieren, sonst werden wir aus dem Account geworfen. Wir warten 48 Stunden und versuchen es dann wieder. In der Zwischenzeit kannst du noch mal überlegen, welches Passwort deine Schwester genommen haben könnte. Zum Beispiel den Geburtstag ihres Mannes? Oder den Hochzeitstag?«

»Wüsste ich beides nicht … Aber sie war nicht mit Mayas Vater verheiratet und stand auf keinen Fall mehr in einem freundschaftlichen Verhältnis zu ihm«, sagte Letty. »Also kommt das eher nicht in Frage.«

»Die Straße, wo ihr aufgewachsen seid? Das Maskottchen ihrer Highschool?«, schlug Sierra vor. »Haustiere?«

»Nein. Tanya hatte eine Katzenallergie. Als wir klein waren, hatten wir einen Beagle namens Snoopy, aber Evan war der Meinung, Hunde seien schmutzig. Er erlaubt keine Haustiere in seinen Immobilien.«

»Ho, was für'n Ekel«, sagte Sierra. »Hey, was ist mit einem Ex-Freund von früher?«

Isabelle hörte die Frage und kicherte. »Würdest du vielleicht Farbers Namen als Passwort nehmen?«

»Klappe!«, sagte Sierra. »Der ist für mich gestorben.«

»Wir könnten morgen noch mal Declan oder Rooney oder beides probieren«, sagte Letty.

»Tja, sorry.« Sierra klappte den Laptop zu. Sie nahm die Kamera erneut in die Hand und inspizierte sie. »Wäre es in Ordnung, wenn ich die mitnehme und sie einem Kumpel in der Schule zeige?«

Letty zögerte.

»Schon gut.« Sierra holte ihr Handy aus dem Rucksack und machte Fotos von der Kamera. »Kann sein, dass er null über Nanny Cams weiß, aber ich zeige ihm die Bilder trotzdem mal.«

»Danke«, sagte Letty. »Bis zum nächsten Mal überlege ich mir noch andere Möglichkeiten für das Passwort.«

»Cool.« Sierra warf sich den Rucksack über die Schulter und sah sich im Apartment um. »Wohnt ihr hier richtig? Ich meine, so wie Isabelle und ihre Mutter?«

»Fürs Erste.«

»Voll geil. Wir wohnen in einem langweiligen alten Haus, das genauso aussieht wie alle anderen«, sagte Sierra. »Ich wollte immer schon so leben, weißt du? In einem alten Bauwagen wohnen oder so, draußen im Wald, nur mit einem Hund und einem Haufen Müll, den man auf dem Schrottplatz findet.«

»Ja, solange es in dem Bauwagen WLAN, Mikrowelle und Kabelfernsehen gibt«, warf Isabelle ein. »Du bist echt crazy, Sierra.« Sie stand auf und verwuschelte Mayas Haare. »Gut, Maya Papaya, ich muss jetzt los. Ciao, Kakao.«

Maya drehte sich herum und grinste ihre Babysitterin verschwörerisch an. »Bye mit einem dicken, großen Ei!«

24

Ava schaute aus der großen Fensterscheibe des Büros und seufzte. Letty folgte ihrem Blick. Es war Montagmorgen, und Sheila Bronson und ihre Tochter luden ihr Gepäck in den Laderaum eines silbernen Minivans.

»Das gefällt mir nicht, sie so gehen zu sehen«, sagte Ava. »Sheila macht sich riesengroße Sorgen wegen der langen Fahrt nach Hause so kurz nach Harrys Entlassung aus dem Krankenhaus.«

»Man sollte meinen, dass die Tochter ihr hilft, ihn ein bisschen zur Vernunft zu bringen.«

»Nein. Wenn ein Mann in dem Alter sich einmal etwas in den Kopf gesetzt hat, kann man es ihm nicht mehr ausreden.«

Sheila Bronson lehnte sich gegen den Rezeptionstresen. Ihr Gesicht war rot und von Schweiß überzogen. »Das wäre es dann wohl«, sagte sie und legte den Schlüssel mit dem Plastikanhänger auf die Glastheke. »Es tut mir leid, dass ich Sie so hängen lasse, Ava. Harry wollte das Geld für die sechs Wochen Miete, die wir noch vor uns haben, von Ihnen zurückfordern, aber da habe ich mich quergestellt. Ist ja wohl seine verdammte Schuld, dass wir jetzt früher nach Hause müssen.«

Ava nahm Sheilas Hand in ihre. »Das weiß ich zu schätzen.

Fahrt vorsichtig und sagt uns Bescheid, was los ist, wenn Harry bei seinem Arzt zu Hause war. Wir denken an euch.«

Draußen erklang eine Hupe. Sheila wischte sich eine Träne von der Wange. »Ich gehe jetzt besser, bevor er sich in den nächsten Herzinfarkt reinsteigert.«

»Tschüss, Sheila!« Letty ging um den Tresen herum, um die ältere Frau in den Arm zu nehmen, die sie fest drückte.

Fünf Minuten später stand Merwin Maples vor der Rezeption. »Ava, da die Bronsons ausgezogen sind, möchten Trudi und ich das Apartment von denen haben. Trudi ist schon dabei, unsere Sachen zu packen, wir können also rüber, sobald du Anita zum Putzen reingeschickt hast.«

»Tut mir leid, Merwin, aber das Apartment von den Bronsons ist schon anderweitig vergeben«, sagte Ava freundlich.

»Wie? Anderweitig vergeben? Das ist ja wohl die Höhe! Trudi und ich kommen länger her als alle anderen in diesem Motel! Wir müssten oberste Priorität haben.«

»So läuft das hier aber nicht. Ich sage dir Bescheid, wenn irgendwas anderes frei wird, aber bis dahin richtest du Trudi besser aus, dass sie wieder auspacken kann.«

Letty wartete, bis Merwin zornig davongestapft war. »Wow! Der hat nicht mal eine Stunde gewartet, bis er reinkam und das Apartment der Bronsons haben wollte. Dabei ist Harry sein bester Freund. Der ist ja wohl echt kaltschnäuzig.«

»Er ist es gewohnt, seinen Willen zu bekommen«, sagte Ava. »Aber ich lasse mich nicht mehr so leicht überreden.«

Letty reckte den Hals, um nach dem Hotelschild draußen an der Straße zu sehen. »An wen hast du das Apartment denn vermietet? Ich habe gar nicht gesehen, dass du das Zimmer frei Schild anhattest. Erst jetzt.«

»Ich dachte, ich quartiere Maya und dich dahin um«, sagte Ava. »Immerhin ist es über Ostern hinaus bezahlt, und das Studio, in dem ihr wohnt, ist einfach viel zu klein, um dort mit einem Kind zu leben. Das Gute ist, dass du das alte Lager ausgeräumt und sauber gemacht hast. Dadurch ist es wieder als Zimmer zu benutzen. Ich kann es ohne Probleme zum normalen Preis vermieten.«

Langsam breitete sich ein Lächeln über Lettys Gesicht aus. »Echt? Du würdest uns in das Apartment der Bronsons ziehen lassen? Das ist doppelt so groß wie unseres.«

»Das hast du verdient«, sagte Ava. »Ich weiß wirklich nicht, wie ich den Laden die ganze Zeit ohne dich geführt habe. Ich habe Anita angerufen, die kommt heute früher her und macht das Apartment sauber. Heute Nachmittag müsstet ihr umziehen können.«

»Aber was ist mit Merwin? Ist der nicht sauer, wenn er hört, dass du uns das Apartment von den Bronsons gegeben hast?«

»Das lass mal meine Sorge sein«, sagte Ava. »Wenn du zwischendurch Zeit hast, könntest du rüber in euer Studio gehen und ein paar Fotos davon machen, so sauber und hübsch, wie es jetzt ist. Je schneller wir das auf unsere Website stellen, desto eher kann ich es für den Rest der Saison vermieten. Ich bekomme ständig Anfragen von Singles, die eine kleinere, günstigere Wohnung suchen.«

Letty rollte ihren Koffer über die Schwelle von Nr. 11. Sie blieb stehen und atmete tief ein. Der Fliesenboden funkelte, es roch nach Kiefern. Sie stand in dem Wohnesszimmer mit einem Sofa, einem Sessel und Couchtisch sowie einem Esstisch mit vier Holzstühlen. Eine Frühstückstheke trennte den Essbereich von einer kompakten Küchenzeile mit einem Kühlschrank, einem Herd und einer Spülmaschine. Auf der anderen Seite des Zimmers war eine Schiebetür, hinter der sich ein Schlafzimmer mit einem Doppelbett, einer breiten Kommode und einem Einbauschrank befanden. Letty steckte den Kopf ins Badezimmer, das offensichtlich renoviert war. Der weiße Fliesenboden und die Duschwanne glänzten.

»Guck mal, Letty!« Maya wies auf die hintere Wand des Schlafzimmers, an der ein kleines Beistellbett mit frischer Bettwäsche und einer rosa geblümten Tagesdecke stand. »Da schlafe ich!« Sie lief zum Bett und setzte Ellie aufs Kopfkissen. »Und Ellie auch!«

Das Beste am neuen Heim aber waren die zwei Glasschiebetüren, die sich zu einem kleinen Garten hin öffneten.

Letty trat nach draußen. Zwei schmiedeeiserne Terrassenstühle flankierten einen kleinen Tisch, der Rest war grün. Jeder Quadratzentimeter war mit üppig gedeihenden Pflanzen bedeckt.

Harry Bronsons Garten stand in voller Blüte. Zu beiden Seiten des niedrigen Gartentors ragten zwei große Palmen aus Blumentöpfen, des Weiteren sah Letty blühenden Hibiskus, einen duftenden Gardenienbusch und fedrige Farne. Große Geweihfarne zierten den Gartenzaun, der fast unter einem süß riechenden Jasmin verschwand. Töpfe mit blühenden weißen und rosafarbenen Orchideen hingen von den niedrigen Ästen eines Schatten spendenden Baums. Die Zweige eines Zwergzitronenbaums bogen sich unter dem Gewicht der fast reifen Zitronen; in Terrakottatöpfen wuchsen Petersilie und Schnittlauch sowie Kirschtomaten in unterschiedlichen Reifegraden.

»Gefällt es dir?« Ava stand mit einem Berg frischer Handtücher in der Tür.

»Ich kann es gar nicht fassen, dass wir hier wohnen dürfen«, sagte Letty und wies auf die Terrasse. »Und ich wusste nicht, dass wir hier so was haben.«

»Wir haben drei Apartments mit kleinem Garten dahinter, aber dieses ist bei weitem das schönste. Und zwar wegen Harry. Er hat viele der Pflanzen in seinem Gewächshaus zu Hause vorgezogen, die übrigen hat er hier in einer Baumschule gekauft. Jedes Jahr kam etwas Neues dazu.« Ava wies auf eine kleine Vogeltränke aus Beton in Form eines Seepferdchens in der rechten Ecke des Gartens. »Die Tränke da hat er noch letzten Monat gekauft.«

»Ich hatte noch nie einen Garten«, sagte Letty. »Es sei denn, ein Kressebeet zählt als einer. Ich habe keine Ahnung, wie man das pflegt. Was ist, wenn mir alles eingeht?«

»Tut es nicht.« Ava reichte ihr zwei Blätter. »Harry hat detaillierte Anweisungen hinterlassen. Eigentlich soll ich es dir nicht sagen, aber es war seine Idee, dass du hier einziehst. Er wusste, dass es einige geben würde, die das Apartment haben wollen, aber er fand, ihr solltet es bekommen. Er hat es nicht ausdrücklich gesagt, aber ich glaube, auf diese Weise wollte er sich dafür bedanken, dass du ihm das Leben gerettet hast.«

»Ich habe ihm doch nicht das Leben gerettet!«, widersprach Letty. »Joe war derjenige, der den Rettungswagen gerufen hat, und die Ärzte im Krankenhaus haben den Rest gemacht. Ich hab ihm nur eine Aspirin gegeben.«

Ava hob die Augenbraue. »Soll das heißen, du willst das Apartment nicht?«

»Nein! Ich meine, doch, natürlich will ich es, aber ich habe es nicht verdient. Mehr wollte ich nicht sagen. Aber danke. Vielen Dank, Ava!«

»Gern geschehen. Pass nur auf, dass der Zitronenbaum nicht eingeht, ja? Die Früchte brauche ich für meinen Eistee.«

Letty lud die letzten Fotos des Studios auf der Website des Murmuring Surf hoch und klopfte sich dann stolz auf die eigene Schulter. Selbst sie musste zugeben, dass der Raum sich unglaublich verwandelt hatte. Sie hatte Ava überzeugt, den hässlichen alten Zottelteppich durch einen langweiligen, aber unbedenklichen Outdoorteppich zu ersetzen, der fast wie Sisal aussah. Mit Avas Erlaubnis hatte sie die ramponierte Kommode und die nicht passenden Nachttische mit einer selbstgemachten Kalkfarbe gestrichen, die sie aus einem Viertel türkisfarbenem Lack und sandfreiem Fugenmörtel aus dem Baumarkt selbst angerührt hatte.

Dann hatte sie sich ein paar Muscheln von Maya »geliehen« und sie mit der Heißklebepistole in einem Mosaikmuster am Rahmen des Kommodenspiegels befestigt.

Letty hatte die Wäschekammer des Motels nach alten Stoffen durchsucht und vier weiße Tagesdecken aus Chenille gefunden, drei von ihnen funktionierte sie mit Hilfe von anklemmbaren Gardinenringen in Vorhänge um, während die vierte Tagesdecke ihrem ursprünglichen Zweck zugeführt wurde.

An dem altmodischen Badezimmer in Altrosa konnte sie nicht viel ändern, sie konnte nur die Fliesen schrubben und die Fotos aufhübschen, indem sie einen Stapel Handtücher auf die Kloschüssel legte und eine Vase mit pinkfarbenen Hibiskusblüten auf das Waschbecken stellte.

»So, fertig«, sagte sie und klappte den Laptop zu.

Letty schenkte sich ein Glas Wein ein und nahm es mit hinaus in ihren neuen Garten. Isabelle und Maya backten bei Ava Plätzchen; Letty hatte eine seltene kostbare Stunde ganz für sich allein.

Wenn sie den Stuhl in einen gewissen Winkel stellte, konnte sie durch die Palmenreihen, die am Strandabschnitt des Murmuring Surf standen, ein kleines Stück vom Meer sehen. Der Himmel hatte die Farbe eines Capri-Eises, Touristen lagen in gleichmäßigen Abständen in ihren Stühlen am Strand und warteten auf das allabendliche Ritual des Sonnenuntergangs.

Daran konnte sich Letty gewöhnen, hier in ihrem kleinen persönlichen Paradies, das nach Jasmin und Gardenien duftete, eine kleine samtige Rasenfläche unter ihren nackten Füßen. Nun, da sie all ihre Sachen in der Kommode verstaut hatte, ihre und Mayas Zahnbürsten nebeneinander auf dem Waschbecken standen, fühlte sie sich allmählich so richtig zu Hause.

Maya wirkte glücklich. Ihre Zusammenbrüche und Albträume wurden seltener, der neue Tagesablauf – vormittags neben Letty sitzen, den späten Nachmittag mit Isabelle verbringen – schien ihr gutzutun.

Letty mochte ihren Job; es gefiel ihr, im Motel helfen zu können. Ihre Arbeitgeberin und deren Tochter waren ihr ans Herz gewachsen, und selbst die Stammgäste schienen sie allmählich zu akzeptieren. Vielleicht, dachte Letty, könnte sie sich hier doch entspannen und sich angewöhnen, nicht mehr ständig auf der Hut zu sein, sondern den Moment zu genießen.

Aus dem Augenwinkel sah sie eine vertraute Gestalt zum Strand hinunterbummeln, in der einen Hand eine Angel, einen Ködereimer in der anderen und ein Wurfnetz über der Schulter.

Hinter den Palmen und Büschen konnte Joe DeCurtis sie auf keinen Fall in ihrem Garten sehen, doch nur für den Fall rutschte Letty im Liegestuhl nach unten. Joe trug ein langärmeliges weißes T-Shirt, das an seinem muskulösen Rücken klebte, dazu eine weite neonorange Surfshorts. Er steckte die Angelrute in den Sand, dann watete er ins Wasser. Ein Ende des mit Gewichten beschwerten Netzes hielt er mit den Zähnen fest, einen anderen Teil legte er gefaltet über seinen ausgestreckten rechten Arm. Fasziniert verfolgte Letty, wie er mit der rechten Hand nach der Leine mit den Gewichten griff, ausholte und das Netz im hohen Bogen ins Wasser warf. Nach fünfzehn Sekunden holte er es wieder ein. Es wimmelte von Hunderten kleiner Fische, die im Licht der untergehenden Sonne silbern blitzten.

Er gab ein gutes Bild ab, wie er sich da vom glitzernden türkisblauen Wasser abhob. Ein Postkartenmotiv: WILLKOMMEN IN FLORIDA!

Letty hörte einen Handyton aus dem Apartment und stand auf, um ihr Telefon zu holen.

Eine Nachricht von Zoey:

Hey, Püppi – alles in Ordnung bei dir? Heute war eine Anwältin hier, die gefragt hat, ob ich wisse, wo du bist. Hab mich dumm gestellt und gesagt, ich habe nichts von dir gehört, aber ich glaube, sie hat mir nicht geglaubt. Sie meinte, sie sei die Anwältin deiner Schwester und müsse dringend mit dir reden. Wollte nicht sagen, worum es geht. Hier ein Foto ihrer Karte. Pass auf, ja?

Die nächste Nachricht zeigte das Bild einer Visitenkarte.

Samiya Chritesh, Rechtsanwältin. Telefonnummer, E-Mail-Adresse. Unten war in akkuraten Druckbuchstaben etwas notiert:

Ms. Carnahan, ich bin die Nachlassverwalterin
Ihrer verstorbenen Schwester.
Ich müsste dringend mit Ihnen sprechen.
Bitte melden Sie sich.

25

Letty wusste nicht, ob sie lachen oder weinen sollte. Tanya hatte einen Nachlass? Der Name der Anwältin sagte ihr nichts, aber in dem Sorgerechtsstreit gegen Evan war ihre Schwester nicht von einer Samiya Chritesh vertreten worden.

Den Anwalt hatte Letty nämlich kennengelernt, ein scharfsichtiger älterer Mann, der Tanya von einer ihrer Petit-Bateau-Freundinnen empfohlen worden war, als sie vor Gericht unter Eid aussagen musste.

War das irgendein Trick? Letty gab den Namen »Samiya Chritesh« in die Suchmaschine ein. Kurz darauf las sie die Biographie der Frau im Netz: Abschluss als Klassenbeste an der Northwestern University, Jura an der NYU, eingetragen in die Anwaltsrolle als selbständige Anwältin, spezialisiert auf Fonds- und Nachlassplanung.

Letty sah sich das dazugehörige Foto genauer an – eine Frau von Mitte dreißig mit glatter brauner Haut, die einen unauffälligen Anwältinnen-Blazer trug – und stellte fest, dass sie die Frau kannte.

Konnte das Sammi sein? Tanyas Bekannte vom Yoga? So hatten die beiden Schwestern Tanyas gemischten Strauß von Freundinnen und Bekannten katalogisiert. Es gab Vida, ohne Nachnamen, die Freundin aus der Model-Agentur; dann Heather, Jenn, Portia und Liza, alles ehemalige Freundinnen, weil sie mit Freunden von Evan verheiratet waren. Demetria war ihre Ernährungsberaterin, die Tanya zwar über Portia kennengelernt hatte, die aber weiterhin zu ihr hielt, weil Demetria mit keinem Freund von Evan verheiratet war. Und es gab Sammi.

Letty hatte Tanya die Bitte, sie zum Yoga zu begleiten, standhaft abgeschlagen, weil sie auf keinen Fall ein New Yorker Klischee werden wollte, eine Frau aus Manhattan, die zum Yoga ging und Kombucha trank, doch einmal hatte sie sich in einem Moment der Schwäche einverstanden erklärt, Tanya und ihre neue Freundin nach der Stunde auf einen Kaffee zu treffen.

Damals hatte sie gehörigen Respekt vor Sammi gehabt, so schlank in ihren Sachen von Lululemon, die glänzenden Haare absolut glatt, trotz einer Stunde »qualvollen« Yogas, wie Tanya behauptet hatte. Letty hatte nicht gewusst, dass Sammi Anwältin war.

Sie lief im Wohnbereich auf und ab, erwog Pro und Contra. Sie ging zurück auf die Terrasse, sah die Sonne auf den Horizont zuwandern, schaute Joe DeCurtis zu, der immer wieder geduldig die Angelschnur auswarf. Ein Mann, der nicht schnell aufgab, dachte sie.

Es war fast schon dunkel, als sie zum Handy griff. Zuerst gab sie die 67 ein, um ihre Nummer zu unterdrücken. Dann rief sie die Nummer auf Samiya Chriteshs Visitenkarte an. Sie rechnete damit, dass ihr Anruf direkt auf die Mailbox geleitet wurde, hatte sich sogar schon eine Nachricht zurechtgelegt, die sie hinterlassen wollte, und erschrak dann, doch eine Stimme am anderen Ende der Leitung zu hören.

»Hallo, hier spricht Samiya. Wer ist da bitte?«

Im ersten Moment bekam Letty keinen Ton heraus. »Ähm, hier ist Letty Carnahan. Tanyas Schwester.«

»Ah! Lieber Himmel, Letty. Ich hätte nicht gedacht, dass du dich meldest.«

»Ich auch nicht«, gab Letty zu. »Meine Freundin hat mir geschrieben, du müsstest mit mir reden? Was ist denn so dringend?«

»Wo bist du? Ist Maya bei dir? Geht es ihr gut?«

»Ja, Maya geht es gut. Du musst nicht wissen, wo ich bin. Hast du mit Evan gesprochen?«

»Mit seinem Anwalt. Ein sehr unangenehmer Mann. Aber ich vertrete ja nicht Evan. Ich vertrete deine Schwester Tanya, beziehungsweise ihren Nachlass.«

»Was heißt das denn?«, fragte Letty. »Soll das bedeuten, dass Tanya ein richtiges Testament hatte? Kann ich mir nur schwer vorstellen.«

»Doch, sicher hatte sie das.« Sammi machte eine Pause. »Ich verstehe, worauf du hinauswillst. Und du hast recht. Tanya war eher ein Freigeist, oder? Aber als sie hörte, was mein juristisches Spezialgebiet ist, fragte sie mich, ob ich ihr ein Testament aufsetzen könne. Und ich riet ihr, als Mutter eines kleinen Kindes sollte sie auf jeden Fall ihren Nachlass planen, besonders da sie mit dem Vater des Kindes nicht verheiratet war.«

»Und hat Tanya deinen Vorschlag angenommen?« Letty war immer noch nicht überzeugt.

Am anderen Ende herrschte langes Schweigen.

»Hat Tanya dir irgendwas über mich erzählt?«, fragte Sammi.

»Eigentlich nicht. Ich weiß nur, dass ihr euch vom Yoga kennt.«

»Wir kannten uns nicht vom Yoga«, sagte Sammi. »Wir haben uns bei den Anonymen Alkoholikern kennengelernt. Ich habe mal bei einem Treffen erwähnt, dass Yoga mir wirklich geholfen habe, nüchtern zu werden, und anschließend hat mich deine Schwester danach gefragt. Sie meldete sich dann in dem Studio an, wo ich auch hingehe. Da haben wir uns dann angefreundet.«

»Ist das denn erlaubt?«

Sammi lachte kehlig. »Na, klar! Als wir uns kennenlernten, hatten wir beide unsere Probleme. Tanya hat mir genauso geholfen wie ich ihr. Ich war ihr dankbar, deshalb habe ich sie gern bei ein paar rechtlichen Angelegenheiten unterstützt.«

»Ich hab nur …« Letty war sprachlos. »Hat sie mit dir über Evan gesprochen, über ihre Ängste, um sich selbst und um Maya?«

»Ja«, bestätigte Sammi. »Es tut mir leid, Letty, ich bedaure deinen Verlust. Und noch mehr tut es mir leid, dass ich deine Schwester nicht retten konnte.«

»Dir ist klar, dass es Evan war, nicht?«

»Ausgehend von dem, was Tanya mir gesagt hat, müsste er schon irgendwie verantwortlich sein. Ich weiß, dass Tanya verzweifelt war, weil sie auf keinen Fall wollte, dass er das Sorgerecht für das Kind bekam. Und sie war überzeugt davon, dass er ihr schaden wollte. Ehrlich gesagt, dachte ich … also, ich hab angenommen, sie würde übertreiben. Deine Schwester war in der Hinsicht sehr … theatralisch.«

»Theatralisch. Das ist ein gutes Wort, um Tanya zu beschreiben. So war sie in fast jeder Hinsicht«, sagte Letty bitter. »Nur dieses eine Mal hatte sie recht.«

»Ich kann es immer noch nicht fassen, dass sie nicht mehr da ist«, sagte Sammi. »Wir haben uns ungefähr einmal die Woche zum Kaffee getroffen – also, ich hab Kaffee getrunken, sie diesen ekelhaften Kräutertee –, in dem Laden, wo wir uns damals kennengelernt haben. Ich gehe nach dem Yoga immer noch dahin. Und jedes Mal, wenn ich reingehe, rechne ich damit, dass sie an dem Ecktisch sitzt, mir zuwinkt und ›Huhu, Sammi!‹ ruft.«

»Du hast geschrieben, du müsstest mit mir über Tanyas Nachlass sprechen«, unterbrach Letty die Anwältin. Sie hatte immer noch Angst, ihr Handy zu benutzen oder überhaupt mit jemandem über ihre Schwester zu sprechen.

»Okay. Ich verstehe, was du meinst. Tanya hatte ein Testament. Sie hat dich als Zweitbegünstigte und als Mayas gesetzlichen Vormund eintragen lassen. In dem Punkt ist das Testament eindeutig. Alle Vermögenswerte von Tanya sollen in einen Trust für Maya eingehen, bis sie einundzwanzig Jahre alt ist.«

»Über welche Vermögenswerte sprechen wir denn?«, fragte Letty. »Ich meine, Evan gehörte das Haus, in dem sie wohnte, er hat sie unterstützt. Sie hatte schicke Klamotten und teuren Schmuck, aber das war's auch. Oder?«

»Nicht ganz«, sagte Sammi mit einem Schmunzeln. »Sie hatte eine ziemlich hohe Lebensversicherungspolice. Drei Millionen Dollar. Auch da ist Maya die Erstbegünstigte, aber die Gelder kommen in einen Treuhandfonds. Zufälligerweise gibt es noch andere Vermögenswerte. Ein großer Ring? Weißt du was darüber?«

»Ja.« Letty beließ es dabei.

»Der Ring soll verkauft werden, der Erlös geht an dich«, sagte Sammi. »Dann natürlich noch die Immobilien.«

»Wie bitte?«

»Deine verstorbene Schwester ist Eigentümerin mehrerer extrem hochpreisiger Wohnimmobilien in Tribeca, dem East Village und Brooklyn.«

»Du meinst, sie gehören Evan«, sagte Letty.

»Tatsächlich sind es sieben Apartments plus das Haus, in dem Tanya wohnte. Sie wurden in den vergangenen drei Jahren von einem Unternehmen mit beschränkter Haftung unter Leitung von Evan Wingfield erworben. Offenbar hat er diese Einheiten an deine Schwester übertragen, während sie noch seine Lebensgefährtin war«, sagte Sammi. »Gängiger Steuertrick.«

Es gab eine lange Pause.

»Letty? Bist du noch da?«

»Ich bin hier«, sagte Letty schließlich. »Ich bin nur total platt. Von dem Ring wusste ich natürlich, weil sie ihn mir gezeigt hat, als sie ihn zu Mayas Geburt von Evan bekam, aber wusste Tanya denn von den ganzen Immobilien? Die hat sie mir gegenüber nie erwähnt, dabei haben wir ständig miteinander geredet.«

»Soweit ich weiß, war ihr das mit den Immobilien nicht bekannt«, sagte Sammi. »Das habe ich selbst erst herausgefunden, als ich das Nachlassverfahren in die Wege geleitet habe. Durch die Art von Tanyas Tod wird das Ganze natürlich noch mal verkompliziert, wie du dir vorstellen kannst.«

»Du meinst, durch den Mord an ihr«, sagte Letty. »Evan hat Tanya umgebracht.«

Letty musste immer wieder an Declan Rooney denken, den Betrüger, dessen tiefblaue Augen dieselbe Farbe wie die von Maya hatten. »Hat Tanya eventuell mal eine Anspielung gemacht, dass Evan nicht der Vater ihres Kindes ist?«, fragte sie.

»Nein«, sagte Sammi. »Soll das heißen, dass Maya einen anderen Vater hat?«

»Das soll gar nichts heißen«, gab Letty zurück. »Wie du schon festgestellt hast, war Tanya kompliziert. Sie hatte gerne Geheimnisse und konnte sie auch sehr gut bewahren.«

Sammi atmete tief durch. »Könnten wir das mal kurz beiseitelassen? Evans Anwalt hat mir mitgeteilt, dass er sich gegen jeden Versuch wehren wird, dieses Immobilienvermögen in Anspruch zu nehmen. Was ich von dir brauche …«

»Nein«, unterbrach Letty die Anwältin. Das ganze Gerede über Evan Wingfield machte sie panisch. Sie fühlte sich in die Ecke gedrängt. »Ich kann nicht darüber sprechen, Sammi. Tu, was du tun musst. Aber du darfst niemandem erzählen, dass du mit mir gesprochen hast. Schon gar nicht Evan! Du hast keine Ahnung, wozu er fähig ist. Es geht nicht nur um mich. Es geht um Maya. Wenn mir etwas zustößt, bekommt Evan das Sorgerecht für Maya.«

»Warte!«, sagte Sammi.

Letty hörte Stimmen vom überdachten Durchgang herüberhallen. Maya platzte ins Haus, einen mit Alufolie ausgelegten Schuhkarton in den Händen, gefolgt von Isabelle.

»Guck mal, Letty!«, krähte die Kleine. »Plätzchen!«

Letty legte auf.

26

Gute Neuigkeiten«, sagte Ava, als Letty sich am Mittwoch an die Rezeption setzte. »Ich habe dein ehemaliges Zimmer vermietet.«

»Ja? Das ging ja schnell.« Letty zog für Maya den Stuhl unter dem Kindertisch hervor, packte Buntstifte und Textmarker aus sowie das neue Leselernbuch, das Isabelle ihr geschenkt hatte. Sofort schlug die Kleine es auf.

»Die Fotos von dir waren sehr hilfreich«, sagte Ava. »Wenn es im Herbst ruhiger wird, vielleicht auch früher schon, wenn die Frühlingsurlauber weg sind, würde ich dich gern beauftragen, alle Zimmer umzudekorieren und zu fotografieren. Hier und da ein paar Muscheln und im Ganzen etwas frischer. Ich wette, dann könnte ich meine Preise um mindestens zehn Prozent erhöhen, ohne dass es jemandem auffallen würde.«

»Merwin würde es merken«, sagte Letty. »Aber Ava, von wegen Herbst …«

Die Chefin wischte ihren Einwand fort. »Ich weiß, dass du gesagt hast, du wüsstest nicht, ob du dann noch da bist, aber ich tue einfach so, als hätte ich das nicht gehört. Isabelle geht ja im August zum College, dann brauche ich jede zusätzliche Hilfe, die ich bekommen kann.«

Letty nickte in Richtung von Maya. »Können wir das bitte später besprechen?«

»Ah, ja. Heute Abend kommt jedenfalls ein Gast für dein altes Studio. Eine Frau aus New York. Sie wusste nicht genau, wann sie eintreffen wird, deshalb habe ich gesagt, wenn es nach sechs Uhr wäre, könnte sie mich einfach auf dem Handy anrufen, dann würde ich runterkommen und sie einchecken.«

»Wie lange bleibt sie?« Letty öffnete das Buchungsprogramm des Murmuring Surf auf ihrem Bildschirm. Sie klickte auf die Seite, die sie für ihr ehemaliges Zimmer angelegt hatte.

»Sie hat für vier Tage im Voraus bezahlt«, sagte Ava.

Letty runzelte die Stirn. »Ich dachte, in der Saison hätten wir eine Woche Mindestaufenthalt.«

»Hm, ja, aber da wir das Studio ja gerade erst reingesetzt haben, dachte ich, es wäre in Ordnung, es am Anfang nur für ein paar Tage zu vermieten. Nur einmal.«

Letty zuckte mit den Schultern. »Du bist die Chefin, aber ich denke, für uns ist es besser, wenn wir bis zum Wochenende warten und jemanden nehmen, der mindestens eine Woche bleibt.«

»Du redest genau wie Joe«, bemerkte Ava. »Sind ja nur vier Tage. Danach gilt eine Woche Mindestaufenthalt.«

Ruth Feldman war verärgert. »Ava, könntest du dir das bitte mal ansehen?« Sie hielt ein verblasstes, ausgefranstes Plastikgewebe hoch. »Billie hat sich eben in einen von den Liegestühlen am Pool gesetzt, und da ist das Teil unter ihr zusammengebrochen. Sie könnte tot sein!«

Ruth und Billie trugen ihre dezenten Badeanzüge und passende Frottee-Überzüge. Ruth hatte ihre Schwimmbrille in ihre noch nassen stahlgrauen Haare geschoben.

»Du lieber Himmel!«, sagte Ava. »Das tut mir leid, Billie. Ist alles in Ordnung?«

Billie Feldman drehte sich um und präsentierte ihren leicht verschrammten Knöchel. »Hätte schlimmer kommen können«, sagte sie. »Ich hab mich noch gefangen, sonst hätte ich mir vielleicht die Hüfte oder so gebrochen.«

»Gut«, sagte Ava. »Danke fürs Bescheidsagen.« Sie sah Letty an. »Könntest du bitte mit zum Pool gehen und den kaputten Liegestuhl zum Container bringen? Ich möchte nicht, dass sich noch jemand verletzt.«

»Das haben wir schon erledigt«, verkündete Ruth. »Aber das Gewebe bei den anderen Liegestühlen ist in ähnlich schlechtem Zustand. Da musst du dir was einfallen lassen, bevor sich jemand ernsthaft weh tut.«

»Mache ich«, versprach Ava.

Maya spähte um die Ecke der Rezeption und winkte den beiden älteren Frauen schüchtern zu.

»Hallo, junge Dame!« Billie beugte sich vor. »Woran arbeitest du denn heute?«

»Ich schreibe meinen Namen«, erklärte Maya. Sie hielt ein Blatt aus ihrem Leselernbuch hoch, auf dem sie fleißig die Buchstaben ihres Namens nachgezogen und dann freihändig geschrieben hatte, wackelig, aber lesbar

»Sieh dir das an, Ruthie!« Billie wies auf das Arbeitsblatt. »Ist das nicht toll? Und wie alt ist sie? Fünf Jahre?«

Maya hob die Hand, den Daumen eingeklappt. »Ich bin vier! Und wie alt bist du?«

Ruth schnaubte verächtlich. »Sie ist zweiundsiebzig. Elf Monate jünger als ich.«

»Ich werde im September fünf. Dann gehe ich auf die Schule für große Mädchen. Wann hast du Geburtstag?«

»Tja, tatsächlich hat Ruth nächste Woche Geburtstag«, verriet Billie. »Aber mit der Schule für große Mädchen sind wir durch, zum Glück.«

»Bekommst du eine Geburtstagstorte?«

»Nein«, sagte Ruth schnell. »Erwachsene bekommen keine Geburtstagstorte.«

»Das tut mir leid«, sagte Maya höflich. »Du kannst zu *meinem* Geburtstag kommen und was von *meiner* Torte essen.«

»Oooh«, machte Billie. »Das ist das Süßeste, was ich je gehört habe.« Sie stieß ihre Frau an. »Ist das nicht niedlich? Maya hat uns zu ihrer Geburtstagsfeier eingeladen.«

Ruth rang sich ein Lächeln ab. »Das ist lieb. Danke, Maya.« Sie wandte sich an Billie. »Gut, gehen wir zurück zum Pool.«

»Ich gehe auch gerne schwimmen«, verkündete Maya.

Billie stieß Ruth an, die sie fragend ansah.

»Letty«, sagte Billie. »Wäre es in Ordnung, wenn Maya ein bisschen mit uns im Pool schwimmen würde? Wir wären auch sehr vorsichtig. Weißt du, ich war früher Ausbilderin für die Lebensretter beim Roten Kreuz.«

Letty traute ihren Ohren kaum. »Wirklich? Das ist total lieb, aber ich möchte nicht, dass Maya euch bei euren Bahnen stört.«

»Die sind wir längst geschwommen«, sagte Billie. »Es macht bestimmt Spaß, mal ein bisschen nur so herumzuplanschen. Stimmt's, Ruthie?«

»Wahrscheinlich«, erwiderte ihre Frau.

»Maya würde euer Angebot natürlich gerne annehmen«, sagte Letty. »Wenn ihr das wirklich machen wollt, laufe ich eben mit ihr rüber in unser Apartment und hole ihre Badesachen und ein Handtuch. Wir treffen uns am Pool, okay?«

»Jaaaa!«, jubelte Maya und sprang vor Aufregung herum. »Schwimmi-schwimm, schwimmi-schwimm.« Sie nahm die

Hand ihrer Tante. »Beeil dich, Letty, ich will schwimmen gehen!«

»Klingt gut«, sagte Ruth steif. »Wir treffen uns am Becken.«

»Es geschehen noch Zeichen und Wunder«, bemerkte Ava, kaum dass die älteren Frauen gegangen waren. »Ruth war eben ganz kurz davor, Maya anzulächeln.«

»Ich bin froh, dass du es gesehen hast, denn ich war mir nicht sicher, ob es ein Lächeln war oder ob sie Blähungen hatte.«

»Siehst du, die beiden sind gar nicht so schrecklich, wenn man sie erst mal kennt«, meinte Ava. »Und jetzt bring Maya schnell rüber, bevor Ruth es sich anders überlegt. Wenn du zurückkommst, gucken wir mal, wo wir Ersatz für die Liegestühle bestellen können.«

»Schlechte Neuigkeiten«, sagte Letty zu ihrer Chefin, als sie ins Büro zurückkehrte. »Ruth hatte recht. Jeder einzelne Liegestuhl ist so gut wie kaputt. Das Plastikgewebe ist bei allen verschlissen. Und wenn einer von den alten Leuten durchbricht und sich verletzt, haben wir noch einen Prozess am Hals.«

Ava lächelte, weil Letty von »wir« sprach, wies sie aber nicht darauf hin. Sie zeigte auf den Monitor, wo sie auf einer gewerblichen Möbelseite Liegestühle gesucht hatte.

»Die sehen nicht viel besser aus als die, die du jetzt hast«, bemerkte Letty. »Wie wäre es mit etwas Stabilerem? Zum Beispiel Aluminiumguss, oder noch besser: Teak?«

»Wie die hier?« Ava scrollte zu dem Foto von mehreren Terrassenmöbeln aus Teakholz. »Hast du den Preis gesehen?«

»Wow! 1200 Dollar?«

»Das ist der Großhandelspreis. Und die Auflagen sind noch nicht dabei«, sagte Ava.

Letty las die Produktbeschreibung. »Außerdem haben die

mindestens sechs Wochen Lieferzeit. Wenn wir keine Liegestühle am Pool haben, gibt es eine Meuterei. Können wir nicht hier irgendwo welche kaufen?«

»Oben in Clearwater an der US 19 gibt es einen Fabrikverkauf von Gartenmöbeln«, fiel Ava ein. »War zwar noch nie da …«

»Die Werbung läuft ständig im Fernsehen«, sagte Letty. »Vielleicht sollten wir da mal gucken.«

»Einverstanden. Ich betraue dich mit diesem kleinen Projekt«, sagte Ava. »Du könntest jetzt direkt hinfahren. Wenn du was siehst, das passt, kauf es einfach.«

»Wirklich? So eine wichtige Entscheidung traust du mir zu? Wie viele brauchen wir denn? Doch mindestens ein Dutzend Liegestühle!«

»Sagen wir: sechzehn«, korrigierte Ava. »Ich bin es leid, mir anzuhören, dass alle ›guten‹ Stühle weg sind. Und wenn du schon mal da bist, guck doch, was solche Beistelltische kosten, die man zwischen die Stühle stellen kann. Du kannst Fotos von den Sachen machen und mir schicken. Okay?«

Letty warf einen kurzen Blick aus dem Fenster.

»Um Maya brauchst du dir keine Sorgen zu machen«, erriet Ava ihre Gedanken. »In einer Stunde gehe ich rüber zum Pool, ziehe ihr was Trockenes an und bringe ihr was zu essen. Gegen eins ist Isabelle von der Schule zurück, dann übernimmt sie.«

»Du bist die Chefin«, sagte Letty.

»Halt irgendwo an und hol dir selbst was Leckeres.« Ava reichte Letty ihre Kreditkarte. »Geht auf mich.«

Letty saß unter einem Sonnenschirm auf der Terrasse eines französischen Bistros, das unweit des Murmuring Surf an der Strandpromenade lag. Als ihr Gericht serviert wurde – gedämpfte Steinkrabbenscheren mit einer würzigen Senfsoße und einem frischen grünen Salat –, saß sie kurz reglos da und empfand abwechselnd Schuldgefühle und Schwindel.

Es war das erste richtige Essen in einem Restaurant, das sie seit jenem furchtbaren Sonntagnachmittag in New York allein zu sich nahm. Sie griff zu dem Gäbelchen, das auf dem Teller lag, und probierte das süße Krabbenfleisch. Sie genoss den Geschmack der Speise, anstatt sie einfach nur hinunterzuschlingen, wie sie es immer tat, wenn sie mit Maya aß, damit sie der Kleinen schnell helfen konnte.

Mahlzeiten mit Maya waren eine schlichte Angelegenheit: Cornflakes, Sandwiches mit Erdnussbutter und Gelee, Weintrauben, Erdbeeren oder Orangenstücke, Spaghetti, Hähnchenstreifen, gedünstete Möhren oder Brokkoli, Hotdogs oder Hamburger und der Standard fürs Abendessen: gegrillte Käsesandwiches und Tomaten- oder Nudelsuppe.

Es war nicht so, dass Letty keine Zeit mit ihrer Nichte verbracht hätte, als Tanya noch lebte, dass sie der Kleinen nicht etwas zu essen gemacht oder mit ihr essen gegangen wäre, aber eine Vierjährige großzuziehen und mit ihr zusammenzuleben erforderte gewaltige Anpassungsfähigkeiten.

Während Letty ihren Eistee trank, dachte sie wieder über Mayas Zukunft nach – und über ihre eigene. Glaubte sie Tanyas Anwältin, konnte der Nachlass ihrer Schwester Maya Sicherheit bieten, aber nur dann, wenn Evan nicht vor Gericht zog, um die auf Tanya überschriebenen Immobilien wieder in seinen Besitz zu bringen.

Letty war überzeugt, dass Evan nicht einfach akzeptieren würde, dass sie Mayas gesetzlicher Vormund wurde. Es sei denn, sie konnte beweisen, dass Evan nicht Mayas leiblicher Vater war. Und dass er Tanya umgebracht hatte. Um das zu schaffen, durfte sie nicht im Gefängnis sitzen.

Letty hatte sich bereits geschworen, dass sie nicht nach New York zurückkehren würde, bevor sie ihre eigene Unschuld beweisen und sicherstellen konnte, dass Maya weder zu Evan noch in eine Pflegefamilie käme.

Bei den Überlegungen, was aus dem Kind werden würde, drohte das düstere Schreckgespenst einer Pflegefamilie. Letty und Tanya hatten sich vor langer Zeit geeinigt, nie wieder über ihre eigene Erfahrung als Pflegekinder zu sprechen.

Einen Monat lang – dreißig Tage – hatten sie bei Pflegeeltern in West Virginia gelebt. Es war der Sommer, als sie dreizehn und vierzehn waren. Terris damals aktueller Freund, ein hinterhältiger Säufer, gleichzeitig der Deputy des ortsansässigen Sheriffs, hatte Tanyas Gameboy konfisziert, nachdem sie den Ferienkurs geschwänzt hatte. Darauf hatte Tanya ihre ältere Schwester überredet, mit ihr wegzulaufen. Sie hatten das Geld für zwei Busfahrkarten aus Terris Portemonnaie genommen und waren bis Paducah in Kentucky gekommen, bevor ein aufmerksamer Busfahrer, der den Ärger roch, die Polizei verständigte, die wiederum Terri anrief.

Als die beiden Mädchen nach Hause kamen, erzählte Terris Freund der für das Kindeswohl zuständigen Behörde, dass die beiden Mädchen Gelegenheitsdiebinnen seien, unerziehbar und völlig außer Kontrolle.

Dreißig Tage. In der Zeit hatten sie bei einem sauertöpfischen alten Paar gelebt, Mr. und Mrs. Boggs, die die Mädchen dreimal die Woche in eine fundamentalistische Kirche schleppten. Sie durften nicht auf die örtliche Schule, weil die in den Augen der Boggs' »gottlos« war, stattdessen wurden sie gezwungen, stundenlang in sengender Hitze im Garten der Pflegeltern zu arbeiten. Als Tanya sich weigerte, ihre geliebten Ohrringe rauszunehmen, hatte sie Schläge kassiert. Erst als es den beiden gelang, eines Abends, als die Boggs' nicht zu Hause waren, ihre Großmutter anzurufen, waren sie zu Terri zurückgebracht worden, die ihren Freund nur widerwillig auf die Straße setzte.

Maya, schwor sich Letty, würde niemals durchmachen müssen, was Tanya und sie ertragen hatten.

Die Bedienung brachte die Rechnung und bot ihr einen Eistee zum Mitnehmen an. In Erinnerung an ihre eigenen, nicht lange zurückliegenden Zeiten als Kellnerin gab Letty großzügig Trinkgeld und fuhr weiter zum Fabrikverkauf für Gartenmöbel.

Überwältigt lief Letty durch die riesengroße Ausstellungshalle. Es gab mehr Picknicktische, Sonnenschirme, Liegestühle, Drehstühle und Sitzgruppen für bis zu zwölf Personen, ganze Außenküchen und Feuerstellen, als sie je an einem Ort gesehen hatte. Die Auswahl war gigantisch.

Schließlich fand sie leichte, aber stabile Polsterliegen aus Aluminium. Die Liegefläche bestand aus dicken Plastikstreifen in Pastellfarben wie Gelb, Korallenrot, Wasserblau, Minzgrün und Rosa, fast genau wie die Farben der Gebäude im Murmuring Surf. Letty drehte das Preisschild an einer Liege um und zuckte zusammen. Sie kostete 150 Dollar.

»Zu viel«, murmelte sie. Wie würde ihre Chefin auf so einen Preis reagieren?

Hinter den Ausstellungsstücken entdeckte sie die Verkaufsfläche mit Angeboten. In einer Ecke türmten sich zwei Stapel von eben den Liegen, die sie kurz zuvor entdeckt hatte, nur in einem unmodernen Braunton. Auf einem grell orangefarbenen Etikett in Form eines explodierten Sterns stand handgeschrieben der Preis: 85 Dollar. Letty fand einen Verkäufer und fragte ihn nach den Lieferkonditionen, dann schickte sie Ava Fotos von den Liegen.

Kurz darauf rief Ava zurück. »Mein Gott, sind die hässlich«, sagte sie. »Aber die müssen reichen. Wann können die liefern?«

»Frühestens nächsten Montag«, erklärte Letty. »Und das kostet noch mal einen Aufpreis.«

»Ich rufe Joe an«, sagte Ava. »Er hat heute Nachmittag frei. Kannst du so lange warten, bis er kommt?«

»Muss das wirklich sein?«, fragte Letty. Sie war nicht gerade erpicht darauf, Joe so kurz nach dem peinlichen Zwischenfall am Strand wiederzusehen. »Ich muss irgendwann zurück zu Maya.«

»Die sitzt hier und fädelt mit Isabelle Perlen auf. Warte einfach auf Joe und achte darauf, dass die Leute auch alles aufladen, was du bezahlt hast.«

Joe kam mit dem Pick-up zur Laderampe des Fabrikverkaufs, wo Letty auf ihn wartete.

»Die hier?« Er zeigte auf die gestapelten Liegestühle auf einem Hubwagen. »Diese potthässlichen Teile hast du fürs Motel gekauft? Weiß Ava das?«

»Ja«, sagte Letty. »Ich habe ihr ein Foto geschickt. Sie kosten nur halb so viel wie die schönen Liegen, deshalb meinte sie, ich soll sie kaufen.«

»Nein«, sagte Joe rundheraus. Er gab dem Mitarbeiter, der neben ihnen stand und darauf wartete, beim Aufladen der Stühle zu helfen, ein Zeichen. »Bringen Sie die bitte wieder rein. Wir haben es uns anders überlegt.«

Der Mann im Overall zuckte mit den Schultern und griff nach dem Wagen.

»Lassen Sie das!«, sagte Letty. Der Mitarbeiter zog sich ans hintere Ende der Laderampe zurück.

Lettys mühsam zurückgehaltener Zorn flammte auf. »Was glaubst du eigentlich, was du da machst? Ja, die sind hässlich, aber sie sind robust, und mehr können wir uns nicht leisten. Deine Mutter war damit einverstanden. Ich habe sie schon mit ihrer Kreditkarte bezahlt.«

Joe sprang die Stufen zur Laderampe hoch und hielt Letty am Ellenbogen fest. »Lektion Nummer eins, wenn man mit Ava DeCurtis zu tun hat: Sie bildet sich ein, billiger sei besser. Deshalb haben wir diese schrottigen Liegestühle überhaupt im Motel. Damals kam ein Typ mit einem ganzen Lkw voll vorbei und machte ihr ein Angebot, das sie nicht ablehnen konnte.«

Letty entzog ihm ihren Arm. »Ich habe keine Lust, in einen Streit zwischen dir und deiner Mutter gezogen zu werden. Sie ist meine Chefin, nicht du. Außerdem schätze ich es nicht gerade, dass du meine Entscheidungen in Frage stellst.«

Joe deutete auf die schlammfarbenen Liegen. »Wenn das Surf dir gehörte, wolltest du dann, dass potenzielle Gäste als Erstes diese Teile sehen, wenn sie auf den Parkplatz fahren?«

»Hm …«

»Hast du Ava nicht gedrängt, die Zimmerpreise zu erhöhen, damit sie etwas mehr Geld einnimmt, von dem sie das Motel modernisieren und verschönern kann?«

»Die anderen Liegen kosten fast doppelt so viel wie diese«, argumentierte Letty. »Das ist eine Menge Geld.«

Joe verschränkte die Arme vor der Brust und schüttelte den Kopf.

»Was ist?«

»Widersprichst du mir, weil du anderer Meinung bist, oder weil du immer noch sauer bist, dass ich dich letztens geküsst habe?«

Sie spürte, wie ihr die Röte in die Wangen stieg, aber überhörte seine Anspielung. »Man kann auf richtige und auf falsche Art recht haben, weißt du?«

»Hä?« Joe sah zu dem Mitarbeiter des Möbelladens hinüber, der schmunzelnd die Augen verdrehte.

»Vielleicht hörst du mal auf, in deiner Freizeit Polizist und Autorität in allen Lebenslagen zu sein und denkst mal darüber nach, wie du auf andere Leute wirkst.«

»So ein Schwachsinn!«

Die Sonne schien Letty auf den Kopf, der Angestellte hatte sich oben auf den Liegenstapel gelegt und machte sich nicht die Mühe, seine Belustigung über die hitzige Diskussion zu verbergen.

Entnervt warf Letty die Hände in die Luft. »Okay, ich gebe auf. Du hast recht. Die Liegen sind grottenhässlich. Ich habe mich geirrt. Aber du bist ein Blödmann. Ich hab morgen vielleicht bei irgendwas anderem recht, aber weißt du, was du morgen und übermorgen bist und bleibst? Ein richtiger Blödmann.«

Letty warf ihm die Kreditkarte zu, doch sie landete auf den Betonboden der Ladezone. »Diese Liegen gibt es drinnen in Pastellfarben. Wenn du hübsche Liegen willst, die doppelt so teuer sind, nimm die. Ich bin hier durch.«

Der Möbelpacker rappelte sich auf und fragte Letty, als sie die Ladezone verlassen wollte: »Ähm, Ma'am? Nimmt Ihr Mann diese Liegen jetzt mit oder nicht?«

»Mit diesem Mann«, sagte Letty mit zusammengebissenen Zähnen, »habe ich nichts zu tun.«

27

Und, wie war Ihr Flug?«

Vikki Hill kritzelte etwas Unleserliches in das Anmeldeformular und sah hoch. »Ganz gut. Ich saß zwischen zwei müffelnden alten Männern. Und es gab nichts zu essen. Nicht mal einen trockenen Keks!«

»Das ist furchtbar«, sagte die Motelchefin. »Ich kann Ihnen ein paar Restaurants in der Nähe empfehlen, falls Sie Hunger haben. Mögen Sie Meeresfrüchte?«

»Nicht so gerne.« Vikki Hill sah sich um. Die Rezeption war auf eine Weise vollgestellt, wie man es oft in älteren Häusern sah: Ständer mit Touristenbroschüren, ein Regal mit zerlesenen Taschenbüchern, an dem ein Schild hing: ZUM AUSLEIHEN. An der Wand neben der Eingangstür standen zwei Plastikstühle, die einen Sprung hatten.

Die nicht mehr ganz so junge Managerin wirkte matronenhaft. Sie trug ein pinkfarbenes Poloshirt mit dem Logo des Motels auf der Brust. Ihr Namensschild wies sie aus als GESCHÄFTSLEITUNG MURMURING SURF, AVA DECURTIS.

Vikki bemühte sich, die Frau nicht zu offensichtlich anzustarren. DeCurtis war kein häufiger Name. Sie musste mit dem Polizisten verwandt sein.

»Hier an der Uferstraße gibt es eine wirklich gute Pizzeria«, sagte Ava. »Selbst unsere Gäste aus New York finden die Pizza da gut. Gianni's.« Sie schob ein dickeres Heftchen über die Theke. »Da ist ein Gutschein für ein freies Getränk bei Gianni's drin. Und falls Sie zu müde sind, um rüberzugehen, liefern die auch.«

»Danke«, sagte Vikki. »Ich bin ziemlich kaputt.«

»Darf ich Sie etwas fragen? Wie haben Sie uns gefunden?«

»Warum?«

Ava wurde rot. »Ähm, also, eigentlich haben wir zu dieser Jahreszeit nur Wiederholungstäter hier. Wir möchten gerne über unsere Website neue Gäste auf uns aufmerksam machen, und ich versuche immer, die Sachen zu verbessern. Zum Beispiel haben wir gerade das Zimmer renoviert, in dem Sie wohnen. Deshalb habe ich mich gefragt, ob Sie uns über eine Suchmaschine gefunden haben oder …«

»Ich fand den Namen des Motels so hübsch: Murmuring Surf – murmelnde Brandung. Klingt wie ein altes Lied oder so.« Vikki schaute an der Frau vorbei auf eine Türöffnung, die in ein Büro oder Lager führte. In einer Nische direkt hinter der Rezeption standen ein kleiner roter Kindertisch und ein Stuhl. Von einem Kind war jedoch nichts zu sehen, auch nicht von der Tante des Kindes.

»So hieß das Motel schon, als wir es gekauft haben«, sagte Ava. »Mein Ex-Mann fand auch, es klingt nett. Ich war nicht ganz so überzeugt, aber Sie glauben ja nicht, was ein neues Neonschild kostet! Schon damals. Deshalb haben wir den Namen behalten. Mit der Zeit habe ich ihn liebgewonnen. Und unsere Stammgäste mögen ihn natürlich auch. Die haben es sowieso am liebsten, wenn sich nie etwas ändert. Ich brauche bloß eine neue Kaffeemaschine in die Küchenzeilen der Apartments stellen, schon ist hier die Hölle los.«

»Das heißt, Ihnen gehört das Motel schon etwas länger?«

»O ja. Über fünfunddreißig Jahre. Was machen Sie beruflich, Ms. Hill?«

»Nichts Besonderes. Ich bin Beamtin. Drücke die Stechuhr.«

»Dann wollen Sie wohl ein bisschen Sonnenschein tanken, was? Im Norden ist es bestimmt noch sehr kalt. Ich sag Ihnen, die Winter dort fehlen mir nicht.«

»Ja, es ist grässlich kalt«, sagte Vikki. Allmählich ging die Sonne unter. Mitten im Hof stand eine große Palme, und rundherum fanden sich Gäste ein und nahmen die Liegestühle in Beschlag. »Was ist da denn los?«, fragte Vikki.

Die Geschäftsführerin reckte den Hals. »Ach, das ist die Happy Hour. Rauchen ist sonst überall auf dem Gelände verboten, aber dort können sich die Leute treffen und was trinken. Getränke müssen sie aber selbst mitbringen. Sie können sich gerne dazusetzen. Ich kann Sie vorstellen.«

»Vielleicht später«, wich Vikki aus und nahm ihren Schlüssel. »Und mein Zimmer ist wo?«

»Direkt am Ende des überdachten Durchgangs«, sagte Ava DeCurtis. »Wenn Sie hier rausgehen, links. Sagen Sie Bescheid, wenn Sie irgendwas brauchen. Willkommen im Murmuring Surf.«

Das kleine Zimmer war nichts Besonderes. Aber es war sauber, und direkt vor der Tür stand eine Palme. Vikki zog den dicken schwarzen Pulli und die Jeans aus, die sie im Flugzeug getragen hatte. Draußen waren es zweiundzwanzig Grad, und sie schwitzte, seit sie in Tampa aus dem Flughafengebäude getreten war.

Weil sie die nähere Umgebung erforschen wollte, zog sie eine Shorts und ein T-Shirt an und schlüpfte in die Flipflops, die sie im Geschenkeladen am Flughafen gekauft hatte. Dazu setzte sie eine große Sonnenbrille auf.

Vikki ging zu einer Palmenreihe, die das Motelgrundstück vom Strand trennte. Dort standen mehrere Liegestühle mit Blick in die Ferne, und direkt dahinter erstreckte sich das türkisblaue Wasser des Golfs von Mexiko.

Vikki Hill hielt die Luft an. Sie war schon am Meer gewesen, meistens zu Hause in Jersey, aber das hier war etwas anderes. Sie ließ ihre Schlappen im Gras liegen und trat auf den weißen Puderzuckersand. Ihre Zehen versanken darin. Das Wasser zog sie magisch an. Vikki ging näher heran und blieb stehen, um zuzusehen, wie die Wellen an den Strand schlugen. Huh. Sie wagte sich näher und wappnete sich für den Schock des kalten Wassers, doch es war überraschend warm. Sie wackelte mit den Zehnen, und irgendwas dazwischen wackelte zurück. Sie bückte sich und sah, dass Unmengen winziger bunter Muscheln an der Wasserlinie lagen. Unwillkürlich musste sie lächeln.

»Das sind Coquinas.«

Sie fuhr zusammen.

Ein hutzeliger älterer Mann mit Glatze und einer Haut wie eine alte Aktentasche stand nur einen halben Meter weiter auf dem festen Sand. Sein weißes T-Shirt war eingelaufen, er trug eine weite knielange Shorts, weiße Tennisschuhe und schwarze Socken, die er bis zur Mitte seiner Waden hochgezogen hatte.

»Wie bitte?«

»Die Muscheln da im Wasser. Das sind Co-qui-nas.« Er sprach das Wort langsam aus, als hörte Vikki schlecht oder sei dumm. Vielleicht sogar beides.

»Hm. Was sind das denn, Babymuscheln? Kann man die essen?«

»Nur mit ganz kleinem Besteck.« Er lachte über seinen eigenen Witz und hielt ihr die Hand hin. »Oscar Jensen. Sie sind neu hier, nicht?«

Vikki ignorierte die dargebotene Hand. »Ja.«

»Gerade angekommen, was?«

»Genau.«

»Sie hätten sich kein besseres Wetter aussuchen können.«

Ein geschwätziger alter Knacker. Bis jetzt waren alle Leute, die Vikki hier unten kennengelernt hatte, ungemein freundlich und sehr gesprächig gewesen. Nervig. Normalerweise hätte sie ihn angeblafft, er solle sich verziehen, doch da er das selbst ernannte Begrüßungskomitee zu sein schien, konnte sie ihre eigenen Grundsätze mal außen vor lassen.

»Ja, es ist echt schön«, sagte Vikki. »Kommen Sie schon lange her?«

»O ja! Seit den Neunzigerjahren kommen wir her, meine Frau Sue und ich. Sie ist verstorben, jetzt fahre ich allein. Es kommen nicht viele neue Leute ins Surf. Wir Stammgäste, wir treffen uns hier schon echt lange. Ich nehme an, Sie wohnen in dem kleinen Studio?«

»Genau. Woher wissen Sie das?«

»Wie gesagt, ich kenne hier jeden, und alle wohnen immer in denselben Zimmern. Es sei denn, jemand stirbt oder kommt nicht mehr. Ich schätze, Sie sind hier, weil Harry Bronson einen Herzinfarkt hatte. Er ist am Montag mit seiner Frau nach Hause gefahren, deshalb war ihr Apartment verfügbar. Es ist eins der schönsten hier, hat einen tollen kleinen Garten mit Blick auf den Golf. Merwin dachte, er könnte da mit Trudi einziehen, aber Ava hat ihm einen Strich durch die Rechnung gemacht und es Letty gegeben. Deshalb ist sie aus dem Studio ausgezogen, und deshalb stand es leer. Verstehen Sie?«

Vikki versuchte, nicht zu wissbegierig zu klingen. »Wer ist Letty?«

»Ach, das ist die Neue. Ist seit zwei, drei Wochen hier. Mit ihrem kleinen Mädchen. Tauchte hier wie aus dem Nichts auf und suchte ein Zimmer, deshalb hat Ava ihr das Studio zur Verfügung gestellt. Sie hat ihr sogar Arbeit hier an der Rezeption verschafft.«

»Woher kommt sie denn?«, fragte Vikki.

»Ich meine, sie hätte gesagt, aus New Jersey. Sie ist ganz in Ordnung. Eher zurückhaltend. Es gab nur ein bisschen Aufregung, wie gesagt, weil es nicht ganz okay war, dass Ava ihr das Zimmer gegeben hat. Eigentlich hätte es Merwin bekommen müssen. Ich glaube, Ava hatte Mitleid mit Letty, mit dem kleinen Kind und so.«

»Verstehe.« Vikki nickte. »Also, war nett, Sie kennenzulernen. Ich gehe jetzt mal besser auf mein Zimmer.«

Die Pizza in dem Laden weiter unten an der Straße, musste Vikki widerwillig zugeben, war tatsächlich ganz in Ordnung. Angenehm knuspriger Teig, die Soße auf jeden Fall selbstgemacht. Wer hätte gedacht, dass es in Florida gute Pizza gab? Vikki saß auf einem Stuhl am Fenster, aß ein Stück und beobachtete dabei die Happy-Hour-Runde unter der Palme. Das Durchschnittsalter der dort Versammelten schätzte sie auf fünfundsiebzig. Keine Spur von einer Frau, die Letty Carnahan hätte sein können, auch nicht von einem Kind.

Um halb acht klingelte ihr Telefon. Sie meldete sich mit einem Grinsen. »Officer DeCurtis! Danke, dass Sie anrufen.«

»Entschuldigen Sie den späten Rückruf. Worum geht's?«

»Um eine Frau namens Scarlett Carnahan. Sie nennt sich Letty. Kennen Sie die?«

Längeres Schweigen am anderen Ende der Leitung. Während Vikki wartete, zog sie eine Peperoni vom letzten Pizzastück und knabberte daran.

»Warum fragen Sie?«

»Sie ist flüchtig. Zur Vernehmung ausgeschrieben wegen Mordes an einer Frau in New York und Entführung von deren Kind. Das Opfer war ihre eigene Schwester.«

Wieder langes Schweigen. »Sie sind heute von New York hierher geflogen und haben vor ein paar Stunden im Motel meiner Mutter eingecheckt, richtig?«

Jetzt war Vikki überrascht. Kein angenehmes Gefühl für sie.

»Woher wissen Sie das?«

»Ich mache es mir zur Aufgabe, immer genau zu wissen, wer im Murmuring Surf wohnt. Seit der Sache mit Declan Rooney. Sie haben in Ihrer Nachricht nicht erwähnt, dass Sie hierherkommen wollen.«

»Das war eine spontane Idee. Und, wann können wir uns unterhalten?«

»Weiter unten am Strand ist eine Bar. Heißt Ka'Tiki.«

»Okay«, gab Vikki zurück

»Wir können uns da in einer Stunde treffen«, sagte DeCurtis. »Ich trage ein rotes T-Shirt von den Atlanta Braves und eine blaue Badeshorts. Wie erkenne ich Sie?«

»Ich bin diejenige ohne Hawaiihemd«, sagte Vikki. »Bis gleich.«

Maya hielt ihrer Tante eine Handvoll kleiner roter Cherrytomaten hin. »Guck mal, Letty!« Sie stopfte sich eine in den Mund, der Saft lief ihr übers Kinn. »Hab ich gepflückt!«

»Die sind lecker, nicht?«, fragte Letty.

Sie hatten sich angewöhnt, sich nach dem Abendessen in

den Garten zu setzen und zuzusehen, wie ganze Schwärme von Pelikanen am dunkler werdenden Horizont vorbeiflogen. Zeit zum Runterkommen.

»Wo fliegen die hin?«, hatte Maya gefragt und auf die Vögel in der Luft gezeigt.

»Ich glaube, sie fliegen nach Hause.«

»Wo ist das Zuhause?«

»Gute Frage.« Letty dachte selbst schon seit Wochen darüber nach. Es konnte nicht so weitergehen. Sie konnte nicht wie bisher von einem Tag auf den anderen leben, aber was war die Alternative?

Maya hob ihr Arbeitsblatt hoch. Sie spielte gern Schule. Ihre neue Leidenschaft war das Schreiben von Namen.

»Wie schreibt man Letty?«, fragte sie.

»L-E-T-T-Y«, buchstabierte ihre Tante, und fleißig malte Maya mit einem roten Wachsmalstift die Buchstaben, die sie sich darunter vorstellte.

»Und wie schreibt man Ellie?«, wollte sie wissen und hielt das Stofftier hoch.

Lächelnd schaute Letty hinüber. Sie hatte beim Flicken des Elefanten keine besonders gute Arbeit geleistet, aber das schien Maya nicht zu stören.

»E-L-L-I-E.« Kaum hatte Letty das Wort buchstabiert, ging ihr ein Licht auf.

»Ellie!« Letty fuhr zusammen. Warum war ihr das nicht eingefallen? Es war so einfach. So offensichtlich.

Ellie. Das musste das Passwort von Tanyas Minikamera sein. Letty griff zu ihrem Handy und schrieb eine Nachricht an Isabelles Hacker-Freundin Sierra.

Ich glaube, ich weiß das Passwort!!! Melde dich bitte so schnell wie möglich!

28

Das Ka'Tiki war ein an der Seite offenes, mit Palmstroh gedecktes Relikt aus früheren Zeiten. *So ähnlich wie das Murmuring Surf*, dachte Vikki Hill. Sie ging in die Bar und erkannte den Cop sofort. Er saß an einem Bartisch und trank ein Bier vom Fass.

»Joe?« Sie ging auf ihn zu.

Er nickte. »Ja, richtig. Und Sie sind Vikki Hill?«

»Agent Hill.« Sie setzte sich.

»Nichts für ungut«, sagte er, »aber könnte ich zuerst irgendeinen Ausweis sehen? Es geht um ein sensibles Thema, das wir besprechen wollen, und ich fühle mich nicht wohl dabei, einer Fremden, die hier vom Strand reinkommt, etwas über Letty Carnahan zu erzählen.«

Vikki zog eine Lederschatulle aus der Tasche und reichte Joe den Ausweis, der darin war. »Zufrieden?«

Er zuckte mit den Schultern.

Die Bedienung tauchte auf, ein Mädchen in knallengen Shorts und einem grell gemusterten Shirt mit Dschungelmuster, das tief blicken ließ. Vikki Hill bestellte ein Michelob Ultra. Joe verzog das Gesicht und hielt ihr seinen Plastikbecher entgegen. »Probieren Sie mal eins der regionalen Biere! Die sind wirklich ziemlich gut.«

»Nein, danke«, entgegnete Vikki. »Ich weiß, was mir schmeckt. So, wollen wir anfangen? Zuerst mal muss ich Sie wohl nicht noch einmal drauf hinweisen, dass Sie in Ihrem Motel wissentlich einer Flüchtigen Unterschlupf gewähren. Unser Treffen hier ist eine Gefälligkeit meinerseits. Wenn ich wollte, könnte ich Scarlett Carnahan noch heute Abend festnehmen und das Kind ans Jugendamt übergeben.«

»Was soll das?« Mit angespanntem Kiefer beugte Joe sich vor. »Ich habe mich nur einverstanden erklärt, mit Ihnen zu sprechen, weil Sie sagten, dass Sie genau das nicht vorhätten.«

»Das habe ich auch nicht vor«, beteuerte Vikki.

»Was dann?«

»Ich erkläre es Ihnen«, sagte sie. »Sie wissen Bescheid über Scarletts Verbindung zu einem Mann namens Evan Wingfield, richtig?«

»Korrekt«, sagte Joe. »Letty hat für ihn gearbeitet, als sie nach New York kam, nicht? Ich habe nicht ganz verstanden, was sie für ihn machen musste.«

»Wingfield besitzt Dutzende von Airbnb-Wohnungen überall in der City. Hauptsächlich in Manhattan und Brooklyn, und die meisten sind illegal. Soweit wir wissen, hatte er Scarlett als eine Art Pförtnerin eingestellt. Sie durfte in einem Apartment in einem Gebäude wohnen, wo er mehrere Wohneinheiten besitzt. Zu ihren Aufgaben gehörte es, sicherzustellen, dass die Airbnb-Gäste unauffällig in die Wohnungen gelangten, ohne dass die anderen Mieter oder Bewohner etwas davon mitbekamen. Irgendwann muss die Beziehung zwischen Wingfield und Carnahan wohl privater geworden sein. Doch als Carnahans jüngere Schwester Tanya nach New York kam, ließ Wingfield Letty sitzen und fing etwas mit Tanya an. Die zog bei Wingfield ein und bekam ein Kind von ihm.«

»Maya«, ergänzte Joe.

»Genau. Nach der Geburt des Kindes entfremdeten sich die Schwestern ein paar Jahre voneinander, doch dann versöhnten sie sich – ungefähr zu dem Zeitpunkt, als Wingfield und Tanya sich trennten. Allem Anschein nach hatte Tanya Carnahan schwere Probleme mit Alkohol- und Medikamentenmissbrauch, was Wingfield gegen sie zu verwenden versuchte, als er auf Sorgerecht klagte.«

»Wingfield und Tanya waren nicht verheiratet, oder?«, fragte Joe.

»Nein. Aber sie waren Lebensgefährten, und er ist auf der Geburtsurkunde als Vater des Kindes eingetragen.«

»Maya«, warf Joe ein. »Sie heißt Maya. Ich verstehe immer noch nicht, was das FBI mit alldem zu tun hat.«

»Dazu komme ich noch«, sagte Vikki Hill. »Seit achtzehn Monaten untersucht die Korruptionsbekämpfungseinheit des FBI die illegalen Geschäftsaktivitäten von Evan Wingfield auf Airbnb. Auslöser für die Untersuchung war die Erkenntnis, dass er einen Wohnungsbauinspektor von New York City sowie zwei Mitglieder der städtischen Bauaufsichtsbehörde und ein Mitglied des Stadtrats geschmiert hatte. An dem Punkt wurde ich vom FBI als verdeckte Ermittlerin eingeschleust und gab mich als neue Wohnungsbauinspektorin aus. Wenige Minuten nachdem Wingfield mich kennengelernt hatte, machte er ziemlich offene Anspielungen auf ›Vereinbarungen‹, die er mit den anderen Inspektoren gehabt hätte.«

»Der Junge hatte es eilig«, bemerkte Joe.

»Er ist geschäftstüchtig, das muss man ihm lassen. Bei unserem nächsten Treffen beklagte sich Wingfield verbittert über seine von ihm getrennt lebende Freundin und wie viel Anwaltshonorar ihn der Sorgerechtsstreit kosten würde«, erklärte

Vikki. »Aber das Geld, das er mir zuschob, die Broadwaytickets und Reisen nach Las Vegas, das störte ihn nicht.«

»Warum haben Sie ihn da nicht einfach verhaftet? Dann würde Tanya Carnahan vielleicht noch leben …«

»Weil wir wussten, dass das, was wir gegen ihn in der Hand hatten, nur die Spitze des Eisbergs war. Wir wussten, dass er auch andere bestochen hatte, davon prahlte er mir gegenüber ganz ungeniert. Doch dann fing Tanya an, ihm mit einer Anzeige zu drohen. Irgendwie wusste sie von mir, kannte sogar meinen Namen, auch wenn ihr nicht klar war, dass ich tatsächlich in der verdeckten Strafverfolgung arbeite. Wir wussten nicht, woher sie ihre Informationen hatte. Wingfield machte sich Sorgen. Er erzählte mir, er überlege sich Möglichkeiten, sie zum Schweigen zu bringen …«

»Und trotzdem kamen Sie nicht auf die Idee, es sei Zeit, die Reißleine zu ziehen?« Joe schüttelte den Kopf. »Meine Güte noch mal!«

»Das FBI arbeitet in seinem eigenen Tempo«, bemerkte Vikki. »Wir kamen immer näher ran, dann wurde Tanya plötzlich wie aus dem Nichts ermordet, und ihr Kind verschwand.«

»Von Evan Wingfield ermordet.«

»Ja, das nehmen wir an. Er war an dem Tag bei ihr. Hat im Verhör erzählt, sie hätten sich gestritten, aber sie hätte gelebt, als er ging. Er pocht sehr laut und sehr öffentlich auf seine Unschuld. Und beschuldigt Letty Carnahan.«

»Ich hoffe, Sie kaufen ihm den Schwachsinn nicht ab«, sagte DeCurtis.

»Das NYPD untersucht den Mordverdacht. Aber wir wissen, dass Letty an dem Tag, als Tanya starb, im Haus ihrer Schwester war. Sie wurde von Zeugen gesehen. Ist auf den Überwachungskameras. Sie packte sich das Kind, nahm das Auto ihrer Schwester und flüchtete. Warum ging sie mit ihrem Verdacht nicht zur Polizei? Sie müssen zugeben, dass das nicht gut aussieht.«

»Ich weiß nicht, wie das aussieht«, sagte Joe. »Ich weiß nur, dass sie große Angst hatte, als sie hier ankam. Am Anfang war ich natürlich misstrauisch, schließlich bin ich Cop.«

»Sie wissen, dass die Behörden das Kind gesucht haben. Und Sie wussten auch, dass Scarlett Carnahan im Zusammenhang mit dem Tod ihrer Schwester zur Vernehmung gesucht wurde, und trotzdem haben Sie die Kollegen in New York nicht benachrichtigt?«, fragte Agent Hill mit schneidender Stimme. »Schon mal was von Behinderung der Justiz gehört? Oder gibt es so was hier unten in Florida nicht?«

»Am Anfang wusste ich nicht, dass sie flüchtig war«, widersprach Joe. »An dem Morgen, als sie hier auftauchte, war ich voller Misstrauen. Aber meine Mutter hätte niemals eine Frau mit einem kleinen Kind im Schlepptau abgewiesen. Was Letty angeht: Wir haben sie allmählich besser kennengelernt. Meine Mutter vertraut ihr genug, um sie im Motel zu beschäftigen. Letty hat einem unserer Gäste das Leben gerettet, als er einen Herzinfarkt hatte. Und ich wollte letztens eine Meth-Süchtige verhaften, da ist Letty auf die Frau drauf gesprungen und hat verhindert, dass die mir mit einem Baseballschläger den Schädel einschlagen konnte. Glauben Sie mir, diese Frau ist keine Mörderin. Ist sie einfach nicht.«

»Hat Sie Ihnen gegenüber irgendwas dazu gesagt, was sie hierhergeführt hat?«

»Nein«, räumte Joe ein. »Bei solchen Fragen bleibt sie vage, aber wer will es ihr verübeln? Ich habe jedenfalls ein paar Tage nachdem sie ankam, zwei und zwei zusammengezählt. Inzwischen habe ich eine ganz gute Vorstellung, warum sie ausgerechnet im Murmuring Surf aufgetaucht ist.«

»Verstehe«, sagte Vikki Hill. »Als wir uns Tanya Carnahans Vergangenheit näher angesehen haben, sind wir natürlich auf ihre Vorstrafen gestoßen. Wir sind über Ausschlussverfahren drauf gekommen. Die Schwestern standen sich nah, und es gab keine anderen familiären Verbindungen. Uns ist sogar bekannt, dass Tanya einige Monate vor ihrem Tod ein Testament aufgesetzt hat. Darin wird Letty als Vormund des Kindes genannt.«

Joe trank sein Bier. »Haben Sie für den Mord an Tanya auch andere Verdächtige im Visier? Außer Letty und Wingfield, meine ich?«

»Spielen Sie auf Declan Rooney an, Tanyas Ex-Freund? Ist das nicht etwas weit hergeholt? Ich weiß, dass er noch auf freiem Fuß ist, aber was sollte sein Motiv für den Mord sein?«

»Geld zum Beispiel. Wir haben nie den ganzen Schmuck, das Gold und das Silber sicherstellen können, das sie erbeutet haben – geschätzte 150 000 Dollar, einfach weg. Bei ihrer Verhaftung behauptete Tanya, Rooney und sein Komplize Chuck Sheppard hätten sich mit dem Diebesgut aus dem Staub gemacht«, sagte Joe. »Aber was wäre, wenn in Wirklichkeit sie die Beute hatte? Wenn sie sich mit ihrem Komplizen treffen sollte, aber nicht kam?«

»Das ist ein extrem weit hergeholtes Szenarium, das Sie sich da zusammenreimen«, bemerkte Agent Hill. »Gibt es irgendwelche Beweise dafür?«

»Nein.« Joe lehnte sich auf seinem Barhocker zurück, sein Blick schweifte zu dem Fernseher über der Theke. »Ist dem FBI bekannt, dass Evan Wingfield wahrscheinlich nicht der leibliche Vater des Kindes ist?«

»Was?« Die Stimme der Agentin war schneidend. »Woher wollen Sie das wissen?«

»Wenn Sie Maya gesehen hätten, in natura, würden Sie mir

zustimmen. Declan Rooney hat sehr durchdringende, stechend blaue Augen und dichte schwarze Wimpern. Maya ebenfalls. Die Ähnlichkeit ist unverkennbar.«

»Wenn Tanya wusste, dass Wingfield nicht der Vater ihres Kindes war, warum sagte sie es ihm dann nicht nach der Trennung, bevor der Stress mit dem Sorgerechtsstreit losging?«, fragte Agentin Hill.

»Haben Sie Tanya kennengelernt?«, fragte Joe. »Ich schon. Sie hat mit Rooney zwei Wochen bei uns im Motel gewohnt und dort ältere Mitbürger abgezockt. Sie war schon eine Marke. Wunderschön, super charmant und gerissen. Eine so durchtriebene Lügnerin, wie ich keine vorher gekannt habe. Ich schätze, dass es mit Geld zu tun hatte. Ich meine, Rooney war über alle Berge, und dann erfuhr sie, dass sie schwanger war. So wie Sie eben sagten, ist Wingfield reich. Vielleicht sah Tanya die Chance, einen Sugardaddy auszunehmen, und griff zu.«

»Das ist eine interessante Theorie, aber damit habe ich nichts zu tun«, sagte die Beamtin. »Deshalb bin ich nicht hier.«

»Warum denn dann? Wie Sie schon sagten, Sie können Letty Carnahan jederzeit verhaften. Was wollen Sie von mir?«

Vikki musterte Joe über den Rand seines Bierglases hinweg. »Letty hat eine Beziehung zu Ihnen und Ihrer Mutter. Sie vertraut Ihnen, sonst wäre sie nicht im Motel geblieben.«

»Keine Ahnung, ob sie überhaupt irgendjemandem vertraut.«

»Okay, ich sag Ihnen, was ich will. Kurz bevor Tanya starb, regte sich Evan furchtbar darüber auf, dass er ihr mehrere seiner wertvollsten Immobilien überschrieben hatte. Er hatte sie als Besitzerin eingetragen, um Steuern zu sparen. Wir sprechen hier von mehreren Millionen Dollar. Durch Tanyas Tod gehen diese Immobilien in den Besitz ihrer Tochter über. Letty ist als

Vormund eingetragen, wodurch sie die Kontrolle über Dinge bekommt, die Wingfield als sein Eigentum betrachtet – damit meine ich sowohl sein Kind als auch seine Häuser.«

Joe hob eine Augenbraue. »Was erzählen Sie da?«

»Wingfields Lösung war, mich zu engagieren. Ich sollte Letty finden, sie loswerden und Maya zurückbringen.«

Vikki gab der Kellnerin ein Zeichen, deutete auf ihr leeres Glas und wartete auf Joes Reaktion.

»Sie wollen mich verarschen«, sagte er schließlich. »Er hat einen Killer auf sie angesetzt? Auf Letty?«

»Leider ja.«

Joe wies ebenfalls auf sein leeres Glas und nickte der Kellnerin zu.

»Moment mal, damit ich das richtig verstehe. Evan Wingfield beauftragt eine Frau, die er für eine korrupte Beamtin hält, mit dem Mord an seiner ehemaligen Freundin? Tut mir leid. Das will mir nicht in den Kopf. Ich meine, dass er sie besticht, um nicht genau hinzugucken, wenn es um illegal vermietete Apartments geht, klar, aber ehe Sie sich versehen, sind Sie plötzlich eine Auftragsmörderin? Warum sollte er Ihnen das zutrauen?«

Die Kellnerin stellte die neuen Gläser auf den Tisch und nahm die leeren mit. Agentin Hill probierte ihr Bier und verzog das Gesicht zu einer Grimasse. »Bah. Das ist Ihrs. Wie könnt ihr hier diesen Craftbierscheiß trinken?«

»Wie könnt ihr diese wässrige Plörre trinken?«, gab Joe zurück.

Vikki schob den Plastikbecher beiseite. »Egal. Sehen Sie, ich schlage mich jetzt seit achtzehn Monaten mit Wingfield herum, schmeichele ihm, wehre seine nicht gerade subtilen Annäherungsversuche ab, gebe ihm, was er will. Als wir uns kennenlernten, habe ich ihm erzählt, ich sei eine ehemalige Beamtin vom NYPD, die die Truppe unter fragwürdigen Umständen verlassen hat. Dass ich früher Cop war, stimmt. Tja, er ist ein narzisstischer Soziopath. Umgibt sich nur mit Menschen, die sein Ego boosten. Er ist ein Ganove und hält deswegen auch alle anderen für Ganoven.«

Joe DeCurtis schien nicht überzeugt zu sein.

»Also, ich habe keine Zeit, hier herumzuhampeln und Sie zu überzeugen, dass ich echt bin. Sie müssen mich Letty Carnahan vorstellen. Also sofort. Wingfield ist kein geduldiger Mensch. Er will sie tot sehen, und er will das sofort erledigt haben. Wenn ich das durchziehen soll, muss sie mir vertrauen. Sie müssen mir vertrauen. Sonst geht die Nummer hier nach hinten los. Und Wingfield kommt buchstäblich mit einem Mord davon.«

»Sie verlangen eine Menge«, sagte Joe.

»Ja, stimmt. Aber bedenken Sie die Alternative!«

»Die wäre?«

»Das sind wir doch gerade durchgegangen. Wenn Letty Carnahan sich nicht kooperativ zeigt, nehme ich sie mit nach New York und übergebe sie an die Polizei dort. Maya kommt in die Obhut des Jugendamts. Und Sie, Officer DeCurtis, bekommen eine Anzeige wegen Behinderung der Justiz, Beherbergung einer Flüchtigen und was für Vergehen mir sonst noch einfallen. Selbst wenn nichts davon nachgewiesen werden sollte, ist Ihre Karriere bei der Polizei vorbei.«

Joe atmete langsam aus und schob seinen Stuhl nach hinten. »Ich spreche mit ihr.«

»Tun Sie das!«, sagte Agentin Hill. »Ich brauche die Antwort bis morgen Mittag.«

29

In Nr. 11 brannte noch Licht. Joe klopfte vorsichtig an die Tür, kurz darauf wurde sie mit vorgelegtem Kettenschloss einen Spaltbreit geöffnet.

Letty schien nicht erfreut, ihn zu sehen. »Was ist denn?«

»Ich weiß, dass du noch sauer auf mich bist wegen der Liegestühle, aber wir müssen reden. Dringend«, sagte er leise.

Sie warf einen Blick über die Schulter. »Kann das nicht bis morgen warten? Ich habe Maya gerade ins Bett gebracht.«

»Tut mir leid, aber das geht nicht. Ist wirklich wichtig.« Er hielt inne. »Wir müssen über Evan Wingfield sprechen.«

Letty bekam große Augen. »Okay, komm rein! Wir können uns auf die Terrasse setzen, da können wir reden, ohne Maya zu stören.«

Letty trug eine weite Pyjamahose und ein T-Shirt, ihre Haare waren zerzaust. Sie legte die Hände um ihre angewinkelten Knie und hockte beklommen, wie ein Vogel, auf dem rostigen Metallstuhl.

»Seit wann weißt du es?«

»Ich wusste schon an dem Abend, als du herkamst, dass etwas nicht stimmt. Aber dass du ihre Schwester bist, darauf bin ich erst zum Ende der ersten Woche gekommen. Da habe ich herausgefunden, dass Tanya tot ist und Maya verschwunden.«

»Warum hast du mich nicht verhaftet und nach New York überstellt?«

»Wollte ich anfangs. Aber Ava war von Anfang an überzeugt, dass du ein guter Mensch bist. Sie hätte mir die Hölle heiß gemacht. Außerdem hattest du Maya. Und dann bist du auf dem Parkplatz auf diese Crystal-Meth-Tante gesprungen und hast verhindert, dass sie mir den Kopf einschlägt. Und du hast Harry Bronson das Leben gerettet, indem du ihm eine Aspirin gegeben hast. Da habe ich beschlossen, erst mal abzuwarten, wie es weitergeht. In erster Linie wollte ich wohl schlau aus dir werden.«

»Sag mir Bescheid, wenn du es geschafft hast! Ich verstehe mich bis heute nicht.« Letty machte eine Pause. »Ich habe Tanya nicht umgebracht.«

»Willst du mir erzählen, was passiert ist?«

»In New York hatten wir die Abmachung, dass ich sonntagmorgens was mit Maya unternehme. Mal sind wir in den Park gegangen, mal frühstücken. Nur sie und ich. Aber an dem Morgen schrieb Tanya mir, Maya hätte nicht gut geschlafen, sie wollte sie erst später wecken. Außerdem käme Evan vorbei.«

»War das ungewöhnlich?«

»Ja, sehr. Die Fronten zwischen den beiden waren sehr verhärtet durch die ganzen Anwälte und so. Er hatte üble Drohungen ausgestoßen. Tanya meinte, er wolle einmal in Ruhe mit ihr über alles sprechen und die Sachen klären. Sie glaubte, er würde nachgeben und einverstanden sein, dass sie mit Maya nach Kalifornien zog.«

»Sie wollte nach Kalifornien ziehen?«

»Ja. Sie wollte weg von Evan, wollte als Schauspielerin einen

Fuß in die Tür bekommen. Sie hatte schon ein Haus gemietet, sich eine neue Agentin gesucht ... Sie wollte unbedingt, dass ich mitkomme.«

»Okay. Wie ging es weiter?«, fragte Joe.

»Sie wollte mir eine Nachricht schicken, wenn Evan weg war. Aber ich hörte nichts von ihr. Irgendwann machte ich mir Sorgen. Ich hab sie angerufen und ihr geschrieben, schließlich bin ich hingegangen. Ich hatte einen Schlüssel, hab mir aufgeschlossen. Und dann habe ich sie gefunden.«

Letty senkte den Kopf und musste weinen. »Sie war ...«

Joe beugte sich vor und nahm ihre Hände. »Schon gut.«

Unter schwerem Schluchzen stieß Letty die Worte heraus. »Blut. An ihrem Kopf. Ich habe hochgeguckt, und da stand Maya, oben an der Treppe, und weinte.«

»Glaubst du, sie hat gesehen, was passiert ist?«

»Ich weiß es nicht.« Lettys Stimme stockte. »Das ging alles so schnell.«

»Schon gut«, sagte Joe. »Aber warum hast du nicht die Polizei benachrichtigt?«

»Weil ich sofort wusste, dass es Evan gewesen war. Tanya hatte mir gesagt, falls ihr jemals etwas zustoßen sollte, sei es Evan. Ich musste ihr versprechen, nein, ich musste schwören, dass ich Maya nehmen und verschwinden würde, wenn etwas passierte.«

»Und wohin verschwinden? Hat sie dir gesagt, du solltest hierher kommen, ins Murmuring Surf?«

Letty schüttelte den Kopf. »Nein, das nicht.«

»Was dann?«

Mit dem Saum ihres T-Shirts wischte sie sich die Tränen ab. »Man musste Tanya kennen. Sie war ... kompliziert. Hatte gern Geheimnisse. Sie sagte nie die ganze Wahrheit. Als es vor einigen Monaten wirklich schlimm stand zwischen Evan und ihr, gestand sie mir, sie hätte Angst vor ihm. Weil er Maya niemals gehen lassen würde. Und zwar nicht, weil er sie so liebt, sondern weil Evan sie für sein, nun ja, für sein Eigentum hält.«

»Hat Wingfield Tanya körperlich bedroht?«

Letty zuckte mit den Schultern. »Evan machte das eher über Einschüchterung. Nach dem Motto: Du kannst nicht gegen mich gewinnen. Ich bin reich und mache dich fertig. Deshalb hatte Tanya einen Plan B.«

»Nämlich?«

»Als ich vor ein paar Monaten, kurz nach Weihnachten, bei ihr war, ging sie mit mir in ihr Ankleidezimmer. Sie zeigte mir einen Beutel, den sie in einem Stiefel versteckt hatte. Sie sagte, das sei ihre Notfalltasche. Sie war voll mit Geldscheinen, und der dicke Diamantring lag da drin, den Evan ihr zu Mayas Geburt geschenkt hatte. Dann meinte sie, wenn ihr jemals etwas zustoßen solle, müsse ich mir Maya schnappen, diesen Beutel nehmen und so schnell wie möglich weg von Evan und New York.

Ich fand das typisch für Tanya, diese überzogene Reaktion. Die Drama-Queen. Nur dass sie in dem Fall recht hatte. Ich hatte keinen Plan. Hab ein paar Klamotten von Maya und mir gepackt und Tanyas Wagen genommen, den Mercedes. Bin damit nach Newark gefahren und hab ihn mit den Schlüsseln auf dem Parkplatz in der Nähe des Flughafens stehen lassen. Dann habe ich ein Auto bei Hertz gemietet und es in Raleigh wieder abgegeben. Dafür habe ich den Kia gekauft, bar bezahlt, dann bin ich hierher gefahren. Maya hat fast die ganze Zeit geweint. Übernachtet haben wir in einem Motel an der Autobahn, und schließlich bin ich hier gelandet. Den Rest weißt du.«

»Was glaubst du, warum hat Evan Maya nicht mitgenommen, nachdem er Tanya umgebracht hatte?«, fragte Joe.

»Weil er nicht wusste, dass sie zu Hause war. Er wusste, dass ich sonntagmorgens einen festen Termin mit ihr hatte. Wahrscheinlich ist er deswegen an dem Vormittag gekommen: Er dachte, Maya wäre nicht da.«

Letty begann zu weinen. »Aber sie war die ganze Zeit dabei. O Gott. Sie war da, als er Tanya umbrachte.«

»Vielleicht hat sie ja geschlafen.« Joe hoffte es sehr. »Vielleicht hat sie es gar nicht gesehen.«

»Ich hätte es auch lieber nicht gesehen.« Letty rieb sich die Arme und erschauderte. »Es war furchtbar.«

Joe hielt ihre Hand fest. »Erzähl noch mal von dem Geld, das Tanya versteckt hatte. Wie viel war es?«

»Viel. Fast zwanzigtausend.«

Er pfiff leise. »Hat sie gesagt, woher sie das Geld hatte?«

»Angeblich hatte sie es gespart. Ich weiß, was du denkst. Du glaubst, sie hätte es gestohlen. Ich hab noch das meiste davon. Irgendwo tief in mir wusste ich wahrscheinlich, dass es nicht sauber ist.«

»Du hast mir noch nicht erzählt, woher du wusstest, dass du ins Murmuring Surf kommen solltest.«

»Das lag an dem alten Zeitschriftenartikel, von dem deine Mutter gesprochen hat. Tanya hatte sich den rausgerissen, er lag in ihrem Notfallbeutel. Damals wusste ich nicht, was er zu bedeuten hatte. Ich dachte nur, ich könnte genauso gut hier wohnen wie anderswo. Wie sich herausstellte, war es eine gute Idee.«

»Du wusstest nicht, dass Tanya hier gewohnt hatte? Dass ich sie festgenommen hatte?«

Letty schüttelte heftig den Kopf. »Ich wusste gar nichts. Tanya hatte mir erzählt, sie hätte vor New York in Atlanta gewohnt und da ein bisschen gemodelt. Sie hat behauptet, ihr Freund Rooney hätte sie abgezockt, alles mitgenommen und sie allein in Atlanta zurückgelassen. Von diesem Motel hat sie nie gesprochen.«

»Also alles gelogen«, bemerkte Joe und betrachtete Lettys Gesicht. »Und ich habe die ganze Zeit gedacht, du kämst mir so bekannt vor.«

»Du und Trudi Maples«, sagte Letty verdrießlich. »Ich habe die ganze Zeit darauf gewartet, dass der Groschen fällt, besonders als du mir die Geschichte von Declan Rooney und seinen Komplizen erzählt hast. Da wäre ich fast abgehauen.«

»Und warum hast du's nicht getan?«

»Weiß nicht genau. Wo sollte ich denn hin? Deine Mutter war so lieb zu mir, hat mich hier untergebracht und mir Arbeit gegeben. Seit ich New York hinter mir gelassen habe, habe ich Bauchschmerzen. Aber hier fühlte ich mich allmählich sicher. Da habe ich mir wohl was vorgemacht.«

Joe atmete tief durch. »Du bist nicht sicher. Noch nicht.«

Alarmiert wollte Letty aufstehen. »Willst du mich verhaften?«

»Nein. Aber es hat sich was getan. Deshalb musste ich heute Abend so dringend mit dir sprechen.«

»Was denn?«

»Evan Wingfield hat einen Killer auf dich angesetzt.«

Letty verschlug es die Sprache. In ihrem Kopf summte es, als sei er elektrisch aufgeladen. Sie hatte das hilflose Gefühl, in der Falle zu sitzen.

»Weiß er, dass ich hier bin? In Florida? O nein!«

Joe nahm wieder ihre Hand. »Nein. Er weiß nicht, wo du bist. Aber er hat eine Frau beauftragt, dich aufzuspüren und …

die Sache zu regeln. Er hält diese Frau für eine korrupte Beamtin aus dem Bauamt, aber zum Glück ist sie in Wirklichkeit eine verdeckte Ermittlerin des FBI. Sie heißt Vikki Hill. Heute ist sie von New York heruntergeflogen und hat bei uns eingecheckt.«

»Das ist doch verrückt. Keiner weiß, dass ich hier bin. Niemand.«

»Doch, das FBI. Nach Tanyas Tod sind die Kollegen auf ihre Vorstrafen gestoßen und haben eins und eins zusammengezählt.«

Hektisch sah Letty sich um. »Warum sollte Evan mich umbringen wollen? Ich bin doch keine Gefahr für ihn!«

»Wegen der Kohle. Und Maya. Er will beides.«

»Ich muss weg hier. Heute Nacht noch.«

»Nein«, sagte Joe mit fester Stimme. »Das geht nicht.«

»Ich kann nicht hier bleiben! Du kennst Evan nicht …«

»Letty, warte! Hör mir zu! Du kannst nicht immer weiter davonlaufen. Nicht mit einer Vierjährigen im Schlepptau. Ich weiß, dass du Angst hast. Ich habe selbst Angst um dich. Aber ich bin überzeugt, dass Maya und du nur hier in Sicherheit seid.«

Letty schlug die Hände vors Gesicht. »Wir sind niemals ins Sicherheit. Nicht, solange Evan frei herumläuft.«

»Und deshalb musst du tun, was diese FBI-Agentin will. Du musst uns helfen, Evan für das ins Gefängnis zu bringen, was er Tanya angetan hat.«

Letty sah ihn an. »Wie denn?«

»Agent Hill will sich mit dir treffen. Morgen. Sie wird dir alles erklären.«

»Ich weiß nicht …« Letty zögerte. »Was ist, wenn das eine Falle ist? Evan kennt viele Leute.«

»Das ist keine Falle«, beteuerte Joe. »Alles, was sie mir erzählt hat, passt.« Er stieß einen langen Seufzer aus. »Du hast eh keine andere Möglichkeit. Du musst mir in der Sache einfach vertrauen.«

Letty stand auf und sah ihn kühl an. »Du hast mich ans FBI verraten. Woher sollten die sonst wissen, wo ich bin?«

»Du weißt, dass das nicht stimmt. Wenn ich wollte, hätte ich dich schon vor Wochen verpfeifen können.« Er strich ihr sanft über die Wange. »Du bedeutest mir was, Letty. Maya und du. Du musst mir glauben. Ich bin auf deiner Seite. Sprich morgen mit Agentin Hill und hör dir an, was sie zu sagen hat, ja?«

Sie schob seine Hand von sich. »Ich habe ja keine andere Wahl, oder? Wenn ich heute Nacht versuche abzuhauen, verhaftest du mich, stimmt's?«

»Versuch, ein bisschen zu schlafen.« Joe drückte das Gartentor auf. »Sie will morgen mit dir sprechen.«

30

Joe!« Die Stimme seiner Mutter schreckte ihn aus dem Schlaf. Er öffnete die Augen und rutschte auf dem Sitz hoch. Seine verkrampften Rückenmuskeln protestierten.

Ava stand vorm Beifahrerfenster, die Hände in die Hüften gestemmt. »Was glaubst du, was du da machst?«

Joe gähnte und öffnete die Tür des Pick-ups. »Ich hab geschlafen. Bis du mich geweckt hast.« Er steuerte auf das Büro zu. »Und jetzt muss ich mal aufs Klo. Wenn du nicht willst, dass ich mich hier auf dem Parkplatz deines Motels erleichtere.«

Er ließ sich alle Zeit der Welt zum Händewaschen und Frischmachen. Als er von der Toilette ins Büro zurückkam, wartete Ava auf ihn.

»Warum hast du auf dem Parkplatz übernachtet? Warst du gestern Abend betrunken? Und müsstest du jetzt nicht im Dienst sein?«

Joe gähnte wieder, dann ging er zur Kaffee-Ecke. Er schenkte sich einen Becher voll ein und trank ihn halb leer.

»Ich war nicht betrunken. Ich hab mir heute frei genommen. Sonst noch was?«

»Wann willst du mir endlich erzählen, was mit Letty los ist?«, fragte Ava mit vor der Brust verschränkten Armen. Joe hätte wissen müssen, dass sie merken würde, wenn etwas nicht stimmte.

»Du hast recht, da ist etwas im Busch. Aber ich habe tatsächlich nicht die Befugnis, darüber zu sprechen.«

»Die Frau, die gestern ins Studio gezogen ist, mit der hat das zu tun, oder? Vikki Soundso. Wer ist sie wirklich? Und sag mir nicht, das würde mich nichts angehen! Sie wohnt in meinem Motel. Ich habe ein Recht, das zu erfahren.«

Verdammt. Das konnte Joe nicht gebrauchen. Die halbe Nacht hatte er wach hinter dem Lenkrad seines Pick-ups gesessen, dicht hinter Lettys Kia, nur für den Fall, dass sie türmen wollte. Gegen drei Uhr morgens war er irgendwann eingedöst.

»Vikki Hill ist eine FBI-Agentin. Aus New York. Mehr kann ich dir im Moment wirklich nicht dazu sagen, Mom.«

Ava ließ sich nicht abwimmeln. »Verrat mir nur eins: Geht es um Maya? Ist sie irgendwie in Gefahr?«

»Es geht *auch* um Maya, indirekt«, gab Joe zu. »Aber ich werde dafür sorgen, dass ihr nichts passiert.«

Isabelle kam die Treppe von der Wohnung im ersten Stock heruntergehüpft. »Hey, Bruderherz!« Sie gab Joe einen Kuss auf die Wange. »Müsstest du nicht auf Verbrecherjagd sein?«

»Müsstest du nicht in der Schule sein?«, gab er zurück. »Warum machen sich alle solche Gedanken um meine Dienstzeiten?«

»Er hat heute Nacht in seinem Pick-up auf dem Parkplatz geschlafen«, erklärte Ava ihrer Tochter. »Weil Letty und Maya irgendwie Ärger mit dem FBI haben.«

»Du Scheiße!«, stieß Isabelle aus. »Echt? Glaubt das FBI wirklich, dass Letty ihre Schwester umgebracht hat? Also, das ist doch irre. So was würde Letty niemals tun!«

»Was weißt du über die ganze Geschichte?«, fragte Joe streng.

»Das wüsste ich auch gern«, sagte Ava spitz. »Junge Dame?«

Isabelle wich einen halben Schritt zurück. »Ich habe Letty

versprochen, dass ich nichts sage. Niemandem. Sie hat dicken Ärger, oder? Das ist eigentlich alles, was ich weiß.«

»Wer ist denn Lettys Schwester?«, fragte Ava. »Warum ist hier eine FBI-Agentin abgestiegen? Und warum bin ich immer die Letzte, die alles erfährt?«

Die Türglocke klingelte, Maya und Letty kamen herein.

»Maya Papaya!«, rief Isabelle, und die Kleine warf sich ihr in die Arme.

Letty hatte dunkle Ringe unter den Augen. Sie musterte die versammelte Familie argwöhnisch.

»Es geht um mich, oder?«, fragte sie Joe. »Hast du's erzählt?«

»Ich habe nichts verraten, Letty«, beeilte sich Isabelle zu sagen. »Hab mein Versprechen gehalten.«

»Mir hat keiner irgendwas gesagt«, warf Ava ein. »Meinst du nicht, dass es an der Zeit ist, uns alle langsam aufzuklären?«

Letty wies stumm auf ihre Nichte.

»Komm, Maya!« Isabelle verstand den unausgesprochenen Hinweis. »Wir gehen nach oben und spielen Schule, bevor ich in die richtige Schule gehen muss.«

Joe goss Kaffee in einen Becher und reichte ihn Ava, dann schenkte er Letty welchen ein, die wartete, bis sie die Schritte von Maya und Isabelle auf der Treppe hörte. Sie trank einen Schluck und stellte den Becher beiseite. »Es tut mir leid, dass ich dich angelogen habe, Ava.«

Sie erzählte die ganze Geschichte. Ihr Kaffee wurde darüber kalt. Es war eine Flut ungeordneter Worte und Emotionen – Verrat, Reue, Kummer und Angst. Letty hielt nichts zurück. Sie legte alles offen, mit Ausnahme des kleinen Gegenstands, den sie in Mayas Stoffelefant gefunden hatte. Aus Gründen, die sie selbst nicht recht verstand, beschloss sie, die Existenz der versteckten Kamera für sich zu behalten, zumindest fürs Erste.

Ava hörte zu, ohne Letty zu unterbrechen, bis diese den Namen Declan Rooney erwähnte.

»Dieser furchtbare Kerl!«, rief sie mit finsterem Blick. »Das war ein Satan. Von dem Moment an, als Chuck mit ihm und deiner Schwester hier ankam, hätte ich wissen müssen, dass die beiden nichts Gutes im Schilde führen. Wahrscheinlich hat er uns alle mit seinem irischen Akzent um den Finger gewickelt. Und mit seinen verfluchten blauen Augen.«

»Nicht alle haben sich einwickeln lassen«, widersprach Joe. »Und wie sich herausgestellt hat, war Rooneys Akzent so falsch wie der Rest von dem, was er erzählt hat. Er kommt aus einem Vorort von Boston.«

Avas Ton wurde weicher. »Letty, ich kann es trotzdem nicht fassen, dass mir die Ähnlichkeit zwischen dir und Tanya bis jetzt nicht aufgefallen ist.«

»Wahrscheinlich gut, dass du nichts gemerkt hast, sonst hättest du mir niemals ein Zimmer gegeben«, sagte Letty.

»Doch, vielleicht schon. Wegen Maya. Und auch weil ich gespürt habe, dass du ein guter Mensch bist.« Ava drehte sich zu ihrem Sohn um und sah ihn nachdrücklich an. »Und wie geht es jetzt weiter?«

»Das hängt von Letty ab.«

»Ich treffe mich heute mit der FBI-Agentin«, erklärte Letty. »Dann werde ich wohl tun, was sie will. Ich habe keine anderen Optionen und keine Lust mehr, immer nur davonzulaufen.«

Sie hörten Schritte die Treppe hinunterpoltern; das Gespräch musste auf später vertagt werden.

»Letty!« Maya kam ins Büro gelaufen. »Isabelle muss jetzt zur Schule gehen.«

Avas Tochter tauchte hinter Maya auf. »Es sei denn, Mom schreibt mir eine Entschuldigung. Dann könnten wir an den Strand gehen.«

»Guter Versuch«, sagte Ava. »Aber du gehst zur Schule. Maya ist auch nach dem Mittagessen noch hier, und der Strand wartet auf euch.«

Mit einem Piepsen signalisierte Joes Handy, dass er eine Textnachricht erhalten hatte. »Die ist von der Agentin«, erklärte er Letty. »Wir sollen zum Frühstück zu ihr ins Seahorse kommen.«

»In den Diner unten in Pass-a-Grille? Jetzt?«

»Maya kann hier bei mir bleiben«, bot Ava an. »Wir spielen auch ein bisschen Schule.«

»Ich kann schon meinen Namen schreiben!«, prahlte das Mädchen. »M-A-Y-A.«

Anerkennend klatschte Ava in die Hände. »Super. Mal sehen, ob du auch meinen Namen schreiben kannst. A-V-A. Hey, wusstest du, dass man den von vorn und von hinten gleich schreibt?«

»Schön eingeparkt«, bemerkte Letty auf dem Weg zu Joes Pick-up auf dem Parkplatz.

Er öffnete die Beifahrertür, sie stieg ein.

»Hast du wirklich gedacht, dass ich abhaue?«, fragte sie, als er auf die Straße bog.

»Nein, aber ich wollte kein Risiko eingehen«, antwortete er. »Das FBI nimmt die ganze Sache sehr ernst, Letty. Die wollen Evan Wingfield festnageln, und so, wie ich es verstanden habe, bist du dafür unverzichtbar.«

Es war noch früh, die Straße war fast leer. Über den Gulf

Boulevard, die Straße, die die Strandorte miteinander verband, fuhren sie nach Süden in Richtung St. Pete Beach und Pass-a-Grille, vorbei an Touristen und Rentnern, die langsam bummelten oder joggten.

Das Seahorse befand sich in einem flachen Holzgebäude, das auf einem Eckgrundstück mit Blick auf die Bucht von Tampa stand. Das Restaurant hatte fröhlich grün-rot gestreifte Markisen, aus Blumenkästen quollen rote Geranien. Joe hielt am Straßenrand. Letty saß kerzengerade da und schaute starr geradeaus. Nur ihre Hände bewegten sich, öffneten und schlossen sich auf ihrem Schoß. Sie hatte kaum geschlafen, ihr war schlecht.

»Ich habe Angst.«

»Ich weiß.« Joe legte seine Hand auf ihre. »Ich verspreche dir, Letty, ganz egal, was passiert, ich sorge dafür, dass dir und Maya nichts zustößt. Darauf kannst du dich verlassen.«

Sie holte tief Luft und nickte. »Okay. Gehen wir.«

»Das ist sie«, sagte Joe leise und wies auf eine Frau, die allein an einem Tisch in einer Ecke der überdachten Veranda saß.

Die FBI-Agentin trug ein schwarzes Strick-Tanktop und eine weiße Jeans. Verwundert stellte Letty fest, dass Vikki Hill viel jünger aussah als auf dem Foto, das Zoey ihr aus dem Diner geschickt hatte. Vielleicht war sie Anfang vierzig? Sie hatte sich die Sonnenbrille in die schulterlangen dunklen Haare geschoben. Ihre Haut war kaffeebraun, ihr knallroter Lippenstift bildete einen starken Kontrast dazu. Die Beamtin studierte die Speisekarte und sah auf, als Joe und Letty näher kamen.

»US-Agentin Hill«, sagte Joe und zog einen Stuhl für Letty unter dem Tisch hervor.

»Nur Vikki, bitte«, gab die Agentin zurück. »Hallo, Letty. Danke, dass Sie gekommen sind.« Sie deutete auf ihre Kaffeekanne, aber Letty schüttelte den Kopf. »Ich bin seit drei Uhr wach und habe schon genug Koffein im Blut.«

»Wie ist es mit Essen?«

»Kein Hunger.«

»Wirklich nicht? Geht auf Rechnung des Staats. Ich habe schon gegessen. Garnelen zum Frühstück! Wahnsinn, oder? Ich könnte mich daran gewöhnen, zu dieser Jahreszeit in Florida zu sein.«

»Im Juli würde es Ihnen eher nicht so gefallen«, bemerkte Joe.

»Der Juli gefällt mir nirgendwo«, gab Hill zurück.

Unruhig von all dem Koffein, sah sich Letty immer wieder um.

»Ich bin allein«, sagte Vikki Hill, die Lettys Befangenheit bemerkte. »Ohne Kollegen, die sich als Kellner oder Tourist verkleidet haben. Auch keine versteckten Kameras. Nur ich. Ich nehme an, Joe hat Ihnen genau erklärt, worum es geht?«

»Er hat gesagt, Evan Wingfield hätte Ihnen den Auftrag gegeben, mich umzubringen. Stimmt das?«

»Also, nicht mir persönlich. Sie kennen Wingfield ja ganz gut, haben für ihn gearbeitet, sind mit ihm ausgegangen, da wird Ihnen wahrscheinlich bekannt sein, dass er keine besonders hohe Meinung von Frauen hat. Ich meine, für das eine oder andere kommen sie ihm ganz gelegen, aber die komplizierten Dinge traut er ihnen nicht so recht zu, wenn Sie verstehen. Er will wohl, dass ich mich als eine Art Vermittler betätige und jemanden finde, der den Auftrag erledigt und Sie umbringt.«

Letty schluckte. Ihr Kopf dröhnte, ihr war übel. Vorsichtig trank sie einen Schluck Wasser.

»Nichts für ungut«, sagte sie schließlich, »aber das fällt mir alles sehr schwer zu glauben. Selbst wenn es um Evan Wingfield geht.«

Die Agentin nickte. »Verstehe ich.«

Sie legte ihr Handy auf den Tisch und suchte herum, bis sie auf ein Icon tippte. »Hier ist eine Aufnahme von letzter Woche, da habe ich beim Telefonieren mit Wingfield auf Aufnahme gedrückt. Denken Sie dran: Er hält mich für eine städtische Wohnungsbauinspektorin.«

Die Aufnahmequalität war nicht besonders gut. Der Ton klang blechern, es hallte leicht, dennoch erkannte Letty Evans Stimme sofort.

»Hören Sie, ähm, Sie könnten was für mich tun.«

»Was denn?«, erwiderte eine Frauenstimme.

»Sie haben meine Tochter immer noch nicht gefunden, oder? Ich meine, das ist echt die Höhe! Maya ist erst vier Jahre alt, und diese durchgeknallte Letty könnte überall mit ihr sein. Maya könnte in großer Gefahr schweben.«

»Hmh.«

»Ich habe gedacht, Sie haben so viele Kontakte, in der Stadtverwaltung und so. Sie waren doch früher bei der Polizei und kennen noch viele Cops, oder?«

»Ja, ein paar schon.«

»Irgendjemand muss doch wissen, wo Letty ist. Ich meine, sie ist schließlich kein kriminelles Genie, verdammt nochmal!«

Die Frau klang gelangweilt. *»Vielleicht engagieren Sie besser einen Privatdetektiv oder so.«*

»Hab ich schon. Da kann ich das Geld genauso gut im Klo runterspülen. Niemand weiß irgendwas. Deshalb habe ich an Sie gedacht.«

»Wirklich? Weil ich ein kriminelles Genie *bin, oder was?«*

Evan lachte.

»Nein, ernsthaft. Ich möchte gern, dass Sie sich umhören. Sprechen Sie mit Lettys Freundinnen aus dem Diner. Sie haben ein

vertrauenserweckendes Gesicht. Ich könnte mir vorstellen, dass Ihnen öfter mal jemand was beichtet.«

»Und dann? Was ist, wenn ich herausbekomme, wo sie ist? Ich sage es Ihnen, und Sie benachrichtigen die Polizei, die Letty dann verhaftet und ihr Kind nach Hause bringt?«

»So ähnlich … oder … «

»Oder was?«

»Oder wir kümmern uns selbst um Letty. Sie wissen doch, wie die Gerichte sind. Sie ist eine Frau. Gibt wahrscheinlich Typen, die sie heiß finden. Könnte gut sein, dass sie mit einem Klaps auf die Hand davonkommt – selbst wenn sie ihre eigene Schwester getötet hat. Nein. Sie soll für das zahlen, was sie meiner Familie angetan hat. Aber so richtig.«

Letty lief ein Schauer über den Rücken. Joe hatte sie die ganze Zeit aufmerksam beobachtet. Er griff über den Tisch und drückte beruhigend ihre Hand. Vikki Hill registrierte es, schwieg aber. Sie tippte auf ihr Handy und unterbrach die Aufnahme.

»So geht es noch ein paar Minuten weiter. Er laviert herum, wirft Ihnen vor, Tanya getötet zu haben, gibt Ihrer Schwester die Schuld an den Problemen in seinem Unternehmen. Er sagt einige nicht besonders nette Dinge über Sie, Letty. Ich muss gestehen, dass er momentan ziemlich paranoid ist. Offenbar hatte Tanya ihm gedroht, sie wüsste von der Bestechung der Wohnungsbauinspektoren und würde damit zur Polizei gehen.«

Lettys Stimme war rau vor Angst und Schlafmangel. »Ungefähr einen Monat vor ihrem Tod hat Tanya mir erzählt, dass Evan sich bereit erklären würde, auf das Sorgerecht für Maya zu verzichten, und dass er damit einverstanden wäre, wenn sie nach L. A. zieht, weil sie ihn in der Hand hätte. Aber sie hat mir nie gesagt, was genau sie wusste und woher.«

»Ihre Schwester steckte voller Geheimnisse, was?«, fragte Vikki Hill.

Letty senkte den Blick auf die Tischplatte, sah auf den mit Fett und Eigelb verschmierten Teller, die Reste von Hills Frühstück. Der Anblick erinnerte sie an all das Geschirr, das sie in ihren Jahren als Kellnerin im Lazy Daizy abgeräumt hatte. Und daran, wie sie sich das erste Mal zu diesem höflichen, großzügigen Gast gesetzt hatte, den die Kellnerinnen nur Tisch 2 nannten.

Was wäre gewesen, wenn sie ihn damals abserviert hätte, wenn sie ihm gesagt hätte, er solle bleiben, wo der Pfeffer wächst, als er ihr anbot, sich dieses plötzlich zur Verfügung stehende Apartment anzusehen? Was wäre gewesen, wenn sie Evan Wingfield nie kennengelernt hätte oder wenn sie sich von Tanya kein schlechtes Gewissen hätte einreden lassen, was dazu führte, dass sie ihrer Schwester vorschlug, bei ihr einzuziehen? Diese Überlegungen waren grausam. Jeden Morgen musste Letty beim Aufwachen daran denken, wurde im Schlaf oder in unerklärlichen Momenten davon heimgesucht, beispielsweise wenn sie Maya etwas vorlas.

»Tja«, sagte sie leise. »Geheimnisse über Geheimnisse. So war Tanya.«

Joe trommelte mit den Fingern auf die Tischplatte. »Bis jetzt haben wir nur gehört, dass Wingfield Dampf ablässt. Einen konkreten Auftrag zum Mord konnte ich darin nicht erkennen. Hat er irgendwann auch mal Klartext gesprochen?«

Vikki Hill nahm ihr Handy und tippte den Pfeil zum Abspielen wieder an. »Hören Sie zu!«, sagte sie.

Ihre eigene Stimme setzte mitten im Satz ein: »*Warum verraten Sie mir nicht den wahren Grund, weshalb sich jemand Letty vornehmen soll?*«

»Habe ich schon. Nennen Sie es Selbstjustiz.«

»Nein, das nenne ich Schwachsinn. Ich kenne Sie, Evan. Letztendlich geht's immer ums Geld, oder?«

»Diese verwirrte Tanya hat ein Testament gemacht. Wer konnte das ahnen? Bei irgendeiner Indianerin, die sie bei den Anonymen Alkoholikern kennengelernt hat. Wer beauftragt eine alkoholkranke Anwältin mit der Nachlassplanung? Tanya Carnahan, sonst niemand. Langer Rede kurzer Sinn: Sie hat alles Maya hinterlassen, in einem Fonds, und Letty ist als Mayas Vormund eingesetzt.«

»Und?«

»Und? Als wir noch zusammen waren, also bevor es schlimm wurde, habe ich mehrere Holdings in eine GmbH übertragen und sie auf Tanyas Namen eintragen lassen. Was ich ihr aber nie erzählt habe.«

»Als Steuertrick.«

»Das ist völlig legal! Aber da Tanya jetzt tot ist, sieht es so aus, dass meine vierjährige Tochter und ihre durchgeknallte Tante die Eigentümerinnen von hochwertigen New Yorker Immobilien im Wert von rund zwölf Millionen Dollar sind. Meine Apartments. Die Anwälte sagen, ich könne sie vor Gericht ziehen, aber solange ich nicht beweisen könne, dass Letty Tanya getötet hat, verbleiben die Wohnungen in einem Fonds, der von Letty verwaltet wird.«

»Aber Sie sind doch Mayas leiblicher Vater, oder? Kann Tanya Sie denn einfach so aus dem Leben des Kindes drängen?«

»Weiß keiner genau. Aber darum geht's auch gar nicht. Kommen wir noch mal zu Letty. Können Sie sie auftreiben, ja oder nein?«

»Möglich. Ich meine, was ist Ihnen das wert?«

»Zehntausend.«

»Hahaha … Jetzt mal ernsthaft. Ich habe auch noch einen Job,

wissen Sie? Ich müsste mir freinehmen, ein paar Gefallen einfordern … Das kostet alles Geld. Dann Reisekosten, wenn es so weit ist. Außerdem: Wenn Sie wollen, dass ich jemanden besorge, der sich um Letty kümmert, ist das nicht gratis. Ich meine, ich weiß gar nicht, wie viel so ein Auftragskiller kostet.«

»Mensch! Sprechen Sie das Wort nicht aus!«

»Was soll ich denn sonst sagen? Ein Berater?«

»Ist mir egal. Kümmern Sie sich einfach drum.«

»Fünfzigtausend. Und versuchen Sie nicht, mit mir zu feilschen. Ich weiß, dass Sie genug Geld haben, Evan.«

»Okay. Organisieren Sie das. Ich will nichts Genaues wissen. Kümmern Sie sich einfach drum.«

»Und was ist mit dem Kind?«

»Ach, klar, Maya. Achten Sie darauf, dass ihr nichts passiert, ja? So, ich muss auflegen. Schreiben Sie mir, wenn Sie was wissen!«

31

Die FBI-Agentin tippte auf ihr Handy und hielt die Wiedergabe an.

»Kümmern Sie sich drum«, wiederholte Letty bitter. »Das hat Evan auch immer zu mir gesagt, als ich noch für ihn gearbeitet habe. Wenn das Kabelfernsehen in einem Apartment nicht mehr ging: Kümmer dich drum. Wenn sich ein Mieter im Haus beschwerte, wenn die Matratze ausgetauscht werden musste, war es immer meine Aufgabe, mich drum zu kümmern. Ich bin nur eine weitere Unannehmlichkeit für ihn. Und Maya? Die hat er schon fast vergessen.«

Vikki Hill nickte zustimmend. »Für Wingfield ist sie ein Posten auf seiner Liste. Wie seine Apartments.«

»Glauben Sie, er weiß, dass er gar nicht Mayas Vater ist?«, fragte Joe.

»Das bezweifele ich.« Vikki Hill gab der Kellnerin ein Zeichen, ihr Kaffee nachzuschenken. Dann wandte sie sich an Letty. »Sie haben den Mann gehört. Was er gesagt hat.«

»Haben wir alle. Er hat Sie beauftragt, einen Auftragsmörder zu engagieren, der mich umbringen soll. Nehmen Sie ihn fest! Das ist doch ein Verbrechen, oder? Wofür brauchen Sie mich noch?«

Joe und die Agentin tauschten einen wissenden Blick. »Weil

es nicht reicht«, sagte Joe vorsichtig. »Anstiftung zum Mord ist schwer zu beweisen. Selbst wenn man den Beschuldigten auf Band hat. Wingfield ist gerissen. Er spricht an keiner Stelle aus, dass er dich umbringen lassen will. Auch wenn das seine Absicht ist.«

»Was willst du damit sagen?«

Die Agentin beugte sich über den Tisch und sah Letty tief in die Augen. »Ich weiß, es ist grausam. Aber wenn Sie Evan Wingfield im Gefängnis sehen wollen, wenn Sie sichergehen wollen, dass er Sie und Ihre Nichte und auch sonst wen nie wieder bedroht, dann müssen Sie uns helfen, Letty.« Sie warf Joe einen Blick zu, der widerstrebend nickte.

»Ich erkläre Ihnen, was wir vorhaben: Ich schreibe Wingfield heute, dass ich einen Typen gefunden hätte, der sich ›kümmert‹.« Sie zeigte auf Joe. »Besagter Mann ist Officer DeCurtis. Es wird ein bisschen knifflig, weil Wingfield sehr misstrauisch ist – und paranoid. Aber zu unserem Glück hält er mich für eine dumme Tussi. Ich werde mitspielen und ihn um genauere Anweisungen bitten. Wir müssen aus seinem Mund hören, dass er den Mord an Ihnen in Auftrag gibt. Und danach, wenn er überzeugt ist, dass ich meinen Job erledigt habe, und er mich bezahlt, dann schnappt die Falle zu. Dann kann er nicht mehr heraus.«

»Das wird nicht funktionieren«, sagte Letty. »Ich kenne Evan deutlich länger als Sie. Er hält sich immer den Rücken frei. Er umgibt sich mit zig Leuten, die die schmutzige Arbeit für ihn erledigen.«

»Okay, und was schlagen Sie vor? Ich höre.«

»Keine Ahnung«, gestand Letty matt. »Ich habe das Gefühl, in einem Albtraum gefangen zu sein. Wann ist der endlich vorbei?«

»Wenn wir Evan Wingfield hinter Gitter gebracht haben«, wiederholte Agentin Hill.

»Vielleicht könnten wir den Druck auf Wingfield irgendwie erhöhen?«, schlug Joe vor. »Ihm irgendwas erzählen, das es in seinen Augen nötig macht, Letty so schnell wie möglich loszuwerden? Wir könnten behaupten, Letty hätte Beweise dafür, dass er Tanya umgebracht hat. Dann würde er sie doch ruhigstellen wollen, oder?«

»So einen Beweis habe ich aber nicht«, warf Letty ein.

Vikki Hill nickte langsam. »Das weiß er ja nicht. Ich könnte mich an einen der Detectives vom NYPD wenden, die den Mord an Tanya untersuchen. Dem könnte ich vorschlagen, dass er Wingfield einen Besuch abstattet und ihm eine Geschichte auftischt. Zum Beispiel könnte er behaupten, das FBI hätte Kontakt zu Letty aufgenommen und sie würde kooperieren. Was ja auch stimmt. Das würde ihm Feuer unterm Hintern machen, oder?«

»Möglich«, sagte Letty.

»Ich würde behaupten, einen Versuch ist es wert«, meinte die FBI-Agentin. »Ich schreibe Wingfield eine Nachricht, dass wir dringend sprechen müssen. Wenn er anruft, sage ich ihm, ich hätte jemanden für den Auftrag gefunden. Falls er bremst, mache ich ihm Druck, okay?«

»Sind Sie sich wirklich absolut sicher, dass Evan nicht weiß, wo ich bin?«, fragte Letty.

»Ja, vollkommen. Ich habe meine Spuren verwischt«, beteuerte Vikki Hill. »Ich verspreche Ihnen, er hat noch nie vom Murmuring Surf gehört. Er hat keine Ahnung.«

»Und? Was für einen Eindruck hat die Agentin auf dich gemacht?«, fragte Joe. Sie fuhren in seinem Pick-up zum Motel.

»Ganz in Ordnung, denke ich. Für eine FBI-Agentin.«

»Tja … nicht gerade besonders sympathisch. Aber sie scheint zu wissen, was sie tut.«

Letty sah aus dem Fenster auf die vorbeiziehende Landschaft und kaute an einem eingerissenen Stück Nagelhaut. »Glaubst du wirklich, dass ihr Plan aufgeht?«

»Sonst hätte ich dich heute nicht zu dem Treffen mitgenommen.«

»Dann hätte sie mich einfach verhaftet und nach New York geschleppt.«

»Nein.« Joe drehte sich zur Seite und sah Letty in die Augen. »Das hätte ich nicht zugelassen.«

»Und was ist, wenn Evan nicht anbeißt? Wenn nicht bewiesen werden kann, dass er Tanya ermordet und den Mord an mir in Auftrag gegeben hat? Was dann?«

»Dann überlegen wir uns was anderes«, sagte Joe.

»Wir?«

Ohne langsamer zu werden, riss er das Lenkrad scharf nach rechts herum und fuhr auf den Parkplatz eines Einkaufszentrums mit mehreren Geschäften. Er schaltete den Wagen in den Leerlauf.

»Ja«, sagte er ernst. »Wir. Du und ich. Vielleicht können uns Ava und Isabelle helfen, aber in erster Linie werden du und ich es sein. Es sei denn, du hast ein Problem damit.«

Letty kaute auf ihrer Unterlippe. »Ich weiß nicht, was ich sagen soll. Ich bin dir dankbar, Joe, aber ich bin nicht … Ich kann so was gerade nicht. Nicht bei dem, was alles über mir schwebt. Und mit Maya. Wenn oder falls wir diesen Mist mit Evan jemals klären können, ist sie meine oberste Priorität. Ich bin alles, was sie hat. Und ich habe Tanya versprochen …«

»Hast du ihr versprochen, dass du dein eigenes Leben aufgibst?«, fragte Joe.

»Ich habe ihr versprochen, ihre Tochter zu schützen.«

Er lachte. »Wie kannst du sie denn besser schützen, als wenn du mit einem Polizisten zusammen wärst?« Joe griff unter den Beifahrersitz und holte ein Paar Handschellen hervor. »Ich hab auch noch einen Schlagstock unter dem Sitz, da komme ich nur gerade nicht dran.«

Letty zwang sich zu einem Lächeln. »Du weißt, was ich meine.«

»Okay, mal abgesehen von dem ganzen Kram. Sag mir einfach: Fühlst du dich zu mir hingezogen? Ja oder nein.«

»Ein bisschen.«

»Weißt du, in welchem Punkt du anders bist als deine Schwester? Du kannst null schauspielern, Letty Carnahan!«

Er beugte sich zu ihr hinüber und gab ihr einen Kuss auf den Mund, bevor sie widersprechen konnte.

Sie erwiderte den Kuss, entzog sich jedoch kurz darauf zögernd seiner Umarmung. »Du redest wie mein letzter Agent.«

Eine ältere Frau mit einem Einkaufswagen, in dem ein Dackel im Kindersitz festgeschnallt war, blieb neben dem Pick-up stehen und drohte Letty missbilligend mit dem Zeigefinger.

»Lass uns fahren«, sagte Letty. »Ich muss arbeiten, und ich will Maya nicht so lange bei deiner Mutter lassen, sie hat doch auch zu tun.«

»Du weichst meiner Frage aus. Was ist mit uns? Mit dir und mir? Was ist damit?«

»Lass uns erst mal nur gute Freunde sein, ja? Mein Leben ist gerade zu kompliziert für mehr.«

»Und wenn ich dir sage, dass mich kompliziert nicht stört?«, fragte Joe.

»Okay«, gab Letty nach. »Du hast recht. Ich fühle mich zu dir hingezogen, mehr als nur ein bisschen. Aber es sieht so aus, Joe: Ich will keine Beziehung, die darauf gründet, dass du mich rettest. Du bist lieb, und ich weiß wirklich zu schätzen, wie nett du zu Maya bist, aber das sollte nicht die Basis einer Beziehung sein. Vor Jahren habe ich mich dummerweise auf Evan eingelassen, weil ich mich von ihm habe ›retten‹ lassen. Meine Mutter ist immer wieder in diese Falle getappt, bei jedem Mann aufs Neue. Sie hat sich auf andere verlassen, statt zu lernen, wie man es selbst schafft. Von ihr hat Tanya das gelernt, verstehst du? Ihren Charme und ihre weiblichen Verführungskünste einzusetzen – in Wirklichkeit läuft das darauf hinaus, nichts als Lügen und Geheimnisse zu haben. Das will ich nicht, und ich will auch nicht, dass Maya denkt, als Frau könne man nur so durchs Leben kommen.«

Joe suchte nach den richtigen Worten. »Dich retten? Glaubst du, darum geht es mir?«

»Ja. Du bist Polizist, und jeder weiß, dass Cops dafür ausgebildet werden. Aber ich will kein Opfer mehr sein. Ich habe nicht für den Rest meines Lebens ein Opfer-Abo.«

Joe schlug mit der Faust aufs Armaturenbrett. »Mensch, Letty! Ja, ich bin Cop. Das kann ich nicht einfach abstellen. Aber das ist nicht der Grund, warum ich dir helfen will. Verdammt, wenn ich meinen Job machen würde, hätte ich dich festnehmen müssen, sobald mir klar war, dass du flüchtig warst. Hab ich aber nicht. Weil ich wusste, dass du auf keinen Fall getan hast, was man dir vorwirft. Ich mache mir was aus dir, ich möchte mit dir zusammen sein. Ist das verboten?«

»Nein«, erwiderte sie leise. »Ist es nicht. Es ist nur nicht das Richtige für mich. Zumindest nicht jetzt.«

Er steuerte den Pick-up wieder auf die Straße, nur eine Hand am Lenkrad, die andere hatte er ins Fenster gelegt. »Und nun?«

»Wir stehen das durch, so gut wir können«, sagte Letty. »Aber bitte ohne emotionale Ansprüche, ja?«

Joe zuckte mit den Schultern. »Wie du meinst.«

32

Kaum kam Letty ins Büro, fiel Ava über sie her. »Wie lief es mit dem FBI?«

»Weiß nicht genau«, erwiderte Letty.

Sie bückte sich und gab ihrer Nichte einen Kuss auf den Scheitel. »Hattest du Spaß mit Ava, Mausezahn?«

»Ich habe gepuzzelt«, erklärte Maya stolz. »Und jetzt mache ich eine Kette für dich.«

Letty zog ihren Stuhl an den Tresen und fuhr den Computer hoch, um sich ins Reservierungsportal einzuloggen. »Das ist ja gut«, sagte sie und schaute zu Ava hinüber. »Der April ist schon bald voll. Das Studio ist komplett ausgebucht, bis Mitte Juli. Da hätten wir es eigentlich noch ein bisschen teurer machen können, oder?«

»Letty!«, rief Ava. »Wie lief es mit dieser Agentin? Du kannst hier nicht einfach reinkommen und kein Wort darüber sagen.«

»Ich weiß nicht, ob ich darüber reden darf.« Bedeutungsvoll sah sich Letty über die Schulter zu Maya um, die rotes Garn auf eine Holzspule wickelte.

»Glaubt sie dir denn?«, flüsterte Ava. »Sie will dich doch nicht verhaften, oder?«

»Nein, ich denke schon, dass sie mir glaubt. Und nein, ich

glaube nicht, dass wir mit einer baldigen Festnahme rechnen müssen.«

Ava reckte den Hals, um auf den Parkplatz zu schauen. »Wo ist Joe hin? Ich dachte, er hätte heute frei?«

»Er hat gesagt, er müsste noch einiges erledigen.« Um Ava auf ein anderes Thema zu bringen, wies Letty auf den Bildschirm. »Laut Buchungsportal ziehen am Montag nach Ostern neue Gäste in Nr. 12 ein. Aber du hast mir gesagt, dass die Sheehans erst am Wochenende darauf nach Hause fahren.«

»Was?« Über Lettys Schulter spähte Ava auf den Bildschirm. »Dieses bescheuerte neue Buchungssystem bringt mich total durcheinander. Ich weiß nie, wer kommt und wer geht. Heißt das, wir haben da eine Doppelbelegung?«

»Du solltest doch alle Daten in die neue Tabelle übertragen«, sagte Letty geduldiger, als ihr zumute war.

»Das habe ich auch versucht, aber dann hat Merwin mich in Beschlag genommen. Er hat sich über die bescheuerten Cues vom Shuffleboard beschwert, da bin ich wohl rausgekommen«, sagte Ava. »Und was machen wir nun?«

Letty klickte auf die Belegung des restlichen Motels. »Hm. Die Feldmans ziehen am Ostermontag morgens aus. Wie schnell kann das Apartment sauber gemacht werden? Könnte Anita am Sonntag- oder Montagmorgen zum Arbeiten kommen?«

»Es muss einfach fertig sein, und wenn ich es selbst übernehme.« Ava klang resigniert. »Ich möchte neue Gäste nicht sofort enttäuschen. Schon gar nicht, wenn sie zehn Tage gebucht haben. Zum neuen Preis.«

Letty nickte. »Gut. Ich schreibe die Leute an und sage ihnen, bei uns hätte es ein kleines Versehen gegeben, aber sie bekämen ein anderes Apartment, das genauso schön wäre. Vielleicht können wir ihnen zur Wiedergutmachung einen Frühstücksgutschein fürs Sharky's geben, was meinst du?«

»Du bist wirklich ein Naturtalent, weißt du das?« Ava strahlte ihre Assistentin an. »Wenn ich es nicht besser wüsste, würde ich denken, du hast dein ganzes Leben lang nichts anderes als Hotelfach gemacht.«

»Nicht mein ganzes Leben«, erwiderte Letty, »aber bevor ich hierher kam, habe ich in New York Wohnimmobilien verwaltet. Da gibt es schon Ähnlichkeiten.«

»Jetzt, wo du hier bist, kann ich ja meine Erledigungen machen. Falls mich jemand sucht: Ich müsste gegen drei Uhr zurück sein«, sagte Ava.

Als ihre Chefin fort war, stürzte sich Letty in die Arbeit. Sie gab die handschriftlichen Reservierungen aus Avas Kladde in die neue Software ein. Es war eine zähe, nervtötende Tätigkeit – genau das, was sie brauchte, um nicht an Evan Wingfield zu denken.

Maya malte zufrieden in ihrem Buch, summte vor sich hin und machte gelegentlich eine Pause, um Letty ihre Künste zu zeigen.

Nach dem Mittagessen kam Isabelle herein. Sie stellte ihren Rucksack auf den Tresen und überschüttete Letty mit Fragen.

»Wie war dein Treffen mit der FBI-Agentin? Wie ist sie so? Hatte sie eine Pistole dabei oder so? Wie geht es weiter? Du bist doch nicht verhaftet, oder?«

»Ho!«, bremste Letty sie. »Und bitte nicht so laut! Das Treffen war ganz in Ordnung. Agentin Hill ist ziemlich sachlich-nüchtern. Falls sie eine Waffe trug, habe ich sie nicht gesehen. Und ich bin nicht verhaftet, noch nicht.« Sie wies auf Maya, die Isabelle anstrahlte und gespannt darauf wartete, endlich begrüßt zu werden.

»Hi, Maya Papaya!« Isabelle nahm das Malbuch in die Hand, um die Arbeit des Kindes zu begutachten. »Wow, das sind ja tolle Farben!«

»Ich weiß.« Maya zog an der Hand ihres Babysitters. »Und jetzt gehen wir an den Strand, Isabelle, ja?«

»Den Rest erzähle ich dir später«, versprach Letty.

Letty versuchte mal wieder, Avas schwer lesbare Handschrift zu entziffern, als die Glocke an der Tür zum Büro klingelte. Sie schaute auf. Vor ihr stand Vikki Hill in einer kurzen Laufhose und einem Sport-BH, die Haare zu einem Pferdeschwanz gebunden. Sie hatte sich die Nase dick mit weißem Sunblocker eingecremt, ihre Sonnenbrille baumelte an einem Band um ihren Hals.

»Haben Sie was von Evan gehört?«, fragte Letty zur Begrüßung.

»Nein. Und ich gebe es nicht gerne zu, aber Sie könnten recht haben. Ich habe Wingfield eine Nachricht geschrieben, dass ich jemanden für den Auftrag gefunden hätte, und seitdem habe ich nichts mehr von ihm gehört.«

»Ist das ungewöhnlich?«

»Bis heute hat er mir jeden Tag geschrieben oder angerufen, manchmal zweimal täglich. Ständig wollte er wissen, was genau ich tue, um Sie zu finden. Jetzt mache ich mir doch ein bisschen Sorgen. Ich will ihm nicht noch mal schreiben. Es soll nicht so aussehen, als hätte ich es nötig.«

»Was können Sie dann tun?«, fragte Letty.

»Das Einzige, was ich sehr schlecht beherrsche: warten. Ich laufe jetzt mal ein bisschen am Strand entlang, damit ich nicht durchdrehe. Mein Handy habe ich ja dabei.« Die Agentin sah sich um. »Wo ist DeCurtis?«

»Zu Hause, schätze ich«, sagte Letty. »Sie sagen mir Bescheid, wenn Sie von Evan hören, ja?«

»Auf jeden Fall.«

Der Nachmittag und der frühe Abend zogen sich in die Länge. Letty war froh, dass Maya nach dem Tag am Strand völlig kaputt war und sie das Kind um halb acht satt ins Bett bringen konnte.

Sie räumte die Küche auf und trat dann nach draußen in ihren kleinen Garten. Sie goss die Pflanzen, schnitt tote Blätter und Verblühtes ab, dann ging sie wieder hinein und versuchte vergeblich, sich in einen vergilbten Taschenbuchkrimi von Mary Higgins Clark reinzulesen, den sie in der Leihbibliothek des Motels gefunden hatte.

Als ihr Handy eine neue Nachricht ankündigte, war Letty so nervös, dass sie das Buch fallen ließ und die Tasse Tee umstieß, die sie sich gemacht hatte.

Die SMS kam von Sierra, Isabelles Computerspezialistin.

Bist du da? Hab was gefunden!

Letty nahm ein Handtuch, wischte den verschütteten Tee auf und schrieb zurück.

Ja, bin da. Komm rüber!

Sie hörte das Brummen der näher kommenden Vespa und ging nach draußen zum Durchgang, um das Mädchen herüberzuwinken.

»Maya schläft«, mahnte Letty, als sie mit Sierra ins Apartment ging. Vorsichtig schloss sie die Tür zum Schlafzimmer.

»Mannomann!«, stöhnte Sierra, zog ihren Helm ab und legte den Inhalt ihres Rucksacks auf den Tisch. »Das hat richtig Spaß gemacht! Ich meine, es war super kompliziert, aber als ich einmal dran war, wollte ich es auch rausfinden. Das Gerät ist echt High-Tech, aber es ist WLAN-fähig, wie ich gedacht habe. Normalerweise synchronisieren sich solche Kameras nur in dem Netzwerk, in dem sie angemeldet sind. Weil man, wenn man zum Beispiel sein Kindermädchen überwacht, das ja nicht rund um die Uhr machen würde. Man würde sich nur angucken, was sie bei einem zu Hause so treibt, oder?«

»Okay … ja, das leuchtet ein.«

»Aber diese Kamera, die hat alles auf die iCloud deiner Schwester hochgeladen.«

Sierra klappte ihren Laptop auf und fuhr ihn hoch. »Ich hab mir nicht alles angeguckt«, erklärte sie, während sie auf verschiedene Tasten drückte und Tanyas iCloud öffnete.

»Hier ist eins von den Videos. Da muss Ellie auf einem Tisch in der Nähe gelegen haben, denn die Bildqualität ist besser als bei vielen anderen Videos.«

Zu Lettys Überraschung war der Film in Farbe. Das Bild war verschwommen, doch sobald Sierra auf den kleinen Pfeil tippte, hörte Letty Evans Stimme und sah ihn unscharf an einem Tisch sitzen, wo er ein Glas Rotwein trank.

»Maya!« Seine schneidende Stimme klang genervt. »Hör auf, mit dem Essen herumzuspielen! Du bist jetzt ein großes Mädchen. Große Mädchen tun so was nicht.«

Maya war nicht zu sehen, Letty hörte nur, wie sie weinte. »Das wollte ich nicht, Daddy.«

Aus dem Off drang eine Frauenstimme. »Evan, Schatz, lass sie doch! Das sind nur ein paar Cornflakes. Die fege ich anschließend weg.«

»Darum geht es nicht, Juliette! Sie lernt jetzt schon keine Ordnung, weil Tanya solche Sachen bei ihr durchgehen lässt.«

Evans Freundin kam ins Blickfeld der Kamera. Sie war wirklich hübsch, eine schlanke Frau mit langem Haar, die einen hauchdünnen, fließenden grünen Kaftan trug. *Genau sein Typ*, dachte Letty. Juliette begann, Evan die Schultern zu massieren. »Du bist immer noch sauer wegen des Treffens mit der Eigentümergemeinschaft. Kannst du das nicht mal vergessen?«

»Nein! Das verstehst du nicht. Die anderen Eigentümer haben sich einen Anwalt genommen und drohen damit, mich wegen meiner Wohnungen vor Gericht zu ziehen. Ich konnte sie jetzt seit fast zwei Monaten nicht vermieten. Hast du eine Ahnung, was mich das an Einnahmen kostet, ganz zu schweigen von den Anwaltsgebühren, die mir noch ins Haus stehen?«

»Tja. Was willst du denn dagegen unternehmen?«

Evan seufzte. »Die Hypothek auf diese Wohnungen bringt mich um. Eventuell muss ich was verkaufen.«

»O nein!« Die Frau lachte. »Der große Evan Wingfield muss verkaufen? Ich dachte, du könntest nur kaufen.«

»Das ist nicht witzig!«, fuhr er sie an. »Die gute Nachricht ist, dass Vikki sich als wirklich genialer Fang entpuppt. Der letzte Wohnungsbauinspektor war eine Nervensäge. Kaum hatte ich mich umgedreht, streckte der schon wieder die Hand aus. Zum Glück wurde er rausgeworfen. Mit Vikki läuft das viel besser.«

»Woher weißt du, dass du ihr vertrauen kannst?«, fragte Juliette.

»Das weiß ich einfach. Bei so was spüre ich Schwingungen. Vikki hat ganz weiche Schwingungen. Sie ist nicht so habgierig. Die weiß, dass sie auf Dauer mehr davon hat, wenn sie mit mir zusammenarbeitet.«

»Und was für Schwingungen kamen von Tanya rüber?«

Evan drehte sich zu seiner Freundin um. »Hör auf! Das war ein vorübergehender unglücklicher Aussetzer meines hervorragenden Urteilsvermögens.«

Juliette beugte sich vor und gab Evan einen Kuss in den Nacken. »Ach, Evan! Entspann dich. Ich wollte dich nur ärgern. Ohne Tanya hätten wir jetzt keine Maya, oder?«

»Stimmt.« Er zog seine Freundin auf seinen Schoß. »Und wenn wir erst mal diesen ganzen Sorgerechtsscheiß geklärt haben, haben wir Maya ganz für uns und sind ihre verrückte Mutter ein für alle Mal los.«

Mayas Stimme ertönte aus dem Off. »Fertig! Juju, ich will Weintrauben!«

»Darf ich bitte Weintrauben haben?«, rief Evan. »Mein Gott, sie ist genau wie ihre Mutter. Kein Benehmen.«

Als der Name ihrer verstorbenen Schwester fiel, war Letty zusammengezuckt. Es war unangenehm, Evans Stimme nach so vielen Monaten wieder zu hören, und noch verstörender war die Erkenntnis, wie er mit Maya umging.

»Von so was ist jede Menge drauf«, sagte Sierra und drückte auf Pause. »Das sind riesige Datenmengen, deshalb habe ich sie in kleinere Dateien aufgeteilt und sie für dich auf einen USB-Stick gezogen. Die Originaldateien haben übrigens alle einen Zeitstempel, so dass wir davon ausgehen können, dass deine Schwester die Kamera im November in den Elefanten genäht hat. Das letzte Datum auf den Dateien ist der 28. Februar.«

»Sierra, du bist unglaublich!« Letty lehnte sich auf ihrem Stuhl zurück. »Ich weiß gar nicht, was ich sagen soll. Ich habe nicht damit gerechnet, dass du irgendwas aus dieser Kamera rausholst. Isabelle meinte, du wärst ein Genie, und damit lag sie richtig.«

Das Mädchen grinste. »Ich bin kein Genie. In so was sind viele deutlich besser als ich. Aber eins noch: Manche Videos haben eine echt miese Qualität, da versteht man kaum, was sie sagen. Vielleicht liegt es daran, dass Maya den Elefanten in der Hand hatte, oder sie bewegte sich oder so. Keine Ahnung.«

»Das macht nichts«, sagte Letty. »Ich kann dir gar nicht genug danken. Das war eine Menge Arbeit. Dafür muss ich dir was geben.«

»Auf keinen Fall!«, sagte Sierra. »Es hat mir Spaß gemacht. Als würde ich ein Rätsel lösen. Wie ein Spion. James-Bond-mäßig!«

Letty holte ihr Portemonnaie hervor. »Das meine ich ernst. Wie viele Stunden hast du dafür gebraucht?«

»Nicht so viele.«

»Warte.« Letty schlich auf Zehenspitzen ins Schlafzimmer, holte Tanyas Notfallbeutel aus dem Versteck und zog fünf Zwanzig-Dollar-Scheine hervor.

Sie nahm Sierras Hand, drückte das Geld hinein und schloss deren Finger darum.

»Danke!«, sagte sie. »Es ist viel weniger, als du verdient hast, aber ich möchte nicht, dass du umsonst arbeitest.«

Als Sierra die Scheine zählte, machte sie große Augen. »Echt? So viel?«

»Ja! Ich habe vergessen, Isabelle zu fragen: Gehst du nächstes Jahr aufs College? Und wohin? Aufs MIT?«

»Nichts da.« Sierra kicherte. »Ich will ein paar Kurse an der University of South Florida belegen, aber nur so zum Spaß. Ich will aufs Caltech, nur bekommt meine Mutter jedes Mal einen Anfall, wenn ich das anspreche, weil sie nicht will, dass ihr Kind so weit wegzieht.«

Sie begann, ihren Laptop einzupacken. »Ich muss langsam los. Meine Eltern haben sich einen Smart-TV gekauft, und ich habe ihnen versprochen, ihnen heute Abend zu zeigen, wie man die Fernbedienung benutzt. Mein Vater hat null Ahnung von technischen Sachen.«

Letty stand in der Tür und sah zu, wie Sierra sich aus der Parklücke fädelte und im Verkehr auf dem Gulf Boulevard verschwand. Als die grüne Vespa nicht mehr zu sehen war, ging sie zurück ins Zimmer und klappte ihren Laptop auf. Sie machte sich noch eine Tasse Tee und bereitete sich innerlich darauf vor, Ellies Geheimnisse auf Video zu sehen.

33

Letty öffnete die Schlafzimmertür, um nach Maya zu sehen. Das Kind schlief auf der Seite, den Stoffelefanten neben sich auf dem Kopfkissen.

Die Filme waren nicht gerade die spannendste Unterhaltung. Die ersten waren verwackelte Ansichten der verschiedenen Räume in Tanyas Haus, bei denen man seekrank wurde; offenbar war Ellie von einer munteren Vierjährigen durch die Zimmer geschleppt worden. Letty hörte und sah Angelique, Tanyas dominikanische Haushaltshilfe, der schon mehrfach gekündigt worden war, wie sie staubsaugte oder Wäsche zusammenlegte, Maya Lieder vorsang oder Bücher vorlas.

Tanya war in den Filmen durchgehend präsent. Zuerst verkrampfte Letty sich jedes Mal unbewusst, wenn sie die Stimme ihrer Schwester mit dem schleppenden Südstaatenakzent hörte. Tanya hatte nie versucht, sich ihre gedehnte Sprechweise abzugewöhnen, sondern übertrieb sie gelegentlich sogar mit der Behauptung, Casting-Agenten – und Männer – fänden sie anziehend.

Letty spürte, wie sich eine schwere Wolke der Melancholie über sie legte, als ihr bewusst wurde, dass sie nie wieder die Stimme ihrer wunderbaren, nervtötenden, geliebten, gestörten Schwester hören würde.

Unzählige Male war zu sehen, wie Tanya leise am Telefon sprach, Fernsehen guckte oder ihre Yogaposen übte. Mal tanzte sie zu ihrem Lieblingssong von Taylor Swift durchs Wohnzimmer, Maya lachte darüber und drehte sich mit Ellie in der Hand, bis ihr schwindelig wurde und Mutter und Tochter atemlos auf dem Boden landeten.

Die meisten Filme zeigten Mayas Welt aus der Perspektive eines Spielzeugs: von Einkaufstouren im Supermarkt mit Angelique über Mutter-und-Kind-Sportkurse mit Tanya bis zu den wöchentlichen Auftritten von Letty selbst, die Maya in einen Kinderwagen packte, um mit dem Kind bei ihrem allwöchentlichen Termin in den Park oder in den Zoo zu gehen.

Beim Abspielen eines Videos schlief Letty fast ein. Es musste von einem Vormittag unter der Woche stammen, denn Angelique war da. Irgendwann kam Tanya in Yogaklamotten ins Wohnzimmer, in der Hand eine Pappschachtel mit Essen vom Deli an der Ecke.

Anhand des Kamerawinkels schätzte Letty, dass Maya den Stoffelefanten in das Regal mit ihren bevorzugten Bilderbüchern gelegt hatte.

»Angie!«, rief Tanya. Die Haushälterin eilte herbei, einen Berg gefalteter Handtücher auf dem Arm.

»Sie können heute früher gehen. Wir sehen uns morgen, ja?«

Angelique wirkte überrascht, huschte aber kurz danach durch die Tür nach draußen. Ungefähr fünf Minuten später erschien Tanya erneut im Wohnzimmer. Sie trug eine Jeans, einen weit ausgeschnittenen schwarzen Pulli und schwarze Wildlederstiefel, die bis übers Knie reichten. Sie hatte sich die Haare gekämmt und Make-up aufgelegt. *Drehbereit*, dachte Letty.

Der Türöffner summte, und Tanya sprach in die Anlage, Letty konnte sie allerdings nicht verstehen. Kurz darauf stand ihre Schwester auf und öffnete die Tür für einen großen Mann mit einer Strickmütze und einer schweren Lederjacke. Tanya machte einen halben Schritt nach hinten, dann warf sie sich in die Arme des Mannes.

»Was ist das denn?«, flüsterte Letty laut. Sie konnte das Gesicht des Mannes nicht sehen und auch das Gespräch nicht verstehen. Kurz darauf machte Tanya die Tür zu und führte den Mann an der Hand ins Wohnzimmer. Sie deutete auf etwas außerhalb des Kamerawinkels. »Ist sie nicht zuckersüß?«, säuselte sie. Der Mann kam nicht näher, Letty konnte sein Gesicht immer noch nicht erkennen.

Ansatzlos brach Maya in Tränen aus, und Ellie verschwand mit der Kamera über die Treppe in Richtung Kinderzimmer. Letty sah nur noch den teuren Läufer mit Leopardenprint auf der Treppe.

»Maya!«, rief Tanya. »Komm zurück, Schätzchen! Du brauchst keine Angst zu haben!«

»Neiiiin«, heulte Maya. »Ich will nicht. Ich mag den Mann nicht.« Es folgte eine erneute schwindelerregende Videosequenz, in der der Elefant die Treppe hinaufgetragen wurde, dann durch den Flur in Mayas Kinderzimmer. Letty hörte die Tür zuschlagen. Schließlich Weinen von Maya und Ansichten der Zimmerdecke mit dem bei Malern in Auftrag gegebenen Bild von Wolken und Baumwipfeln. Nicht lange danach erklang das sanfte Schnarchen ihrer Nichte.

Letty setzte den Film zurück und hielt ihn an der Stelle an, als der Fremde das Apartment betrat. Sie musterte die Silhouette, doch Tanya stand zwischen dem Gast und der Kamera. In ihren hochhackigen Stiefeln war sie so groß, dass sie den Kameraausschnitt völlig verdeckte. Letty versuchte zwar, das Bild zu vergrößern, doch der Mann wurde nur verschwommener.

Wer auch immer es war – er war Tanya nicht unbekannt, denn sie hielt seine Hand wie ein verknalltes Highschool-Mädchen.

Eigentlich hätte Letty sich nicht wundern dürfen, dass Tanya sich mit einem neuen Mann traf, denn seit ihrer Pubertät war sie, soweit Letty wusste, nie ohne Freund gewesen.

Sie versuchte, sich die Gespräche mit ihrer jüngeren Schwester in den Monaten vor ihrem Tod in Erinnerung zu rufen. Ihr fiel wieder der Valentinstag ein, als sie in Tanyas Wohnung gekommen war und ein großer Strauß Pfingstrosen auf dem Tisch stand. »Heimlicher Verehrer?«, hatte Letty neckisch gefragt.

»Nein!«, hatte Tanya erwidert. »Mit Männern bin ich durch. Die habe ich mir selbst gekauft. Einfach so.«

Noch zwei Stunden lang sah sich Letty die Videos aus der Nanny Cam an und ließ das eintönige Leben mit einem Vorschulkind an sich vorbeiziehen. Winter in New York bedeutete, dass Maya – und damit auch Ellie – fast immer zu Hause waren.

Die Kamera zeigte Tanya an ihrem Küchentisch bei verschiedenen hitzigen Telefongesprächen. Mit ihrem Anwalt, wie Letty annahm.

»Wie lange dauert es noch, bis das geklärt ist?«, schäumte ihre Schwester. »Ich verstehe nicht, dass er mich hier wie eine Geisel halten kann. Schließlich ist er derjenige, der mich verlassen hat. Nicht ich ihn. Außerdem ist er stinkreich. Er könnte sich jederzeit ins Flugzeug setzen und zu Maya kommen, wenn er das wirklich wollte. Tut er aber nicht. Er will mich bloß verarschen.«

Letty begann, die Filme im Schnelldurchlauf zu gucken, doch immer, wenn zu viel auf dem Bildschirm passierte, hatte sie Angst, etwas Wichtiges zu verpassen.

In einem Video von Ende Januar hatten Mutter und Tochter

offensichtlich einen sehr schlechten Tag. Tanya hatte Schwierigkeiten, die Kleine anzuziehen. Sie stopfte sie in eine Strumpfhose, während das Kind heulte, es wolle eine Hose tragen. »Neiiiin!«, schrie Maya, als Tanya ihr ein Kleid über den Kopf zog. Die Tochter versuchte, die Hand der Mutter wegzuschlagen, als sie die Knöpfe vorne schloss. Jedes Mal wenn es Tanya gelang, einen der Schnallenschuhe am Fuß des Kindes zu befestigen, packte Maya den Schuh und warf ihn quer durchs Zimmer. Dann lachte sie Tanya gehässig aus, die, vor sich hinfluchend, den Schuh wiederholte und noch mal von vorn anfing. »Verdammt nochmal«, fluchte Tanya schließlich und stopfte die beiden Schuhe in ihre Gesäßtaschen. »Komm, wir sind schon spät dran.«

Entsetzt verfolgte Letty, wie Tanya ihr Kind am Arm zerrte. »Neiiin!«, rief Maya. »Ellie! Ich will Ellie!« Das Mädchen flitzte davon, um den Elefanten zu holen. Dann waren Mutter und Tochter in der schwach beleuchteten Garage des Hauses, wo die Filmqualität schlechter als sonst war, aber Mayas Stimme laut widerhallte. »Ich will nicht zu Daddy! Ich mag Daddy nicht.« Tanya fuhr ihre Tochter genervt an: »Ich mag ihn auch nicht, aber manchmal muss man da einfach durch.«

Die Kamera zeigte nur wenig vom Rücksitz des Mercedes, doch Letty erkannte Mayas Beine, die sich wehrten und strampelten, als sie im Kindersitz festgeschnallt wurde. Bald hörte man das regelmäßige Treten von Mayas Füßen gegen den Sitz ihrer Mutter.

»Hör auf!«, brüllte Tanya irgendwann, drehte sich um und versuchte vergeblich, ihrer Tochter einen Klaps auf die Füße zu geben.

»Ich hab Hunger!«, jammerte Maya nach weniger als fünf Minuten. Kurz darauf wurden eine Plastiktüte mit Snacks und eine rosa Babytasse am Kameraauge vorbeigereicht. Fischlis und Apfelsaft, vermutete Letty. Die von Maya bevorzugten Snacks beim Autofahren.

In der nächsten Viertelstunde gab die Nanny Cam Verkehrsgeräusche sowie das Schmatzen und Schlürfen von Maya wieder, wenn sie mit dem Plastikstrohhalm aus der Babytasse trank.

Schließlich tuckerte der Motor im Leerlauf. Letty nahm an, dass der Wagen am Straßenrand vor dem Gebäude hielt, in dem Evan wohnte. Ein Klopfen an der Fensterscheibe. Letty hörte, wie sie heruntergelassen wurde. »Ich warte auf den Vater meiner Kleinen. Er müsste sofort runterkommen.«

»Ich muss Pipi, Mommy!«, jammerte Maya.

»Ich weiß, Schätzchen. Hältst du es noch ein bisschen aus? Daddy ist sofort da.«

Die Minuten vergingen. Letty konnte sich vorstellen, wie ihre Schwester schäumte, als sie leise auf ihren Ex fluchte. »Komm schon, du Saftsack! Ich habe nicht den ganzen Tag Zeit, um hier in der beschissenen Eiseskälte zu sitzen und auf dich zu warten.«

Einige Minuten später war Tanyas Stimme zu hören, als sie ihren Ex-Mann anrief. »Verdammt nochmal, Evan! Ich habe deine Spielchen satt! Wenn du nicht in zwei Minuten unten bist, fahren wir wieder. Ich habe auch Termine, ja?«

Schließlich wurde die Autotür geöffnet. Evans Gesicht erschien im Bildausschnitt. Er steckte den Kopf in den Wagen und schnallte Maya ab. »Wurde auch Zeit«, maulte Tanya. »Der Bulle wollte mir schon einen Strafzettel schreiben, weil ich im Parkverbot stehe.«

»Ich will nicht zu Daddy«, heulte Maya.

»Sei leise«, gab Tanya zurück.

Evan wollte das Kind aus dem Sitz heben. »Mensch, Tanya! Sie ist voller Krümel! Und sie hat wieder in die Hose gemacht. Das hast du doch gewollt, du dumme Kuh!«

»Das ist deine Schuld, weil wir so lange warten mussten«, konterte Tanya und drehte sich um. »Oh, vergiss Ellie nicht!«

Evans Hand schnappte sich den Stoffelefanten.

»Tschüss, Süße! Sei ein liebes Mädchen zu Daddy und Juju.« Tanyas Stimme klang aufgesetzt.

»Neiiiiin!«, schrie Maya. »Ich will zu Mommy!«

Letty drückte auf die Stopptaste. Sie hatte genug verstörende Filme aus dem kaputten Leben ihrer verstorbenen Schwester gesehen, mehr konnte sie an einem Abend nicht verdauen. Außerdem war sie müde von den turbulenten Ereignissen des Tages.

Sie ging zur Haustür, schloss zu und legte die Sicherheitskette vor, dann zog sie sich ins Bad zurück, wusch sich das Gesicht und putzte sich die Zähne. Noch einmal schaute sie nach Maya und kletterte dann dankbar unter die Decke ihres eigenen Betts. Kurz bevor sie einschlief, schaute sie aufs Handy, um sicherzugehen, dass sie keine Nachricht von Vikki Hill verpasst hatte. Nichts.

34

Um neun Uhr abends hatte Vikki Hill das Gefühl, die Wände des Murmuring Surf würden immer näher auf sie zurücken, deshalb ging sie den Strand entlang zu Gianni's, dem italienischen Laden, den Ava DeCurtis ihr empfohlen hatte.

Es war eine kleine Pizzeria am Ende einer Ladenzeile, zu der noch ein Nagelstudio, eine Reinigung und ein Spirituosengeschäft gehörten. Vikki öffnete die mit Schnitzereien verzierte Holztür und wurde vom Duft von Knoblauch, Zwiebeln und Tomatensoße empfangen.

Die Chefkellnerin war beschäftigt, daher schaute sich Vikki erst einmal um. Der Raum war schmal und ziemlich dunkel; gegenüber der Theke waren mehrere Sitzecken aus rotem Kunstleder. An den Wänden und Decken waren schwere Stuckarbeiten und kitschige Fresken, die wohl italienische Dörfer darstellen sollten. Rechts und links neben dem bogenförmigen Eingang zum überfüllten Speisesaal standen zwei große künstliche Olivenbäume mit strohumwickelten Chianti-Flaschen und grünen Plastikweintrauben. Auf den Tischen lagen rot-weiß karierte Plastikdecken, darauf weitere Chianti-Flaschen mit Kerzen.

Dann kam die Chefkellnerin auf sie zu, eine äußerst dünne Frau mit falschen Wimpern. »Tut mir leid, meine Liebe, aber hier ist heute eine Menge los. Momentan gibt es eine halbe Stunde Wartezeit für einen Tisch, es sei denn, Sie würden auch an der Theke essen.«

»Das ist in Ordnung«, sagte Vikki.

Tatsächlich saß sie zum Essen lieber am Tresen, wenn sie außerhalb unterwegs war, nicht weil sie so viel trank, sondern weil es weniger unbehaglich war, als sich allein an einen Tisch für zwei oder vier Personen zu setzen und den Kellnerinnen zu erklären, dass niemand dazukommen würde. Wieder mal.

»Was zu trinken?« Der Barkeeper war ein Latino von Mitte zwanzig.

»Ja. Haben Sie richtig trockenen Merlot?«

»So trocken, dass es staubt«, sagte er. »Möchten Sie auch etwas essen?« Er hielt ihr die Speisekarte hin, Vikki nahm sie entgegen, warf einen Blick darauf und nickte.

»Ich nehme die Pasta Bolognese und einen Salat mit Vinaigrette. Keine schwarzen Oliven, ja?«

»Niemals.«

Er brachte ihr den Wein und legte ein Gedeck vor sie. Vikki trank gerade den ersten Schluck, da ging die Tür auf. Kurz blieb Joe DeCurtis im Eingang stehen und sah sich um. Dann entdeckte er Vikki und ging zu ihr hinüber.

»Essen Sie allein?«

Sie nickte.

»Ich auch. Kann ich mich dazusetzen?«

»Von mir aus gern«, sagte Vikki.

Der Barkeeper kam zu ihnen. »Hey, Joe, was geht ab?«

»Nicht viel. Was habt ihr heute im Angebot?«

»Gebackenen Red Snapper. Ist heute Nachmittag mit dem Boot reingekommen. Dazu gebratene Zucchini mit Tomaten und Gnocchi. Wie hört sich das an?«

»Perfekt, nehme ich. Und bitte ein Glas von dem Barolo, den ich gerne mag, ja?«

Vikki hob die Augenbraue. »Barolo! Es gibt nicht sehr viele Cops, die sich mit Wein auskennen. Ich bin beeindruckt.«

»Ich war nicht immer Cop. Nach dem Studium habe ich rund ein Jahr lang für eine Weinvertriebsgesellschaft gearbeitet.«

»Wie schön für Sie.«

Der Kellner brachte Joes Wein; er roch daran, probierte und nickte anerkennend. »Ich nehme an, Sie haben noch nichts von Wingfield gehört?«

»Nein.« Vikki runzelte die Stirn. »Das gefällt mir nicht.«

»Mir auch nicht. Haben Sie sich bei diesem Kollegen in New York gemeldet?«

»Ja. Er meinte, er würde morgen als Erstes bei Wingfield vorbeigehen und ihm ein bisschen Feuer unterm Hintern machen. Mehr kann ich nicht tun, oder?«

Joe seufzte. »Nein.«

»Wie geht es Letty? Sie wirkte heute Morgen ziemlich angespannt.«

»So kann man es auch ausdrücken.«

»Läuft da etwas zwischen Ihnen?«

Er grinste verlegen. »Von ihrer Seite aus nicht. Ich mag sie, aber sie sagt, sie will das Ganze rein freundschaftlich halten. Ist wahrscheinlich besser so.«

Der Barkeeper schob einen mit einer Serviette ausgelegten Korb mit warmem Baguette vor die beiden.

»Erzählen Sie mir mehr über Evan Wingfield!«, forderte Joe Vikki auf.

Sie brach eins der Baguettes auseinander und schmierte dick Butter darauf.

»Er ist nicht der typische Berufssohn. Ist in New Jersey auf gewachsen, in einer Familie der oberen Mittelklasse, aber nicht megareich. Hat BWL an der Rutgers University studiert, ist nach New York gezogen. Mit zweiundzwanzig hat er sich von seinem Großvater Geld geliehen, um sich sein erstes Apartment zu kaufen. Er lügt übrigens in Bezug auf seine Vergangenheit«, sagte Vikki Hill. »Er erzählt gern, er wäre an einer renommierten Uni aus der Ivy League gewesen, die Familie hätte Geld, bla bla bla. Alles Schwachsinn.«

Joe schwenkte den Wein im Glas. »Wie ist er so schnell so reich geworden?«

»Er ist clever. Seine erste Stelle hatte er bei einem Immobilienhai der übelsten Sorte. Der Typ zeigte ihm ein paar Tricks und lieh ihm schließlich Geld, um selbst Geschäfte zu machen. Als der Immobilienmarkt 2007 einbrach, riss Wingfield sich verschiedene gepfändete Objekte unter den Nagel.« Die Agentin nahm noch ein Stück von ihrem Baguette. »Und er ist dermaßen verschlagen und korrupt, der klaut sich mit der rechten Hand was aus der linken Tasche.«

Unwillkürlich musste Joe DeCurtis lachen, dann betupfte er sein Gesicht mit der Serviette. »Wenn er so clever ist, wie ist er dann aufs Radar des FBI gelangt?«

»Er hat mehrere kleinere Beamte bestochen, die nicht so clever waren«, erklärte Vikki. »Und als er zwei Mitgliedern des Stadtrats Geld gab, damit sie in seinem Sinne über Bebauungspläne abstimmen, wurden wir auf ihn aufmerksam. Die Einheit für öffentliche Korruption, bei der ich arbeite, wurde hinzugezogen. Wir haben ein geheimes Geschworenengericht einberufen, das die Ratsmitglieder angeklagt hat. Jetzt haben wir Wingfield im Visier.«

»Gut. Wir wissen, dass er schlau und normalerweise vorsichtig ist. Glauben Sie wirklich, dass er Ihnen die Geschichte mit dem Auftragskiller abnimmt, die Sie sich ausgedacht haben?«

Vikki Hill stützte die Ellenbogen auf den Tresen und dachte über die Frage nach. »Doch«, sagte sie schließlich. »Für ihn steht mehr auf dem Spiel als je zuvor. Bestechung ist eine Sache, Mord ist eine ganz andere Liga. Letty ist ein Risiko, das er nicht auf die leichte Schulter nehmen kann.«

»Haben Sie mal überlegt, was passiert, wenn er mit seiner Idee woandershin geht?«

»Macht er nicht.«

»Und wenn doch?«

Der Barkeeper brachte das Essen. »Teller ist heiß«, sagte er und wies auf die Pasta. Agentin Hill fiel mit der Gabel darüber her, spießte die Spaghetti auf und wickelte sie um die Gabel. Sie kaute schnell, nickte anerkennend und drehte sich zu ihrem Begleiter um.

»Hat Sie ganz schön erwischt mit der Frau, was?«

Joe starrte auf seinen Teller. »Kann sein. Vielleicht bin ich es auch einfach nicht gewöhnt, die Kontrolle an eine FBI-Agentin abzugeben, die ich erst vor vierundzwanzig Stunden kennengelernt habe. Ich meine, Letty lebt und arbeitet im Motel meiner Mutter. Sie hat ein vierjähriges Kind. Ich weise nur darauf hin, dass eine Menge schiefgehen könnte.«

Vikki verdrehte die Augen. »Herrje! Da ist sie wieder: die Frauenfrage. Mit Sicherheit würden Sie mir mehr zutrauen, wenn ich Agent *Victor* Hill wäre, stimmt's?«

»Nein!«

Vikki tätschelte seinen Arm. »Reden Sie sich das ruhig ein, DeCurtis. Schon gut. Ich bin dran gewöhnt.« Sie wies auf seinen Teller. »Essen Sie, bevor der Fisch kalt wird. Und dann erzähle ich Ihnen, wie die Geschichte meiner Meinung nach ablaufen wird. Später können Sie sich wieder in ihren Pick-up legen und vor Lettys Motelzimmer schlafen.«

»Das haben Sie gesehen, was?«

»Ich sehe alles. Das ist mein Beruf.«

***

Agentin Hill verputzte auch den letzten Rest ihres Gerichts und schob den Teller von sich. »Gut. Reden wir Klartext. Wenn ich in den nächsten vierundzwanzig Stunden nichts von Wingfield höre, müssen wir davon ausgehen, dass etwas schiefgegangen ist, und uns neu aufstellen. Wir haben einen Antrag auf Abhören seines Telefons gestellt, aber die Gerichte sind heutzutage nicht mehr so schnell, wenn es um elektronische Überwachung geht. Falls es so weit kommen sollte, würden wir lieber vorsichtig sein und Letty und Maya an einen sicheren Ort verbringen.«

»Sprechen Sie von Schutzgewahrsam?«

»So weit wird es bestimmt nicht kommen«, gab Hill zurück. »Ich muss Sie daran erinnern, dass das hier ein großer Schritt für Wingfield ist. Wir glauben nicht, dass er den Mord an Tanya wirklich geplant hatte. Es wirkt eher wie ein Verbrechen aus Leidenschaft oder wie ein Gelegenheitsverbrechen. Es stimmt, er wollte nicht mehr für sie zahlen, aber er hat mir gegenüber nie von Gewalt gesprochen. Soweit wir wissen, hat er nicht viele Kontakte in die Unterwelt.«

»Soweit Sie wissen«, wiederholte Joe mit Nachdruck. »In dieser Geschichte gibt es noch einen Joker, das wissen Sie.«

»Meinen Sie Declan Rooney?«

Joe nickte. »Ich hab mal über ihn recherchiert. Verschiedene Staatsanwaltschaften in Florida haben Haftbefehle für ihn ausgestellt, die noch nicht vollstreckt sind. Es sieht aus, als sei er vom Radar verschwunden. Wissen eure Leute irgendwas über seinen Aufenthaltsort?«

Vikki Hill kaute an einem neuen Stück Baguette. »Nein.«

»Was heißt das? Sie selbst wissen nichts, oder das FBI weiß nichts? Oder wissen Sie was, können aber nicht durchblicken lassen, dass Sie seinen Aufenthaltsort kennen?«

»Manchmal heißt nein einfach nur nein, Joe«, sagte Hill. Sie schaute auf ihr Handy neben sich auf dem Tresen, dann leerte sie ihr Weinglas und machte dem Barkeeper ein Zeichen, damit er ihr die Rechnung brachte. »Muss los. Wir sehen uns im Motel, ja?«

»Vielleicht. Aber rufen Sie mich an, sobald Sie etwas wissen, ja? Ich habe die nächsten Tage frei, bin also verfügbar.«

Letty schrak aus dem Schlaf hoch. Draußen war es stockduster. Zehn nach zwei, mitten in der Nacht. Sie stieg aus dem Bett und schaute nach Maya, die tief und fest schlief. Da hörte sie es wieder, ein leises Geräusch, wie Metall, das über Metall kratzte. Das Herz klopfte ihr bis zum Hals.

Sie schlich ins Wohnzimmer, zog den Vorhang beiseite und spähte aus dem Vorderfenster. Vor dem Gebäude war niemand. Auf dem Parkplatz tigerte Midnight, die trächtige schwarze Motelkatze, durch die Dunkelheit. Langsam atmete Letty aus und lauschte reglos.

Wieder hörte sie das leise Klappern. Ihr Herz schlug noch schneller. Sie bewegte sich durch den dunklen Raum und näherte sich der Schiebetür zur Terrasse. Ihre Beine zitterten so heftig, dass sie befürchtete, ihre Knie würden gegeneinanderschlagen. Da war nichts, redete sie sich ein, da schlägt nur ein Zweig gegen die Fensterscheibe. Die Vorhänge waren nicht ganz zugezogen, so dass ein Balken Licht auf den Boden fiel.

Stumm schimpfte Letty mit sich selbst, die Vorhänge vergessen zu haben, bevor sie ins Bett ging.

Hatte sie wenigstens daran gedacht, die Schiebetür zu verriegeln? Sie ging zwei Schritte vor und blieb wie angewurzelt stehen, als sich auf der Terrasse etwas bewegte. Sie beugte sich vor und spähte nach draußen.

Da war jemand! Eine dunkle Gestalt lag ausgestreckt auf einem der Terrassenstühle, die langen Beine auf dem Sitz des zweiten Metallstuhls. Im Mondlicht sah Letty, dass es ein Mann war, der eine Baseballkappe in die Stirn gezogen hatte, so dass sein Gesicht fast verdeckt war. Allerdings erkannte sie die Figur und die Jeans.

Der verdammte Joe DeCurtis. Er wollte sie unbedingt beschützen, auf diese oder eine andere Weise. Langsam atmete Letty aus, ihr Puls beruhigte sich wieder. Mit den Fingern tastete sie nach dem Türriegel. Sie schob ihn vor und ging dann schnellen Schritts zurück ins Schlafzimmer.

Maya murmelte etwas Unverständliches im Schlaf, drehte sich um und träumte weiter. Letty zögerte, dann legte sie sich zu dem Kind und schmiegte sich an dessen tröstlichen warmen Körper. Sie schloss die Augen, ihre Schultern entspannten sich, dann der Nacken, zuletzt die Beine. Widerwillig gestand sie sich ein, dass sie sich zum ersten Mal an diesem Tag sicher fühlte.

35

Am Freitagmorgen stellte Letty den Kaffeebecher auf den Tisch, entriegelte die Glasschiebetür und schob sie auf. Sie steckte den Kopf nach draußen. Die Terrasse war leer. Joe war weg. Die beiden Stühle waren wieder an ihrem ursprünglichen Platz. In einem Blumentopf lag eine leere Dose Red Bull.

Maya saß an ihrem roten Tisch hinter der Rezeption und klebte schweigend Sticker in ihr neues Stickerbuch, das Isabelle ihr geschenkt hatte. Letty telefonierte gerade mit der Firma für Schädlingsbekämpfung, als die Glocke über der Tür klingelte und Oscar Jensen hereinstürmte, dicht gefolgt von Merwin Maple. »Wo ist Ava?«, wollte Merwin wissen.

»Hier! Was gibt es für ein Problem?« Ava kam aus dem Lager, wo sie gerade Frühjahrsputz machte. Sie hatte sich einen Berg verschossener Strandlaken unter den Arm geklemmt und einen Plastikeimer mit angebrochenen Sonnencremetuben in der Hand.

»Da ist das Problem!« Oscar wies auf Merwin. »Er glaubt, ihm gehört das ganze Motel, nur weil seine Frau einen Rollator hat.«

Merwins Stimme bebte vor Zorn. »Er hat auf dem Behindertenparkplatz vor unserem Apartment geparkt! Da stehen aber wir immer. Ich bin mit einem Kofferraum voller Einkäufe aus dem Supermarkt zurückgekommen – und er stand auf meinem Platz!«

»Das ist nicht dein Platz. Steht da vielleicht dein Name drauf? Nein. Das ist ein Behindertenparkplatz, und seit gestern habe ich einen Behindertenausweis.« Oscar präsentierte einen quadratischen weißen Aufkleber mit einem blauen Rollstuhl darauf.

»Du hast nur eine Behinderung: Du bist nicht ganz richtig im Kopf!«, schrie Merwin. Er riss seinem einstigen Kumpel den Aufkleber aus der Hand und untersuchte ihn. »Das ist gar kein offizielles Teil!« Er hielt ihn Ava hin. »Sagen Sie ihm, dass er sein verfluchtes Auto wegstellen muss! Trudi sitzt da draußen im Van in der Sonne!«

Maya schaute zu den Erwachsenen hinüber, das Gesicht besorgt verzogen.

Ava betrachtete den Aufkleber und sah dann zweifelnd Jensen an. »Oscar, seit wann haben Sie eine Behinderung?«

»Hab ich doch gesagt: seit gestern. Ich habe einen sehr schmerzhaften Hallux valgus, und mein Arzt hat gesagt, ich soll den Fuß so wenig wie möglich belasten.«

»Welcher Arzt? Dr. Scholl? Dr. Oetker?« Merwin griff zu dem Aufkleber und zerriss ihn. Die Fetzen warf er auf den Boden. »Der Aufkleber ist genauso unecht wie dein Doktor!«

»Hast du das wirklich gerade getan?« Oscar drückte Merwin den Finger auf die Brust, der schlug Oscars Hand beiseite.

»Nicht streiten!«, jammerte Maya. »Das mag ich nicht!«

»Hey!«, rief Ava streng und trat zwischen die beiden Männer. Sie tätschelte die Schulter des Mädchens. »Maya hat recht. Hört auf, ihr zwei! In diesem Büro wird niemand handgreiflich!« Sie sammelte die zerrissenen Teile des Aufklebers ein und gab sie Oscar Jensen.

»Oscar, wir wissen beide, dass dieses Teil nicht echt ist.«

»Doch, das ist echt«, beharrte der alte Mann. »Der Verkäufer auf dem Flohmarkt meinte, das wäre absolut zulässig. Er ist Arzt, er muss das wissen.«

»Auf dem Flohmarkt?«, johlte Merwin. »Du willst mich wohl veräppeln? Glaubst du wirklich, ein amtlich zugelassener Arzt hat einen Stand auf dem Flohmarkt? Wo denn? Zwischen den Strümpfen und den alten Kassetten? Oder steht er in der Reihe mit den abgelaufenen Avon-Produkten und den Voodoo-Kerzen?«

»Dr. Jerry empfängt seine Patienten zufällig bei den asiatischen Produkten«, gab Oscar zurück. »Er ist ein sehr begabter Heiler. Er hat mir eine Salbe mitgegeben, und mein Fuß tut schon gar nicht mehr so weh!«

Merwin trat nah an Oscar heran. »Quacksalber!«, höhnte er.

»Merwin …«, mahnte Ava.

Oscar macht einen Schritt nach hinten, doch Merwin bedrängte ihn weiter und flatterte mit den Armen wie eine geisteskranke Ente. »Quak, quak, quak!«

Der kleinere Mann ballte die Hand zur Faust und wich zurück, bereit zuzuschlagen.

»Neiiiin!«, heulte Maya. »Nicht schlagen!« Sie hielt sich die Ohren zu und versteckte das Gesicht zwischen Lettys Knien.

Ava wurde aktiv. Sie spritzte Oscar einen Strahl aus einer Sonnencremetube ins Gesicht, drehte sich herum, zielte auf Merwin und drückte noch mal ab.

»Auaaa!«, jammerte Oscar und hielt sich die Augen zu.

»Ich bin blind!«, rief Merwin und taumelte rückwärts.

»Ihr werdet's überleben.« Ava reichte beiden Männern ein Taschentuch. »Jetzt klären wir das ein für alle Mal. Oscar, dieser angebliche Hallux valgus hat Sie nicht davon abgehalten, gestern zwei Stunden lang Shuffleboard zu spielen. Außerdem bekommt man einen Behindertenausweis nicht auf dem Flohmarkt. Merwin, der Behindertenparkplatz ist nur zum Be- und Entladen gedacht. Das steht auch auf dem Schild. Das ist nicht Ihr Privatparkplatz. Wenn Oscar seinen Wagen weggefahren hat, können Sie mit Ihrem Van da parken und Trudi und den Einkauf ausladen. Anschließend stellen Sie Ihr Auto auf den Parkplatz draußen, an dem Ihre Apartmentnummer steht. Verstanden?«

Oscar wischte sich mit dem Taschentuch übers Gesicht und blinzelte mehrmals. »Meine Augen! Sie haben mir die Hornhaut verätzt.«

»Erzählen Sie das Dr. Jerry«, gab Ava zurück. Sie wies auf Maya, die in Lettys Armen schluchzte. »Seht nur, wie ihr das kleine Mädchen verstört habt! Jetzt hört ihr auf zu streiten und verlasst die Rezeption, sonst lasse ich eure alten Knochen zwangsräumen. Wir versuchen hier ein Motel zu führen.«

»Oh.« Merwin war merklich geknickt. »Ich wollte das Kind wirklich nicht verstören. Es geht nur darum, dass …«

»Raus!«, brüllte Ava.

»Schschsch, Mausezahn«, sagte Letty zärtlich und rieb Maya über den Rücken. »Die haben nicht wirklich gekämpft. Sie waren nur aufgeregt und haben zu laut geredet.«

Maya hob das tränenüberströmte Gesicht. »Ich mag Kämpfen und Schlagen nicht. Das ist nicht schön. Mommy und Daddy hatten einen großen Streit.«

Letty und Ava wechselten alarmierte Blicke. Hatte Maya tatsächlich eine körperliche Auseinandersetzung zwischen Tanya und Evan miterlebt? Diese Frage quälte Letty seit dem Tag, als sie die Leiche ihrer Schwester gefunden und die weinende Maya oben an der Treppe stehend gesehen hatte. Ihre Befürchtungen waren noch gewachsen, seit sie am Abend zuvor die feindselige Kindesübergabe auf dem Video der Nanny Cam gesehen hatte. Bis jetzt hatte sie nicht den Mut gehabt, das traumatisierte Kind zu fragen, was es gesehen hatte.

»Aber Mommy und Daddy waren nicht böse auf dich, Schnucki. Sie haben sich wahrscheinlich einfach nur aufgeregt«, erklärte sie ihrer Nichte. »Sie haben das bestimmt nicht so gemeint, was sie gesagt haben.«

»Genau, Maya«, pflichtete Ava mit leiser, beruhigender Stimme bei. »Erwachsene sagen manchmal Dinge, die sie nicht so meinen. Wie Oscar und Merwin eben. Eigentlich sind sie Freunde, aber heute haben sie sich beide aufgeregt und Sachen gesagt, die sie besser hinuntergeschluckt hätten. Jetzt tut es ihnen leid. Und ich verspreche dir, dass sie nicht noch mal miteinander kämpfen.«

»Nicht hauen«, sagte Maya und rieb das Gesicht an Lettys Schulter. »Das mag ich nicht.«

Letty holte tief Luft. »Hast du denn mal gesehen, dass Daddy Mommy geschlagen hat, Maya?«

Das Mädchen hob den Kopf, das Gesicht nass vor Tränen und Rotz. Sie nickte. »Hauen ist nicht schön. Es ist ganz, ganz böse.«

Vikki Hill saß in ihrem Motelzimmer und tippte ihre Notizen ein. Da klingelte ihr Telefon. ANONYMER ANRUF.

Sie drückte trotzdem auf Annehmen.

Am anderen Ende hörte sie Straßenverkehr und eine gedämpfte Stimme, doch sie wusste sofort, dass es Wingfield war. Sie öffnete ihre Aufnahmeapp.

»Hey, Vikki«, sagte er lässig. »Seit zwei Tagen versuche ich schon, Sie zu erreichen. Wo sind Sie?«

»Ich habe keine Nachrichten von Ihnen auf der Mailbox und keine verpassten Anrufe. Sehr oft können Sie's nicht versucht haben, Evan. Was ist?«

»Ich melde mich nur wegen Ihrer letzten Nachricht. Was haben Sie noch mal gesagt, wo sind Sie gerade?«

»Das habe ich nicht gesagt. Denn das wollen Sie nicht wirklich wissen. Aber es ist mir gelungen, Ihre vermisste Freundin zu finden, nur für den Fall, dass Sie noch Interesse haben«, sagte die Agentin.

»Hm. Interessant. Und, was haben Sie jetzt vor?«

»Sind Sie noch nicht fertig mit Ihren Spielchen?« Vikki ließ ihn ihre Verärgerung spüren. »Wie schon gesagt, ich habe jemanden gefunden, der sich um alles kümmern kann. Er regelt das. Aber er arbeitet nicht umsonst, und ich auch nicht.«

»Woher wollen Sie wissen, dass er das regelt? Er könnte auch ein Bulle sein.«

»Er ist sogar einer. Gewesen. Daher kenne ich ihn. Aber es gab, sagen wir mal, fragwürdige Vorwürfe von unangemessener Gewaltanwendung. Jetzt arbeitet er als Security in Clubs und macht hin und wieder was auf Honorarbasis.«

»Wie heißt er?«

Vikkis lachte tief und nicht wirklich belustigt. »Hören Sie zu, Evan! Ich habe Zeit und Mühe in diese Sache investiert, ja? Ich habe noch einen regulären Job, auch wenn Beamte bei Ihnen nicht zählen. Ich habe diesen Typen aufgespürt, habe ihm ein bisschen von dem Auftrag erzählt und die Bedingungen ausgehandelt. Jetzt zicken Sie hier herum, das stellt mich in ein schlechtes Licht. Ich sag Ihnen was: Vergessen Sie's! Ich bin raus.«

Vikki drückte auf die rote Taste und wartete. Sie versuchte, sich wieder ihren Notizen zuzuwenden, aber war zu nervös, um sich zu konzentrieren. Sie ging zur winzigen Küchenzeile und goss sich noch einen Becher Kaffee ein. Als sie sich wieder an den Tisch setzte, der ihr als Schreibtisch diente, klingelte ihr Handy. Erneut ein anonymer Anruf.

Sie wollte gerade auf die grüne Taste drücken, als das Handy ihr eine Textnachricht von Joe ankündigte.

Schon was gehört?

Vikki tippte die Antwort, so schnell sie konnte.

Er zickt herum. Das kann ich auch.

Das Telefon klingelte wieder.

Gleichzeitig klopfte es an der Tür des Studios. »Zimmerservice!« Die Tür ging auf, eine Frau steckte den Kopf herein. »Oh, tut mir leid …« Sie hielt Vikki einen Stapel sauberer Handtücher hin.

»Nicht jetzt!«, rief die Agentin.

»Entschuldigung.« Die Frau verschwand. Vikki stand auf, schlug die Tür zu und legte den Riegel vor.

Dann flitzte sie zurück zum Handy und drückte auf die grüne Taste. »Hallo. Was machen wir jetzt?«

»Ist okay«, sagte Evan. »Ziehen wir's durch.« Seine Stimme war jetzt deutlicher zu hören. Keine Verkehrsgeräusche mehr im Hintergrund. Er war irgendwo reingegangen.

»Was?« Vikki betete stumm, dass Wingfield ausdrücklich sagte, was er wollte.

»Was wir besprochen haben. Aber es muss voll durchgezogen werden. Sie soll einfach … verschwinden. Also richtig. Ich will nicht, dass später irgendwas wieder auftaucht, das man zu mir zurückverfolgen kann. Kann Ihr Typ so was? Ist er geschickt genug, sich nicht erwischen zu lassen?«

»Er ist nicht Schneewittchen. Aber soweit ich gehört habe, ist das nicht sein erstes Rodeo«, sagte Vikki mit breitem Texas-

Akzent. »Was ist mit dem Preis? Er geht nicht runter, ich auch nicht.«

»Sie wissen schon, wie das mit der Gier ist, oder?«, fragte Evan mit bedrohlicher Stimme. »Sie macht das Schwein fett und bringt die Sau um.«

»Soll das eine Drohung sein?« Vikkis Stimme stieg höher. »Sie können mich mal! Ich lehne mich hier verdammt weit aus dem Fenster. Einen Mord an jemandem in Auftrag zu geben ist deutlich schlimmer, als ein Auge zuzudrücken, wenn Sie aus der nächsten Wohnung in Brooklyn ein verbotenes Airbnb machen. Woher soll ich wissen, dass Sie sich nicht umdrehen und mir die ganze Sache anhängen, sobald die Frau tot ist? Ich hab doch keine Ahnung! Sie könnten mich auch gerade bei der Stadtverwaltung verpfeifen, woher soll ich das wissen?«

»Hey, Vikki, beruhigen Sie sich!«, sagte Evan schnell. »Ich verpfeife niemanden. Wir sind hier in Verhandlungen, oder? Das ist nichts Persönliches. So führe ich nun mal meine Geschäfte. Sie haben ein Angebot gemacht, ich gebe meins ab, sie wollen es nicht. Mensch! Das heißt doch nicht, dass die Sache vom Tisch ist! Beruhigen Sie sich, ja?«

»Wissen Sie was?«, zischte Vikki. »Ich habe es so was von satt, dass Männer mir erzählen, ich soll mich beruhigen! Ich könnte kotzen! Ich will jetzt eine Antwort: Kommen wir ins Geschäft? Fünfzigtausend. Letztes Angebot.«

»Okay. Abgemacht. Nur ein paar Sachen noch: Ich brauche anschließend einen Beweis.«

»Das ist doch bescheuert! Sie wollen, dass die Frau verschwindet. Da gibt es keine Beweise mehr.«

»Ein Foto reicht. Aber ich muss darauf erkennen können, dass es Letty ist, nicht irgendeine Obdachlose, die ihr von der Straße geholt habt. Die Folge von *Law & Order* habe ich gesehen.«

»Okay, ist machbar«, sagte Agentin Hill. »Was noch?«

»Meine Tochter. Ich will nicht, dass sie was mitbekommt. Achten Sie darauf, dass sie nicht in der Nähe von Letty ist, wenn es passiert. Haben Sie verstanden? Und dann möchte ich, dass Sie das Kind persönlich zu mir zurückbringen.«

»Ich? Ich bin doch nicht beim Jugendamt! Ich kann Kinder nicht mal leiden.«

»Sie werden's schon überstehen. Sie ist ein liebes Mädchen. Ganz anders als ihre Mutter. Eins noch. Das muss jetzt über die Bühne gehen. Also, dieses Wochenende. Maya ist seit fast einem Monat weg. Keiner weiß, was sie da durchmacht. Wahrscheinlich kann ich ihr Therapiestunden zahlen, bis sie zur Uni geht.«

»Dazu kann ich nichts sagen«, warf Vikki Hill ein. »Vielleicht kann der Typ hier nicht so schnell. Er muss ja ein bisschen was vorbereiten, damit alles klappt. Außerdem will er die Hälfte im Voraus.«

»Dieses Wochenende«, wiederholte Wingfield. »Sonst platzt unser Deal. Die Hälfte vorweg kann er vergessen. Ich überweise heute Nachmittag zehntausend auf Ihr Konto. Der Rest kommt, wenn ich einen Beweis habe.«

Er legte auf, bevor Vikki weitere lahme Einwände einfielen.

Sie legte ebenfalls auf. Dann rief sie wieder den Chat mit DeCurtis auf und tippte:

GEHT LOS

36

Nach ihrem Weinkrampf saß Maya wieder an dem roten Tischchen und leckte zufrieden an dem Kirsch-Popsicle, den Ava ihr von oben aus der Wohnung geholt hatte.

»Letty, wäre es vielleicht möglich, dass du heute Vormittag einkaufen gehst und alles mitbringst, was wir für den Bingoabend brauchen?«, fragte die Motelchefin. »Ich wäre gerne hier, wenn der Kammerjäger kommt. Überall um den Pool herum haben wir Ameisen, und die Feldmans behaupten, sie hätten in ihrem Apartment Schaben gesehen. Ich muss mit ihm rumgehen und ihm alle Ecken zeigen, die er einsprühen soll.«

»Ich fahre gern einkaufen. Fände ich eh nicht gut, dass Maya hier ist, wenn gesprüht wird«, sagte Letty. »Soll ich noch irgendwas mitbringen?«

Ava reichte ihr eine Einkaufsliste. »Das ist fürs Erste alles, aber ich rufe dich an, wenn mir noch was einfällt. Willst du Maya wirklich nicht hier lassen?«

Als die Kleine ihren Namen hörte, sah sie hoch. Mayas Gesicht und ihre Hände waren mit klebrigem roten Popsicle verschmiert. »Ich will einkaufen!«

»Danke, das weiß ich zu schätzen, aber sie war den ganzen Vormittag schon ziemlich anhänglich«, erwiderte Letty. »Ich nehme sie besser mit.«

Sie hielt ihrer Nichte die Hand hin. »Komm, wir gehen zu uns und machen dich sauber, bevor wir losfahren, okay?«

»Okay«, sagte Maya.

Letty stand gerade in der Obst- und Gemüseabteilung des Publix und suchte in der Avocadokiste herum, um die eine Frucht zu finden, die nicht steinhart, aber auch nicht zu weich war, als ihr ein Mann von der anderen Seite des Werbeschilds zunickte und sie anlächelte.

Letty nickte knapp zurück. Sie suchte vier Avocados aus, tat sie in eine Plastiktüte und legte sie in ihren Einkaufswagen, wo Maya saß und in ihrem Stickeralbum blätterte.

»Wie viele Avocados haben wir mitgenommen?«, fragte Letty. Irgendwo hatte sie etwas über frühkindliches Lernen gelesen und angefangen, mit ihrer Nichte das Zählen zu üben, was Maya fast so gut gefiel wie das Schreiben.

Die Kleine tippte auf eine dunkelgrüne Frucht nach der anderen: »Eins, zwei, drei, vier!«

»Gut gemacht!« Der Mann kam zu Letty herum und lächelte Maya an. »Sie haben aber ein kluges Mädchen.«

Er war Anfang vierzig und braungebrannt. Mit seinem kantigen Kinn sah er gut aus. Er hatte eine Baseballkappe tief ins Gesicht gezogen. Zusammen mit seiner schwarzen Jeans und dem schwarzen Pullover wirkte er völlig fehl am Platz zwischen den Touristen, Wintergästen und Rentnern. In seinem Einkaufswagen lagen nur ein Sixpack Bier und eine Tüte Chips.

Instinktiv zog Letty ihren Wagen zurück. »Danke«, sagte sie.

»Wie alt ist sie?« Der Mann schob seinen Wagen näher an sie heran.

»Ich bin vier Jahre!«, meldete sich Maya zu Wort. »Ich bin schon ein großes Mädchen.«

»Ich habe auch ein Mädchen, das ist genauso alt wie du«, sagte der Fremde, ohne auf Abstand zu gehen. »Sie zählt und schreibt auch gern. Kannst du deinen Namen buchstabieren?«

Maya strahlte. »M …«

Letty schüttelte nachdrücklich den Kopf und legte unauffällig den Finger auf die Lippen.

»Ich möchte nicht unhöflich sein«, sagte sie und blieb mitten im Gang stehen. »Aber ich habe ihr gesagt, dass sie nicht mit Fremden sprechen soll. Deswegen wäre ich Ihnen dankbar, wenn Sie einfach weitergehen, ja?«

»Wow!« Der Mann grinste. »Tut mir leid, wenn ich zu freundlich war. Entschuldigung!«

Ein Schauer lief Letty über den Rücken. Sie war überzeugt, den Typen schon einmal gesehen zu haben. Und zwar nicht nur in dem Video der Kamera am Vorabend, sondern auch auf einem Foto aus der Verbrecherkartei. Sie schob den Einkaufswagen aus der Gemüseabteilung und fing fast an zu rennen, um den Mann hinter sich zu lassen. Es waren relativ viele Kunden im Supermarkt, die ihre Wochenendeinkäufe gern so früh wie möglich erledigten, so dass sie sich an den anderen vorbeischieben und -winden musste.

Im nächsten Gang schaute sie sich um und sah, dass der Mann im hinteren Bereich des Supermarkts war, wo er so tat, als würde er das Etikett von Hackfleisch aus der Truhe studieren. Letty zog ihr Handy heraus, machte ein paar Fotos von ihm und huschte in Richtung Ausgang. Sie stellte den Einkaufswagen vor der Damentoilette ab und ging mit Maya hinein.

Mit zitternden Händen rief sie im Motel an. Kaum meldete sich Ava, fragte Letty: »Ava, ist Joe vielleicht da?«

»Hab ihn heute Vormittag noch nicht gesehen«, erwiderte die Motelchefin. »Was ist denn?«

»Erklär ich dir später«, erwiderte Letty. »Kannst du mir bitte seinen Kontakt schicken?«

»Mach ich. Sofort.«

Kaum erschien die Nummer in ihrem Display, schrieb Letty eine Nachricht an Joe. *Ruf mich bitte an. Eilt!*

Kurz darauf klingelte ihr Telefon. »Letty? Was ist?«

»Ich bin im Publix in Madeira Beach und habe Maya dabei. Wir waren eben in der Gemüseabteilung, da hat uns so ein seltsamer Typ angestarrt. Ganz gruselig. Er kam rüber und wollte wissen, wie alt Maya ist. Er meinte, er hätte auch eine Vierjährige zu Hause. Dann hat er sie nach ihrem Namen gefragt, aber ich bin dazwischengegangen und habe ihm durch die Blume zu verstehen gegeben, dass er sich verziehen soll. Joe, vielleicht leide ich an Verfolgungswahn, aber ich glaube, das war Declan Rooney. Ich glaube, er hat uns gestalkt. Ich habe ein paar Fotos von ihm gemacht, als er so tat, als würde er uns nicht beobachten.«

»Schick mir die Bilder! Aber wieso glaubst du, dass das nicht ein normaler Feld-, Wald- und Wiesenperverso war? Rooney kennt weder dich noch Maya.«

»Vielleicht war es wirklich nur ein widerlicher Typ. Er hatte eine Baseballkappe tief in die Stirn gezogen. Aber ich glaube, er hatte Maya schon mal gesehen. Erkläre ich dir später.«

»Wo ist der Typ jetzt? Und wo bist du?«

»Ich habe mich auf der Damentoilette versteckt. Der Mann drückte sich in der Fleischabteilung herum. Er hatte eine schwarze Jeans und eine schwarze Sweatjacke an, dazu eine dunkelblaue Kappe. Ich würde sagen, er müsste um die eins fünfundachtzig sein.«

»Okay, bleib da. Ich komme rüber.«

Auf dem Weg zum Supermarkt rief Joe Vikki Hill an. »Hey! Eventuell wird es etwas kompliziert. Letty hat mich gerade aus dem Publix angerufen. Sie meint, sie hätte Rooney gesehen. Er hätte sie verfolgt. Ich fahre direkt rüber.«

»Du Scheiße«, stöhnte die Agentin. »Woher kennt sie ihn denn?«

»Weiß ich nicht. Aber sie hat mir ein paar Fotos geschickt, die sie von ihm gemacht hat. Die Statur und das Profil passen, auch wenn er eine Baseballkappe tief ins Gesicht gezogen hat. Sieht aus, als könnte er es sein.«

»Brauchen Sie Unterstützung?«, fragte Vikki. »Der Supermarkt ist nur eine Meile entfernt, oder?«

Joe zögerte. »Kann nicht schaden. Wir sehen uns da!«

»Letty, ich will hier raus!«, quengelte Maya. »Ich will Fischlis! Und mein Stickeralbum.«

Seit zehn Minuten waren sie jetzt auf der Toilette. Sie hatten sich die Hände gewaschen, hatten sich auf Lettys Handy einen Comic angesehen und zweimal »Lass es los« aus der *Eiskönigin* gesungen. Letty hatte es satt, sich in einer Kabine auf der Toilette zu verstecken, sie hatte es satt, Angst zu haben und Toilettengeräusche zu hören.

»Na gut, Mausezahn«, sagte sie. »Gehen wir!«

Sie hob Maya gerade wieder in den Einkaufswagen, als ihr Handy eine Nachricht von Joe ankündigte.

Bin da.

Letty schrieb zurück. *Wir sind direkt am Eingang.*

Sie sah sich um, konnte aber keinen großen, schwarz gekleideten Mann entdecken.

Joe kam hereingelaufen. »Ist er noch da?«

»Hier vorne nicht«, sagte Letty.

Kurz darauf stieß Vikki Hill zu ihnen. »Irgendeine Spur von ihm?«

»Nicht hier vorn«, wiederholte Letty.

»Wir teilen uns auf«, schlug Joe vor. »Sie nehmen die rechte Seite des Ladens, ich die linke.«

»Ich bleibe bei Vikki«, sagte Letty.

Die Agentin lächelte Maya zögernd an. »Hallo, ich bin Vikki.«

Maya zog den Kopf ein. »Ich darf nicht mit Fremden reden.«

»Das ist richtig«, sagte Vikki Hill. »Sprich niemals mit Fremden! Nie!«

Forschen Schrittes marschierten sie durch den Gang mit den Tiefkühlwaren, dann am Wein und Bier vorbei, schließlich am Apothekentresen. Immer wieder mussten sie Senioren ausweichen, die Listen auf ihren Handys checkten oder mitten im Gang stehen blieben, um sich zu unterhalten.

»Mannomann! Rentner haben wirklich alle Zeit der Welt«, brummte Vikki Hill vor sich hin.

»Mich machen die Rabattmarkensammler verrückt«, warf Letty ein.

»Ganz zu schweigen von Leuten, die Schecks ausstellen. Wer tut so was noch? Sehen Sie ihn irgendwo?«, fragte die Agentin.

»Ich glaube, er ist weg«, erwiderte Letty. »Ich ärgere mich so über mich selbst, dass ich mich wie der letzte Angsthase auf der Toilette versteckt habe. Ich hätte ihm wenigstens auf den Parkplatz folgen sollen, dann hätte ich sehen können, was für ein Auto er fährt.«

»Mit einem kleinen Kind im Einkaufswagen? Ganz bestimmt nicht. Sie haben alles richtig gemacht.« Hill wies auf Joe, der am Informationsschalter stand und mit einem Mitarbeiter des Publix sprach, der ein kurzärmeliges Hemd, eine Krawatte und ein Namensschild trug.

»Wir denken, er ist weg«, sagte Vikki Hill im Näherkommen.

»Ich habe ihn auch nicht gesehen«, bemerkte Joe. »Agentin Hill, Letty, das hier ist Craig Hoffman. Er ist der Geschäftsführer des Supermarkts. Ich habe ihn gefragt, ob wir uns mal die Überwachungskameras ansehen dürfen. Vielleicht bekommen wir da einen besseren Blick auf das Gesicht des Mannes.«

»Und ich habe gerade erklärt, dass ich für so was meinen Bereichsleiter um Erlaubnis bitten muss«, bemerkte Hoffman. »Tut mir leid. Hausinterne Anweisung.«

Vikki Hill runzelte die Stirn. »Wie lange würde das denn dauern, Mr. Hoffman?? Der Mann, den wir suchen, ist ein flüchtiger Schwerverbrecher. Er ist Verdächtiger in einem ungelösten Mordfall in New York. Wir würden weder die Geschäftsabläufe stören noch die Kunden belästigen. Wir möchten uns nur die Videoaufzeichnung der vergangenen Stunde ansehen.«

Hoffman zuckte mit den Schultern. »Wie gesagt, das ist eine hausinterne Anweisung. Wir unterstützen den Gesetzesvollzug wirklich auf jede erdenkliche Weise, aber …«

Die FBI-Agentin winkte ab. »Schon gut.« Sie wandte sich an Joe: »Wir kommen hier nicht weiter. Fahren wir.«

»Wir sehen uns im Motel.« Letty schwang Avas Liste. »Ich muss noch ein bisschen einkaufen …«

Die Agentin riss ihr den Zettel aus der Hand. »So«, sagte sie leise. »Ich habe heute Morgen von unserem Freund gehört. Wir gehen jetzt. Alle.«

37

Ava und Isabelle kamen ihnen auf dem Parkplatz des Motels entgegen. »Ist alles in Ordnung?«, fragte Ava. »Joe hat mich angerufen und erzählt, was passiert ist.«

»Ich bin ein bisschen geschockt«, gestand Letty und hob Maya aus dem Kindersitz. »Tut mir leid, dass ich den Einkauf nicht erledigt habe.«

»Hi, Isabelle!« Maya streckte die Arme nach ihrer Babysitterin aus.

»Hi, Maya Papaya!« Isabelle drückte das Kind kurz an sich und stellte es dann auf den Boden.

»War das wirklich Rooney?«, flüsterte Isabelle Letty zu.

»Ich weiß es nicht. Vergiss nicht, ich hab ihn noch nie in natura gesehen. Aber als ich hochguckte und merkte, dass er uns beobachtete, und als er dann versuchte, mit Maya zu sprechen, haben sich mir die Nackenhaare aufgestellt. Ich konnte gar nicht schnell genug wegkommen.«

»Falls er es war, lässt er sich besser nicht noch mal hier blicken.« Ava schaute grimmig drein. »Dem würde ich am liebsten eine überbraten …«

Letty sah demonstrativ zu ihrer Nichte hinüber.

»Egal«, sagte Ava. »Euch geht's gut, und das allein ist wichtig.«

»Komm, Isabelle, wir gehen an den Strand!« Maya nahm die Hand ihrer Babysitterin und zog sie in Richtung Büro.

Letty schüttelte kaum merklich den Kopf. Isabelle verstand.

»Jetzt nicht. Meine Mutter macht uns was zu essen! Und danach können wir uns verkleiden.«

»Ich will an den Strand!« Maya schob die Unterlippe vor.

Wieder schüttelte Letty den Kopf.

»Wir können ja ein paar Kekse backen«, bot Ava an. »Kennt ihr jemanden, der gern Kekse isst?«

Maya hielt ihren Stoffelefanten in die Luft. »Ellie liiiiiebt Kekse!«

»Wahrscheinlich bin ich total paranoid, aber sag Isabelle bitte, dass sie die Kleine heute nicht aus den Augen lassen soll«, flüsterte Letty Ava ins Ohr. »Ich weiß, das ist viel verlangt, aber sie soll im Haus bleiben, nicht an den Pool oder Strand gehen. Nur für den Fall.«

Ava tätschelte Lettys Arm. »Keine Sorge! Wir passen auf, dass der Kleinen nichts passiert. Und dir auch nicht. Das verspreche ich dir.«

»Zuerst mal«, begann Vikki Hill und wandte sich an Letty, »wie kann es sein, dass Sie Declan Rooney erkannt haben? Ich dachte, Sie hätten den Mann noch nie gesehen.«

Sie saßen in Lettys Wohnzimmer.

Letty schaute Joe an. »Nachdem du mir von Rooneys Verbindung zu Tanya erzählt hast, habe ich mir sein Polizeifoto im Internet angeguckt. Aber es gibt noch was …«

Sie verschränkte die Hände auf dem Schoß. »Das wollte ich eigentlich schon längst erzählt haben. Direkt heute Morgen. Aber dann ist so viel passiert …«

»Was denn?«, fragte Joe.

»Das mit der Nanny Cam. In Ellie. Tanya muss sie da reingenäht haben. Damit sie Evan überwachen konnte, wenn Maya bei ihm war. Sie hat mir nie etwas davon erzählt. Ich habe sie nur durch Zufall entdeckt.«

»Ho! Wer ist Ellie?« Agentin Hill schaute von Letty zu Joe. »Was für eine Nanny Cam?«

»Ellie ist Mayas Stofftier, ein Elefant. So was wie ihre Schmusedecke. Aber von einer Nanny Cam höre ich auch zum ersten Mal«, sagte Joe. »Letty?«

»Letztens hat Isabelle nach dem Barbecue auf Maya aufgepasst. Sie ist draußen auf der Terrasse eingeschlafen, und wir haben sie nach drinnen ins Bett getragen. Dabei muss Maya ihr Stofftier verloren haben. Das war in der Nacht, als es so heftig geregnet hat. Jedenfalls habe ich sie draußen gefunden, Ellie meine ich, nicht Maya, in einer Pfütze, deshalb habe ich sie mit dem Föhn getrocknet, und da habe ich etwas Hartes getastet, im Kopf, hinter der Stirn. Mit der Schere habe ich drin rumgestochert und schließlich ein kleines Teil rausgeholt. Stellte sich heraus, dass es eine winzige Kamera ist. Ich wusste nicht, was ich damit anfangen soll, deshalb hab ich Isabelle gefragt, und die hat eine Freundin an der Schule, die so eine Art Hackerin ist, und Sierra war hier und …«

»Du hast meiner siebzehnjährigen Schwester von dieser Nanny Cam erzählt? Aber mir nicht?«, unterbrach Joe Letty.

»Ja, hab ich.« Letty zeigte keine Reue. »Da stellte sich heraus, dass Isabelle längst ahnte, dass ich Tanyas Schwester bin. Das war noch bevor Agentin Hill hier auftauchte. Zu dem Zeitpunkt wusste ich noch nicht genau, ob ich dir vertrauen kann. Kann ich jetzt weiterreden?«

»Bitte sehr!«

Schnell erklärte Letty, wie sie auf das Passwort ihrer Schwester gekommen war, durch das Sierra Zugang zu den Filmen auf Tanyas iCloud bekam. Und sie beschrieb den Inhalt der Videos, die sie am Vorabend geguckt hatte.

»Wir müssen dieses Video jetzt sofort sehen«, sagte Vikki Hill. »Haben Sie alle gesichtet?«

»Nein. Das sind Hunderte Stunden Material, ab November. Stundenlang sieht man nur das, was aufgenommen wurde, wenn Maya Ellie durch die Wohnung schleppt. Oder wenn sie im Auto sitzt. Hauptsächlich ist es das Leben aus der Perspektive einer Vierjährigen.«

»Erzähl noch mal die Stelle, als Rooney auftaucht«, forderte Joe Letty auf.

»Vielleicht ist er es ja gar nicht«, ruderte Letty zurück. »Es ist ein Mann mit Strickmütze und dicker Jacke. Er kommt in die Wohnung, Tanya wirkt erst überrascht, dann freut sie sich. Sie küssen sich, und Tanya zeigt auf Maya, die auf der anderen Seite des Raums steht. Deshalb ist das Gesicht des Typen auch so schwer zu erkennen, und man hört kaum was vom Gespräch der beiden. Dann fängt Maya an zu schreien und läuft nach oben. Das ist alles. Ich habe mir noch das Material danach angeguckt, aber der geheimnisvolle Mann taucht nicht wieder auf.«

»Und man kann nicht verstehen, worüber Tanya und der Mann sprechen?«, hakte Agentin Hill nach.

»Nein.«

»Wo ist diese Kamera jetzt?«, fragte sie.

Letty holte das winzige Gerät und den USB-Stick, den Sierra ihr gegeben hatte, vom Nachttisch und legte der FBI-Agentin beides in die Hand. »Das ist sie. Können Sie sich eine Kopie machen und sie mir dann zurückgeben?«

Vikki nickte. »Gut. Wir geben sie Ihnen zurück. Von wann stammt die letzte Aufnahme?«

»Das letzte Datum ist der 28. Februar«, sagte Letty. »Ich habe gestern Abend nur den Stoff von ein paar Wochen durchsehen können, dann bin ich eingeschlafen.«

Sie senkte den Blick auf ihre Hände, dann schaute sie Vikki Hill an. »Ich glaube, die Batterie war leer … kurz bevor Tanya getötet wurde. Ich habe bis ganz zum Ende geguckt, das ist drei Tage vorher. Aber es ist nichts Besonderes zu sehen. Sie geht mit Maya zum Zahnarzt, dann zum Kinderarzt. Tanya wollte nach L. A. ziehen, wissen Sie, deshalb wollte sie alle ärztlichen Unterlagen zusammenhaben, für die Vorschule in L. A.«

Letty traten Tränen in die Augen. »Ich weiß, dass meine Schwester keine Vorzeigemutter war. Sie konnte unüberlegt und egozentrisch und sehr, sehr selbstzerstörerisch sein. Und ja, sie hatte Probleme mit Tabletten und Alkohol. Sie hat sich öfter mit Evan heftig gestritten, die beiden wurden handgreiflich, und zwar vor Maya. Eine Auseinandersetzung ist auf dem Video, das ist wirklich hart zu sehen. Aber sie hat ihre Tochter geliebt. Wirklich geliebt. Und sie wollte das tun, was am besten für Maya war. Evan verlassen und noch mal von vorn anfangen.«

Unwillkürlich musste Letty an den letzten Abschnitt denken, den sie am Vorabend angeschaut hatte. Darin sah man Tanya aufgedreht und voller Vorfreude auf den bevorstehenden Umzug. Als Letty das Video beschrieb, schnürte sich ihr die Kehle zu.

»Sie war mit Maya bei GAP. Draußen hat es geschneit. Und sie hat Maya einen Badeanzug gekauft, weil das Haus, das sie in L. A. gemietet hatte, einen Swimmingpool hatte …«

Vikki Hill nickte. »Schon gut, ich verstehe. Ich gucke mir die Filme auf dem USB-Stick an und schicke den mit Rooney zu unseren Technikern. Vielleicht können sie die Geräusche verstärken oder so.«

Sie sah Joe DeCurtis an. »Woher wusste Rooney eigentlich, wo er Tanya in New York finden kann? Und wie – und warum – sollte er hier auftauchen und Letty und Maya verfolgen?«

»Das frage ich mich auch«, sagte Joe.

»Davon können wir uns jetzt nicht ablenken lassen«, schloss die FBI-Agentin. »Es gibt keinen Hinweis darauf, dass Rooney am fraglichen Tag in der Nähe von Tanyas Apartment war.«

Sie wies auf Letty. »Wingfield will, dass Sie ›verschwinden‹, wie er sich ausdrückt. Und zwar noch dieses Wochenende. Ich soll ihm beweisen, dass Sie tot sind. Und dann will er, dass ich persönlich ihm Maya nach New York bringe.«

Letty verschränkte die Arme vor der Brust. »Nur über meine Leiche.«

»Eben«, sagte Vikki.

Agentin Hill legte ihr Handy auf den Tisch und spielte das erste Telefongespräch mit Evan Wingfield ab, das sie aufgenommen hatte.

Als es vorbei war, runzelte Joe die Stirn. »Richtig aussprechen tut er ja nichts. Ich will Ihnen nicht sagen, wie Sie Ihre Arbeit zu machen haben, aber warum legen Sie auf, als er gerade anfängt, sich zu erklären?«

»Ich musste dafür sorgen, dass er Nägel mit Köpfen macht«, erklärte Vikki. »Und er hat sich wieder gemeldet, keine fünf Minuten später.« Sie griff zu ihrem Handy und erstarrte.

»O nein! Das darf doch nicht wahr sein!« Die Agentin schlug sich mit der Hand vor die Stirn und stöhnte. »Neiiiiin!«

Joe und Letty tauschten besorgte Blicke.

Das Gesicht der Beamtin wurde feuerrot vor Verlegenheit. »Du Scheiße, was für ein Anfängerfehler! Als Wingfield zurückrief, bekam ich gleichzeitig eine SMS von Ihnen, Joe, und dann klopfte das Zimmermädchen an und wollte Handtücher bringen.

Die habe ich erst mal weggeschickt und bin aufgestanden, um die Tür zu verschließen, und dann war ich so unter Druck, endlich abzuheben, dass ich vergessen haben muss, die verdammte Aufnahme zu starten. Dafür gibt es keine Entschuldigung. Und das Schlimmste ist, dass Wingfield tatsächlich das Kind beim Namen nannte, als er zurückrief. Er hat den Preis verhandelt, war mit fünfzigtausend einverstanden und kündigte an, zehntausend Dollar als Vorschuss heute Nachmittag auf mein Bankkonto zu überweisen. Er sagte ausdrücklich, Letty solle ›verschwinden‹ und er wolle ein Foto als Beweis für ihren Tod.«

Letty erschauderte.

Vikki stand auf und ging auf und ab. »Ich hab's verbockt. Das Gespräch hätte ihn in direkte Verbindung mit dem Auftragsmord gebracht. Jetzt haben wir keinen Beweis. Verdammt, so eine Scheiße!«

»Vielleicht ja nicht«, sagte Joe. »Wie sind Sie mit ihm verblieben?«

»Er bestand darauf, dass das an diesem Wochenende über die Bühne geht. Ich meinte, mein Kollege hier bräuchte mehr Zeit, aber da wollte er sich nicht drauf einlassen.«

DeCurtis nickte. »Könnten Sie mal auf Ihr Konto gucken? Ob das Geld schon eingegangen ist?«

»Ja.« Die Agentin nahm ihr Handy, suchte die entsprechende App auf dem Display und tippte sie an. Sie las und nickte dann hoffnungsvoll.

»Ja, ist da. Zehntausend. Vor fünfzehn Minuten überwiesen.«

Joe streckte die Hand aus. »Darf ich mal?«

»Warum?«

»Ich rufe ihn an und mache ihm Feuer. Und diesmal nehmen wir das Gespräch auf.«

»Leck mich«, sagte Vikki, aber sie gab Joe das Handy.

Wingfield meldete sich nach dem ersten Klingeln. Joe stellte das Handy auf Lautsprecher.

»Sie schon wieder? Was sollen die ständigen Anrufe? Ich dachte, wir hätten einen Plan. Das Geld ist angekommen, oder? Jetzt tun Sie Ihren Job!«

»Hi, Evan. Hier ist nicht Vikki, sondern der Typ«, sagte Joe locker. »Wie sieht's aus?«

»War schon mal besser. Wie heißen Sie?«

»Sie können mich Joe nennen. Damit hier alles richtig läuft, sagen Sie mir genau, was ich für Sie tun soll.«

»Das habe ich Vikki schon erklärt«, gab Wingfield zurück. »Sprechen Sie mit ihr!«

»Von wegen! Ich habe keine Ahnung, was Sie der erzählt haben, und es juckt mich auch nicht. Sie ist nur die Vermittlerin. Ich muss ganz genau von Ihnen wissen, was Sie wollen.«

Schweigen am anderen Ende der Leitung.

Wingfield räusperte sich. »Ich habe kein gutes Gefühl dabei, das am Telefon zu besprechen. Woher soll ich wissen, dass das Ganze keine Abzocke ist? Dass Sie auch wirklich wissen, wo die sind.«

»Ich schicke Ihnen was, dann rufen Sie mich hier drauf zurück«, sagte Joe. Er legte auf und holte sein eigenes Handy aus der Jeanstasche. Er scrollte durch seine Galerie und fand ein ungestelltes Foto, das er vor kurzem von Letty und Maya gemacht hatte. Darauf saßen sie im Sonnenuntergang am Strand. Er schickte es an Vikki Hills Handy, von wo aus er es an Evan Wingfield weiterleitete.

Eine Minute später klingelte das Telefon der Agentin wieder. Joe ging dran. »Zufrieden?«

»Sind Sie am Meer? Wo ist das?«

»Sie *waren* am Meer. Können wir den Quatsch jetzt lassen?«

»Okay. Hören Sie zu, denn das ist das letzte Mal, dass ich mit Ihnen spreche. Oder mit Hill. Letty soll verschwinden. Und zwar endgültig. Ich will nicht, dass ihre Leiche in einer Woche oder einem Monat wieder auftaucht. Und ich will einen Beweis sehen. Wie ich schon Hill gesagt habe: Ich kenne die Folge von *Law & Order*, wo die Leute eine Obdachlose von der Straße holen und so tun, als wäre sie das Opfer. Schicken Sie mir anschließend ein Foto. Den Rest des Geldes bekommen Sie, wenn meine Tochter wieder bei mir ist.«

»Was?«, rief Joe. »Auf keinen Fall! Davon hat Vikki nichts gesagt. Ich schlage mich nicht mit einem Kind herum …«

Diesmal legte Wingfield auf.

Joe sah Vikki Hill an. »Und, was meinen Sie? Reicht das, um ihn wegen Verabredung zum Mord verhaften zu lassen?«

»Das war nicht übel«, gab die Agentin zu. »Das Foto von Letty und Maya war ein guter Schachzug. Ich muss mich mit der stellvertretenden Staatsanwältin in Verbindung setzen, mit der ich zusammenarbeite. Ich schicke ihr beide Aufnahmen und erkläre ihr, wo wir stehen.« Sie warf wieder einen Blick auf ihr Handy.

»Ich gehe jetzt nach Hause. Dann esse ich was und melde mich wieder. Wahrscheinlich nicht später als um drei. Bis dahin können Sie sich vielleicht überlegen, wo man Lettys Leiche am besten verschwinden lassen kann, DeCurtis.«

Als die Agentin fort war, ließ sich Letty aufs Sofa sinken. »Ist das alles überhaupt wahr?«, fragte sie. »Wann hört das auf? Wann bekommen Maya und ich unser normales Leben zurück?«

Joe setzte sich neben sie aufs Sofa. »Bald. Aber ich will dir nichts vormachen, Letty. Das Schwerste steht dir noch bevor. Hoffentlich kann bewiesen werden, dass du nichts mit dem

Mord an Tanya zu tun hast. Und hoffentlich kann das NYPD beweisen, dass Wingfield deine Schwester umgebracht hat. Aber wenn das FBI gegen Wingfield ermittelt, bist du die Kronzeugin. Das könnte ein Prozess werden, der sich lange hinzieht.«

»Und in der Zwischenzeit wird Evan mit allen Mitteln gegen mich kämpfen, damit er das Sorgerecht für Maya bekommt, das weiß ich genau. Besonders jetzt, da er erfahren hat, dass er möglicherweise alle Immobilien verliert, die er Tanya überschrieben hat.«

Letty rutschte noch tiefer in die Sofakissen. »Ich hätte ihm den heißen Kaffee über den Schoß kippen sollen, als er sich das erste Mal an Tisch 2 setzte.«

38

FREITAGNACHMITTAG / FRÜHER ABEND

Langsam ging Vikki Hill zu Lettys Apartment hinüber und vertilgte unterwegs den Rest ihres Mittagessens, das an diesem Tag aus einer Tüte Cheetos sowie einem in Zellophan gewickelten Sandwich aus dem Supermarkt bestand. Sie drückte die angelehnte Tür auf und fand Joe DeCurtis in einem Sessel am Vorderfenster, wo er offensichtlich döste.

»Wo ist Letty?«

Joe gähnte. »Rüber ins Büro gegangen, wollte noch ein bisschen was tun. Sie meinte, sie könnte hier nicht den ganzen Nachmittag herumsitzen und darauf warten, dass wir entscheiden, was aus ihrem Leben wird. Kann ich ihr nicht verübeln.«

Frustriert fuhr sich die Agentin mit der Hand durch die Haare. »Okay. Also, ich habe keine guten Nachrichten. Ich habe Cheryl Shapiro, der stellvertretenden Staatsanwältin, mit der ich schon länger zusammenarbeite, die Aufnahmen von Wingfield vorgespielt, und sie ist leider der Ansicht, dass wir mehr brauchen.«

»Das kann ja wohl nicht wahr sein!«, rief Joe. »Wir haben auf Band, wie er sagt, dass Letty verschwinden und ihre Leiche nicht in einem Monat irgendwo auftauchen soll. Das müsste für eine Verhaftung und eine Anklage doch mehr als genug sein.«

»Vielleicht würde es einem Staatsanwalt in einem bundesstaatlichen Gericht reichen«, erwiderte Vikki. »Aber ich arbeite für die Bundesregierung. Wir haben andere Standards. Eine Verhaftung reicht nicht. Eine Anklage reicht nicht. Wir brauchen stichhaltige, unanfechtbare Beweise für eine Verurteilung.«

»Was bedeutet das?«, fragte Joe.

Hill zuckte mit den Schultern. »Wingfield muss bezahlen, wenn er die Fotos gesehen hat, die vermeintlich Lettys Leiche zeigen. Und wir müssen darauf bestehen, dass er sich mit Ihnen trifft – persönlich, wenn Sie ihm seine Tochter im Tausch für das Geld übergeben.«

»Das wird Letty niemals mitmachen«, sagte Joe. »Sie haben es selbst gehört. Sie wird niemals zulassen, dass ich Maya mit nach New York nehme.«

»Hey, ich habe gerade eine geniale Idee. Wie wäre es, wenn Sie Evan sagen, er müsste schon zu Ihnen kommen, wenn er Maya will?«

»Sie meinen: hierher? Nach Florida?«

»Direkt ins Murmuring Surf. Je länger ich darüber nachdenke, desto besser gefällt mir das. Wenn Wingfield in einen anderen Bundesstaat kommen muss, um das Kind zu holen, stärkt das unsere Position. Dann geht es um zwischenstaatlichen Handel, möglicherweise könnte man ihm organisierte Kriminalität anhängen. Die stellvertretende Staatsanwältin wird begeistert sein!«

»Und Wingfield? Sieht mir aus, als wäre er eher vorsichtig.«

»Ja, das stimmt. Ich habe jetzt seit achtzehn Monaten mit ihm zu tun. Er ist äußerst zurückhaltend. Er beschuldigt Letty, Tanya ermordet zu haben, aber er hat keine Ahnung, was genau Letty – oder Maya – über Tanyas Tod weiß. So lange Letty lebt, ist sie eine Bedrohung für ihn.

Was ihn noch motiviert, ist Gier. Er kann nicht verwinden, dass er so dumm war, die Immobilien auf Tanya zu überschreiben. Jetzt redet er sich ein, er sei ein super Vater, er sorge sich ja nur um das Wohlergehen seiner Tochter, doch in Wahrheit geht es ihm ums Geld. Wenn Letty lebt, wird er gerichtlich gegen sie vorgehen und das Sorgerecht einklagen, aber er hat keine Garantie, dass das klappt. Ich bin mir sicher, dass er fünfzigtausend Dollar für eine vernünftige Investition hält, um seine Interessen zu schützen. Wahrscheinlich findet er sogar noch eine Möglichkeit, das Geld steuerlich abzusetzen. Als Geschäftskosten.«

Joe beugte sich vor und stützte die Hände auf die Knie. »Aber zuerst müssen wir Wingfield davon überzeugen, dass Letty tot ist und ihre Leiche nicht gefunden werden kann. Ich würde sagen, wir ziehen es so auf, als hätte ich ihre Leiche ins Wasser geworfen. Mit einem Anker und Ketten beschwert.«

Vikki nickte nachdenklich. »Und um den Rest kümmern sich die Haie. Gefällt mir.«

»Wir können in meinem Boot mit ihr rausfahren. Ich habe eine zweiundzwanzig Fuß lange Pathfinder. Wir warten bis kurz vor Sonnenuntergang. Das ist am besten. Ich wickele sie ein, fabriziere künstliche Wunden. Dann mache ich ein Foto und schicke es ihm.«

»Anker und Ketten? Einwickeln und künstliche Wunden?«

Letty stand in der Tür ihres Apartments. Joe und Vikki drehten sich zu ihr um. »Wann wolltet ihr beiden mir von eurem Plan erzählen? Bevor oder nachdem ihr mich den Haien zum Fraß vorwerft?«

»Das ist alles nur Show«, sagte Vikki Hill. »Sie kennen doch Wingfield und wissen, wie vorsichtig er ist. Wir müssen ihn überzeugen, dass Sie wirklich tot sind.«

»Das ist mir wirklich erst eben gerade eingefallen.« Joe wusste, dass seine Erklärung lahm klang. »Aber wenn du dich damit nicht wohl fühlst, müssen wir das nicht so machen.«

Letty ließ sich auf den Stuhl am Esstisch fallen. »Wie genau soll ich mich wohl fühlen, wenn ich als Leiche posieren und als Haifutter enden soll?«

»Werden Sie doch nicht«, versicherte ihr Vikki. »Die nächsten Tage werden hart für Sie werden, auch wenn wir alles richtig machen. Ja? Aber vergessen Sie nicht: Wir machen das, damit Maya und Sie in Sicherheit sind.«

»Und damit Evan im Gefängnis schmort für das, was er meiner Schwester angetan hat«, ergänzte Letty. Sie setzte sich im Stuhl auf. »Okay. Ich bin bereit. Erklärt mir den Plan.«

Vikki sah sich zweifelnd um. Die Pathfinder hüpfte im Wasser am Ende der Rampe. »Kann man mit dem Teil wirklich raus aufs Meer fahren? Das sieht verdammt klein aus für drei Personen.«

»Klar ist das Boot sicher«, sagte Joe leicht genervt. »Das ist kein Paddelboot, und wir sind ja nicht drei Stunden unterwegs. Von hier sind es zwanzig Minuten bis Egmont Key, Maximum.« Er stand am Steuer und wies in den Bug. »Rettungswesten sind in der Backskiste da vorn. Ziehen Sie eine über.«

Die FBI-Agentin sah ihn finster an, dann klappte sie die Kiste auf, holte eine orangefarbene Rettungsweste heraus und zog sie über ihre Windjacke.

Joe schielte zu Letty hinüber, die neben ihm hockte, und sagte mit freundlicherer Stimme: »Willst du auch eine Rettungsweste?«

Sie schüttelte den Kopf. »Ich will nur los.«

Langsam fuhr Joe rückwärts, fort von der Betonrampe. Er

hob die Stimme, um bei dem Brummen des Außenborders verstanden zu werden. »Okay, der Wind hat etwas aufgefrischt, und wir haben leichten Seegang. Deshalb muss ich relativ schnell fahren, um vor Einbruch der Dunkelheit in die Fahrrinne und wieder zurück zu kommen. Ich warne euch schon mal vor, das wir ganz schön durchgeschüttelt werden, aber noch mal: Es kann nichts passieren. Alle bereit?«

Vikki zuckte mit den Schultern, Letty nickte.

Joe drückte den Gashebel nach vorn, und die Pathfinder schoss los. Letty klammerte sich am Steuerstand fest und biss die Zähne aufeinander, als das Boot von einer Welle hochgetragen wurde und hart aufs Wasser fiel. Es spritzte über das Schandeck, Vikki stieß einen unterdrückten Schrei aus und rutschte zur Bank im Heck.

Der Wind peitschte Letty die Haare ins Gesicht und fing sich in ihrer Kleidung. Sie merkte, dass ihre Turnschuhe und Hosenbeine vom hereinspritzenden Wasser nass und kalt wurden, fühlte sich von der Schnelligkeit der Fahrt jedoch seltsam belebt. Sie konnte sich nicht daran erinnern, wann sie zuletzt auf dem Wasser gewesen war – vielleicht als Jugendliche, als ein Freund mit ihr Wasserski auf dem See gefahren war? Sie hatte das Gefühl der Freiheit genossen, je näher man dem Horizont kam.

Allmählich gewöhnte sie sich an die Geschwindigkeit des Motorboots. Sie gab in den Knien nach, um die Erschütterungen der rasanten Fahrt abzufedern. Die Sonne senkte sich dem Golf entgegen, der spätwinterliche Himmel leuchtete in Abstufungen von Orange über Violett zu Blau.

Joe stieß Letty an und wies auf die Backbordseite. »Delfine!«

Zwei windschnittige Tiere sprangen neben ihnen aus den Wellen und versanken wieder darin, wollten offenbar mit dem

Boot mithalten. Bezaubert sah Letty zu und wünschte sich, Maya sei bei ihr.

Joe musste ihre Gedanken gelesen haben. Er beugte sich vor, damit Letty ihn verstehen konnte. »Wenn das alles vorbei ist, fahren wir mal mit Maya raus zum Delfinegucken, ja?«

Sie nickte.

Das Boot ruckte und schwankte, der Wind heulte, die Wellen klatschten gegen den Bug. Irgendwann nahm Joe das Gas raus, und die Pathfinder wurde langsamer und blieb stehen.

»Jetzt sind wir in der Fahrrinne«, erklärte er. »Hier ist das Wasser dreißig Meter tief. Ein perfekter Ort, um eine Leiche zu entsorgen.«

Letty drehte sich zu Vikki um. Die Agentin beugte sich übers Heck und kotzte sich die Seele aus dem Leib.

»Argh!« Sie richtete sich auf, ließ sich auf die Bank sinken und wischte sich mit dem Bündchen ihrer Windjacke über den Mund.

»Alles in Ordnung?«, fragte Letty und setzte sich neben sie.

»Nein.« Vikki schloss die Augen. »Nichts ist in Ordnung, bis diese Reise ins Verderben vorbei ist.«

Joe griff in die Kühlbox zu seinen Füßen und reichte der Agentin eine Flasche Wasser. »Hier! Nehmen Sie einen Schluck. Langsam.« Er nahm ein kleines Alupäckchen aus einem Fach im Steuerstand. »Wollen Sie eine Reisetablette? Sie haben mir nicht gesagt, dass Sie seekrank werden.«

»Und Sie haben mir nicht gesagt, dass wir bei Orkanwinden raus aufs Meer fahren«, schoss Vikki zurück. »Wenn ich Achterbahn fahren wollte, wäre ich zur Kirmes gegangen und hätte mir einen gegrillten Maiskolben geholt. Jetzt geben Sie mir das scheiß Dramamine, und dann bringen wir es hinter uns.«

Joe wies auf den baumgesäumten Strand in der Ferne. »Wir sind nicht auf dem Meer. Da drüben ist Egmont Key. Aber egal.«

Er ging ins Heck der Pathfinder und warf einen Anker, dann kletterte er auf den Bug und ließ einen zweiten ins Wasser gleiten.

Als er sich wieder den beiden Frauen zuwandte, hatte er einen Zwanzig-Liter-Eimer aus Plastik und einen dritten Anker an einer langen Kette in der Hand.

Zaghaft berührte er Letty am Arm. »Vikki hat recht. Bringen wir es hinter uns. Bist du so weit?«

Letty schluckte und stellte sich unsicher hin. »Ja … Sag mir einfach, was ich tun soll.«

»Geh mit mir nach vorn in den Bug. Ich arrangiere dich entsprechend, und wenn Hill mit dem Füttern der Fische fertig ist, kann sie die Fotos machen.«

Joe hievte den verschlossenen Eimer auf den Bug, neben den dritten Anker an der langen Kette.

Er bot Letty ein Dramamine an. »Vielleicht nimmst du die besser. Auch wenn wir auf der Rückseite von Egmont sind und ich das Boot in den Wind gedreht habe, kann ich es nicht vollkommen ruhig halten.«

Sie schüttelte den Kopf.

»Na gut. Du müsstest dich hier lang hinlegen, die Füße dicht nebeneinander. Ich wickele dir diese Kette um die Knöchel, dann um die Taille und die Schultern. Sie ist etwas feucht und rostig, aber eine andere habe ich nicht.«

Die Sonne sank immer tiefer am dunkler werdenden violetten Himmel, der Wind frischte abermals auf und verpasste den Wellen kleine Schaumkronen. Letty krabbelte in den Bug und nahm ihre Position ein. Joe arbeitete schnell, wand die Kette um ihren Körper. Als er ihren Oberkörper umwickelte, spürte sie, wie Furcht und Übelkeit in ihr aufstiegen. Sie machte ein Hohlkreuz, damit er die nassen Metallglieder unter ihr hindurchziehen konnte.

»Gleich fertig«, sagte er. Letty drehte den Kopf zur Seite und sah, dass Joe neben ihr kniete. »Versuch jetzt, durch den Mund zu atmen. Es wird ekelig.« Er nahm den Deckel vom Eimer. Letty schnappte nach Luft, als der Gestank von toten Fischen auf ihre Nase traf.

»Tut mir leid, aber was Besseres konnte ich so kurzfristig nicht organisieren.« Joe tauchte ein altes Tuch in den Eimer. Er zog es heraus, es triefte vor dunkelrotem Blut. »Ist wahrscheinlich am besten, wenn du die Augen zumachst, damit du nicht siehst, was als Nächstes passiert. Und atme weiter durch die Nase.«

Letty tat, wie ihr geheißen, und zuckte zusammen, als sie spürte, wie Joe ihre Stirn, ihre Wangen und den Hals mit dem blutigen Lappen betupfte. Sie hörte, wie Flüssigkeit aus dem Eimer gegossen wurde, und musste laut würgen, als ihr das Fischblut in die Haare und in den Kragen lief.

Joe klopfte ihr wieder auf die Schulter. »Fast fertig, Letty.« Ihre Augenlider öffneten sich flatternd. Sie sah ein Streichholz aufleuchten, das Joe vorn an eine Zigarre hielt. »Was machst du da?«

Als anderthalb Zentimeter von der Zigarre abgebrannt waren, erstickte Joe die Glut mit Zeigefinger und Daumen, dann nahm er die Zigarre in die linke Hand, berührte die Asche mit seinem rechten kleinen Finger und brachte sie vorsichtig auf Lettys Stirn und rechter Schulter auf.

»Schusswunden«, sagte er.

»Nicht zu viel«, sagte Vikki und beugte sich über sein Werk, um es zu begutachten. »Damit es überzeugend ist, könnten wir noch ein bisschen Hirnmasse gebrauchen.«

Joe verdrehte die Augen. »Ich werde Wingfield erzählen, ich hätte es in einer dunklen Gasse gemacht und die Leiche dann zum Boot gebracht. Wie es jeder anständige Auftragskiller tun würde.«

»Könntet ihr beide jetzt bitte aufhören, eure Arbeit zu bewundern, und stattdessen das verdammte Foto machen, bevor ich von dem Gestank ohnmächtig werde?«, sagte Letty durch zusammengebissene Zähne.

»Drehen Sie den Kopf zur Seite!«, befahl die FBI-Agentin. Sie brachte ihr Handy in Stellung und machte eine Aufnahme. Langsam bewegte sie sich um Letty herum und fotografierte sie aus einem Dutzend verschiedenen Winkeln.

»Fertig«, sagte sie, für Letty gefühlt nach einer Ewigkeit.

Schnell befreite Joe sie von der Kette. Letty setzte sich auf und rutschte vom Bug auf die Bank, die Vikki gerade verlassen hatte. Joe reichte ihr ein sauberes nasses Handtuch mit dem Logo des Murmuring Surf auf dem Saum. Letty wischte sich Gesicht, Hals und Hände ab.

»Hier«, sagte er und hielt ihr noch ein Handtuch hin. »Ich kann dir hinten die Haare trocknen.«

»Ja, bitte«, erwiderte sie. Sie konnte den Gestank nicht länger ertragen. Joe tupfte ihr das Blut aus den Haaren, dann wischte er mit den schmutzigen Handtüchern das Blut vom Bug des Boots. Mit Schwung kippte er den Rest Fischblut über Bord, beugte sich über das Schanzkleid, füllte den Eimer mit Wasser und verteilte es dreimal über den Bug, bis auch die letzten Spuren von Blut beseitigt waren. Er warf die Handtücher in den Eimer, drückte den Deckel darauf und verstaute den dritten Anker mit der Kette in einer der Backskisten vorn.

»Fertig«, verkündete er.

»Du meine Güte!« Vikki wies auf das Wasser wenige Meter neben der Pathfinder. Es brodelte, und drei Heckflossen umkreisten die dort treibenden Fischreste.

»Schnell, ein Foto!«, befahl Joe. »Das ist das Sahnehäubchen.«

Die Agentin drückte sechs Mal auf den Auslöser. »Geritzt. So eine Haifütterung findet Wingfield bestimmt geil.«

Letty schluckte die Galle hinunter, die in ihr aufstieg. »Können wir jetzt bitte zurückfahren?«

Kaum war die Sonne weg, hörten sie Donnergrollen. Die Temperatur fiel um gefühlte zehn Grad, der Wind wurde noch stärker, und es begann zu regnen. Große, kalte Tropfen.

»Schnell zurück ans Ufer«, verkündete Joe und beeilte sich, die Anker zu lichten.

»Ja, los!«, rief Vikki Hill.

Der Regen schlug ihnen ins Gesicht, während die Pathfinder durch die höher werdenden Wellen pflügte. Vikki kauerte sich durchnässt und bibbernd ins Heck des Boots. Ihr war wieder speiübel. »Kommt her und stellt euch hinter die Scheibe!«, rief Joe.

Letty rückte auf dem Sitz näher an ihn heran. Zu dritt drängten sie sich hinter die Windschutzscheibe, und das Boot hüpfte über die Wellen. »O Gott«, stöhnte Vikki. »Ich möchte einfach nur wieder festen Boden unter den Füßen habe. Den werde ich nie wieder verlassen.«

»Müssen Sie noch mal brechen?« Joe spähte durch die verregnete Windschutzscheibe. »Wenn ja, dann bitte nicht auf mein GPS, ja?«

Vikki nickte wortlos und kniff die Augen zu. »Ich kann nicht hingucken.«

Nach zehn Minuten fielen die Positionsleuchten der Pathfinder auf die Bootsrampe. Joe gab vorsichtig Gas, bis das Boot parallel zum Steg lag. Er sprang raus und machte das Boot schnell an Bug und Heck fest.

»Hey, Letty, ich gehe hoch und hole den Trailer runter. Ihr könnt euch schon in den Pick-up setzen. Den Rest mache ich alleine.«

Er hielt ihnen die Hand hin und half erst Vikki und dann Letty auf den Steg. Klatschnass liefen sie durch den Regen.

»Okay«, sagte Joe zehn Minuten später, als er sich hinter das Lenkrad setzte. »Wer will was zu essen? Ich sterbe vor Hunger.«

Letty erschauderte und schielte zu Vikki Hill hinüber, deren Kopf an Lettys Schulter lehnte, mit offenem Mund, leise schnarchend. »Ich glaube, jetzt entfaltet die Reisetablette ihre volle Wirkung«, murmelte sie. »Ich kann nicht klar denken – schon gar nicht an Essen. Ich will nur heiß duschen. Und vielleicht einen ordentlichen Drink.«

Joe griff unter seinen Sitz und holte eine Halbliterflasche Whiskey hervor, die er Letty reichte. Sie nahm einen Schluck, ließ ihn durch den Mund wandern und spürte das langsame, tröstliche Brennen, als der Bourbon ihr durch die Kehle rann.

Langsam zog Joe das Boot auf dem Trailer die Rampe hoch, dann legte er beiläufig den freien Arm über Lettys Rückenlehne und ließ seine Hand auf ihrer nassen Schulter ruhen. Sie rückte an ihn heran. »Fahren wir nach Hause.«

39

FREITAGABEND

Maya schläft tief und fest«, berichtete Ava, als Letty die Tür zu ihrem Apartment aufschloss. »Ich habe ihr was zum Abendessen gemacht, dann haben wir noch ein paar Geschichten gelesen, und dann ist sie allein ins Bett gegangen.«

»Danke noch mal fürs Aufpassen«, sagte Letty. »Ich gehe jetzt unter die Dusche.«

Ava rümpfte die Nase. »Gute Idee. Nichts für ungut, aber du riechst wie die Reste vom Fischmarkt.«

Als Letty in sauberen, trockenen Sachen aus dem Bad kam, war Ava gegangen, dafür saßen Joe und Vikki Hill in ihrer Essecke, auf dem Tisch eine halbvolle Flasche Rotwein und ein Pizzakarton.

»Entschuldige die Störung, aber wir müssen Wingfield jetzt wirklich diese Fotos schicken«, sagte Joe. Er deutete auf die Pizza. »Willst du was?«

»Nein, danke. Ich trinke nur einen Tee und esse einen Toast.«

»Wie passend!«, bemerkte Vikki. »Als wären Sie eine Figur in einem Krimi von Agatha Christie.«

Letty zuckte mit den Schultern. »Meine Großmutter hat mir immer Tee und Zimttoast gemacht, wenn ich aufgeregt war oder Angst hatte. Das beruhigt mich.«

»Ich finde Benzos beruhigender«, sagte Vikki. »Aber die darf ich nicht mehr nehmen.«

Letty kam mit ihrem Teebecher zum Tisch hinüber und blieb neben der Agentin stehen, um auf das Display von deren Handy zu schauen.

Ein Blick auf die grauenvollen Bilder reichte ihr. Sie setzte sich ans andere Ende des Tischs und biss kleine Stücke vom Toast ab.

»Das hier«, sagte Vikki und reichte ihr Handy an Joe weiter. »Das ist gut. Wenn ich es nicht mit eigenen Augen gesehen hätte, würde ich schwören, dass sie auf dem Bild tot ist. Und ich habe in meinem Leben schon viele Tote gesehen.«

»Echt? Ich dachte, die Leute vom FBI untersuchen nur hübsche, saubere Wirtschaftsverbrechen.«

»Falsch gedacht. Wir werden auch bei Morden dazugeholt, besonders wenn es ums organisierte Verbrechen geht. Vergessen Sie nicht, ich arbeite in New York!«

Agentin Hill scrollte wieder durch ihre Fotos und markierte noch zwei weitere. »Die beiden gefallen mir. Diese Weitwinkelaufnahme, auf der man die Spitze des Bootes sieht und Letty mit den Ketten und dem Anker, und dann die erste Nahaufnahme von ihrem Kopf, mit dem Blut, außerdem das Bild von den Haien.«

»Sie entscheiden«, sagte Joe. »Ich bin nur der Ausführende.«

Vikki Hill tippte die Textnachricht ein:

Mission erfüllt.

Dann schickte sie die drei Fotos.

Statt Rechnung.

Joe nahm sich ein Stück Pizza mit zähem Käse und streute rote Peperoniflocken darauf. »Und jetzt?«

»Jetzt warten wir.«

Er sah zu Letty hinüber. »Alles in Ordnung? Du siehst ziemlich blass aus.«

Sie brachte ein schwaches Lächeln zustande. »Das ist doch richtig so, oder? Ich bin schließlich eine Leiche.«

»Der Teil der Aufführung ist vorbei.«

»Sie haben das super gemacht«, lobte Vikki. »Wie ein alter Hase.«

»Kann sein, dass ich nie wieder Fisch runterkriege«, sagte Letty. »Ich glaube, ich habe die halbe Flasche Shampoo verbraucht, um den Gestank aus den Haaren zu bekommen.«

»Tut mir leid …«, setzte Joe an.

Vikkis Handy plingte. Sie griff danach und las die Textnachricht laut vor.

Wo ist Maya? Geht es ihr gut?

Die Agentin antwortete schnell:

Ihr geht's gut.

Wingfield schrieb sofort zurück:

Beweis?

Vikki sah Letty erwartungsvoll an. »Was soll ich ihm sagen?«

Letty stand auf und schaute ins Schlafzimmer, wo ihre Nichte auf der Seite lag, Ellie an sich gedrückt. Sie schloss die Tür und ging zurück.

»Dass es nach neun Uhr ist und sie schläft.«

»Sollen wir ein Foto von ihr machen, als Beweis?«, fragte Vikki.

Lettys Antwort fiel scharf aus: »Nein. Ich will nicht, dass sie aufwacht und denkt, hier stimmt was nicht. Wenn es Evan nicht gefällt, Pech.«

»Gut«, sagte Vikki.

Es ist nach 9. Sie schläft. Langer Tag.

Wingfields Reaktion kam postwendend:

Kein Beweis, kein Geld.

Joe spähte über Vikkis Schulter und las die SMS, sobald sie erschien. »So ein Wichser. Schreiben Sie ihm, Ihr Killer würde nicht gern übers Ohr gehauen. Kein Geld, kein Kind.«

Vikki tippte Joes Worte genau so ein.

Sie warteten.

»Okay. Ich glaube, ich genehmige mir ein kleines Gläschen Wein«, sagte Letty, nachdem sie eine Viertelstunde auf und ab gegangen war. »Sonst finde ich heute niemals in den Schlaf.«

Sie nahm das Weinglas, stellte sich an die Glasschiebetür und schaute nach draußen in den Regen. Was würden sie tun, wenn Evan sich gegen die weitere Abwicklung sperrte? Hätte das FBI genug Beweise, um ihn festzunehmen? Wie konnte Letty beweisen, dass sie ihre Schwester nicht umgebracht hatte? Würde Evan wegen des Mordes an Tanya jemals zur Rechenschaft gezogen werden? Würde sie mit Maya zurück nach New York müssen? Die Fragen drehten sich in ihrem Kopf. Die Zeit verging quälend langsam.

»Jetzt ist es eine halbe Stunde her«, bemerkte Joe. »Sollen wir ihn noch mal anschreiben?«

»Nein.« Vikki stand auf und gähnte laut. »Soll Wingfield doch über Nacht schmoren. Ich gehe ins Bett. Wenn ich von ihm höre, sage ich Bescheid.«

Sie ging zur Terrassentür und blieb kurz neben Letty stehen. »Keine Sorge«, sagte sie leise. »Wir nageln diesen Typen fest. Ich verspreche Ihnen, Evan Wingfield wird nicht damit durchkommen, okay?«

»Okay.«

Joe räumte den Pizzakarton und die Pappteller vom Tisch und steckte sie in den Mülleimer. Er drückte den Korken wieder in die Weinflasche und stellte sie auf die Arbeitsfläche.

»Ich verziehe mich auch«, sagte er.

»Jetzt ist Schluss mit dem Übernachten auf meiner Terrasse oder im Pick-up auf dem Parkplatz«, sagte Letty mit ernstem Gesicht. »Fahr nach Hause! Du hast Vikki gehört. Sie holen sich Evan. Maya und ich kommen klar.«

Joe hob die Augenbraue und musterte Letty. »Wirklich? Ich finde, du hast eine Menge mitgemacht. Besonders heute. Okay, äußerlich bist du fit. Aber was ist mit hier drin?« Er tippte ihr an die Stirn.

»Im Ernst? Ich bin ein emotionales Wrack. Ich müsste mal richtig ausschlafen, aber morgen früh machen Maya und ich weiter und stehen das irgendwie durch. Weil wir keine andere Wahl haben.«

Joe nahm ihre Hand und drückte sie. »Du bist echt taff, Letty Carnahan. Weißt du das?«

Sie beugte sich vor und gab ihm einen Kuss auf die Wange. »Das verstehe ich mal als Kompliment.«

Er legte ihr die Hand auf den Rücken und ließ sie dort etwas länger ruhen. »Ich wüsste noch viele schöne Komplimente. Also, wenn du bereit bist, sie zu hören.«

Letty brachte ihn zur Tür und schloss hinter ihm zu.

»Vergiss nicht, den Riegel vorzulegen!«, klang seine Stimme dumpf durch die Tür.

»Fahr nach Hause!«

Als Letty seine Schritte draußen im Durchgang hallen hörte, lehnte sie sich mit dem Rücken gegen die Tür und spürte eine Mischung aus Erleichterung und Reue. Sie war kurz davor gewesen einzuknicken, hätte ihn fast gebeten zu bleiben. Beinahe hätte sie sich gestattet, ihrer größer werdenden Schwäche für Joe DeCurtis nachzugeben. Doch zumindest in dieser Nacht hatte sie es geschafft, der Gefahr zu entgehen.

40

»Hey, Joe!«

Er öffnete ein Auge. Oscar Jensen stand im Durchgang vor Lettys Zimmer, eine nicht angezündete Zigarette in der Hand, und betrachtete Joe verwirrt.

Joe gähnte. Die Sonne war gerade erst aufgegangen. Er stand auf und streckte sich. Sein Rücken brachte ihn um.

»Was ist hier los?«, flüsterte Oscar und sah sich verstohlen um. »Observierst du Lettys Apartment oder was?«

Joe pflückte ihm die Zigarette aus den Fingern. »Sie müssen aufhören, hier draußen zu rauchen, Oscar. Außerdem haben Sie mich nicht gesehen, verstanden?«

Er kam gerade aus der Dusche, als das Telefon auf seinem Nachttisch klingelte. Joe stürzte sich darauf und stieß dabei mit dem Zeh gegen den Metallrahmen des Bettes. »Verdammt!«, fluchte er und hatte schon auf die grüne Taste gedrückt.

»Wie bitte? Ist da Officer DeCurtis?« Es war eine Männerstimme. Joe schaute aufs Display und sah eine Vorwahl aus Süd-Florida.

»Oh, tut mir leid. Hier ist Joe DeCurtis. Mit wem spreche ich?«

»Hier ist Chief Deputy Warren Davis, unten aus Collier County. Ich verfolge hier gerade eine Spur und sehe, dass bei

Ihrer Dienststelle ein Haftbefehl gegen einen Charles Sheppard vorliegt?«

»Gegen wen?« Joe ließ sich aufs Bett fallen und untersuchte seinen kleinen Zeh, der blutete.

»Charles Sheppard. Dreiundsechzigjähriger Weißer. Gesucht wegen Diebstahls, Betrugs und Verschwörung zum Betrug. Ihr Haftbefehl ist von 2014. Können Sie sich erinnern? Offenbar hatte er mit zwei Komplizen in einem Motel oben auf Treasure Island so eine Betrugsmasche drauf. Kaufte Gold und Silber und Schmuckstücke aus Erbschaften und haute dabei Senioren übers Ohr.«

»Chuck!«, rief Joe. »Sie meinen Chuck Sheppard?« Das Blut tropfte vom Zeh auf den Boden. »Sagen Sie nicht, Sie haben den alten Mistkerl geschnappt!«

»Tja, ›geschnappt‹ ist vielleicht nicht der richtige Ausdruck. Wir haben das gefunden, was noch von ihm übrig ist.« Der Deputy schmunzelte über seinen eigenen Witz.

Joe humpelte ins Bad, riss ein paar Blätter Toilettenpapier von der Rolle und wickelte es um seinen Zeh. »Ist er tot?«

»Oh, allerdings«, bestätigte der Deputy.

»Seit wann? Was ist passiert?«

»Wir haben seine sterblichen Überreste vor vier Tagen gefunden, konnten ihn aber erst gestern identifizieren. In dem Auto, das er fuhr, haben wir Fingerabdrücke von ihm sichergestellt, darüber sind wir an seinen Namen gekommen und haben den offenen Haftbefehl gesehen.«

»Wie ist er ums Leben gekommen?«

»Wir sollten offenbar denken, er wäre im brennenden Auto gestorben. Seine Leiche wurde auf einer Landstraße in einem gestohlen Kfz gefunden, ein 1998er Cherokee. Der Jeep war demoliert und halb verbrannt. Der Tote saß auf dem Fahrersitz.«

»Aber er ist nicht bei dem Unfall gestorben?«

»Wahrscheinlich nicht. Unsere Rechtsmedizinerin hat ein Projektil im Kleinhirn gefunden.«

Es dauerte einen Moment, bis Joe die Endgültigkeit von Chuck Sheppards Tod begriff. »Hat Ihre Rechtsmedizinerin auch Vorstellungen darüber, wann er getötet wurde?«

»Die Leiche war in einem ziemlich schlechten Zustand. Die Straße befindet sich in einem abgelegenen Teil des Countys, weit draußen im Sumpf. Zwei Jäger haben das ausgebrannte Auto gefunden. Die Medizinerin schätzt, dass der Tod vor ungefähr einer Woche eingetreten ist.«

»Mensch nochmal.« Joe rubbelte sich die Haare trocken und sah sich nach seinen Sachen um. »Ich schätze, die Verdächtigen stehen nicht gerade bei Ihnen Schlange, oder?«

»Ich hatte gehofft, in dem Fall könnten Sie uns helfen«, erwiderte der Deputy. »Da der Tote keinen Ausweis dabeihatte, wissen wir nicht, wo er wohnte oder was er hier gemacht hat.«

Joe dachte an die Zeit, als seine Mutter ihre unglückselige Beziehung mit Chuck Sheppard begann. »Gibt es bei Ihnen in der Gegend vielleicht ein Spielcasino?«, fragte er. »Da hing er gerne rum, als er hier oben wohnte. Im Casino der Seminole in Tampa. Also, als er die alten Leute hier abzockte.«

»Die Seminole betreiben auch ein Casino hier in Immokalee«, erwiderte der Deputy. »Ich prüfe das mal. So wie ich das sehe, hatte Sheppard bei seiner letzten Festnahme zwei Komplizen. Eine Frau namens Tanya Carnahan und einen Declan Rooney. Sagen Ihnen die Namen was?«

»Allerdings«, bestätigte Joe. »Tanya Carnahan ist vor gut einem Monat gestorben.«

»Eines natürlichen Todes?«

»Nein. Sie wurde ermordet.«

»Übel. Was ist mit diesem Declan Rooney? Ich sehe, er ist vorbestraft. Irgendeine Idee, wo er sein könnte?«

»Komisch, dass Sie fragen«, sagte Joe. »Eventuell ist Rooney an den Schauplatz des Verbrechens zurückgekehrt. Ich habe eine Zeugin, die gestern jemanden im Publix direkt hier auf Treasure Island gesehen hat, auf den die Beschreibung von Rooney zutrifft.«

»Das ist interessant«, erwiderte der Deputy. »Halten Sie diese Zeugin für zuverlässig?«

»Falls es Rooney war, trug er eine Baseballkappe, so dass sein Gesicht nicht gut zu sehen war, aber wir gehen noch mal zurück in den Laden, um die Bilder aus der Überwachungskamera anzusehen.«

»Ganz schön ungewöhnlich, dass dieser Rooney an einem Ort auftaucht, wo er beim letzten Mal nur knapp der Polizei entwischt ist«, bemerkte der Deputy.

Joe zog seine Jeans und ein sauberes Shirt an. »Ich könnte mir vorstellen, dass Rooney hier was zurückgelassen hat. Und jetzt ist er wiedergekommen, um es sich zu holen.«

Sein Handy piepste, Vikki Hill rief an. »Sagen Sie mir noch mal Ihren Namen?«

»Warren Davis. Aus dem Büro des Sheriffs von Collier County.«

»Gut, Warren. Ich habe hier gerade einen anderen wichtigen Anruf. Schicken Sie mir Ihre Kontaktdaten und alle fallbezogenen Daten, die Sie haben. Ich melde mich bei Ihnen wegen Rooney. Und danke für den Anruf!«

Joe legte auf und nahm das Gespräch von Vikki Hill an. »Hey«, sagte er. »Was ist? Was Neues von Wingfield?«

»Er will einen Beweis, dass Maya bei mir ist. Dann würde er sich melden, schreibt er.«

»Okay, super. Haben Sie schon Letty angerufen?«

»Hab ich, aber sie meldet sich nicht. Deshalb bin ich zu ihr rübergegangen und hab angeklopft. Keine Reaktion. Und ihr Auto ist auch weg.«

»Verdammt! Ich war bis eben da, vor nicht mal dreißig Minuten. Ich komme zurück.« Joe schlüpfte in seine Flipflops und griff zum Schlüssel seines Pick-ups.

»Immer mit der Ruhe. Vielleicht ist sie einkaufen gefahren oder so«, sagte Vikki. »Sie haben heute Morgen noch nichts von ihr gehört, oder?«

»Nein.« Er wollte gegenüber der FBI-Agentin nicht zugeben, dass er die Nacht wieder auf einem Stuhl vor Lettys Tür verbracht hatte. »Ich rufe meine Mutter an. Vielleicht hat sie ja Letty irgendwas besorgen geschickt. Aber was ich sagen wollte: Ich hatte eben einen Anruf von einem Deputy Sheriff aus Collier County. Das ist weiter im Süden, unten in den Everglades. Dort wurde Chuck Sheppards Leiche in einem gestohlenen Jeep gefunden. Es sollte so aussehen, als hätte das Auto einen Unfall gehabt und wäre ausgebrannt, aber die Rechtsmedizinerin hat eine Kugel in seinem Kopf gefunden.«

»Wann war das?«

»Vor vier Tagen haben Jäger den Jeep entdeckt, aber man nimmt an, dass er schon länger da stand. Die Leiche wurde anhand von Fingerabdrücken identifiziert, die aus dem Jeep gewonnen werden konnten.«

»Wie ist der Deputy darauf gekommen, Sie anzurufen?«

»Auf dieselbe Weise wie Sie. Sie haben nachgeschaut, ob Sheppard vorbestraft war, und gesehen, dass hier oben noch Haftbefehle gegen ihn vollstreckt werden mussten, auch gegen Declan Rooney.«

Vikki Hill atmete langsam aus. »Das ist ein seltsamer Zufall.

Sheppard wird umgebracht, und Rooney taucht bei Ihnen auf – wie weit ist dieses Immokalee von Ihnen entfernt?«

»Weiß ich nicht genau. Ich glaube, es liegt im mittleren Süd-Florida. Vielleicht zweieinhalb Stunden? Gut, können wir uns weiter darüber unterhalten, wenn ich Letty gefunden habe?«

»Halten Sie mich auf dem Laufenden«, sagte die Agentin.

»Hey, Mom, hast du Letty und Maya heute Morgen schon gesehen?«

Ava fegte gerade den Sand aus dem Büro, als ihr Sohn anrief. »Nein, warum?«

»Vikki und ich müssen mit ihr sprechen. Sie ist nicht in ihrem Apartment und geht nicht ans Handy. Wir dachten, sie sollte vielleicht etwas für dich erledigen oder so.«

»Ich habe ihr nichts aufgetragen. Du klingst leicht besorgt, mein Junge. Stimmt was nicht, das ich wissen müsste? Es geht doch nicht um Rooney, oder?«

Kurz überlegte Joe, seiner Mutter das Schicksal ihres ehemaligen Freundes zu verschweigen. Aber sie hatte ein Recht, es zu wissen, oder? Und wenn Declan Rooney tatsächlich irgendwo in der Nähe lauerte, musste überall höchste Alarmstufe gelten.

»Ich erklär's dir später, versprochen«, sagte Joe. »Aber könntet ihr beide, Isabelle und du, euch bis dahin umhören, ob jemand Letty gesehen hat?«

»Klar.«

Joes Apartment war nur fünf Minuten vom Motel entfernt. Er legte die Strecke in Rekordzeit zurück. Als er zum Parkplatz kam, wurde er langsamer und hielt Ausschau nach dem silbernen Kia, doch der war nirgends zu sehen. Joe fuhr weiter, nach Süden, und schaute auf den Parkplatz eines jeden Geschäfts, an dem er vorbeikam, in der Hoffnung, den Kia dort zu entdecken. Immer wieder versuchte er, Letty anzurufen, doch jedes Mal wurde er auf die Mailbox weitergeleitet.

Als er St. Pete Beach erreichte, drehte er um und fuhr wieder nach Norden, durch Treasure Island, Madeira Beach, Redington, Redington Shores und Indian Rocks Beach.

Joe hielt an einer Ampel zwei Meilen vor dem Murmuring Surf, als er den silbernen Kia schließlich entdeckte. Er fädelte sich gerade vom Parkplatz eines McDonald's in den Verkehr ein. Es wurde grün, doch Joe musste warten, bis ein Obdachloser mit einem Einkaufswagen voller Plastikflaschen und Dosen schlurfend die Straße überquert hatte. Mittlerweile war der Kia drei Fahrzeuge vor Joe. Er gab Gas, fuhr auf dieselbe Höhe und drückte vorsichtig auf die Hupe. Letty schaute herüber, schien überrascht und winkte. Maya saß auf dem Kindersitz hinten und nuckelte zufrieden an einem Plastikbecher. Joe entspannte sich und rief Vikki Hill an. »Hab sie gefunden«, verkündete er und bog auf den Parkplatz eines Supermarkts ab. »Die waren bei McDonald's.« Er atmete tief durch und fuhr zurück zum Murmuring Surf.

Am Motel angekommen, stieg Letty aus dem Kia und wartete, bis Joe geparkt hatte. Sein ernster Gesichtsausdruck sagte ihr, dass etwas nicht stimmte.

»Was ist?«, fragte sie, als er auf sie zukam.

»Du hast mir einen Riesenschreck eingejagt, einfach so abzuhauen, ohne jemandem Bescheid zu sagen!«, rief er.

Sie beugte sich vor, hob Maya aus dem Kindersitz und stellte sie auf den Asphalt. »Hallo, Mr. Joe!«, sagte die Kleine. »Ich habe ein Happy Meal gegessen!«

Er zwang sich zu lächeln. »Das ist ja toll.«

Letty ging zu ihrem Apartment.

»Wir müssen reden«, sagte Joe und fasste sie am Arm. »Vikki

hat heute Morgen den Anruf bekommen. Als sie dich nicht erreichen konnte und du nicht zu Hause warst, haben wir Panik gekriegt.«

»Tja, jetzt sind wir ja wieder da.«

»Es gibt noch was.« Joe deutete aufs Büro, wo Ava und Vikki Hill in der offenen Tür standen und warteten.

»Ich brauche einen Kaffee«, stöhnte Joe. »Und dann unterhalten wir uns.«

Die vier setzten sich an Avas Küchentisch, während Maya im Wohnzimmer vor *PAW Patrol* hockte.

»Ich hatte heute Morgen einen Anruf von einem Deputy Sheriff unten in South Florida«, begann Joe. »Dort wurde Chucks Leiche in einem Jeep gefunden, draußen im Sumpf. Er hatte eine Kugel im Kopf.«

Kaffee schwappte aus Ava DeCurtis' Becher. »Was?«

Letty sprang auf, holte ein Küchentuch und tupfte die Lache auf.

»Tut mir leid, dass ich dich damit überfalle, aber ich wusste nicht, wie ich es sonst sagen sollte.«

»Das war wohl nur eine Frage der Zeit«, bemerkte Ava mit düsterem Blick, doch ihre Hände zitterten, als sie wieder am Becher nippte. »Ich würde sagen, er hat es nicht anders verdient. Wusste der Deputy, wer es war?«

»Nein, deshalb hat er mich angerufen«, erklärte Joe. »Das Fahrzeug war gestohlen, man konnte die Leiche nur anhand der Fingerabdrücke identifizieren. Als die Kollegen da unten die Abdrücke mit dem Strafregister vergleichen ließen, stießen sie auf unseren offenen Haftbefehl gegen Chuck. Der Deputy erkundigte sich nach Chucks Komplizen: Tanya und Declan Rooney.

Ich habe ihm gesagt, dass wir glauben, dass Rooney hier gestern gesehen wurde«, fuhr Joe fort. »Wir müssen noch mal in den Publix und uns das Video auf der Überwachungskamera ansehen. Ich rufe gleich den Geschäftsführer an und mache ihm Druck.«

Vikki meldete sich zu Wort. »Deshalb bin ich heute Morgen ausgeflippt, als wir Sie nicht erreichen konnten, Letty.«

»Tut mir leid.« Letty sah sich um. »Wirklich. Tut mir wirklich leid. Ich hatte Maya mein Handy gegeben, damit sie sich darauf einen Comic angucken kann. Dann war der Akku leer. Ich wollte euch keine Sorgen bereiten.«

»Bis der Fall vorbei ist, werden wir alle nervös sein.« Die FBI-Agentin reichte Joe ihr Handy. »Ich würde sagen, es ist Zeit, ein Foto von Maya und mir zu machen. Wir wollen ja nicht, dass Wingfield es sich noch anders überlegt.«

Vikki ging ins Wohnzimmer und setzte sich neben Maya, die auf den Sofakissen lag und leise vor sich hinsang.

»Maya, Mr. Joe möchte gerne ein Foto von uns beiden machen. Ist das in Ordnung?«

»Ja«, stimmte die Kleine zu.

»Warte!« Letty zog eine Bürste aus ihrer Handtasche und eilte zu ihrer Nichte hinüber. »Nicht, dass du da so ein Vogelnest auf dem Kopf hast!« Vorsichtig kämmte sie die Haare des Kindes und befestigte sie an den Schläfen mit Plastikspangen, die sie aus der Tasche ihrer Shorts gefischt hatte. Sie zog Mayas Pyjamaoberteil nach unten, damit ihr Bauch nicht nackt war. »Wir müssen dir mal ein paar neue Sachen kaufen«, sagte sie. »Du bist fast schon aus allem rausgewachsen, das ich für dich eingepackt hatte.«

Als Vikki die Kleine auf den Schoß nahm, wurde Letty wieder von Schuldgefühlen gequält. Tanya wäre vor Scham gestorben, wenn ihre Tochter fröhlich Junkfood in der Öffentlichkeit gegessen hätte, barfuß, die Haare ungekämmt, nur bekleidet mit einem Pyjamaoberteil und einer nicht mehr passenden Leggings. Tanya hatte immer viel Wert auf Mayas Äußeres gelegt. »Sie kann nicht durch die Gegend laufen wie ein Schmuddelkind«, sagte sie oft zu Letty, eine Ausrede, um exorbitante Summen für Designerklamotten auszugeben, aus denen ihre Tochter nach drei Monaten herausgewachsen war. »Und ich will nicht, dass die gehässigen Frauen von Evans' Freunden hinter meinem Rücken über mich reden und mich asozial nennen.«

Vikki sah mit ernstem Blick geradeaus in die Kamera, während Maya weiter zum Fernseher schaute. Joe ging in einem Meter Entfernung auf die Knie und drückte auf den Auslöser. »Okay, ich denke, ich hab was Brauchbares«, sagte er und gab das Handy seiner Besitzerin zurück.

Die Agentin schaute sich die Bilder an. »Ja. Dieses hier ist gut. Es ist das Einzige, wo Maya direkt in die Kamera guckt.« Sie tippte auf das Foto, schrieb etwas dazu und reichte das Handy an Letty weiter.

Es geht ihr gut. Ich muss jetzt arbeiten. Weiter im Text!

Vikki drückte auf den Pfeil, und mit einem leisen Geräusch wurde die Nachricht abgeschickt.

41

Er spielt wieder seine Spielchen«, sagte Vikki Hill, nachdem eine Viertelstunde ohne Antwort von Evan Wingfield vergangen war. Sie stand auf und sah Joe an. »Scheiß drauf. Ich muss Telefonate führen. Sind Sie heute hier?«

»Ja. Ich will noch mal zum Supermarkt und mit dem Geschäftsführer sprechen.« Er klopfte auf seine Gesäßtasche. »Hab mir Rooneys letztes Fahndungsfoto ausgedruckt. Ist zwar schon älter, aber ich dachte, ich zeig das mal den Kassiererinnen. Vielleicht erkennt ihn ja eine.«

»Sagen Sie Bescheid, wenn Sie was herausfinden, und ich melde mich, wenn ich was von Wingfield höre.«

»Ich mach mich wohl besser an die Arbeit.« Letty nahm die Kaffeebecher und stellte sie in die Küchenspüle. Sie schaute um die Ecke und rief ihre Nichte, die mit Isabelle am Esstisch saß und fleißig am Ausmalen war.

»Komm, Mausezahn! Wir müssen auf die Stechuhr drücken.«

»Wenn es für dich okay ist, Letty, kann sie heute Morgen noch ein bisschen bei mir bleiben«, sagte Isabelle.

»Echt?«, fragte Letty. »Ich weiß, dass sie dich anhimmelt, aber ich will dir nicht den ganzen Tag eine Vierjährige aufbürden.«

»Doch, wirklich. Ich war gestern mit einer Freundin im Goodwill und habe ein total süßes Prinzessinnenkleid für sie gefunden, das ist noch im Auto. Ich habe noch etwas Zeit, dann muss ich zu meiner Lerngruppe in die Bibliothek in der Schule.«

»Au ja, ich verkleide mich als Prinzessin!«, rief Maya. »Tschüss, Letty!«

Letty setzte sich wieder zu ihrer Chefin an den Tisch. »Ava, ich dachte, heute Vormittag kümmere ich mich noch mal um die neue Software. Es sei denn, es gibt noch was anderes? Checkt heute jemand ein?«

»Nur einer.« Ava schaute von ihrer Zeitung auf. »Anita ist schon drüben, müsste bis heute Mittag fertig sein.«

»Gut. Ich gucke nach, wenn es so weit ist. Hat der Klempner gestern den tropfenden Duschkopf repariert?«

»Hat er gesagt, aber vielleicht kannst du das auch noch mal kontrollieren.«

Joe folgte Letty nach unten ins Büro. Er holte ein Blatt Papier aus der Tasche und strich es auf dem Tisch an der Rezeption glatt.

»Nur um sicherzugehen: Könnte das der Mann sein, den du im Publix gesehen hast?«

Letty kannte das Polizeifoto natürlich, doch wieder war sie beeindruckt von Declan Rooneys unbestreitbarer Anziehungskraft: die dunklen Haare, die ihm in die Stirn fielen, die finster funkelnden dunkelblauen Augen mit den unglaublichen dichten, langen Wimpern, die hohen Wangenknochen und die markante Adlernase. Tanyas Tochter hatte das runde Gesicht, das spitze Kinn, die aufgeworfenen Lippen und den blassen Teint von ihrer Mutter, aber Mayas Augen waren unverkennbar die von Rooney.

»Nur eine Sache«, sagte Letty. »Jetzt, wo ich darüber nachdenke, fällt mir ein, dass der Typ im Supermarkt einen Bart hatte. Er sah ein bisschen ungepflegt aus.«

Joe nahm einen Stift und malte dem Mann auf dem Bild eine Gesichtsbehaarung. Er begann mit einem angedeuteten schmalen Schnurrbart und einem kleinen Goatee.

»So?«

»Hm, nee, der Bart war voller. Nicht wie ein Hipster, eher wie ein Penner.«

Joe malte den Bart dichter. »Ja, so«, sagte Letty.

Sie tippte auf das Foto von Declan Rooney. »Ich verstehe, warum sich Tanya in ihn verliebt hat. Er hat was Besonderes: Er wirkt gefährlich und unberechenbar und auch irgendwie … sexy.«

»Wie deine Schwester?«

»Ja«, sagte Letty leise. »Ich weiß bis heute nicht, wo und wie sie sich kennengelernt haben.«

»Das werde ich ihn fragen, wenn ich ihn verhaftet habe«, versprach Joe. »Ich fahr noch mal zum Publix und zeige das Foto den Kassiererinnen, dann, dachte ich, frage ich in den Motels und Restaurants der Umgebung nach, ob ihn da jemand gesehen hat.«

Letty biss sich auf die Unterlippe. »Das heißt, du glaubst wirklich, dass es Rooney war? Und dass er mich beobachtet – und Maya?«

»Wo wir jetzt das mit Chuck wissen, können wir wohl davon ausgehen, dass Rooney in der Gegend ist«, sagte Joe.

»Ich hätte noch eine Idee«, sagte Letty. »Das Murmuring Surf hat eine Mailingliste abonniert, bei der viele Motels und Hotels von Clearwater bis in den Süden nach St. Pete Beach mitmachen. Da werden Ratschläge oder Warnungen verteilt, wenn man zum Beispiel den anderen Bescheid geben will, dass irgendwo Autos aufgebrochen werden oder so. Ich könnte Rooneys Foto an die Liste schicken und fragen, ob ihn jemand gesehen hat oder ob er in einem der Läden wohnt.«

»Super«, sagte Joe. »Ich maile dir das Foto mit dem Bart drauf. Die Mailingliste hatte ich ganz vergessen. Die gute Nachricht ist, dass Rooney sich wahrscheinlich nicht in die Nähe des Murmuring Surf traut. Hier sind zu viele Leute, die ihn kennen. Trotzdem wäre es gut, einem von uns Bescheid zu sagen, wenn du weg musst.«

Ava kam mit dem Autoschlüssel in der Hand aus dem Lagerraum. »Ja, sicher! Ich brauche nicht noch so eine Panik wie heute Morgen. Jetzt bin ich erst mal weg.«

Isabelle und Maya kamen von draußen herein. »Letty, Letty!«, rief die Kleine. »Midnight hat ihre Kätzchen bekommen!«

»Wo sind sie denn?«, fragte Ava.

»Du kennst doch dieses dicke Betonrohr am Ende vom Parkplatz, oder?«, fragte Isabelle.

»Der alte Düker?«, fragte Joe.

»Wenn das so heißt. Ja. Da wächst ganz viel Unkraut drin, und da liegt jede Menge Müll und so, aber da hat sich Midnight ein kleines Nest gebaut. Maya hat eben das Miauen gehört, als wir meine Tasche aus dem Auto holen wollten, und dann sind wir dem Geräusch bis zum Abflussrohr gefolgt.«

»Vier Babykätzchen!«, berichtete Maya und hielt vier Finger hoch. »Ich möchte ein Katzenbaby, Letty!«

Letty kniete sich neben ihre Nichte. »Die Kätzchen brauchen jetzt ihre Mama. Midnight füttert sie und passt auf sie auf, die können wir ihr nicht wegnehmen. Das sind ihre Babys, nicht unsere.«

»Ich würde mein Kätzchen auch füttern!«, protestierte Maya.

»Und ich würde drauf aufpassen. Es könnte doch bei mir im Bett schlafen.«

»Leider nicht.« Letty schüttelte den Kopf. »Midnight muss selbst auf ihre Babys aufpassen. So wie ich auf dich aufpasse. Außerdem erlaubt Miss Ava keine Haustiere im Motel, stimmt's, Miss Ava?«

»Nein, die sind verboten«, warf Isabelle ein. »Ich wollte mein Leben lang einen Hund, und mein Leben lang hat sie gesagt, Haustiere gehören nicht ins Motel.« Sie funkelte ihre Mutter böse an. »Total gemein!«

Mayas Unterlippe begann zu beben. »Ich will aber ein Kääääätzchen!«

Letty wollte die Kleine in den Arm nehmen, doch Maya stieß sie von sich. »Nein! Du bist doof! Ich will zu meiner Mama! Die soll auf mich aufpassen, nicht du!«

»Maya«, sagte Ava vorwurfsvoll. »Das ist nicht nett.«

Isabelle setzte sich auf den Boden und nahm Maya auf den Schoß. »Letty hat recht, Maya Papaya. Man kann Midnight nicht die Kätzchen wegnehmen. Dann könnten sie sterben.«

Letty zog unwillkürlich den Kopf ein. Als Maya das Wort »sterben« hörte, wurden ihre dunkelblauen Augen groß. »Wenn Kätzchen sterben, kommen sie dann in den Himmel? Wie Mama?«

»Ich weiß es nicht«, antwortete Isabelle. »Aber wenn der Himmel das ist, wo alle glücklich sind, dann ja, dann bin ich mir sicher, dass da alle Menschen sind, die wir liebhaben, und auch Kätzchen und Hundebabys und alle anderen Tiere.«

»Aber ich will jetzt ein Kätzchen.«

»Irgendwann mal«, sagte Letty. Kaum hatte sie dieses vage Versprechen gegeben, wurde ihr klar, dass es dieselbe lahme Antwort war, mit der ihre Mutter ihre Töchter die ganzen Jahre abgespeist hatte, wenn Letty oder Tanya um ein Haustier bettelten oder um ein Haus mit einem kleinen Garten oder um einen Besuch am Strand. Irgendwann mal.

Sie stand auf und klopfte sich den Staub von der Hose. »Irgendwann«, sagte sie. »Ich verspreche dir, dass wir irgendwann ein eigenes Haus haben und du ein Haustier bekommst. Aber bis dahin könntet Isabelle und du der Katze helfen, indem ihr ein bisschen mehr Katzenfutter für sie hinstellt, oder, Miss Ava?«

Ava seufzte. »Die Katze soll sich eigentlich ihr Futter selbst erjagen. Beim Container sind genug Ratten. Aber ich kann wohl eine Tüte Katzenfutter mitbringen, wenn ich einkaufen fahre.«

Der Mitarbeiter vom Publix, der normalerweise an der Kasse beim Einpacken half, machte eine Zigarettenpause am Unterstand für die Einkaufswagen. Es war ein über siebzigjähriges Männchen mit einer grünen Schürze und einer knittrigen khakifarbenen Hose. Sein Namensschild wies ihn als »Tommy« aus. Er schaute auf das Foto, das Joe ihm hinhielt, und nickte.

»Ich glaube, der war in letzter Zeit öfter hier. Fällt ein bisschen auf, wissen Sie, mit den Klamotten.«

»Wie meinen Sie das?«

»Schwarzes T-Shirt, schwarze Hose, Baseballkäppi und Bart. Hat mich an Zorro erinnert.«

»Haben Sie vielleicht mal gesehen, was für ein Auto er fährt?«

»Nee.« Tommy warf den Zigarettenstummel in den Styroporbecher, den er in der anderen Hand hielt. »Der kauft nie viel. Vielleicht mal ein belegtes Sandwich oder Chips.«

»Wann haben Sie ihn das letzte Mal gesehen?«, fragte Joe.

»Heute Morgen war er noch da.« Der Kassenhelfer versenkte

den Kaffeebecher im nächsten Mülleimer. »Sorry, muss weitermachen.«

»Moment noch«, sagte Joe. »Wie lange ist es her, dass Sie ihn gesehen haben?«

»Hm … Wir machen um acht Uhr auf, das war ganz am Anfang. Wissen Sie was? Ich glaube, er wäscht sich immer bei uns auf der Männertoilette.«

»Wie kommen Sie darauf?«

»Die Toilette wird abends als Letztes sauber gemacht. Da wird alles aufgefüllt. Aber heute Morgen hat sich ein Kunde beschwert, es wäre total schmutzig, kurz nachdem dieser Typ da war. Ich bin reingegangen, und es sah aus, als hätte einer im Waschbecken gebadet. Überall war Seifenschaum, Papierhandtücher flogen rum.«

»Das könnte bedeuten, dass er in seinem Auto oder so schläft«, überlegte Joe. »Dass ihm kein Bad zur Verfügung steht.«

»Oder er schläft am Strand«, warf Tommy ein. »Bis die Bullen ihn verjagen. So was machen allerdings meistens nur jüngere Leute.«

»Hey, danke! Das war sehr hilfreich«, sagte Joe. Er zog ein paar Scheine aus der Tasche und wollte sie dem Kassenhelfer in die Hand drücken, doch der alte Mann wehrte sich. »Ist verboten«, sagte er.

Joe verließ das Einkaufszentrum und fuhr zum Polizeirevier von Treasure Island. Er ging hinein und klopfte an die Glasscheibe, hinter der die diensthabende Beamtin saß.

Serafina Suarez schaute von ihrem Computerbildschirm auf und lächelte. »DeCurtis! Wo warst du? Hast uns gefehlt.«

»Feier meine Überstunden ab«, sagte Joe. »Kannst du mir einen Gefallen tun, Fina? Ich suche nach kürzlichen Festnahmen oder Anzeigen wegen Landstreicherei. Der Verdächtige ist weiß, Ende dreißig bis vierzig.«

»In welchem Zeitraum?«, fragte seine Kollegin.

»In der letzten Woche.«

Suarez tippte los. »Wie läuft es im Motel? Geht es deiner Mutter gut?«

»Ja, danke, alles gut«, sagte Joe.

»Meine Tante und mein Onkel fanden es letzten Herbst ganz toll bei euch. Sie wollen nächstes Jahr wiederkommen. Und sie waren sehr dankbar für den Rabatt.«

»Sag ihnen, sie sollen bloß früh genug buchen«, riet Joe.

Suarez nickte und sprang mit dem Cursor durch die Anzeigen der vergangenen Woche. »Ich sehe hier keine Anzeige wegen Landstreicherei gegen einen weißen Mann«, sagte sie.

»Gibt es am Strand vielleicht irgendwo ein neues Lager, wo ich den Typen suchen könnte?«, fragte Joe.

»Nee, seitdem die Handelskammer Druck auf uns gemacht hat, die Lager abzureißen, gibt es keine mehr«, sagte Fina. »Obdachlosigkeit ist schlecht für den Tourismus, falls du das noch nicht wusstest. Meistens schlafen die Leute eine Nacht auf einer Bank oder im Gebüsch und ziehen dann weiter. Soll ich nachsehen, ob der Typ verhaftet wurde? Wie heißt er?«

»Kannst du auch machen«, sagte Joe. »Declan Rooney.«

»Echt?« Suarez wirkte verwundert. »Ich erinnere mich an den Namen. Der war doch an der Betrugsmasche mit dem Erbschmuck beteiligt, die vor ein paar Jahren im Surf aufgeflogen ist. Suchst du den immer noch?«

»Ja, nur glauben wir, dass er inzwischen größere, einträglichere Maschen draufhat. Eventuell hat er mit einem Mord unten in Immokalee zu tun. Gestern wurde er im Publix gesehen, heute noch mal.«

»Wenn du willst, kann ich eine Suchmeldung für ihn rausgeben«, erbot sich Suarez.

»Ja, mach das bitte«, sagte Joe. »Und gib meine Telefonnummer als Kontakt an. Danke, Fina.«

Von der Dienststelle fuhr er nach Norden auf den Gulf Boulevard. Die Saison war noch in vollem Gange; die Autos trugen Kennzeichen aus Gegenden wie Kanada oder Missouri. Alle paar Häuserblocks wurde Joe langsamer oder hielt an, um Strandgäste aus Motels an der Ostseite über die Straße zum Strand auf der Westseite zu lassen.

Dies war nicht mehr der Gulf Boulevard seiner Jugend, als die Uferstraße von Motels und Restaurants in Familienbesitz gesäumt wurde, wie es bis in die achtziger Jahre gewesen war. Mittlerweile war das Murmuring Surf klar in der Minderheit zwischen den schicken Hochhäusern mit Eigentumswohnungen und Time-share-Apartments und den Bettenburgen der großen Hotelketten.

Joe fuhr mit seinem Pick-up auf jeden öffentlichen Parkplatz und suchte nach Hinweisen auf ein von Obdachlosen aufgeschlagenes Lager. Doch die Parkplätze hatten hauptsächlich Asphalt- oder Betonboden – kein wirklich einladender Ort für die Nacht. Joe sah lediglich zufriedene, sonnenverbrannte Strandgäste, die im vormittaglichen Sonnenschein zu ihren Autos gingen oder sie verließen.

Er kam zu dem Schluss, dass es ein sinnloses Unterfangen war, doch dann fielen ihm die Tiki Gardens ein. Früher war das der Garten eines kleinen familiengeführten Souvenirladens gewesen, aus dem eine floridatypische Touristenfalle wurde: ein polynesischer Themenpark mit aus Holzstämmen geschnitzten Tiki-Gottheiten und Scharen von Tropenvögeln. Die ursprünglichen Besitzer hatten Ende der Achtziger an auswärtige Investoren verkauft, doch als die achterbahngleiche Wirtschaft in Florida in den Neunzigern den Bach runterging, wurde die Immobilie schließlich vom Bundesstaat gerettet.

Joe konnte sich noch daran erinnern, wie er bei Schulausflügen über die palmengesäumten Wege gegangen war und den Affen in den Gehegen Erdnüsse zugeworfen hatte. Er hatte noch die unheimlichen Schreie der frei herumlaufenden Pfauen im Ohr. Dann war der Boden umgepflügt worden, die Vögel und Affen wurden umquartiert und der polynesische Kitsch verkauft. Joe hatte nie vergessen, wie die größte Tiki-Gottheit namens Ku auf einem Tieflader wegtransportiert wurde.

Die Bezirksverwaltung hatte eine zurückhaltende Nachbildung des ursprünglichen Hinweisschilds für die Tiki Gardens behalten, doch jetzt befand sich dort nur noch ein öffentlicher Strandzugang mit angrenzendem Parkplatz.

Joe fuhr ein paar Meilen weiter gen Süden und bog auf den Parkplatz. Widerwillig musste er zugeben, dass die Verwaltung die Zufahrt ganz ordentlich gestaltet hatte – wenn man es nicht besser wusste, rechnete man vielleicht wirklich damit, einen Brüllaffen in einer Kokospalme hängen zu sehen.

Aber man würde bitter enttäuscht, dachte Joe. Über das Gelände verteilt waren kleine Grüninseln, doch in erster Linie reihten sich hier die neusten Automodelle mit Kennzeichen aus allen erdenklichen Bundesstaaten aneinander.

Selbst die zähesten Obdachlosen hätten inzwischen Schwierigkeiten, in den Tiki Gardens genügend Schutz zu finden, um dort ihr Lager aufzuschlagen. Unverrichteter Dinge bog Joe auf den Gulf Boulevard und fuhr zurück nach Norden.

42

Kaum kam Vikki Hill zur Rezeption herein, konnte Letty an ihrem düsteren Gesichtsausdruck ablesen, dass es schlechte Nachrichten gab.

»Sagen Sie's einfach!«, forderte sie die Agentin auf und schloss das Reservierungsformular auf ihrem Bildschirm.

»Wingfield sperrt sich gegen unsere Bedingungen. Er will, dass Maya zu ihm gebracht wird. Meine Vorgesetzten finden es zu riskant, das Ganze hier unten durchzuziehen. Sie wollen, dass wir für den Austausch nach New York kommen. Ich sag's nur ungern, aber ich sehe das auch so. Ich habe Tickets für einen Flug morgen früh gebucht. Da haben wir die Lage einfach besser unter Kontrolle …«

»Nein.«

Vikki blinzelte. »Eigentlich haben Sie das nicht zu entschei den.« »Letztlich schon«, sagte Letty viel ruhiger, als ihr tatsächlich zumute war. »Laut Testament meiner Schwester bin ich der gesetzliche Vormund von Maya. Und ich werde auf gar keinen Fall zulassen, dass Sie und Ihre Leute eine Vierjährige traumatisieren, indem Sie sie hier herausreißen und an einen Ort bringen, wo vor einem Monat ihre Mutter getötet wurde.«

»Kommen Sie! Sie wissen genau, dass wir mit ihr nicht in Tanyas Apartment gehen. Wir sind doch keine Unmenschen.«

»Die Antwort lautet trotzdem nein.«

»Ich kann einen Gerichtsbeschluss erwirken«, drohte Vikki.

Joe DeCurtis kam herein. »Ein Gerichtsbeschluss wofür?«, fragte er.

»Vikkis Chefs meinen, ich müsste Maya für die Geldübergabe mit Evan nach New York schicken«, erklärte Letty. »Und ich habe Nein gesagt. Basta.«

»Ich dachte, das hätten wir alles schon geklärt«, warf Joe ein.

»Wingfield sperrt sich. Und mein Vorgesetzter sowie die stellvertretende Staatsanwältin sind sich einig, dass das Ganze in New York über die Bühne gehen soll, wo sie die Situation besser unter Kontrolle haben. Letty ist aber anderer Meinung«, erklärte die FBI-Agentin.

Letty beugte sich über den Tresen und legte die schwitzenden Handflächen auf die Resopalfläche. »Wenn Sie einen Gerichtsbeschluss besorgen wollen, nehme ich mir einen Anwalt und gehe dagegen an. Was tun Sie dann? Wollen Sie Maya in Handschellen legen und sie schreiend und heulend in ein Flugzeug voll aufgebrachter Wintergäste zerren, die zurück nach Long Island fliegen, nachdem sie den Winter in Florida verbracht haben? Überwinterungsgäste mit Handys?«

Vikki Hill wich vor Lettys kalter Wut nicht zurück, auch wenn sie es nicht gewöhnt war, dass ihre Autorität in Frage gestellt wurde. »Offiziell gelten Sie als Justizflüchtling, Letty. Ich könnte Sie jetzt direkt in Gewahrsam nehmen und einfach einsperren ...«

Letty hielt ihr die Hände hin, die Fäuste geballt. »Dann müssen Sie das tun. Maya ist mit Isabelle oben in Avas Apartment. Wollen Sie da hoch und das Mädchen auch festnehmen?«

»Ho, ho!«, rief Joe. »Muss es denn gleich so heftig werden?« Er wandte sich an Vikki Hill. »Meine letzte Information war, dass Wingfield mich zur Übergabe hier haben wollte. Aber ich fliege nicht nach New York.«

Die FBI-Agentin wollte etwas sagen, überlegte es sich aber anders.

Letty legte noch mal nach: »Ihr wisst beide, dass ich recht habe. Schreiben Sie Evan, was ich Ihnen gerade gesagt habe. Dass Maya momentan emotional zu instabil ist, um zu reisen. Denn das stimmt. Sagen Sie ihm, sie würde Fragen stellen, wolle wissen, was mit ihrer Mutter und ihrer Tante passiert ist. Wenn er sie haben will, muss er herkommen und sie holen.«

»Sie begreifen es nicht, oder? Es liegt nicht nur an Wingfield. Meine Vorgesetzten sehen es auch so.«

»Wollen Sie mir erzählen, Sie hätten ihrem Chef noch nie widersprochen?«, fragte Letty.

»In diesem Fall handelt es sich um Cheryl Shapiro, eine extrem durchsetzungsfähige stellvertretende Staatsanwältin, die bei dieser Ermittlung das Sagen hat.«

»Durchsetzungsfähiger als Vikki Hill?«, fragte Joe neckend. »Das bezweifele ich aber.«

Die FBI-Agentin wusste, wenn sie geschlagen war. »Wegen Ihnen werde ich noch gefeuert«, stöhnte sie. »Falls die Geschichte nach hinten losgeht, kann ich am Ende als Schülerlotsin arbeiten.«

Sie holte ihr Handy aus der Tasche und begann zu tippen.

Ihre Tochter ist mit den Nerven am Ende. Begreift das nicht mit Tanya und Letty. Zu riskant, sie nach New York zu fliegen. Sie müssen sie hier abholen. Bringen Sie Cash mit.

»Das müsste klappen.« Joe hatte der Beamtin beim Schreiben über die Schulter gesehen.

Reglos standen die drei im Büro und warteten auf Evan Wingfields Antwort.

»Und was erzählen Sie jetzt Ihren Chefs?«, fragte Letty.

»Genau das, was Sie gesagt haben. Egal, jetzt ist es passiert. Entweder unterstützen die mich, oder ich bin draußen.«

»Hoffentlich werden Sie nicht rausgeworfen. Sie wären eine furchtbare Schülerlotsin.«

Das Handy der Agentin plingte; Evan Wingfield hatte geantwortet.

Ort und Zeit?

»Morgen«, drängte Joe. »Schreiben Sie ihm, morgen. Er soll nach Tampa fliegen. Soll die Flugdaten durchgeben. Alles weitere schicken wir ihm, sobald er gelandet ist.«

»Könnte funktionieren.« Vikki nickte.

»Sie holen ihn vom Flughafen ab. Wir organisieren ein Treffen an einem sicheren Ort. Da warte ich. Wir sagen, er bekommt Maya erst, wenn wir unser Geld in der Hand halten. Wenn er es uns gibt, verhaften Sie ihn wegen Verschwörung zum Mord«, schlug Joe vor.

Die Agentin schüttelte heftig den Kopf. »Sie kennen Wingfield nicht. So leicht ist er nicht zu bequatschen. Er wird darauf bestehen, dass er Maya sieht. Das stimmt doch, Letty, oder?«

»O Gott!« Letty legte die Stirn auf den Schreibtisch. »Ich kann ihr das einfach nicht zumuten. Noch mal Evan sehen? Das bringt sie doch total durcheinander!«

»Es ist das letzte Mal.« Unbeholfen klopfte Vikki auf Lettys Schulter. »Sobald er das Geld übergibt, ist die Tat begangen. Er wird verhaftet und in Gewahrsam genommen. Das geht schnell und schmerzlos. Mit chirurgischer Präzision.«

Letty sah Joe an. »Bist du auch da?«

»Ja.«

»Und wir holen uns noch mehr Unterstützung«, sagte die FBI-Agentin. »Ich melde mich bei der Außenstelle in Tampa.

Von dort bekomme ich jegliche Hilfe, die ich brauche. Was ist mit den Kollegen vor Ort?«

Joe nickte. »Ich bin mir ziemlich sicher, dass mein Vorgesetzter uns unterstützt. Ich frage Shauna, ob sie uns hilft.«

»Ist das die Beamtin, die dabei war, als du die Crystal-Meth-Kocher verhaftet hast?«, fragte Letty.

»Genau. Shauna ist eine Gute.«

Frustriert fuhr sich Letty mit den Händen durchs Haar. »Ich weiß, dass ihr alle euer Bestes tut, damit Maya physisch nichts zustößt. Aber ich mache mir die ganze Zeit Sorgen darüber, welche Auswirkungen das langfristig auf ihre Psyche haben wird. Sie ist gerade so weit, dass sie nachts wieder ohne Albträume schlafen kann. Das wird die ganzen furchtbaren Erinnerungen an die Zeit aufwühlen, als Evan und Tanya sich um das Sorgerecht gestritten haben. Und wir wissen immer noch nicht, was und wie viel sie von dem Mord an ihrer Mutter mitbekommen hat. Vielleicht flippt sie aus, wenn sie Evan sieht, wer weiß?«

»Das kann niemand sagen«, gab Vikki Hill zu. »Einen Psychopathen erkenne ich auf fünfzig Meter, aber ich wollte nie Kinder, deshalb weiß ich nicht, was in den kleinen Köpfen vor sich geht.«

»Hören Sie«, sagte Joe. »Als Isabelle geboren wurde, war ich schon zwanzig, und ihr Scheißkerl von Vater hat sich vom Acker gemacht, als sie gerade mal drei war. Ich kann es mir weiß Gott nicht auf die Fahnen schreiben, wie großartig sie geworden ist, aber ich glaube schon, dass es ein bisschen geholfen hat, dass ich in der Nähe war. In erster Linie hat meine Mutter das geschafft. Sie kennen Ava, aber Sie wissen nicht, was sie im Laufe der Jahre alles durchgemacht hat. Sie ist eine Kämpfernatur und eine Überlebenskünstlerin. Du auch, Letty. Du kannst ruhig mal stolz auf dich sein. Maya wird das schaffen. Weil sie dich hat.«

Sein Blick suchte ihren. Er wartete, dass Letty etwas sagte. Sie öffnete den Mund und presste die Lippen aufeinander, rang um Fassung.

»Okay«, sagte sie schließlich, als sie endlich wieder ein Wort herausbekam. »Okay.«

»Schön. Dann haben wir das auch geklärt«, sagte Vikki forsch. »Joe, haben Sie irgendwen gefunden, der Rooney gesehen hat?«

»Ein Mitarbeiter vom Publix glaubt, er hätte Rooney heute Morgen gesehen«, erwiderte Joe. »Er meint, Rooney hätte die Herrentoilette benutzt, um sich dort frischzumachen, weshalb ich davon ausgehe, dass er entweder in einem Auto oder irgendwo am Strand schläft. Ich habe die diensthabende Sergeantin Fina Suarez gebeten, eine Suchmeldung nach ihm rauszugeben, und sie hält mich auf dem Laufenden, aber wenn Rooney wirklich draußen schläft, verhält er sich sehr unauffällig. Alle Kollegen in den Strandorten der Umgebung haben die Anweisung, Obdachlose zu vertreiben, weil es schlecht für den Tourismus ist.«

»Apropos Tourismus: Ich habe das Foto von Rooney in die Mailingliste der Hotels und Motels gestellt, aber noch keine Antwort bekommen«, sagte Letty.

»Also, fürs Erste konzentrieren wir uns auf den nächsten wichtigen Punkt, nämlich auf Evan Wingfields bevorstehende Ankunft«, sagte Vikki Hill ungeduldig. »Wir müssen einen Ort für die Übergabe festlegen, und da Sie als Einziger ortskundig sind, DeCurtis, würde ich sagen, darum kümmern Sie sich.«

»Was haben Sie denn für Vorstellungen?«

»Wir möchten natürlich einen Ort, wo unsere Leute in der Nähe sein können, ohne aufzufallen. Gibt es zum Beispiel irgendwo eine Shopping Mall?«, fragte die Agentin.

»Ja, ungefähr zehn Meilen entfernt«, erwiderte Joe. »Aber wieso nicht hier?«

»Hier? In der Rezeption des Motels?« Vikki runzelte die Stirn. »Wo die Gäste ein- und ausgehen und sich über kaputte Tischtennisschläger beschweren?«

»Nein, nicht hier auf dem Gelände. Vielleicht am Strand. Das ginge doch!«, sagte Joe. »Die Kollegen verkleiden sich als Touristen, sammeln Muscheln oder braten in der Sonne. Und für Maya wäre es eine vertraute Umgebung; statt sie in eine Mall zu schleppen, wo sie noch nie war. Ich könnte mich mit ihr an den Strand setzen, in einen Liegestuhl, unter einem Sonnenschirm. Wingfield sieht sie, überreicht das Geld, und dann zieht sich das Netz zu. Vielleicht könnte sogar Letty in der Nähe sein, damit Maya die Ruhe bewahrt.«

»Vielleicht«, sagte Vikki Hill langsam. »Wenn das am späten Nachmittag über die Bühne ginge, ist es auch nicht mehr so voll am Strand. Aber was ist, wenn Wingfield sich querstellt und nicht mitmachen will oder wenn er gewalttätig wird? Mir gefällt die Vorstellung nicht, dass ein unschuldiger Bürger in unser kleines Drama gezogen werden könnte.«

»Ich dachte, Sie hätten gesagt, er wäre nicht gewalttätig«, bemerkte Joe.

»Evan hat Tanya geschlagen«, warf Letty ein.

Beide Gesetzesvertreter starrten sie an. »Was?«, fragte Vikki.

»Das habe ich auch erst in dieser Woche erfahren«, gab Letty zu. »Tanya hat nie auch nur eine Anspielung gemacht, dass er ihr gegenüber handgreiflich geworden wäre. Als Maya vor ein paar Tagen hier bei mir an der Rezeption saß – Ava war auch da –, kamen zwei Stammgäste herein, Merwin Maples und Oscar Jensen. Sie stritten sich heftig und gingen aufeinander los. Ich hatte wirklich Angst, dass sie sich die Köpfe einschlagen. Wegen eines Parkplatzes! Als es heftiger wurde, verlor Maya die Nerven. Und dann sagte sie, sie hätte gesehen, wie ihr Vater ihre Mutter schlug.«

»Du lieber Himmel!« Vikki wurde blass. »Wingfield kam mir nie so vor. Ich meine, ich weiß natürlich, dass er ein verschlagener, gestörter Betrüger ist, aber ich habe ihn nie als jemanden angesehen, der eine Frau schlägt.«

»Vor ihrem Kind«, fügte Joe hinzu.

»Morgen wird er keine Gelegenheit bekommen, handgreiflich zu werden«, versprach Vikki. »Er fliegt allein her und hat keine Ahnung, wo die Übergabe stattfindet, bis er zu mir ins Auto steigt. Und ich werde ihm nicht verraten, wohin wir fahren. Wenn er irgendeine Nummer mit mir abzieht, wird er es den Rest seines Lebens bereuen.«

»Dafür werde ich zusammen mit Ihnen sorgen«, sagte Joe.

Die Eingangstür klingelte, und Ava kam herein, schwer beladen mit Einkaufstüten. Um den Hals hatte sie ein Dutzend bunter Plastikblumenketten, dazu trug sie einen Strohhut.

»Aloha!«, grüßte sie die drei. »Wer hilft mir, alles fürs Hawaii-Bingo vorzubereiten?«

»Ich wollte gerade zurück ins Studio«, sagte Vikki. »Im Ernst? Hawaii-Bingo?«

»Die Stammgäste lieben es«, erklärte Joe.

»Ich kann helfen«, erbot sich Letty.

»Gut. Der Rest der Sachen kommt rüber in den Aufenthaltsraum. Du kannst schon mal die Plastikpalme aufblasen, während ich die Fleischklößchen vorbereite.« Ava warf ihrem Sohn einen bedeutungsschweren Blick zu. »Du kommst doch heute

Abend, oder? Isabelle hat schon was vor, aber ich erwarte eine Menge Gäste. Um die fünfzig Personen.«

»Muss ich wirklich?« Joe machte ein langes Gesicht.

»Ja. Du musst die Nummern vorlesen, und du kannst gleichzeitig die Security machen, nur für den Fall, dass es Streit gibt, wer zuerst ›Bingo‹ gerufen hat.« Ava griff in eine Einkaufstüte und zog ein Hemd mit einem Muster aus großen Palmwedeln und pinkfarbenen Hibiskusblüten heraus. »Das ist deine Arbeitskleidung.«

»Och neee«, stöhnte Joe.

»Probier das an!« Ava drückte es ihm in die Hände.

»Ganz bestimmt nicht.« Er warf es auf den Tresen.

»Joseph?«

Er kannte den Ton. Den hatte seine Mutter auch angeschlagen, als Isabelle mit ihrem Date zum Abschlussball wollte. Ava hatte Joe so lange Schuldgefühle gemacht, bis ihr Sohn den Verehrer in einem Streifenwagen verfolgte.

»Scheiße«, brummte er und zog das Hemd über sein T-Shirt. Die Knöpfe ließ er offen.

»Sie sehen um-wer-fend aus!«, rief Vikki Hill und wandte sich zum Gehen. »Ava, dürfen auch Leute mitmachen, die keine Stammgäste sind?«

»Natürlich«, sagte Ava. »Stecken Sie genug Geld ein, und dann geht's los. Jede Bingokarte und jedes Getränk ein Dollar.«

»Ich hoffe, Sie mögen Hawaii-Bowle mit Limettensorbet«, bemerkte Joe.

43

Ups! Letty, das hätte ich fast vergessen … « Ava griff in eine andere Einkaufstüte und zog einen Bastrock heraus, mit dem sie herumwedelte. »Das ist dein Outfit für heute Abend.«

»Mehr nicht?« Joe zog neckisch die Augenbrauen hoch.

Ava schlug mit dem Rock nach ihrem Sohn. »Den soll sie über ihrem Badeanzug tragen.«

»Ach, Ava, ich weiß nicht«, zögerte Letty. »Kann ich nicht einfach eine kurze Hose und mein Murmuring-Surf-Shirt anziehen, dazu eine Blumenkette?«

»Nichts da!«, mischte Joe sich ein. »So leicht kommst du mir nicht davon. Wenn ich so rumlaufen muss, musst du das auch.«

»Er hat ausnahmsweise recht«, sagte Ava. »Für das Aloha-Bingo verkleiden sich alle. Der Abend ist bei unseren Gästen am beliebtesten. Selbst die Feldman-Frauen kommen im Kostüm.« Sie warf Letty einen Blick zu, den Joe immer ihren »patentierten Mama-Blick« nannte, dann zog Ava einen kleinen Bastrock und eine Spielzeug-Ukulele aus der Tüte.

»Das habe ich für Maya mitgebracht. Ist das nicht das Süßeste, was ihr je gesehen habt?«

Letty schlug sich vor die Stirn. »Ich habe vergessen, dass Isabelle heute Abend gar nicht da ist. Ava, ich weiß nicht, ob ich Maya zum Bingo mitnehmen kann.«

»Klar. Das geht ja nicht lange. Du kennst die alten Leute. Wir fangen um sechs Uhr an, und um neun ist der Jackpot dran. Um Viertel nach neun kann sie bei dir im Bett liegen. Und morgen schlaft ihr aus, ja?«

Joe und Letty tauschten Blicke voller Unbehagen, was Ava nicht entging.

»Was ist? Was ist los?«

»Morgen kommt Evan Wingfield runter nach Florida. Er geht davon aus, dass er Maya mitnimmt.«

Die Farbe wich aus Avas Gesicht. »Aber ihr passt auf, dass er nicht in ihre Nähe kommt, oder?«

»Natürlich«, versicherte Joe seiner Mutter. »Darüber wollen wir jetzt nicht reden. Ich fahre eben nach Hause und dusche, bin aber rechtzeitig zum Bingo zurück.« Er wollte zur Tür gehen, doch Ava hielt ihn fest.

»Vergiss dein Hemd nicht!«

Fröhlich tänzelte Maya durch das Zimmer und wackelte so mit den Hüften, dass ihr knöchellanger Bastrock gegen ihre nackten Beine schlug. Dazu spielte sie auf ihrer Plastikukulele.

»Guck mal hier, Letty! Ich bin Vaiana!«

Letty griff zu ihrem Handy und machte ein Foto von ihrer Nichte. Maya grinste breit in die Kamera und kreiste mit den Hüften. Die Kleine liebte es, sich zu verkleiden, und an diesem Tag war sie besonders aufgeregt, weil auch Letty sich umgezogen hatte.

Sie hatte erst zwei Gläser Wein runterkippen müssen, um genug Mut aufzubringen und in ihren unauffälligsten Bikini zu schlüpfen und dann den Bastrock über die Hüften zu ziehen. Sie legte sich drei Perlenketten aus Mayas Kinderschmuckkastchen um den Hals, dazu noch zwei Plastikblumenkränze, um ihren Ausschnitt zu verhüllen, dann zog sie eine Bluse mit Blumenmuster darüber, die sie offen ließ.

Sie legte Maya ebenfalls einen Blumenkranz um den Hals, da hörte sie draußen das Knattern eines Motorrads.

Als sie die Tür öffnete, lehnte Isabelles Freundin Sierra gerade ihren grünen Roller an die Wand.

»Komm rein!«, sagte Letty.

»Hallo, Sierra!«, rief Maya, wackelte mit den Hüften und zupfte an der Ukulele. »Ich bin ein Hula-Mädchen!«

»Ihr seid beide Hula-Mädchen.« Sierra grinste Letty und deren Nichte an. »Ihr seht total heiß aus. Heute ist Aloha-Bingo, stimmt's?«

»Genau«, bestätigte Letty. »Und wohin wollt ihr, Isabelle und du?«

»Wir treffen uns nur mit ein paar Leuten von der Schule«, erwiderte Sierra. »Vielleicht gehen wir später noch ins Kino. Aber ich wollte dir sagen, dass ich dir was geschickt habe.«

»Echt?«

»Ja. Du weißt doch diese Stelle im Film, wo der Typ mit der Strickmütze zu deiner Schwester kommt und mit ihr spricht, aber man nichts verstehen kann, nicht?«

»Ja. Die Techniker vom FBI sitzen dran, sie gucken, wie sie die Geräusche verstärken können«, erklärte Letty.

»Ha! Die Loser!«, rief Sierra. »Ich hab's geschafft. Ich meine, zusammen mit meinen Freunden. Ich bin in einer Gruppe von Tech-Nerds, da ist auch ein Typ aus Albuquerque drin, der nennt sich KDawg. Ich glaube, der spielt in einer Band oder so, jedenfalls kennt er sich sehr gut mit Sound aus. Er probiert die ganze Zeit mit Videos und digitaler Verstärkung herum. Ich habe in der Gruppe erzählt, dass ich ein Problem mit dem Video von der Nanny Cam hätte, und er meinte, er könnte es vielleicht hinbekommen. Ich müsste es ihm nur schicken. Das hab ich gemacht. Ich hoffe, das war in Ordnung für dich. Keine Ahnung, wie genau er das hinbekommen hat, aber jetzt kann man auf jeden Fall mehr von dem verstehen, was sie reden. Nicht alles, aber schon eine Menge.«

Letty schlang die Arme um den Hals des zierlichen Mädchens und drückte sie an sich. »Sierra, das ist ja Wahnsinn!«

»Ich hab eigentlich nichts gemacht. Das war alles KDawg. Egal, ich muss los. Bis dann!«

Letty sah sich den Film schnell an, dann schrieb sie Joe. *Komm vor dem Bingo kurz bei mir vorbei. Hab etwas, das du sehen musst. Eilt!*

Als Joe Letty in Bikini und Bastrock in der Tür sah, pfiff er anerkennend. »Ich nehme meine Behauptung zurück: Am besten wäre jeden Abend Aloha-Bingo.«

Letty wurde rot und zerrte an den Blumenkränzen um ihren Hals. »Hör auf. Das ist mit schon peinlich genug.«

Joe trug dunkelblaue Surfershorts und ein T-Shirt. Das Hawaiihemd hing offen darüber. Mit seinen dunklen Haaren und der braunen Haut gab er glaubhaft einen durchaus begehrenswerten Polynesier ab. In der Hand hielt er zwei riesige pinkfarbene Hibiskusblüten.

»Die ist für dich«, sagte er. Letty nahm eine Blüte entgegen.

»Darf ich?« Joe machte einen Schritt auf sie zu und schob ihr die Blume hinter das linke Ohr. Sanft fuhr sein Finger an ihrem Hals entlang. »Du riechst gut«, raunte er.

»Hi, Mr. Joe!«, rief Maya und schwenkte ihre Ukulele. »Ich bin Vaiana.«

»Wirklich?« Joe tat überrascht. »Ich dachte, du bist Elsa!«

»Nein! Heute Abend bin ich Vaiana.« Zur Bekräftigung strich sie über die Saiten der Ukulele.

»Ich bringe Ava noch um wegen des Instruments«, bemerkte Letty.

Joe kniete sich vor Maya und klemmte die zweite Hibiskusblüte hinter ihr rechtes Ohr. »Jetzt bist du eine richtige Südseeschönheit.«

»Mausezahn, geh doch mal eben nach nebenan und mal Mr. Joe ein Bild von Vaiana, hm?«, schlug Letty vor. »Er weiß bestimmt nicht, wie sie aussieht.«

»Na gut.« Mit schwingendem Bastrock hüpfte das Mädchen ins Nachbarzimmer und spielte dabei auf der Ukulele.

Letty wies auf ihren Laptop auf dem Tisch. »Nimm dir einen Stuhl!« Sie drückte auf mehrere Tasten, dann erschienen die ersten Bilder des nur schwer verständlichen Videoclips.

»Das hab ich schon gesehen«, warf Joe ein.

»Isabelles Freundin Sierra hat das Video an einen Bekannten weitergeleitet, der sich gut mit Tontechnik auskennt. Er hat es irgendwie geschafft, die Töne zu verstärken. Es ist immer noch bruchstückhaft, aber hör es dir an.«

Am Anfang des Ausschnitts wirkte Tanya zurückhaltend, fast erschrocken über den Besuch. »Du liebe Güte, Rooney!«

Letty schaute Joe an. »Er war es also.«

Rooney zog Tanya an sich, und nach kurzem Zögern gab sie nach. Der Kuss war so lang und leidenschaftlich, dass Letty am liebsten weggeschaut hätte.

Was sie dabei murmelten, war unverständlich.

Dann lösten sie sich voneinander. Rooney sah sich in der schicken Wohnung um, registrierte den Marmorboden, den gewaltigen Lüster aus Bergkristall, die bodenlangen Fenster mit den üppigen Seidenvorhängen, die übertriebene Einrichtung. Er sagte etwas, das unterging, dann war zu verstehen: »… hattest echt Schwein mit so einem Sugar-Daddy.«

Tanya spielte die Beleidigte. Der erste Teil ihrer Antwort war nicht zu hören, doch sie endete mit: »… echt hart für all das hier gearbeitet. Das hab ich mir so was von verdient.«

Rooneys Lachen war tief und klang irgendwie bedrohlich. »Was verstehst du unter ›gearbeitet‹?«

»Du bist so ein Wichser! Weißt du das? Wie hast du mich überhaupt gefunden?«

Er schritt langsam durch den Raum, sah sich alles genau an, addierte in Gedanken die Preise der einzelnen Gegenstände. Er hatte der im Stofftier versteckten Kamera den Rücken zugewandt, seine Antwort war unverständlich.

»Nein, im Ernst«, beharrte Tanya. »Ich muss wissen, wer mich hier vielleicht noch finden kann.«

Als Rooney sich umdrehte und lächelte, erschauderte Letty. Er hatte das Grinsen einer Schlange. Obwohl sie sich den Film schon angesehen hatte, beugte sie sich vor, um seine Antwort genau zu hören. Der erste Teil war genuschelt, doch dann: »… auf deiner Seite auf IMDB nachgeguckt. Da steht der Name von deinem Agenten.«

»Das glaube ich dir nicht. Der würde niemals irgendeinem Fremden meine Handynummer geben.«

Wieder dieses freudlose Grinsen von Rooney. »Du vergisst, wie gut ich in meinem Job bin.«

Er griff nach Tanyas Hand, führte sie an seine Lippen und küsste ihre offene Handfläche. Tanya entriss sie ihm und entfernte sich so weit von der Nanny Cam, dass ihre Antwort nur noch bruchstückhaft zu verstehen war.

»Ich bin immer noch sauer … Und Chuck … mich so im

Stich zu lassen? … eine Woche im Knast! … haben mir gedroht … in ein Bundesgefängnis … mir war schlecht … jeden Morgen die Seele aus dem Leib gekotzt. Das war das Schlimmste, was ich je erlebt habe.«

Rooneys dunkle Stimme war sehr viel klarer zu hören. Er legte einen schweren irischen Akzent auf. »Ach, Schätzchen, wir hatten doch keine Wahl. Chuck und ich, wir hatten schon mal Bekanntschaft mit dem Strafvollzug gemacht, aber du warst noch ganz unbeleckt. Wir wussten doch, dass du mit deinem hübschen Gesicht und deinen schauspielerischen Fähigkeiten schnell wieder rauskommst.«

Tanya kam ins Bild zurück. »Hör auf mit diesem dämlichen irischen Dialekt, Rooney! Ich kenne dich.«

»Immerhin hast du es weit gebracht.« Er machte eine ausholende Geste. »Schon was anderes als ein mieses kleines Motelzimmer im Murmuring Surf, hm? Was meinst du, Tanya, meine Süße?«

In dem Moment kam Maya ins Zimmer gelaufen. Sie blieb abrupt stehen, den Daumen im Mund, und starrte den Fremden an.

»Na, wen haben wir denn da?«, fragte Rooney. Er bückte sich, um das Kind zu begrüßen, doch Maya versteckte sich hinter Tanyas Beinen.

»Meine Tochter.« Tanyas Ton wurde angriffslustig. »Was willst du, Rooney?«

»So eine Süße«, sagte Rooney. »Und ihrer schönen Mama wie aus dem Gesicht geschnitten. Wer ist der Vater?«

Tanya geriet in Verlegenheit und ging rückwärts. »… jetzt gehst. Evan spioniert mich aus … hört, dass ich Besuch von einem Mann hatte, verwendet er das vor Gericht gegen mich.«

Rooney schritt den Raum ab. Seine nächste Bemerkung war

so leise, dass das Mikrophon sie nicht aufnahm. Joe und Letty beugten sich noch weiter vor und spitzten die Ohren.

»... Beute. Ich will haben, was mir zusteht, Tanya.«

Er umfasste ihre Handgelenke, doch sie riss sich von ihm los. »Welche Beute? Chuck und du, ihr habt doch alles mitgenommen und mich im Stich gelassen!«

Rooney sagte wieder etwas Unverständliches. Er stand dicht vor Tanya, nur Zentimeter entfernt. Sein Kiefer war angespannt.

»Verdammt nochmal! Ich hab dir schon gesagt, dass ich es nicht habe!«, schrie Tanya.

Maya fing an zu weinen. »Nein, Mommy!« Sie umklammerte das Bein ihrer Mutter und hob dann die Arme, um hochgenommen zu werden, doch Tanya ignorierte das Weinen ihrer Tochter.

Rooney sagte noch etwas, das jedoch in Mayas Heulen unterging. Sie lief auf den Stoffelefanten zu. Anhand der wirren Kamerabilder war ersichtlich, dass sie mit Elsie in der Hand die Treppe hochlief.

Letty klappte den Laptop zu und sah Joe DeCurtis an.

»Ein Schüler von der Highschool hat es geschafft, die Tonspur zu verstärken – und das FBI kann das nicht?« Er schüttelte den Kopf. »Ich weiß gar nicht, ob ich mich ärgern oder Angst haben soll.«

»Du weißt, was das bedeutet, oder?«, fragte Letty. »Rooney ist hier, und er sucht die Beute von damals. Er schien ja ziemlich sicher, dass Tanya sie hat. Worüber reden wir da genau?«

Joe rieb sich das Kinn. »Wir haben geschätzt, dass es Gold und Silber im Wert von rund hundertfünfzigtausend Dollar sein könnte, was sie hier gekauft haben. Wir wissen, dass sie dieselbe Masche drüben in Orlando und unten in Lauderdale abgezogen haben, bevor sie hier oben gelandet sind, weil die Kollegen unten ihnen auf die Spur kamen. Wir haben damals das Apartment durchsucht, in dem Tanya und Rooney gewohnt hatten. Wir haben ein bisschen Sterlingsilber, ein paar Goldmünzen, aber nichts wirklich Wertvolles gefunden, vor allem kein Geld. Chuck hat in dem Studio gewohnt, nachdem meine Mutter ihn rausgeworfen hatte, das haben wir auch durchsucht. Tanya schwor Stein und Bein, sie hätte nichts davon gewusst, dass Rooney und Chuck Betrüger sind. Sie behauptete, die Männer hätten sie hereingelegt.«

»Das habt ihr aber nicht geglaubt?«

»Nee, nee«, sagte Joe. »Ich weiß, sie ist deine Schwester und sie ist tot und so, aber ich glaube nicht, dass man Tanya Carnahan übers Ohr hauen konnte. Leider konnte sie einen stellvertretenden Staatsanwalt bequatschen, so dass die Anklage gegen sie fallengelassen wurde. Kaum war das passiert, war sie weg. Und die Motelrechnung hat sie natürlich auch nicht bezahlt.«

»O Gott. Das tut mir total leid …«

»Hat sich ja irgendwie gelohnt«, sagte Joe. »Immerhin sind wir dadurch diesen Schweinehund Chuck losgeworden. Wenn der noch länger hier rumgehangen hätte, hätte er meine Mutter komplett ausgesaugt.«

Lettys Gedanken schweiften sofort zu dem Koffer unter dem Bett, in dem Tanyas Notfallbeutel lag, und an das Bündel von Scheinen darin. Ihre Schwester hatte behauptet, das seien ihre Ersparnisse, doch Letty hatte nie so richtig glauben können, dass Tanya von ihrer unsteten Schauspielkarriere so viel Geld hatte beiseitelegen können.

War das Geld Teil der Beute aus der Betrugsmasche? Wem gehörte es? Sollte sie Joe erzählen, was sie versteckte? Lettys

Kopf begann zu pochen – entweder vom Wein oder von der Aussicht, ein Unterlassungsdelikt zu gestehen.

»Erzähl mir noch mal, wie ihr dahintergekommen seid, dass sie die Leute übers Ohr gehauen haben.«

Joe spielte mit dem Blumenkranz, den er selbst um den Hals trug. »Einer unserer Stammgäste hier – eine Frau – nahm mich eines Abends beiseite. Ich meine, es war nach einem Barbecue. Die Frau war stinksauer, und gleichzeitig schämte sie sich sehr, weil sie ein Erbstück – die goldene Armbanduhr ihres Großvaters – an Rooney verkauft hatte, der ihr gesagt hatte, er könne ihr dafür nur den Goldwert bezahlen, vielleicht dreitausend Dollar. Als sie das später einer Freundin anvertraute, half die ihr, den Wert der Uhr bei eBay zu prüfen. Es stellte sich heraus, dass es ein seltenes Sammlerstück war, das mindestens zehnmal so viel wert war, wie Rooney gezahlt hatte. Die Frau traute sich nicht, ihrem Mann zu erzählen, was sie getan hatte, weil der ein richtiger Geizkragen ist, aber die Freundin überredete sie, mit der ganzen Geschichte zu mir zu gehen.«

Im Kopf ging Letty die Stammgäste des Murmuring Surf durch, die sie im vergangenen Monat kennengelernt hatte. »Das war Trudi Maples, stimmt's?«

Joes Schweigen verriet ihr, dass sie recht hatte.

»Ich kann mir genau vorstellen, wie Merwin ihr Vorwürfe macht, dass sie sich hat abzocken lassen«, sagte Letty. »Er hätte es ihr immer wieder unter die Nase gerieben.«

»Das kann ich weder bestätigen noch verneinen«, sagte Joe. »Ich habe dem Opfer versprochen, seine Identität vertraulich zu behandeln.«

»Tanya hat zu Rooney gesagt, sie hätte das Geld nicht, und stattdessen hat sie Chuck beschuldigt«, bemerkte Letty.

»Und jetzt ist Chuck tot.« Joe machte ein finsteres Gesicht.

Maya kam aus dem Schlafzimmer herübergehüpft, ein Blatt Papier in der Hand, auf dem ein Strichmännchen gemalt war, ein Mädchen mit langen wehenden Haaren, das offenbar einen Bastrock trug. »Das ist Vaiana, Mr. Joe«, sagte sie und überreichte ihm das Bild.

»Die sieht ja genau aus wie du!«, staunte Joe. Er warf einen Blick auf seine Uhr. »O-oh. Wir sind spät dran. Wenn wir nicht sofort rübergehen, schreibt Ava uns noch zur Fahndung aus.«

»Joe?«

»Du machst dir immer noch Sorgen wegen Rooney«, stellte er fest.

Letty wies zu Maya hinüber, die vor dem Spiegel am Wandschrank stand und sich selbst dabei beobachtete, wie sie die Saiten der Ukulele zupfte. »Glaubst du, er weiß, dass er der Vater ist?«

Joe rieb sich das Kinn. »Ich glaube, es war kein Zufall, dass ihr ihn im Publix gesehen habt.«

»Aber du glaubst nicht, dass er versuchen würde …«

»Nein! Ich kenne den Kerl, Letty. Er hat nicht vor, der treusorgende Vater zu werden. Er ist wegen des Geldes hier. Vielleicht hat Chuck ihm noch gestanden, wo es versteckt ist – kurz vor seinem bedauernswerten Unfall.«

Letty erschauderte und zog ihre Bluse vor der Brust zu.

»Ich denke, du solltest überlegen, ob du umziehst, wenigstens so lange, bis wir Rooney gefunden haben und ihn für immer einsperren können.«

»Wo soll ich denn hin? Hast du eine Ahnung, wie hoch hier zwei Monatsmieten Kaution plus Nebenkostenabschlag für ein Apartment sind? Ich schon, und ich habe nicht so viel Geld. Außerdem: Was würde Ava dazu sagen? Es gehört doch zu unserer Abmachung, dass ich hier im Motel wohne und deshalb immer verfügbar bin, wenn sie mich braucht.«

»Okay. Hör zu. Maya und du, ihr könntet bei mir wohnen. Nur für kurze Zeit. Das sage ich wirklich nicht, weil ich dir an die … äh, ans Baströckchen will.«

»Willst du nicht?«

Joe grinste. »Okay, schon, ja. Ich meine, ich würde schon, aber ich dränge mich auch nicht auf. Ich wohne fünf Minuten von hier entfernt, und ich habe zwei Schlafzimmer. Du könntest mit Maya in meinem Bett schlafen, ich lege mich auf die Ausziehcouch in meinem Arbeitszimmer. Du brauchst dir wirklich keine Sorgen zu machen.«

Letty sah Joe bei seinen Beteuerungen aufmerksam an. Er war so aufrichtig, so … unerwartet lieb. Dieser Mann war ein seltenes Exemplar: ein guter Kerl. Und darüber hinaus sah er verdammt gut aus.

»Können wir bitte nicht heute darüber sprechen?«, fragte sie. »Lass uns morgen abwarten, wenn das mit Evan vom Tisch ist. Ich verspreche dir, dann denke ich darüber nach, ob ich ein paar Tage bei dir einziehe.«

»Letty! Mr. Joe!« Maya stand in der Tür. »Kommt, wir gehen!« Sie ließ ihren Bastrock schwingen. Joe machte ihre Hüftbewegungen nach, Letty ebenfalls. Sie ging zur Terrassentür und überzeugte sich, dass sie verschlossen war. Dann machte sie das Fenster zu, das auf den Durchgang ging, und als sie draußen waren, schloss sie die Eingangstür ab.

44

Aloha!«, rief Ava, als sie Letty und Joe mit Maya entdeckte. »O Mann, ihr seht alle drei wirklich zuckersüß aus!« Sofort hatte sie ihr Handy gezückt. »Joe, stell dich da zu den Mädchen, und jetzt lach mal, Herrgott nochmal! Leg den Arm um Letty! Noch etwas enger. Maya, Schätzchen, guck mal zu mir!« Schnell schoss sie ein halbes Dutzend Fotos.

Die Chefin des Motels trug ein bodenlanges Muumuu mit einem fuchsienfarbenen floralen Muster und eine Blütenkrone auf ihren graublonden Locken. Um den Hals hatte sie mehrere Blumenkränze geschlungen.

»Du siehst auch echt süß aus«, sagte Letty.

»Bist du fertig?«, nörgelte Joe. »Dieses Hemd kratzt. Woraus ist das? Aus Sackleinen?«

»Hör auf zu meckern, geh rein und stell dich hinter die Theke«, befahl Ava. »Wir haben heute das Haus voll. Letty, kannst du dich an den Tisch da setzen und Bingokarten verkaufen?« Sie schaute Maya an und schlug sich vor die Stirn. »Oh, Mist! Ich werde noch senil auf meine alten Tage.« Sie beugte sich zu Letty vor und senkte die Stimme. »Tut mir leid, meine Liebe, aber das hab ich total vergessen: Maya kann nicht hier bleiben. Wenn gespielt wird, dürfen keine Minderjährigen anwesend sein.«

»Das stimmt«, sagte Joe.

»Aber das ist doch nur Bingo!«, protestierte Letty. »Wen soll das stören?«

»Vanita Dunn«, gab Ava postwendend zurück. »Die dumme Kuh vom Islander. Vor ein paar Jahren hat Joe ihren Sohn verhaftet, weil der ihre Hotelgäste bestohlen hat, und seitdem versucht sie, mir Ärger zu machen, wo sie nur kann. Ich würde es ihr durchaus zutrauen, dass sie heute Abend jemanden zum Spionieren rüberschickt. Sie würde mich in Nullkommanichts verpfeifen. Für mich wäre das nicht so schlimm, aber Joe ist Polizist. Das könnte ein Problem für ihn sein.«

»Ich passe heute Abend auf Maya auf.«

Vikki Hill hatte sich zu der kleinen Gruppe gesellt, die sich um die Vierjährige versammelt hatte.

Die FBI-Agentin trug Jeans und eine blassrosa Bluse. Ihr einziges Zugeständnis an das Thema des Abends war eine Plastikblume, die sie sich hinters Ohr gesteckt hatte.

Sie nickte Joe zu. »Schickes Hemd, DeCurtis.«

»Ah, nein, Vikki, das kann ich Ihnen nicht zumuten«, sagte Letty befangen. »Das ist wirklich ein nettes Angebot, aber …«

»Was denn? Trauen Sie mir nicht zu, ein Kind drei Stunden lang am Leben zu halten? Dann wissen Sie noch nicht, dass ich mehrere Jahre lang einen kleinen Goldfisch in einem Glas in der Küche hatte. So lange hat keine meiner beiden Ehen gehalten.«

»Wollen Sie denn nicht Bingo spielen?«, fragte Ava.

»Nee. Ich bin bloß rausgekommen, weil mir die Decke in dem kleinen Studio allmählich auf den Kopf fällt. Nichts für ungut, Ava. Außerdem habe ich Hunger.«

»Wenn Sie das wirklich ernst meinen, könnten Sie am besten in meinem Apartment auf Maya aufpassen«, bot Letty an.

»Und vorher bedienen Sie sich am Buffet«, fügte Ava hinzu. »Das erste Spiel fängt erst in einer Viertelstunde an.«

»Gut.« Vikki hockte sich vor die Vierjährige, um mit ihr auf Augenhöhe zu sein. »Hey, Maya! Ist es okay, wenn ich heute Abend auf dich aufpasse? Wir können Fleischbällchen mit süßsaurer Soße essen und … ähm … *Hawaii Five-0* im Fernsehen gucken.«

Maya sah die Agentin mit ihren großen blauen Augen an und dachte über das Angebot nach. »*PAW Patrol?*«

»Hä?« Vikki zog die Nase kraus.

»Das ist wie *Hawaii Five-O*, nur mit Hunden«, erklärte Joe.

»Okay, von mir aus. Aber zuerst essen wir was.« Vikki streckte die Hand aus, Maya ergriff sie.

Wie Ava vorhergesagt hatte, strömten die Stammgäste bereits zu ihnen herüber, und der Parkplatz füllte sich mit Autos. »Ganz schön was los«, bemerkte Letty.

»Das spricht sich rum.« Ava hielt ihr die Metallkasse mit den Ein-, Fünf- und Zehn-Dollar-Noten hin. »Sind natürlich in erster Linie Wintergäste und Rentner. Wo sollen die Leute auch sonst abends hin, wenn sie für zehn oder zwanzig Dollar ein bisschen Spaß und Unterhaltung haben wollen? Sie können so viel essen, wie sie wollen, die Getränke sind billig, und vielleicht gewinnen sie sogar den Jackpot.«

»Und das fällt unter legales Glücksspiel?«, fragte Letty.

»Solange wir keinen Gewinn dabei machen«, sagte Ava. »Wir haben eine Kooperation mit der Legion Mariens von der katholischen Kirche. Wir verdienen hier keinen Cent. Nach Abzug aller Unkosten wandert der Rest des eingenommenen Geldes in den Jackpot, der ja ausgezahlt wird. Das ist alles sauber. Unsere Stammkunden freuen sich das ganze Jahr auf diesen Abend. Das ist eine Tradition bei uns, und Vorschrift Nummer eins im Murmuring Surf ist, dass man keine Traditionen ändert.«

»Sieht aus, als wären alle voll in dem Südseethema aufgegangen«, bemerkte Letty und bestaunte die schrill gemusterten Hemden, die Plastikblumenkränze und Muumuus der hereinströmenden Gäste.

»Auch wenn es keinen Preis für das beste Kostüm gibt, ist ein richtig harter Wettbewerb darum entstanden.« Ava stieß Letty an. »Selbst die Feldmans machen mit.«

»Ruth! Billie!«, rief Ava, als das Pärchen auf den Tisch zukam. »Woher habt ihr das denn?«

Die beiden Frauen trugen aufeinander abgestimmte traditionelle hawaiianische Muumuus mit weiten Puffärmeln und gerüschtem Halsausschnitt, dazu aus Palmwedeln, Kletterpflanzen und gelben Frangipani-Blüten geflochtene Blumenkronen. Um den Hals hatten sie jeweils Ketten aus Kaurischnecken und bunten Pukaperlen.

»Billie hat unsere Kleider selbst entworfen und genäht«, erklärte Ruth stolz. »Ich habe nur die Ketten gemacht.«

»Das sind ja richtige Kunstwerke!«, staunte Letty. Bevor sie etwas hinzufügen konnte, reichte Billie ihr zwei Zwanziger.

»Wie viele Karten?«, fragte Letty.

»Vierzig.« Billie warf sich eine große Strohtasche über die Schulter. »Wir sind hier, um zu gewinnen.«

Weitere Teilnehmer und Teilnehmerinnen drängten in den Aufenthaltsraum. Trudi und Merwin Maples trafen ein, er verkleidet als Strandgutsammler mit zerfransten Shorts und Strohhut, sie in einer Bluse mit einem Muster aus goldenen Ananas. Die Gäste stürzten sich aufs Essen. Ava hatte schwer zu tun, trug immer neue Tabletts mit Fleischklößchen und Früchten aus der Küche herbei.

Joe stand vorn auf einer improvisierten Bühne aus Paletten, neben ihm ein Stehtisch und eine große Leinwand, auf der die Bingozahlen angezeigt werden sollten. Er klopfte aufs Mikrophon, es schrillte ohrenbetäubend. »Noch fünf Minuten, Leute!«, dröhnte er. »Holt euch Karten und setzt euch!«

Die Gäste stürzten zu Lettys Tisch, hielten ihr das Geld hin, und sie teilte die Bingokarten aus, so schnell sie konnte.

»Noch eine Minute!«, rief Joe. »Letty, mach schon mal die Türen zu! Wer jetzt nicht da ist, muss auf die erste Runde verzichten.«

Gerade wollte sie die Tür schließen, als eine dünne Gestalt in einem Bastrock den Gang hinunter auf sie zuhastete.

»Moment! Ich will auch noch rein!«, rief Oscar Jensen.

Letty schaute fragend zu Joe hinüber. Er zuckte mit den Schultern. Sie hielt die Tür auf.

Hätte es doch einen Preis für das beste Kostüm gegeben, dachte Letty, hätte Oscar Jensen ihn dieses Jahr erhalten. Seine vom Musical *South Pacific* inspirierte Verkleidung bestand aus einem kruden BH, den er aus zwei Kokosnusshälften gebastelt hatte, die mit Isolierband und einem Spanngurt verbunden waren, dazu ein Bastrock und eine Matrosenmütze, die er sich kess auf den Kopf gesetzt hatte. Sein mehlweißes Gesicht und den Oberkörper hatte Oscar mit billigem orangeroten Selbstbräuner eingecremt, außerdem war er barfuß. Immer noch atemlos von seinem Sprint hielt er Letty eine Handvoll Scheine hin. »Ich nehme zwölf Karten.«

Ava verdrängte Joe vom Mikrophon. »Aloha an alle und willkommen zu unserem achtundzwanzigsten Aloha-Bingo im Murmuring Surf! Ich bin Ava DeCurtis, Inhaberin und Geschäftsführerin des Motels, und mein schnieker Sohn Joe hier ist heute Abend der Conférencier. Die hübsche junge Lady an der Tür ist meine Stellvertreterin Letty. Sie steht für Fragen zur Verfügung, überprüft eure Karten und hilft euch bei Problemen. Ich nehme an, dass alle die Spielregeln kennen, aber ich wiederhole noch mal, dass der Erste, der laut vernehmlich ›Bingo‹ ruft, das Spiel gewonnen hat. Der Preis wird erst übergeben, wenn die Zahlen auf den jeweiligen Karten von mir kontrolliert und bestätigt wurden. Außerdem bitte dran denken: Ärgert mich nicht! Spielt anständig oder geht nach Hause.«

Joe nahm seinen Platz wieder ein. »Okay. Wir beginnen den Abend mit einem ganz normalen Bingo. Der erste, der fünf Zahlen horizontal, vertikal oder diagonal in einer Reihe hat, gewinnt.«

Ava drehte den Metallkorb mit den Zahlen, und es ging los.

»O-72«, rief Joe.

Letty ging durch den Raum, grüßte Stammgäste und lächelte Fremden zu.

»Hey, Letty!« Merwin Maples winkte sie an den Tisch, wo er mit Trudi saß. Seine Frau und er hatten vier Karten vor sich liegen.

Gegenüber von ihnen saßen Ruth und Billie Feldman. Sie hatten zwölf Karten ordentlich in Reihen ausgelegt. Billie Feldman herrschte über eine bunte Sammlung von kleinen Trollfiguren. Sie verfügte über ein Aufgebot dicker Filzstifte zum Ausstreichen der Zahlen und funkelte Merwin böse an, dessen Plastikbecher mit Hawaii-Bowle direkt neben ihren Trollen stand.

»N-43«, rief Joe.

»Das hast du zweimal, Billie.« Ruth wies auf die Karte mit den Nummern.

»Was ist denn, Merwin?«, fragte Letty.

Er wies auf die Trollfiguren. »Können Sie ihr sagen, dass Sie diese verdammten Puppen wegtun soll? Sie nimmt damit den ganzen Tisch in Beschlag. Ich kann mich überhaupt nicht auf meine Karten konzentrieren.«

Billie Feldman schaute nicht hoch. Mit einem Marker strich sie die N-43 zweimal durch. »Du kannst mich mal, Merwin«, sagte sie. »Wenn's dir nicht passt, such dir einen anderen Tisch.«

»G-54«, verkündete Joe.

»Hahaha!«, freute sich Ruth und zeigte auf eine der Karten, auf der Billie gerade eine Zahl weggestrichen hatte.

»Es ist kein anderer Tisch frei«, klagte Merwin und machte eine ausholende Handbewegung. »Alles voll.«

»O-63«, rief Joe.

Trudi tippte mit dem Zeigefinger auf eine ihrer Karten. »Wir haben einen Treffer, Merwin! Pass auf!«

Billie malte die nächste Zahl auf ihren Karten an. »Genau, Merwin! Hör auf zu meckern und pass auf! Auch wenn es dir nicht helfen wird.« Sie wies auf ihre Karten. »Das hier ist die Gewinnkombination.«

Letty spähte ihr über die Schulter. Auf drei Karten fehlte nur noch eine Zahl zum Gewinnen.

»Na, los! B-7 oder G-48«, sang Ruth leise und rieb sich die Hände. Sie hielt Billie einen Troll hin, die der Figur einen Kuss auf den Scheitel gab.

»I-29«, rief Joe.

Oscar Jensen am übernächsten Tisch sprang auf. *»Bingo!«*, rief er und wedelte herum. »Bingo, Bingo, Bingo!«

Mit einer Hand wischte Billie ihre Verliererkarten vom Tisch und stieß dabei Merwins halb volles Bowleglas um. Die klebrige rote Flüssigkeit verteilte sich über den Tisch und tropfte auf seinen Schoß.

»Oh, Entschuldigung!« Hilflos tupfte Billie mit einer Papierserviette auf dem Tisch herum.

Letty entfernte sich von der Auseinandersetzung, um Oscars Karte zu prüfen. Sie verglich die Zahlen auf dem Bildschirm mit denen auf seiner Karte. »Wir haben einen Gewinner!«, rief sie zu Ava hinüber.

»Oscar, Sie bekommen einen Sixpack Sprite und eine Runde Minigolf umsonst«, verkündete Ava.

»Was? Ich will keine bescheuerte Sprite«, motzte Oscar. »Gibt's kein Geld?«

»Tut mir leid, Sie haben nur das Aufwärmspiel gewonnen. In der nächsten Runde gibt's Geld«, erklärte Joe. »Zehn Dollar und eine Tragetasche mit original Murmuring-Surf-Logo. Jetzt spielen wir Briefmarken-Bingo. Ihr braucht vier Zahlen als zusammenhängenden Block auf eurer Karte. So, los geht's: O-75.«

Die nächste Stunde verging wie im Flug. Das Bingo-Publikum war ein lärmender, rüpelhafter Haufen. Unter Johlen und Buhrufen spielten sie Blackout, Vier Ecken, Black Diamond und ein halbes Dutzend anderer Varianten des Spiels, von denen Letty noch nie gehört hatte. Zwischen den einzelnen Runden wurden weiter Karten verkauft, Preise verliehen und vergeblich mit Ava diskutiert, wer zuerst »Bingo!« gerufen hatte.

Um acht Uhr verkündete Joe eine viertelstündige Pause, und alle stürmten zum Buffet und an die Bar.

»Und, wie läuft es bei dir?«, fragte Joe und bot Letty ein Glas lauwarmen Weißwein an.

»Die sind doch alle irre«, sagte Letty. »Ich hätte mir nicht vorstellen können, dass sich die Leute so hineinsteigern können, einen Gutschein vom Pfannkuchenhaus zu gewinnen. Merwin und Billie Feldman haben sich fast in die Haare gekriegt, weil Merwin sich darüber beschwert hat, dass Billie seine Distanzzone verletzen würde.«

»Bingo ist eine ernste Angelegenheit.« Joe sah hoch und

musste grinsen, als Oscar Jensen auf ihn zukam. »Apropos irre …«

»Joe! Joe!« Oscar zog dem Polizisten am Ärmel. »Ich habe gerade draußen eine geraucht, und da hab ich gesehen, dass da ein Typ rumschleicht und in die Fenster guckt.«

»Wo?«, fragte Joe.

»Da drüben. Er hat von draußen ins Büro geguckt.«

»Können Sie mir den mal zeigen?« Joe schaute zu Letty hinüber. »Sag Mom, sie soll kurz das Aufrufen der Zahlen übernehmen. Ist wahrscheinlich nichts, aber bleib hier und lass keinen raus.«

Er marschierte nach draußen, Oscar im Schlepptau.

Letty sah hinaus auf den im Dunkeln liegenden Parkplatz, wo das fröhliche Neonschild des Murmuring Surf blinkte und sich seine Rosa-, Grün- und Blautöne auf dem Asphalt spiegelten. Sie holte ihre Handtasche unter dem Tisch hervor und rief Vikki Hill an.

»Hi«, sagte sie leise. »Wollte nur kurz nachhören, ob bei euch alles in Ordnung ist.«

»Uns geht's gut«, sagte Vikki. »Ihre Kleine lebt noch. Wir haben uns Popsicles und Popcorn gegönnt und gucken jetzt eine Folge *PAW Patrol* nach der anderen. Ich habe versucht, Maya von der moralischen Überlegenheit von *Skooby-Doo* zu überzeugen, aber in dem Punkt ist sie wirklich stur. Habe sie gerade ins Bett gebracht, und sie schnarcht schon. Was macht das Aloha-Bingo?«

»Ganz gut.« Letty zögerte. »Ein Stammgast meint, er hätte jemanden draußen herumschleichen sehen, der hätte durchs Fenster ins Büro geguckt.«

»Scheiße.« Vikki atmete aus. »Soll ich rauskommen? Oder die Kollegen vor Ort rufen?«

»Erst mal nicht«, erwiderte Letty. »Der Typ, der den Eindringling gesehen haben will, ist ein kleiner Spinner. Regt sich schnell auf. Joe ist gerade draußen und guckt nach. Falls er Sie braucht, ruft er bestimmt an. Ich musste ihm versprechen, fürs Erste im Haus zu bleiben, aber sobald er zurück ist, komme ich rüber.«

Nach der Pause übernahm es Ava, die Zahlen auszurufen. Letty lief weiter durch die Reihen und schielte bei jeder sich bietenden Gelegenheit auf den Parkplatz. Zehn Minuten später kam Joe zurück.

»Falls da wirklich jemand war, ist er jetzt weg«, berichtete er. »Ich war mit der Taschenlampe unterwegs, hab unter den Wagen nachgeguckt, rund um den Pool, unten am Strand. Alles ruhig. Fina hat mir versprochen, die Streife von der Nachtschicht würde jede Stunde einmal vorbeifahren.«

»Konnte Oscar die Person beschreiben, die er gesehen hat?«

»Groß, aber das trifft bei Oscar ja auf jeden zu. Dunkel gekleidet. Baseballkappe.«

»Rooney.« Lettys Kopfhaut begann zu kribbeln.

45

Joe ging zu seiner Mutter, die gerade den letzten Bingospieler verabschiedete. »Wo wollte Isabelle heute hin?«

Ava war alarmiert. »Sierra und sie wollten irgendwo mit Freunden Burger essen gehen, dann vielleicht noch in die Spätvorstellung ins Kino. Was ist denn los, Junge?«

»Oscar meinte, er hätte vor ungefähr einer Stunde jemanden vor dem Büro rumschleichen sehen«, erwiderte Joe und erklärte, dass er einen Streifenwagen angefordert und das Grundstück ergebnislos abgesucht hätte.

»Du glaubst, es war Rooney«, folgerte Ava.

»Möglich. Aber ich will kein Risiko eingehen. Und ich will nicht, dass die Mädchen spätnachts allein übers Gelände laufen.«

»Isabelle wollte eh heute Nacht bei Sierra schlafen«, sagte Ava. »Aber ich schreibe ihr noch mal, dass sie auch wirklich dort bleiben soll.«

Zusammen mit Letty brachte Joe seine Mutter nach Hause. Er schwenkte den kräftigen Strahl seiner Taschenlampe über den Parkplatz und richtete ihn schließlich aufs Büro. Dort angekommen, beugte er sich vor und untersuchte die Tür. »Sieht nicht so aus, als wäre da jemand dran gewesen.« Er schloss auf und machte den Frauen ein Zeichen, noch zu warten, während er sich innen umschaute. »Okay«, sagte er schließlich und schob den Kopf nach draußen. »Macht nicht den Eindruck, als wäre hier jemand gewesen.«

Die beiden gingen hinein. Ava sah im Lager nach. »Hier ist nichts.«

Joe prüfte alle Zimmer im ersten Stock, knipste die Lampen an, schaute in Schränke und unter die Betten. »Ist es in Ordnung, wenn du heute Nacht allein bist?«, fragte er seine Mutter.

Sie ging in die Küche und griff in den Schrank über dem Herd, aus dem sie ihre Pistole holte, die sie liebevoll tätschelte. »Die habe ich unten weggetan, weil Maya ja ständig da ist. Heute Nacht behalte ich sie mal besser bei mir. Nur für den Fall.«

Joe runzelte die Stirn. »Mum, ich weiß, dass du dich für einen zähen alten Hasen hältst, aber ich glaube nicht, dass du wirklich eine geladene Pistole unter deinem Kopfkissen brauchst. Ich bleibe heute hier. Ruf mich an, wenn du etwas hörst oder siehst.«

Ava legte die Hand auf Lettys Schulter. »Vielleicht solltest du heute Nacht mit Maya hier schlafen. Isabelles Zimmer ist frei.«

Letty dachte darüber nach und schüttelte dann den Kopf. »Danke, aber Vikki hat gesagt, Maya schläft schon. Ich denke, das ist für uns in Ordnung da unten.«

Vikki erwartete sie in der Tür ihres Apartments. »Pst!«, mahnte sie und wies aufs Schlafzimmer. Dann salutierte sie vor Letty. »Ich habe aufs Neue höchsten Respekt vor Müttern. Ihre Kleine hat mich geschlaucht. Positiv, aber trotzdem.«

Letty spähte ins Schlafzimmer und sah Maya zusammengerollt in ihrer Kissengruft in der Ecke. Sie machte die Tür zu.

»Noch irgendeine Spur von dem Herumtreiber?«, fragte Vikki Joe.

»Nein. Aber ich will kein Risiko eingehen. Ich habe die

Schichtleitung gebeten, heute Nacht regelmäßig einen Streifenwagen vorbeizuschicken. Und ich bleibe auch hier.«

»Ich kann Patrouille gehen«, bot sich Vikki an. »Ich bin tatsächlich vereidigte Strafverfolgungsbeamtin.«

»Nee, schon gut. Wenn es Rooney war, und davon bin ich noch nicht ganz überzeugt, ist er inzwischen über alle Berge, abgeschreckt vom Blaulicht und den ganzen Bingoleuten, die hier herumliefen. Legen Sie sich hin! Wir haben morgen einen wichtigen Tag vor uns.«

»Ich bin jetzt irgendwie aufgedreht«, sagte Vikki. »Vielleicht laufe ich runter zu Gianni's und bestelle mir da ein Stück Pizza und ein Glas vernünftigen Wein.«

»So spät noch?« Letty schaute auf ihr Handy und lachte verlegen. »Wow. Gleich zehn Uhr – in Florida ist das allerdings wie zwei Uhr nachts.«

Letty öffnete die Glasschiebetüren und trat nach draußen auf die Terrasse. Eine schmale Mondsichel warf milchiges Licht auf das ruhige Wasser des Golfs, und eine leichte Brise ließ die Palmwedel rascheln. Letty berührte die wachsartigen Blüten des duftenden Falschen Jasmins, der am Gartenzaun hochkletterte.

»Schöner Abend.« Joe schlang den Arm um ihre Taille.

Letty verschluckte einen erschrockenen Schrei.

Er sah sie fragend an.

»Entschuldigung. Ich glaube, ich bin ein bisschen aufgeregt, wie Vikki.«

»Weißt du, was mir immer hilft, wenn ich aufgeregt bin?«

Letty verdrehte lachend die Augen, doch nach kurzem Zögern gab sie ihrer Sehnsucht nach Trost nach und ließ sich eine Weile von Joe umarmen. Sein Oberkörper war warm und stark an ihrem nackten Rücken. Sie schloss die Augen. Er drückte einen Kuss auf ihre Schulter. Dann auf ihren Nacken. Seine Wange streifte ihre. Langsam drehte Letty sich in seinen Armen um und schlang die Arme um seinen Hals. Sie zog ihm die Plastikblumengirlanden über den Kopf und warf sie beiseite. Lächelnd nahm er auch ihre Kränze ab.

Sein Kuss begann zärtlich und innig, und sie erwiderte ihn ebenso, ließ sich in die Umarmung sinken. Joes Hände wanderten über ihre Hüften, umspannten ihre Gesäßhälften und zogen Letty enger an sich heran.

Sie nahm sein Gesicht in die Hände, erkundete seinen Mund mit der Zunge, und seine Hände wanderten nach oben, die Finger tasteten sich zu ihrem Bikini vor, seine Daumen streiften ihre Nippel.

Als Joe das Knie zwischen Lettys Beine schob, raschelte ihr Bastrock leise.

Ihre Hände tasteten über seine Brust, dann unter sein Hemd. Kurz neckte sie seine Brustwarzen mit den Fingerspitzen. Als ihre Handflächen seine Bauchmuskeln streiften und schließlich auf der Ausbuchtung in seiner Shorts liegen blieben, hielt er die Luft an.

»Aloha«, raunte Joe.

»Ich glaube, wir gehen besser rein«, flüsterte Letty. Sie griff nach seiner Hand und führte ihn zum Sofa. Im Gehen machte sie das Licht aus. Joe zupfte am Saum ihres Bastrocks. Scherzhaft schlug sie seine Hand weg, ging zur Tür und legte den Riegel vor, dann öffnete sie die Tür zum Schlafzimmer einen Spaltbreit und spähte noch einmal hinein, um sich zu vergewissern, dass Maya auch wirklich schlief.

Sie ist in Sicherheit, sagte Letty sich und lehnte den Kopf gegen den Türrahmen. Überrascht stellte sie fest, dass sie sich in diesem Moment trotz aller Probleme ebenso sicher fühlte.

Als sie zu Joe im anderen Zimmer zurückging, löste er mit einer schnellen Handbewegung ihr Bikinioberteil und warf es zu Boden.

Letty verschränkte die Arme vor ihrem nackten Oberkörper. Joe runzelte die Stirn und zog ihre Arme auseinander. »Ich möchte dich ansehen, einfach nur so.« Er machte einen Schritt nach hinten. »Du siehst aus wie mein heißester, schärfster Traum aus Jungentagen. Ein halbnacktes Südseemädchen. In einem Motelzimmer. Ganz für mich allein.«

Sie lachte und drehte sich mit einem sinnlichen Wiegen der Hüften zur Seite, die Arme nach ihm ausgestreckt. »Komm! Ich will dich«, säuselte sie und zog ihn in Richtung Sofa.

Er nestelte gerade an der Kondompackung herum, als Letty unter ihm erstarrte. War das Maya, die im Schlaf nach ihr rief? »Warte!« Letty stand auf, hob Joes abgestreiftes Hemd hoch, hielt es sich vor die Brust und lief auf Zehenspitzen zum Schlafzimmer hinüber. Sie hielt die Luft an und drückte die Tür auf, doch als sie hineinsah, stellte sie fest, dass Maya sich nicht gerührt hatte. Sofort war Letty wieder bei Joe. »Falscher Alarm«, wisperte sie und ließ sich in seine Arme sinken. »Bitte weitermachen!«

Mit einer energischen Bewegung warf er die Rückenkissen des Sofas auf den Boden und hob Letty auf sich. Sie versuchte, sich Zeit zu lassen. Gemächlich bewegten sie sich zusammen, sie passte sich seinem Rhythmus an. Er streichelte sie, küsste sie, liebkoste und neckte sie. In dem Moment, als sie kam, hörte sie ein seltsames Geräusch ganz aus der Nähe, ein Knirschen und Knacken. »Was war das?«, flüsterte sie alarmiert.

»Gar nichts.« Er schob sich tiefer in sie. Letty stöhnte, er bebte am ganzen Körper.

»Ich zieh mich besser mal an«, flüsterte sie und setzte sich mit Mühe auf. Joe fuhr mit dem Finger ihre Wirbelsäule entlang. »Warum?«

»Wegen Maya. Manchmal bekommt sie nachts Angst. In letzter Zeit nicht mehr so oft, aber falls doch …«

Joe verlagerte sein Gewicht, und wieder erklang das seltsame Knirschen. Jetzt hörte er es auch. Letty zog ihn hoch und untersuchte das Sofa. Sie hob ein Kissen an und befreite darunter die zerdrückten Reste von Mayas Ukulele.

»Oje!« Letty kicherte.

»Da haben wir gerade aber schöne Musik zusammen gemacht, was?« Joe schlang die Arme um Letty und zog sie an sich.

»Umwerfend«, bestätigte sie und gab ihm seine Hose.

»Wirklich? Jetzt schon?«

»Falls Maya aufwacht und reinkommt, kann hier kein fremder nackter Mann auf dem Sofa liegen.«

»Ich glaube ja nicht, dass ich noch ein Fremder für sie bin. Außerdem, was machen denn Eltern, die mal Sex haben wollen?«, brummte Joe, schlüpfte jedoch in seine Shorts und hob das T-Shirt vom Boden auf.

»Keine Ahnung«, gestand Letty. »Babysitter?«

»Ich bin mir ziemlich sicher, dass mich meine Mutter damals mit Robitussin-Hustensaft ruhiggestellt hat«, sagte Joe. Er legte die Kissen wieder aufs Sofa und lehnte sich zurück, um zuzusehen, wie Letty ihre Kleidungsstücke aufsammelte.

»Tanz doch noch mal Hula mit nacktem Oberkörper, hm?«, schlug er vor.

»Heute Abend nicht, mein Lieber.« Sie warf ihm sein Hawaiihemd zu und verschwand im Schlafzimmer. Als sie zurückkam, trug sie eine kurze Hose und ein T-Shirt.

»Och, menno, ich dachte, wir könnten vielleicht noch zusammen duschen«, nörgelte Joe. »Das war's mit meinen erotischen Träumen.«

»Gibst du dich auch mit einem Glas Wein zufrieden?« Letty ging in die Küche, holte die Flasche, die sie schon geöffnet hatte, und schenkte zwei Gläser ein.

Joe stieß mit ihr an. »Auf vielversprechende Neuanfänge«, sagte sie und lächelte ihm über den Glasrand hinweg zu.

»Auf Babysitter«, gab er zurück.

»Darf ich dich was fragen?«, sagte er kurz darauf. Er lag lang auf dem Sofa, den Kopf in ihrem Schoß.

»Mhm?«

»Wieso hast du es dir anders überlegt? Das mit mir, meine ich. Also, ich bin nämlich kein Typ für die schnelle Nummer.«

»Und wenn ich sage, ich konnte deinem jungenhaften Charme nicht widerstehen? Also, Frauen können auch scharf werden, weißt du?«

Er nahm ihre Hand und hauchte einen Kuss auf den Handrücken. »Nein, im Ernst, Letty: Wird das was mit uns oder nicht? Irgendwie bekomme ich widersprüchliche Signale von dir. Wenn der Tag morgen vorbei ist, wirst du dir, so Gott will, keine Sorgen mehr um Evan Wingfield machen müssen. Du kannst wieder zum Alltag übergehen und dein Leben neu ordnen – ganz so, wie du es willst.«

»Ich weiß«, sagte Letty. »Aber ich habe Angst, dass ich irgendwas überstürze. Was ist, wenn etwas schiefgeht? Ich meine, so richtig schief?«

»Dann kümmern wir uns darum. Und ich verspreche dir, dass ich nicht der Retter bin, der alles für dich aus dem Weg räumt. Das machen wir gemeinsam.«

Sie kaute auf der Unterlippe. »Das würde ich so gerne mit dir machen. Ich würde Maya gern all das bieten, was Tanya und ich nie hatten – ein Heim, ein richtiges Haus mit Garten, eine Katze oder vielleicht einen Hund. Ich möchte, dass sie jedes Jahr im selben Ort zur Schule geht und Freundinnen hat und dass sie sich nicht schämen muss, wenn sie jemanden mit nach Hause bringt.« Letty zuckte mit den Schultern. »Wahrscheinlich wünsche ich mir nur Stabilität. Ich weiß bloß nicht, wie ich das schaffen soll, schon gar nicht nach dem, was wir in den letzten Jahren alles mitgemacht haben.«

Joe schwang die Beine vom Sofa und setzte sich auf. Er nahm Lettys Hände in seine. »Das ist ein schönes Bild, das du dir gerade ausgemalt hast. Darf ich dich etwas fragen? Gehört da auch ein Mann dazu? Generell?«

Letty schaute auf ihre und seine verschränkten Hände. »Ihr zwei, du und Isabelle, ihr hattet keinen richtigen Vater, oder? Heute hast du irgendwann gesagt, Isabelle sei auch ohne Vater richtig gut gelungen.«

Joe stöhnte. »Zuerst mal solltest du nie auf meinen Rat hören, weil ich ganz offensichtlich nicht weiß, was ich für einen Blödsinn erzähle. Wenn du Isabelle fragen würdest, würde sie wohl sagen – solange unsere Mutter nicht in Hörweite ist –, dass es hart für sie war, ohne Vater aufzuwachsen. Aber vielleicht würde sie auch sagen, dass sie einen tollen großen Bruder hatte, der zwar ständig genervt und gemeckert hat, aber der auch mit ihr zum Vater-Tochter-Tanz gegangen ist, der ihr gezeigt hat, wie man mit einer Gangschaltung fährt, und der, als sie vierzehn wurde, jedem kleinen Scheißer drohte, ihn zu verhaften, wenn er sie auch nur anguckte.«

»Tanya und ich hätten auch gern so einen großen Bruder wie dich gehabt.« Letty gab ihm einen Kuss auf die Wange. »Vielleicht wäre es dann anders für uns gelaufen. Wäre schön, wenn ich einen Zauberstab hätte und Maya so einen Bruder herbeizaubern könnte.«

Joe lehnte seine Stirn gegen Lettys. »Aus dir ist doch was geworden. Du bist ein guter Mensch, Letty. Du wirst auf jeden Fall die richtigen Entscheidungen für Maya treffen. Nur vergiss dich selbst nicht! Du hast auch ein Leben verdient. Das muss sich nicht gegenseitig ausschließen.«

Er gab ihr einen zärtlichen Kuss. »Du kannst auch ein schönes Leben haben. Und einen Mann an deiner Seite. Und regelmäßig umwerfenden Sex mit diesem Mann, sobald wir einen Babysitter gefunden haben, der rund um die Uhr aufpasst.«

Letty musste lachen. »Du bist unbelehrbar …«

Es klopfte an der Tür. »Letty? Hey, Letty? Joe?«

Letty sprang auf und öffnete. Vor ihr stand eine grimmige Vikki Hill. »Ich komme gerade von Gianni's zurück. Bei mir ist jemand eingebrochen. Das Studio ist total verwüstet. Und meine Glock ist weg.«

46

Die FBI-Agentin war sichtlich erschüttert. »War wohl wirklich ein Rumtreiber da. Mein Zimmer ist völlig auf den Kopf gestellt.«

Joe griff zu seinem Handy. »Das melde ich sofort. Wissen Sie, ob sonst noch irgendwas fehlt?«

»Nein. Sobald ich gemerkt habe, dass das Schloss geknackt worden war, bin ich rein, hab das Chaos gesehen und bin direkt rübergekommen. Zum Glück hatte ich meine Handtasche mit dem Dienstausweis, meinem Pass und den Kreditkarten dabei.«

»Shauna?«, sprach Joe ins Handy. »Kannst du so schnell wie möglich rüberkommen? Wir hatten einen Einbruch im Surf. Nein, das will ich nicht der Leitstelle melden. Erkläre ich dir, wenn du hier bist.«

Letty schlang die Arme um sich und sah von Joe zu Vikki. »Ihr glaubt, es ist Rooney, oder?«

»Wer sonst?«, fragte Joe.

»Aber warum bricht er in die kleinste Einheit hier ein?«, fragte Vikki. »Und was sucht er?«

»Vielleicht das Diebesgut, von dem er gesprochen hat, als er bei Tanya in New York aufgetaucht ist. Das sie geklaut haben soll«, vermutete Letty.

»Als wir Tanya verhafteten, konnten wir den Großteil des Schmucks und des Silbers und Golds nicht sicherstellen«, erinnerte Joe die Agentin. »Damals behauptete sie, Chuck und Rooney hätten es mitgenommen. Inzwischen glaube ich, dass das Diebesgut Chuck ins Grab gebracht hat.«

»Über wie viel reden wir denn genau?«, fragte Vikki. »Ich dachte, das wären ein paar Kleinganoven gewesen.«

»Es war nur geschätzt, aber wir sind von rund hundertfünfzigtausend Dollar ausgegangen. Genau kann das niemand sagen. Was sie hier im Murmuring Surf abgezogen haben, war mindestens die dritte Nummer, von der wir wissen. So ähnlich haben sie es auch woanders in Florida gemacht. Zum Beispiel stellte sich laut Trudi Maples heraus, dass die Uhr, die sie ihr für den reinen Goldwert abgekauft hatten, tatsächlich dreißigtausend Dollar wert war.«

Letty hatte darüber nachgedacht, warum Rooney das Studio auf den Kopf gestellt haben könnte. »Als ich hier ankam, gab es kein freies Zimmer. Ava bot mir an, das Studio auszuräumen, das sie die ganze Zeit als Lagerraum benutzt hatte. Es war voller Sperrmüll – Zeug, das der Hausmeister eigentlich hätte wegwerfen oder abholen lassen sollen.«

»Und der vorgebliche Hausmeister hieß zufällig Chuck Sheppard?«, fragte Vikki.

»Genau.« Joes Handy gab ein Geräusch von sich, er schaute aufs Display. »Shauna ist da.«

Letty lief in ihrem Wohnzimmer auf und ab. Wenn sie sich in den Durchgang stellte, konnte sie zur offenen Tür des Studios hinübersehen. Joe, Shauna und Vikki standen draußen, die Streifenbeamtin bückte sich und untersuchte den Türknauf im Licht ihrer Taschenlampe. Der Strahl schwenkte über das Dach.

Letty nickte stumm, als Joe und Shauna an ihr vorbeigingen und sich leise unterhielten. Shauna sprach in ihr Funkgerät.

Schließlich ging Letty in ihr Apartment, und nachdem sie nach Maya gesehen und die Terrassentür verschlossen hatte, bereitete sie sich eine Tasse Tee zu. Sie klappte ihren Laptop auf und sah sich noch mal den Filmausschnitt mit dem verstärkten Ton an, den Sierra ihr gegeben hatte, weil sie hoffte, etwas übersehen zu haben.

Um kurz nach zwei hörte sie ein vorsichtiges Klopfen an der Tür. Sie schloss auf, und Joe kam herein und ließ sich müde aufs Sofa sinken.

»Irgendwas gefunden?«

»Nein. Wenn es Rooney war, ist der Typ ein wahrer Houdini. Ich hab mir sogar eine Leiter geholt und bin aufs Dach geklettert. Wir haben am Strand geguckt, weil wir dachten, vielleicht hat er ja ein Zelt in den Dünen oder so, aber nirgends eine Spur von ihm.«

Joes dunkle Haare waren feucht vor Schweiß, er hatte dunkle Ringe unter den Augen. »Mein Gott! Ich kann die Vorstellung nicht ertragen, dass der Typ sich hier noch irgendwo herumtreibt. Und jetzt hat er Vikkis Pistole. Ich war oben bei Mom und habe ihr vom Einbruch erzählt.«

Letty rollte sich neben ihm auf dem Sofa zusammen. »Hat sie sich aufgeregt?«

Er zuckte mit den Schultern. »Ganz ehrlich? Sie hat die geladene Pistole auf dem Nachtschrank und hält sich für Annie Oakley. Meinetwegen.«

»Was ist mit Vikki? Wo ist sie hin? Sie bleibt heute Nacht doch bestimmt nicht im Studio, oder?«

»Nein, auf keinen Fall. Wir haben vorübergehend ein Schloss an ihrer Tür befestigt, sie schläft heute in Isabelles Zimmer.« Joe fuhr sich mit der Hand durchs Haar. »Ich schätze aber, dass keiner von uns heute Nacht besonders gut schlafen wird angesichts dessen, was morgen auf dem Programm steht.« Hoffnungsvoll sah er Letty an. »In Ordnung, wenn ich heute bei dir auf dem Sofa übernachte? Ich verspreche auch, meine Sachen anzulassen.«

»Na, klar.« Sie küsste ihn, dann stand sie auf, um ihm ein Kopfkissen und eine Decke aus dem Schlafzimmer zu holen.

»Ich hatte gerade eine Idee. Vielleicht hat Rooney ja gefunden, was er gesucht hat, als er das Studio verwüstete. Vielleicht hat er das Diebesgut gefunden und ist über alle Berge. Kann doch sein, oder?«

»Ja, hoffentlich.«

Im Schlafzimmer prüfte Letty die Fenstergriffe. Sie fand eine zusammengefaltete Decke im obersten Fach ihres Wandschranks, zusammen mit einem zusätzlichen Kopfkissen. Als sie ins Wohnzimmer zurückkehrte, lag Joe seitlich auf dem Sofa und schnarchte leise. Sie schob ihm das Kopfkissen unter, legte seine Beine hoch und deckte ihn zu, dann schlich sie auf Zehenspitzen raus und löschte das Licht.

47

Midnights Fell glänzte schwarz, ihre Augen leuchteten olivgrün, sie hatte zarte weiße Pfötchen und eine weiße Nasenspitze. Und vier Katzenbabys. In der Morgendämmerung beschloss sie, dass es Zeit sei, ein neues Versteck für ihre Kleinen zu suchen. Sie schnappte sich das kleinste, unruhigste Kätzchen und trug es am Nackenfell über den Parkplatz. Sie schlich um die Autos herum und lief durch den überdachten Durchgang. Am Ende des asphaltierten Wegs trat sie ins taufeuchte Gras.

Vor ihr erhob sich eine große Palme, umgeben von einem großen rosafarbenen Oleanderbusch und Spargelfarnpflanzen. Der Farn wurde von einem Kreis aus großen staubiggrünen Bromelien mit sägezahnförmigen Blättern und rubinroten Blütenkelchen eingefasst. Midnight verschwand im Dickicht und legte das Kätzchen in ein Nest aus Piniennadeln, dann verschwand sie, zurück zum Abflussrohr.

Die anderen Babys miauten hungrig. Als das größte, ein Kater, bei ihr trinken wollte, schlug sie ihn mit der Pfote weg und packte ihn im Nacken. Wieder überquerte sie den Parkplatz, als ein silbernes Auto mit verblasstem Lack und fast profillosen Reifen in die einzig leere Parklücke fuhr, der Behindertenparkplatz vor dem Durchgang. Der Motor tuckerte im Leerlauf, dann wurde er ausgestellt. Midnight schoss davon, versteckte sich in der Dunkelheit unter einem Van. Nach einer Weile schlich sie wieder hervor und wagte sich erneut zu der Palme und ihrem neuen Nest.

Sie legte das zweite Baby neben dem anderen ab und blieb kurz, damit beide Kätzchen etwas trinken konnten.

Als Maya erwachte, war alles still. Ihre Tante lag auf der Seite und schlief, das Gesicht von der Zimmertür abgewandt, einen Arm übers Gesicht gelegt. Maya öffnete die Tür und ging in die Küche, wo sie leise ein Saftpäckchen und eine Packung Fischlis aus dem unteren Schrank nahm.

Mr. Joe schlief auf dem Sofa. Maya konnte die Fernbedienung für den Fernseher nicht finden. Sie krabbelte an dem Polizisten vorbei, Saft und Cracker unter den Arm geklemmt. Die Schiebetür war eigensinnig, aber Maya war schon ein großes Mädchen. Sie legte ihren Proviant auf den Boden und stellte sich auf die Zehenspitzen, die Zunge vor Konzentration rausgeschoben, bis sie ein metallisches Klicken hörte, als sich das Schloss öffnete.

Das Mädchen schob die schwere Glastür zur Seite, hob ihren Proviant auf und trat nach draußen auf die Terrasse. Die Backsteine waren kalt und feucht unter ihren nackten Füßen. Sie steckte den Strohhalm ins Trinkpäckchen und nahm einen Schluck. Gerade wollte sie die Packung mit den Fischlis öffnen, da bewegte sich etwas hinter dem Tor.

Midnight! Und die Katze trug etwas in der Schnauze! Ein kleines, sich windendes schwarzes Etwas. Ein Kätzchen! Gebannt verfolgte Maya, wie die Katze im grünen Gebüsch verschwand. Das Mädchen wartete, öffnete die Tüte mit den Crackern und probierte welche, ohne sich an den orangebraunen Krümeln zu stören, die auf ihr Pyjamaoberteil rieselten. Sie trank einen Schluck Apfelsaft, dann stopfte sie sich die übrigen Fischlis in den Mund und ließ die Tüte auf den Backsteinen liegen.

Als Midnight ohne Kätzchen aus dem Gebüsch kam, lächelte Maya. Die Katze huschte davon, ohne sich umzudrehen. Maya öffnete das Gartentor und trat ins nasse Gras. Es kitzelte an ihren Knöcheln.

Draußen war es still. Am Morgenhimmel stand eine schmale Mondsichel. Maya hörte, wie sich die Wellen direkt hinter der Düne am Strand brachen, und eine Gruppe Pelikane, die lustigen Vögel mit den großen Schnäbeln, die wie Einkaufstüten aussahen, flog flach über der Brandung davon.

Die Welt schlief noch. Auf Zehenspitzen lief Maya auf die Palme zu. Beim Näherkommen hörte sie leises Miauen. Sie ging auf alle viere und krabbelte die letzten Zentimeter, bis sie direkt vor dem Gebüsch war.

Die sägezahnförmigen Blätter der Bromelien kratzten ihr im Gesicht, dennoch schob sie sich vorsichtig weiter. In einem Nest aus Piniennadeln lag ein schwarzes Fellknäuel. Die Babys! Es waren zwei. Sie miauten und bewegten sich. Midnight hatte ihre Kätzchen alleingelassen. Maya berührte das kleine rosafarbene Näschen des einen. Eine winzige rosa Zunge kam heraus und leckte ihr über die Hand. Maya kicherte vor Freude. Sie kraulte die weichen schwarzen Ohren des Kätzchens, und es miaute wieder.

Gerade schloss sie ihre Hand um das Tierchen, als sie Schritte im nassen Gras hörte. Ein Arm schlang sich um ihre Taille und zog sie abrupt hoch. Kurz bevor ihr eine Hand den Mund zuhielt, sah Maya den Mann. Es war derselbe wie im Supermarkt. Er hatte unheimliche blaue Augen und eine schwarze Baseballkappe auf. Er lachte. »Guten Morgen, Maya.«

Joe erwachte mit einem Schreck, und im ersten Moment wusste er nicht, wo er war. Es war noch dunkel. Er gähnte und reckte sich, dann fiel es ihm ein: Er war bei Letty. War auf dem Sofa eingeschlafen. Joe stand auf und machte die Lampe auf dem Beistelltisch an. Er sah sich um und lächelte bei der Erinnerung an das, was auf ebendiesem Sofa passiert war.

Er schaute auf sein Handy. Kurz vor sieben. Er musste zur Toilette, traute sich aber nicht, ins Schlafzimmer zu gehen, aus Angst, Letty und Maya zu wecken. Stattdessen tappte er zur Terrassentür und stellte stirnrunzelnd fest, dass sie einen Spaltbreit offen stand. Hatte Letty sie am Abend nicht geschlossen? Er hatte mit ihr auf der Terrasse gesessen, und als es heißer zwischen ihnen geworden war, waren sie reingegangen.

Mist, er musste sie noch mal daran erinnern, wirklich alles gründlich abzuschließen. Joe schob die Tür weiter auf, ging auf die Terrasse und schaute in Richtung Horizont. Der Morgenhimmel war klar, das Wasser ruhig. Joe hoffte, das sei ein gutes Omen für den vor ihnen liegenden Tag.

Er hatte Letty nicht beunruhigen wollen, aber der Plan mit Wingfield konnte sehr schnell sehr schiefgehen. Es brauchte nur einer leicht davon abzuweichen. Mit finsterem Gesicht dachte Joe an die erschreckenden Möglichkeiten, dann zwang er sich, seine Sorgen zu verdrängen. Vikki Hill war eine erfahrene FBI-Beamtin. Sie hatte Unterstützung da, und auch er war nicht allein. Endlich würde Letty von der dunklen Wolke befreit, die die ganze Zeit über ihr hing.

Erneut gähnend öffnete Joe das Törchen, ging nach draußen, und nachdem er sich vergewissert hatte, dass ihn kein Frühaufsteher vom Strand aus sehen konnte, erleichterte er sich hinter der Düne.

Als er wieder reinging, achtete er darauf, die Terrassentür

richtig zu verschließen, und machte sich auf die Suche nach Kaffee. Im Schrank fand er eine Packung Teebeutel, jedoch keine Spur von Kaffee. Lettys Apartmentschlüssel lag auf dem Beistelltisch. Joe schloss die Tür auf und sah zum Büro hinüber. Er lächelte vor sich hin. Bei seiner Mutter brannte Licht. Das bedeutete, es gab heißen Kaffee. Joe machte hinter sich zu und lief hinüber.

»Du bist früh auf«, bemerkte Ava. Sie stand hinter der Rezeption und kramte in einem Haufen Zimmerschlüssel, die altmodischen mit den großen rautenförmigen Plastikanhängern, auf denen das Logo des Murmuring Surf und die Zimmernummer standen.

»Du auch.«

Joe ging zur Kaffeemaschine und schenkte sich einen Becher ein, in den er zwei Päckchen Zucker gab. »Was suchst du?«

»Den Generalschlüssel. Chuck hatte einen, aber den habe ich zurückverlangt, als ich ihn rausgeworfen habe. Dachte ich wenigstens.«

Bei der Erinnerung an Avas Beziehung zu dem verstorbenen Chuck Sheppard machte Joe ein düsteres Gesicht. »Er kann sich ohne Probleme einen nachmachen lassen haben. Ist jetzt egal. Er ist tot. Übrigens …«

Die Tür zur Rezeption schlug auf. Barfuß und mit schreckgeweiteten Augen stand Letty vor ihnen. »Ist Maya bei euch? Ist sie oben?«

»Nein«, sagte Ava. »Hier ist sie nicht. Ich habe sie heute Morgen noch nicht gesehen.«

»Sie ist weg!«, schrie Letty. »Ich bin gerade aufgewacht, und sie lag nicht in ihrem Bett und auch nicht in ihrem Kissenversteck, sie ist nicht im Apartment …«

»Als ich aufgestanden bin, stand die Schiebetür leicht offen.« Joe stellte seinen Kaffeebecher ab. »Ich habe gedacht, wir hätten sie gestern Abend offen gelassen.«

»Nein, die habe ich zugemacht«, versicherte Letty ihm. »Ich hab extra noch mal nachgeguckt. Sie muss aufgestanden sein, als wir noch schliefen.«

»Was ist los?«

Vikki Hill kam die Treppe herunter. »Was ist mit Maya?«

»Sie ist weg!«, rief Letty wieder. »O mein Gott! Der Swimmingpool! Was ist, wenn sie dahingelaufen und reingefallen ist?«

»Ich sehe nach«, sagte Joe schnell.

»Ich gehe an den Strand und schaue da«, erbot sich die Agentin. »Vielleicht spielt sie ja Meerjungfrau im Sand.«

»Mom, könntest du mit Letty im Aufenthaltsraum und auf dem restlichen Grundstück nachsehen? Eventuell müsst ihr bei den anderen klopfen. Könnte ja sein, dass sie jemand gesehen hat.«

»Rooney! Was ist, wenn Rooney sie mitgenommen hat?« Letty schlug die Hände vor den Mund, um nicht laut zu schreien.

Joe legte ihr eine Hand auf die Schulter. »Wir finden sie schon, okay? Wir finden sie. Und wenn wir hier alles auseinandernehmen müssen oder ich diesen Kerl in Stücke reißen muss, wir finden sie.«

Letty nickte. »Ja.«

Lettys Herz klopfte zum Zerspringen, als sie zum Aufenthaltsraum lief. In Gedanken wiederholte sie immer wieder das einzige Gebet, das sie kannte. Sie hatte es damals in der Sonntagsschule gelernt.

Vater unser im Himmel …

Bitte sorg dafür, dass Maya in Sicherheit ist …

Bitte pass auf sie auf …

Geheiligt werde dein Name …

Dein Reich komme …

Letty rüttelte an der schweren Glastür zum Aufenthaltsraum, doch sie war fest verschlossen. Darin war es dunkel. Letty schaute den Durchgang entlang zum Trakt auf der rechten Seite. Nichts. Sie beschloss, zu ihrem eigenen Apartment zurückzukehren. Vielleicht war Maya auf die Terrasse gegangen und hatte eine Eidechse verfolgt. Sie war fasziniert von den Tieren. In Lettys Kopf jagten sich düstere Phantasien. Was wäre, wenn …

Joe war am Pool gewesen. Er traf Letty an der Tür zu ihrem Apartment. »Die Feldmans sind gerade ihre Bahnen geschwommen, aber Maya haben sie nicht gesehen. Als ich ihnen gesagt habe, sie wäre verschwunden, kamen sie sofort aus dem Becken und wollten beim Suchen helfen.«

Vikki kam zu ihnen gelaufen. »Ich habe den Strand abgesucht. Keine Spur von ihr.« Sie zögerte, dann sprach sie weiter. »Ich habe Fußabdrücke eines Mannes im Sand gesehen. Sie führten aus Ihrem Garten, Letty, in die Dünen.«

»Die sind von mir«, sagte Joe schnell und warf Letty einen entschuldigenden Blick zu. »Ich musste dringend und wollte nicht stören, deshalb habe ich mich in die Dünen verdrückt.«

»Und was ist, wenn sie auf den Parkplatz gegangen ist?« Vor Panik wurde Lettys Stimme laut. Sie wusste, dass sie hysterisch klang. Tatsächlich war sie kurz davor, hysterisch zu werden. »Oder auf die Straße?«

»Ich habe die Leitstelle informiert«, sagte Joe. »Die Streifenwagen sind unterwegs.«

48

Pssst«, flüsterte Declan Rooney Maya ins Ohr. Die beiden kauerten in dem Abflussrohr, nur wenige Meter vom Abfallcontainer des Motels entfernt. Rooney hielt dem Mädchen den Mund zu. Mit zusammengekniffenen Augen trat die Kleine gegen seine Oberschenkel und wand sich in seinen Armen.

In der Hocke begab sich Rooney zum Ende des Rohrs und spähte hinaus auf den Parkplatz. Die beiden alten Frauen in ihren schlabbrigen Badeanzügen waren vorbeigeschlurft und dann in entgegengesetzte Richtungen gegangen, die eine zum linken, die andere zum rechten Ende der Motelanlage. Dabei hatten sie den Namen des Kindes gerufen. Inzwischen war es hell, Rooney musste eine Entscheidung treffen.

Sollte er bleiben? Vielleicht das Kind gegen den Zugang zu dem Motelzimmer tauschen, wo dieser Wichser Chuck das Diebesgut versteckt hatte? Selbst nach vier Jahren war der Kram noch da, davon war Rooney überzeugt: tütenweise Sterlingsilber, Uhren, Gold- und Silberschmuck mit intakten Edelsteinen, all die Wertgegenstände, die sie den alten Deppen abgenommen hatten, die quasi zu ihrem Motelzimmer gepilgert waren in der Überzeugung, den großen Reibach zu machen.

Chuck hatte ihm geschworen, dass die Sachen noch da waren. Und Rooney glaubte ihm.

Der verfluchte Chuck. Rooney hätte es besser wissen müssen. Tanya und er waren vorher gut allein klargekommen, hatten zugeschlagen und waren wieder verschwunden, hatten ein Zimmer in einem Holiday Inn gemietet, ein bisschen Schmuck aufgekauft und waren ein paar Tage später in die nächste Stadt gezogen. War zwar nicht super viel Geld gewesen, aber sie kamen zurecht. Dann hatten sie Chuck im Spielcasino in Tampa kennengelernt.

Ein älterer Typ. Tanya meinte, er erinnerte sie an ihren Großvater. Sie hatten zusammen gegessen, getrunken und Spaß gehabt. Das alte Schlitzohr Chuck konnte gut Geschichten erzählen. Wahrscheinlich verstanden sie sich deshalb so einwandfrei mit ihm. Ehe sie sich versahen, lud Chuck sie ein, im Motel seiner Freundin direkt am Strand zu wohnen, drüben in St. Pete.

Am Strand. Mehr hatte Tanya nicht hören müssen. Aus ein paar Tagen wurde eine Woche, und ehe Rooney sich versah, war Chuck ein gleichberechtigter Kollege. Sie setzten Anzeigen ins Internet und in die örtlichen Zeitungen. Chuck verteilte Flyer in den nahe gelegenen Einkaufszentren, in Waschsalons, bei Frisören und Nagelstudios, im Moose Lodge und im Seniorenzentrum. Rooney musste zugeben, dass der alte Schlawiner wusste, wo ihre potenziellen Kunden zu finden waren.

Ständig klopften potenzielle Verkäufer an die Tür ihres Motelzimmers, warteten wie Schafe darauf, geschoren zu werden. Es lief so gut, dass aus einer Woche zwei wurden, und das war letztlich ihr Untergang.

Rooney wollte weiter. Der Sohn der Motelbesitzerin war ein Bulle, was Chuck bequemerweise vergessen hatte zu erwähnen. Bei Bullen bekam Rooney Ausschlag. Aber Tanya hatte das Nomadenleben satt. Es hing ihr wortwörtlich zum Hals raus. Sie war müde. Und Rooney erinnerte sich an den Rat seines Vaters: Allein reist man am schnellsten.

Am letzten Abend wollten Chuck und er zu einem Hunderennen. Rooney hatte eine Glückssträhne: Jeder Hund, auf den er setzte, brachte Geld ein. Gegen acht Uhr kam der erste Anruf von Tanya, am Ende machte Rooney einfach sein Handy aus. Sie fuhren über die Brücke nach Tampa und gingen dort ins Casino der Seminole, wo ihre Glückssträhne anhielt. Chuck kannte einen Stripclub in der Nähe von MacDill, dem Luftwaffenstützpunkt. Unterwegs dahin schaute Rooney auf sein Handy und entdeckte die Nachricht von Tanya, die sie schon Stunden zuvor geschickt hatte.

WO BIST DU? DIE BULLEN SIND DA.

Rooney hatte Chuck die Nachricht gezeigt. Sie fuhren zurück und rollten langsam am Murmuring Surf vorbei, dessen Parkplatz voll mit Streifenwagen war. Als sie das zweite Mal vorbeikamen, sahen sie, dass Tanya von einer großen schwarzen Streifenpolizistin in Handschellen abgeführt wurde.

»Fahr weiter!«, drängte Chuck.

»Aber unsere Sachen … Der ganze Kram, den wir einschmelzen lassen wollten … Ich lasse mein Geld da nicht zurück«, widersprach Rooney.

»Keine Sorge. Ich hab's versteckt. Die Bullen finden das niemals. Wenn es hier ruhiger wird, kommen wir wieder.«

Rooney war höchst argwöhnisch gewesen. »Wie sollen wir denn zurückkommen? Da kennen dich doch alle. Mich auch. Die rufen sofort die Bullen, wenn sie uns sehen.«

Chuck klopfte auf seine Tasche. »Wir warten ein paar Tage und gucken dann spätnachts nach. Ich habe einen Generalschlüssel. Ich sag dir was: Wir fahren jetzt in den Stripclub, da kenn ich ein paar Tänzerinnen. Wir übernachten dort, nehmen uns eine Frau, und morgen Abend holen wir die Sachen ab, wo ich sie versteckt habe.« Chuck grinste. »Dann machen wir uns wieder auf die Socken. Gehen jeder unserer Wege. Du hattest eh nicht vor, mit Tanya weiterzuziehen, hab ich recht, Kumpel?«

»Wo genau hast du's versteckt?«, wollte Rooney wissen, ohne auf die Frage nach Tanya einzugehen. »Ich meine es ernst, Chuck. Wenn du versuchst, mich zu bescheißen, wird das nicht gut für dich enden, das schwöre ich dir.«

»Dich bescheißen?« Chuck tat beleidigt. »Würde ich niemals tun!«

Auf dem Weg zum Stripclub hatte Rooney begonnen, sich seinen eigenen Plan zurechtzulegen. Er wollte Chuck betrunken machen. Das würde nicht lange dauern; der Typ vertrug so gut wie nichts. Er würde warten, bis sein »Kollege« nichts mehr mitbekam, würde den Schlüssel an sich nehmen und den besoffenen Alten in seinem Elend zurücklassen.

Doch Rooney hatte nicht damit gerechnet, von einer der Tänzerinnen, die Chuck kannte, Koks zu bekommen. Hatte nicht damit gerechnet, dass Chuck einen Streit mit dem Rausschmeißer des Clubs anfing, als er und Rooney mit den Mädchen gehen wollten, und dass Chuck ein Messer zog. Und er war ganz bestimmt nicht davon ausgegangen, dass sein »Kollege« an jenem Abend in einem Streifenwagen davonrollte – mit dem Generalschlüssel des Motels in der Tasche.

Letztendlich hatte er genau das getan, was Chuck ihm vorher am Murmuring Surf geraten hatte: Er war weitergefahren.

Das Mädchen wand sich in Rooneys Armen. Sie war temperamentvoll, wie ihre Mutter. Er spürte, wie sich ihre Kiefer unter seinen Fingern bewegten. »Halt den Mund!«, zischte er wütend.

Das Kind biss ihm in den Finger. Die spitzen kleinen Milchzähne gruben sich in sein Fleisch.

Rooney ließ nur kurz los, doch es reichte. Wie der Blitz schoss die Kleine los und schrie aus Leibeskräften: »Hilfe! Hilfe! Mommy, ein böser Mann!« Sie rannte zur Öffnung des Abflussrohrs, dem Licht entgegen.

Rooney zögerte kurz. Sollte er das Kind schnappen? Oder den Schaden begrenzen und verschwinden? Er dachte an all das Geld, an den Schmuck, weggeschlossen in dem Lagerraum. Drauf geschissen. Er würde zurückkommen. Im Nu hatte er das Betonrohr verlassen und lief zu seinem Auto. Er blinzelte in die grelle Sonne.

Ein champagnerfarbener Van mit einem Rollstuhlaufkleber stand direkt hinter Rooneys Wagen und parkte ihn zu. Der Fahrer drückte auf die Hupe. Einmal, zweimal. Die Tür auf der Beifahrerseite ging auf, und eine schwere ältere Frau in weißen Kompressionsstrümpfen stieg langsam aus. Sie schob die hintere Tür auf und hievte einen Alu-Rollator heraus.

Mit der Glock herumfuchtelnd, die Rooney aus dem kleinen Apartment mitgenommen hatte, stürmte er auf die Frau zu. »Weg da!«, rief er. Seine Baseballkappe fiel ihm runter. Seine Stimme war heiser. »Weg da mit dem verfluchten Van, sonst puste ich Ihnen den Kopf weg!«

Als Trudi seine Stimme hörte, drehte sie sich um. Sofort erkannte sie den ihr drohenden Mann mit dem stechend blauen Blick, der auf sie zustürzte. Sie kniff die Augen zusammen. Das war der Mann, der sie betrogen hatte, der ihr das Erbstück ihres Großvaters abgekauft und sie um Tausende Dollar betrogen hatte, Geld, von dem sie eigentlich eine Reise zur Goldenen Hochzeit hatten machen wollen. »Sie!«

Er kam näher und richtete die Pistole auf Trudi. Mit beiden Händen hob sie den Rollator hoch und schlug ihn, so heftig sie konnte, auf den Kopf des Betrügers. Sie stöhnte vor Anstrengung. Niemals würde sie den Gesichtsausdruck von Declan Rooney vergessen; noch Monate später sollte sie ihn Merwin, ihren Enkelkindern und Bridge-Freundinnen, letztlich jedem, der zuhörte, bis ins kleinste Detail beschreiben.

Es war ein Ausdruck absoluten Erstaunens und Entsetzens, der sich in Schmerz verwandelte, als der Rollator Rooney seitlich am Kopf traf. Es hörte sich an, als würde ein Baseballschläger auf eine reife Melone treffen. Der Mann fiel um. Er lag auf dem Muschelsplitt, hielt sich das Gesicht und wand sich vor Schmerzen. Blut rann aus Rooneys hübschem Mund. Trudi stellte die Beine des Rollators rechts und links neben Rooney und stützte sich schwer darauf. So konnte der Mann nicht mehr aufstehen.

Schließlich machte Merwin den Van aus und lief zu seiner Frau hinüber. »Mensch, Trudi!«, sagte er und schaute entsetzt auf den verletzten Fremden. »Was hast du jetzt wieder gemacht?«

49

Als Letty Mayas Schreie hörte, rannte sie voller Panik los. Das Adrenalin peitschte durch ihren Körper.

»Maya, Maya, Schatz, ich bin hier!«, rief sie. »Ich komme, Mäuschen!«

Im Zickzack kam die kleine Gestalt im Pyjama über den Parkplatz auf sie zugelaufen. Letty streckte die Arme aus.

Maya warf sich auf sie, Letty drückte die Kleine fest an sich. »Der böse Mann«, schluchzte sie. »Der böse Mann hat mich geholt.«

»Ich weiß, Schätzchen, ich weiß«, flüsterte Letty und rieb ihrer Nichte über den Rücken. »Aber jetzt bin ich ja da. Du bist in Sicherheit. In Ordnung? Ich lasse dich nicht mehr los. Dir kann nichts mehr passieren.«

Die Türen, die auf den überdachten Durchgang gingen, wurden geöffnet, und die Gäste, manche noch in Schlafanzügen, steckten den Kopf aus ihren Zimmern.

»Was ist hier los?« Oscar Jensen kam heraus. Er trug einen Bademantel aus Baumwolle, der ihm kaum bis zu den Oberschenkeln reichte, und hatte sich eine schwarze Satinschlafmaske auf die Stirn geschoben.

Ava stürzte vom Büro herüber, Ruth und Billie Feldman im Schlepptau.

»Gott sei Dank!« Ava schlang die Arme um Letty und Maya und drückte die beiden. »Gott sei Dank ist sie in Sicherheit.«

Ruth zog das Oberteil ihres Badeanzugs hoch. Unbeholfen klopfte sie Letty auf den Rücken. »Wir sind sehr froh«, sagte sie. »Stimmt doch, Billie, oder?«

Billie nickte. »Ruth wollte schon eine Räuberleiter machen, damit ich im Container nachsehe. Wir hatten Angst, dass sie vielleicht …«

Ruth runzelte die Stirn. »Aber dann haben wir Maya in dem großen Betonrohr gehört. Sie kam raus, und hinter ihr war ein Mann. Er muss sich dort mit ihr versteckt haben.«

»Kurz zuvor waren Merwin und Trudi auf den Parkplatz gefahren. Merwin regte sich auf, weil wieder jemand auf dem Behindertenparkplatz stand«, erklärte Billie.

»Ja, Merwin bildet sich ein, das wäre sein Privatparkplatz, aber das ist er nicht«, warf Oscar ein. »Ava hat ihm persönlich gesagt, dass er da nicht durchgängig stehen darf. Nur zum Be- und Entladen.«

»Das haben wir verstanden, Oscar.« Ruth warf ihm einen vernichtenden Blick zu. »Könntest du Billie bitte ausreden lassen? Wir waren schließlich dabei, du nicht.«

»Also, Merwin hatte diesen Typ zugeparkt und drückte schwer auf die Hupe«, berichtete Billie.

»Dann ist Trudi ausgestiegen, und dieser Kerl mit der Baseballkappe ist auf Trudi zugerannt.«

»Der Mann mit der Baseballkappe? Hab ich euch doch gesagt! Ich hab gesagt, dass er hier gestern Nacht rumgeschlichen ist. Hat mir keiner geglaubt, aber ich hab gesehen, wie er durchs Fenster ins Büro geguckt hat.« Oscars blasses Gesicht wurde rot vor Aufregung. »Das muss derselbe gewesen sein. Ich wusste, dass der nichts Gutes im Schilde führt.«

»Das stimmt nicht, dass wir dir nicht geglaubt haben«, verteidigte sich Ava.

»Er hatte eine Pistole!«, rief Ruth dazwischen. »Damit hat er auf Trudi gezielt und sie angeschrien, Merwin soll den Wagen wegfahren, sonst würde er ihren verflixten Kopf wegpusten.«

»Trudi hat nicht mit der Wimper gezuckt«, sagte Billie. »Der Typ schrie die ganze Zeit herum und fuchtelte mit der Pistole. Ich dachte wirklich, er bringt sie um. Das habe ich sogar zu Ruthie gesagt: Gleich erschießt er sie.«

Letty entfernte sich langsam von dem Pulk von Stammgästen, die sich im Durchgang versammelt hatten. Maya hatte die Arme um den Hals ihrer Tante geschlungen. Liebevoll rieb Letty ihrer Nichte über den Rücken und sang ihr leise die Zeilen ihres Lieblingslieds ins Ohr: *»Lass es los, lass es los …«* Mayas Schluchzen ließ nach. Sie atmete tief durch.

»Dann hat Trudi ihren Rollator genommen und so richtig ausgeholt. Sie hat das Teil dem Typen an den Kopf geknallt wie einen Baseballschläger«, erzählte Ruth. »Wumm! Mit einem Rumms hat sie ihn ausgeschaltet. Der fiel um wie ein gefällter Baum.«

Joe fand Letty auf dem Sofa in ihrem Apartment, Maya auf dem Schoß. Die beiden schauten *PAW Patrol* im Fernsehen. Letty sah auf und lächelte ihm entgegen. Vor Erleichterung wäre Joe am liebsten zusammengebrochen.

»Es geht ihr gut«, sagte Letty, ehe er fragen konnte. »Stimmt's, Maya?« Sie klopfte auf den Platz neben sich, und er setzte sich.

Das Mädchen drehte sich zu Joe um. »Der böse Mann hat mich geschnappt«, erklärte Maya feierlich. »Ich habe mir nur die Kätzchen angeguckt. Midnight hat sie versteckt. Ich wollte sie bloß streicheln, aber dann hat mich der böse Mann geschnappt und in die Höhle gebracht. Ich habe ihn getreten und wollte weglaufen, aber er hat mich festgehalten. Da hab ich ihn gebissen, und er hat mich losgelassen. Ich bin so schnell gelaufen, wie ich konnte.«

»Du warst wirklich ganz tapfer«, lobte Joe. »Das tapferste Kind, das ich kenne.«

Maya nickte zustimmend. »Der Mann hat meine Mommy angeschrien«, sagte sie sachlich und schüttelte den Kopf. »Ich mag ihn nicht. Er ist böse.«

»Er wird sehr lange niemandem mehr weh tun können«, erklärte Joe. »Maya, ist es in Ordnung, wenn ich kurz mit Letty in der Küche rede? Kannst du kurz ein paar Minuten allein fernsehen?«

»Ich hab Hunger«, sagte Maya und klimperte mit den Wimpern, ein kecker Versuch der Manipulation. »Darf ich ein Brötchen mit Chicken Nuggets? Und Gelee? Und Pommes? Und ein Milchshake?«

Letty verdrehte die Augen, nickte aber. »Ja, gleich. Okay? Kannst du warten, bis ich mit Mr. Joe gesprochen habe?«

»Na gut. Aber beeilt euch! Ich hab Hunger.«

In der Küche nahm Joe Letty in die Arme. »Es ist vorbei«, sagte er und strich ihr über die Haare. »Rooney ist auf dem Weg ins Krankenhaus und von da ins Gefängnis. Er hat einen gebrochenen Kiefer, das steht fest, wahrscheinlich auch einen kaputten Okzipitallappen. Trudi Maples hat wirklich ganze Arbeit geleistet.«

Joe hielt Letty auf Armeslänge Abstand und sah ihr in die Augen. »Okay? Ich weiß, dass du noch unter Schock stehst. Geht mir genauso. Aber hör zu: Vikki ist auf dem Weg zum Flughafen.«

»Jetzt schon?« Letty erschrak. »Es ist doch noch keine acht Uhr.«

»Sie wollte früh da sein, um sicherzustellen, dass alles glatt läuft. Nur für den Fall, dass Wingfield versucht, sie übers Ohr zu hauen. Bei jedem Flug aus New York steht ein FBI-Agent aus Tampa am Gate.«

»Das ist gut«, sagte Letty. »Oder?«

»Es geht darum, auf alle Eventualitäten vorbereitet zu sein. Aber eine Sache ist da noch: Wir brauchen eine offizielle Aussage von Maya.«

»Jetzt? Joe, ich habe sie gerade erst beruhigt. Sie ist vier Jahre alt! Ich kann sie das ganze Trauma nicht noch mal durchleben lassen, schon gar nicht heute. Das kannst du nicht von mir verlangen.«

»Ja, das ist ätzend«, stimmte er zu. »Aber wenn wir Rooney festnageln wollen, müssen wir das nach Vorschrift machen. Shauna sagt, wenn du meinst, dass es angenehmer für Maya ist, mit einer Frau zu sprechen, würde sie das übernehmen. Wir können auch einen Sozialarbeiter oder eine Sozialarbeiterin vom Jugendamt anfordern. Aber lass uns das über die Bühne bringen, damit wir diesen furchtbaren Typ festnageln können. Solange es noch frisch ist, ja? Bitte!«

»O Gott«, stöhnte Letty. »Und wenn sie nicht reden will? Wenn sie sich sehr aufregt, weigert sie sich manchmal einfach zu sprechen. Tanya hat mal erzählt, dass Maya in den ersten Sitzungen bei ihrer Therapeutin in New York total dichtgemacht hat. Sie hat sich mit geschlossenen Augen in die Ecke gesetzt und sich die Ohren zugehalten.«

»Wenn sie nicht reden will, werden wir sie nicht zwingen. Was hältst du davon: Ich fahre rüber zu McDonald's und hole ihr was zum Frühstück. Anschließend können Shauna und ich mit ihr sprechen, und wenn sie einverstanden ist, nehmen wir das Gespräch auf. Du kannst natürlich auch dabei sein. Nichts passiert ohne dein Einverständnis.«

50

Vikki parkte den Mietwagen vor der Abflughalle am Flughafen von Tampa. Sie schloss die Augen und wäre fast eingenickt, als sie ein metallisches Klackern am Beifahrerfenster hörte. Sie ließ die Scheibe herunter, und eine Polizistin beugte sich hinein. »Ma'am? Hier darf man nur zum Be- und Entladen halten. Sie müssen weiterfahren.«

Vikki griff unter den Autositz, zog ihre Dienstmarke im Lederetui hervor und hielt sie der Beamtin hin. »Ich bin dienstlich hier.«

Die Kollegin griff nach der Dienstmarke, untersuchte sie genau und schürzte die Lippen. »Echt? FBI? Wir haben nichts davon gehört, dass hier heute eine verdeckte Aktion stattfindet.«

»Ich hole auch nur einen Verdächtigen ab und bringe ihn nach St. Pete«, erklärte Vikki. »Aber wenn es Sie nicht stört, würde ich gerne hier stehen bleiben und auf den Passagier warten.«

Die Beamtin schüttelte den Kopf. »Wäre schön gewesen, wenn jemand daran gedacht hätte, uns vorher Bescheid zu geben.« Sie brummte noch etwas vor sich hin, dann war sie weg.

Vikki gähnte. In den letzten achtundvierzig Stunden hatte sie so gut wie keinen Schlaf bekommen. Sie setzte sich auf und rieb sich die Augen. Zu spät wurde ihr klar, dass sie Mascara trug. Sie klappte die Sonnenblende hinunter und betrachtete ihr Gesicht kritisch im Spiegel: verquollene, rotgeränderte Augen, fleckige Haut, verbrannte Nase. In ihrer Handtasche fand sie ein Taschentuch, mit dem sie den Schaden wiedergutzumachen versuchte. Sie sah so richtig scheiße aus. Wenn alles vorbei war, würde sie vielleicht ein paar Tage Urlaub machen. Sich irgendwo einen Liegestuhl an einem Pool schnappen, Cocktails mit Schirmchen trinken und chillen.

Eine schwarze Limousine hielt hinter ihrem Mietwagen. Vikki drehte sich auf dem Sitz nach hinten, um besser sehen zu können. Das Lederholster, das innen am Bund ihrer Stoffhose befestigt war, ratschte über ihre weiche Haut.

Weil DeCurtis die Glock nicht hatte abgeben wollen, die Declan Rooney in der vorletzten Nacht aus Vikkis Zimmer gestohlen hatte, war sie gezwungen gewesen, gegenüber dem Detective ihren höheren Rang durchzusetzen. Sie hatte ihn darauf hingewiesen, dass der Dieb die Waffe nicht benutzt hatte. Nur widerwillig hatte DeCurtis Vikkis Eigentum herausgerückt.

Sie zog ihr Handy hervor und sah nach, ob sie Mails oder andere Nachrichten bekommen hatte. Keine gute Idee, ihren Magen noch weiter zu belasten, doch sie brauchte dringend Koffein, sonst würde sie bald einschlafen.

»Sind Sie da?« DeCurtis' körperlose Stimme kam aus der Smartwatch an ihrem Handgelenk.

»Wo soll ich sonst sein? Wie läuft es drüben? Wie geht es Letty und Maya?«

»Maya ist ganz cool, seitdem sie ihr Happy Meal bekommen hat«, berichtete Joc. »Letty braucht noch ein bisschen. Wie sieht es bei Ihnen aus?«

»Unwirklich«, entgegnete Vikki. »Der Flughafen in Tampa ist wie in einem Disneyfilm. Alles so sauber. Kaum Menschen, keine luftverpestenden Busse der Hafenverwaltung. Ich habe eben Garcia angefunkt, den Kollegen drinnen. Er läuft zwischen den Gates hin und her. Keine Spur von Wingfield. Gut, oder? Ich hasse Überraschungen.«

»Sehe ich auch so. Bis später.«

Shauna befestigte die Videokamera am Stativ auf dem Tisch. »Fertig«, sagte sie. »Bist du auch bereit, Maya?«

Das Mädchen nickte schüchtern und senkte das Kinn auf die Brust. Letty berührte ihre Nichte am Ellenbogen. »Du brauchst keine Angst zu haben, Mausezahn, ja? Ich bin bei dir. Mr. Joe stellt dir gleich ein paar Fragen. Es ist alles in Ordnung, ja? Guck ihn einfach an und erzähl ihm, was passiert ist. Schaffst du das?«

Maya griff zu ihrem Milchshake und sog am Strohhalm. »Mhm.«

»Du musst ja oder nein sagen«, erinnerte Letty das Kind.

Joe rutschte mit seinem Stuhl neben Maya und nickte Shauna zu, damit sie die Aufnahmetaste betätigte.

»Ich bin Detective Joe DeCurtis von der Polizeidienststelle Treasure Island. Heute ist der 28. März 2020. Es ist zwanzig nach neun. Diese Befragung wird im Motel Murmuring Surf durchgeführt. Die Befragte ist ein minderjähriges Mädchen namens Maya Wingfield, vier Jahre. Ihr Vormund Letty Carnahan hat diese Befragung schriftlich genehmigt und ist als Zeugin anwesend, ebenso Officer Shauna Arthur.«

Joe schaute auf seine Notizen, dann sah er Maya an und lächelte ermunternd.

»Maya, kannst du mir erzählen, was heute Vormittag passiert ist? Nachdem du aufgewacht bist?«

Maya nickte.

»Nicht vergessen: Du musst ja oder nein sagen, wenn er dir eine Frage stellt«, flüsterte Letty ihrer Nichte zu.

»Gut. Kannst du uns sagen, was du gesehen hast, als du heute Morgen auf die Terrasse gegangen bist?«

»Ich hab Midnight gesehen! Sie hat eins von ihren Babys in der Schnauze getragen und unter den Baum gelegt. Sie hat ihre Babys versteckt.«

»Und was hast du gemacht?«, fragte Joe.

»Midnight ist weggelaufen. Ich wollte die Kätzchen sehen. Ich konnte sie hören. Sie haben so gemacht: miauuuu, miauuuu.« Maya schaute Letty an. »Sie wollten zu ihrer Mommy. So wie ich manchmal auch.«

»Was ist dann passiert?«, hakte Joe nach.

Maya sah ihre Tante zur Rückversicherung an. Letty nickte, und die Kleine atmete tief durch.

»Ich hab das Kätzchen gestreichelt, so über die Schnauze, da hat es an meinem Finger geleckt. Und dann …«

Ihr Gesicht verzog sich. »Und dann … hat mich der böse Mann geholt.«

»Hat er was zu dir gesagt?«

Sie legte den Finger auf die Lippen. »Nur: ›Pst, Maya!‹«

Letty umklammerte die Tischkante so heftig, dass ihre Fingerknöchel weiß wurden. Nervös pochte ihr Fuß auf den Boden.

»Hattest du den Mann schon mal gesehen?«

Maya nickte. »Mhm. Ich meine: ja. Beim Einkaufen mit Letty. Als wir uns auf dem Klo versteckt haben. Ich soll nämlich nicht mit Fremden reden.«

»Das stimmt. Wenn ich dir ein paar Bilder von Männern zeige, könntest du mir dann sagen, ob der Mann dabei ist, den du im Supermarkt gesehen hast?«

»Mhm.«

Joe hielt dem Mädchen sein Handy hin und scrollte durch die Fotogalerie, die er hastig zusammengestellt hatte: sechs weiße Männer zwischen fünfunddreißig und vierzig.

Maya betrachtete jedes der Bilder gründlich und zeigte schließlich auf eins. »Das ist der böse Mann.«

»Okay.« Joe hielt das ausgesuchte Foto in die Videokamera. »Sie hat Declan Rooney identifiziert.«

»Ist das der Mann, der dich heute Morgen geschnappt hat?«

»Ja.«

Unbewusst hatte Letty den Atem angehalten, jetzt stieß sie ihn aus.

»Gut gemacht«, lobte Joe. »Was ist passiert, als der Mann dich mitgenommen hat? Wo ist er mit dir hingegangen?«

»In die Höhle.« Maya hielt sich die Nase zu. »Da hat es furchtbar gestunken. Nach Kacka.«

»Meinst du das große Abflussrohr aus Beton? Den Düker am Rand des Parkplatzes?«

»Ja. Da war es dunkel drin.«

»Was geschah dann?«

Mit gerunzelter Stirn erinnerte sich Maya an die Ereignisse des Vormittags. »Er hat ein Foto von mir gemacht.«

Letty beugte sich vor und warf Joe einen besorgten Blick zu.

»Was passierte dann, Maya?«

»Der Mann hat gesagt: ›Sag: Hallo, Daddy!‹«

»Du lieber Gott!«, murmelte Letty.

Joe machte Shauna ein Zeichen, damit sie die Aufnahme unterbrach.

»Wo ist Rooneys Handy? Wurde es sichergestellt?«

»Es liegt im Kofferraum meines Pkw in einer Asservatentüte«, erwiderte Shauna. »Ich hole es.« Sie hastete davon und reichte das Gerät wenige Minuten später ihrem Kollegen.

Joe scrollte durch die Fotogalerie. Die jüngsten Aufnahmen waren drei verschwommene Porträts eines kleinen Mädchens mit vor Angst stark geweiteten Augen. Dazu kam ein Video. Joe tippte auf den Pfeil zum Abspielen. »Hallo, Daddy!«, brachte Maya kaum hörbar heraus.

»Guck mal hier!« Joe reichte Letty den Apparat. Er tippte auf die Texttaste. Eine Telefonnummer erschien, zusammen mit dem Video von Maya. »Kennst du die Nummer?«

»Das ist Evans«, flüsterte Letty. Das Blut rauschte ihr in den Ohren. Wie oft war diese Nummer auf ihrer eigenen Anrufliste aufgetaucht, als sie damals für Evan arbeitete? Hunderte Male sicherlich. »Er hat Evan ein Video von Maya geschickt.«

Joe schüttelte den Kopf. »Sieht aber aus, als sei die Nachricht nicht rausgegangen.« Er zeigte Letty und Shauna das Display. »Vielleicht weil er in diesem Betonrohr war.«

»Das verstehe ich nicht. Woher wusste Rooney über Evan Bescheid?«, fragte Letty.

Maya stellte ihren Becher mit dem Milchshake auf den Tisch. »Ich will *PAW Patrol* sehen!«

»Na gut«, sagte Shauna fröhlich und nahm die Videokamera vom Stativ. Dann hielt sie dem Mädchen die Hand hin: »Darf ich mitkommen?«

51

Vikki?«

Ihre Augenlider waren schwer vor Schlafmangel, doch sie war sofort wach, als DeCurtis ihren Namen rief.

»Ja?«

»Wir haben vielleicht ein Problem«, sagte Joe. »Sieht aus, als hätte Rooney Verbindung zu Wingfield gehabt.«

Der Satz wirkte, als hätte Vikki jemand kaltes Wasser ins Gesicht gespritzt. »Wie kommen Sie darauf?«

»Wir haben gerade Maya befragt, und sie hat uns erzählt, dass Rooney in dem Abflussrohr ein Video von ihr gemacht hat, in dem sie ›Hallo, Daddy!‹ sagen sollte. Diesen Film hat er an eine Nummer geschickt, die sich als die von Wingfield entpuppte. Jedenfalls hat Rooney es versucht, das Video ist aber nicht rausgegangen. Kurz danach hat Maya ihm in die Hand gebissen und ist weggelaufen. Es war definitiv die Nummer von Wingfield.«

»Scheiße, Scheiße, Scheiße.« Vikki schaute durch die Scheibe auf die Türen, aus denen gerade eine ganze Schar Touristen mit Kindersitzen, Kinderwagen und nörgelnden Kleinkindern gekommen war.

»Hat Letty eine Ahnung, was Rooney mit Wingfield zu tun haben könnte?«

»Nein«, erwiderte Joe. »Ich gucke mir aber gerade die Liste der Gesprächsverbindungen von Rooneys Handy an. Zweimal hat er kurz bei Wingfield angerufen. Einmal vier Tage nach dem Mord an Tanya. Und dann am Freitag.«

Letty meldete sich zu Wort: »Ungefähr zu der Zeit, als Rooney uns im Supermarkt hinterhergeschlichen ist.«

»Das ist nicht gut.« Vikki stöhnte. »Wie lang waren diese Gespräche? Wäre es möglich, dass Rooney den Aufenthaltsort von Letty und Maya verraten hat?«

»Ich wüsste nicht, wie«, sagte Joe.

»Können wir Rooney irgendwie zu den Anrufen befragen?«

»Schwierig. Selbst wenn er bereit wäre zu reden, könnte er es nicht: Sein Kiefer und seine Augenhöhle sind total zerschmettert. Also, wie möchten Sie weiter vorgehen?«

»Ich möchte mich an den Strand in die Sonne legen und mit dem Gesicht in einem Frozen Margarita einschlafen«, erwiderte die Agentin. »Aber ich denke, wir machen einfach weiter wie geplant. Garcia hat die Passagierlisten von Delta geprüft: Wingfield hat seinen Flug am Flughafen JFK pünktlich angetreten. Ich würde sagen, wir ziehen die Sache durch.«

»Einverstanden«, sagte DeCurtis. »In der Zwischenzeit schicke ich Shauna rüber in die Notaufnahme. Falls Rooney aufwacht und sprechen will, weiß sie die richtigen Fragen.«

Vikkis Handy meldete eine neue Textnachricht. Sie kam von Garcia.

Euer Typ ist gerade ausgestiegen. Geht in deine Richtung.

Wingfield trug ein offenes hellblaues Oberhemd mit Manschettenknöpfen, eine schwarze Designerjeans, die wahrscheinlich mehr als Vikki Hills erstes Auto gekostet hatte, und schwarze Wildlederslipper. Die verspiegelte Pilotenbrille hatte er nach oben ins perfekt gestylte Haar geschoben. Als wollte er ein Wochenende in Palm Beach verbringen, nicht einen Auftragsmörder bezahlen und seine entführte Tochter abholen. Über die Schulter hatte er eine Reisetasche aus Leder geschlungen. Von Gucci? Prada? Mit Designermarken hatte Vikki sich noch nie richtig ausgekannt.

Als er aus der Tür kam, drückte sie auf die Hupe. Wingfield sah sich um, entdeckte sie und steuerte auf den Mietwagen zu.

Er öffnete die Beifahrertür und setzte sich neben die Agentin.

»Wie war der Flug?«, fragte sie.

Er stellte die Reisetasche neben seine Füße, was Vikki nervös machte.

»Hab Schlimmeres erlebt. Wie geht es Maya?«

»Wollen Sie die Wahrheit wissen? Sie ist ein bisschen neben der Spur. Ich meine, ich verstehe, dass ihre Mutter und ihre Tante nicht mehr da sind, aber letztlich ist das schon ein paar Tage her. Man sollte meinen, dass sie sich beruhigt, tut sie aber nicht. Wollen Sie Ihre Tasche auf den Rücksitz stellen?«

Evan tätschelte die Tasche wie einen Hund. »Alles gut. In New York hatte Maya so eine überteuerte Therapeutin, die Tanya unbedingt haben wollte. Schon bevor der ganze Mist losging. Wenn Maya erst mal bei mir ist, wird sie sich schon beruhigen, meint Juliette. Das ist meine Verlobte. Wir schicken sie auf eine gute Privatschule. Juliette hat schon Bewerbungen abgeschickt, nach Brearley und Chapin. Da kann sie sich ein paar Freundinnen suchen. Das Kind braucht einfach normalen Umgang. Ihre Mutter war durchgeknallt, das war ein Teil des Problems. Entweder betrunken oder auf irgendwelchen Pillen.«

Vikki musste sich auf die Zunge beißen, um nicht zu erwidern, dass die Mutter ja immer Schuld hatte. Sie fädelte sich in den Verkehr ein und fuhr in Richtung Ausfahrt, den Rückspiegel immer im Auge. Garcia hatte ihr gesagt, er fahre einen silbernen Volvo.

Wingfield massierte sich mit der rechten Hand die Stirn und schaute trübsinnig aus dem Seitenfenster.

»Stimmt was nicht?« Vikki schielte in den Außenspiegel. Als sie den Volvo zwei Wagen hinter sich entdeckte, spürte sie eine gewisse Erleichterung.

»Kopfschmerzen. Der Kaffee, den es im Flugzeug gab, war die letzte Plörre. Man sollte doch meinen, die könnten für das Geld, das sie einem in der ersten Klasse abzocken, einen anständigen Espresso kochen. Könnten wir vielleicht kurz bei Starbucks halten? Ich geb einen aus.«

»Oh, wow! Sie lassen einen Kaffee springen? Für mich? Wie großzügig!«

Er warf ihr einen genervten Blick zu. »Sie haben echt Haare auf den Zähnen, wissen Sie das? Kein Wunder, dass Sie nicht verheiratet sind.«

Vikki lächelte ihn nichtssagend an. Sie freute sich schon darauf, Evan Wingfield endlich Handschellen anzulegen. Und falls er am Strand stolperte und mit dem Gesicht im Sand landete, würde sie ihm mit ihren No-name-Schuhen noch versehentlich gegen den Hinterkopf treten. Das wäre für sie das Sahnehäubchen auf der Rachetorte, die sie in Gedanken seit dem ersten Tag anfertigte, als sie Evan Wingfield kennengelernt hatte.

»Vielleicht später«, sagte sie. »Mein Spezi wird nervös, wenn wir zu spät kommen.«

»Sagen Sie ihm einfach, dass wir noch eine Kaffeepause einlegen«, gab Evan zurück. »Oder hat er heute noch was anderes vor?«

»Aber dann will ich wenigstens über die Brücke fahren. Ich meine, in St. Pete ist ein Starbucks.«

Wingfield schaute aus dem Beifahrerfenster. Die Bucht von Tampa war ruhig, es ging eine leichte Brise, Segelboote glitten über die sonnengesprenkelte Wasserfläche, aber das alles schien er gar nicht wahrzunehmen. Ein beißender Geruch von Wut und Anspannung schien wie ein billiges Rasierwasser von ihm auszugehen.

»Diese blöde Kuh von Letty hat Maya wahrscheinlich nur Schwachsinn über mich in den Kopf gesetzt«, sagte er plötzlich. »Haben Sie mit ihr gesprochen, seit Sie hier sind?«

Vikki zuckte mit den Schultern. Mein Gott, was für ein Narzisst! Immer ging es nur um ihn. Nie um das Kind, das er angeblich liebte.

»Sie ist noch jung. Sie guckt sich dieses alberne *PAW Patrol* im Fernsehen an und will zu McDonald's.«

»Fragt sie auch nach mir?«

»Manchmal.« Hill sah den Moment gekommen, um ihm ein Messer zwischen die Rippen zu bohren. »Meistens fragt sie nach ihrer Mutter. Und nach Letty.«

»In einem halben Jahr hat sie die vergessen«, sagte Wingfield. »Wissen Sie noch irgendwas aus der Zeit, als Sie vier Jahre waren?«

»Ich erinnere mich an meinen Hund Patches.«

»Gute Idee!« Wingfield schnippte mit den Fingern. »Wir holen ihr einen Hund.«

»Super. Dann ist bestimmt alles gut«, bemerkte Vikki, den Blick starr nach vorn gerichtet.

Als sie das Starbucks in einem Einkaufszentrum sah, setzte sie den Blinker und bog auf den Parkplatz ab. Hoffentlich folgte ihr der silberne Volvo. Sie sah Wingfield an. »Drive-in?«

»Nein. Ich muss zur Toilette. Das geht schnell.«

Vikki versuchte, nicht auf die Ledertasche neben seinen Füßen zu starren. Vielleicht würde er sie ja zurücklassen. Wingfield öffnete die Tür, stieg aus und griff in der letzten Minute nach der Tasche.

Kaum verschwand er im Starbucks, schrieb Vikki Garcia eine Nachricht.

Boxenstopp. Er will Kaffee und Klo.

Garcia antwortete mit einem emporgereckten Daumen.

Vikki rief DeCurtis über ihre Apple-Watch an. »Wir halten kurz bei Starbucks. Er hat eine Ledertasche dabei, die er nicht aus den Augen lässt.«

»Hoffentlich ist da das Geld drin«, sagte DeCurtis. »Hat er irgendwas Belastendes von sich gegeben?«

»Nur wenn man jeden Satz, den er äußert, als Beweis dafür sieht, was für ein verkommenes Subjekt der Typ ist«, bemerkte Vikki. »Wie hält sich Letty?«

»Wie zu erwarten. Irgendwie schafft sie es, sich zusammenzureißen, wahrscheinlich Maya zuliebe.«

Die Agentin sah, dass Wingfield von der Herrentoilette kam und zur Theke ging. Er durchquerte den Laden, lehnte sich an einen Stehtisch, holte sein Handy heraus und telefonierte.

»Das gefällt mir nicht«, murmelte Vikki. »Er steht da drin und telefoniert.«

»Sie doch auch.«

»Das weiß er ja nicht. Er denkt, ich sitze hier draußen, sonne mich in meiner eigenen Dummheit und warte auf einen großen Mokka.«

Wingfield beendete das Gespräch, steckte das Handy in die Tasche und ging zur Theke, wo der Barista ihm seine Bestellung aushändigte. Er bezahlte mit Kreditkarte, verstaute sie wieder und wandte sich zum Gehen.

»So ein Wichser«, sagte Vikki.

»Was?«

»Der hat mich total ignoriert und mir keinen Kaffee geholt. So, jetzt reicht's. Der Typ ist tot.«

Sie legte auf und warf Wingfield einen bösen Blick zu, als er wieder auf den Beifahrersitz schlüpfte.

»Vielen Dank auch für den leckeren Kaffee, den Sie mir mitbringen wollten.«

»Oh, sorry«, sagte er in einem Ton, der, wie beide wussten, bedeutete, dass es ihm absolut nicht leidtat. Wingfield warf einen Blick auf seine Uhr. »Dann mal los, oder? Unser Rückflug geht um vier Uhr. Juliette möchte, dass Maya von Anfang an einen streng durchgetakteten Zeitplan hat, damit sie sich besser einlebt.«

Vikki setzte rückwärts aus der Parklücke und verließ das Gelände von Starbucks. Der silberne Volvo am anderen Ende des Platzes parkte ebenfalls aus.

»Was hält denn Ihre Verlobte davon, das Kind einer anderen Frau aufzuziehen? Vor allem eins, das alle möglichen emotionalen Probleme hat?«

»Damit hat Juliette kein Problem. Sie wünscht sich noch mehr Kinder. Irgendwann. Und Maya mag sie gern. Nennt sie Juju.«

»Süß«, sagte Vikki.

52

Kaum hatte Joe das Gespräch mit der FBI-Agentin beendet, legte Letty den Kopf schräg und sah ihn fragend an. »Du bist so ein Lügner.«

»Wieso?«

Sie waren in ihrem Apartment. Joe futterte Kartoffelchips, schob sich einen nach dem anderen in den Mund und kaute krachend. Er sah wie ein typischer Gammler am Strand von Florida aus: verblichenes T-Shirt, grell orange Surfershorts, Teva-Sandalen, Ray-Bans – aber dieser Gammler hatte ein Polizeiabzeichen in der Tasche und eine 9-Millimeter Smith & Wesson im Holster um die Taille, die von seinem T-Shirt verdeckt wurde.

Ava hatte Letty bei der Zusammenstellung ihrer Verkleidung geholfen: ein großer Schlapphut, eine riesige Sonnenbrille und ein fließendes ponchoartiges Strandkleid, das ihre Knie streifte.

»Du hast Vikki gerade erzählt, dass ich mich gut halte. Das ist so was von gelogen! Ich bin mit den Nerven am Ende. Was ist, wenn irgendwas passiert? Wenn er versucht, Maya einfach mitzunehmen? Was ist, wenn euer toller Plan nicht klappt? Dann kommt er damit durch, Joe. Kommt mit dem Mord an Tanya durch, mit dem Auftragsmord an mir. Ich habe solche Angst, dass ich denke, ich muss mich jeden Moment übergeben.«

»Bitte nicht!« Vorsichtig nahm Joe Letty die Sonnenbrille ab. »Ich verrat dir mal, was mein Sergeant gesagt hat, als ich auf der Polizeiakademie war: *Fake it til you make it*. Es ist normal, Angst zu haben. Ich müsste lügen, wenn ich behaupten würde, ich hätte keine Angst. Nur ein Dummkopf hat keine Angst. Aber es ist doch so, Letty: Wir sind vorbereitet. Wir haben das Überraschungsmoment auf unserer Seite. Wingfield hat keine Ahnung, wo Maya ist. Er weiß nicht, wer Vikki wirklich ist, und mich hat er noch nie gesehen.«

»Du kennst Evan nicht«, erwiderte Letty. »Er ist imstande, die Schwächen von Menschen intuitiv zu erspüren. Das ist sozusagen seine Superkraft. Als ich in dem Diner arbeitete, hörte er, wie ich meiner Freundin erzählte, dass ich bald auf der Straße stehen würde. Er merkte, dass ich verwundbar war, und nahm mich ins Visier. Wie Midnight, die den Eidechsen auf der Terrasse auflauert. Mit Tanya hat er es genauso gemacht. Ich stand daneben und konnte zusehen, und trotzdem versuchte er, mir einzureden, ich würde mir das alles nur einbilden.«

»Falls es dir noch nicht aufgefallen sein sollte: Ich bin kein besonders leichtgläubiger Mensch«, erinnerte Joe sie. »Aber soll ich dir sagen, was ich denke?«

Sie nickte.

»Willst du vielleicht nicht hören«, warnte er.

»Sag trotzdem.«

»Ich glaube, Wingfield ist bei deiner Schwester an seinen Meister geraten. Beziehungsweise an seine Meisterin. Du hast selbst gesagt, dass sie Geheimnisse hatte, es mit der Wahrheit nicht so genau nahm und ihr Fähnchen nach dem Wind richtete. Sie hat dir was vorgemacht, hat dir erzählt, sie sei wohnungslos, damit du sie einlädst, bei dir in New York zu wohnen.

Und Wingfield hat sie auch was vorgemacht, indem sie mit ihm was angefangen hat und ihn hat glauben lassen, er wäre der Vater ihres Kindes.«

»Willst du mir gerade durch die Blume erzählen, dass Tanya ein schlechter Mensch war, so schlecht wie Evan selbst? Dass sie sich gegenseitig verdient haben und es nur die gerechte Strafe war, von ihm ermordet zu werden? Soll ich so vielleicht ein besseres Gefühl bei dem ganzen Albtraum haben?«

»Nein. Ich sage dir nur, was du längst schon weißt, nämlich dass Tanya ganz schön verkorkst war. Aber was ihr passiert ist, hat sie nicht verdient. Evan Wingfield ist nicht unverwundbar. Er ist nicht der Inbegriff des Bösen. Er konnte dich für sich einnehmen, weil du, Letty Carnahan, ein guter, anständiger Mensch bist.«

»Mit anderen Worten: Ich hatte es nötig.« Sie grinste reumütig.

Joe drückte ihr einen Kuss auf die Nasenspitze und setzte ihr wieder die Sonnenbrille auf. »Ganz und gar nicht. Aber ich dagegen? Ich bin von Beruf Zyniker. Frag meine Mutter, die bestätigt dir das. Ich bin überzeugt, dass jeder so lange verdächtig ist, bis seine Unschuld wirklich bewiesen ist.«

»Aber als du dahinterkamst, dass ich auf der Flucht bin und in New York gesucht werde, hast du mich nicht verraten.«

»Ich fand dich zu süß für eine gesuchte Verbrecherin.«

»Das meine ich ernst.«

Joe seufzte. »Ich habe gesehen, wie du mit unseren Gästen umgegangen bist. Selbst wenn sie unfreundlich und schlecht gelaunt waren, hast du dir den Scheiß angehört. Dann das mit Harry Bronson. Als er dich anmotzte, hättest du auch gehen können, aber du bist geblieben und hast ihm geholfen. Eine Mörderin hätte das nicht getan. Und Maya war auch noch da.«

»Maya«, wiederholte Letty. »Der Grund, warum wir das hier machen. Wegen Maya.«

»Jep.« Joe sah auf die Uhr. »Fühlst du dich jetzt besser?«

»Kein bisschen.«

53

Vikki Hill fuhr auf den Parkplatz des Murmuring Surf. Das »Zimmer frei«-Schild leuchtete, was sie ein wenig wunderte. Welcher Stammgast fuhr denn nach Hause?

»Hier?« Evan Wingfield griente hämisch. »Mein Gott! Hier hat Letty die ganze Zeit mit meiner Tochter gewohnt? Was für eine Absteige!«

Vikki kniff die Augen zusammen. »Was kümmert Sie das? Sie hatte ein sauberes Bett zum Schlafen und hat was Gutes zu essen bekommen. Sie schwimmt gern im Pool. Maya muss nicht in den Hamptons sein. Sie ist vier Jahre alt.«

»Vergessen Sie's.« Wingfield stieg aus. »Und jetzt? Wo ist dieser Joe?«

»Hier entlang.« Vikki wies auf die glitzernde weiße Sandfläche in der Lücke zwischen der Rezeption und dem Nordtrakt des Hotels.

Wingfield schlang sich die Ledertasche über die Schulter und folgte Vikki über den Parkplatz und den Grasstreifen, der den Strand vom Motelgelände trennte. Am Anfang der Dünen blieb er stehen und schaute auf seine teuren Slipper hinunter.

»O Mann! Sie erwarten doch nicht, dass ich durch den Sand laufe! Das hier sind belgische Loafer! Ich warte hier. Bringen Sie Maya einfach her!«

»Nein.« Vikki ging weiter. Mit ihren billigen No-name-Laufschuhen betrat sie den Strand, erfüllt von einer bösartigen Genugtuung.

Es war noch nicht Mittag, es war Sonntag, am Strand war es relativ ruhig. Die Leute waren entweder noch im Bett oder in der Kirche, der Rest stand Schlange bei den All-you-can-eat-Buffets in den Strandhotels entlang der Promenade. Am Strand verteilt waren ein paar Familien, die ihr Lager mit Sonnenschirmen, Zelten, Kühlboxen und Strandliegen aufgeschlagen hatten. Ein halbes Dutzend blau-weiß gestreifter Pavillons war entlang den Dünen aus dem Boden geschossen.

Ein paar ganz Abgehärtete plantschten sogar im Wasser. *Kanadier*, dachte Vikki abfällig. Normale Menschen, New Yorker ausnahmsweise eingeschlossen, schwammen nicht im Meer, wenn der Rest der Welt in Daunenjacken und Schneestiefeln durch die Gegend lief.

Sie drehte sich nicht um, sondern ging einfach weiter auf Joe DeCurtis zu, der mit einer vermutlich leeren Dose Bier in der Hand am Strand stand.

Ganz kurz empfand Vikki Hill Bedauern. Sie hatte sich in Joe DeCurtis geirrt. Er war kein unfähiger Bauerntölpel. Er war ein hervorragender Cop mit erstklassigem Instinkt. Unter anderen Umständen wäre vielleicht etwas aus ihnen geworden. Zu spät. Aber wahrscheinlich besser so. Vikkis Beziehungen, selbst die kurzen, endeten immer im Chaos.

Jetzt sah sie sich doch nach Wingfield um. Langsam bahnte er sich seinen Weg durch den feinen Sand, die Ledertasche immer fest im Arm.

Als er noch fünfzig Meter entfernt war, blieb er stehen und sah sich um. »Hey!«, rief er. »Es reicht jetzt mit dem Versteckspiel! Wo ist Maya?«

»Dazu kommen wir noch«, sagte Vikki. »Zuerst stelle ich Ihnen Joe vor. Das ist der Mann, von dem ich Ihnen erzählt habe.«

Misstrauisch kam Wingfield näher.

»Joe, das ist Evan.«

DeCurtis musterte sein Gegenüber von oben bis unten mit einem kritischen Blick, unter dem sich Wingfield unwohl fühlen sollte.

Evan schob die Tasche wieder höher auf die Schulter und sah sich um. »Wo ist Maya?«

»Sie kommt gleich«, sagte DeCurtis. »Zuerst die Geldübergabe.«

Wingfield lachte. »Von wegen! Die Absprache war, dass Sie mir meine Tochter geben, dann bekommen Sie Ihr Geld.«

»Zeigen Sie mir doch erst mal das Geld!«

Vikki beobachtete, wie die beiden Männer sich gegenseitig niederstarrten und abschätzten, wer mehr Eier hatte.

Aus dem Augenwinkel heraus sah sie, dass jemand näher kam, ein hagerer älterer Mann, der gerade triefnass aus dem Wasser gestiegen war. Mit wachsendem Entsetzen erkannte Vikki die blasse unbehaarte Brust und die Schwimmbrille oben auf dem kahlen Kopf. Während der Alte auf sie zulief, schlang er sich ein Handtuch um die Hüften und befestigte es.

»Hey, Joe!«, rief er und schwenkte grüßend den Arm, als er sich zu dem Trio gesellte. Das Wasser lief an ihm hinab.

»Hey, Joe«, wiederholte er.

DeCurtis drehte sich zu dem alten Mann um.

»Mensch, das war ja vielleicht mal eine Aufregung heute Morgen, was? Hat Letty erzählt, dass es derselbe Kerl war, den ich letztens nachts hab rumschleichen sehen? Dann ist er wiedergekommen und hat versucht, Maya zu entführen! Meinen Sie, deshalb war er hier? Wegen Letty und Maya?« Er wies auf

Vikki. »Hab gehört, der Typ ist in Ihr Zimmer eingebrochen und hat Ihre Pistole geklaut. Haben Sie die schon von der Polizei zurückbekommen?«

Oscar Jensen ahnte nichts von dem Drama, das sich vor ihm abspielte. Er bedachte Wingfield mit einem breiten Lächeln und hielt ihm die Hand hin. »Wie geht's? Ich bin Oscar. Ziehen Sie heute ins Motel? In welches Zimmer?«

»Hi«, grüßte Evan. »Sie kennen also Letty?«

»Natürlich! Jeder hier kennt sie«, rief Oscar. Er blinzelte Joe demonstrativ zu. »Besonders dieser junge Mann. Wir haben doch längst gemerkt, dass Sie was von unserer Letty wollen!«

Mit zusammengekniffenen Augen schaute Wingfield von dem alten Mann zu Joe und Vikki. »Was soll das?«

»Hm?« Auch Oscar sah Joe und Vikki fragend an. »Störe ich irgendwie?«

»Oscar«, sagte Joe leise und ruhig. »Sie müssen gehen. Sofort.«

»Oh. Okay. Kein Problem.« Der alte Mann wollte umkehren, doch Evan griff nach ihm und hielt ihn am Ellenbogen fest.

»Auaaa«, beschwerte sich Oscar. »Das tut weh. Hey, Joe, wer ist der Typ? Weiß der nicht, dass du bei der Polizei bist?«

Evan packte Oscar an der rechten Schulter, drehte ihm den Arm auf den Rücken und zog ihn an sich, ein zerbrechliches, zitterndes menschliches Schutzschild.

»Wo ist meine Tochter?«, wollte er wissen.

Joe zog seine Pistole aus dem Hosenbund und richtete sie auf Wingfield.

»Lassen Sie ihn los, Wingfield! Ich bringe Sie zu Maya.«

»Sie führen mich zu ihr, sonst breche ich diesem alten Knacker den Hals.« Er schaute zu Vikki Hill hinüber, die zwei Schritte näher gekommen war und ihre Glock gezückt hatte.

Wingfield schüttelte warnend den Kopf und verdrehte Oscars Arm so heftig, dass der alte Mann vor Schmerz aufschrie.

»Zurück, Vikki! Ich will nur meine Tochter. Mehr nicht. Bringen Sie mich zu ihr! Jetzt!«

Joe sah der FBI-Agentin in die Augen. Sie zuckte hilflos mit einer Schulter und wies auf eines der blau-weiß gestreiften Zelte in zweihundert Metern Entfernung.

»Sie ist da drüben, unter dem Pavillon.«

»Allein?«

»Nein.« Vikki zögerte. »Letty ist bei ihr.«

»Her mit der Pistole!« Wingfield legte Oscar den Arm um den Hals. »Los, sonst drehe ich dem alten Knacker den Hals um!«

»Was glauben Sie eigentlich, wie das Ganze hier ausgeht?«, entgegnete Vikki und nickte in Richtung DeCurtis. »Nur damit eins ganz klar ist: Das ist Detective Joe DeCurtis. Kein Auftragsmörder.«

»Und die Waffe ist echt«, bemerkte Joe. »Lassen Sie Oscar los, oder ich schieße!«

»Das glaube ich nicht«, sagte Wingfield. Er stieß Oscar mit dem Ellenbogen gegen die Kehle. Der alte Mann gab gurgelnde Geräusche von sich und verdrehte vor Angst die Augen.

»Bringen Sie mich zu meiner Tochter! Jetzt!«

Vikki seufzte schwer. »Es reicht.« Sie richtete ihre Glock auf Evans schwarze Wildlederslipper und gab einen Schuss ab.

Wingfield schrie vor Schmerz auf und sackte in den Sand.

Ungläubig starrte Oscar Jensen den verwundeten Mann an. Sein Hals war rot und abgeschürft. »Heilige Scheiße! Sie haben auf den Mann geschossen.«

Wingfield rollte im Sand herum, umklammerte seinen Fuß mit beiden Händen, das Gesicht wutverzerrt. »Verdammte Ratte!«, schrie er.

Vikki kniete sich hin und setzte Wingfield ein Knie auf die Brust. Sie griff in die Tasche ihrer Jeans und holte zwei Kabelbinder aus Plastik heraus, die sie um die Handgelenke des Angeschossenen wand, ein wenig fester, als notwendig war.

»Evan Wingfield, ich verhafte Sie wegen Verabredung zum Mord, Auftragsmord, organisierter Kriminalität, Bankbetrugs, Bestechung und Steuerhinterziehung.«

Sie stand auf und stieß Wingfield mit der Spitze ihres billigen Laufschuhs in die Rippen. »So, der Spaß ist vorbei. Aufstehen! Sie wandern in den Knast.«

Evan rappelte sich zum Sitzen auf. Sein Fuß blutete heftig. »Ich kann nicht gehen! Sie haben mir in den Fuß geschossen, und jetzt verliere ich Blut, Sie dämliche Kuh!«

Joe bückte sich, packte Wingfield an der Schulter und zerrte ihn hoch. »Wenn ich Sie wäre, würde ich es mir nicht mit ihr verderben. In der Glock sind noch vierzehn Patronen.«

54

Letty trat aus dem Schatten der Strandhütte und schob mit der linken Hand die Sonnenbrille hoch, um sich den Schweiß mit dem Saum ihres Ponchos aus dem Gesicht zu wischen. Ihre rechte Hand steckte noch tief in der Tasche ihrer Verkleidung, wo sie Avas Pistole umklammert hielt. Schweißperlen liefen ihr über Rücken und Oberkörper, und die vom Wasser hereinziehende Brise ließ sie frösteln. Vielleicht lag es auch an dem, was sie gerade miterlebt hatte.

Als sie zum Strand hinuntergehen wollte, hatte Ava sie beiseitegenommen.

»Hier«, hatte sie geflüstert und Letty die Pistole in die Hand gedrückt. »Nur für den Fall.«

Letty hatte die Zelttuchbahnen nur ein paar Zentimeter weit aufgehalten und hinausgespäht, als Vikki und Evan zum Treffen mit Joe den Strand herunterkamen.

Evan trug seine Ledertasche über der Schulter. War sie voller Bargeld? Der Lohn dafür, sie umgebracht und ihre Leiche den Haien zum Fraß vorgeworfen zu haben? Letty hätte gern gehört, wie das Gespräch verlief, aber sie wusste, dass Vikki ein Mikro trug und irgendwo in der Nähe ein anderer FBI-Agent namens Garcia, den sie noch nicht kennengelernt hatte, als Verstärkung lauerte.

Als Oscar Jensen aus dem Wasser kam und auf Joe und Vikki zulief, hielt Letty die Luft an. Was machte der da? Er würde alles verderben! Sollte sie versuchen, ihn abzufangen, oder sich weiterhin in der Strandhütte versteckt halten, wie sie Joe hatte versprechen müssen?

Als Evan Oscar am Arm festhielt und ihn dann in einen Würgegriff nahm, schob Letty die Zeltplane zur Seite und trat nach draußen.

Von da an lief alles wie in Zeitlupe ab. Joe zog seine Waffe und richtete sie auf Evan, Vikki tat dasselbe, die Zeit stand still. Letty betastete immer wieder die Pistole, die Ava ihr zugesteckt hatte, doch sie fühlte sich hilflos.

Menschen liefen über den Strand. Letty sah ein älteres weißhaariges Pärchen, das Hand in Hand durch den Sand stapfte und auf die Vögel zeigte, die an der Wasserlinie entlanghüpften. Ein Mann mittleren Alters mit einer Panorama-Sonnenbrille, auffällig karierter kurzer Hose und gewaltigen Kopfhörern suchte ein Stück Strand mit einem Metalldetektor ab. Nur wenige Meter entfernt breiteten Collegestudenten eine Decke aus und stellten Stühle auf. Sie schienen nichts von den Waffen mitzubekommen, die nur einen Frisbeewurf entfernt gezückt wurden.

Kurz darauf hörte Letty Vikkis Schuss. Er hallte durch den stillen Sonntagvormittag.

Einer der Studenten stupste seinen Nachbarn an. »Ej, Alter! Die Chica hat gerade auf den Typen geschossen.« Das ältere Pärchen blieb stehen und sah fassungslos zu, wie Vikki sich auf die Knie fallen ließ und das Opfer mit Handschellen fesselte. Nur der Mann mit dem Metalldetektor schien zu verstehen, was vor sich ging. Er ließ das Gerät fallen und rannte zum Tatort.

Auch Letty lief los.

»Joe, das ist Special Agent Alex Garcia«, stellte Vikki vor.

Garcia nahm seine Kopfhörer ab und nickte Joe DeCurtis zur Begrüßung zu. »Gerade hab ich mir kurz Sorgen gemacht«, sagte er zu Vikki.

»Wie konntest du mich hören?«, fragte sie. »Hast du alles verstanden?«

»Denke schon.«

»Hey!«, protestierte Evan. »Ich verblute hier! Ich brauche einen Arzt.«

»Immer mit der Ruhe, Wingfield«, sagte Joe. »An einem Schuss in den Fuß ist noch niemand krepiert. Ein Rettungswagen ist unterwegs.«

In einem ungleichmäßigen Halbkreis versammelten sich Zuschauer um sie herum und verfolgten das Spektakel. Zwei Studenten hatten ihre Handys hervorgeholt und filmten die Szene.

»Hey! Was hat der Typ verbrochen? Warum haben Sie auf ihn geschossen?« Ein Student in Jeans und Nike-Hoodie kam mit gezücktem Handy auf die Gruppe zu, um alles zu filmen.

»Wer sind Sie überhaupt?«, wollte der Student wissen.

Vikki Hill zeigte ihm ihren Ausweis. »Wir sind das FBI, du Wichser. Und der Typ ist ein Mordverdächtiger. Warum filmt ihr nicht einen Tanz für TikTok oder so?«

»Schaffen wir ihn hier weg!«, sagte sie zu den Männern. Garcia und Joe hakten Wingfield rechts und links unter und schleppten ihn ohne große Kraftanstrengung in Richtung Straße. Vikki Hill hob die Ledertasche vom Boden auf.

»Das ist mein Eigentum!«, rief Evan. »Das können Sie nicht konfiszieren!«

»Moment mal eben«, sagte Vikki. »Da hat er recht. Joe, verschaffen wir uns kurz einen Einblick über das Eigentum dieses Mistkerls, ja?«

DeCurtis holte sein Handy hervor und begann zu filmen, wie Vikki den Reißverschluss der Tasche öffnete. Vorsichtig holte sie eine zusammengefaltete schwarze Windjacke heraus und legte sie in den Sand. Es folgte eine dazu passende schwarze Laufhose, die um einen weiteren Gegenstand gewickelt war. Vikki schlug den Stoff auseinander; zum Vorschein kamen Bargeldbündel.

Vikki sah zu Joe hoch. »Haben Sie das drauf? Sieht mir aus wie das Geld, das für einen erledigten Mordauftrag fällig ist. Müssten vierzigtausend sein, es sei denn, er wollte uns übers Ohr hauen.«

»Das ist die Anzahlung für ein Immobiliengeschäft«, behauptete Evan. »Sie können mir nichts anderes beweisen.«

»Können Sie dem Richter erklären«, gab Joe zurück. »Sonst noch was Interessantes in der Tasche?«

Vikki hielt ihm eine Tüte Fischlis, ein Saftpäckchen und zwei Höschenwindeln hin, dazu ein blassrosa Kleidchen mit passenden rosa Leggings.

»Die sind für meine Tochter, die von ihrer Tante entführt wurde, von Letty Carnahan, dic auch die Mutter meiner Tochter ermordet hat, bevor sie das Kind illegal nach Florida brachte«, rief Evan. »Wenn Sie ganz unten in der Tasche nachsehen, finden Sie eine richterliche Verfügung, die mir das Sorgerecht über Maya zuspricht, außerdem eine Abschrift der Geburtsurkunde meiner Tochter.«

Letty hatte sich abseits gehalten, unsicher, was sie tun sollte. Dann sah sie, wie Vikki die Kleidung hochhielt, die Evan für Maya eingepackt hatte.

Auf ihrer, wie sich herausstellen sollte, letzten gemeinsamen Einkaufstour hatte Letty ihre Schwester begleitet. Sie waren in einer unglaublich teuren Kinderboutique auf der Fifth Avenue gewesen, wo Tanya diese Kombination erstanden hatte.

Letty erinnerte sich daran, wie Tanya das Kleid aus organischer Baumwolle mit Bubikragen und dem Muster aus rosa und weißen Lollipops bewundert hatte. »Das ist perfekt für den Flug runter nach L. A.«, hatte sie gesagt.

Beim Anblick des Lollipop-Kleids zerbrach etwas in Letty. Wie im Traum drängte sie sich durch die Gaffer, bis sie nur noch wenige Meter von Evan Wingfield entfernt war, der von Joe und einem anderen Mann festgehalten wurde, in dem sie zutreffenderweise Garcia vermutete.

Das Blut rauschte Letty in den Ohren, und mit fast unkontrolliert zitternden Händen hob sie die Pistole und richtete sie auf den Mann, der Maya die wundervolle, kaputte Mutter und ihr die Schwester genommen hatte.

»Letty?« Joes Stimme war nur ein Flüstern. »Komm! Das willst du doch nicht wirklich.«

Sie nahm die plötzliche Stille kaum wahr, die sich über die Schaulustigen legte.

Evan wirkte amüsiert. »Was soll das, Letty? Willst du mich erschießen? Vor so vielen Zeugen? Kann ich mir nicht vorstellen«, höhnte er. »Du bist genau wie sie. In deinem ganzen Leben hast du nichts richtig durchgezogen.«

Letty schielte zu Joe hinüber, der immer noch sein Handy in der Hand hielt.

»Kannst du das bitte filmen, Joe?« Sie stieß Evan mit dem Lauf der Pistole in die Rippen. »Er erzählt dir jetzt, wie er Tanya umgebracht hat.«

»Kommen Sie, Letty!«, sagte Vikki ruhig. »Nehmen Sie die Waffe runter! Er wandert so oder so für den Rest seines Lebens in den Knast.«

»Erzähl ihnen, was du meiner Schwester angetan hast!«, wiederholte Letty.

»Wer? Ich?« Wingfield schaute ungläubig drein. »Ich habe deiner Schwester eine Karriere ermöglicht. Ich habe ihr ein Heim, ein Kind, Kleidung, Schmuck und alles gegeben, was sie wollte, aber sie hat sich nur für Alkohol und Drogen interessiert. Das habe ich für deine Schwester getan!«

»Du lügst!«, rief Letty heiser. Ihr Hals war rau wie Schmirgelpapier. »Du hast Tanya umgebracht. Das weiß ich genau. Sie war trocken. Es ging ihr besser, und sie wollte weg, mit Maya nach Kalifornien, aber du hast gesagt, das würdest du niemals zulassen. Ich habe gehört, wie du ihr gedroht hast, Evan! Warum überhaupt? Dir liegt in Wahrheit doch nichts an Maya. Für dich ist sie nur eine weitere Trophäe.«

Wingfields Blick streifte die drei Gesetzesvertreter, die sich mehr für Lettys haltlose Anschuldigungen zu interessieren schienen als für seine Sicherheit.

»Deine asoziale Schwester hätte nicht mal einen Hamster versorgen können, schon gar nicht mein Kind«, sagte er zornig. »Und du willst behaupten, Tanya wäre trocken gewesen? Das ist ja wohl ein Witz! An dem Morgen, als ich zu ihr rüberkam, hatte sie getrunken. Sie war voll wie eine Haubitze! Aber das weißt du natürlich, nicht? Weil du sie umgebracht hast, als ich weg war, und dann hast du dir Maya geschnappt und bist abgehauen. Hier, das ist die Mörderin!«, rief Wingfield. »Seht ihr nicht, dass sie die Pistole auf mich richtet? Dass sie mein Leben bedroht? Warum bekommt sie nicht Handschellen angelegt, sondern ich?«

Vikki legte die Hand auf Lettys Schulter. »Okay. Sie haben gesagt, was Sie sagen wollten. Kommen Sie! Er ist den Preis nicht wert, den Sie dafür zahlen müssten. Denken Sie an Maya! Sie sind alles, was das Kind noch hat.«

Letty schaute auf die Waffe und dann auf die FBI-Agentin.

Ihr Körper wurde schlaff. Langsam nahm sie den Finger vom Abzug und legte die Pistole in Vikkis ausgestreckte Hand. In der Ferne erklang zum zweiten Mal an diesem Tag die Sirene eines Krankenwagens.

55

Maya langweilte sich. Sie hatte mit Isabelle Bilder ausgemalt und etwas gegessen. Sie hatten alle Bilderbücher gelesen, die Letty aus der Bücherei mitgebracht hatte. Jetzt lag Isabelle zusammengerollt auf der Couch, sah auf ihr Handy und lachte über etwas, das sie dort las.

Der Wind spielte mit den Vorhängen in der offenen Schiebetür zur Terrasse. Maya ging nach draußen und schaute sich über die Schulter nach Isabelle um, doch die war in ihre eigene Welt versunken.

Auf dem Gartentor saß ein Eichhörnchen, eine rote Kirschtomate in den Pfötchen. Auf Zehenspitzen schlich Maya darauf zu, doch das Eichhörnchen huschte davon und sprang auf den Wedel einer Palme, die der Terrasse Schatten spendete.

Etwas Schwarzes flitzte an ihr vorbei. Das war Midnight! Maya entriegelte das Tor und trat in das dichte Gras. Waren die Katzenbabys vielleicht noch unter dem großen Baum? Sie sah sich um, wollte sichergehen, dass diesmal kein böser Mann im Dunkeln lauerte.

Mutig geworden, lief sie zum Baum und spähte unter die Pflanzen mit den gezähnten Blättern und den pinkfarbenen Blüten. Das Nest aus Kiefernnadeln war leer, nur ein paar schwarze Haarbüschel lagen darin.

Maya stand auf und wischte einige Grashalme von ihrem T-Shirt. War Midnight in die gruselige Höhle zurückgelaufen, in der sie die Kätzchen vorher versteckt hatte? Nein. Sie musste einen neuen, schöneren Unterschlupf gefunden haben. Sie konnte Isabelle fragen, ob sie ihr suchen half. Sie konnte auch zur Rezeption hinübergehen und Miss Ava fragen, ob sie wieder mit ihr Plätzchen backen könnte.

Maya lief zum Büro. Da hörte sie das Jaulen eines näher kommenden Rettungswagens. Er bog auf den Motelparkplatz, und zwei Männer in blauen Uniformen stiegen aus. Vom Strand kamen Leute herauf.

Aus dem Nichts schoss Midnight herbei und verschwand in dem großen Betongefäß mit dem stacheligen grünen Asparagusfarn neben der Tür zur Rezeption. Sogar von der Stelle, wo Maya gerade stand, konnte sie das klagende Miauen der Kätzchen hören. Midnights Babys hatten Hunger und riefen nach ihrer Mama.

Maya steuerte schnurstracks auf das Pflanzgefäß zu. Plötzlich rief jemand ihren Namen. Es war Letty.

Ihre Tante ging zusammen mit Miss Vikki hinter drei Männern her. Einer der Männer war Mr. Joe, die anderen beiden kannte sie auf die Entfernung nicht, doch als Maya nah genug war, um die Gesichter zu sehen, blieb sie stehen und vergaß die Katzenbabys vollkommen. Der Mann in der Mitte hinkte, als ob ihm der Fuß weh tat, und er hielt den Kopf gesenkt, so dass sein Gesicht nicht richtig zu erkennen war.

Plötzlich schaute er hoch, und als sein Blick den von Maya traf, wäre sie am liebsten weggelaufen und hätte sich an einem sicheren Ort versteckt, wie Midnights Babys.

»*Maya!*«, rief Letty, als sie ihre Nichte neben der Tür zur Rezeption entdeckte.

»Mensch nochmal!«, schimpfte Evan. »Was macht sie hier? Wer passt eigentlich auf meine Tochter auf?«

Letty stürzte auf Maya zu. Sie kniete sich neben das Mädchen und versuchte, ihr den Anblick ihres blutenden Vaters in Handschellen zu ersparen.

Sofort war Joe bei ihnen.

»Mäusezahn«, sagte Letty streng. »Du darfst hier gar nicht sein. Warum bist du nicht mit Isabelle zu Hause?«

»Ich habe Midnight gesehen. Und ich wollte wissen, wo sie ihre Babys versteckt hat.« Maya spähte an Lettys Beinen vorbei und sah zu, wie die Sanitäter eine fahrbare Transportliege aus dem Rettungswagen holten und ausklappten.

Atemlos kam Isabelle herangelaufen. »O mein Gott! Es tut mir so leid, Letty! Ich hab mir was auf Insta angeguckt, und ehe ich mich versah, war Maya weg.« Sie schaute ihren Schützling an. »Maya Papaya, du hast mir einen Riesenschreck eingejagt!«

»Schon gut«, beruhigte Letty sie. »Mach dir keine Sorgen. Es geht ihr gut.«

»Tschuldigung, Isabelle«, sagte Maya.

»Was ist hier los?« Isabelle deutete auf den Krankenwagen und die wachsende Menge von Stammgästen, die aus ihren Zimmern gekommen waren und zuschauten.

»Das ist eine sehr lange Geschichte«, sagte Letty. Sie griff nach ihrer Nichte und nahm sie auf den Arm. »Komm, wir gehen zu uns. Ich würde sagen, du hast heute genug Aufregung gehabt.«

»Da ist Daddy«, sagte Maya zu Isabelle und zeigte auf Wingfield. Dann versteckte sie sich schnell hinter Letty. Evan Wingfield saß auf der Liege, die Sanitäter untersuchten seinen Fuß. »Was macht Daddy hier?«

Letty sah Joe fragend an, doch auch er wusste nicht, was er sagen sollte.

»Er, ähm … er wollte dich besuchen und dir neue Kleidung bringen«, setzte Letty an. »Aber ich habe ihm gesagt, dass …«

In dem Moment schaute Wingfield hoch und fing Mayas Blick auf. »Hey, Schätzchen!«, rief er. »Daddy ist hier. Wir sehen uns bald wieder, ja?«

»Neiiiiin!«, rief Maya und hielt sich die Ohren zu. »Ich will nicht zu Daddy! Er ist ein böser Daddy. Er hat meiner Mommy weh getan.«

Lettys Kopfhaut kribbelte.

»Soll ich sie zurück in euer Apartment bringen?«, erbot sich Isabelle.

»Warte!« Joe beugte sich vor. »Maya, kannst du uns sagen, was er deiner Mommy getan hat?«

»Nein!«, schritt Letty ein und zog ihre Nichte zur Seite. »Zwing sie jetzt nicht, darüber zu reden.«

»Er hat sie geschubst«, sagte Maya sachlich.

»Das reicht!«, rief Letty.

Doch Maya sprach weiter. »Daddy hat geschrien und böse Wörter gesagt, und ich hab geschlafen, aber dann habe ich gehört, dass Mommy geweint hat, und ich wollte sie in den Arm nehmen, weil, das macht sie auch immer, wenn ich traurig bin.«

»Lass sie bitte weiterreden«, sagte Joe leise zu Letty. »Das könnte wichtig sein. Bitte!«

»Wenn sie sich zu sehr aufregt, hören wir auf.« Letty sah Joe tief in die Augen. »Das ist mein Ernst.«

»Bist du an dem Tag in deinem Zimmer geblieben, als du gehört hast, wie sie streiten?«, fragte Joe.

»Nein …« Maya zögerte. »Mommy hat geweint, und ich hatte Angst und wollte was trinken, aber dann wurde Daddy ganz, ganz böse. Mommy hat laut geschrien, dass er weggehen soll, ich wollte auch, dass er geht, aber dann hat er Mommy wieder angeschrien und hat sie geschlagen, und sie ist hingefallen. Sie hatte Aua am Kopf.«

Die Tränen liefen Letty übers Gesicht, als sie sich vorstellte, welch unerträgliche Szene das Kind miterlebt hatte.

»Was ist dann passiert, Mausezahn?«, fragte Joe einfühlsam.

Maya senkte das Kinn. »Ich hab in die Hose gemacht. Ich bin schon ein großes Mädchen, und Daddy sagt, große Mädchen machen sich nicht in die Hose, ich soll mich schämen.«

»Das stimmt nicht, Maya«, sagte Joe. »Auch großen Mädchen und Jungen kann so was passieren«, versicherte er dem Kind.

»Ich habe mir am ersten Tag auf der Highschool beim Sport in die Hose gemacht«, gestand Isabelle.

»Und ich musste ihr neue Sachen in die Schule bringen«, sagte Joe. »Hey, Maya, hat dein Daddy dich gesehen, nachdem er deine Mommy geschubst hat?«

Die Kleine schüttelte den Kopf. »Nein. Ich hab mich versteckt. Ich hab gewartet, ganz lange, bis Mommy kommt und mich holt, weil ich so Angst hatte.«

»Wo hast du dich versteckt?«

»Unterm Bett.«

»Gut gemacht.« Joe tätschelte ihre Hand. »Du bist wirklich sehr tapfer, Maya. Weißt du noch, was dann passiert ist?«

»Es hat ganz lange gedauert«, sagte das Kind. »Und dann ist Letty gekommen.«

»Schön, dass sie gekommen ist«, sagte Joe.

»Wir haben Mommys Auto genommen, weil Letty gesagt hat, dass Mommy jetzt im Himmel ist«, erklärte Maya. »Und jetzt lebe ich bei Letty. Und ich schwimme im Pool, und vielleicht bekomme ich bald ein Kätzchen.«

Sie hörten, wie die Türen des Rettungswagens geschlossen wurden. Letty drehte sich leicht zur Seite und sah, dass die Sanitäter Wingfield eingeladen hatten. Vikki Hill kam herüber und nahm Joe beiseite.

»Die flicken ihn in der Notaufnahme wieder zusammen, und falls es keine Probleme gibt, kommt er danach ins Gefängnis.«

»Vielleicht liegt er ja neben Rooney«, bemerkte Joe hoffnungsfroh.

Vikki verdrehte die Augen. »Scheiße. Das ist nicht witzig. Garcia soll im Krankenhaus auf die beiden warten. Rufen Sie doch bitte Ihre Kollegin Shauna an, sie soll darauf achten, dass Wingfield nicht in die Nähe von Rooney kommt. Er hat übrigens schon einen Anwalt verlangt. Können wir uns am Gefängnis treffen, wenn Sie hier fertig sind?«

»Ja.« Joe deutete auf Maya und Letty. »Maya hat uns gerade erzählt, dass sie den Mord an ihrer Mutter beobachtet hat. Tanya und Wingfield haben sich gestritten, und Maya hat gesehen, wie er ihre Mutter geschubst hat und sie auf den Kopf gefallen ist.«

»Wirklich? Ist sie da ganz sicher?«, hakte die FBI-Agentin nach. »War Letty klar, dass Maya das alles miterlebt hatte?«

»Nein. Als Letty am Tatort eintraf, war Maya am Weinen. Letty hoffte wohl, dass das Kind nicht wirklich gesehen hatte, wie der Vater die Mutter umbrachte. Soweit ich weiß, hat die Kleine eben zum ersten Mal darüber gesprochen.«

Vikki schob sich die Sonnenbrille in die Haare und runzelte die Stirn. Sie beobachtete, wie der Krankenwagen den Motelparkplatz mit Blaulicht, aber ohne Sirene verließ. »Was ist das für ein kaltblütiges, abgebrühtes Schwein. Er bringt die Mutter des Kindes um und beauftragt uns, die Tante zu töten, und dann taucht er hier mit einem süßen rosa Kleidchen auf, um die Kleine mit nach Hause zu nehmen zu ihrer neuen Mama. Er ist wirklich der Meinung, wenn er Maya auf eine schicke Vorschule gibt, sind all ihre Probleme gelöst.«

Joe hörte nur mit halbem Ohr zu. Sein Blick folgte Letty, die mit Isabelle zu dem Pflanzgefäß neben der Eingangstür ging und die Farnwedel zur Seite bog, um Maya einen Blick auf Midnight und ihre Babys zu gewähren.

»Und, wie geht es jetzt weiter? Ich meine, die einzige Zeugin für den Mord an Tanya ist ein vier Jahre altes Kind. Sollen Letty und ich unter Eid aussagen, was Maya uns erzählt hat? Oder würde ein Richter Maya in den Zeugenstand berufen?«

»Ich bin nur eine bescheidene Agentin, DeCurtis. Keine Anwältin. Aber mit Sicherheit werden Sie und Letty irgendwie unter Eid aussagen müssen, was Maya Ihnen erzählt hat.«

Vikki seufzte schwer. »Erst mal muss ich jetzt einen Bericht schreiben, weil ich auf einen Verdächtigen geschossen habe, der gerade einen Achtzigjährigen hops nehmen wollte. O Mann, ich hasse diesen Papierkram!«

56

Nachdem Isabelle Maya zu einem dringend notwendigen Mittagsschlaf mitgenommen hatte und nachdem auch der Krankenwagen abgefahren war, blieben die Stammgäste des Murmuring Surf noch auf dem Parkplatz stehen, ein aufmerksames Publikum für Oscar Jensens Augenzeugenbericht über sein jüngstes Martyrium.

Er schlang sich ein verblasstes grün-gelb gestreiftes Strandlaken um die Taille. »Der Kerl wollte mich umbringen!« Er wies auf einen scharlachroten Fleck auf seiner faltigen Haut. »Er hatte mir den Arm um den Hals gelegt und wollte mich ersticken.«

Die versammelten Frauen gaben ein besorgtes Murmeln von sich.

»Und dann hat Vikki … Hey, die ist tatsächlich eine waschechte FBI-Agentin! Also, sie hat angelegt und ihm einfach in den Fuß geschossen. Ohne mit der Wimper zu zucken. Paff! Wie im Fernsehen.«

Oscar sah zu Letty hinüber, die die blutigen Kompressen und weiteren von den Sanitätern zurückgelassenen Müll aufsammelte.

»Hey, Letty! Letty!«, rief er. »Dieser Typ, der hat doch gesagt, er wäre Mayas Vater. Stimmt das? Wieso war der auf einmal hier am Strand? Wollte er die Kleine entführen?«

»Oscar!« Ava eilte Letty zur Hilfe. »Es reicht! Ich schlage vor, Sie verziehen sich jetzt auf Ihr Zimmer. Cremen Sie sich den Hals ein und stopfen Sie sich einen Socken in den Mund.«

So schnell ließ sich Oscar nicht abwimmeln.

»Mann, war das ein Wochenende! Zuerst erwische ich den Rumtreiber, der hier rumschnüffelt, und heute Morgen versucht dieser Rooney, sich Maya zu schnappen …«

Beschützend legte Ava Letty den Arm um die Schulter. »Komm mal mit zu mir rüber, Schätzchen. Du siehst aus, als könntest du ein bisschen Ruhe gebrauchen.«

»Und einen Kaffee.«

»Ja, auf jeden Fall.«

Gerade hatte Letty sich an den Tisch in Avas Wohnung gesetzt, als unten die Tür aufging und eine Männerstimme nach oben blaffte: »Ava? Ava, sind Sie da?«

Lettys Gastgeberin zuckte nicht mit der Wimper. »Nein!«, brüllte sie. »Ich bin nicht hier. Ich habe frei. Kommen Sie morgen wieder, wenn das Büro besetzt ist.«

Doch der Eindringling ließ sich nicht vertreiben. Schritte kamen die Treppe hoch.

Merwin Maples marschierte in die Küche, atemlos schwenkte er einen ramponierten Rollator aus Aluminium.

»Hören Sie, Ava«, setzte er an. »Das ist ein Notfall. Sehen Sie diesen Rollator? Sehen Sie die Füße? Die sind total verbogen. Das Ding ist kaputt.«

Ava goss Kaffee in einen Becher und reichte ihn Letty, dann schenkte sie sich selbst einen ein.

»Was wollen Sie von mir, Merwin?«

»Ich denke, Sie sind Trudi einen neuen Rollator schuldig.«

Ava lachte. »Ich? Wieso ist das meine Schuld? Ihre Frau hat

sich doch entschlossen, aus ihrem Rollator eine Angriffswaffe zu machen!«

»Aber Sie sind diejenige, die diesem zwielichtigen Rooney überhaupt erst ein Zimmer vermietet hat. Und Sie sind diejenige, die was mit Chuck angefangen hat, und der hat diesen zwielichtigen Typen eingeladen, hier zu wohnen. Ich weiß noch, dass ich zu Trudi gesagt habe, irgendwas stimmt nicht mit diesem Kerl und seiner sogenannten Frau. Wie hieß sie noch mal?«

Letty räusperte sich. »Sie hieß Tanya und war meine Schwester.«

»Oh. Ähm, ja, tut mir leid, dass ich schlecht von den Toten rede, aber das ändert nichts«, fuhr Merwin fort. »Das war eine richtige Verbrecherbande.«

»Und Tanya war zufällig auch Mayas Mutter, falls Sie das interessiert«, sagte Ava spitz.

»Gut, aber was ist mit dem Rollator? Ein neuer kostet jede Menge Geld!«

»Ich zahle ihn«, erbot sich Letty. »Wahrscheinlich hat Trudi damit Maya das Leben gerettet. Kaufen Sie einfach einen neuen und geben Sie mir die Rechnung. Ich erstatte Ihnen den Betrag.«

»Zufrieden?« Ava wies auf die Tür. »Sie finden bestimmt allein runter, oder?«

Als sie die Küche wieder für sich hatten, ging Ava zu einem Schrank und holte eine Dose mit Plätzchen heraus. Sie nahm den Deckel ab, gönnte sich einen Keks und bot Letty ebenfalls einen an.

Letty tunkte den Keks in ihren milchigen Kaffee und vertilgte ihn schnell. Dabei fiel ihr ein, dass sie weder etwas zum Frühstück noch zum Mittag gegessen hatte.

»Es tut mir leid, Ava.«

»Was? Merwin? Du schuldest dem alten Spinner gar nichts.«

»Nein. Das mit …« Letty machte eine raumgreifende Geste. »Das alles. Wenn Tanya nicht gewesen wäre und dementsprechend auch ich nicht, hätte sich hier nicht so ein Irrsinn abgespielt. Du wolltest mir einen Gefallen tun und hast Maya und mich aufgenommen, als wir nicht wussten, wohin. Du hast mir Arbeit gegeben und Maya und mich wie alte Freunde behandelt. Ich will nur sagen, dass ich es verstehe, wenn du uns jetzt lieber loswerden würdest.«

»Loswerden? Warum sollte ich das wollen? Du bist ein Geschenk des Himmels! Du hast mir im Büro geholfen. Hast mich auf neue Ideen gebracht, wie man diesen alten Schuppen auf Vordermann bringen kann, hast mir gezeigt, wie man diese verdammte neue Buchungssoftware benutzt. Sie haben sich ziemlich unentbehrlich gemacht, Miss Letty Carnahan.«

»Das möchte ich bezweifeln.«

»Doch, das stimmt«, beharrte Ava. »Ich muss gestehen, dass mir in den letzten Jahren ein bisschen der Elan gefehlt hat. Ich hatte nicht die Energie und die Lust, mich so um das Motel zu kümmern, wie es nötig gewesen wäre.«

»Nein …«

»Doch«, sagte Ava. »Nur unter uns beiden: Ich habe darüber nachgedacht, ob es vielleicht an der Zeit ist, den Laden zu verkaufen.«

Überrascht hob Letty die Augenbraue.

»Angebote bekomme ich ständig. Die Leute werfen Nachrichten in den Briefkasten, schicken mir E-Mails oder klopfen einfach an und fragen. Meistens sind es Investoren, die das ganze Motel abreißen und stattdessen das nächste große Hotelzentrum hier hinsetzen wollen, oder es sind durchgeknallte

Hipster, die es in so ein teures Boutique-Hotel umwandeln wollen.«

Obwohl die Frauen allein waren, senkte Ava die Stimme. »Was die Leute für Summen bieten, das ist irre.«

»Die haben einen guten Geschäftssinn«, bemerkte Letty. »Du hast ungefähr hundert Meter unversperrten Blick auf den Golf. Würdest du das Murmuring Surf nach all den Jahren denn wirklich verkaufen?«

»Tja …« Ava dachte nach. »Das Problem ist, dass ich den alten Kasten wirklich liebe. Ich liebe die ganzen Familien, die früher mit ihren kleinen Kindern herkamen, und jetzt bringen diese Kinder ihren eigenen Nachwuchs mit. Sie schicken mir Weihnachtskarten, Geburts- und Hochzeitsanzeigen. Und die Wintergäste, die hier seit Jahrzehnten überwintern, sind für mich wie gute Freunde. Ich mag mir gar nicht vorstellen, was die sagen, wenn ich das Murmuring Surf verkaufen würde. Wo würden die hingehen? Wir sind hier sozusagen eine aussterbende Art. Weißt du, fast jedes Jahr bekomme ich einen Anruf von jemandem, der mir sagt, dass seine Oma oder sein Opa gestorben ist und im nächsten Winter nicht mehr hier sein wird. Oder schlimmer noch, einer unserer Gäste stirbt bei uns.«

»Das ist schon passiert?«, fragte Letty entsetzt. »Hier im Motel sind Menschen gestorben?«

Ava tätschelte ermutigend ihre Hand. »Im Laufe der Jahre vielleicht ein halbes Dutzend. Deshalb frage ich unsere älteren Gäste immer nach der Telefonnummer ihrer Angehörigen zu Hause. Nur für den Fall.«

»Es geht mich ja nichts an«, sagte Letty, »aber wenn du das Motel so gerne führst, warum willst du dann verkaufen?«

»Ich denke einfach, es ist egoistisch von mir.« Ava zuckte mit den Achseln. »Ich sitze hier sozusagen auf einer Goldmine.

Wenn ich verkaufen würde, könnte sich Joe selbständig machen, falls er das wollte, und Isabelle bräuchte sich keine Sorgen zu machen, wie ihre Collegeausbildung oder sonst irgendwas finanziert wird.«

»Und was ist mit dir?«, fragte Letty.

»Ich denke, ich würde das machen, was Leute in meinem Alter so tun. Mich zur Ruhe setzen. Stricken oder Kreuzworträtsel lösen. Vielleicht verreisen.«

Letty lachte. »Ich kann mir dich weder beim Kreuzworträtseln noch beim Stricken vorstellen.«

»Stimmt. Aber Isabelle ist nur noch dieses Jahr hier. Ab August geht sie aufs College. Ich habe mit Absicht noch nicht darüber nachgedacht, wie es dann weitergehen soll.«

Letty nickte mitfühlend. »Genauso fühle ich mich auch, seit ich Tanya tot aufgefunden habe, in New York. Ich lebe von einem Tag zum anderen, traue mich nicht, weiter vorauszudenken, und habe Angst, dass Evan oder die Polizei versucht, mir Maya wegzunehmen. Das war auch Tanyas größte Angst, weißt du?«

»Du hast nicht viel mit deiner Schwester gemein, oder?«, fragte Ava. »Von deiner Persönlichkeit her, meine ich.«

»Tanya war wie unsere Mutter: schön, impulsgesteuert, ein Freigeist. Ich ähnele wahrscheinlich mehr unserer Großmutter, die uns auch großgezogen hat. In Isabelles Alter waren wir so gut wie auf uns allein gestellt. Ich war immer nur langweilig und abhängig von anderen.«

»Abhängig zu sein ist doch nichts Langweiliges«, widersprach Ava. »Es ist nicht schön, wenn du dich so klein machst, Letty. Du bist genauso hübsch wie deine Schwester, nur auf eine andere Art. Du bist so was wie eine weise alte Seele, weißt du?«

»Das hat meine Großmutter auch immer gesagt«, gab Letty zu. »Ich glaube, als ich damals nach New York gezogen bin, um Schauspielerin zu werden, wollte ich mich einfach gegen das wehren, was von mir erwartet wurde.«

»Ist doch nicht falsch, die Flügel auszubreiten und dem eigenen Traum zu folgen, besonders wenn man jung ist«, beharrte Ava. »Ich bereue manchmal, dass ich das nicht getan habe, sondern geheiratet habe, als ich noch gar nicht richtig erwachsen war.«

»So jung bin ich auch nicht mehr«, erinnerte Letty Ava. »Ich bin dreiunddreißig. Ich habe keinen Hochschulabschluss, keine Berufsausbildung, keine Heimat. Ich habe nur ein vierjähriges Kind, das darauf angewiesen ist, dass ich bessere Entscheidungen treffe als seine Mutter.«

»Und das tust du auch.« Ava tätschelte Lettys Arm. »Wie geht es jetzt mit Maya weiter?«

»Wie sich herausgestellt hat, hatte Tanya ein Testament. Und sie hat mich als Mayas Vormund eingesetzt.«

»Ein Testament? Dabei war sie doch erst ... Was hast du noch mal gesagt? Zweiunddreißig?«

»Das war sehr untypisch für Tanya«, stimmte Letty zu. »Sie hatte viel mitgemacht, aber ich glaube, zum ersten Mal in ihrem Leben hat sie an jemand anderen als sich selbst gedacht. Damit will ich nicht sagen, dass sie sich immer tadellos benommen hätte. Ich meine, schließlich hat sie bereitwillig bei der Betrugsmasche von Declan Rooney mitgemacht, und sie hat Evan glauben lassen, er sei Mayas Vater, aber das fiel bei ihr unter den Selbsterhaltungstrieb.«

Ava blickte finster drein. »Dieser Schurke von Rooney war auf jeden Fall kein gutes Vatermaterial.«

»Evan Wingfield genauso wenig, wie sich herausgestellt hat.

Ich bin nicht so naiv zu glauben, dass das Ganze jetzt vorbei ist, nur weil er verhaftet wurde. Er wird mit Klauen und Zähnen kämpfen, um zu bekommen, was er will.«

»Sogar aus dem Gefängnis raus? Selbst wenn er erfährt, dass er gar nicht der leibliche Vater von Maya ist?«

»Es ging nie wirklich um Maya. Es geht um Geld. Wahrscheinlich hat er schon einen Anwalt an der Stange, der ihn auf Kaution rausholt.«

»Würde ein Richter oder eine Richterin wirklich einem Mörder das Sorgerecht für ein Kind zusprechen?«, fragte Ava.

Letty trank ihren Becher aus und stand auf. »Ich denke, das erfahren wir noch früh genug.«

57

Maya rollte sich neben Letty im Bett zusammen, Ellie sicher in der Armbeuge. Als die Kleine gleichmäßiger und langsamer atmete, strich Letty ihr über die Locken, gab ihr einen Kuss auf die Stirn und schlich aus dem Zimmer.

Sie machte sich eine Tasse Tee und nahm sie zusammen mit ihrem Handy mit nach draußen auf die Terrasse. Es war früher Nachmittag, die Sonne schien, die Brise strich durch einen Büschel Seehafer auf der nächsten Düne. Letty scrollte durch ihre Anrufliste, bis sie die Nummer fand, die sie suchte. Sie hoffte, die Frau am anderen Ende würde drangehen.

»Hallo? Hier ist Samiya. Wer spricht da?«

»Sammi? Hier ist Letty Carnahan, Tanyas Schwester.«

»Ah, Letty!«, rief die Anwältin. »Ich habe mir solche Sorgen gemacht! Geht es Maya und dir gut? Ich wollte schon anrufen, wollte dir aber keine Probleme machen …«

»Uns geht es gut. Also: Ich muss dich wohl mal auf den neuesten Stand bringen. Hier ist eine Menge passiert.«

Kurz fasste Letty für Sammi die Ereignisse der vergangenen Woche zusammen und schloss mit der jüngsten Wendung. »Evan Wingfield wurde heute Nachmittag hier unten verhaftet.«

»Hier unten?«, fragte Sammi.

»Ach, stimmt, du weißt ja gar nicht, wo wir nach dem Mord an Tanya hingefahren sind. Wir wohnen in einem kleinen Motel in Treasure Island, Florida.«

»Treasure Island? Wo ist das?«, fragte Sammi.

»Das ist ein Strandort in der Nähe von St. Petersburg. Wie und warum wir im Murmuring Surf gelandet sind, ist eine lange Geschichte, aber letzten Endes hängt das alles mit Tanya zusammen.«

»Das Murmuring Surf? Klingt hübsch.«

Letty setzte sich auf und sah sich um. In ihrem kleinen Garten leuchteten blühender Jasmin und Hibiskus und all die Kräuter und Blumen, die Harry Bronson gepflegt hatte. Von ihrem Platz aus konnte Letty das türkisblaue Wasser des Golfs von Mexiko sehen und das Rascheln der Palmwedel über sich hören.

»Ja, es ist wirklich hübsch hier«, sagte Letty. »Die Sache ist die: Jetzt, wo ich weiß, dass Evan keine Gefahr mehr für Maya darstellt, muss ich mir wohl überlegen, wie es weitergehen soll. Für uns beide.«

»Ja«, sagte Sammi. »Nun, es gibt eine Menge zu besprechen, insbesondere in Bezug auf Mayas Zukunft. Wie erwartet, hat Mr. Wingfield angekündigt, das Testament deiner Schwester anzufechten, und damit deine Vormundschaft. Eine kurze Frage: Wurde er in Verbindung mit dem Tod deiner Schwester angeklagt?«

»Noch nicht.« Letty trank einen Schluck Tee. »Aber das dauert nicht mehr lange. Maya hat heute Morgen erzählt, dass sie tatsächlich gesehen hat, wie Evan Tanyas Tod herbeiführte.«

»O Gott! Das arme Kind!«, sagte Sammi. »Wird die Polizei ihr glauben?«

»Ich hoffe es«, erwiderte Letty. »Aber da steht das Wort einer

Vierjährigen gegen das eines Erwachsenen, der alle Mittel der Welt hat, um weiter zu lügen und seine Unschuld zu behaupten.«

»Nun, du verfügst ja auch über Mittel, nicht wahr?«, bemerkte Sammi. »Da du dich jetzt nicht mehr verstecken musst, werde ich bei Gericht einen Dringlichkeitsantrag auf Freigabe von Geldern aus Tanyas Nachlass stellen, damit du deine Anwaltskosten und Lebenshaltungskosten zahlen kannst.«

»Das geht?«

»Natürlich. Wie ich dir schon bei unserem letzten Gespräch erzählt habe, gibt es noch eine umfangreiche Lebensversicherungspolice. Maya ist die Hauptbegünstigte, du bist die Zweitbegünstigte. Ich wollte erst mit dir sprechen, bevor ich die Forderung anmelde, aber wenn du einverstanden bist, mache ich den Antrag sofort fertig. Bis dahin besteht deine Aufgabe als Mayas Vormund darin, für ihre Gesundheit und ihr Wohlergehen zu sorgen. Alle angemessenen Ausgaben zugunsten von Maya werden vom Nachlassverwalter genehmigt und können aus dem Erbe bezahlt werden.«

»Wer ist denn der Nachlassverwalter?«

»Kennst du Tanyas Freundin Demetria?«

»Die Ernährungsberaterin?«

»Genau. Eine wunderbare Frau. Wir haben schon miteinander gesprochen. Sie war absolut erschüttert vom Tod deiner Schwester. Ich hoffe, es stört dich nicht, aber ich habe ihr erzählt, dass ich Kontakt zu dir hatte und zwar nicht wüsste, wo du dich aufhältst, aber das Gefühl hätte, Maya sei bei dir in Sicherheit.«

»Das weiß ich zu schätzen, danke.« Letty stand auf und ging ins Apartment, um nach ihrer Nichte zu schauen, die immer noch fest schlief.

»Hast du Demetrias Kontaktdaten?«, fragte Sammi. »Wenn nicht, rufe ich sie an, sobald wir aufgelegt haben, dann schicke ich dir die Infos.«

»Okay.« Eine kleine grüne Eidechse verharrte am Rand des Gartentors und schlug mit dem Schwanz hin und her.

»Ich weiß, es ist alles viel zu verdauen«, sagte Sammi. »Ich werde versuchen, dich nicht mit zu vielen Details zu überfordern. Aber hast du schon eine Vorstellung, wann du nach New York zurückkommst?«

»Nach New York?« Die Frage überraschte Letty.

»Ja. Wir müssen entscheiden, was wir mit Tanyas Townhouse machen. Nachdem die Polizei die … ähm … Beweismittel sichergestellt hatte, habe ich dafür gesorgt, dass es gründlich gereinigt wurde. Ich dachte, wenn du irgendwann doch zurückkommst, wäre es zu grausam, das alles noch zu sehen.«

Ungewollt musste Letty daran denken, wie Tanya im Eingangsbereich des Hauses auf dem kalten Marmorboden in einer dunkelroten Lache von Blut gelegen hatte, das aus ihrem Kopf sickerte, und wie Maya am Ende der Treppe im ersten Stock stand und nach ihrer Mutter gerufen hatte.

Letty schüttelte den Kopf, um das furchtbare Bild loszuwerden.

»Hat Evan nicht darüber zu entscheiden, was mit dem Townhouse passiert? Ich meine, es war doch seins.«

»Nein, tatsächlich gehörte das Haus zu den Immobilien, die er zum Steuersparen auf Tanya übertragen hatte«, erklärte Sammi. »Ich dachte, das hätte ich schon erwähnt.«

»Hast du vielleicht auch. Wie du schon sagtest: Es ist viel zu verdauen.«

»Das musst du ja nicht jetzt sofort entscheiden«, sagte

Sammi. »Aber es wäre gut, wenn wir allmählich damit anfangen könnten, den Nachlass abzuwickeln.«

»Du hast natürlich recht.« Lettys Stimme wurde leiser. »Und da Evan jetzt hinter Schloss und Riegel ist, gibt es wohl auch nichts mehr, was mich noch hier unten in Florida hält. Maya wird im Herbst fünf, ich muss überlegen, welche Vorschule sie besuchen soll.«

»Ich kann dir die empfehlen, auf der meine Söhne sind«, schlug Sammi vor.

»Du hast Kinder?« Letty wusste gar nicht, warum sie das wunderte.

»Ja. Noah ist sechs. Ich wurde von seinem Vater geschieden, kurz bevor ich trocken wurde. Besser gesagt: Ich wurde trocken, weil ich geschieden wurde. Jedenfalls ist es eine kleine Schule, die Lehrer und Lehrerinnen gehen sehr liebevoll mit den Kindern um, und der Lehrplan ist fortschrittlich, aber nichts, was Tanya zu etepetete gefunden hätte.«

»Genauso hätte sich meine Schwester ausgedrückt«, sagte Letty schmunzelnd.

»Letty?«, rief Maya im Schlafzimmer. Es klang müde.

»Ups. Ich muss auflegen, Sammi, Maya ist gerade von ihrem Nickerchen aufgewacht. Ich melde mich in Kürze, ja? Und noch mal danke. Für alles, was du getan hast. Sowohl für Tanya als auch für mich.«

58

Es war später Nachmittag, als sie sich im Krankenhaus trafen.

Shauna Arthur saß vor einem Glaskasten im Aufwachraum und blätterte in einer Zeitschrift. »Hey«, begrüßte sie die beiden. »Euer Typ ist wach.«

Vikki und Joe spähten durch die Scheibe in Declan Rooneys Zimmer. Das Kopfteil des Bettes war hochgestellt, Rooneys Kopf lag kraftlos auf dem Kissen.

Er war mit Verbänden umwickelt, an seinem Kiefer war ein schauerliches Metallgestänge befestigt. Ein Auge war blauschwarz angelaufen, das andere konnte nur durch einen winzigen Schlitz in einer dicken Kompresse blicken. »Sieht aus, als wäre er unter einen Zug gekommen«, bemerkte Vikki trocken.

»Oder unter einen Rollator«, ergänzte Joe. Er wandte sich an seine Kollegin: »Danke noch mal, Shauna. Wir übernehmen jetzt.«

Rooneys Kopf bewegte sich leicht. Als sie die Tür öffneten, hörte man sein Stöhnen durch die dicken Verbandsschichten hindurch.

»Hey, Rooney«, sagte Joe und hielt dem Kranken eine Schachtel mit Schoko-Karamell-Pralinen hin, die er im Geschenkladen des Krankenhauses gekauft hatte. »Hab Ihnen was mitgebracht, damit Sie schnell auf die Beine kommen.«

Die Lippen des Patienten bewegten sich. Die Antwort war deutlich: »Fick dich.«

»Oh, schön!« Vikki zog einen mit Vinyl bezogenen Stuhl heran und setzte sich. »Er ist bei Bewusstsein und kann sprechen!« Sie öffnete die Schachtel und schob sich eine Praline in den Mund. »Da er in nächster Zeit ja nichts kauen kann, hat er bestimmt nichts dagegen, mit mir zu teilen.«

Joe stellte die Schachtel auf den Nachtschrank, holte sein Handy aus der Tasche, rief die Aufnahme-App auf und legte das Gerät neben die Pralinen. »Da Sie jetzt wach sind, dachten wir, Sie würden uns vielleicht gern ein paar Fragen beantworten.«

Rooney drehte den Kopf zur Wand, an der ein nichtssagender pastellfarbener Druck hing, Blumen in einer rosa Vase. »Verpisst euch!«

»Ach, stellen Sie sich doch nicht so an!«, sagte Joe. »Wissen Sie, wenn Sie mitarbeiten, kann ich mit dem Staatsanwalt sprechen, und vielleicht fällt Ihre Haftstrafe dann nicht so lang aus. Sie müssen sich auf eine Anklage wegen Entführung und Körperverletzung einstellen, außerdem wegen Einbruchdiebstahls und normalen Diebstahls. Ganz zu schweigen vom Besitz einer Waffe als verurteilter Straftäter. Und dann gibt es natürlich noch die alten Betrugsvorwürfe von vor fünf Jahren.«

Vikki beugte sich zum Bett vor. »Joe! Vergessen Sie nicht den kleinen Zwischenfall unten in Immokalee.«

DeCurtis schlug sich vor die Stirn. »Ach, ja! Da muss ich Sie ja noch auf den neusten Stand bringen. Die Cops da unten haben eine Leiche mitten im Sumpf gefunden. Einen Mann, der erschossen wurde, dann wurde sein Auto in Brand gesteckt. Die Leiche war in einem ziemlich üblen Zustand, als sie endlich gefunden wurde, aber zum Glück konnte man die Fingerabdrücke Ihres verstorbenen Kumpels Chuck sicherstellen und ihn auf diese Weise identifizieren.«

Rooneys Schultern hoben sich zu einem kaum wahrnehmbaren Zucken. »So ein Pech.«

»Ja, wirklich Pech«, bemerkte Joe. »Er war gerade erst aus dem Knast heraus, oder? Einen Tag oder so?«

»Keine Ahnung«, röchelte Rooney. Er sprach undeutlich.

»Wir denken, dass Sie das durchaus wissen«, sagte Vikki. »Nachdem Joe erzählte, dass Chuck und Sie gerne Casinos besuchten, berichtete uns der Sheriff da unten, dass es zufällig direkt in Immokalee ein Casino gibt. Unsere Kollegen haben sich die Filme der Sicherheitskameras des Casinos angesehen, und siehe da, es gibt Aufnahmen von Chuck und Ihnen, wie Sie nebeneinander an Spielautomaten stehen.«

»Wissen Sie, was noch?«, fragte Joe. »Das Casino hat tatsächlich Überwachungskameras auf dem Parkplatz. Weil es widerwärtige Kriminelle wie Sie gibt, die Spieler überfallen, nachdem sie stundenlang am Pokertisch oder an den Automaten gesessen und dabei massenweise billigen Fusel gesoffen haben. Jedenfalls ist das gut, weil auf den Kameras zu sehen ist, wie Sie mit Chuck in ein Fahrzeug steigen und wegfahren. Und das ist das letzte Mal, dass das arme Schwein lebend gesehen wurde.«

Vikki schlug die Beine übereinander und sah sich im Krankenhauszimmer um. »Wissen Sie, ich glaube, die Gefängnisse und Krankenhäuser hier in Florida sind deutlich schöner als die in New York City, Sie nicht? Von Rikers Island habe ich ganz schön schlimme Sachen gehört.«

»Kann gut sein«, sagte Joe. »Ich hasse New York eh wie die Pest.«

»New York?« Rooney schüttelte vorsichtig den Kopf und wirkte verwirrt.

»Ja. Da hat doch Ihre Freundin Tanya mit ihrer Tochter Maya gewohnt. Das kleine Mädchen, das Sie heute Morgen versucht haben zu entführen«, erklärte Joe. »Und erzählen Sie uns nicht, Sie wären nicht in New York gewesen oder hätten Tanya nicht besucht, denn das haben wir auch auf Video.«

»Kann nich' sein«, sagte Rooney. Die Wörter schienen ineinander überzugehen. »Warichnie.«

»O doch«, gab Vikki zurück. »Falls Sie's vergessen haben, helfe ich Ihnen auf die Sprünge. Das war letzten Februar. Sie haben Tanya einen Besuch in ihrem Haus abgestattet. Sie war ziemlich überrascht, Sie zu sehen, aber Sie erzählten ihr, Sie hätten sie über ihren Agenten gefunden. Klingelt da was bei Ihnen?«

Rooney schwieg.

»Das war bestimmt ein Schock, sie nach … wie lange war das, fünf Jahre? Sie nach so langer Zeit wiederzusehen«, sagte Joe. »Aber der größte Schock muss das kleine Mädchen gewesen sein – Maya. Ich wette, Sie wussten nicht mal, dass Tanya schwanger war, als Chuck und Sie sie in dem Motel zurückließen, stimmt's? Was ist damals passiert? Hat Tanya Sie in der Nacht angerufen und gewarnt, sie würde festgenommen, die Polizei würde nach Ihnen und Chuck suchen?«

Rooney streckte die Hand aus, tastete nach dem Styroporbecher mit Wasser auf seinem Nachtschrank. Vikki reichte ihm den Becher. »Diese biegsamen Strohhalme, die man immer im Krankenhaus kriegt, sind toll, Rooney, nicht wahr? Hoffentlich bekommen Sie einen ganzen Schwung davon mit, wenn Sie in den Knast verlegt werden.«

»Haben die Ärzte Ihnen gesagt, wie lange Ihr Kiefer in dem Gestell bleiben muss, Rooney?«, fragte Joe. »Tut bestimmt höllisch weh, wenn Sie hinten in einem Streifenwagen bis nach

New York fahren müssen. Die Autos sind nicht gerade für ihren Fahrkomfort bekannt.«

»Ich hab in New York nichts verbrochen!« Jetzt war Rooney hellwach. »Ich habe Tanya nur besucht, mehr nicht. Da können Sie das Kind fragen. Ich habe Tanya nicht umgebracht.«

»Okay«, sagte Vikki. »Wechseln wir kurz das Thema. Warum haben Sie Maya entführt? Ein Typ wie Sie scheint mir nicht gerade der geeignetste Vater zu sein.«

»Ich bin müde.« Rooney schloss die Augen, doch Vikki schnippte vor seinem Gesicht mit den Fingern.

»Sie können schlafen, wenn Sie tot sind, Rooney. Erzählen Sie uns, warum Sie Maya mitgenommen haben!«

Seine Augenlider öffneten sich flatternd. »Nachdem ich bei Tanya war, bin ich noch länger in New York geblieben. Geschäftlich. Dann habe ich in der Zeitung gesehen, dass sie tot war. Und dieser Typ, Wingfield, der bot für das Kind eine Belohnung an. Zehntausend Kröten. Da dachte ich, vielleicht kann ich ihm ja helfen.«

»Mit anderen Worten: Sie wollten Kohle machen. Deshalb haben Sie versucht, Wingfield anzurufen. Wir haben seine Nummer in Ihrem Handy gefunden«, sagte Vikki.

»Ich habe ihm eine Nachricht hinterlassen, aber er hat sich nie zurückgemeldet. Ich hatte gerade nichts so richtig am Laufen, deshalb habe ich Tanya gesucht. Aber sie schwor mir, dass sie nicht wüsste, wo die Ware ist. Deshalb bin ich wieder runter nach Florida, um die Beute zu suchen.«

»Sie meinen wohl, Sie sind *hoch*gefahren, um Ihr Diebesgut zu finden, oder? Nachdem Sie in Immokalee waren, wo Sie Chuck umgebracht haben. Konnten Sie ihn dazu bringen, Ihnen zu verraten, wo er den Kram versteckt hatte? Sind Sie deshalb in mein Zimmer eingebrochen?«, fragte Vikki.

Rooney tat erschöpft und schloss die Augen. »Ich hab Kopfschmerzen. Es reicht jetzt.«

»Wir möchten aber noch ein bisschen reden«, sagte Joe. »Warum haben Sie Maya geschnappt?«

»War'n Fehler«, brummte Rooney. »Ich hab sie gesehen, wie sie hinter der Katze herlief, da fiel mir die Belohnung von Wingfield ein. Ich hatte seine Nummer noch im Handy. Dachte, das wäre eine gute Tat. Das Kind zum Vater zurückbringen.«

»Blödsinn. Sie dachten, Sie holen sich das Kind und erpressen jemanden damit. Sie wussten, dass Wingfield nicht Mayas Vater ist. Tanya hat es Ihnen quasi gestanden, auch wenn es Ihnen klar gewesen sein muss, als Sie das Mädchen zum ersten Mal gesehen haben«, sagte Vikki.

Rooney wurde wieder wach. »Das Kind könnte von jedem sein. Tanya hat sich immer alles passend gemacht. Sie suchte sich einen reichen Typen und erzählte ihm, er wäre der Vater. Das war ihre Idee, nicht meine.«

»Erzählen Sie keinen Blödsinn!«, sagte Joe und lachte. »Jeder Idiot kann sehen, dass das Kind Ihre Augen hat. Natürlich ist die Kleine von Ihnen. Und, hat Chuck Ihnen gesagt, wo er das ganze Diebesgut versteckt hat, bevor Sie ihn umgebracht haben?«

»Sie müssen jetzt gehen«, stöhnte Rooney. »Ich glaube, ich habe eine Gehirnerschütterung. Ich brauche was gegen die Schmerzen.«

»Später«, sagte Vikki. »Erzählen Sie uns, was Chuck Ihnen über die Beute gesagt hat.«

Rooney tat beleidigt. »Hey, Mann! Wir haben die Sachen ganz legal gekauft! Die Leute sind doch zu uns gekommen! Dafür mussten wir gar nichts tun.«

»Wenn alles völlig legal und sauber war, warum sind Sie

dann abgehauen?«, fragte Joe. »Warum haben Sie Tanya mit der Tasche in der Hand zurückgelassen?«

Rooney betastete sein Kinn. »Meine Güte! Als hätten sie mein Gesicht mit Kleiderbügeln verdrahtet. Wahrscheinlich bekomme ich so richtig dicke Narben, die nie mehr weggehen.«

»Wechseln Sie nicht das Thema!«, mahnte Joe. »Sie haben die alten Leute abgezockt. Sie haben Trudi Maples eine alte Uhr, die dreißigtausend Dollar wert ist, für dreitausend Dollar abgekauft und ihr erzählt, das sei der Wert des Goldes, obwohl sie den wahren Wert verdammt genau kannten. Chuck, Tanya und Sie haben Ihre Masche zwei gute Wochen lang durchgezogen, bis wir Ihnen auf die Schliche kamen. Nachdem wir Tanya verhaftet hatten, haben wir Ihr Zimmer durchsucht, aber nichts gefunden. Deshalb hat der Staatsanwalt Ihre Freundin letztlich gehen lassen. Sie und Ihr Kumpel Chuck waren über alle Berge, aber die Beute, die war woanders, stimmt's?«

Lange herrschte Schweigen im Zimmer. Vikki nahm sich noch eine Praline und kaute genüsslich. »Mensch, sind die lecker! Sie können uns auch direkt die Wahrheit sagen, Rooney. Sie haben mit einer langen Haftstrafe zu rechnen. Wenn Sie uns unterstützen und Informationen liefern, wird Joe versuchen, Ihnen zu helfen. Vielleicht kann er den Kollegen in New York sogar ausreden, dass Sie die Mutter des Kindes getötet haben.«

»Ich habe Tanya nicht angerührt«, versicherte Rooney. »Sie können nichts anderes beweisen.«

»Erzählen Sie uns, was passiert ist! Vor fünf Jahren, nachdem wir Tanya festgenommen hatten«, wiederholte Joe.

»Dieser dämliche alte Chuck! Wir hätten uns niemals mit ihm einlassen dürfen. Das war alles Tanyas Schuld. Ich glaube, sie hatte einen Vaterkomplex. Das mit dem Ankauf von Gold und Silber lief gut für uns. Wir hatten ein paar hochwertige Teile erworben. Ich wollte weiter in die nächste Stadt. Klar, bevor es hier in Treasure Island zu heiß wurde. Aber Tanya wollte bleiben.«

»Sie hatten eh vor, sie abzuservieren, oder?«, fragte Vikki.

»Ja, hatte ich überlegt«, gestand Rooney. »Ich weiß auch nicht, warum ich immer bei Weibern lande, die total durchgeknallt sind. An dem Abend wollte ich mit Chuck zum Hunderennen. Tanya nervte mal wieder rum, deshalb haben wir sie im Motel gelassen. Ich hatte mehrere Zwillingswetten und sogar eine Viererwette richtig. Echt eine Glückssträhne. Aber Tanya rief ständig an und schrieb mir, deshalb hab ich das Handy abgestellt. Wer braucht so 'nen Scheiß, wenn er gerade am Gewinnen ist? Stimmt doch, oder?«

Vikki verdrehte die Augen. »Natürlich.«

»Chuck meinte, er würde ein paar Mädels kennen, die in einem Stripclub in der Nähe von MacDill arbeiten. Das ist der Luftwaffenstützpunkt. Er wollte was trinken und eine flachlegen, und ich dachte, okay, egal. Dann habe ich das Handy wieder angemacht und die Nachricht von Tanya gesehen. Also sind wir zurück zum Motel, um die Lage zu checken. Der Parkplatz war voller Bullen. Ich wollte anhalten, aber Chuck meinte, wir sollten weiterfahren nach Tampa.«

»Na klar!«, höhnte Vikki. »Sie haben sich bestimmt große Sorgen um Tanya gemacht.«

»Ich wusste, dass sie mit so was klarkommt.«

»Aber das Diebesgut war immer noch im Murmuring Surf, oder?«, warf Joe ein.

»Wir hatten vor, noch mal rüberzufahren und nachzusehen, wenn es ruhiger geworden war. Dann wollten wir die Sachen holen und verschwinden.«

»Aber selbst die besten Pläne gehen manchmal in die Hose, was?«, fragte Vikki.

»Wir sind wieder zurück in den Club gefahren, und Chuck hat sich volllaufen lassen. Wenn er so besoffen war, wurde er immer fies. Also, richtig irre. Wir wollten gerade den Club mit den Mädels verlassen, da sagte der Rausschmeißer irgendwas zu Chuck, und ehe ich mich versah, zog der alte Spinner ein Messer und ging auf den Rausschmeißer los. Der Typ war nur halb so alt wie er und doppelt so groß! Dann kamen die Bullen, und es wurde ernst. In dem Durcheinander konnte ich mich verdrücken.«

»Ihr Glück«, bemerkte Joe. »Also war Tanya in St. Pete im Knast, Chuck in Tampa, und Sie waren frei und ungebunden. Nur wussten Sie immer noch nicht, wo die Beute versteckt war, hab ich recht?«

Rooney rieb sich den Kiefer. »Ich muss überhaupt nicht mit Ihnen reden. Ich habe Schmerzen.« Er griff nach einer Schnur neben seinem Bett und drückte demonstrativ auf den Knopf. Nach einer Minute ging die Tür auf, und eine Krankenschwester steckte den Kopf herein.

»Alles in Ordnung hier?«

»Nein«, sagte Rooney. »Ist es noch nicht Zeit für meine Schmerzmittel?«

Die Krankenschwester sah auf das Klemmbrett an der Wand neben der Tür. »Noch nicht ganz.«

»Wie wär's mit etwas gegen meine Angstzustände?«, jammerte Rooney. »Ich habe das Gefühl, als würde mein Blutdruck durch die Decke gehen.«

»Ich sage es dem Arzt, wenn er zur Visite kommt«, versprach die Krankenschwester.

»Schon gut«, sagte Vikki Hill. »Wir gehen jetzt.« Sie stand auf und nahm sich noch eine Praline. »Aber wir kommen wieder.«

59

FBI-Agent Alex Garcia lehnte an der Wand vor einer mit einem Vorhang abgetrennten Nische in der Notaufnahme. Er hatte immer noch seine Pilotensonnenbrille auf, doch die grelle karierte Shorts war einer unauffälligen khakigrünen Hose und einem dunkelblauen Poloshirt gewichen.

»Joe, das ist Agent Garcia«, stellte Vikki Hill ihren Kollegen noch mal in Ruhe vor.

»Gute Arbeit heute«, lobte Garcia und schlug in Joes ausgestreckte Hand ein. Er nickte seiner Kollegin zu und wies mit dem Daumen hinter die abgetrennte Nische. »Er gehört dir. Ich bin jetzt weg.«

Evan Wingfield war mit Handschellen an eine Transportliege gefesselt. Sein linker Fuß war dick verbunden, er hatte die Augen geschlossen.

»Sieht aus, als würde er schlafen.« Joe beugte sich über die Liege und zog mit dem Daumen ein Lid des Verdächtigen hoch. »Wach auf, du Wichser!«, sagte er laut.

Wingfield drehte leicht den Kopf. »Ihnen wird das Lachen bald vergehen. Ich verklage Sie beide wegen widerrechtlicher Verhaftung und Körperverletzung. Und das ist erst der Anfang!«

»Heul doch«, sagte Joe.

»Wenn Sie den Rest Ihres Lebens einsitzen, können Sie ja Knastanwalt werden«, überlegte Vikki. »Ich meine, soweit man hört, kann man die eigenen Leistungen nur mit Zigarettenschachteln und Mikrowellengerichten verrechnen lassen, aber wahrscheinlich ist es eine lohnende Beschäftigung für all die leeren Stunden.«

»Genau. Ich glaube, seine Zeit als Tanzlehrer ist leider vorbei«, fügte Joe hinzu.

Wingfield seufzte schwer. »Sie verschwenden Ihre Zeit. Ich rede nicht mit Ihnen.«

Vikki stieß Joe an. »Zeitverschwendung? Seit wann ist es Zeitverschwendung, einen beschissenen Mörder angekettet an einem Krankenhausbett zu sehen?«

»Mit einem Einschussloch im Fuß«, ergänzte Joe. »Das ist doch was Schönes. Wun-der-schön.«

»Egal, da wir gerade in der Nähe waren, dachten wir, wir kommen kurz vorbei und berichten Ihnen das Neueste«, sagte Vikki. »Ich habe eben gerade mit Cheryl Shapiro gesprochen. Das ist die stellvertretende Staatsanwältin in New York, die die Ermittlungen gegen Ihre illegalen Airbnb-Aktivitäten leitet. Habe ich schon erwähnt, dass Sie Gegenstand von fast zweijährigen Ermittlungen eines Großen Geschworenengerichts waren?«

Wingfield zuckte mit den Schultern. »Sie fischen im Trüben. Meine Immobilienanlagen sind absolut gesetzeskonform.«

Vikki hob den Zeigefinger. »Sie haben ganze Wohngebäude in illegale Hotels verwandelt, was schon an sich verboten ist. Und damit die Stadtverwaltung Ihnen nicht den Saft abdreht, haben Sie korrupte Mitglieder des Stadtrats und zwei Wohnungsbauinspektoren bestochen, die ein Auge zudrückten. Bestimmt erinnern Sie sich noch an meinen ›Vorgänger‹. Nicht gerade die hellste Kerze auf der Torte, der Typ. Und nicht der verschwiegenste. Hat sich von dem Geld, das Sie ihm in Ihrem bevorzugten Diner zugeschoben haben, ein BMW-Cabrio gekauft. Und ja, das haben wir auf Video. Zusammen mit all den Treffen, die Sie und ich dort hatten.«

Evan Wingfield starrte Vikki an, schwieg aber.

»Das nennt sich organisierte Kriminalität, Schlaumeier, und Sie können sich schon mal darauf freuen, nach dem RICO-Gesetz strafrechtlich verfolgt zu werden.«

»Vielleicht weiß er nicht, was die Abkürzung bedeutet«, warf Joe ein.

»Ach, so. Das ist das ›Racketeer Influenced and Corrupt Organizations-Gesetz‹, die Rechtsgrundlage zur Bekämpfung und Verurteilung von kriminellen Vereinigungen des organisierten Verbrechens«, erklärte die Agentin. »Jedenfalls soll die Anklageschrift nächste Woche verlesen werden. Zusätzlich zu diesen ursprünglichen Punkten werden Sie noch wegen Anstiftung zum Mord angeklagt, da Sie einen Auftragskiller auf Letty Carnahan angesetzt haben.«

»Viel Lärm um nichts«, sagte Wingfield.

Joe warf Vikki Hill einen kurzen Blick zu. »Haben Sie das Beste absichtlich bis zum Schluss aufgehoben? Ich warte die ganze Zeit darauf, dass Sie ihm von der Mordanklage erzählen.«

Der Tonfall der FBI-Agentin änderte sich. »Als Maya Sie heute Morgen vom Strand hochhumpeln sah, war sie sehr, sehr durcheinander.«

»Sie haben meine Tochter absichtlich geholt, damit sie sich das ansehen musste«, zischte Evan. »Welches Kind wäre nicht durcheinander, wenn es sieht, dass sein Vater verletzt ist? Das war verdammt grausam. Sie hatten kein Recht, Maya so einem Trauma auszusetzen.«

»Ach, das war ein Versehen. Maya hatte sich von ihrer Babysitterin weggeschlichen, weil sie Katzenbabys suchte«, erklärte Joe. Er bewegte die Finger. »Haben Sie mitbekommen, was Maya sagte, als sie Sie sah? ›Nein, Daddy!‹ Sie hatte Angst, weil sie weiß, was Sie sind: ein Mörder. Das Mädchen hat gesehen, wie Sie seine Mutter umgebracht haben. Allerdings. Sie hat das Ganze beobachtet. Sie hat uns erzählt, wie Sie bei Tanya auftauchten. Maya wachte auf, als Sie und ihre Mutter sich im Erdgeschoss stritten.«

Kurz flackerte in Wingfields Blick eine Spur von Gefühl auf. »Das stimmt nicht.«

»Sie dachten, Maya sei bei Letty zum Spielen, wie üblich am Sonntagvormittag, nicht?«, fragte Joe. »Aber Tanya hatte abgesagt, weil Maya nicht gut geschlafen hatte. Albträume. Ihre vierjährige Tochter hatte bereits Albträume durch den Sorgerechtsstreit. Tanya hatte Letty geschrieben, dass Sie an dem Vormittag vorbeikommen wollten, angeblich waren Sie einverstanden, dass Tanya mit Maya nach L. A. zieht.«

»Tanya hatte Wahnvorstellungen. So was habe ich nie gesagt«, gab Wingfield zurück.

»Wahnvorstellungen hin oder her, die Frau hatte eingewilligt, Sie allein zu Hause zu treffen. Ohne ihren Anwalt. Nach Lettys Aussage hatte ihre Schwester Angst vor Ihnen. Normalerweise hätte sie Sie gar nicht hereingelassen.«

»Letty Carnahan ist immer noch verbittert, dass ich sie für ihre Schwester habe fallenlassen. Sie hasst mich, hat Tanya gegen mich aufgewiegelt. Sie hat ihre Schwester getötet und meine Tochter entführt. Und jetzt hat sie wahrscheinlich mein eigenes Kind gegen mich aufgehetzt.«

»Nein!« Vikki tippte Wingfield mit dem Zeigefinger auf die Brust. »Das haben Sie ganz allein geschafft. Maya hat oft mitbekommen, wie Sie Ihre Ex-Freundin beleidigt und beschimpft haben. Und an jenem Sonntag hörte Maya ihre Eltern unten herumschreien. Sie war genau in dem Moment im Flur, als Sie Tanya zu Boden schubsten. Maya lief schnell weg und versteckte sich unter ihrem Bett, weil sie Angst hatte, Sie würden ihr etwas tun.«

»Ich habe nie die Hand gegen meine Tochter erhoben«, sagte Wingfield. »Ich liebe Maya. Das würde ich niemals tun.«

»Sie hat Letty und mir erzählt, dass sie sich unter dem Bett versteckt hat und erst herauskam, als Letty eintraf und Tanyas Leiche fand«, berichtete Joe. »Als Maya Sie heute sah, hat sie Letty zum ersten Mal erzählt, was damals passiert ist. Sie müssen eine starke Reaktion in dem armen Kind ausgelöst haben.«

Wingfield wurde blass. »Maya hat eine lebhafte Phantasie. Nichts davon ist passiert. Ich habe meine Ex-Freundin weder beschimpft noch geschlagen. Maya ist vier Jahre alt! Kinder denken sich so was aus.«

»Na klar.« Vikki Hill nickte nachdenklich. »Hätten wir vielleicht auch geglaubt. Nur haben wir einen Film gesehen, der das Gegenteil beweist.«

»Sie spinnen ja«, sagte Wingfield. »Was für einen Film?«

»Auch wenn Sie das immer dachten, Tanya war kein kleines Dummchen«, gab die FBI-Agentin zurück. »Sie kennen den Stoffelefant, den Ihre Tochter immer mit sich herumträgt?«

»Ja, Ellie. Und?«

»Tanya hatte eine klitzekleine Nanny Cam in dem Elefanten versteckt. Dadurch konnte Ihre Ex Sie überwachen, wenn Maya bei Ihnen war.«

Wingfield presste die Lippen aufeinander und schaute unter die Decke.

»Es gibt jede Menge Material, Hunderte von Stunden. Wir

haben eine Filmsequenz von Tanya und Ihnen, wie Sie sich mit ihr im Auto streiten. An dem Tag, als Tanya Maya zu Ihnen brachte«, erklärte Vikki Hill. »Ihre Tochter weinte, weil sie nicht aussteigen wollte. Sie war so durcheinander, dass sie sich in die Hose machte. Kommt Ihnen das bekannt vor?«

»Auf Anraten meines Anwalts werde ich nicht weiter mit Ihnen sprechen«, sagte Wingfield.

»Ich rate Ihnen auch etwas an«, entgegnete Vikki. »Ruhen Sie sich gut aus, denn sobald Sie aus dem Krankenhaus entlassen werden, kommen Sie ins Gefängnis, wo es so gut wie nie still ist. Aber machen Sie es sich dort nicht allzu gemütlich, denn Sie werden zurück nach New York verlegt, sobald Anklage wegen Mordes erhoben wird und der Auslieferungsantrag unterschrieben ist.«

»Er kann von Glück sagen, dass er in New York wegen Mordes angeklagt wird und nicht hier unten«, sagte Joe zu der FBI-Agentin. »Schließlich gibt es in Florida die Todesstrafe.«

Sie gingen zusammen nach draußen zum Parkplatz und blieben kurz neben Joes Pick-up stehen. »Wollen Sie zurück ins Motel?«, fragte er. Vikki schob sich eine dunkle Haarsträhne hinters Ohr. »Nein. Ich muss nach Tampa. Unser Regionalleiter kommt dahin, und Garcia und ich müssen ihn briefen und dann unsere Protokolle schreiben. Außerdem muss ich noch mal mit Cheryl Shapiro sprechen. Ich glaube, für Mitte der Woche ist eine Pressekonferenz angesetzt, auf der die Anklage der Geschworenen veröffentlicht werden soll.«

»Anstrengender Tag«, sagte Joe. Er zog sein Handy hervor und sah auf die Anrufliste. »Mein Chef will auch einen Bericht darüber, was heute Morgen am Strand passiert ist. Offenbar haben ›besorgte Bürger‹ angerufen und eine Schießerei gemeldet.

Und ich muss noch mal mit dem Sheriff unten in Immokalee sprechen, damit er weiß, dass wir Rooney in Untersuchungshaft haben.«

»Wir sehen uns.« Vikki wollte gehen, überlegte es sich dann jedoch anders. »Eine Sache noch: Eben, in der Notaufnahme, habe ich darauf gewartet, dass Sie Wingfield darüber aufklären, dass er in Wahrheit nicht Mayas Vater ist. Haben Sie aber nicht getan.«

»Das ist nicht meine Aufgabe«, erwiderte Joe. »Das überlasse ich gerne euch vom FBI. Oder Letty.«

Vikki Hill musterte sein Gesicht. »Er tut Ihnen leid, stimmt's? Selbst nach allem, was Sie über diesen kaltblütigen Mistkerl wissen, tut Ihnen Evan Wingfield leid, weil er irgendwann erfahren wird, dass Maya nicht seine Tochter ist.«

»Mir?« Joe schloss den Pick-up auf und setzte sich ans Steuer. »Quatsch.«

Vikki sah ihm nach. »O doch«, flüsterte sie.

60

Als Joe die Pizzeria verließ, schrieb er eine SMS:

Abendessen?

Er wartete eine Minute, verführt vom Duft heißen Hefeteigs, von Tomatensoße und Knoblauch. Statt den Pizzakarton zu öffnen, fuhr er zum Murmuring Surf und parkte dort.

Es war nach neun Uhr, aber in Lettys Apartment brannte noch Licht.

Schließlich bekam er die Antwort.

Geht nicht. Maya schläft.

Perfekt. Bin in 5 min da. Bringe Wein mit.

Sie setzten sich auf die Terrasse und aßen die Pizza von Papptellern. Letty schenkte den Rotwein in Saftgläser. Sie ließ die Schiebetür einen Spaltbreit offen, falls Maya nach ihr rief.

In gegenseitigem Einvernehmen sprach keiner von beiden die Ereignisse des Tages an.

Letty goss sich Wein nach und trank ihn genüsslich. Sie pflückte eine Blüte der Kletterpflanze, die den Gartenzaun überwucherte, und sog den Duft ein. »Ach, das wird mir fehlen.«

Joe griff nach ihrer Hand. »Warum willst du weg? Wingfield wird nach New York gebracht, sobald die Auslieferungspapiere unterschrieben sind. Rooney ist hinter Schloss und Riegel. Du bist jetzt sicher. Maya ist glücklich. Du hast Arbeit. Meine Mutter liebt dich. Alle hier lieben dich.«

Letty hob eine Augenbraue. »Alle?«

»Na ja, Merwin vielleicht nicht. Der hasst alle.« Joe zog an ihrer Hand. »Komm mal her!«

Letty stellte ihr Glas auf den Tisch und ging auf seinen Vorschlag ein. Sie schlang Joe die Arme um den Hals und legte den Kopf an seine Brust.

»Siehst du?« Er küsste sie auf den Scheitel. »Ist doch schön hier. Bleib doch da.«

Sie gähnte. »Könnte kompliziert werden, wenn du zur Arbeit musst.«

»Ich meine ja nicht hier im Motel. Ich verstehe, dass du ein Kind nicht in einem Motelzimmer aufziehen willst. Du könntest bei mir wohnen …«

»Joe …«

»Lass mich bitte ausreden. Ich habe viel darüber nachgedacht. Mein Haus ist kein Palast, okay. Ich bin Junggeselle. Aber es hat zwei Schlafzimmer und zwei Bäder. Maya hätte ihr eigenes Zimmer. Gut, das zweite Bad ist eigentlich nur ein Gäste-WC, aber ich habe schon überlegt, wie man da eine Dusche einbauen könnte, dann hätte sie ihr eigenes Bad. Mit Klempnerarbeiten kenne ich mich aus. Hab ich alles in meiner Kindheit hier gelernt. Ich kann Klempner, Elektriker, Fliesenleger, was du willst. Wenn du möchtest, könnten wir sogar eine zweite Etage draufsetzen. Ich gebe zu, dass meine Küche nicht die schickste ist. Aber die kann man renovieren. Du könntest sie planen, und ich setze alles genauso um, wie du es haben willst. Neue Arbeitsflächen, neuer Boden, neue Geräte.«

»Joe«, versuchte Letty es wieder, doch in seiner Begeisterung war er nicht aufzuhalten.

»Das Beste an meinem Haus ist seine Lage. Ich habe einen Garten mit einer großen alten Eiche darin – zumindest glaube ich, dass es eine Eiche ist. Mit Pflanzen kenne ich mich nicht so aus. Wir könnten eine Schaukel aufstellen, für Maya, im Schatten. Und vielleicht ein Spielhaus. Sie mag doch Bettenburgen, da könnte ich ihr bestimmt ein kleines Häuschen bauen. Und wir würden uns einen Hund anschaffen. Ich wollte schon immer einen, hatte dabei aber ein ungutes Gefühl, weil ich den ganzen Tag arbeiten muss, doch wenn Maya und du da wärt, könnten wir einen Hund haben. Was soll's, wenn Maya unbedingt will, könnte sie auch ein Kätzchen von Midnight behalten. Hab ich schon gesagt, dass das Haus am Wasser liegt? Ist zwar nur ein Kanal dahinter, aber der ist richtig tief, ich habe einen eigenen Anleger mit einer Davits, wo ich die Pathfinder festmachen kann. Wir könnten mit dem Boot rausfahren. Delfine gucken. Weißt du noch? Darüber haben wir gesprochen. Und ich würde Maya beibringen, wie man angelt. Und wenn sie älter ist, zeige ich ihr, wie man Wasserski fährt …«

Letty legte ihm die Finger auf die Lippen.

»Das ist das schönste Angebot, das mir jemals jemand gemacht hat. Wirklich. Aber wir können nicht bleiben, Joe.«

»Warum nicht?«

Letty rutschte von seinem Schoß, stellte sich hin und schaute in den Himmel. »Ich habe heute mit Tanyas Anwältin gesprochen. Ich muss zurück nach New York. Es gibt so viel mit ihrem Nachlass zu regeln. Das Wichtigste ist, dass wir einen Richter finden müssen, der mich zu Mayas gesetzlichem Vormund ernennt.«

»Aber Wingfield ist doch nicht mal ihr leiblicher Vater«, wandte Joe ein. »Er wandert in den Knast, und wenn es nach mir geht, wird er bis zum Ende seines Lebens dort bleiben. Außerdem hat deine Schwester doch ein Testament hinterlassen, in dem du zu Mayas Vormund bestimmt wirst. Wozu braucht es da noch einen Richter?«

»Tanya hat Evan gegenüber behauptet, er sei Mayas Vater. Sein Name steht auf der Geburtsurkunde. Vom Gesetz her gilt er erst mal als ihr Vater. Wahrscheinlich muss ich einen DNA-Test beantragen, um Evan als Mayas Vater auszuschließen.«

»Wie lange kann das alles dauern?«

»Keine Ahnung. Sammi meint, für so was gibt es Anhörungen, deshalb müsste ich vor Ort sein. Es kann auch sein, dass ich von einem Richter befragt werde, Maya auch.«

»Wer ist Sammi?«

»Tanyas Anwältin. Sie hat auch das Testament für Tanya aufgesetzt. Und meine Schwester hielt es natürlich nicht für nötig, Sammi darüber zu informieren, dass Evan nicht Mayas leiblicher Vater ist.«

»Na gut. Dann wohnt ihr beiden weiter hier, aber fliegt für die gerichtlichen Sachen eben nach New York.«

»So funktioniert das nicht«, sagte Letty. »Ich kann nicht mit Maya hin- und herziehen. Im Herbst kommt sie in die Vorschule. Ich habe dir doch schon mal erklärt, dass wir mehr Struktur in unserem Leben brauchen. Besonders jetzt, wo wir wissen, dass Maya den Tod ihrer Mutter miterlebt hat. Ich muss einen guten Therapeuten für sie finden.«

»Vorschulen gibt's auch hier in Treasure Island«, warf Joe ein. »Therapeuten ebenfalls. Letty, willst du Maya wirklich an einem Ort wie New York großziehen? Jetzt mal ehrlich! Wo willst du da wohnen? Du hast mal erzählt, dass deine alte Wohnung so groß wie unser Studio war. Willst du ehrlich behaupten, dass du wieder dahin zurück willst?«

»Ich muss uns eine neue Wohnung suchen.«

»Und was willst du beruflich machen? Wie willst du es dir leisten, mit einem Kind in New York zu leben?«

Draußen war es frisch geworden, plötzlich war Letty kalt. Vielleicht war es die Vorstellung, einen weiteren Winter in der Metropole verbringen zu müssen. Maya in Schneeanzüge, Handschuhe, Socken und Stiefel zu stecken. Vielleicht war es auch nur der vom Golf hereinwehende Wind. Sie rief sich in Erinnerung, dass es offiziell noch Winter war, selbst Ende März in Florida, wo die Temperaturen nachts nur auf circa fünfzehn Grad fielen.

Letty rieb sich die Arme, um sich warm zu halten.

»Tanya hatte eine ziemlich hohe Lebensversicherung«, sagte sie langsam. »Natürlich ist Maya die Hauptbegünstigte, aber ich bin zweitbegünstigt. Sammi sagt, das Geld geht in einen Fonds für Maya, aber es wird mehr als genug für ihre Unterbringung, Ausbildung und ihr Wohlergehen sein. Die Anwältin meint auch, dass es genug Geld ist, um Anwälte zu engagieren, die sicherstellen, dass Evan nie mehr in Mayas Nähe kommt.«

»Und was ist mit uns?« Joes Frage hing in der jasminschwangeren Luft.

Letty verbot sich, zu ihm zu gehen. Wenn sie das tat, würde er sie wieder auf seinen Schoß ziehen und sie in seine Pläne für eine gemeinsame Zukunft wickeln. Sie hatte Zweifel, ob sie stark genug wäre, der Versuchung zu widerstehen.

»Ich weiß es nicht. Im Moment geht es erst mal nicht um uns. Auch wenn ich es wollte. Ich würde gerne all die Dinge haben, von denen du sprichst, Joe. Aber das Timing passt gerade nicht.«

Im schwachen Licht konnte sie sein Gesicht nicht erkennen, doch seine kalte Stimme verriet ihr, dass er verletzt war.

»Das war's also? Du gehst? Und wann?«

»Ich habe bereits mit deiner Mutter gesprochen.«

»Mit ihr sprichst du also, mit mir aber nicht?«

»Heute Nachmittag, als du mit Vikki im Krankenhaus warst. Ich hatte das Gefühl, ihr das schuldig zu sein. Zum Glück habe ich nicht viel zu packen. Ich suche ein Apartment für Maya und mich, das ich von einem Monat auf den nächsten kündigen kann, damit ich mich nicht langfristig binden muss.«

»Genau. Langfristig binden ist gerade nichts für dich, stimmt's?«

Seine Worte schnitten Letty tief ins Herz, doch sie würde ihm nicht zeigen, dass er sie verletzte.

Abrupt stand Joe auf. »Ich gehe besser. Morgen früh treffe ich mich mit der Staatsanwältin, und wir haben eine Telefonkonferenz mit dem Sheriff unten in Immokalee, außerdem ist noch ein Riesenberg Papierkram zu erledigen.«

Letty presste die Lippen aufeinander, um Joe nicht zum Bleiben zu bewegen. Stattdessen sammelte sie den Pizzakarton und die Gläser ein und folgte Joe ins Haus. Er nahm seine Schlüssel und öffnete die Eingangstür.

Davor stand Vikki Hill mit erhobener Hand und wollte gerade anklopfen. Ihre Haare waren zerzaust, ihre Trainingshose und das T-Shirt sahen aus, als hätte sie sie aus der Wäschetonne gezogen. »Das müssen Sie sich ansehen«, verkündete sie.

Letty und Joe folgten ihr hinüber zum Studio. Die Agentin schloss die Tür auf und deutete ins Zimmer. Darin lagen glitzernde Berge von Gold- und Silberschmuck, Kerzenhalter, Bonbonnieren und Besteck aus Sterlingsilber. Gold- und Silbermünzen waren auf dem ungemachten Bett und dem Boden verteilt, als hätte jemand die Schatztruhe eines Piraten im Motelzimmer entleert. Halsketten und Uhren sammelten sich auf dem Nachttisch, wo eine fast leere Tequilaflasche neben zwei Saftgläsern stand.

»Was ist das denn?«, fragte Joe ungläubig.

»Das hat Rooney gesucht, als er hier eingebrochen ist«, sagte Vikki. Sie hielt Joe ihr Handgelenk hin, an dem eine schwere goldene Herrenuhr prangte. »Ist das die Uhr, die er von einer Ihrer Stammkundinnen gekauft hat?«

Joe zog die Uhr vom Arm der Agentin und untersuchte sie. »Ja, das ist eine Rolex Daytona, so ähnlich wie die von Paul Newman. Sie hat die Anfangsbuchstaben eingraviert. Das muss die Uhr von Trudi Maples sein. Wo haben Sie das alles gefunden?«

Vikki deutete mit dem Zeigefinger unter die Decke mit den Akustikplatten und den hässlichen Wasserflecken. Eine der quadratischen Platten fehlte, darunter kam das Aluminiumgerüst zum Vorschein. Stücke der Deckenplatte waren zwischen dem Schmuck auf dem Bett verteilt.

»So was Verrücktes«, sagte Vikki. »Ich lag im Bett und hab gelesen, und aus dem Augenwinkel habe ich zur Decke hochgeguckt. Da ist mir aufgefallen, dass eins von den Quadraten irgendwie hervortritt. Ich hatte Angst, dass das Dach undicht sein könnte und mir das ganze Teil auf den Kopf fällt. Also habe ich mich aufs Bett gestellt und versucht, die Platte zu bewegen, aber ich kam nicht dran, deshalb bin ich rausgegangen und habe einen langen Stab gesucht. Ich hab einen Stock vom Shuffleboard gefunden, bin damit zurück, hab an der Decke herumgestochert und konnte die Platte wegschieben. Da fiel der ganze Kram auf mich runter.«

Joe kniete auf dem Boden und untersuchte den Schmuck. Er stand auf und hielt Vikki ein iPhone hin. »Ist das auch aus der Decke gefallen?« Er tippte aufs Display. »Ist gesperrt.«

Vikki griff nach dem Telefon. In dem Moment klopfte es an der Tür, sie wurde aufgeschoben. »Hey, Vikki, ich glaube, ich habe mein …« Als Alex Garcia, der FBI-Agent aus Tampa, die Leute im Studio erblickte, stutzte er und lief rot an. »Äh … Scheiße.«

Joe DeCurtis hatte Mühe, sich nichts anmerken zu lassen. Er hielt dem Agenten das Handy hin. »Suchen Sie das?«

Garcia schob sich das Gerät in die Jeanstasche. »Das ist verdammt unangenehm jetzt. Ich verschwinde sofort wieder, und wir tun alle so, als wäre nichts passiert. Einverstanden?«

»Auf jeden Fall«, sagte Joe freundlich. »Man sieht sich.«

Garcia nickte Vikki zu und ging.

Joe wartete, bis sie wieder zu dritt waren. »Geht mich ja nichts an, aber ich habe Ihnen Ihre abstruse Geschichte eh nicht abgekauft.« Er deutete auf die Tequilaflasche und die benutzten Gläser. Mit der Schuhspitze stieß er gegen eine aufgerissene Kondomverpackung, die neben dem Bett auf dem Boden lag. »Sie vergessen, dass ich ein ausgebildeter Gesetzeshüter bin.«

»Sie sind ein Quadratarsch, das sind Sie«, gab Vikki zurück. »Okay, es ist unwichtig, wer zu dem Zeitpunkt noch hier war oder wie ich es gefunden habe. Mir ist aufgefallen, dass die Deckenplatte komisch aussah. Wir, ich meine, ich habe den Stock vom Shuttleboard geholt, hab an der Decke rumgedrückt, da fiel der ganze Kram runter.«

Letty spähte unter die Decke. »Wissen Sie, als ich hier aufgeräumt habe, damit Maya und ich einziehen konnten, habe ich zwischen den alten Fernsehern und Matratzen und dem Gerümpel auch eine Aluleiter gefunden. Habe mir damals nichts groß dabei gedacht, aber jetzt leuchtet es mir natürlich ein.«

Dic Tür ging wieder auf, und Garcia steuerte auf den Nachttisch zu, nahm seine Pilotenbrille, nickte allen zu und wandte sich wieder zum Gehen. In der Tür hielt er kurz inne. »Man sieht sich.«

Vikki Hill wartete, bis seine Schritte draußen im Gang verhallten. »Kein Wort von euch beiden!«, mahnte sie.

»Chuck hat hier gewohnt, im Studio, bis Mom ihn rausgeschmissen hat«, erklärte Joe. »Ich schätze, er hat die Sachen unter der Decke versteckt, weil er glaubte, da würden seine ›Kollegen‹ Tanya und Rooney sie nie finden. Wahrscheinlich wollte er sie um die Beute prellen.«

»Dazu kam es aber nie«, erklärte Vikki Letty. »Weil Joe mit seinen Kollegen eine Razzia machte, während die zwei Ganoven zum Saufen, Zocken und Herumhuren unten in Tampa waren. Tanya schrieb Rooney eine SMS und warnte ihn vor den Cops. Weil sie ja so selbstlose, edle Diebe waren, ließen sie Tanya ins offene Messer laufen – wenn auch ohne Beute. Rooney hat uns heute erzählt, dass er vorhatte, einen Abend später, wenn es ruhiger geworden war, mit Chuck zurückzukehren, um die Sachen zu holen. Stattdessen wurde Chuck festgenommen und in den Knast gesteckt. Und Rooney hatte keine Ahnung, wo die Beute versteckt war.«

Letty griff zu einer filigranen Goldkette mit einem goldenen Anhänger in Form einer Muschel, die mit einem großen Diamanten geschmückt war. »All das Zeug war die ganze Zeit da oben in der Decke.« Sie beugte sich vor und hob einen vergilbten Kopfkissenbezug hoch. »Sieht aus, als hätte Chuck alles dort hineingesteckt.«

Joe holte sein Handy hervor und fing an, Fotos von den Beweisstücken zu machen. Nach ein paar Aufnahmen hielt er inne. Er wies auf einen schwarzen Spitzen-BH am Deckenventilator. »Äh, Vikki, möchten Sie den wegnehmen, bevor ich mit der Inventarisierung des Tatorts fortfahren kann?«

In aller Seelenruhe stieg die Agentin aufs Bett und entfernte das verfängliche Beweisstück.

»Das kann noch die ganze Nacht dauern«, bemerkte Joe schließlich. »Stecken wir einfach alles in den Kopfkissenbezug zurück. Ich glaube, in meiner Akte auf der Dienststelle habe ich noch eine unvollständige Liste, was an Rooney verkauft wurde. Aber ich kann euch jetzt schon sagen, dass das eine Menge Ware ist. Deutlich mehr, als die drei während der vierzehn Tage hier im Motel aufgekauft haben können.«

»Rooney hat ausgesagt, sie seien im ganzen Bundesstaat tätig gewesen, bevor sie hier auftauchten«, bestätigte Vikki. »Ich würde sagen, das ist mit Sicherheit Schmuck im Wert von einigen hunderttausend Dollar. Vielleicht noch mehr.«

»Das muss Rooney in den letzten fünf Jahren verrückt gemacht haben«, bemerkte Joe. »Er wusste, dass die Sachen hier irgendwo waren, aber Chuck saß im Knast. Deshalb fuhr er zu Tanya nach New York. Als sie ihm versicherte, nicht zu wissen, wo die Beute ist, machte er sich auf die Suche nach Chuck.«

»Man kann online in der Datenbank der Strafvollzugsbehörde von Florida nachgucken. Wahrscheinlich hat Rooney das auch getan«, sagte Joe. »Er hat gesehen, dass Chuck bald freigelassen wird, vielleicht hat er sich sogar bei ihm gemeldet und angeboten, ihm auf die Beine zu helfen, wenn er rauskommt. Von Rooney werden wir die Wahrheit nie erfahren, aber die Strafvollzugsbehörde hat mit Sicherheit schriftlich, von wem Chuck Besuch oder Post bekam.«

»Der arme dumme Chuck«, sagte Vikki. »Welch tödliche Fehleinschätzung.«

Letty sah sich noch einmal in dem Studio um und erschauderte. »Total gruselig zu wissen, dass der ganze Schmuck und die Wertgegenstände da waren, direkt über dem Bett, in dem Maya und ich geschlafen haben. Da fällt mir ein: Ich muss zu ihr zurück.«

Joe fuhr fort, das Diebesgut in den Kopfkissenbezug zu stecken. »Bis dann«, sagte er, ohne noch mal aufzusehen.

61

Isabelle saß im Schneidersitz auf dem Bett und sah zu, wie Letty die letzten Kleidungsstücke in ihren Rollkoffer packte. »Das ist alles?«, fragte sie und sah sich im Motelzimmer nach weiteren Gepäckstücken um.

»Ja.« Letty zog den Reißverschluss des Koffers zu. »Als ich in New York aufgebrochen bin, hatte ich ganz schön Panik. Ich hab nur ein paar Sachen in eine Tasche gesteckt und bin losgefahren.«

»Ich kann gar nicht glauben, was seitdem alles geschehen ist.« Isabelle nahm Mayas abgegriffenen Elefanten in die Hand. »Kommt mir vor wie in einem Film.«

»Aber keiner, den ich in nächster Zukunft noch mal sehen möchte.« Letty setzte sich neben Isabelle aufs Bett. »Du wirst Maya und mir wirklich fehlen.«

»Ich finde es immer noch total blöd von Mom, dass sie mir nicht erlaubt, mit euch nach New York zu fahren.« Isabelle machte einen Schmollmund. »Ich habe nur noch ungefähr einen Monat Schule, und was wir da machen, ist nur noch Kleinkram. Ich könnte ohne Probleme in New York lernen und dich mit Maya unterstützen.«

»Tut mir leid, aber in diesem Fall muss ich Ava recht geben«, sagte Letty. »Du bist im Abschlussjahr. Du hast den Abschlussball und die ganzen Feierlichkeiten noch vor dir. Wäre schade, wenn du die verpasst. New York ist im Sommer auch noch da. Und wenn du dann immer noch kommen willst, würden wir uns riesig über deinen Besuch freuen.«

»Aber wir wissen beide, wer euch nicht besuchen wird«, gab Isabelle schnippisch zurück.

Mit einem Seufzer ging Letty ins Bad und tat so, als würde sie nachsehen, ob sie noch etwas vergessen hatte.

»Er hat sich noch nicht gemeldet, oder?«, fragte Isabelle.

»Nein. Seitdem ich ihm gesagt habe, wann wir fahren, habe ich nichts mehr gehört.«

»Er ist mein Bruder, und ich hab ihn lieb, aber er kann so ein bescheuerter Dickkopf sein«, sagte Isabelle. »Ich begreife einfach nicht, warum er sich so aufführt. Wenn er dich wirklich liebt, und wir wissen beide, dass er das tut, müsste er doch verstehen, warum du zurück nach New York musst.«

»Das ist schon etwas komplizierter«, entgegnete Letty. Sie öffnete den Wandschrank und machte ihn wieder zu, dann ging sie auf die Terrasse, um einen letzten Blick auf den Strand zu werfen. Sie fand eine daumennagelgroße Jakobsmuschel, die Maya zum Trocknen draußen hingelegt hatte, wischte den Sand ab und steckte sie in die Tasche. Ein Souvenir.

»Wir machen uns wohl besser auf die Socken, wenn wir rechtzeitig am Flughafen sein wollen«, sagte Letty und griff zu Handtasche und Handy. »Es ist noch früh, ich weiß, aber manchmal gibt es Stau auf der Brücke rüber nach Tampa.« Zum zehnten Mal in der letzten Stunde schaute sie auf ihr Display, ob Joe angerufen oder geschrieben hatte.

Seit zwei Tagen hatte sie ihn nicht mehr gesehen, seit sie sich mit Maya zu Vikki Hill in einen Besprechungsraum auf der Polizeidienststelle gesetzt hatte, damit Maya eine offizielle

Aussage dazu abgab, was sie an dem Tag gesehen hatte, als ihre Mutter starb. Die Aussage des Kindes wurde mit einer Kamera aufgenommen. Joe war natürlich auch anwesend gewesen. Er war zwar liebevoll und besorgt mit Maya umgegangen, Letty gegenüber aber war er sehr reserviert gewesen, ja, er hatte sie so gut wie ignoriert und den Großteil der Befragung Vikki überlassen.

Isabelle schielte auf ihr eigenes Handy. »Hey, Mom hat gerade geschrieben, dass sie mit Maya drüben im Aufenthaltsraum ist. Da stimmt irgendwas nicht mit dem Thermostat der Klimaanlage.« Sie griff nach Lettys Koffer. »Ich bring den schon mal zum Auto und komme dann rüber.«

Im Motel war es für einen Freitagvormittag erstaunlich ruhig. Es war die erste Aprilwoche. Verschiedene Wintergäste waren zurück in den Norden gereist, und das Reservierungssystem des Murmuring Surf füllte sich mit Buchungen von jungen Familien, die ihre Frühjahrsferien hier verbringen wollten.

Erst zehn Uhr, und es war schon schwülwarm. Der Wetterbericht am Morgen hatte 28 Grad als Tageshöchsttemperatur angekündigt. Letty sah sich auch die Vorhersage für New York an – regnerisch bei 15 Grad. Sie wischte sich eine Schweißperle vom Hals.

Zoey hatte angeboten, Letty und Maya vom Flughafen JFK abzuholen. Letty hoffte, ihre Freundin würde eine Regenjacke aus dem Klamottenfundus mitbringen, der die ganze Zeit bei ihr gelegen hatten.

Kleidung stand ganz oben auf der Liste, die Letty in Gedanken schon seit Tagen verfasste. Aus den meisten Sachen, die Letty für Maya mit nach Florida genommen hatte, war das Kind herausgewachsen. Die Kleine brauchte vernünftige Schuhe – keine

Flip-Flops aus dem 1-Dollar-Laden oder billige Turnschuhe. Und Socken. Letty hatte sich schon Immobilienangebote für Apartments angesehen und ihre Suche auf zwei realistische Möglichkeiten im East Village eingeschränkt, von beiden war die von Sammi empfohlene Vorschule zu Fuß zu erreichen.

Sie zog die Tür zum Aufenthaltsraum auf.

»Überraschung!«

Der Raum war mit bunten Ballons und Girlanden geschmückt. Die verbliebenen Stammgäste hatten sich in einem Kreis um einen Tisch versammelt, auf dem eine Kristallschale mit roter Hawaii-Bowle und ein Blechkuchen mit Schokoladenglasur standen, der in rosa und violetten Buchstaben die Aufschrift »GOODBYE LETTY & MAYA« trug.

Letty schossen die Tränen in die Augen. Maya lief mitten in die Menge. Sie trug ein luftiges, knöchellanges hellblaues Prinzessinnenkleid aus Satin und Tüll, auf ihren Locken saß eine strassbesetzte Krone.

»Letty, Letty!«, rief sie und drehte sich im Kreis, so dass sich die vielen Tülllagen ihres Rocks bauschten. »Miss Ruth und Miss Billie haben mir dieses Kleid geschenkt, weil ich in einem Flugzeug wegfliege. Guck mal! Ich bin Elsa.«

Letty war sprachlos.

»Billie hat es entworfen und selbst genäht«, erklärte Ruth Feldman stolz. »Ich habe die Krone in einem Kostümgeschäft gefunden und mit Strass beklebt.«

»Sie wollte es sofort anziehen«, sagte Billie. »Ich hoffe, das ist okay für dich.«

»Das ist unglaublich«, sagte Letty. »Was für ein tolles Geschenk, ihr beiden! Ich kann euch gar nicht genug danken.«

»Hey, wollen wir Letty nicht auch unser Geschenk geben?«, fragte Oscar Jensen.

»Zuerst schneiden wir den Kuchen an und trinken die Bowle«, bestimmte Merwin. »In einer halben Stunde muss ich mit Trudi zu einem Testtermin für den neuen Rollator.« Er tippte auf Lettys Arm. »Und keine Sorge: Ich verlange von Ihnen kein Geld dafür.«

»Weil ich ihm die Leviten gelesen habe«, sagte Trudi, die sich an der Rückenlehne eines Klappstuhls abstützte.

Ava DeCurtis kam mit einem Stapel Pappteller und -becher aus der angrenzenden Küche. »So, Leute, kommt her! Jetzt übergeben wir Letty unser Geschenk, dann schneiden wir den Kuchen an und lassen sie zum Flughafen fahren.«

Isabelle holte ein großes flaches Päckchen hervor, das in silbernes Geschenkpapier geschlagen und mit einer silbernen Schleife verziert war. »Das ist für Maya und dich, Letty. Alle haben was dazugegeben. Selbst einige Stammgäste, die schon wieder weg sind.«

»Wir möchten euch gerne etwas schenken, damit ihr uns nicht vergesst. Und das Murmuring Surf auch nicht.«

»Ich will aufmachen!«, rief Maya, riss bereits das Papier auf und warf es zu Boden.

Es war ein großes Foto in zarten Pastellfarben in einem altmodischen Rahmen. Sofort erkannte Letty das abgebildete Gebäude und das nostalgische Neonschild. »Wahnsinn!«, rief sie.

»Das ist eine der ersten Postkarten vom Murmuring Surf aus dem Jahr 1937«, verkündete Ava stolz. »Als wir das Motel kauften, hatten die Vorbesitzer sie hiergelassen. Ich habe noch ein paar gefunden, die du vergessen hast, als du das Lager ausgeräumt hast. Die hier habe ich vergrößern und von einer Bekannten mit der Hand nachkolorieren lassen. Hoffentlich gefällt dir das Bild.«

Letty drückte den Rahmen an sich. »Es ist wunderschön. Das schönste Geschenk, das ich je bekommen habe.«

»Drehen Sie es mal um!«, forderte Trudi sie auf.

Letty wendete den Rahmen. Statt eines Papprückens fand sich dort die andere Seite der Postkarte, ebenfalls hinter einer Glasscheibe. Lettys und Mayas Namen standen auf der rechten Seite im Adressfeld. Links hatte jemand, wahrscheinlich Ava, mit dickem schwarzen Edding eine Nachricht geschrieben: WETTER IST SUPER. KOMMT BALD WIEDER!

Ava, Isabelle und Joe DeCurtis hatten unterschrieben, dazu alle Stammgäste des Motels.

»Ich weiß nicht, was ich sagen soll«, flüsterte Letty. Vor Rührung bekam sie kaum einen Ton heraus. »Ihr seid Maya und mir alle so ans Herz gewachsen – jede und jeder Einzelne von euch. Wir sind hier wie aus dem Nichts aufgetaucht, und ihr habt uns aufgenommen und angenommen …«

»Zum guten Schluss«, warf Ava ein, und die Versammelten lachten.

»Ihr habt uns das Leben gerettet«, sagte Letty. »Im wahrsten Sinne des Wortes. Ich weiß nicht, wie es mit uns weitergegangen wäre, wenn es Ava und euch alle hier nicht gegeben hätte. Nachdem ich meine Schwester Tanya verloren hatte, habe ich immer gesagt, Maya sei der einzige Mensch, den ich jetzt noch habe, aber das stimmt nicht. Ihr alle seid jetzt meine Familie. Wir werden euch nie vergessen. Und das Murmuring Surf auch nicht.«

»Wir haben nicht vor, dich ziehen zu lassen«, sagte Ava deutlich vernehmbar. »So, Oscar. Schneiden Sie jetzt endlich den Kuchen an und verteilen Sie die Bowle, bevor wir alle anfangen zu weinen.«

Die Gäste stürzten sich auf das Essen, und Ava schleuste Letty und Maya durch die Tür zum Parkplatz.

»Ava«, begann Letty.

»Schon gut.« Die ältere Frau nahm sie in den Arm. »Ich weiß, was du sagen willst, also kannst du uns beiden die Gefühlsduselei ersparen. Du weißt, dass du wie eine Tochter für mich bist, ja?«

Letty nickte.

Ava ließ sie los und schob sie zu einem weißen Pick-up hinüber, der mit laufendem Motor in der Ladezone stand. »Dein Taxi ist da«, flüsterte sie.

62

Joe stieg aus dem Wagen und öffnete die Beifahrertür. Er nahm Letty den Bilderrahmen ab und steckte ihn in eine leere Reisetasche im Fußraum vor dem Beifahrersitz. Dann schob er den Sitz nach vorn und schnallte Maya in ihrem Kindersitz an.

»Mr. Joe, ich habe ein Prinzessinnenkleid bekommen.« Mayas Stimme durchbrach das unbehagliche Schweigen im Auto, als sie auf der Howard Frankland Bridge über die Bucht von Tampa fuhren.

»Das ist das schönste Prinzessinnenkleid, das ich je gesehen habe, und du bist die hübscheste Prinzessin aller Zeiten«, sagte Joe. »Ich hätte auch gern so eine Krone wie du.«

»Jungs können keine Krone tragen«, teilte Maya ihm mit.

»Und was ist mit dem Mann auf dem Schild von Burger King?«, gab Joe zurück. »Der hat eine Krone auf.«

»Aber der ist auch ein *richtiger* König«, sagte Maya. »Du könntest ja ein unechter Prinz sein.«

Letty lächelte bei der Vorstellung von Joe DeCurtis mit einer Krone. Sie schielte zu ihm hinüber. Er hielt den Blick unverwandt geradeaus gerichtet.

»Ich dachte, Isabelle würde uns zum Flughafen fahren«, bemerkte sie leise.

»Dachte, du hättest nichts gegen einen Vertreter in letzter

Minute einzuwenden.« Mit den Fingern trommelte Joe ruhelos aufs Lenkrad. »Ich war ziemlich mies zu dir, nicht?«

»So könnte man es ausdrücken.«

»So hat meine Mutter es ausgedrückt.«

»Hat sie dir so ein schlechtes Gewissen gemacht, dass du dich als Chauffeur angeboten hast?«

»Nein! Sie hat mich ... ähm, sie hat mich gestern abgepasst, als ich von der Arbeit kam, und hat mich aufgeklärt. Euch heute zu fahren war meine Idee. Ich musste Isabelle in den Plan einweihen.«

»Okay. Darf ich fragen, wie genau der Plan aussieht?«

Joe holte tief Luft. »Es geht darum ... Ich will dich. Ich will einfach nur mit dir zusammen sein, egal ob das heißt, dass wir heiraten, oder nicht. So, wie es für dich passt. Und für Maya. Ich verstehe auch, warum du noch mal nach New York musst. Du kannst das, was dort passiert ist, nicht ungeschehen machen. Mir ist jetzt klar, dass du dich damit auseinandersetzen musst. Du kannst nicht so tun, als wäre das nicht geschehen. Am liebsten würde ich dich begleiten und dir helfen, diesen ganzen Mist zu bewältigen, aber ... Ich weiß, dass du nicht gerettet werden musst.«

Letty betrachtete ihn, während er um die richtigen Worte rang. Gerade hatten sie die Ausfahrt zum Flughafen genommen. Die Zeit lief ihnen davon.

»Vielleicht bin ich eher derjenige, der gerettet werden muss«, sagte Joe. »Ich bin schon sehr lange solo, und ich habe mich sehr daran gewöhnt, nur darüber nachzudenken, was *ich* brauche und was *ich* will, und außerdem bin ich ja bei der Polizei. Ich bin dazu ausgebildet, anderen zu helfen und Gutes zu tun. Und ich bin es nicht gewöhnt, dass meine Autorität angezweifelt wird. Oder meine Motive.«

Letty nickte. »Verstehe ich. Und um das einmal festzuhalten: Ich habe nie an deinen Motiven gezweifelt.« Sie drehte sich zu ihrer Nichte um, die im Kindersitz eingenickt war. »Im Gegensatz zu Maya glaube ich vielleicht schon, dass du ein echter Prinz bist. Nur eben keiner, der eine Krone trägt.«

Joe atmete langsam aus. »Dann … ist alles gut? Mit uns?«

»Ja. Alles ist gut. Ich möchte dich etwas fragen: Würdest du auf mich warten? Ich verspreche dir, wir bleiben nicht ewig in New York. Gib mir ein wenig Zeit und Raum, damit ich herausfinden kann, was das Beste für Maya und mich und unsere Zukunft ist, ja?«

»Bin ich ein Teil dieser Zukunft?«

Letty rutschte so weit zu ihm hinüber, wie der Gurt es erlaubte, und küsste Joe auf die Wange. »Ich glaube, ich könnte nicht mehr herkommen, wenn ich nicht wüsste, dass du auf mich wartest.«

»Ich bin da«, sagte Joe. »Ruf einfach an und sag, dass du so weit bist. Egal wann. Dann mache ich mich sofort auf den Weg. Abgemacht?«

Als sie sich dem Abflugterminal näherten, wurde er langsamer, wartete auf eine freie Lücke am Bordstein. Letty suchte derweil ihr Gepäck zusammen, und als sich eine Lücke auftat, hielt Joe am Rand und schaltete die Warnblinkanlage an.

Er sprang aus dem Pick-up und schob den Sitz nach vorn. Maya wurde blinzelnd wach. Joe rückte ihre Krone zurecht und hob sie aus dem Kindersitz, dann zog er das Gepäck heraus. Letty nahm die beiden Rollkoffer, Joe schlang sich den Riemen der Reisetasche über die Schulter und nahm Maya auf den Arm.

Er brachte die beiden bis zum Check-in-Schalter draußen und wartete, bis die Mitarbeiterin der Fluglinie Lettys Gepäck geprüft und die Bordkarten ausgestellt hatte.

Ein Polizist auf einem Segway näherte sich dem Pick-up. Joe stieß einen schrillen Pfiff aus, der Cop drehte sich um. »Nur ein Minütchen, Kollege!«, rief er. »Ich verabschiede mich gerade von meinen Mädchen.«

Er drückte Letty an sich, Maya zwischen ihnen. »Ich hab euch lieb«, sagte er. Dann küsste er Letty, verwundert über die Tränen, die ihr über die Wangen liefen. »Du hast eben nicht geantwortet«, erinnerte er sie. »Ist es abgemacht? Du rufst mich an? Und dann hole ich dich?«

»Ja«, sagte sie lachend. »Abgemacht. Bis bald, Joe. Ich melde mich.«

Er gab ihr noch einen Kuss, wollte sich nicht von ihr trennen. »Beeil dich, ja?«, murmelte er. »Bitte!«

63

FÜNF MONATE SPÄTER

Haben Sie das gesehen?«

Die stellvertretende Staatsanwältin von Manhattan hieß Mallory Kennedy. Sie trug ein schickes cremefarbenes Kostüm, ihre Haare waren kurz geschnitten. Sie breitete die *New York Post* vom Morgen auf dem Tisch aus.

»MILLIONÄR TÖTET GELIEBTE NACH MAMA-DRAMA«. Ein großes Farbfoto von Tanya und Evan, perfekt gestylt für eine Wohltätigkeitsveranstaltung, begleitete die Meldung.

»Ja, hab ich.« Schnell faltete Letty die Zeitung wieder zusammen und gab sie zurück. Sie wies zu Maya hinüber, die eifrig Sticker in ein neues Album klebte, das Ava ihnen geschickt hatte. »Das stand dick und fett an dem Zeitungskiosk auf der anderen Straßenseite von unserem Haus. Ich hatte Angst, dass meine Nichte es sehen würde.«

Die Tür des Diners ging auf, und Vikki Hill kam herein. Sie ließ sich neben Maya auf die rote Vinylbank sinken. »Hi, Maya Papaya!«

Letty machte große Augen. Die FBI-Agentin war kaum wiederzuerkennen. Sie hatte die Haare zu einem festen Knoten hochgesteckt und war geschminkt, trug schwarze Pumps und einen eng geschnittenen dunkelblauen Hosenanzug.

»Da sind Sie ja!«, stieß Letty erleichtert aus.

»Miss Vikki!« Maya grinste. »Wohnst du jetzt auch hier?«

»Vorübergehend.« Vikki drückte einen Kuss auf den Kopf des Kindes. »Wann bist du so groß geworden? Wie alt bist du, elf oder zwölf?«

»Ich bin *fünf!*«, erklärte Maya stolz.

»Noch nicht ganz«, warf Letty ein. »Nächste Woche hat sie Geburtstag, aber wir feiern quasi schon seit zwei Wochen.« Sie strich über die Hand der Agentin. »Kaum zu glauben, dass Sie hier sind. Und Sie wollen wirklich heute mit uns zum Gericht?«

Vikki gab der Kellnerin ein Zeichen und hob den leeren Kaffeebecher hoch. »Klar bin ich hier. Ich möchte doch dabei sein, wenn Sie-wissen-schon-wer seiner gerechten Strafe zugeführt wird.«

Sie sah Mallory Kennedy an. »Aber keine hässlichen Überraschungen in letzter Minute, ja?«

»Bisher liegt nichts an«, entgegnete die stellvertretende Staatsanwältin. »Aber ich habe kein gutes Gefühl. Erst wenn der Richter alles unterschrieben hat.«

Die Kellnerin kam mit dem Kaffee und schenkte Vikki nach. Letty wollte nichts mehr. »Ich bin schon hibbelig genug. Wenn ich noch mehr Koffein zu mir nehme, explodiert mein Kopf.«

Vikki trank einen Schluck. »Ich kann immer noch nicht glauben, dass der Anwalt von Sie-wissen-schon-wem verlangt hat, dass Maya vor Gericht aussagte, was sie an dem Tag gesehen hat.«

»Es war furchtbar«, bemerkte Mallory. »Aber so schlimm es für das Mädchen auch war, alles noch mal zu wiederholen, glaube ich doch, dass es viel mehr Einfluss auf die Geschworenen hatte, als ein Video gehabt hätte. Sie hätten die Gesichter der Jurymitglieder sehen sollen«, sagte Mallory zu Vikki. »Der

Sprecher, so ein gemütlicher Opatyp, sah aus, als hätte er Sie-wissen-schon-wen am liebsten persönlich aufgeknüpft.«

Eine zweite Kellnerin kam an den Tisch. Ihr linker Arm war mit Tätowierungen übersät, und mit ihrem kurzen knallrot gefärbten Pony sah sie wie ein Kobold aus.

»Zoey!«, rief Maya und sprang auf.

»Tut mir leid, dass ich etwas zu spät bin«, sagte die Kellnerin. »Arthur bildete sich ein, ich würde heute eine zweite Schicht arbeiten, das musste ich mal kurz richtigstellen.« Sie nahm ihre Schürze ab und stopfte sie in ihre Umhängetasche. »Wäre Prinzessin Maya denn so weit?«

»Ja!«, rief die Kleine und schaute zu der FBI-Agentin hinüber. »Kommst du mit uns ins Kino, Miss Vikki?«

»Vielleicht ein andermal«, entgegnete Vikki Hill.

»Danke noch mal, Zoey«, sagte Letty. »Ich melde mich, wenn ich fertig bin.«

»Immer mit der Ruhe«, sagte ihre Freundin. »Vielleicht lassen wir uns nach dem Kino noch die Zehennägel lackieren.«

Die drei Frauen sahen den beiden nach, wie sie das Lazy Daizy verließen, Maya in ihrem glitzernden blauen Prinzessinnenkleid Hand in Hand mit Zoey, dann wandten sie sich wieder dem anliegenden Thema zu.

»Wingfields Anwalt hat den Gesichtsausdruck des Jurysprechers auch gesehen. Deshalb ist er in der Pause auch zu meinem Chef gegangen und hat einen Deal vorgeschlagen«, erklärte Mallory Kennedy. »Totschlag statt vorsätzlichen Mords«, fuhr sie fort. »Ich habe zu Letty gesagt, es sei ihre Entscheidung, habe ihr aber zu dem Deal geraten, damit wir es endlich hinter uns haben.«

Letty zerrupfte eine feuchte Serviette auf ihrem Schoß.

»Ich hatte nur eine Bedingung. Evan musste zugeben, dass er

Tanya umgebracht hat. Entweder schriftlich, oder er stellt sich vor Gericht hin und spricht es aus. Egal wie, ich will, dass er sich öffentlich dazu bekennt.«

»Das wird er auch tun«, versprach Mallory. »Sein Anwalt hat begriffen, dass alles andere das Ende des Deals bedeutet.«

Vikki nickte. »Bis zu fünfundzwanzig Jahre Gefängnis, oder? Wie alt ist Wingfield jetzt?«

»Vierzig«, sagte Letty. »Aber mein Albtraum ist, dass er viel früher rauskommt.«

»Nichts da«, sagte Vikki mit Nachdruck. »Wir haben gerade einen Durchsuchungsbeschluss erwirkt, um seine finanziellen Unterlagen zu sichten. Das ist eine wahre Fundgrube. Er wird im Rahmen des RICO-Gesetzes angeklagt. Erpressung, Verabredung zu Straftaten, Bankbetrug, Steuerhinterziehung. Und da er sich jetzt in Bezug auf den Totschlag für schuldig bekannt hat, gilt das als Vortat zur Förderung der organisierten Kriminalität. Meine Chefin ist mehr als zufrieden. Wingfield haben wir drangekriegt, so richtig. Zusätzlich zu den straf- und zivilrechtlichen Verurteilungen werden noch seine Immobilienholdings beschlagnahmt.«

»Was ist mit der Gefängnisstrafe?«, fragte Letty.

»Also, die strafrechtliche Verfolgung unter dem RICO-Gesetz könnte noch mal ein gutes Jahr dauern«, gab die Agentin zu. »Aber er kann bis zu lebenslänglich bekommen, zusätzlich zu dem Strafmaß, das er schon hat. Bis er irgendwann wieder rauskommt, ist er ein sehr alter Mann.«

»Wir gehen besser mal los, wenn wir bei dem Verkehr heute Vormittag noch rechtzeitig im Gericht sein wollen«, bemerkte Mallory. Sie legte mehrere Geldscheine auf den Tisch, dann gingen die drei Frauen nach draußen in die blendende Septembersonne.

Der Gerichtssaal wurde von neutralen Herbsttönen dominiert. Die Vorsitzende Richterin saß in ihrer finsteren schwarzen Robe auf der Bank. Mallory trug cremefarbenes Leinen, und ihr Gegenspieler, der Anwalt von Evan Wingfield, war in einen konservativen anthrazitgrauen Nadelstreifenanzug gekleidet.

Es war Evan selbst, der Lettys Aufmerksamkeit auf sich zog. Er hatte einen orangefarbenen Gefängnisoverall und schwarze Gummischuhe an. Als er den Gerichtssaal betrat, empfand Letty eine bösartige Genugtuung angesichts seines schleppenden Gangs, der wahrscheinlich auf Vikki Hills Schuss zurückzuführen war. Seine Haare waren raspelkurz geschnitten, er ging gebeugt und wirkte verhärmt. Ohne seine bevorzugten Insignien des Reichtums – Designerjeans, maßgeschneiderte Oberhemden und teure belgische Slipper – sah der Mann überraschend durchschnittlich aus, wie ein namenloser Statist in einem Fernsehfilm.

Letty wischte sich die schwitzenden Handflächen am Rock ab, eins der wenigen verbliebenen Kleidungsstücke, die Tanya ihr im Laufe der Jahre geschenkt hatte, ein blau-weißer Baumwollrock mit indianischem Muster, dessen Saum um ihre Knöchel strich. Dazu trug sie eine tief ausgeschnittene dünne weiße Folklorebluse und dunkelblaue Espadrilles sowie eine Kette aus blauen und grünen Plastikperlen, die Maya für sie gebastelt hatte.

Die Protokollführerin las gerade einen Schriftsatz vor, und die Richterin sprach, doch ihre Worte schienen in dem hohen Saal verschluckt zu werden. Mallory stand auf und nickte Letty aufmunternd zu. Mit lauter, klarer Stimme las sie ihre Aussage vor. Letty hörte die Worte, doch in ihren Ohren summte es vor Anspannung.

Dann war Vikki Hill an der Reihe. Sie gab sich forsch und demonstrativ professionell, auch wenn Letty nicht genau zuhörte.

Schließlich verlangte die Richterin von Evan, mit dem Gesicht zum Publikum aufzustehen. Lettys Augen bohrten sich in ihn, doch Evans Blick war leer. Offenbar schaute er auf die Uhr an der gegenüberliegenden Wand.

Gut, dachte Letty. Sie hoffte, Evan Wingfield würde den Rest seines Lebens auf die Uhr gucken. Sollte er sich ansehen, wie die Sekunden, Minuten und Stunden in endloser Trägheit vergingen. Sie kam zu dem Schluss, dass sie seine Aussage gar nicht zu hören brauchte, stand auf, drehte ihm den Rücken zu und verließ raschen Schritts den Gerichtssaal.

Die Sonne und Wärme draußen waren eine Wohltat nach der eisigen Kälte im Gerichtsgebäude. Letty lief ein paar Schritte, dann winkte sie ein Taxi heran. Sie rief Zoey an und schilderte ihr, was sie am Nachmittag vorhätte. Dann wählte sie Sammis Nummer, die sich einverstanden erklärte, sich mit Letty vor Tanyas Haus zu treffen.

»Willst du das wirklich heute durchziehen?«, fragte Sammi, als sie den Sicherheitscode in den Schlüsselsafe eingab, den der Immobilienmakler vor kurzem eingebaut hatte.

»Ja.«

Lettys Herz klopfte wie wild, als sie in den nur schwach beleuchteten Flur trat. Sammi legte einen Schalter um, und der riesengroße Kristallleuchter erstrahlte. Seine Prismen reflektierten das Nachmittagslicht.

Der schwarz-weiß karierte Marmorboden war auf Hochglanz poliert. Letty stieß die Luft aus, die sie angehalten hatte. Hier waren keine Geister. Nur der schwache Duft von Zitronenpolitur.

»Der Immobilienmakler meint, zur Besichtigung ist es besser, wenn es möbliert ist, wenn das für dich in Ordnung ist«, bemerkte Sammi. »Du kannst es natürlich auch mit den Möbeln verkaufen, dann brauchst du dich um nichts weiter zu kümmern.«

»Ja, so machen wir's«, sagte Letty. Tanya hatte den zur Schau gestellten Reichtum in ihrem Haus geliebt, hatte in dem stolzen Gefühl geschwelgt, wie weit sie es gebracht hatte, verglichen mit dem Trailer in West Virginia, wo sie aufgewachsen waren, doch all die vergoldeten Möbel bedeuteten Letty nichts.

Zusammen mit der Anwältin ging sie von einem Zimmer ins nächste, machte das Licht an, sah sich um und schaute weiter.

Sie stiegen die Treppe hoch und betraten Mayas Zimmer. Die kitschige Prinzessinneneinrichtung, von der Tanya so besessen gewesen war, wirkte jetzt übertrieben und aufdringlich. »Du glaubst nicht, dass Maya was von diesem Spielzeug und den Büchern will?« Sammi wies auf die überladenen Regale voller Bilderbücher und Spielsachen, dann auf den großen begehbaren Kleiderschrank. »Was ist mit all den schönen Kleidern?«

»Sie hat Ellie. Das ist das einzige Stofftier, das ihr etwas bedeutet«, sagte Letty. »Aus ihren Sachen ist sie herausgewachsen. Die können wir alle spenden.«

Im Flur vor Tanyas Schlafzimmer zögerte Sammi. »Willst du da wirklich rein?« Sie zeigte auf die geschlossene Tür. »Das ist bestimmt schwer für dich.«

Lettys Hand umfasste den gläsernen Türknauf. »Ich muss sichergehen, dass hier nichts mehr von Tanya ist, was sie Maya gern gegeben hätte. Los, bringen wir's hinter uns.«

Im Schlafzimmer fuhr sie mit den Fingern über die Schminkkommode, auf der Tanyas Kristallflakons mit Parfüm standen und sich eine ganze Sammlung von Kämmen und Bürsten mit Silbergriffen fand. Letty öffnete eine tiefe Schublade und bestaunte die zahllosen Make-up-Fläschchen, die Lidschatten-Paletten, Eyeliner und Mascararöhrchen. Sie machte die Schublade wieder zu und zog die nächste auf, in der die kleine silberne Babybürste lag, mit der Tanya jeden Abend vor dem Zubettgehen Mayas Locken gebändigt hatte. Sie steckte die Bürste in ihre Handtasche und schloss die Schublade.

Sammi stand vor dem gewaltigen begehbaren Kleiderschrank und schaute hinein. »Wie in einem Nobelkaufhaus«, flüsterte sie, als ständen sie in einer Kirche und nicht im Schlafzimmer einer toten Frau.

Letty lächelte. »Ich will nichts davon haben, aber wenn dir irgendwas gefällt, Sammi, dann nimm es bitte mit! Das hätte Tanya auch gewollt.«

»Sie war immer unglaublich großzügig.« Sammi ging ins Ankleidezimmer. »Und spontan. Wenn ich die Ohrringe bestaunte, die sie gerade trug, oder ihre Yogahose, dann bestand sie darauf, mir das entsprechende Teil zu schenken.«

»Ja, so war Tanya«, bestätigte Letty. Sie ging zu der freistehenden Schmuckvitrine mitten im Ankleidezimmer und sah die mit Samt ausgekleideten Schubläden durch. Sie wusste nicht, was echt und was nur Modeschmuck war, doch es interessierte sie auch nicht.

In der mittleren Schublade fand sie eine Brosche, die sie wiedererkannte, wahrscheinlich das billigste Teil der ganzen Sammlung: ein Kranz aus Zuchtperlen. Die vergoldete Fassung war grün angelaufen. Diese Brosche hatte ihre Großmutter Mimi einst vom Großvater zu Weihnachten geschenkt bekommen. Sie hatte sie immer sonntags an den Kragen ihres Kirchenkleids gesteckt. Letty hatte den Schmuck seit Jahrzehnten nicht mehr gesehen, schon gar nicht an Tanya.

Sie befestigte die Nadel an ihrer Bluse und drehte sich zu den Regalen mit Kleidung und Schuhen um.

Sammi hielt ihr ein heißes Paar schwarzer Slingback-Pumps mit roten Sohlen hin. »Die könnten deine Größe habe«, sagte sie. »Sind von Louboutin!«

»Kannst du haben, wenn du willst«, gab Letty zurück. »Ich kann in den Dingern nicht einen Schritt laufen.«

»Wirklich?«, jubelte Sammi. »Die sehen aus, als wären sie nie getragen worden! Wir könnten diese ganzen Designerschuhe auf Kommission in einem Secondhandladen verkaufen. Die Handtaschen auch: Gucci, Prada, Chanel. Die sind eine Menge wert, Letty!«

»Behalt die Schuhe und was dir sonst noch gefällt«, sagte Letty mit fester Stimme. »Ich hab mir was überlegt: Da du dich mit diesen Sachen besser auskennst als ich, nimm den ganzen Designerkram, den Schmuck, die Klamotten, die Schuhe und was sonst noch da ist, und verkauf es auf Kommission. Ein Teil des Erlöses behältst du, schließlich hast du die Arbeit, den Rest des Geldes und was von den Sachen übrig bleibt, würde ich gern spenden.«

Sammi nickte. »Das ist eine gute Idee. Tanya würde das mit Sicherheit gefallen.«

»Guck mal, ob du ein Frauenhaus findest, ja?«, schlug Letty vor. »Tanya hätte zwar auf keinen Fall gewollt, dass man in ihr eine misshandelte Frau sieht oder ein Opfer. Ändert aber nichts an der Tatsache, dass sie eins war.«

Sie drehte sich wieder zu den Handtaschen um. Es waren Dutzende, aufgereiht in Regalen, die fast bis zur Decke des Ankleidezimmers reichten. Viele befanden sich in weichen Flanellbeuteln mit dem aufgestickten oder aufgeprägten Namen des Designers. Letty hockte sich hin, ging die Namen durch und schob die Taschen beiseite, dann stand sie auf und wiederholte den Vorgang im nächsthöheren Regal.

Schließlich holte sie eine gepolsterte Samtbank unter dem Fenster hervor, stellte sich darauf und suchte das oberste Fach ab. Als ihre Hand die abgegriffene, raue Oberfläche einer speziellen Tasche ertastete, wusste sie, dass sie gefunden hatte, was sie suchte.

Letty stellte die Tasche auf den Schmuckschrank.

»Louis Vuitton«, bemerkte Sammi. Anerkennend fuhr sie mit dem Finger über die leicht ausgefranste Stickerei auf dem Riemen und spähte in die Tasche. »Und sogar eine echte. Siehst du? Da ist der Datumsstempel. Für solche Taschen gibt es einen riesigen Markt. Schade, dass sie nicht mehr in so gutem Zustand ist. Das Innenfutter hat Flecken.«

»Die soll auch nicht verkauft werden«, sagte Letty bestimmt. »Tanya war unheimlich stolz auf dieses Teil. Sie hat die Tasche von dem Geld gekauft, das sie für ihre erste Fernsehwerbung bekam. Damals hatte sie nicht mal genug Geld auf dem Konto, um vollzutanken. Aber es musste unbedingt eine Louis-Vuitton-Tasche sein. Sie hat sie zu jedem Vorsprechen und jedem Casting mitgenommen. Tanya meinte, die Tasche machte mehr Eindruck als das beste Foto. Sie stehe für Erfolg.«

Letty griff hinein und wunderte sich, dass sie nicht leer war. Sie schüttete den Inhalt auf den Schrank: Tanyas Lieblingslippenstift von Chanel, zerknüllte Papiertücher, eine TicTac-Box, verblasste Quittungen und eine Tablettenflasche aus der Apotheke purzelten heraus, dazu ein lavendelfarbener zugeklebter Briefumschlag.

Der Aufkleber auf der Tablettenflasche war auf Tanya Carnahan ausgestellt, der Name der Tabletten sagte Letty nichts. Eine einzelne Tablette klapperte noch darin herum. Sie gab die Flasche Sammi. »Das ist ein Medikament gegen Angstzustände«, sagte die Anwältin. »Hat sie offenbar kurz nach Mayas Geburt verschrieben bekommen.«

Letty betrachtete den Umschlag, der keine Aufschrift trug und an den Seiten etwas abgestoßen und schmutzig war.

Mit dem Daumennagel trennte sie ihn auf und zog eine kitschige aufklappbare Grußkarte heraus, auf der zwei kleine Mädchen im viktorianischen Stil abgebildet waren.

HERZLICHEN GLÜCKWUNSCH!
Ich freue mich, weil Du meine große Schwester bist,
ich lache, weil Du nichts dagegen tun kannst.

Letty erkannte die Handschrift auf der Rückseite.

Herzlichen Glückwunsch zum Geburtstag, Letty Spaghetti –
Küsschen von Tanya Lasagna

»Oh, wow!«, stieß Sammi aus, die Letty über die Schulter geschaut hatte. »Wie traurig! Wahrscheinlich ist sie nicht dazu gekommen, dir die Karte zu schicken. Vielleicht hat sie sie erst gekauft, kurz bevor sie … du weißt schon.«

»Nein«, sagte Letty bestimmt. »Tanya hat diese Tasche seit Ewigkeiten nicht benutzt. Die Tablettenflasche und die Apothekenquittungen sind aus der Zeit kurz vor oder nach Mayas Geburt.« Sie sah die Anwältin an. »Hat Tanya erzählt, dass wir damals keinen Kontakt hatten? Wir hatten uns gestritten – wegen Evan. Als sie mit ihm zusammenziehen wollte und mit Maya schwanger war. Ich war so sauer. Über drei Jahre habe ich damals nicht mit ihr gesprochen – bis ich eingeknickt bin und zu Mayas drittem Geburtstag gekommen bin.«

»Ich wusste, dass es ein Zerwürfnis gegeben hat«, gab Sammi zu. »Aber ich habe nicht weiter nachgefragt.« Sie tippte auf die Karte. »Guck mal, da steht was auf der Rückseite.«

Schwesterchen – was ich getan habe, tut mir furchtbar leid.
Sei bitte nicht mehr böse auf mich. Meine Kleine und Du,
ihr seid das einzig Gute in meinem Leben. Du fehlst mir,
Letty Spaghetti.

Letty schob die Postkarte zurück in den Umschlag. Eine einzelne Träne fiel auf das lavendelfarbene Papier. Letty steckte den Brief wieder in die Louis-Vuitton-Tasche und wischte noch eine Träne fort.

»So«, sagte sie, und ihre Stimme bebte vor Rührung. »Gehen wir.«

Sammi nahm sie verständnisvoll in die Arme. Als sie das Haus hinter sich abschloss, frage sie: »Was hast du jetzt vor?«

Sie standen auf der Treppe vor dem Brownstone und schauten auf die East 63. Street.

Letty holte ihr Handy aus der Rocktasche. »Ich muss jemanden anrufen.«

Sammi lächelte sie wissend an. »Aha. Melde dich, ja? Wir müssen ein paar Dokumente fertigstellen, aber das können wir auch problemlos online erledigen.« Sie beugte sich vor und gab Letty einen Kuss auf die Wange. »Sie fehlt mir immer noch, weißt du? Aber mit dir zu sprechen hilft irgendwie. Du bist ihr viel ähnlicher, als du ahnst. Und das meine ich als Kompliment.«

»Danke, Sammi.«

Letty setzte sich auf die oberste Treppenstufe. Der Marmor war kühl unter dem Stoff ihres Rocks. Sie scrollte durch die Kontaktliste auf ihrem Handy, bis sie fand, was sie suchte.

Das Foto von Joe hatte sie selbst bei Sonnenuntergang gemacht, als er bis zu den Knien in der Brandung stand, die Angelrute über der nackten Schulter, eine Silhouette vor dem leuchtend orangeroten Himmel.

Seit sie in New York war, hatte sie nicht mehr richtig mit ihm gesprochen – sie hatte nur kurz angerufen, um ihm zu sagen, dass sie und Maya gut angekommen waren. In der Zwischenzeit hatte sie ihm ein paar E-Mails und SMS geschickt, aber sich eisern an ihren Entschluss gehalten, nicht mit ihm zu reden.

Ihre Finger schwebten über dem winzigen Bild auf dem Display. Vielleicht würde er gar nicht drangehen. Mit einem Schreck wurde ihr klar, dass es der Freitag vor dem langen Wochenende mit dem Labor Day war. Es konnte sein, dass er arbeitete. Oder mit dem Boot draußen war. Vielleicht würde er ihren Anruf ignorieren.

Schluss mit der Unsicherheit, sagte sie sich. Schluss mit dem Zögern, mit dem Vielleicht. Mimi hatte immer gesagt, man habe im Leben keinen Anspruch auf nichts. Letty tippte auf das Foto und hielt den Atem an.

Epilog

Im Osten waren die ersten rosigen Vorboten des Tageslichts zu sehen, als der Pick-up über den Muschelsplitt auf den Parkplatz fuhr.

Das blinkende Neonschild des Murmuring Surf wirkte irgendwie tröstlich auf Letty. Sie drehte sich auf ihrem Sitz um und schaute nach Maya. Die Kleine schlief, den Kopf auf eine Seite des Kindersitzes geneigt, Ellie im Arm.

Letty ließ ihre Scheibe herunter und atmete die salzige Meeresluft ein.

Als Joe den Motor abstellte, hörte sie das ferne Rauschen der Wellen am Strand. »Wir sind zu Hause«, verkündete er.

»Ja«, sagte Letty und lächelte. »Zu Hause.«

»Bist du dir wirklich sicher, dass du das so willst?«, fragte er zum gefühlt zehnten Mal, seit sie New York verlassen hatten.

»Ich hatte sechs Monate Zeit, darüber nachzudenken«, sagte sie. »Und ja, ich will das so, für Maya, für dich und für mich.«

»Du bist voller Überraschungen, weißt du das?«, sagte er.

»Aber ohne Geheimnisse«, gab Letty zurück. »Die gibt es nicht mehr.« Mit den Fingerspitzen strich sie über den Riemen von Tanyas Louis-Vuitton-Tasche.

Irgendwo hinter der Chesapeake Bay Bridge hatte sie allen Mut zusammengenommen und Joe von den restlichen Sachen im Notfallbeutel ihrer Schwester erzählt.

»Wie viel Geld war darin, was hast du gesagt?«

»Rund neunzehntausend Dollar«, gestand Letty. »Aber einen Teil davon habe ich ausgegeben – für den Kia und Lebenshaltungskosten.«

»Und wie viel ist noch da?«

»Nachdem ich den Kia verkauft habe, ungefähr elftausend. Aber seit Sammi mir von Tanyas Testament erzählt hat, bin ich, ehrlich gesagt, etwas lockerer mit dem Geld umgegangen.

Joe schmunzelte. »Lockerer?«

»Ich betrachte das als Trinkgeld von Tanya. Den Mädels im Lazy Daizy, wo ich früher gearbeitet habe, habe ich zweitausend Dollar gegeben, die sie sich zu fünft teilen sollen. Und dem Portier in unserem Haus im Village habe ich einen Tausender gegeben.«

»Kein übles Trinkgeld.«

»Zoey hat von mir dreitausend bekommen. Ich weiß nicht, was ich ohne sie gemacht hätte. Ich habe auch was zur Seite gelegt, für ein Geschenk für Isabelle. Und der Rest ist für deine Mutter, damit sie mal Urlaub machen kann.«

Ungläubig sah Joe Letty an. »Ich glaube, sie hat noch nie Urlaub gemacht. Zumindest nicht mehr, seit sie das Motel hat.«

Letty kaute auf ihrer Unterlippe. »Du denkst, ich hätte das Geld in New York bei der Polizei abgeben sollen, oder?«

»Nicht unbedingt. Du wusstest ja nicht, woher es stammte. Tanya hat dir erzählt, es sei ihrs, und sie wollte ausdrücklich, dass du es nimmst, falls ihr etwas zustößt, damit du dich um Maya kümmern kannst. Und das hast du getan.«

»Ich habe auch den Ring verkauft, den Tanya zur Geburt bekommen hatte. Selbst nach Abzug der Erbschaftssteuer blieben noch knapp hundertfünfzigtausend Dollar übrig.«

Joe stieß einen langen Pfiff aus. »Schön für dich.«

»Ich habe eine Idee, die ich dir gern mal vorstellen würde. Aber du musst mir versprechen, dass du ehrlich sagst, was du davon hältst, ja?«

»Okay.«

Während sie weiter gen Süden fuhren, schilderte Letty Joe ihren Plan. Sie hatte ihn schon mit Sammi besprochen, die ihn mit Demetria diskutiert hatte, der Nachlassverwalterin. Außerdem hatte Sammi eine Immobilienfachanwältin zu Rate gezogen.

Joe war nicht sofort auf die Idee angesprungen. Doch kurz hinter der Grenze zu Florida legte sich allmählich ein Grinsen auf sein Gesicht. Letty schloss die Augen und döste ein. Sie träumte von Palmen und Jasminblüten, von weißem Sand und türkisblauem Wasser.

Als sie aufwachte, überquerten sie gerade die Brücke über die Tampa Bay. Joe hatte die Scheiben runtergelassen, die Verkehrsgeräusche rissen Letty aus dem Schlaf.

»Tut mir leid«, sagte er. »Ich war ein bisschen müde und brauchte frische Luft.«

»Schon gut. Wir sind bald da, oder?«

»Noch zwanzig Minuten. Ich habe über deinen Vorschlag nachgedacht.«

»Und?«

Er nickte. »Finde ich gut. Nein, finde ich super. Aber nur, wenn du das wirklich willst.«

»Ja, will ich.«

Joe griff nach ihrer Hand, drückte sie und küsste Letty auf den Handrücken.

Das Licht im Büro des Murmuring Surf ging an, die Tür wurde aufgezogen.

»Sieht aus, als hätte das Empfangskomitee gemerkt, dass wir da sind«, bemerkte Joe.

Ava schaute auf den Aktenordner, den Letty ihr gegeben hatte. »Ich bin sprachlos. Willst du ernsthaft das Murmuring Surf kaufen? Und es weiterführen?«

»Nein«, sagte Letty bestimmt. »Ich möchte dir helfen, es weiter zu führen. Sofern und solange du dich nicht in den Ruhestand zurückziehen willst. Wenn du lieber stricken oder Kreuzworträtsel lösen möchtest oder was auch immer man macht, wenn man nicht mehr arbeiten muss, brauchst du es nur zu sagen.«

»Hast du das gewusst?«, fragte Ava ihren Sohn, der ungewöhnlich still geblieben war, während Letty Ava den Vorschlag unterbreitete.

»Nein, erst seit heute. Oder war es gestern Nacht? Auf jeden Fall hatten wir die ewig lange Brücke in Maryland schon hinter uns. Ich kann dir versichern, dass alles auf Lettys Mist gewachsen ist.«

»Und du bist dabei? Ich dachte, du lebst nicht gern in einem Motel.«

»Damals war ich ein Kind, was wusste ich da schon? Aber genau genommen würden wir auch nicht hier wohnen. Du schon, also solange du möchtest. Aber du hast noch nicht gesagt, was du überhaupt von dem Vorschlag hältst.«

»Und sei bitte ehrlich!«, mahnte Letty mit einem Seitenblick auf Joe. »Wir verstehen das, wenn du nicht verkaufen willst. Nehmen wir dir auch nicht übel, wirklich nicht.«

Joe grinste. »Sie musste mir versprechen, mich zu heiraten, egal, wie deine Antwort ausfällt.«

Ava bekam große Augen und sprang auf. »Wirklich? Ihr heiratet?«

»Ja«, bestätigte Joe. Er hob die linke Hand und wackelte mit dem Ringfinger, um den ein dünnes silbernes Band aus Kaugummipapier gewickelt war. »Wie gefällt dir mein Verlobungsring?«

Ava musste ihre Tränen zurückblinzeln. Dann zog sie Joe und Letty an sich. »Ich kann es gar nicht glauben! Wann denn? Und wo? Du meine Güte, ich fasse es nicht, dass du endlich heiratest!«

»Ich auch nicht.« Joe entzog sich ihrer Umarmung. »Zur Hochzeit kommen wir noch. Du hast die Frage immer noch nicht beantwortet. Würdest du Letty das Murmuring Surf verkaufen?«

»Genau genommen würde sie es Maya verkaufen«, wandte Letty ein. »Bis sie einundzwanzig ist, würde ich es treuhänderisch für sie verwalten. Ich habe das durchgerechnet. Sieht so aus, als wäre der Erwerb des Motels eine sichere Investition in ihre Zukunft. Aber nur, wenn auch du das Angebot fair findest, Ava.«

»Und du würdest das Motel nicht abreißen lassen? Keine Eigentumswohnungen oder einen dicken Hotelklotz hier hinsetzen?« Ava schaute von Letty zu Joe.

»Nein. Ganz im Gegenteil. Ich habe mir Gedanken gemacht, wie man die Grundfläche erweitern könnte, zum Beispiel indem man ein zweites Stockwerk auf den Nord- und den Südtrakt setzt«, sagte Letty. »Aber das ist Zukunftsmusik.«

Ava fuhr mit den Fingern über die Zahlenreihen, die Letty und ihre Anwältin zusammengestellt hatten.

»Das ist noch mehr Geld, als die Investoren mir geboten haben.« Sie schaute hoch. »Letty, kannst du dir das denn auch leisten?«

»Jep.« Letty nickte. »Der Großteil von Tanyas Immobilien in

New York ist bereits abgewickelt. Der Erlös sowie das Geld aus der Lebensversicherung wurden für Maya sehr konservativ angelegt. Und gestern Abend habe ich eine SMS vom Immobilienmakler bekommen, dass ihm ein solides Barzahlungsangebot für Tanyas Haus vorliegt.«

»Dann: ja.« Ava nickte eifrig. »Ich verkaufe. Das ist die beste Lösung für alle, von der ich nicht mal zu träumen gewagt hätte. Wann willst du den Vertrag machen?« Sie nahm einen Stift und suchte die Stelle, wo sie unterschreiben musste. »Jetzt?«

»Ja, wir können die Dokumente direkt jetzt unterzeichnen.« Letty lachte. »Ich dachte, du willst den Vollzug der Transaktion vielleicht bis nach der Hochzeit aufschieben.«

»Und wann wäre das?«, fragte Ava.

»So bald wie möglich. Bevor sie es sich anders überlegt«, sagte Joe.

»Ich dachte, da ja momentan die eher ruhige Nebensaison ist, sollte es bald über die Bühne gehen«, sagte Letty. »Wie wäre es nächste Woche?«

»Doch so bald?« Joe war überrumpelt.

»Bekommst du etwa kalte Füße?«, gab Letty zurück.

»Niemals!« Er unterstrich seine Aussage mit einem Kuss. »Wo wollen wir die Trauung machen?«

»Am Strand.« Letty zeigte aus dem Fenster von Avas Wohnung. Der Himmel strahlte blau, ihrer Meinung nach das perfekte Omen.

»Ganz wie du willst«, stimmte Joe zu.

Bei Sonnenaufgang kam die Hochzeitsgesellschaft aus dem Motel und ging still durch die frühmorgendliche Dunkelheit zum Wassersaum, wo ein mit Efeu umwundener und mit tausend kleinen Lichtern geschmückter Bogen wartete.

Der Bräutigam wartete schon unter dem Bogen. Er trug ein weißes Leinenhemd, dunkelblaue Surfershorts und einen Blumenkranz aus weißen Orchideen.

Ein eigens engagierter Ukulele-Spieler holte tief Luft und begann, den »Hawaiian Wedding Song« zu spielen.

Das Blumenkind Maya, das auch die Ringe brachte, führte die Hochzeitsgesellschaft in ihrem geliebten blauen Tüllkleid an, das geändert worden war, damit es wieder passte. Mit einer Strasstiara auf dem Kopf schritt die Kleine unwiderstehlich lächelnd auf ihren neuen Adoptivvater zu. Seit neuestem fehlten ihr zwei Schneidezähne.

Dicht hinter ihr war Isabelle DeCurtis in einem blauen Seidensarong von derselben Farbe wie Mayas Kleid. Sie hatte eine weiße Orchidee ins Haar gesteckt.

Schließlich trat Ava DeCurtis mit der Braut in den Sand, Lettys Hand unter ihrem Arm. Ava trug ihren geblümten Muumuu vom Aloha Bingo und eine Girlande aus Orchideen.

»Bist du bereit?«, flüsterte Ava.

Letty nickte. »Mehr, als du dir vorstellen kannst.«

»Hey, Papa Joe!«, rief Maya den neuen Namen, den sie sich für ihren Vater ausgedacht hatte, und lief mit weit ausgestreckten Armen auf den Bogen zu. »Wir heiraten!«

»Und wie!« Er bückte sich, um das Kind auf den Arm zu nehmen. Isabelle trat von rechts an ihren Bruder heran und gab ihm einen Kuss auf die Wange, dann sahen die drei Ava und Letty entgegen.

Die Sonne brach durch die Wolken. Beim Anblick seiner näher kommenden Frau wurde Joes Lächeln immer breiter. Mit angehaltenem Atem dachte er an jenen ersten Morgen, als er Letty schlafend in ihrem Kia auf dem Parkplatz des Murmu ring Surf entdeckt hatte. So erschöpft und verängstigt sie auch ausgesehen hatte, etwas an der jungen Frau hatte ihn angesprochen – etwas Unverfälschtes, besser konnte er es nicht beschreiben.

Er konnte es kaum glauben, dass ebendiese Frau nun in einem diagonal geschnittenen engen weißen Seidenkleid vor ihm stand, das bis zu den Knöcheln reichte. Auf dem Kopf trug sie einen geflochtenen Kranz aus weißem Jasmin und kleinen weißen Orchideen. An einen der dünnen Spaghettiträger ihres Kleids war ein Ring aus weißen Kunstperlen geheftet. Joe streckte die Hände aus.

Letty reichte ihren Strauß aus weißen Orchideen an Isabelle weiter und nahm Joes warme, kräftige Hände in ihre, die neben seinen sehr klein erschienen, doch sein fester Griff und seine schwieligen Handflächen vermittelten ihr ein Gefühl von Sicherheit. Noch immer trug Joe seinen »Verlobungsring«, den Letty ihm eine Woche zuvor gebastelt hatte, nachdem sie in einem Supermarkt in Virginia gewesen war.

Ihr eigener Verlobungsring hatte früher Joes Großmutter gehört. Er war aus schlichtem Weißgold und mit einem bescheidenen Diamanten im Solitärschliff verziert.

»Ich liebe dich«, artikulierte Joe lautlos.

»Ich liebe dich auch«, flüsterte Letty.

»Ich liebe euch alle«, sagte Maya so laut, dass der Pastor und der Rest der Familie es hören konnten und schmunzeln mussten.

Außer ihnen war niemand am Strand. Die Wintergäste aus dem Murmuring Surf waren zum Frühling zurück in den Norden gezogen. Die einzige Zeugin der Hochzeitszeremonie war eine einsame ältere Vogelbeobachterin, die in der Nähe am

Wasser stand, die Hände ehrfürchtig über ihr Fernglas gefaltet, und mit wachsender Neugier die Ereignisse dieses Morgens verfolgte.

Letty betrachtete in der Morgendämmerung den kleinen Kreis um sich herum. So lange hatte sie sich einsam und allein gefühlt, doch das gehörte nun der Vergangenheit an. Wie der fröhliche Pastor sie erinnerte hatte, der zu einer nahe gelegenen Kirche gehörte, war Joes Familie jetzt auch ihre. Und Lettys Familie – nämlich Maya – war seine. Und das war genug. Es war sogar mehr als genug.

»Ja, ich will«, sagte sie, als der Pastor ihr zunickte.

»Ich will«, beeilte sich Joe zu sagen.

»Ich will auch«, fügte Maya hinzu, dann schob Joe das Kind in Avas wartende Arme.

Noch bevor der Pastor ihnen den Segen gab, lag Letty in Joes Armen, und als er »Sie dürfen die Braut jetzt küssen« sagte, hatte Joe bereits fest die Arme um sie geschlungen.

Als Letty den Kopf hob, hörte sie Klatschen und Pfeifen. Sie sah sich um. Die Vogelbeobachterin strahlte, stampfte mit ihren Sandalen auf und pfiff. »Gut gemacht!«, rief sie mit hoher, zittriger Stimme. »Gut gemacht!«

Danksagung

Liebe Leserinnen und Leser! Im Jahr 2021 habe ich ein Jubiläum gefeiert: dreißig Jahre Romanautorin. Vielen Dank an alle, die meine Bücher in all den Jahren gekauft und gelesen und mir dadurch diese geliebte Arbeit ermöglicht haben. Wie sehr habe ich 2020 das Treffen mit meinen Fans vermisst, als die Lesereise für *Hallo, Sommer* abgesagt wurde. Ich hoffe inbrünstig, dass dieses Virus bald ausgemerzt sein wird und ich wieder unterwegs sein kann, um alle persönlich zu umarmen und Bücher zu signieren. Ganz besonders dankbar war ich in diesem Jahr allen Buchhändler:innen und Bibliothekar:innen, denen es irgendwie gelang, dem Lesepublikum die Bücher in die Hände zu geben, obwohl die Welt im März quasi dichtmachte. Ihr seid echte Rockstars! Auch ist mein Herz voller Liebe für alle Leser:innen, die sich seit 2020 unserer tollen Community *Friends & Fiction* angeschlossen haben – sowohl auf unserer Facebookseite, bei unseren Live-Webcasts auf Facebook am Mittwochabend, aber auch bei unserem Podcast *Friends & Fiction*. Bitte bleibt dabei, jede und jeder Einzelne von euch, denn ich habe noch so viele Geschichten zu erzählen!

Wenn man ein Buch schreibt, das in einem alten Motel in Florida spielt, ist das Beste daran die Recherche, besonders wenn es in Atlanta grau und kalt ist. An einem sonnigen Februartag klopfte ich an einige Türen auf Anna Maria Island und traf so Ken Gerry, langjähriger Mitbesitzer des White Sands Beach Resort, der mir mit seinen Erzählungen von seiner Kindheit und Jugend in einem Familienmotel unglaublich wertvolle Dienste leistete. Ein großes Dankeschön auch an Laurie Davidson vom Sunset Inn and Cottages am wunderschönen Sunset Beach und an Janet und Arthur Czyszcon, die Inhaber des Page Terrace Beachfront Hotel in Treasure Island, Florida.

Wieder einmal war Mary Balent Long von Abrams, Davis, Mason, and Long eine sehr große Hilfe bei der Recherche zu Grundsätzen des Steuerrechts und der Nachlassplanung. Meine liebe Nachbarin und Freundin Sharon Douglas Stokes (stellvertretende Staatsanwältin im Ruhestand) half mir, das Gesetz zur organisierten Kriminalität besser zu verstehen, während die pensionierten FBI-Agenten Wayne und Sharon Johnson aus Atlanta so nett waren, mir von ihrer Zeit bei der Agency zu berichten und mich im Hinblick auf Feuerwaffen zu beraten.

Ich warf mein Netz im virtuellen Ozean des Internets aus und hatte das große Glück, Megan Wolleston zu finden, die mir die technischen Aspekte von versteckten Videokameras erklärte.

Wie immer bin ich meinem Verlagsteam zu großem Dank verpflichtet: meiner Lektorin Jen Enderlin und meinem Agenten Stuart Krichevsky von der Stuart Krichevsky Literary Agency, dazu seinen tollen Mitarbeiter:innen, meiner lieben Freundin und Marketingexpertin Megan Walker von Tandem Literary sowie der Pressefrau Kathleen Carter von Kathleen Carter Communications.

In einem Jahr, in dem die Pandemie die Welt in ihren Grundfesten erschütterte und die Büroräume in New York geschlossen wurden, gelang es den Mitarbeiter:innen von St. Martin's

Press, namentlich Sally Richardson, Lisa Senz, Dori Weintraub, Tracey Guest, Jessica Zimmerman, Brant Janeway, Erica Martirano, Anne Marie Tallberg, Jeff Dodes, Tom Thompson, Michael Storrings und natürlich ihrer furchtlosen Anführerin Jennifer Enderlin, nahtlos in ihr virtuelles Büro zu wechseln. Für ihr Engagement und ihre Begeisterung in diesen verunsichernden Zeiten bin ich dankbarer, als ich in Worte fassen kann.

Als es hart auf hart kam – das tatsächliche Schreiben dieses Buchs, meine Schreibsprints mit meinen Freundinnen von *Friends & Fiction* um sieben Uhr morgens –, retteten mich Kristin Harmel, Kristy Woodson Harvey, Patti Callahan Henry und Mary Alice Monroe.

Wenn man monatelang im Lockdown ist, kann ich mir an der Heimatfront keine Menschen vorstellen, mit denen ich lieber zusammen wäre, als meine Familie: Katie und Mark, Griffin und Molly, Andy und Meg und natürlich den Kapitän unseres Narrenschiffs, meinen Ehemann und meine große Liebe Tom Trocheck.

Mary Kay Andrews
Hallo, Sommer

Vom Glück, nach Hause zu kommen
Anfangs ist die investigative Journalistin Conley Hawkins gar nicht begeistert, als es sie nach Florida in ihre kleine Heimatstadt verschlägt. Doch der familieneigenen Zeitung geht es nicht gut. Conley setzt alles daran, sie mit ihrer Schwester zusammen zu retten. Im Strandhaus ihrer Großmutter lernt Conley, dass auch Regionaljournalismus Sensationen bereithält. Und dass aus alten Verletzungen neue Liebe entstehen kann.
Ein Sommerroman zum Genießen von Bestsellerautorin Mary Kay Andrews

Aus dem amerikanischen Englisch
von Andrea Fischer
624 Seiten, broschiert

Weitere Informationen finden Sie auf
www.fischerverlage.de

Mary Kay Andrews
Winterträume am Kamin
Roman

Ivy Perkins braucht dringend einen Neuanfang. Doch ihre neuerworbene Four Roses Farm ist heruntergekommener, als zunächst gedacht. Nur der Kamin lässt sie träumen. Und auch ihr gutaussehender Nachbar Ezra, der Ivy hilft, das Haus fit für den Winter zu machen. Dann findet Ivy auf dem Dachboden ein altes Weihnachtsmannkostüm und in der Tasche den jahrzehntealten Brief eines kleinen Mädchens. Es wünscht sich sehnlich, dass sein Vater zurückkommen möge. Tief berührt macht sich Ivy auf die Suche nach der Absenderin. Wenn sie das Mädchen finden kann, werden vielleicht ja auch Ivys eigene Weihnachtswünsche wahr ...

Aus dem amerikanischen Englisch
von Andrea Fischer
240 Seiten, broschiert

Weitere Informationen finden Sie auf
www.fischerverlage.de

AZ 596-70736/1

Mary Kay Andrews
Sommerglück zum Frühstück
Roman

Wenn das kleine Cottage ihrer Großeltern nicht wäre, würde Drue Campbell den neuen Job in der Anwaltskanzlei ihres Vaters nicht aushalten. Überhaupt fühlt sie sich in ihrem Leben gerade etwas verloren. Das Strandhäuschen mit seinem alten Charme und den vielen schönen Erinnerungen gibt ihr Halt. Dann stößt Drue auf finanzielle Unregelmäßigkeiten bei einem Fall, den die Kanzlei betreut hat, und sie macht sich daran, die Wahrheit herausfinden. Viel Zeit für die Liebe bleibt ihr bei all der Aufregung nicht. Aber auch wer nicht sucht, der findet.

Aus dem amerikanischen Englisch
von Andrea Fischer
544 Seiten, broschiert

Weitere Informationen finden Sie auf
www.fischerverlage.de

AZ 596-70637/1

Mary Kay Andrews
Der geheime Schwimmclub

Sie waren jung, als sie ihren geheimen Schwimmclub auf der verwunschenen Insel Talisa gründeten: Josephine, Millie, Ruth und Varina. In den langen Sommernächten gingen sie nachts schwimmen, vertrauten einander ihre Geheimnisse und Lebenswünsche an – bis ein schicksalhaftes Ereignis die Frauen trennte. Jetzt, viele Jahrzehnte später, ist Josephine schwer erkrankt, und sie möchte ihre Freundinnen unbedingt noch einmal wiedersehen. Also beauftragt sie die junge, alleinerziehende Anwältin Brooke, sie zu finden und nach Talisa zu bringen, um dann das Rätsel von damals zu lösen.

Übersetzt von Andrea Fischer
592 Seiten, broschiert

Weitere Informationen finden Sie auf
www.fischerverlage.de

AZ 596-70505/1